COLLE

LIBRAIRIE EUROPÉENNE DES IDÉES

*Publiée avec le concours
du Centre national des lettres*

Parus dans la même série :

HEINRICH GRAETZ, *La construction de l'histoire juive*, Paris, Cerf, 1991.

ANDRÉ ET JEAN SELLIER, *Atlas des peuples d'Europe centrale*, Paris, La Découverte, 1991.

BARTOLOMÉ BENNASSAR, *Histoire des Espagnols : VIe-XXe siècles*, Paris, Robert Laffont, collection « Bouquins », 1992.

DENNIS BARK ET DAVID GRESS, *Histoire de l'Allemagne depuis 1945*, Paris, Robert Laffont, collection « Bouquins », 1992.

JAN AMOS KOMENSKY (COMENIUS), *Le Labyrinthe du monde et le Paradis du cœur*, Paris, Desclée, 1992.

HENRY MÉCHOULAN, *Les Juifs d'Espagne : histoire d'une diaspora, 1492-1992*, Paris, Liana Lévi, 1992.

KLAUS SCHATZ, *La primauté du pape : son histoire, des origines à nos jours*, Paris, Cerf, 1992.

CHARLES TILLY, *Contrainte et capital dans la formation de l'Europe : 990-1990*, Paris, Aubier-Flammarion, 1992.

SOUS LA DIRECTION D'HENRI GIORDAN, *Les minorités en Europe : droits linguistiques et droits de l'homme*, Paris, Kimé, 1992.

MAURICE DE GANDILLAC, *Genèses de la modernité*, Paris, Cerf, 1992.

J. H. ELLIOTT, *Olivares*, Paris, Robert Laffont, collection « Bouquins », 1992.

CHARLES BURNEY, *Voyage musical dans l'Europe des Lumières*, Paris, Flammarion, 1992.

Mémoires d'Europe

TEXTES RÉUNIS ET PRÉSENTÉS PAR

CHRISTIAN BIET

ET

JEAN-PAUL BRIGHELLI

***

Gallimard

*Cet ouvrage a été réalisé
avec le concours d'Eurotunnel.*

© *Gallimard, 1993.*

Rapprocher les hommes et les cultures à travers l'Europe concrète, c'est, au-delà de l'exploit de la construction du tunnel sous la Manche et de la rentabilité du projet, la grande et vraie ambition qui anime l'équipe d'Eurotunnel.

De l'émergence de l'Europe culturelle au Moyen Âge à l'émergence de l'Europe globale en cette fin du XXe siècle, il aura fallu cinq cents ans : la culture aura précédé la réalité comme il est dans l'ordre des choses. Il aura fallu deux cents ans de rêve et de réflexion et vingt-sept projets de lien fixe entre la Grande-Bretagne et la France avant que soit réussie la réalisation du tunnel sous la Manche et qu'un obstacle naturel à l'union physique et culturelle de l'Europe soit effacé. Que cette pierre apportée à l'édifice européen soit aussi l'opportunité d'une nouvelle confrontation des esprits et que la création littéraire s'en trouve gratifiée, ce serait, pour les hommes et les femmes qui ont durement œuvré à la construction et au financement de ce qui restera un symbole de la technologie du XXe siècle et de l'obstination viscérale à surmonter les obstacles, le couronnement de leur entreprise.

Mémoires d'Europe, dites-vous ? Mémoires inachevées d'Europe. Le XXIe siècle puis les autres viendront enrichir cet ouvrage auquel nous sommes fiers d'être associés.

ANDRÉ BÉNARD
Président d'Eurotunnel

Liste des collaborateurs :

DIMITRI BANKOV (*assistant à l'École normale supérieure de Fontenay-Saint-Cloud*) : domaine bulgare.

EMMANUELLE BAPST (*professeur de lycée*) : domaines grec et macédonien.

SANDRA BARIC (*élève à l'INALCO*) : domaine serbo-croate.

CHRISTIAN BIET (*professeur à l'École normale supérieure de Fontenay-Saint-Cloud*) : domaines albanais, français et néerlandais.

JEAN-PAUL BRIGHELLI (*professeur de lycée, chargé de cours à Paris III*) : domaine français.

YVES DAYEZ (*École normale supérieure, Ulm*) : domaine finnois.

LUCIE KARBUNAREVIC (*élève à l'INALCO*) : domaine serbo-croate.

ANNA KOKKO-ZALCMAN (*professeur à l'Institut finlandais de Paris III*) : domaine finnois.

DOROTHÉE MARCIAK (*élève de l'École normale supérieure de Fontenay-Saint-Cloud*) : domaine polonais.

DENIS MELLIER (*assistant à l'université Paris III*), SERGE CHAUVIN (*professeur de lycée*) : domaine anglais.

JEAN-PIERRE MOREL (*professeur à Paris III*) : domaine russe.

LISA OLIVEIRA-JOUÉ (*professeur de lycée*) : domaine portugais.

CORINNE PAUL (*professeur de lycée*) : domaine italien.

ALAIN ROUY (*professeur en classes préparatoires*) : domaine allemand.

EUGEN SIMION (*membre de l'Académie roumaine, professeur à l'université de Bucarest*) : domaine roumain.

TERJE SINDING (*secrétaire de rédaction à la Comédie-Française, traducteur*) : domaine scandinave.

ARIEL SION (*docteur de 3ᵉ cycle en hébreu et littérature yiddish*) : domaine yiddish.

GYÖRGY TVERDOTA (*professeur à l'Institut hongrois de Paris III*) : domaine hongrois.

CARMEN VAL-JULIAN (*professeur à l'École polytechnique et à l'École normale supérieure de Fontenay-Saint-Cloud*) : domaine espagnol.

NATHALIE ZANELLO (*École normale supérieure de Fontenay-Saint-Cloud*) : domaine tchécoslovaque.

TROISIÈME VOLUME

Le XXᵉ siècle

Avant-propos

Est-ce une lente évolution et la prise en main de l'art et de la littérature par les avant-gardes, ou est-ce la conscience d'un changement de siècle qui marque une explosion des esprits ? La musique rompt l'harmonie séculaire, la toile refuse la perspective, joue sur les masses colorées, affiche les règles des tableaux, puis en rit. La provocation sous toutes ses formes aboutit et s'arroge le droit de renvoyer dos à dos les vieux romantiques et les positivistes surannés. L'unanimisme fondé sur les valeurs sûres de la patrie, de la religion, du respect des normes sociales et des autorités est attaqué de toutes parts, souvent défendu avec acharnement par de violents nostalgiques. Les romanciers réfléchissent sur le temps et sur leur temps, le relisent, l'écrivent, vont à sa quête en confiant à l'écriture individuelle le soin de le retrouver et de s'y perdre. L'espace, comme le temps, ne sont plus maîtrisables comme il l'étaient avant, au point qu'on en vient à penser que l'un et l'autre évoluent au sein d'un rapport qu'il s'agit de formaliser. Les physiciens trouvent de nouvelles théories, inquiétantes, les expérimentateurs découvrent des phénomènes imprévisibles, l'homme approfondit de nouvelles sciences propres à l'homme : la psychologie, la sociologie s'interrogent sur ce qui fait l'homme, ses conduites, son autonomie et sa dépendance à l'égard des principes et des relations qu'il fonde. On traque aussi ce qui échappe, en théorisant les données obtenues et en formalisant les observations cliniques :

Freud écoute, Freud écrit, cerne l'inconscient pour mieux le discerner, explore. L'art, la littérature et la science vont si loin dans leurs domaines propres qu'il n'est plus envisageable de tout embrasser : le vieux rêve humaniste de la connaissance complète des choses est sacrifié sur l'autel des disciplines.

Fin de l'eurocentrisme

L'Europe centre du monde constate lentement qu'elle doit composer avec quatre autres continents. L'Orient désert s'est soudainement peuplé de civilisations millénaires, l'Afrique et l'Océanie, après avoir fait le bonheur des collectionneurs et la richesse des trafiquants, apportent leurs enseignements aux ethnologues et leurs questions aux intellectuels. Le Japon s'éveille. L'Amérique, qu'on avait crue européenne, devient tout autre chose qu'un réservoir d'anciens colons. L'Amérique du Nord s'installe aux commandes d'un des centres du monde, et pour longtemps. Les millions d'immigrants européens des dernières années du XIXe siècle et du début du XXe l'ont bouleversée, chacun apportant ses rêves et ses racines, chacun rompant aussi avec eux, parce qu'il faut bien construire lorsqu'on est ailleurs. L'Amérique produit sa culture comme elle fait ses usines et ses affaires, très vite, avec un regard encore posé sur l'horizon atlantique et une envie irrépressible d'être soi. Elle imprime son image de jeunesse et d'avenir, attire les avant-gardes et se confond avec la modernité face au vieillissement européen. C'est cet appétit qui fascine ceux qui sont restés, qui les irrite ou les dérange, c'est cette vitesse qui les pique et leur indique qu'il faut bouger. Car il faut bouger dans la tourmente.

L'équilibre européen s'abîme dans les revendications nationales et les alliances armées. La France, l'Angleterre et la Russie s'affrontent au double empire du

Centre : l'Allemagne et l'Autriche-Hongrie. Les nations elles-mêmes se diffractent dans l'engagement de plus en plus violent des idéologies : socialisme contre nationalisme, démocratie contre pouvoir autoritaire, paix contre guerre. Le socialisme démocrate et patriotique rompt avec la gauche révolutionnaire et internationaliste ; les partisans d'un pouvoir fort s'écartent de l'idée de monarchie pour ne plus voir que la nécessité d'un chef, fût-il un tyran. La crise s'achève dans un bain de boue et de sang. Une génération d'hommes disparaît en cinq ans.

Nouvelle carte, nouvelles données

Pour la première fois, la guerre est immense, mondiale, se répand en Orient, en Afrique, sur les mers, engage l'Australie britannique et les États-Unis d'Amérique, convoque la science, l'économie, la culture pour détruire l'autre, absolument, et par tous les moyens. Une telle guerre, surtout assortie d'un traité de Versailles, même gagnée ou perdue, laissera des traces en scandant la fin d'un monde. L'Allemagne brisée conserve son armée pour mieux asseoir le pouvoir d'une république imposée par ses vainqueurs. Sous tutelle, divisée, elle reste persuadée qu'elle a perdu la guerre sur un coup de dés, ou sur une trahison. La Yougoslavie, pays des Slaves du Sud, veut regrouper la Serbie, la Croatie, la Slovénie, la Bosnie-Herzégovine et la Dalmatie en une conflictuelle fédération. La Tchécoslovaquie, la Pologne renaissent et s'étendent. L'Autriche-Hongrie est morte, disparue derrière ses nationalités maintenant indépendantes, derrière des pays armés d'un pouvoir autoritaire, destinés à contenir le péril soviétique et à cacher leur morcellement : Horthy en Hongrie, Metaxas en Grèce, Piłsudski puis Beck en Pologne, Boris III en Bulgarie et Carol II en Roumanie.

Car tout a changé à l'Est. La Russie, incapable de poursuivre l'effort de guerre, a dû céder la place à une fragile démocratie vite débordée par les tenants de la révolution internationale et prolétarienne. Les bouleversements annoncés par Marx dans les pays industrialisés sont réalisés par Lénine dans une nation encore féodale et largement agricole. Et contre toute attente, les bolcheviks résistent : à la guerre civile, à l'intervention des armées extérieures et à la famine. Il faut compter avec leur pouvoir, mais aussi avec l'impulsion qu'ils donnent aux partis socialistes ouvriers du monde entier. On oublie la terreur instituée par une poignée d'hommes pour espérer enfin en une société sans classes et l'on juge au résultat : la révolution n'est ni un dîner de gala, ni le respect des procédures électorales, sa réussite passe par le crépitement des armes. L'Europe, réfugiée derrière le glacis institué par Clémenceau à Versailles, tantôt la redoute, comme une sauvagerie terrible, tantôt y puise son action révolutionnaire pour détruire de l'intérieur le capitalisme, voué, pense-t-on, à un effondrement certain. De fait, l'Union soviétique devient l'autre centre du futur possible, l'autre enthousiasme.

USA - URSS : deux blocs, deux pouvoirs, deux espoirs.

La démocratie en danger

La guerre se déplace à l'intérieur des États : les valeurs nationales, fondées sur la terre, la race et les traditions, s'affrontent partout aux valeurs universelles portées par l'idée de révolution mondiale — en Russie, en Allemagne, en Italie, en Hongrie et en Autriche —, mais s'accordent sur le refus de la démocratie parlementaire, des libertés individuelles, de la diversité au nom du bien commun des peuples et de l'avenir radieux. Il faut donc encadrer l'individu sous la bannière unique d'un parti et les ordres d'un chef auquel on délègue tous les pouvoirs. Staline, bureaucrate obstiné et tyran cruel, dès le milieu des années vingt instaure un ordre totalitaire garanti par l'idéologie scientifique marxiste, elle-même travestie par ses théoriciens patentés : la machine implacable liquide des millions de paysans, étatise les campagnes et crée le goulag. Le nationalisme part du constat que la conquête du pouvoir est avant tout violente et légitime : Mussolini, dès 1922, marche sur Rome avec succès. La démocratie vacille partout, naturellement divisée, trop faible pour résister aux certitudes obscures, trop engluée dans la crise économique, incapable de défendre ses droits à l'échelle du monde. Weimar s'étiole bien vite. La démocratie ne sait plus se défendre contre ceux auxquels elle doit donner la parole et qui veulent la détruire. Le noir et le brun s'étendent, le rouge fait tache, l'avenir s'assombrit. L'URSS, l'Italie, l'Allemagne, le Portugal et bientôt l'Espagne marchent en uniforme au son des parades militaires dans les décors grandioses concoctés par les dramaturges politiques : il s'agit de penser simplement, de reconnaître ses ennemis sans hésitation possible, et de les abattre parce qu'ils sont le Mal. La liste des condamnés varie selon les pays et les traditions, mais il faut des sacrifiés. Les nationalismes s'appuient sur les vieilles haines mythiques, sur la lutte éternelle contre les étrangers de l'intérieur, contre les Tziganes et surtout contre les Juifs. L'antisémitisme, déjà constant et dûment verbalisé au tournant du siècle, devient en Allemagne une doctrine officielle, une folie collective, une solution. Staline s'en sert aussi pour combattre pêle-mêle les bourgeois, les intellectuels et les trotskistes, avec moins de rigueur théorique mais tout autant de conviction. La grande espérance soulevée par la création d'une Société des Nations (1919) retombe comme un soufflé.

On a pourtant conscience, à l'époque, d'être dans

l'un des deux camps, de choisir la liberté des peuples ou l'allégeance charismatique, sans compromis possible, et l'on ne semble pas supposer qu'une fosse immense se creuse, prête à engloutir des millions d'individus. Pour chacun des acteurs de la scène politique, pour chaque écrivain, chaque intellectuel, chaque militant, la fracture est nette et la guerre idéologique totale. Il faut s'engager clairement au nom des valeurs qu'on reconnaît pour siennes : gauche contre droite, fascisme contre communisme, et centre mou, vieilli, usé, impuissant. Ceux qui s'abstiennent prennent du recul dans le scepticisme, la forme « pure », la mondanité, le jeu, le désabusement, le roman bourgeois à succès ou le vaudeville des grands boulevards. Mais les Morand, les Bourget et les peintres de la réalité s'inscrivent comme à regret dans la dynamique d'une époque où le rêve et la recherche formelle entrent au service de la révolution. La crise de conscience intellectuelle, en ces années de l'entre-deux-guerres, chargée des doutes qu'elle exprime devant les idées simples, est vite rattrapée par les faits. Il faut choisir ou fuir, dans la mort, dans d'autres mondes, exotiques, artificiels, individuels.

Yalta

Mais fuir n'est bientôt plus possible. La « sécurité collective » s'abat sous les coups du Japon impérialiste, de l'Italie fasciste et de l'Allemagne nazie. Le glas sonne pour tous, en Espagne, en Autriche, en Pologne et en France. La planète s'embrase. Aucun refuge.

Zweig se suicide au Brésil.

Cinquante millions de morts en cinq ans. L'Union soviétique, un moment préservée de la guerre grâce au pacte Ribbentrop-Molotov (1939), est envahie en juin 1941. Pour les communistes étrangers, qui s'épuisaient à justifier le réalisme stalinien, les choses deviennent plus claires et la résistance évidente. Les États-Unis d'Amérique se voient aussi contraints d'entrer dans la guerre le 7 décembre 1941, après Pearl Harbor. Les deux blocs, un moment, deviennent alliés, à peine le temps d'éliminer leurs ennemis communs. Car dès le retournement de 1943 (Stalingrad, Afrique du Nord, Midway) et le recul de l'Axe sur tous les fronts, les puissances alliées envisagent une recomposition du monde, à Téhéran, en décembre 1943, puis enfin à Yalta, en janvier 1945. Dans le grand marchandage entre un Roosevelt malade, un Churchill isolé et un Staline triomphant, la carte de l'Europe se modifie : démocraties libérales à l'ouest du 12e méridien de longitude est, démocraties populaires à l'est, quelques pourcentages pour seule modalisation, et une déclaration de principe sur l'entière liberté des peuples à décider d'eux-mêmes... Sans négociation véritable, la nouvelle carte de l'Europe est la résultante d'un état de fait. La fin de la guerre ressemble à une grande course vers le centre de l'Europe, et la présence des troupes russes ou occidentales détermine l'avenir des territoires conquis : en Hongrie, les communistes et les troupes soviétiques éliminent les partis « bourgeois » ; en Grèce, les Britanniques pourchassent les communistes... Les Occidentaux admettent l'instauration du gouvernement de Tito en Yougoslavie, acceptent que la Pologne abandonne ses régions orientales conquises en 1921 (une partie de la Biélorussie et de l'Ukraine) et s'étende jusqu'à l'Oder (Prusse-Orientale, Poméranie, Silésie), que l'ensemble de l'Europe de l'Est soit sous domination soviétique, enfin, que l'Allemagne, perdant plus de cent mille kilomètres carrés, soit coupée en deux, avec Berlin comme pomme de discorde. Suivent encore quelques rectifications de frontières : l'Italie cède à la Yougoslavie une partie de l'Istrie et ne garde officiellement Trieste qu'en 1954, elle doit aussi abandonner Rhodes à la Grèce. La Roumanie perd la Bessarabie au profit de l'URSS, mais récupère la Transylvanie aux dépens de la Hongrie. La Bulgarie perd son débouché sur la mer Égée, la Tchécoslovaquie — encore pour un moment démocratie libérale — et la Finlande abandonnent certains districts à l'Union soviétique qui absorbe dans son empire les pays Baltes et la région de Königsberg. Ces modifications s'accompagnent de grands transferts de populations : plus de douze millions d'Allemands de Tchécoslovaquie, de Pologne, de Yougoslavie et de Hongrie sont renvoyés en Allemagne, les ex-Polonais de l'Est sont envoyés dans les régions enlevées à l'Allemagne et des milliers de « personnes déplacées », sans patrie définie, attendant dans des camps qu'on statue sur leur sort.

La guerre froide a de beaux jours devant elle et l'Europe cristallise la division du monde en deux blocs ennemis. Mais, très vite, on s'aperçoit qu'une nouvelle guerre totale serait absolument destructrice ; en effet, la nouvelle arme atomique, américaine puis russe, laisse à penser que son emploi déclencherait une sorte de fin du monde. Depuis les 6 et 9 août 1945, depuis Hiroshima et Nagasaki et leur cohorte de morts immédiates et différées, les données militaires et politiques ont changé : il faut bien négocier de peur de se détruire.

Et puis l'horreur : six millions d'individus sont morts gazés pour la simple raison qu'ils étaient juifs, ou tziganes, parce qu'une idéologie avait décrété qu'ils étaient une race inférieure et nuisible, à éliminer. Le XXe siècle avait inventé le « crime contre l'humanité ». Un crime auprès duquel le procès de Nuremberg ne sera qu'une pâle expiation, un crime ingérable auquel on voudra donner une réponse impossible avec la création de l'État d'Israël, le 30 novembre 1947. Primo Levi, rescapé d'Auschwitz, se suicide le 11 avril 1987 : l'Histoire est incompréhensible.

Les Nations « unies » ?

Puisque la SDN a vécu, on crée, par la charte de San Francisco, le 24 juin 1945, un autre organisme international, fondé sur un mythe — les « Nations unies » —, répondant à une mission — régler au mieux les conflits par des moyens pacifiques et développer la coopération internationale —, réunissant l'ensemble des pays en principe démocratiques — en 1945 —, conduit par cinq nations dominantes — les « Grands » : USA, URSS, Royaume-Uni, puis France et Chine —, enfin assorti d'une déclaration de bon aloi, la Déclaration universelle des droits de l'homme, du 10 décembre 1948. Et, tant bien que mal, l'ONU fera son travail, malgré les ruptures et les guerres. Tantôt « machin », selon de Gaulle, tantôt arbitre plus ou moins respecté, l'Organisation des Nations unies exercera son influence modératrice sur une planète déchirée.

Devant l'extension du communisme, la doctrine Truman et le plan Marshall fourbissent leurs armes en proposant une stratégie d'endiguement fondée sur une aide économique et militaire. Le « coup de Prague » de février 1948 montre qu'il n'est plus possible d'envisager la présence d'un régime libéral dans l'est de l'Europe. La Chine devient elle aussi communiste au terme de vingt années de guerre civile (1949), la Malaisie, l'Indonésie, la Birmanie et la Grèce se soulèvent. Devant l'hystérie maccarthyste et la « chasse aux sorcières », les intellectuels occidentaux, particulièrement de l'Europe de l'Ouest, se rebellent, affichent leur défiance envers le libéralisme capitaliste, adhèrent aux partis communistes ou deviennent de fervents « compagnons de route ». D'autres en concluent amèrement que l'Absurde triomphe, sous tous ses aspects, politique, philosophique ou simplement esthétique :

l'homme, Sisyphe absolu, est-il donc destiné à vivre sans raison, à se révolter sans objet et à parler sans être compris par les siens ? Et pourtant, dans cet après-guerre, on s'amuse et l'on joue. Le jazz, fraîchement débarqué en Jeep, instaure les temps modernes : la désespérance et le combat idéologique sans concession atteignent leurs limites dans les caves parisiennes.

La guerre froide s'étend. Dès 1947, les communistes français et italiens sont exclus du gouvernement, la Grèce est la proie d'une atroce guerre civile ; à la création de la République fédérale allemande, l'URSS riposte par le blocus de Berlin, on frôle l'engagement mondial durant la guerre de Corée (1950), l'Indochine éclate en 1954 et l'Union soviétique répond à la création de l'OTAN par le pacte de Varsovie (mai 1955). Passé les regrets et les pleurs, la mort de Staline, terrible « petit père des peuples », en 1953, inaugure une période de détente parsemée de crises. Le XXe congrès du PC soviétique (1956) révèle les crimes de Staline, mais le goulag reste en place, Khrouchtchev donne des gages de libéralisme mais réprime durement le soulèvement de Budapest et de Varsovie (1956), rencontre Kennedy, mais édifie à Berlin, le 30 août 1961, les quarante-trois kilomètres du « mur de la honte ». « *Ich bin ein Berliner* » (J. F. Kennedy). La « crise des fusées » de Cuba, en septembre 1962, place la planète au bord d'un gouffre.

Détente. Algérie, décolonisation en Afrique, Viêt-nam, Saint-Domingue sous l'ordre américain (1965), « printemps de Prague » ensanglanté par les chars russes (1968), Chili d'Allende sous la botte de Pinochet (1973). Chacun des deux blocs préserve avidement sa zone d'influence et cherche à maintenir sa cohésion, malgré, à l'Ouest, la méfiance de De Gaulle, la construction européenne (traité de Rome en 1960) et, à l'Est, le schisme yougoslave (1948), l'éloignement albanais (1961), les prises de distance roumaines et la rupture sino-soviétique (1969). Les « Grands » savent éviter, par accord tacite, l'extension des guerres locales, négocient une limitation des armements stratégiques et préservent leur pouvoir en veillant à la non-prolifération des armements nucléaires. En Europe, la politique gaullienne et l'*Ostpolitik* du chancelier Brandt améliorent les rapports entre l'Est et l'Ouest : l'Allemagne reconnaît la frontière Oder-Neisse en 1970 et signe un traité avec la RDA en 1972. À Helsinki, l'URSS, les États-Unis, le Canada et les États européens signent un acte censé respecter le droit des peuples à disposer d'eux-mêmes et les droits de l'homme pour chaque citoyen (1978). Peut-on espérer la fin du goulag ? Les idées et les textes circulent, de plus en plus vite et de mieux en mieux, les littératures de chaque pays s'étoffent d'une connaissance des autres cultures européennes et internationales, on apprend à lire l'autre. Les anciens colonisés intriguent d'abord, deviennent des modes ensuite, et entrent en force dans les cultures nationales. La revendication de la négritude, qui naît au sein des cultures dominantes, affronte et dépasse l'exotisme pour mettre en question leur domination. L'exemple indien de la non-violence, l'immense aura de Gandhi, la résistance pacifique ou violente des humbles du tiers monde contraignent les Européens à reconsidérer leur arrogante supériorité.

Droits de l'homme et fin des blocs

« Nous sommes tous des juifs allemands » (D. Cohn-Bendit). Dans le même temps, les pays occidentaux sont confrontés à la montée d'une classe d'âge fort nombreuse, issue du « baby-boom ». Les enfants de la Libération ont vingt ans en 1968 et se mettent à douter des convictions de leurs aînés. L'essor économique des dix ans qui viennent de s'écouler cacherait-il une illusion de bonheur ? Si l'Union soviétique n'est plus un modèle, la Chine peut être une promesse, le Viêtnam une lutte légitime, le marxisme une idée neuve, l'inconscient une notion clef, il ne reste plus qu'à ajouter les fleurs, la musique, l'enthousiasme, avec les pavés pour toute arme offensive. À défaut d'avoir fondé les conditions d'une révolution violente, les mouvements de 68 ont permis qu'une modernité s'installe sous la bannière de l'individu : liberté sexuelle, liberté institutionnelle, liberté des esprits et remise en question de vertus jusqu'alors consensuelles. La chasse aux idées reçues est ouverte, on publie des essais de tous ordres, les sciences humaines passionnent, le temps est au débat. Les dogmatismes, un moment triomphants, cèdent bien vite la place aux questions surgies des réalités politiques, et à mesure que l'on constate les luttes internes des « dissidents » européens, on s'interroge sur le bilan, jusqu'ici « globalement positif », du bloc communiste : Amnesty International (1961, puis 1987), diffusion des samizdats, coups de boutoir de Soljenitsyne, Charte 77 à Prague, crise économique, affaire Sakharov (1980-1986), Solidarité (1980). En Pologne, la reprise en main de Jaruzelski en décembre 1981, perçue à l'époque comme un nouvel étouffoir, n'est encore pour personne le dernier soubresaut d'un système qui s'abîme. En Europe de l'Ouest, le revers du mouvement des années 68 apparaît : dès lors que les certitudes disparaissent (mise en question du marsixme, érosion de la psychanalyse), que fait-on du vide ainsi creusé ? Faut-il laisser la place à la technocratie, faut-il mettre en doute la politique discréditée, faut-il enfin, au nom de la liberté des consciences individuelles, ne plus croire en rien d'autre qu'en la société du spectacle ? Le post-modernisme, jeune vieillard déçu, ne reposerait-il plus sur rien d'autre que sur une croyance en l'homme, en ses droits déclarés par les révolutionnaires de 1789 et les diplomates de 1948 et sur la volonté qu'ont les citoyens de les appliquer à l'échelle du monde ? C'est sur cette notion de droits de l'homme que le monde vacille.

1989. Alors qu'on vient de fêter fastueusement, en France, la Révolution des droits de l'homme, alors que la Chine réprime son printemps étudiant, l'ère Brejnev s'abolit, Mikhaïl Gorbatchev ouvre l'espace des grands bouleversements. Boukharine, Zinoviev, Kamenev, bientôt Trotski sont réhabilités, une nouvelle politique de réformes est votée, le pouvoir du PCUS et celui de son secrétaire général sont confrontés à une véritable crise de légitimité. Les pays Baltes se rebellent, bientôt suivis par les Géorgiens, les Arméniens, les Ukrainiens : l'Empire soviétique, sous la poussée des nationalités, est menacé d'éclatement. La Pologne de Wałęsa s'affranchit et Solidarité, au prix d'une longue lutte, remporte les élections législatives (juin). La Hongrie voit les réformateurs l'emporter au sein même du parti communiste. Le Rideau de fer se brise sous la poussée des populations : des centaines puis des milliers d'Allemands de l'Est passent en Hongrie puis en Autriche, enfin en Allemagne de l'Ouest, d'autres transitent par la Pologne. L'hémorragie s'étend. Tout va maintenent très vite : à l'issue d'une série de manifestations, Erich Honecker se retire le 18 octobre, le mur de Berlin tombe à la mi-novembre, la Stasi, police politique, est dissoute le 9 décembre : Yalta n'existe plus. On parle bientôt de réunification allemande, économique et monétaire dans un premier temps (juin 1990), politique ensuite (octobre 1990). La Hongrie devient une démocratie parlementaire (23 octobre), la Bulgarie amorce un tournant libéral et annonce des réformes sous la pression populaire, la Tchécoslovaquie se mobilise, abolit le rôle dirigeant du parti communiste (29 novembre) et, le 29 décembre, Václav Havel, écrivain et ancien dissident, est élu président de la République, la Roumanie enfin renverse la dictature de

Ceauşescu le 22 décembre 1989. L'Albanie elle-même, jusque-là hors des luttes démocratiques, doit libéraliser (mai 1990), voit s'enfuir des milliers de ressortissants et en vient à renverser les statues d'Enver Hoxha. Partout, les partis communistes sont désavoués, changent de nom ou disparaissent, et le centre de l'ex-Empire vacille lui aussi : pacte de Varsovie et Comecon sont dissous (février et juillet 1991), la Lituanie, l'Estonie et la Lettonie décrètent leur indépendance, l'Arménie, la Turkménie, le Tadjikistan, la Géorgie leur souveraineté. L'échec d'un coup d'État conservateur précipite encore les choses (19 août) : Boris Eltsine président de la république de Russie depuis juin, fait figure de sauveur, le parti communiste disparaît et le pays se diffracte en une série de nations indépendantes. L'URSS devient la CEI le 8 décembre. La question est alors de savoir si la Russie peut rester dominante au sein de la toute nouvelle Communauté des États indépendants. Mikhaïl Gorbatchev démissionne le 25 décembre 1991.

Mais l'enthousiasme libérateur doit affronter la question des nationalités que le traité de Versailles de 1919 et les accords d'après-guerre, en 1945, n'avaient pas réglés. Les savants découpages des frontières ne correspondent que fort peu à l'aspiration des peuples ; ceux-ci revendiquent maintenant leur liberté et leur indépendance. En Yougoslavie, la Croatie, la Slovénie doivent s'affranchir par les armes de la domination serbe, la Bosnie explose, le Kosovo, à population majoritairement albanaise, menace d'entrer dans la tourmente. L'Est, fasciné par le capitalisme occidental, rompt avec le communisme et retrouve ses questions séculaires. Les Tchèques divorcent des Slovaques, divers conflits agitent les marches des anciennes républiques, partout les nationalismes revendiquent une reconnaissance problématique.

Prise au sein de ces bouleversements, l'Europe peut-elle être encore une réponse unificatrice ? Impuissante dans le conflit yougoslave, effacée lors de la guerre du Golfe par la machine américaine, peut-elle être encore un espoir ? Soumise aux crises économique et politique internationales, elle reste pourtant un centre vers lequel tous les regards convergent, un révélateur des mutations, un creuset. Forte de ses nations et divisée par l'Histoire, elle garde son rôle de référence, son capital de culture et son dynamisme.

9

LES GRANDS EMPIRES, L'EFFONDREMENT D'UN MONDE

(1900-1918)

Mitteleuropa et Europe de l'Est,
les voix des nations

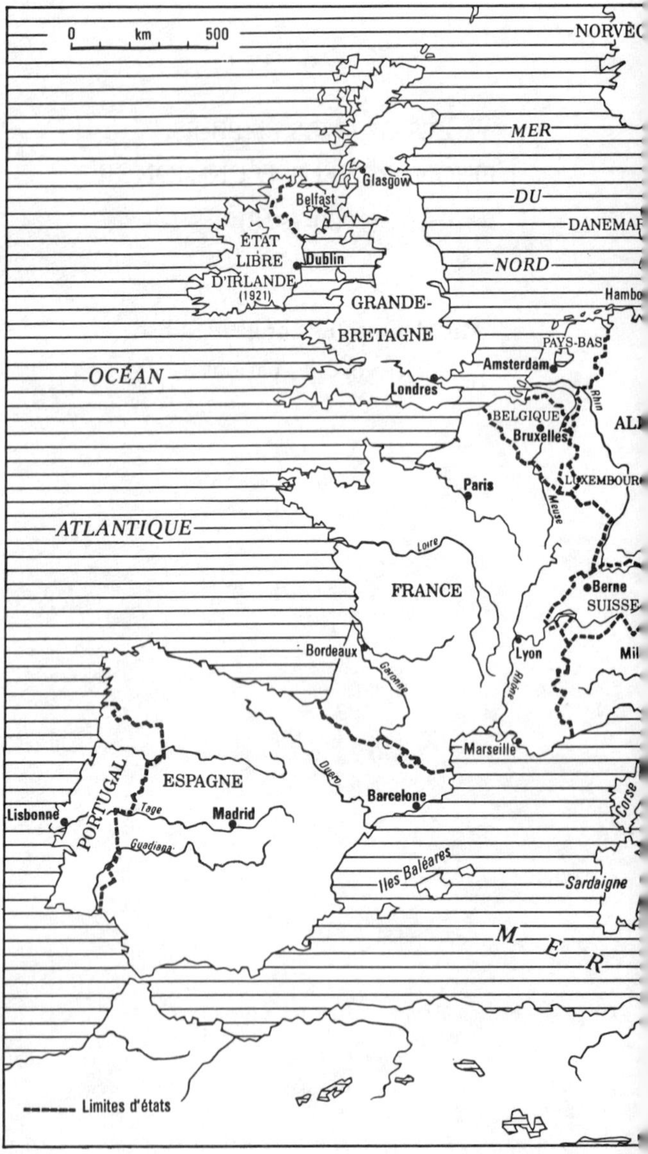

0 km 500
NORVÈG
MER
DU
NORD
DANEMAR
Hambo
Glasgow
Belfast
ÉTAT
LIBRE
D'IRLANDE
(1921)
Dublin
GRANDE-
BRETAGNE
PAYS-BAS
Amsterdam
Londres
OCÉAN
ATLANTIQUE
BELGIQUE
Bruxelles
Rhin
AL
LUXEMBOUR
Paris
Meuse
Loire
FRANCE
Berne
SUISSE
Bordeaux
Garonne
Lyon
Mil
Rhône
Marseille
Corse
Duero
Barcelone
ESPAGNE
PORTUGAL
Lisbonne
Tage
Madrid
Guadiana
Iles Baléares
Sardaigne
M
E
R
Limites d'états

slo
Helsinki
Pétrograd
Stockholm
Tallinn
ESTONIE
MER BALTIQUE
Volga
Moscou
SUÈDE
Riga
LETTONIE
Dvina
LITUANIE
Kaunas
Copenhague
U.R.S.S.
Dantzig
(Ville libre, 1920)
PRUSSE ORIENT.
(All.)
Elbe
Berlin
Vistule
Varsovie
Kiev
MAGNE
Oder
POLOGNE
Dniepr
Prague
RÉP. D'UKRAINE
(1917-1919)
TCHÉCOSLOVAQUIE
Dniestr
Munich
Vienne
Tisza
Budapest
AUTRICHE
HONGRIE
ROUMANIE
MER
Bucarest
Belgrade
Danube
NOIRE
YOUGOSLAVIE
BULGARIE
ITALIE
Sofia
Istanbul
Rome
Tirana
Naples
ALBANIE
1923
TURQUIE
GRÈCE
Athènes
Sicile
Rhodes
(Italie)
Crète
MÉDITERRANÉE

Les extraits de l'anthologie sont présentés de la manière suivante : le nom de l'auteur est suivi de ses dates de naissance et de décès. Le titre en langue originale est celui de l'ouvrage dont est extrait le texte cité, la date est celle de la première édition dans la langue originale.

Les introductions composées en italique sont des fictions attribuées à des narrateurs sous lesquels il sera facile de reconnaître tel ou tel personnage réel ou imaginaire. Elles ont pour objet de définir le cadre historique et culturel de chaque période, en présentant un point de vue particulier. Il est donc inutile de reprocher à ces scripteurs involontaires de défendre un point de vue partial ou polémique. Leurs prises de position se veulent simplement des témoignages sur leur temps, et certains modes de pensée. Qu'ils nous paraissent aujourd'hui aberrants, parfois, ou éclairants, souvent, n'engage que leur responsabilité. (*N.d.A.*)

1921

Adieux d'un anarchiste russe (traduit du russe)

En vue d'Ellis Island, à bord du *Rochambeau*,
en cette fin décembre.

Camarades, amis,
Je suis un déserteur de la Cause. Pour avoir beaucoup espéré, nous sommes beaucoup aujourd'hui à désespérer. Je m'en vais chercher ailleurs des raisons nouvelles de ne pas mourir tout de suite.

Espoir : le tsarisme enfermé dans ses préjugés, le vieux monde craquant de toutes parts, et même, in fine, *la guerre qui fit voler en éclats le vernis des préjugés et des habitudes.*

Espoir, encore. Nous avions eu de la chance. Par leur politique répressive, les deux derniers tsars avaient interdit à l'intelligentsia de verser dans le libéralisme. Il n'y avait plus de choix qu'entre les larmes ou les bombes. Et Nicolas Alexandrovitch, comme avide d'exhiber sa faiblesse, est allé affronter les Japonais — au moment même où l'ère Meiji les rendait pour la première fois redoutables.

Stolypine venait trop tard, et Lénine avait raison : la Russie en était toujours au Moyen Âge, pen-

*dant que les autres nations d'Europe inventaient le XX*ᵉ *siècle. La Douma était une caricature de Parlement : on ne fait pas 1789 sans couper des têtes. Les koulaks s'enrichissaient, à racheter les terres des anciens grands propriétaires. Et toujours des famines : rappelez-vous 1891. Isbas, icônes et samovars, tel était le rêve des masses paysannes. Et nous ne voulions pas, comme en Irlande, d'une révolution à l'ombre d'une croix.*

Espoir, pourtant. La révolution de 1905, les grèves de la Lena en 1912, les barricades de Saint-Pétersbourg. Presque deux millions de grévistes. Nos bombes étaient justes.

Désespoir. La Russie n'a pas su s'inventer une vraie bourgeoisie qui eût fixé l'utopie libérale. L'intelligentsia s'abreuvait de rêveries slaves. J'ai été de ces socialistes-révolutionnaires de 1897 — ô, nos rêves, nos délires ! Des sentimentaux, toujours entre poésie, vodka et knout. Il y a aujourd'hui pénurie de vodka, les sentiments sont officiellement tournés vers l'exaltation des vertus du prolétariat, et le knout, toujours. J'ai bien peur que les bolcheviks renoncent à la révolution : ce jour-là, Maïakovski se suicidera et Gorki sera de plus en plus amer.

Désespoir. Comment leur pardonner Kronstadt ? Là où les insurgés de 1905 avaient été si durement réprimés par le comte Witte, là où les marins de l'Aurora, en 1917, avaient démontré la faiblesse de Kerenski — ce n'est pas par hasard si Piotr

Alexeïevitch[1] *a choisi ce moment pour rentrer d'Angleterre —, là, à Kronstadt, Trotski, l'année dernière, a écrasé dans le sang les insurgés qui contestaient les soviets. Comme s'ils avaient choisi Odessa pour faire tirer encore une fois sur le peuple — et pourquoi pas aussi sur les enfants au berceau ?*

La Nouvelle Politique économique que vient de lancer Lénine après deux ans de « communisme de guerre » se donne des airs libéraux pour mieux débusquer ses adversaires. Les masses, dont ils ne cessent de parler depuis qu'ils ne les écoutent plus, leur sont indifférentes. Seules comptent les intrigues du sérail. Les sultans qui émergeront de ces disputes seront impitoyables. Je n'ai pas envie de finir forçat de quelque maison des morts, en Sibérie ou ailleurs.

C'est l'hiver sur la Russie. Un rideau de froid nous isole de l'Europe. Ils ne nous pardonneront ni Brest-Litovsk ni les bolcheviks. Dommage : nous avons failli être européens. L'Occident s'enthousiasmait pour nos romanciers. Gogol et Tourgueniev d'abord, puis Dostoïevski, qui fut des nôtres, et Tolstoï, qui versait dans le socialisme patriarcal, et Tchekhov, et... J'en viens pourtant moi-même à me demander si nous sommes bien européens : il y a si peu de temps, à peine deux siècles, que nous nous préoccupons de ce qui se passe à l'Ouest. Les rues de Moscou portent les traces des chevaux de Tamerlan et de Pougatchev. Les Mongols et

---

1. Le prince Kropotkine (1842-1921), théoricien et praticien de l'anarchisme (*L'Anarchie future*, 1887).

les Cosaques sont plus près de nous que ces intellectuels anglais flegmatiques, ou ces écrivains français, si énervés...

Nous ne sommes, au fond, ni de l'Est ni de l'Ouest. Une grande tranchée de peuples coule de l'Ukraine jusqu'aux rives de l'Adriatique et de la mer Égée, et sépare l'Europe en deux mondes rivaux. Les Balkans inquiètent le monde, depuis longtemps. Pour un archiduc ou pour une princesse, ils auront été le creuset d'un monde nouveau.

Depuis un demi-siècle, l'Europe s'exile massivement aux Amériques : le progrès social a entraîné un déferlement démographique, les progrès techniques ont mis au chômage des millions d'hommes. Ils partent, avec leur culture sur le dos, et quelques loques. Seuls les espaces ouverts d'Amérique offrent un point de fuite à ces grandes hordes sans emploi. Les Italiens ont bien essayé de venir en France, par exemple. Mais, trop catholiques ou trop « jaunes » aux yeux de la CGT, trop bronzés aux yeux du peuple, voleurs de travail dans une société mal assurée, on les a traités, dans le Midi, comme Nabuchodonosor a traité les enfants de Jérémie.

Avant 14, j'avais déjà eu la tentation d'abandonner l'Europe à la montée des périls et de partir dans l'un de ces kibboutzim, récemment fondés en Palestine. Le Turc, au moins, nous tolère, nous autres juifs, alors que les Ukrainiens, et tous les Russes blancs, et les Polonais, les Tchèques et les Hongrois nous haïssent.

Et même les socialistes, qui ont entendu dire qu'il y avait des capitalistes juifs. Pogrom *est un mot qui se décline dans toutes les langues slaves.* Racisme *s'énonce fort bien dans toutes les autres. Le* Protocole des Sages de Sion, *fabriqué par la police tsariste, est un succès de librairie partout où de pauvres gens, et d'autres, plus riches, qui les exploitent, craignent la germination d'un monde nouveau. L'Europe confrontée aux tempêtes en revient toujours aux mêmes boucs émissaires.*

Alors, la Palestine, selon le vœu de Theodor Herzl [1] *? Mais voilà que l'Europe a investi l'Orient et y importe ses passions et ses intérêts.*

Désespoir : le vocabulaire de l'amitié camouflait le désir de massacres. Entente cordiale. Triple Entente. Partout l'appétit de guerre. Et les entraînements, la Russie à la rescousse des Serbes en 1912 pour bouter les Turcs hors d'Europe, et les Serbes affrontant les Bulgares l'année suivante, pour une part de Macédoine. Les Autrichiens ont cru adroit de garder la Bosnie et François-Ferdinand est venu mourir à Sarajevo.

Alors, août 14. Combien de sang a dû couler pour que la statue branlante de la nouvelle Europe émerge, à Versailles, d'un traité bancal ! Les Français disent

---

1. Theodor Herzl (1860-1904) était un écrivain juif hongrois qui, dégoûté par l'antisémitisme européen (il avait en particulier couvert pour son journal viennois le procès de Dreyfus), se fit, dans *L'État juif* (1896), le fondateur et le propagateur du sionisme, visant à créer un foyer national juif en Palestine. Il écrivit même en 1902 un roman d'anticipation, *Terre ancienne-Terre nouvelle*, qui décrivait la vie quotidienne dans cet État juif qui n'existait pas encore.

déjà que c'est la « der des der », l'ultime guerre. Voire... La Société des Nations n'est pour moi qu'une utopie du capitalisme.

Que reste-t-il de la prophétie de Bebel ? La révolution n'est pas sortie de la guerre. Les gesticulations de Lénine autour du Komintern ne trompent personne. La Russie me semble bien décidée à ne faire la révolution que dans un seul pays. Ont-ils seulement aidé Karl Liebknecht et Rosa Luxemburg, et tous les spartakistes, et Kurt Eisner[1] *? Assassinés, tous trois. Et Bela Kun*[2] *? Finira-t-il lui aussi sacrifié sur l'autel des révolutions mortes ? Toukhatchevski*[3] *n'a même pas su rallier la Pologne à la révolution russe — il avait, à vrai dire, de singulières méthodes d'explication. La révolution s'est arrêtée à Riga.*

Désespoir. Les nations qui alimentaient le mythe démocratique ont sombré les unes et les autres dans les illusions nationalistes et le narcissisme : « culte du moi », disaient-ils... La France a tué Jaurès, après

1. Kurt Eisner (1867-1919) proclama la république de Bavière après l'effondrement de la monarchie (1918). Il fut assassiné quelques mois plus tard. Karl Liebknecht (1871-1919) et Rosa Luxemburg (1870-1919) fondèrent la Ligue spartakiste (1916) puis le parti communiste allemand. Ils furent arrêtés et assassinés en 1919 sur ordre du social-démocrate Noske.
2. Bela Kun (1886-1937) fonda le parti communiste hongrois et s'empara du pouvoir en 1919. Malgré un régime de terreur, il ne réussit pas à conserver le pouvoir et dut se réfugier en URSS, où il finit victime des purges staliniennes.
3. Toukhatchevski (1893-1937) dirigeait l'Armée rouge sur le front polonais (« La route de l'incendie mondial passe sur le cadavre de la Pologne »), mais fut vaincu en 1920 à la bataille de la Vistule. Le traité de Riga entérina le nouvel ordre dans l'est de l'Europe. Toukhatchevski réprima la révolte des marins de Kronstadt (1921). Il fut plus tard exécuté sur ordre de Staline.

avoir négligé les avertissements du congrès de Bâle[1]. *La guerre passée, elle accentue encore sa présence en Asie et en Afrique : deux belles occasions d'offrir des promotions à ses officiers, et de nouvelles ouailles à ses prêtres. Les Anglais sont partis faire la guerre aux antipodes, pour quelques mines d'or de plus. Les empires centraux se sont effondrés. L'Allemagne a perdu la rive droite du Rhin — les frontières des nations européennes sont aussi fluctuantes que celles des rois nègres, et aussi peu convaincantes. L'Autriche... Que reste-t-il de l'Autriche ? Je me rappelle Vienne, mes promenades sur le Ring : un tourbillon d'esprit. L'Italie cache la misère de son Midi derrière les dépouilles de la Libye et ses récriminations sur Trieste. Mais les Italiens ne mourront pas pour l'Illyrie, malgré les gesticulations de D'Annunzio à Fiume il y a deux ans, ou les déclarations de Marinetti sur la guerre, « seule hygiène du monde » ! Quant à l'Espagne... La « génération de 1898 » (l'année même de la défaite espagnole à Cuba) prône la modernité. Mais c'est, avec la Russie, la nation la plus confinée dans les bornes de la foi — alors que partout la laïcisation et l'éducation ont émancipé les ouvriers de la tutelle des robes noires.*

Mon seul souvenir gai est d'une autre planète. Poursuivi par la police tsariste, j'étais à Zurich au début

---

[1]. En 1912, la IIe Internationale tint son congrès à Bâle et insista particulièrement sur la prévention des risques de guerre. Jaurès fut assassiné en 1914

de 1916. Un soir de février, des amis pacifistes, artistes et poètes, réfugiés eux-mêmes en Suisse pour ne pas prêter la main à la boucherie, m'ont emmené boire. Beaucoup boire. Je me rappelle mal. Je sais que j'étais ivre, hilare, enthousiaste, et que je frappais dans mes mains en criant « Da ! Da ! » Est-ce une coïncidence ? Quelques poètes iconoclastes se sont, depuis, rassemblés sous ce vocable étrange, Dada, et brisent les vitrines de l'ancien monde.

Espoir : Paris avant guerre, Montmartre et Apollinaire, Picasso, Braque... Et Kandinsky. Cubisme. Abstraction. Aucune forme ne subsiste. L'anarchie est dans les mots, sur les toiles.

Des raisons d'espérer ? Avant la guerre, dix-huit États en Europe. À présent, vingt-six. Où est le rêve de Victor Hugo des « États-Unis d'Europe » ? Justement, il est aux États-Unis, puisque aussi bien toute l'Europe s'y retrouve : ce bateau, c'est Babel.

America... Juste en face de nous, en ombre chinoise dans le soleil couchant, la statue de la Liberté. L'original a beau être encore à Paris, le modèle est à présent ici. C'est Wilson qui a gagné la guerre. La liberté est revenue d'Amérique.

Adieu, mes camarades. Je vous ai suivis dans l'enthousiasme, je vous quitte non sans remords, je vous reviendrai peut-être. Ainsi va le monde.

HUGO VON HOFMANNSTHAL
(1874-1929)

Ein Brief (Brief des Lord Chandos)
(1902)
UNE LETTRE (LETTRE DE LORD CHANDOS)*

Depuis lors, je mène une existence que vous aurez du mal à concevoir, je le crains, tant elle se déroule hors de l'esprit, sans une pensée ; une existence qui certes diffère à peine de celle de mon voisin, de mes proches et de la plupart des gentilshommes campagnards de ce royaume, et qui n'est pas sans des instants de joie et d'enthousiasme. Il ne m'est pas aisé d'esquisser pour vous de quoi sont faits ces moments heureux ; les mots une fois de plus m'abandonnent. Car c'est quelque chose qui ne possède aucun nom et d'ailleurs ne peut guère en recevoir, cela qui s'annonce à moi dans ces instants, emplissant comme un vase n'importe quelle apparence de mon entourage quotidien d'un flot débordant de vie exaltée. Je ne peux attendre que vous me compreniez sans un exemple et il me faut implorer votre indulgence pour la puérilité de ces évocations. Un arrosoir, une herse à l'abandon dans un champ, un chien au soleil, un cimetière misérable, un infirme, une petite maison de paysans, tout cela peut devenir le réceptacle de mes révélations. Chacun de ces objets, et mille autres semblables dont un œil d'ordinaire se détourne avec une indifférence évidente, peut prendre pour moi soudain, en un moment qu'il n'est nullement en mon pouvoir de provoquer, un caractère sublime et

---

* L'auteur de la lettre s'adresse à Francis Bacon pour lui faire part de l'étrange maladie qui l'affecte. Cette lettre d'une quinzaine de pages a beaucoup impressionné les surréalistes français.

si émouvant, que tous les mots, pour le traduire, me paraissent trop pauvres. Bien plus, à la représentation précise d'un objet absent peut échoir en partage ce destin incompréhensible d'être emplie jusqu'au bord du flux doux et brutal de ce sentiment divin. Ainsi, récemment, j'avais donné ordre de verser en abondance du poison pour les rats dans les caves à lait d'une de mes métairies. Vers le soir, je sortis à cheval sans plus songer, comme vous le présumez, à cette histoire. Alors, tandis que mon cheval avance au pas dans la haute terre d'un champ retourné et que je ne découvre rien de plus inquiétant à proximité de moi qu'une couvée de cailles apeurées et au loin, au-dessus de l'ondulation des labours, un grand soleil couchant, alors s'ouvre soudain au fond de moi cette cave emplie par l'agonie d'un peuple de rats. Tout était au-dedans de moi : l'air frais et lourd de la cave envahi par l'odeur douceâtre et forte du poison, et la stridence des cris heurtant les murs moisis ; cette confusion de spasmes impuissants, ces galops désespérés en tous sens ; la recherche forcenée des issues ; le regard de froide colère, quand deux bêtes se rencontrent devant une fissure bouchée. Mais à quoi bon mettre de nouveau à l'épreuve des mots que j'ai abjurés ! Vous vous souvenez, ami, avec quel art Tite-Live évoque les heures qui précédèrent la destruction d'Albe-la-Longue ? Ces gens qui errent dans les rues qu'ils ne doivent plus revoir... qui prennent congé des pierres du sol. Je vous le dis, mon ami, voilà ce que je portais en moi, et en même temps Carthage en flammes tout entière ; mais c'était plus encore, c'était plus divin, plus bestial ; et c'était du présent, le présent le plus plein, le plus sublime. Il y avait là une mère qui sentait tressaillir autour d'elle ses petits mourant, et elle dirigeait ses regards, non sur ces êtres en train de succomber, non vers la pierre inexorable des murs, mais dans l'air vide, ou bien, à travers l'air, dans l'infini, et elle accompagnait ses regards d'un grincement ! — S'il s'est trouvé un esclave pour voir, saisi d'impuissante horreur, Niobé changée en pierre, celui-là a dû traverser ce que j'ai traversé quand en moi l'âme de cet animal montra les dents au destin monstrueux.

Traduit par ALBERT KOHN et JEAN-CLAUDE SCHNEIDER.
© Mercure de France et Gallimard, 1969.

ROBERT MUSIL (1880-1942)

Die Verwirrungen des Zöglings Törleß (1906)
LES DÉSARROIS DE L'ÉLÈVE TÖRLESS*

Il resta à l'écart des conversations fiévreuses qui se tinrent un peu partout au sujet de ce qui allait se produire ; il passa toute la journée dans la plus grande tranquillité.

Quand vint le soir, quand on alluma les lampes, il s'assit à sa place et posa devant lui le cahier où il avait noté naguère quelques observations hâtives.

Mais il ne fut pas longtemps à les lire. Passant la main sur les pages, il croyait sentir s'en dégager un parfum délicat, comme de vieilles lettres qui fleurent la lavande. C'était la tendresse mêlée de mélancolie que nous vouons à un passé enterré, quand nous retrouvons

---

* L'élève Törless a pris part aux jeux cruels imposés au jeune Basini par plusieurs pensionnaires. Avertie, la direction du pensionnat a décidé d'interroger tous les élèves de la classe.

dans l'ombre pâle et délicate qui en monte, les mains pleines d'immortelles, une ressemblance oubliée avec nos propres traits.

Et cette ombre mélancolique et fine, ce parfum pâle semblaient se perdre dans un fleuve immense et chaleureux : la vie qui s'ouvrait désormais devant Törless.

Une phase de son développement était révolue, son âme, comme le jeune arbre tous les ans, avait un anneau de plus : ce sentiment tout-puissant, mais encore inexprimé, justifiait tout.

Törless se remit à feuilleter ses souvenirs. Les phrases où il avait consigné dans la plus grande confusion d'esprit ce qui s'était produit et les manifestations si diverses de la stupeur où l'avait plongé la vie, parurent s'animer et prendre forme. On aurait dit un chemin lumineux où se fussent imprimées les traces de ses tâtonnements. Pourtant, quelque chose semblait leur manquer encore : non point certes une nouvelle idée ; plutôt une vitalité assez intense pour l'empoigner vraiment.

Il sentit l'incertitude le gagner. Puis l'angoisse de devoir affronter ses maîtres le lendemain, et se justifier. Comment ? Comment leur expliquerait-il tout cela ? Le chemin sombre et secret qu'il avait suivi. Quand ils lui demanderaient pourquoi il avait maltraité Basini, pourrait-il leur répondre que ce qui l'intéressait, c'était le phénomène mental que ces actes déclenchaient en lui, ce phénomène dont il continuait à ne savoir presque rien et devant la réalité duquel tout ce qu'il pouvait en penser lui paraissait futile ?

Le petit pas qu'il lui fallait franchir encore pour arriver à la conclusion de cette expérience intérieure l'effrayait comme s'il se fût agi d'un abîme insondable.

Dès avant la nuit, Törless se trouva dans un état d'excitation fiévreuse presque panique.

Traduit par Philippe JACCOTTET
© Éditions du Seuil, 1960.

Rainer Maria Rilke (1875-1926)

Die Aufzeichnungen des Malte Laurids Brigge (1910)
Les Cahiers de Malte Laurids Brigge*

J'apprends à voir. Je ne sais pas pourquoi, tout pénètre en moi plus profondément, et ne demeure pas où, jusqu'ici, cela prenait toujours fin. J'ai un intérieur que j'ignorais. Tout y va désormais. Je ne sais pas ce qui s'y passe.

Aujourd'hui, en écrivant une lettre, j'ai été frappé du fait que je ne suis ici que depuis trois semaines. Trois semaines, ailleurs, à la campagne par exemple, cela semblait un jour, ici ce sont des années. Du reste je ne veux plus écrire de lettres. À quoi bon dire à quelqu'un que je change ? Si je change, je ne suis plus celui que j'étais, et si je suis autre que je n'étais, il est évident que je n'ai plus de relations. Et je ne peux pourtant pas écrire à des étrangers, à des gens qui ne me connaissent pas !

L'ai-je déjà dit ! J'apprends à voir. Oui, je commence. Cela va encore mal. Mais je veux employer mon temps.

Je songe par exemple que jamais encore je n'avais pris conscience du nombre de visages qu'il y a. Il y a beaucoup de gens, mais encore plus de visages, car chacun en a plusieurs. Voici des gens qui portent un visage pendant des années. Il s'use naturellement, se salit, éclate, se ride, s'élargit comme des gants qu'on a portés en voyage.

---

* Dans cette œuvre en partie autobiographique, le poète note les expériences vécues lors de son séjour à Paris en tant que secrétaire de Rodin.

Ce sont des gens simples, économes; ils n'en changent pas, ils ne le font même pas nettoyer. Il leur suffit, disent-ils, et qui leur prouvera le contraire? Sans doute, puisqu'ils ont plusieurs visages, peut-on se demander ce qu'ils font des autres. Ils les conservent. Leurs enfants les porteront. Il arrive aussi que leurs chiens les mettent. Pourquoi pas? Un visage est un visage.

D'autres gens changent de visage avec une rapidité inquiétante. Ils essaient l'un après l'autre, et les usent. Il leur semble qu'ils doivent en avoir pour toujours, mais ils ont à peine atteint la quarantaine que voici déjà le dernier. Cette découverte comporte, bien entendu, son tragique. Ils ne sont pas habitués à ménager des visages; le dernier est usé après huit jours, troué par endroits, mince comme du papier, et puis, peu à peu, apparaît alors la doublure, le *non-visage*, et ils sortent avec lui.

Mais la femme, la femme: elle était tout entière tombée en elle-même, en avant, dans ses mains. C'était à l'angle de la rue Notre-Dame-des-Champs. Dès que je la vis, je me mis à marcher doucement. Quand de pauvres gens réfléchissent, on ne doit pas les déranger. Peut-être finiront-ils encore par trouver ce qu'ils cherchent.

La rue était vide; son vide s'ennuyait, retirait mon pas de sous mes pieds et claquait avec lui, de l'autre côté de la rue, comme avec un sabot. La femme s'effraya, s'arracha d'elle-même. Trop vite, trop violemment, de sorte que son visage resta dans ses deux mains. Je pouvais l'y voir, y voir sa forme creuse. Cela me coûta un effort inouï de rester à ces mains, de ne pas regarder ce qui s'en était dépouillé. Je frémissais de voir ainsi un visage du dedans, mais j'avais encore bien plus peur de la tête nue, écorchée, sans visage.

Traduit par Maurice BETZ.
© Éditions du Seuil, 1980 (Point Roman).

Gottfried Benn (1886-1956)

D-Zug
(1912)
Train rapide

Brun-cognac. Brun-feuillage. Brun-rouge. Jaune malais.
Train rapide Berlin-Trelleborg et les plages de la Baltique.

Chair qui marchait nue.
Bronzée par la mer jusque dans la bouche.
Mûre et inclinée vers le bonheur grec.
Dans la nostalgie des faux : comme l'été est avancé !
Déjà l'avant-dernier jour du neuvième mois !

Chaumes et dernières gerbes languissent en nous.
Épanouissements, le sang, les lassitudes,
la proximité des dahlias nous bouleverse.

Le brun des hommes se jette sur le brun des femmes :

Une femme est quelque chose pour une nuit.
Et si c'était beau pour la prochaine encore !
Puis à nouveau ce face-à-face avec soi-même !
Ces silences ! Ces je-me-laisse-glisser !

Une femme une chose qui porte une odeur.
Indicible ! Fane-toi, réséda.
Là est le sud, le berger et la mer.
À chaque versant s'appuie un bonheur.

Le brun clair des femmes chancelle sur le brun sombre des hommes :
Retiens-moi ! Dis, je tombe !
Je suis si lasse dans la nuque.

Ô, cette ultime odeur douce et fiévreuse
qui monte des jardins.

Traduit par Pierre GARNIER.
In *Poèmes*, © Éditions Gallimard, 1972.

THOMAS MANN (1875-1955)

Der Tod in Venedig
(1913)
LA MORT À VENISE*

Qui ne serait pris d'un léger frisson et n'aurait à maîtriser une aversion, une appréhension secrète si c'est la première fois, ou au moins la première fois depuis longtemps, qu'il met le pied dans une gondole vénitienne ? Étrange embarcation, héritée telle quelle du Moyen Âge, et d'un noir tout particulier comme on n'en voit qu'aux cercueils — cela rappelle les silencieuses et criminelles aventures de nuits où l'on n'entend que le clapotis des eaux, cela suggère l'idée de la mort elle-même, de corps transportés sur des civières, d'événements funèbres, d'un suprême et muet voyage. Et le siège d'une telle barque, avec sa laque funéraire et le noir mat des coussins de velours, n'est-ce pas le fauteuil le plus voluptueux, le plus moelleux, le plus amollissant du monde ? Aschenbach s'en aperçut

---

* L'écrivain Gustav von Aschenbach décide de partir pour Venise où il vivra une passion violente et muette pour un adolescent. Il en mourra. Ici, Aschenbach vient d'arriver à Venise.

lorsqu'il se fut installé aux pieds du gondolier en face de ses bagages, soigneusement rassemblés à l'avant relevé de la gondole. Les bateliers continuaient à se quereller avec des gestes menaçants, des mots qui sonnaient dur à son oreille et dont le sens lui échappait. Mais le remarquable silence de la cité des eaux semblait accueillir les voix avec douceur, leur ôter du corps, les égrener à la surface du flot. Dans le port, il faisait chaud. Laissant jouer sur lui le souffle tiède du sirocco, détendu, abandonné dans les coussins au rythme de l'eau qui berce, le voyageur fermait les yeux, goûtait le plaisir doux et rare pour lui de se laisser aller. La traversée ne durera pas longtemps, pensait-il ; plût au ciel qu'elle durât toujours ! Et bercé par la gondole légère, il eut la sensation de glisser, d'échapper au tumulte et aux voix.

Comme le silence grandissait autour de lui ! On ne percevait que le bruit des rames retombant en cadence et le clapotis des vagues fendues par l'avant de la barque qui se dressait bien au-dessus du niveau, noir, raide et taillé en hallebarde à son extrême pointe — et pourtant autre chose encore se faisait entendre, une voix mystérieuse... c'était le gondolier qui murmurait, parlait tout seul entre les dents, à mots entrecoupés, entre deux coups de rame. Aschenbach leva les yeux et il eut un léger mouvement de surprise en constatant que son gondolier ramait vers le large. Il s'agissait donc de ne pas s'oublier tout à fait et de veiller à ce que l'homme exécutât les ordres reçus.

Traduit par Félix BERTAUX et Charles SIGWALT.
© Librairie Arthème Fayard, 1947/1971 pour les traductions françaises et la postface.

GEORG TRAKL (1887-1914)

Grodek
(1914)
GRODEK

Le soir, les forêts automnales résonnent
D'armes de mort, les plaines dorées,
Les lacs bleus, sur lesquels le soleil
Plus lugubre roule, et la nuit enveloppe
Des guerriers mourants, la plainte sauvage
De leurs bouches brisées.
Mais en silence s'amasse sur les pâtures du val
Nuée rouge qu'habite un dieu en courroux
Le sang versé, froid lunaire ;
Toutes les routes débouchent dans la pourriture noire.
Sous les rameaux dorés de la nuit et les étoiles
Chancelle l'ombre de la sœur à travers le bois muet
Pour saluer les esprits des héros, les faces qui saignent
Et doucement vibrent dans les roseaux les flûtes
    sombres de l'automne.
Ô deuil plus fier ! autels d'airain !
La flamme brûlante de l'esprit, une douleur puissante
    la nourrit aujourd'hui,
Les descendants inengendrés.

> Traduit par MARC PETIT et JEAN-CLAUDE SCHNEIDER.
> In *Œuvres complètes*, © Éditions Gallimard, 1972.

Franz Kafka (1883-1924)

Der Prozeß
(1914-1915)
Le Procès*

— Joseph K... ? demanda le brigadier, peut-être simplement pour attirer sur soi les regards distraits de l'inculpé.

K... inclina la tête.

— Vous êtes sans doute fort surpris des événements de ce matin ? demanda le brigadier en déplaçant des deux mains les quelques objets qui se trouvaient sur la petite table de nuit — la bougie, les allumettes, le livre et la boîte à ouvrage — comme si c'étaient des objets dont il eût besoin pour le débat.

— Certainement, dit K... tout heureux de se trouver en face d'un homme raisonnable et de pouvoir parler de son affaire avec lui ; certainement, je suis surpris, mais je ne dirai pas très surpris.

— Pas très surpris ? demanda le brigadier en replaçant la bougie au milieu de la petite table et en groupant les autres choses tout autour.

— Vous vous méprenez peut-être sur le sens de mes paroles, se hâta d'expliquer K... Je veux dire... — mais il s'interrompit ici pour chercher un siège. Je puis m'asseoir, n'est-ce pas ? demanda-t-il.

— Ce n'est pas l'usage, répondit le brigadier.

— Je veux dire, répéta K... sans plus s'interrompre, que tout en étant très surpris, il y a trente ans que je suis au monde et qu'ayant dû faire mon chemin tout seul je suis un peu immunisé contre les surprises

---

* Joseph K... vient d'être arrêté sans savoir pourquoi.

et que je ne les prends plus au tragique, surtout celle d'aujourd'hui.

— Pourquoi surtout celle d'aujourd'hui ?

— Je ne veux pas dire que je considère cette histoire comme une plaisanterie ; l'appareil qu'on a déployé me paraît trop important pour cela. Si c'était une farce, il faudrait que tous les gens de la pension en fussent, et vous aussi ; cela dépasserait les limites d'une plaisanterie. Je ne veux donc pas dire que c'en soit une.

— Fort juste, dit le brigadier en comptant les allumettes de la boîte.

— Mais, d'autre part, continua K... en s'adressant à tout le monde — il aurait même beaucoup aimé que les trois amateurs de photographie se retournassent pour écouter aussi —, mais d'autre part l'affaire ne saurait avoir non plus beaucoup d'importance. Je le déduis du fait que je suis accusé sans pouvoir arriver à trouver la moindre faute qu'on puisse me reprocher. Mais, ce n'est encore que secondaire. La question essentielle est de savoir par qui je suis accusé ? Quelle est l'autorité qui dirige le procès ? Êtes-vous fonctionnaires ? Nul de vous ne porte d'uniforme, à moins qu'on ne veuille nommer uniforme ce vêtement — et il montrait celui de Franz — qui est plutôt un simple costume de voyage. Voilà les points que je vous demande d'éclaircir ; je suis persuadé qu'au bout de l'explication nous pourrons prendre l'un de l'autre le plus amical congé.

Le brigadier reposa la boîte d'allumettes sur la table.

— Vous faites, dit-il, une profonde erreur. Ces messieurs que voici et moi, nous ne jouons dans votre affaire qu'un rôle purement accessoire. Nous ne savons même presque rien d'elle. Nous porterions les uniformes les plus en règle que votre affaire n'en serait pas moins mauvaise d'un iota. Je ne puis pas dire, non plus, que vous soyez accusé, ou plutôt je ne sais pas si vous l'êtes. Vous êtes arrêté, c'est exact, je n'en sais pas davantage. Si les inspecteurs vous ont dit autre chose, ce n'était que du bavardage. Mais, bien que je ne réponde pas à vos questions, je puis tout de même vous conseiller de penser un peu moins à nous et de vous surveiller un peu plus. Et puis, ne faites pas tant d'histoires avec votre innocence, cela gâche l'impression plutôt bonne que vous produisez par ailleurs. Ayez aussi plus de retenue dans vos discours; quand vous n'auriez dit que quelques mots, votre attitude aurait suffi à faire comprendre presque tout ce que vous avez expliqué tout à l'heure... et qui ne parle d'ailleurs pas en votre faveur.

K... regarda le brigadier avec de grands yeux. Cet homme, qui était peut-être son cadet, lui faisait ici la leçon comme à un écolier. On le punissait par une semonce de sa franchise? Et on ne lui apprenait rien, ni du motif ni de l'autorité qui déterminait son arrestation!

Traduit par ALEXANDRE VIALATTE.
© Éditions Gallimard, 1933.

Heinrich Mann (1871-1950)

Der Untertan
(1918)
Le Sujet de l'Empereur*

« Hourra ! » se mit à crier Didier ; car tout le monde criait, et dans un puissant remous de foule il fut porté jusqu'à la porte de Brandebourg. L'Empereur passa à deux pas de lui, et Didier put détailler son visage, ce sérieux de pierre, ce regard fulgurant ; mais il criait si fort que l'image se brouillait. Une ivresse plus haute et plus souveraine que l'ivresse de la bière le soulevait sur la pointe des pieds, le suspendait en l'air. Il agitait son chapeau haut au-dessus des têtes dans une sphère de délire enthousiaste, dans le ciel même des sentiments déchaînés. Sur ce cheval, ce qui passait la porte des entrées triomphantes, avec ces traits de pierre et ces yeux fulgurants, c'était la Force elle-même, la force qui nous passe sur le corps et dont nous baisons les sabots ; qui passe outre à la faim, à la révolte, à la haine ; contre laquelle nous ne pouvons rien, parce que tous nous l'aimons, parce que nous l'avons dans le sang, comme nous y avons la soumission. Devant elle, nous sommes comme un atome d'elle, comme une molécule périssable de son crachat.

L'individu, néant. Mais par masses bien agencées, ici la Néo-Teutonia, là, le militaire, le fonctionnaire, l'Église et la science, l'organisation économique, les groupements politiques, nous composons la pyramide au sommet de laquelle elle trône, pétrifiée et fulgu-

---

* Diederich Heßling est le type même du citoyen obéissant et servile, complètement soumis à l'autorité. Lors d'une parade, il voit passer l'Empereur.

rante. Vivant en elle, nourris de sa substance, inexorables pour ceux qui s'en écartent et triomphants encore quand elle nous pulvérise, parce que, en le faisant, elle justifie notre amour !

... L'un des agents qui barraient l'accès de la Porte envoya à Didier une bourrade à lui couper le souffle, mais il n'y prit pas garde. Dans le délire qui le possédait, il lui semblait chevaucher lui-même ce tas de misérables domptés qui ravalaient leur faim. Il n'eut plus qu'une pensée : le suivre ; et les autres comme lui. Un cordon d'agents, c'était peu de chose contre leur sentiment. Ils l'enfoncèrent. Plus loin il s'en offrit un second. Il fallut biaiser, tourner par le Jardin zoologique, trouver une passe. La plupart s'égarèrent, Didier se trouva seul en débouchant sur l'avenue cavalière, où seul aussi s'avançait l'Empereur. En présence de ce possédé, fripé, déchiré et farouche, l'Empereur, du haut de son cheval, le foudroya du regard. Didier arracha son chapeau, ouvrit la bouche toute grande... mais son cri resta en chemin. Il avait stoppé si brusquement qu'il perdit l'équilibre et culbuta dans une flaque, les jambes en l'air dans une gerbe d'eau sale. L'Empereur se mit à rire. C'était un bon monarchiste, celui-là, un fidèle sujet. Il se retourna vers l'escorte, en riant et se tapant la cuisse. Et, assis dans sa flaque, Didier le regardait passer, oubliant de refermer la bouche.

Traduit par Paul BUDRY.
© Les Presses d'Aujourd'hui, 1982.

DOMAINE ANGLAIS

JOSEPH CONRAD (1857-1924)

The Heart of Darkness
(1902)
AU CŒUR DES TÉNÈBRES*

« Des arbres, des arbres, des millions d'arbres, massifs, immenses, jaillissant très haut ; et à leur pied, serrant la rive à contre-courant, se traînait le petit vapeur encrassé, comme un bousier paresseux rampant sur le sol d'un noble portique. On se sentait tout petit, tout perdu, et pourtant ce n'était pas absolument déprimant, cette sensation. Après tout, si on était petits, le bousier crasseux avançait — ce qui était exactement ce qu'on voulait. Vers où, dans l'imagination des pèlerins, je ne sais. Quelque endroit où ils espéraient quelque profit, je gage ! Pour moi il se traînait vers Kurtz — exclusivement. Mais quand les conduites de vapeur se mirent à fuir, nous nous traînâmes fort lentement. Une longueur de fleuve s'ouvrait devant nous et se refermait derrière, comme si la forêt avait tranquillement traversé l'eau pour nous barrer le passage au retour. Nous pénétrions de plus en plus profondément au cœur des ténèbres. Quelle quiétude il y régnait ! La nuit parfois le roulement des tam-tams derrière le rideau d'arbres remontait le fleuve et restait vaguement soutenu, planant en l'air bien au-dessus de nos têtes, jusqu'à l'aube. S'il signifiait guerre, paix ou prière, nous n'aurions

---

* Marlowe, le narrateur, remonte au cœur de la forêt africaine, sur un vapeur, un fleuve qui le conduit au comptoir colonial de Kurtz. Celui-ci règne en maître sur une région où il est le seul à s'être aventuré. La lente remontée au cœur de l'Afrique est aussi un exigeant cheminement intérieur au bout duquel les deux hommes se retrouveront, ayant poussé à l'extrême l'exploration de leurs propres ténèbres.

su dire. Les aurores étaient annoncées par la tombée d'une froide immobilité ; les coupeurs de bois dormaient, leurs feux brûlaient bas ; le craquement d'un rameau faisait sursauter. Nous étions des errants sur la terre préhistorique, sur une terre qui avait l'aspect d'une planète inconnue. Nous aurions pu nous prendre pour les premiers hommes prenant possession d'un héritage maudit à maîtriser à force de profonde angoisse et de labeur immodéré. Mais soudain, comme nous suivions péniblement une courbe, survenait une vision de murs de roseaux, de toits d'herbe pointus, une explosion de hurlements, un tourbillon de membres noirs, une masse de mains battantes, de pieds martelant, de corps ondulant, d'yeux qui roulaient... sous les retombées du feuillage lourd et immobile. Le vapeur peinait lentement à longer le bord d'une noire et incompréhensible frénésie. L'homme préhistorique nous maudissait, nous implorait, nous accueillait — qui pourrait le dire ? Nous étions coupés de la compréhension de notre entourage ; nous le dépassions en glissant comme des fantômes, étonnés et secrètement horrifiés, comme des hommes sains d'esprit feraient devant le déchaînement enthousiaste d'une maison de fous. Nous ne pouvions pas comprendre parce que nous étions trop loin et que nous ne nous rappelions plus, parce que nous voyagions dans la nuit des premiers âges, de ces âges disparus sans laisser à peine un signe et nul souvenir.

« La terre semblait n'être plus terrestre. Nous avons coutume de regarder la forme enchaînée d'un monstre vaincu, mais là — là on regardait la créature monstrueuse et libre. Ce n'était pas de ce monde, et les hommes étaient — Non, ils n'étaient pas inhumains. Voilà : voyez-vous, c'était le pire de tout — ce soupçon qu'ils n'étaient pas inhumains. Cela vous pénétrait lentement. Ils braillaient, sautaient, pirouettaient, faisaient d'horribles grimaces, mais ce qui faisait frissonner, c'était bien la pensée de leur humanité — pareille à la nôtre —, la pensée de notre parenté lointaine avec ce tumulte sauvage et passionné. Hideux. Oui, c'était assez hideux. Mais si on se trouvait assez homme, on reconnaissait en soi tout juste la trace la plus légère d'un écho à la terrible franchise de ce bruit, un obscur soupçon qu'il avait un sens qu'on pouvait — si éloigné qu'on fût de la nuit des premiers âges — comprendre. Et pourquoi pas ? L'esprit de l'homme est capable de tout — parce que tout y est, aussi bien tout le passé que tout l'avenir. Qu'y avait-il là, après tout ? — Joie, crainte, tristesse, dévouement, courage, colère — qui peut dire ? — mais vérité, oui — vérité dépouillée de sa draperie de temps. Que le sot soit bouche bée et frissonne — l'homme sait, et peut regarder sans ciller. Mais il faut qu'il soit homme, au moins autant que ceux-là sur la rive. Il faut qu'il rencontre cette vérité-là avec la sienne — avec sa force intérieure. Les principes ne collent pas. Les acquis ? vêtements, jolis oripeaux — oripeaux qui s'envoleraient à la première bonne secousse. Non : il faut une croyance réfléchie. Un appel qui me vise dans ce chahut démoniaque — oui ? Fort bien. J'entends. J'admets, mais j'ai une voix, moi aussi, et pour le bien comme le mal elle est une parole qui ne peut être réduite au silence […]. »

Traduit par J.-J. MAYOUX.
© Aubier-Montaigne, 1980.

JOHN MILLINGTON SYNGE (1871-1909)

The Playboy of the Western World
(1907)
LE BALADIN DU MONDE OCCIDENTAL*

Christy Je ne vais pas avoir de mal à m'entendre avec qui que ce soit, maintenant qu'un tas de gens me refilent leurs provisions et leurs vêtements (*il se dirige crânement vers la porte en serrant sa ceinture*) rien que pour voir un brave orphelin qui a fendu son père d'un seul coup jusqu'à la ceinture du pantalon. (*Il ouvre la porte et chancelle en arrière.*) Saints de gloire ! Anges sacrés du trône de lumière !

La Veuve Quin (*s'approchant de lui*) Et alors, qu'est-ce qu'il y a ?

Christy C'est le fantôme ambulant de mon papa assassiné !

La Veuve Quin (*regardant dehors*) Ce vagabond ?

Christy (*affolé*) Où est-ce que je vais cacher ma pauvre carcasse devant ce fantôme de l'Enfer ?

> (*La porte s'ouvre et le Vieux Mahon apparaît sur le seuil. Christy se jette derrière la porte.*)

La Veuve Quin (*absolument stupéfaite*) Dieu vous garde, mon brave homme !

---

* Le jeune Christy Mahon, le baladin du monde occidental », prétend avoir tué son père, ce qui lui confère une stature de héros auprès des clients du pub campagnard de la Veuve Quin, et auprès de la jeune Pegeen. Mais son père n'est pas mort et revient... (acte II).

Mahon (*d'un ton bourru*)   Vous n'avez pas vu un jeune gars passer au petit matin ou bien à la tombée du soir ?

La Veuve Quin   Vous êtes un drôle de type d'entrer sans saluer.

Mahon   Vous avez vu le jeune gars ?

La Veuve Quin (*froidement*)   De quoi il avait l'air ?

Mahon   Un vilain jeune voyou avec une gueule de tueur et un petit bâton à la main. J'ai rencontré un vagabond qui l'a vu rôder par ici à la tombée du soir.

La Veuve Quin   Il passe des centaines de moissonneurs ces jours-ci pour aller s'embarquer à Sligo. Et pourquoi vous le cherchez, mon brave homme ?

Mahon   Je veux le réduire en bouillie pour m'avoir fracassé le crâne avec sa bêche. (*Il ôte son grand chapeau et découvre, non sans fierté, sa tête emmêlée de bandages et d'emplâtres.*) C'est lui qui m'a fait ça, et ce n'est pas merveilleux, non, de penser que je lui cours après depuis dix jours déjà avec cette crevasse au sommet de ma tête ?

La Veuve Quin (*prenant sa tête des deux mains, et l'examinant avec un extrême bonheur*)   Ça c'est un coup !... Et qui est-ce qui vous a défoncé comme ça ? Un voleur peut-être ?

Mahon   C'est mon propre fils qui m'a défoncé comme ça, et mon œil si c'est un voleur ou rien d'autre qu'un sale lourdaud qui bégaye !

La Veuve Quin (*lui lâchant le crâne et s'essuyant les mains dans son tablier*)   Faites quand même gaffe de ne pas attraper la gangrène, je crois que c'est comme ça que ça s'appelle, à vous trimballer partout avec cette blessure en plein soleil. C'est vraiment un sale coup, et vous l'avez sûrement exaspéré pour le pousser à faire cette crevasse dans son papa.

Mahon   Moi ?

La Veuve Quin (*amusée*)   Ben oui alors, et c'est pas une honte, non, qu'un vieillard endurci torture les jeunes comme ça ?

Mahon (*furieux*)   Le torturer, vous dites ? Moi qui ai tout enduré avec la patience d'un martyr, au point de ne plus avoir que la ruine devant moi et d'être fichu dehors à mon âge sans personne pour m'aider !

La Veuve Quin (*souverainement amusée*)   C'est un sacré miracle comme la méchanceté peut vous gâcher un homme à ce point.

Mahon   Ma méchanceté, hein ? Mais je viens de vous dire que c'est lui qui m'a détruit, ce lézard des murailles, ce diseur de bobards, un type qu'on voyait la moitié de la journée le ventre au soleil dans les fougères brûlées.

La Veuve Quin   Sans jamais travailler ?

Mahon   Mon œil, s'il travaillait ! Ou même s'il travaillait, vous l'auriez vu soulever une meule de foin mince comme une tige de jonc, ou bien mener notre dernière vache au point de lui casser la hanche, et quand ce n'était pas ça, il se mettait à faire l'idiot avec de petits oiseaux à lui — des pinsons et des grives — ou alors il se faisait des grimaces à lui-même dans le morceau de miroir qu'on avait accroché au mur.

La Veuve Quin (*regardant Christy*)   Qu'est-ce qui l'avait rendu si bête ? C'était peut-être à force de courir les filles comme un damné ?

Mahon (*avec un cri de dérision*)   Courir les filles, ah oui ! Il suffisait qu'il voie flotter un jupon par-dessus la colline pour qu'il aille se cacher dans les arbres, et vous auriez pu voir ses yeux de mouton filtrer entre les petites branches et les feuilles, et ses deux oreilles se dresser comme un lièvre qui regarde à travers une trouée. Les filles, elle est bien bonne, celle-là !

La Veuve Quin   C'était peut-être la boisson ?

Mahon   Un pauvre type comme lui qui était déjà saoul à l'odeur d'une pinte ? C'est une drôle de saloperie d'estomac qu'il avait, je vous jure, et le jour que je l'ai fait tirer trois bouffées de ma pipe, il y a quelque temps, il a été pris de convulsions jusqu'à ce que je l'expédie chez la sage-femme dans la charrette à âne.

La Veuve Quin (*joignant les mains*)   Ça alors !... Je n'ai jamais de ma vie entendu parler d'un homme comme ça...

Mahon   Je l'aurais juré sur ma tête, et c'est qu'en plus il était la risée de toutes les femelles de l'endroit où se touchent les quatre baronnies, à tel point que les filles s'arrêtaient de sarcler quand elles le voyaient venir sur la route pour lui faire la nique et l'appeler le timbré de chez Mahon.

Traduit par Fouad EL-ETR.
© La Délirante, 1974.

GILBERT KEITH CHESTERTON
(1874-1936)

The Man Who Was Thursday
(1908)
LE NOMMÉ JEUDI*

Gregory reprit, avec l'aisance et la bonne humeur d'un orateur de grand style :

— Artiste, anarchiste; personnages identiques, termes interchangeables. L'homme qui jette une bombe est un artiste, parce qu'il préfère à toutes choses la beauté d'un grand instant. Il sait qu'un jet éblouissant de lumière, un coup de tonnerre harmonieux ont plus de prix que les corps vulgaires de quelques informes policemen. L'artiste nie tous les gouvernements, abolit toutes les conventions. Le désordre, voilà l'atmosphère nécessaire du poète. Si je me trompais, il faudrait donc dire que le métropolitain de Londres est la chose la plus poétique du monde !

— Il faut le dire, en effet, répliqua Syme.

— Ridicule ! Non-sens ! s'écria Gregory, qui devenait tout à coup très raisonnable dès qu'un autre se permettait devant lui quelque paradoxe.

« Pourquoi, continua-t-il, tous les employés, tous les ouvriers qui prennent le métropolitain ont-ils l'air si triste et si fatigué, si profondément triste et fatigué ? Je vais vous le dire. C'est parce qu'ils savent que le train *va comme il faut*. C'est parce qu'ils savent qu'ils arriveront à la station pour laquelle ils ont pris leur billet.

---

* Le faubourg de Safron Park, à Londres, abrite une communauté bohème d'artistes, et le poète anarchiste Lucien Gregory y règne en maître. Un jour arrive un nouveau poète, Gabriel Syme, qui se présente comme étant le poète de l'ordre.

C'est parce qu'ils savent qu'après Sloane Street la prochaine station sera Victoria et jamais une autre que Victoria. Oh! quel ravissement, comme tous ces yeux morts jetteraient soudain des rayons, comme toutes ces âmes mornes seraient emparadisées, si la prochaine station, sans qu'on pût dire pourquoi, était Baker Street!

— C'est vous qui manquez de poésie, répliqua Syme. Si ce que vous dites des employés est vrai, c'est qu'ils sont aussi prosaïques que votre poésie. Le rare, le merveilleux, c'est d'atteindre le but; le vulgaire, le normal, c'est de le manquer. Nous admirons comme un beau poème épique qu'un homme d'une flèche tirée de son arc frappe un oiseau, loin dans le ciel. N'est-il pas tout aussi épique que l'homme au moyen d'une sauvage machine atteigne une lointaine station? Le chaos est stupide, et, que le train aille à Baker Street ou à Bagdad ou n'importe où quand c'est à Victoria qu'il devrait aller, c'est le chaos. L'homme n'est un magicien que parce qu'il peut aller à Victoria, ayant dit : Je veux aller à Victoria. Gardez pour vous vos livres de vers ou de prose; moi, je verserai des larmes d'orgueil en lisant un horaire. Gardez votre Byron qui commémore les défaites des hommes, et donnez-moi l'horaire de Bradshaw qui raconte leurs victoires, donnez-moi l'horaire, entendez-vous!

Traduit par JEAN FLORENCE.
© Éditions Gallimard, 1926.

WILLIAM BUTLER YEATS (1865-1939)

Easter 1916
(1916)
PÂQUES 1916*

       PÂQUES 1916

[...]

Les cœurs qui gardent à travers les saisons
Le même unique amour
Semblent mués en pierre
Au milieu du courant de la vie.
Le cheval qui là-bas s'avance sur la route,
Le cavalier, les oiseaux qui traversent
Le déferlement des nuages,
Tous changent de minute en minute ;
L'ombre d'un nuage sur le courant
De minute en minute change ;
Le sabot d'un cheval a glissé sur la rive,
Le cheval éclabousse l'eau
Les poules d'eau aux longues pattes plongent,
Les poules d'eau appellent leurs mâles ;
De minute en minute ils sont en vie :
La pierre demeure en leur milieu.

* Le 24 avril 1916 les insurgés nationalistes occupent le centre de Dublin et proclament l'indépendance de la république irlandaise. Au bout de six jours de combat, ils doivent se rendre. La répression anglaise de Mai 1916 est sanglante : quinze chefs de l'insurrection sont exécutés. Après avoir écrit dans son poème *Septembre 1913* : « Car les hommes sont nés pour amasser et prier ! l'Irlande romantique est morte et disparue », Yeats, bouleversé par le sacrifice des insurgés, proclame au contraire que désormais « tout est changé », qu'« une beauté terrible vient de naître ».

Un trop long sacrifice
Peut bien d'un cœur faire une pierre.
Quand sera-ce donc assez ?
Dieu seul le dira ; notre rôle à nous
Est de redire sans fin tout doucement leurs noms,
Comme une mère redit celui de son enfant
Qui de fatigue enfin vient de s'endormir.
Mais n'est-ce pas seulement la tombée de la nuit ?
Non ce n'est pas la nuit, c'est la mort ;
Était-ce après tout une mort inutile ?
L'Angleterre tiendra peut-être sa parole [1]
Malgré tout ce qu'on dit.

Nous connaissons leur rêve ; assez
Pour savoir qu'ils en sont morts ;
Et s'ils avaient perdu leur vie
Sous l'illusion d'un trop puissant amour ?
Je l'écris aujourd'hui dans ce poème :
MacDonagh et MacBride
Et Connolly et Pearse [2]
Aujourd'hui et pour l'éternité,
Partout où se porte le vert,
Sont changés, changés absolument ;
Une beauté terrible vient de naître.

Easter 1916. Traduction française de JEAN BRIAT.
© Éditions William Blake and Co, 1989.

---

1. L'Angleterre avait voté en 1913 le *Home Rule Bill* qui promettait une autonomie progressive à l'Irlande. Il fut suspendu à cause de la Première Guerre mondiale.
2. Ces quatre chefs de l'insurrection furent fusillés : le poète Thomas Mac Donagh, professeur à l'université de Dublin, le commandant Mac Bride qui avait combattu les Anglais lors de la guerre des Boers, John Connolly, le fondateur du parti républicain socialiste, que les Anglais exécuteront, blessé, dans une chaise roulante, l'avocat Padraic Pearse, fondateur de l'école de Saint Enda où l'enseignement se faisait en gaélique.

Johannes V. Jensen (1873-1950)

Kirstens sidste Rejse
(1904)
Le Dernier Voyage de Kirsten*

Christen Sørensen restait debout, le couvercle du cercueil appuyé contre son corps; il se tut une minute, pendant qu'ils regardaient la petite tête jaune dans le cercueil. Les plus âgés parmi les assistants, ceux des vieilles générations qui avaient mêlé leur vie et leur destin du vivant de Kirsten, regardaient son cadavre mais se souvenaient d'une grande fille de vingt ans, aux cheveux d'or, aux yeux si doux. Ceux qui maintenant n'étaient plus des jeunes pensaient à la veuve énergique, toujours prête à porter secours. Il y avait aussi quelques enfants dans l'église, et leurs grands yeux ne voyaient qu'une petite chose recroquevillée dans le linceul blanc.

Lorsqu'il estima qu'il avait laissé les gens regarder assez longtemps, Christen Sørensen étendit la main et la posa doucement sur le visage de la morte.

« Elle a reçu un petit coup sur le nez, Kristen, expliqua-t-il avec un ménagement plein d'affection. C'est quand nous l'avons versée. Vous voyez, il est de travers. »

Il essaya prudemment de corriger un peu ce défaut, s'occupant avec beaucoup de bonté et de douceur de cet

---

* On vient d'apprendre la mort de Kirsten Smed à l'hospice d'Aalborg. Son neveu, Christen Sørensen, part chercher le cercueil mais, sur le chemin du retour, il est surpris par une violente tempête de neige. Il mettra trois jours à revenir au bourg, transi de froid et imbibé d'eau-de-vie. *Le Dernier Voyage de Kirsten* est extrait d'*Histoire du Himmerland*, recueil de récits en trois volumes qui puisent leur inspiration dans les légendes et traditions locales.

objet mort, qu'au prix des ultimes réserves d'une nature résistante, il avait ramené au pays, dans la tempête de l'hiver et le froid mordant, par une contrée sans routes ; seul l'avait conduit son amour pour celle qui n'était plus ; et cependant, il ne cessait de parler, tout en soufflant et reniflant, le nez à vif, et ses paupières enflées retombaient sur ses yeux.

« Vous la reconnaissez bien quand même. C'est bel et bien la Kirsten que nous avons connue, mais m'est avis qu'elle a beaucoup rapetissé. Ah non ! elle n'est pas lourde à porter. — Mais viens donc, Mette Marie, regarde-la, faut pas avoir peur — d'ailleurs le cercueil, c'est la plus petite taille qui existe pour adultes. Pour sûr qu'elle a beaucoup rapetissé. Mais, n'est-elle pas tout bien ? Est-ce que je lui mets quelques couronnes à côté d'elle ? »

Christen ne se tut pas avant l'arrivée du pasteur. Ce n'est pas sans un sentiment de gêne que les gens l'avaient écouté. Christen Sørensen était, dans la vie courante, très formaliste, aussi attentif à son entourage que tout le monde, et jamais jusque-là n'avait parlé de cette façon dans aucune réunion. Mais le surmenage et le froid de ces trois jours et trois nuits avaient fait disparaître le vernis. Et c'était par une sorte d'entente tacite que ses amis et connaissances l'avaient laissé se donner ainsi en spectacle.

L'enterrement suivit son cours, Kirsten fut descendue dans la terre gelée qui recouvrait déjà tous les siens. La tombe fraîche forma un monticule noir dans la neige profonde.

Maintenant elle reposait, elle aussi, Kirsten Smed, la femme charitable et courageuse, maintenant on l'avait descendue auprès de ses chers défunts. Maintenant, on l'avait portée en terre, elle qui avait tant porté, la femme secourable qui avait connu la vie et dont la présence avait été un réconfort tant près du lit des femmes en couches qu'au chevet des moribonds. Maintenant elle reposait, elle qui n'avait jamais connu le repos, elle qui, toujours confiante, avait vu les siens trépasser, désemparés, leurs pauvres regards plongés dans le sien.

Le rayonnement extraordinaire qui émanait du visage ridé de Kirsten n'était plus, maintenant, qu'un pauvre reflet dans les yeux de ceux qui se souvenaient d'elle. Les trésors d'humilité et d'endurance et de sagesse dans les choses humaines que Kirsten portait au plus profond de son cœur, ils n'étaient plus, maintenant, que de pâles images dans le souvenir de ceux qui restaient.

Traduit par Pierre KELLER.
Anthologie de la littérature danoise, publiée par F. J. Billeskov-Jensen, © Aubier-Montaigne, 1964.

DOMAINE ESPAGNOL

Antonio Machado (1875-1939)

Campos de Castilla
(1907-1917)
Champs de Castille*

PORTRAIT

Enfance, souvenirs d'un patio de Séville,
d'un clair jardin où mûrit le citronnier ;
ma jeunesse, vingt ans en terre de Castille ;
Mon histoire, quelques faits que je ne veux pas rappeler.

Ni un séducteur Mañara, ni un Marquis de Bradomín[1],
— vous connaissez mon piètre accoutrement —;
mais j'ai reçu la flèche que me destina Cupidon,
et j'ai aimé tout ce qu'elles ont d'accueillant.

Il coule dans mes veines du sang de jacobin,
mais mon vers jaillit d'une source sereine ;
et plus qu'un homme à la mode qui sait son caté-
  chisme,
je suis, dans le bon sens du mot, un homme bon.

J'adore la beauté, et dans la moderne esthétique
j'ai cueilli les anciennes roses du jardin de Ronsard ;
mais je n'aime pas les fards de l'actuelle cosmétique,
ni ne suis un de ces oiseaux au nouveau gazouillis.

---

* Cet autoportrait ouvre le recueil *Campos de Castilla*, « romancero de l'aridité » (C. Esteban). Méditation éthique autant qu'esthétique, il évoque les espaces où s'ancre le souvenir (Andalousie natale, Castille) et la vie du poète de l'enfance à sa propre mort, pathétiquement prophétisée.

1. Sur *Don Juan de Mañara*, les frères Antonio et Manuel Machado écriront en 1927 une œuvre théâtrale. *Bradomín*, autre séducteur littéraire, est le protagoniste de la tétralogie des *Sonatas* de Valle Inclán (1902-1905).

Méprisant la romance des ténors à voix creuse
et le chœur des grillons qui chantent à la lune,
je cherche à démêler les voix des échos;
parmi toutes les voix, je n'en écoute qu'une.

Classique ou romantique? Je ne sais. Je voudrais
laisser mon poème ainsi que son épée le capitaine :
fameuse par la main virile qui la brandissait
et non pour l'art savant du forgeur appréciée.

Je converse avec l'homme qui toujours m'accompagne
— qui parle seul espère à Dieu parler un jour —;
mon soliloque est entretien avec ce bon ami
qui m'apprit le secret de la philanthropie.

Après tout, je ne vous dois rien; c'est vous qui me devez
ce que j'ai écrit.
J'accomplis mon labeur, de mes deniers je paie
l'habit qui me couvre, la demeure où j'habite,
le pain qui me nourrit, la couche où je repose.

Et quand viendra le jour du dernier voyage,
quand partira la nef qui jamais ne revient,
vous me verrez à bord, et mon maigre bagage,
quasiment nu, comme les enfants de la mer.

Traduit par Sylvie Léger et Bernard Sesé.
© Éditions Gallimard, 1973.

Ramón Gómez de la Serna
(1888-1963)

Greguerías
(1917)
Criailleries*

I

Dédicace particulière

À . . . .
. . . .
. . . .

La dédicace particulière est le genre littéraire le plus difficile et le plus malheureux, le genre impossible, laborieux, le genre à chevilles, anodin, inexpressif, sudorifique. C'est un genre hypocrite et c'est pour cela qu'il est si difficile à cultiver dans la dédicace que nous écrivons en tête du livre où nous nous sommes efforcé d'être sincères. La plupart du temps, elle nous répugne, et cependant, il faut qu'elle soit selon les règles. Nous arracherions sans trêve le feuillet de la dédicace, si nous avions un nombre suffisant d'exemplaires pour continuer, toute notre vie, à arracher la page de garde avec la dédicace récrite et corrigée en vain. Comment feindre sans honte ? Comment mettre un mot affec-

---

* Il y eut une quinzaine d'éditions des *Greguerías* jusqu'au *Total des greguerías* de 1955. Les *greguerías* les plus connues et les plus typiques sont de simples phrases comme celles-ci : « Le plus important dans la vie est de ne pas être mort », « Le sofa existe pour recevoir les demandes en mariage » ou encore « Le baiser n'est parfois qu'un chewing-gum partagé ».

tueux pour cet homme insupportable ? Comment, à cet homme intelligent, dire tout ce que nous voudrions lui dire ? Comment nous rapprocher assez intimement de ce bon ami ? À cette femme adorable, comment ne pas lui dire tout ? Comment sortir des dédicaces vulgaires des livres creux ? Comment, en un mot, définir tel homme sans se tromper ni deviner trop juste ?... Pardonnez toujours, vous les initiés, excusez, corrigez la maladresse des dédicaces. La dédicace, chez celui qui la souhaite le moins imparfaite, doit être simplement un acte de bonne volonté, une trêve sincère, un oubli, une galanterie clémente, puisqu'il nous faudra tous mourir et qu'à cause de cela nous méritons quelquefois — mais seulement quelquefois — une absolution générale. Dans la dédicace, il doit y avoir de l'optimisme ; il faut même que nous y goûtions l'ivresse de pouvoir *donner* un livre — ce livre auquel nous avons tant travaillé ! C'est pourquoi le moment de la dédicace est celui où il faut être sans arrière-pensée, sans malignité, et se détacher, se reposer en une compagnie fortuite et inévitable, prendre un ton affectueux même avec l'éternel Judas — tel le propriétaire d'une vigne célèbre qui, après avoir conservé une bouteille pendant de longues années, la débouche pour ses amis et connaissances.

Traduit par Valery LARBAUD et Mathilde POMÈS.
In *Échantillons*, © Éditions Bernard Grasset, 1923.

DOMAINE FRANÇAIS

Fernand Crommelynck (1886-1970)

Ostende-Kermesse
(1908)

Ah ! la belle noce que voilà ! Les gaillards et les commères tournent lourdement dans les petits cabarets décorés de poissons secs. La bière rouge s'épand sur la table grasse. En avant, la musique ! L'orchestrion tourne, grince, mugit, tinte, tintinnabule et tonne ! C'est le carnaval grotesque de la mélodie populaire. Les petites croches et les noires pointées sont en habits criards.

« Bon temps pour prrromenade à mer, mecheu ?... Bon barque, madame ? »

Les populations s'entassent pêle-mêle dans le bateau de plaisance. Les petits drapeaux flottent ironiquement au-dessus de la gaîté épaisse. Enfin la voile s'enfle et Petteghem, Chaumont-Gistoux et Gouy-lez-Piéton font des adieux au rivage. En avant, la musique !

Ce qui est curieux, c'est que de vague en vague la gaîté diminue, pour disparaître complètement bientôt ! Certains commencent à se regarder avec inquiétude, et, comme les visages pâlissent, chacun semble se demander, en parlant de son voisin :

« Que diable allait-il faire dans cette galère ? »

Et soudain, c'est le terrible mal qui tord les estomacs et fait tourner les têtes. Les yeux cherchent désespérément un appui. Les poissons suivent le bateau dans sa course. Le ciel, la plage, la digue et la mer s'emportent pour une ronde folle ! En avant, la musique !

On a été malade !
On a bien cru mourir !

> *Pour voir la cavalcade*
> *On a eu du plaisir !*

Quand ils se retrouvent sur les quais, Pauline Platbrood et la famille Kaekebroeck se jurent, « mais un peu tard, qu'on ne les y reprendra plus ». La bergère et Corydon louchent tous deux; ce qui ferait dire à Fallens :

> *Une affection réciproque*
> *Les unissait visiblement !*

Heureusement que les estaminets appellent les foules par toutes leurs enseignes balancées. Aussitôt c'est l'orgie sans exemple. L'ample hôtesse, qui

> *À la prime aube, entasse,*
> *En son corset trop dur, sa poitrine trop grasse,*

apporte aux grands mangeurs les plats chargés et les pintes débordantes. Verhaeren et Rabelais en eussent été satisfaits. L'air enbaume les crevettes, le poisson sec, les moules et les frites fumantes. En avant, la musique !

Sur le kiosque des place publiques, les « harmonies » scandent des marches trois fois redoublées, pour la plus grande joie du peuple ivre.

> *C'est amusant*
> *L'festival permanent !*

Et c'est ainsi jusqu'au soir. Alors, c'est la course aux logis introuvables. Dans certaines chambres il y avait, au hasard :

> *Mon père,*
> *Ma mère,*
> *Mon frère, ma sœur et mon cousin;*
> *Catherine,*
> *Jacqueline,*
> *Mon oncle, ma tante et mon parrain;*

Théophile, Andoche, Honoré,
Apollinaire et Barnabé.

Voici la petite revue du 15 août, telle que je l'ai vue à Ostende. J'ai mêlé sans ordre toutes les chansons, tous les quatrains connus, pour vous plaire. Je pense que leurs auteurs ne m'en tiendront pas rancune, car je voulais de tout un peu,

Comme on met du laurier dedans le pot-au-feu !

<small>Le Carillon, n° 115, 18 août 1908. Repris dans *Textes inconnus et peu connus*, présentés par Jeannine Moulin, Académie royale de langue et de littérature françaises de Belgique, 1974 (D. R.).</small>

CHARLES PÉGUY (1873-1914)

Les Cahiers de la Quinzaine *
(1900-1908)

Quand on a dit ce que nous avons indiqué seulement, quand on a dit que l'entrée d'un jeune homme dans le grand parti intellectuel moderne lui confère automatiquement aujourd'hui toutes les puissances de la domination temporelle, on n'a rien dit.

Quand on a dit, quand on a constaté que l'introduction, que l'initiation d'un jeune homme dans le grand

---

* Fondés par Péguy en 1900, *Les Cahiers de la Quinzaine* accueillirent, de Romain Rolland à André Suarès, les principaux intellectuels d'avant-guerre. Ils furent l'occasion pour l'écrivain de donner libre cours à ses dons de polémiste.

parti intellectuel moderne lui ouvre automatiquement toutes les puissances de la domination temporelle moderne, — places, richesses, honneurs, vanités, sinécures, chaires, titres et décorations, prébendes laïques, rentes civiques, avancements, gouvernements d'État, dominations politiques parlementaires, honneur de sauver, — aujourd'hui, — la République, — et par-dessus le tout ce que je vois qui est le plus prisé aujourd'hui par et parmi nos jeunes gens : faire un grand et brillant mariage, demi-riche, ou riche tout à fait, de cette richesse très particulière aux gros universitaires, dans nos aristocraties de défense républicaine, dans nos héritages politiques, dans nos hérédités de gouvernement de l'esprit, — quand on a dit tout cela, quand on a énuméré toutes ces grandeurs, — toutes ces tristes misères, — on n'a rien dit encore; on n'a rien dit que tout le monde aujourd'hui ne sache, — ne déclare, n'avoue, ne reconnaisse, ne proclame de quelque manière, ou n'ait, quand on est malin, et tout le monde, aujourd'hui, est malin, découvert le premier.

On n'a rien dit non plus qui soit intéressant. Car sur ces grandes vilenies les opinions sont faites, sur les grandes vilenies de l'histoire contemporaine, faites, vite et une fois pour toutes, bien faites, les jugements sont arrêtés, les résolutions prises, les décisions faites. De part et d'autre. Un jeune homme qui veut devenir député, ministre, gendre, conseiller d'État, ou même obtenir à bon compte une chaire de l'enseignement supérieur, sait parfaitement comment s'y prendre. Il sait quelles avances il faut faire, quels gages donner, quelles promesses faire, quelles promesses au contraire tenir, quelles paroles tenir et quelles paroles violer, quels serments prêter et quels serments trahir, quelles traites accepter et signer, et quelles traites ensuite laisser protester, quand et comment jurer et quand et comment se parjurer, quelles trahisons commettre, et ils savent comment on peut trahir des trahisons mêmes. Un peintre joue la difficulté en mettant blancs sur blancs, noirs sur noirs. Nos jeunes camarades jouent l'aisance en mettant trahisons sur trahisons. Parlant avec eux le langage dit scientifique, nous dirons qu'ils font des trahisons de trahisons, des trahisons au carré, des trahisons à on ne sait plus combien de puissances. Ils n'y sont pas seulement entendus. Ils y sont experts. Ils y sont artistes. Ils savent tout cela beaucoup mieux que nous. Ils y ont une compétence que nous n'aurons jamais. Nous sommes un sot de nous occuper d'eux, d'oser même parler d'eux. Nous sommes des novices, auprès d'eux. Ils savent ce qu'ils ont à faire, et ce qu'ils font, et nous ne le saurons jamais. Ils n'ont besoin ni de nos renseignements ; ils en ont plus que nous ; ils en ont que nous n'avons pas, que nous n'aurons jamais ; ni de nos aversions et de nos découragements. Ils nous méprisent. Ils nous tiennent pour des sots. Ils ont bien raison.

> « De la situation faite au parti intellectuel dans le monde moderne devant les accidents de la gloire temporelle », 6 octobre 1907, *Les Cahiers de la Quinzaine*, 9ᵉ série, in *Œuvres en prose complète*, II, © Éditions Gallimard, 1988 (Bibliothèque de la Pléiade).

François-Anatole Thibault, *dit* Anatole France (1844-1924)

L'Île des Pingouins*
(1908)

Quelques semaines après la condamnation des sept cents pyrots, un petit homme myope, renfrogné, tout en poil, sortit un matin de sa maison avec un pot de colle, une échelle et un paquet d'affiches et s'en alla par les rues collant sur les murs des placards où se lisait en gros caractères : *Pyrot est innocent, Maubec est coupable*. Son état n'était pas de coller des affiches ; il s'appelait Colomban ; auteur de cent soixante volumes de sociologie pingouine, il comptait parmi les plus laborieux et les plus estimés des écrivains d'Alca. Après y avoir suffisamment réfléchi, ne doutant plus de l'innocence de Pyrot, il la publiait de la manière qu'il jugeait la plus éclatante. Il posa sans encombre quelques affiches dans les rues peu fréquentées ; mais arrivé aux quartiers populeux, chaque fois qu'il montait sur son échelle, les curieux amassés sous lui, muets de surprise et d'indignation, lui jetaient des regards menaçants qu'il supportait avec le calme que donnent le courage et la myopie. Tandis que sur ses talons les concierges et les boutiquiers arrachaient ses affiches, il allait traînant

---

* Les Pingouins, ce sont les Français. Retraçant à grands traits une Histoire de fantaisie, qui lui permet l'exercice d'une ironie féroce, Anatole France aborde enfin les temps modernes, et l'affaire des quatre-vingt mille bottes de foin prétendument dérobées par l'infâme Pyrot : la fiction recouvre point par point le déroulement de l'affaire Dreyfus, pour laquelle France s'engagea sans hésitation aux côtés de Zola (Colomban dans le texte), auteur du célèbre « J'accuse » qui déchira la France en deux partis férocement antagonistes (livre VI, chap. IV).

DOMAINE FRANÇAIS 77

son attirail et suivi par les petits garçons qui, leur panier sous le bras et leur gibecière sur le dos, n'étaient pas pressés d'arriver à l'école : et il placardait studieusement. Aux indignations muettes se joignaient maintenant contre lui les protestations et les murmures. Mais Colomban ne daignait rien voir ni rien entendre. Comme il apposait, à l'entrée de la rue Sainte-Orberose, un de ces carrés de papier portant imprimé : *Pyrot est innocent, Maubec est coupable*, la foule ameutée donna les signes de la plus violente colère. « Traître, voleur, scélérat, canaille », lui criait-on ; une ménagère, ouvrant sa fenêtre, lui versa une boîte d'ordures sur la tête, un cocher de fiacre lui fit sauter d'un coup de fouet son chapeau de l'autre côté de la rue, aux acclamations de la foule vengée ; un garçon boucher le fit tomber avec sa colle, son pinceau et ses affiches, du haut de son échelle dans le ruisseau et les Pingouins enorgueillis sentirent alors la grandeur de leur patrie. Colomban se releva luisant d'immondices, estropié du coude et du pied, tranquille et résolu.

— Viles brutes, murmura-t-il en haussant les épaules.

Puis il se mit à quatre pattes dans le ruisseau pour y chercher son lorgnon qu'il avait perdu dans sa chute. Il apparut alors que son habit était fendu depuis le col jusqu'aux basques et son pantalon foncièrement disloqué. L'animosité de la foule à son égard s'en accrut.

De l'autre côté de la rue s'étendait la grande épicerie Sainte-Orberose. Des patriotes saisirent à la devanture tout ce qu'ils trouvaient sous la main, et le jetèrent sur Colomban, oranges, citrons, pots de confitures, tablettes de chocolat, bouteilles de liqueurs, boîtes de sardines, terrines de foie gras, jambons, volailles, stagnons d'huile et sacs de haricots. Couvert de débris alimentaires, contus et déchiré, boiteux, aveugle, il prit la fuite suivi de garçons de boutique, de mitrons, de rôdeurs, de bourgeois, de polissons dont le nombre grossissait de minute en minute et qui hurlaient : « À l'eau! à mort le traître! à l'eau! » Ce torrent de vulgaire humanité roula tout le long des boulevards et s'engouffra dans la rue Saint-Maël. La police faisait son devoir ; de toutes les voies adjacentes débouchaient des agents qui, la main gauche sur le fourreau de leur sabre, prenaient au pas de course la tête des poursuivants. Ils allongeaient déjà des mains énormes sur Colomban, quand il leur échappa soudain en tombant, par un regard ouvert, au fond d'un égout.

Il y passa la nuit, assis dans les ténèbres, au bord des eaux fangeuses, parmi les rats humides et gras. Il songeait à sa tâche ; son cœur agrandi s'emplissait de courage et de pitié. Et quand l'aube mit un pâle rayon au bord du soupirail, il se leva et dit, se parlant à lui-même :

— Je discerne que la lutte sera rude.

Blaise Cendrars (1887-1961)

*Prose du Transsibérien et de la petite Jehanne de France**
(1913)

En ce temps-là, j'étais en mon adolescence
J'avais à peine seize ans et je ne me souvenais déjà plus
   de mon enfance
J'étais à 16 000 lieues du lieu de ma naissance
J'étais à Moscou, dans la ville des mille et trois clochers
   et des sept gares
Et je n'avais pas assez des sept gares et des mille et trois
   tours
Car mon adolescence était si ardente et si folle
Que mon cœur, tour à tour, brûlait comme le temple
   d'Éphèse ou comme la place Rouge de Moscou
Quand le soleil se couche.
Et mes yeux éclairaient des voies anciennes.
Et j'étais déjà si mauvais poète
Que je ne savais pas aller jusqu'au bout.

Le Kremlin était comme un immense gâteau tartare
Croustillé d'or
Avec les grandes amandes des cathédrales toutes
   blanches
Et l'or mielleux des cloches...
Un vieux moine me lisait la légende de Novgorode.
J'avais soif
Et je déchiffrais des caractères cunéiformes

---

* Déjà l'année précédente, dans les *Pâques à New York*, Cendrars avait libéré la poésie des contraintes métriques. La *Prose du Transsibérien* va plus loin en mimant, par la répétition de structures anaphoriques, le rythme des roues, le rythme du voyage.

Puis, tout à coup, les pigeons du Saint-Esprit s'envolaient sur la place
Et mes mains s'envolaient aussi, avec des bruissements d'albatros
Et ceci, c'était les dernières réminiscences du dernier jour
Du tout dernier voyage
Et de la mer.

Pourtant, j'étais fort mauvais poète.
Je ne savais pas aller jusqu'au bout.
J'avais faim
Et tous les jours et toutes les femmes dans les cafés et tous les verres
J'aurais voulu les boire et les casser
Et toutes les vitrines et toutes les rues
Et toutes les maisons et toutes les vies
Et toutes les roues des fiacres qui tournaient en tourbillon sur les mauvais pavés
J'aurais voulu les plonger dans une fournaise de glaives
Et j'aurais voulu broyer tous les os
Et arracher toutes les langues
Et liquéfier tous ces grands corps étranges et nus sous les vêtements qui m'affolent...
Je pressentais la venue du grand Christ rouge de la révolution russe...
Et le soleil était une mauvaise plaie
Qui s'ouvrait comme un brasier.

© Éditions Denoël, 1913.

GUILLAUME APOLLINARIUS KOSTROWITZKY, *dit* APOLLINAIRE
(1880-1918)

Alcools
(1913)

NUIT RHÉNANE

Mon verre est plein d'un vin trembleur comme une flamme
Écoutez la chanson lente d'un batelier
Qui raconte avoir vu sous la lune sept femmes
Tordre leurs cheveux verts et longs jusqu'à leurs pieds

Debout chantez plus haut en dansant une ronde
Que je n'entende plus le chant du batelier
Et mettez près de moi toutes les filles blondes
Au regard immobile aux nattes repliées

Le Rhin le Rhin est ivre où les vignes se mirent
Tout l'or des nuits tombe en tremblant s'y refléter
La voix chante toujours à en râle-mourir
Ces fées aux cheveux verts qui incantent l'été

Mon verre s'est brisé comme un éclat de rire

© Éditions Gallimard, 1920.

Maurice Barrès (1862-1923)

*Debout les morts**
(1915)

La tranchée est pleine de cadavres français. Du sang partout. Tout d'abord, je marche avec circonspection, peu rassuré. Moi seul avec tous ces morts... Puis, peu à peu, je m'enhardis. J'ose regarder ces corps, et il me semble qu'ils me regardent. De notre tranchée à nous, en arrière, des hommes me contemplent avec des yeux d'épouvante, dans lesquels je lis : « Il va se faire tuer ! » C'est vrai qu'abrités dans leurs boyaux de repli, les Boches redoublent d'efforts. Leurs grenades dégringolent et l'avalanche se rapproche avec rapidité. Je me retourne vers les cadavres étendus. Je pense : « Alors, leur sacrifice va être inutile ? Ce sera en vain qu'ils seront tombés ? Et les Boches vont revenir ? Et ils nous voleront nos morts ?... » La colère me saisit. De mes gestes, de mes paroles exactes, je n'ai plus souvenance. Je sais seulement que j'ai crié à peu près ceci : « Holà ! Qu'est-ce que vous foutez par terre ? Levez-vous debout ! et allons foutre ces cochons-là dehors ! »

Debout les morts !... Coup de folie ? Non. *Car les morts me répondirent.* Ils me dirent : « Nous te suivons. » Et se levant à mon appel, leurs âmes se mêlèrent à mon âme et en firent une masse de feu, un large fleuve de métal en fusion. Rien ne pouvait plus m'étonner, m'arrêter. J'avais la foi qui soulève les montagnes. Ma

---

* « J'ai laissé se dégager de moi, au fur et à mesure des événements, la plus profonde vibration française... » Barrès présente ainsi ces *Chroniques* écrites et publiées « à chaud ». À noter que la même scène sera reprise par Abel Gance en 1918 dans un film profondément pacifiste, *J'accuse.*

voix, éraillée et usée à crier des ordres pendant ces deux jours et cette nuit, m'était revenue, claire et forte.

Ce qui s'est passé alors ? Comme je ne veux vous raconter que ce dont je me souviens, en laissant à l'écart ce que l'on m'a rapporté par la suite, je dois sincèrement avouer que je ne le sais pas, il y a un trou dans mes souvenirs, l'action a mangé la mémoire. J'ai simplement l'idée vague d'une offensive désordonnée. Nous sommes deux, trois, quatre ou plus contre une multitude, mais cela nous est orgueil et réconfort. Un des hommes de ma section, blessé au bras, continuait de lancer sur l'ennemi des grenades tachées de son sang. Pour moi, j'ai l'impression d'avoir eu un corps grandi et grossi démesurément, un corps de géant, avec une vigueur surabondante, illimitée, une aisance extraordinaire de pensée qui me permettait d'avoir l'œil de dix côtés à la fois, de crier un ordre à l'un tout en donnant à un autre un ordre par geste, de tirer un coup de fusil et de me garer en même temps d'une grenade menaçante. Prodigieuse intensité de vie, avec des circonstances extraordinaires. Par deux fois les grenades nous manquent, et par deux fois nous en découvrons à nos pieds des sacs pleins, mêlés aux sacs à terre. Toute la journée, nous étions passés dessus sans les voir. Mais c'étaient bien les morts qui les avaient mis là ?...

<small>In *L'Écho de Paris*, 17 novembre 1915. Recueilli dans *Chroniques de la Grande Guerre*, 1920.</small>

Romain Rolland (1866-1944)

*Aux peuples assassinés**
(1916)

Voici le fait qui domine : l'Europe n'est pas libre. La voix des peuples est étouffée. Dans l'histoire du monde, ces années resteront celles de la grande Servitude. Une moitié de l'Europe combat l'autre, au nom de la liberté. Et pour ce combat, les deux moitiés de l'Europe ont renoncé à la liberté. C'est en vain qu'on évoque la volonté des nations. Les nations n'existent plus, comme personnalités. Un quarteron de politiciens, quelques boisseaux de journalistes parlent insolemment, au nom de l'une ou de l'autre. Ils n'en ont aucun droit. Ils ne représentent rien qu'eux-mêmes. Ils ne représentent même pas eux-mêmes. « *Ancilla plutocratiae*[1] ! », disait, dès 1905, Maurras, dénonçant l'Intelligence domestiquée et qui prétend à son tour diriger l'opinion, représenter la nation... la nation ! Mais qui donc peut se dire le représentant d'une nation ? Qui connaît, qui a seulement osé jamais regarder en face l'âme d'une nation en guerre ? Ce monstre fait de myriades de vies amalgamées, diverses, contradictoires, grouillant dans tous les sens, et pourtant soudées ensemble comme une pieuvre... Mélange de tous les instincts et de toutes les raisons et de toutes les déraisons... Coups de vent venus de l'abîme, forces aveugles et furieuses sorties du fond fumant de l'animalité ; vertige de détruire et de se détruire soi-même ; voracité de l'espèce, religion déformée ; érections mys-

---

* Rolland est réfugié à Genève lorsque, le jour des Morts, il livre cet article à la revue *Demain*.

1. « Bonne à tout faire de la ploutocratie ».

tiques de l'âme ivre de l'infini et cherchant l'assouvissement maladif de la joie par la souffrance des autres ; despotisme vaniteux de la raison, qui prétend imposer aux autres l'unité qu'elle n'a pas, mais qu'elle voudrait avoir ; romantiques flambées de l'imagination qu'allume le souvenir des siècles ; savantes fantasmagories de l'histoire brevetée, de l'histoire patriotique, toujours prête à brandir, selon les besoins de la cause, le *Vae victis* du brenn, ou le *Gloria victis*. Et pêle-mêle avec la marée des passions, tous les démons secrets que la société refoule dans l'ordre et dans la paix... Chacun se trouve enlacé dans les bras de la pieuvre. Et chacun trouve en soi la même confusion de forces bonnes et mauvaises, liées, embrouillées ensemble. Inextricable écheveau. Qui le dévidera ?... D'où vient le sentiment de la fatalité qui accable les hommes, en présence de telles crises ? Et cependant, elle n'est que le découragement devant l'effort multiple, prolongé, non impossible, qu'il faut pour se délivrer. Si chacun faisait ce qu'il peut (rien de plus), la fatalité ne serait point. Elle est faite de l'abdication de chacun. En s'y abandonnant, chacun accepte donc son lot de responsabilité.

Demain. Recueilli dans *L'Esprit libre*, 2 novembre 1916 (D. R.).

DOMAINE GREC

Kostis Palamas (1859-1943)

O Dodekalogos tou Yiftou
(1907)
Les Douze Paroles du Tzigane*

Lent, dolent, sous l'accablement
Comme après un naufrage,
Je m'en suis allé vivre avec les fauves,
Et sur les sommets j'ai mené ma mule,
Sur les hauteurs dressé ma tente,
Dans les fourrés et les gorges profondes

Et j'ai trouvé sur les monts de la Thrace
Et j'ai trouvé sur les hauts de l'Épire
Et j'ai nourri ma faim, l'ogresse,
Et j'ai trouvé comme en son premier jour un peuple,
Et il dévalait des cols et des crêtes
Avec les ruisseaux gonflés.

Les livres, il ne les connaît pas mais il est indomptable,
Des statues des païens il n'a que faire,
Dans ses planques sont ses écoles,
Il a du sens, de la puissance et du vouloir
Il vit ses chansons de vaillance,
Lui-même il est pareil à de saintes statues.

On les voit semer la terreur chez les couards des plaines
Qui leur donnent des noms méchants :

---

* La menace turque plane sur Constantinople en pleine décadence. Le Tzigane, incarnation du poète, se détourne des querelles stériles entre chrétiens orthodoxes et philosophes polythéistes pour célébrer la figure du klephte, homme libre, incarnation de la vie et ferment du renouveau de l'hellénisme.

Klephtes [1] et apélates [2] et traîtres,
Haïs des rois, et de tous les tyrans
Ils sont, parmi les cœurs soumis, les palikares
Ils sont, parmi les endormis, les combattants.

Traduit par M. GRODENT.
In *Le Bandit, le prophète et le mécréant*, © Éditions Hatier, 1989.

---

1. Les klephtes sont les Grecs qui se réfugièrent dans les montagnes pour fuir la domination turque; ils jouèrent un rôle de premier plan lors de l'insurrection de 1821 qui libéra la Grèce.
2. Les apélates étaient des irréguliers qui faisaient aux Turcs une guerre d'embuscades.

DOMAINE HONGROIS

ENDRE ADY (1877-1919)

Páris, az én Bakonyom
(1906)
PARIS, MON MAQUIS*

Je m'arrête, haletant... ô, Paris, ô, Paris.
Fourré gigantesque, broussaille humaine.
Du Danube braillard, la horde des pandores
Peut me suivre à son gré :
Le maquis me cache et m'attend la Seine.

Énorme est mon péché ! Immense ! C'est mon âme.
Voir de loin, oser, voilà mon péché.
Je suis un renégat de la race d'Álmos[1].
L'armée scythe qui empeste
L'Iran voudrait m'envoyer au bûcher[2].

Qu'ils viennent. Sur le cœur de Paris, je me couche
Tout ébahi, libre, bien à l'abri.
Le dernier hors-la-loi hongrois qui s'est enfui[3],
Dans le maquis riant
Se terre, englouti par des fleurs de pluie.

C'est là que je mourrai, et non sur le Danube.
D'affreuses mains ne cloront pas mes yeux :

* Endre Ady, en tant que journaliste, a violemment critiqué le pouvoir conservateur qui l'avait lui-même attaqué avec véhémence. Ayant effectué plusieurs séjours à Paris, il considère ces voyages comme la « fuite d'un Hongrois en révolte contre sa nation ».

1. Álmos, ancêtre mythique des Hongrois, était le père d'Árpád, chef des Conquérants.
2. « L'armée scythe qui empeste l'Iran » : allusion à l'origine supposée du peuple hongrois.
3. « Le dernier hors-la-loi », « la horde des pandores » : topique connu du romantisme hongrois désignant brigands et gendarmes à cheval.

M'appellera la Seine. Alors je sombrerai
Par une nuit muette,
Au néant triste, immense et ténébreux.

Que geigne la tempête et crisse la broussaille.
Que la Tisza sur la plaine déferle.
La forêt des forêts me couvrira toujours
Même mort, je serai
Caché par Paris, mon maquis fidèle.

> Traduit par Jean ROUSSELOT.
> In *Endre Ady* (1877-1919), publié par le Comité hongrois espérantiste, sous le patronage de l'Institut des relations culturelles, Budapest, 1977 (D. R.).

DOMAINE ITALIEN

GABRIELE D'ANNUNZIO (1863-1938)

Laudi del cielo, del mare, della terra e degli eroi
(1903-1912)
LOUANGES DU CIEL, DE LA MER, DE LA TERRE ET DES HÉROS*

La douce mer respire en sûreté comme le petit enfant dans les bras de sa mère. La paix des alcyons l'adoucit encore, tel un lait doré, avant que vienne l'hiver.

Aucun flot ne s'élève ; on n'entend nul ressac, nul clapotis. D'une bienheureuse lumière s'abreuve le rivage de cette mer d'oubli.

Le sable scintille à l'infini, exultant en chacun de ses grains. Et scintillent la valve polie et la méduse morte, et l'arête.

En toute substance se tait la lumière et resplendit le silence. La Pania riche de marbre dresse dans le ciel d'étonnantes citadelles.

Entre le Serchio et la Magra, sur la mer oisive désertée par les voiles, est suspendu l'enchantement. Équinoxe d'automne, je sens déjà ton miel.

Je sens déjà l'odeur du moût s'élever en fumant des

---

* D'Annunzio pratiqua tous les genres littéraires et se montra extraordinairement perméable à tous les courants de son temps, tant et si bien que les écrivains de la génération suivante eurent à se définir par rapport à lui. Composé de vers de neuf pieds, *Alcyone* (1904), d'où sont extraits ces vers, forme la troisième partie du recueil *Louanges du ciel, de la mer, de la terre et des héros*.

vignes sableuses. La lune d'août, à l'aube, était comme une faucille usée par la pierre.

De la Vierge passe dans la Balance l'ami des travaux des hommes, le Soleil, et déjà les traits qu'il décoche ont des bois moins empennés.

Silence de mort divine parmi les clartés solitaires ! L'été expire, couché dans l'or immense de sa chevelure.

Je m'arrête, attentive à son trépas. Aucun flot ne s'élève dans l'immense blancheur. J'entends frémir sous moi, à mes sabots, des ailes d'alcyon.

Les blancs rivages fuient. Entre l'eau et le sable s'efface le ruban où mon art imprimait des signes éphémères. Je souris à cette trêve.

Sous mes sabots la trace d'une vague alourdie de noirs débris s'incurve. Une branche de chêne gorgée d'eau est là, entre deux plumes.

Une aride pomme de pin, ouverte, qui pesa sur l'arbre sonore, gît entre le globe d'une méduse égarée et quelques baies de laurier.

Des papillons de neige apparaissent, couples ou essaims tremblotants semblables dans la lumière à une légère écume devenue ailée, et amoureuse.

Bleues sont les ombres sur la mer, comme des fleurs d'aconit çà et là répandues. Leur tremblement fait trembler l'infini devant mes yeux stupéfaits.

Traduit pour le CNED. (D. R.)

August Vermeylen (1872-1945)

Vlaamse beweging en Europese geest (1900)
Mouvement flamand et esprit européen*

Pour être des Européens, il faut d'abord et surtout que nous soyons *quelque chose.*

Et aussi longtemps que tant des nôtres ne pourront pas traduire clairement leur originalité, exprimer d'une manière qui leur soit propre leur être propre ;

aussi longtemps qu'ils continueront à vivre exclusivement sur la culture française, que même les plus francisés ne pourront jamais assimiler parfaitement ;

aussi longtemps qu'ils seront le simple *reflet* d'une culture qui ne concorde pas avec leur être le plus intime et le plus total ;

aussi longtemps que ce caractère hybride et équivoque les condamnera à l'impuissance ; en un mot, aussi longtemps qu'ils ne seront pas eux-mêmes, ils ne seront *rien*.

J'estime un homme qui est ce qu'il est. Ce que vous êtes au fond, soyez-le entièrement.

A-t-on jamais rien vu de plus lamentable que ces Flamands « formés » par le laminoir de notre enseignement francisé, et qui ne savent s'exprimer correctement

---

* Cet article marque un tournant dans l'histoire du mouvement flamand. Plutôt que de rompre avec le français et ses valeurs, comme nombre de flamingants l'avaient préconisé au XIXe siècle, l'écrivain belge d'expression flamande August Vermeylen propose de ne plus considérer la langue comme une fin en soi, mais de l'inclure dans un processus de développement intellectuel et social, pour l'ouvrir ensuite à toutes les cultures, parmi lesquelles la culture française.

ni en flamand ni dans leur maladroit français d'imitation ? Ridicules en France comme aux Pays-Bas du Nord, ils sont à bon droit traités comme des enfants mineurs, qui n'ont pas à intervenir dans la conversation des grandes personnes.

Où est leur liberté ? Comment parler d'aisance de la parole et de l'action, de sûreté de soi, d'élégance, quand ce qu'il y a de plus personnel, de plus essentiel en eux reste oublié, rabougri, infécond, recouvert de végétations parasites ?

En quoi contribuent-ils à la civilisation générale ? Sans doute, il est des gens capables de faire surgir du sol le plus sec une abondance de belles fleurs ; il est des privilégiés, qu'une éducation supérieure a mis en mesure de se sentir parfaitement Français, ou Flamands jusqu'aux moelles. Mais ce sont des cas individuels ; la communauté ne vit pas avec eux, et eux ne s'y sentent pas à leur place. Alors que dans chaque pays des voix s'élèvent qui, se mêlant, font résonner à travers l'Europe « une mélodie identique malgré la différence des paroles », on n'entend jamais la voix de la communauté franco-flamande.

[...] Donnez au peuple sa langue, afin qu'il sente sa dignité ; donnez-lui sa langue, afin qu'il se développe selon les besoins de son être propre ; donnez-lui sa langue, car c'est en passant par la bouche que les pensées se dégagent, qu'elles prennent forme, qu'elles deviennent vie et avenir ; donnez-lui sa langue, afin qu'il puisse enfin parler et comprendre : alors les idées qui animent et soulèvent notre temps, ses doutes et ses aspirations, ses paroles de combat et d'espoir, tout cela bouillonnera dans le peuple entier.

Traduit par P. BRACHIN.
In *Anthologie de la prose néerlandaise, Belgique, I, 1893-1940*, © Aubier-Asedi, 1970.

Louis Couperus (1863-1923)

Van oude mensen de dingen die voorbijgaan (1906)
Vieilles gens, choses qui passent*

Elle lut. Elle devint toute pâle. C'était une femme simple et calme, qui avait mûri sans à-coups ; un tempérament sain, mais placide, à qui la fougue des sens était inconnue. Ses lectures n'avaient guère entamé son âme ; les phrases passionnées, selon elle, n'étaient faites par les auteurs que pour embellir leur style. Qu'on eût pu écrire, avec une plume et de l'encre, ces mots qu'elle lisait *là*, sur un papier tout jauni, d'une encre rouge, pâlie au fil des ans — cela la frappait d'épouvante, comme si une flamme écarlate eût jailli, qui couvait sous la cendre qu'elle venait de remuer. Elle n'avait jamais su que de telles choses pussent exister. Ces mots brûlants d'ardeur, elle ne savait pas qu'on pût les dire ainsi. Ils la fascinaient. Elle s'était laissé tomber dans le fauteuil du vieux monsieur et lisait, sans pouvoir maintenant faire autre chose que de lire. Elle lisait l'histoire d'un incendie intérieur, d'une passion qu'elle n'avait jamais soupçonnée. D'une fusion des âmes et des corps, âmes confondues, corps confondus, afin d'oublier, d'oublier malgré tout... Elle lisait, dans un délire de

* Dans ce texte, une femme de quatre-vingt-quinze ans, Odile, a fait, soixante ans plus tôt, assassiner son mari par son amant, Takma. Les criminels se voient tous les jours sous l'œil complice de leur médecin. À la fin de leur vie, les souvenirs et les remords s'entrecroisent devant les enfants et les petits-enfants qui cherchent à percer le secret... Takma vient de mourir et sa gouvernante, Adèle, en classant ses papiers, tombe par hasard sur une lettre que le vieux monsieur n'a pas eu le temps de détruire.

mots, l'histoire d'une démence pourpre qui allait s'exaltant, la rage de se précipiter et de s'abolir dans l'âme de l'autre, pour se consumer ensemble de baisers inouïs et se perdre, confondus, dans l'oubli, l'oubli... Se fondre l'un dans l'autre, et n'être plus distincts... Être ensemble pour l'éternité... À jamais indissociables, dans une passion inextinguible... Et demeurer ainsi, et oublier... Oublier surtout... Ô mon Dieu, oublier... cette seule nuit, cette nuit... Et à travers les mots, qui d'abord avaient lui d'une pourpre sensuelle, commençait à ruisseler la pourpre du sang... À travers les mots d'amour passionné ruisselaient maintenant les mots de haine passionnée... Le bonheur fou que cette haine se fût malgré tout assouvie... L'assurance joyeuse que, si jamais cette nuit pouvait revenir, la haine s'assouvirait de la même manière, une fois encore ! Ces mots insensés n'étaient qu'illusion, car juste après ils recommençaient à se tordre de désespoir, et proclamaient que pourtant, en dépit de la satisfaction, le souvenir était comme un spectre, un spectre sanglant qui ne lâchait plus sa proie... Oh, certes, la haine s'assouvirait toujours, une troisième, une quatrième fois... mais ce spectre sanglant n'en était pas moins horrible... C'était à devenir fou... à devenir fou... Et la lettre s'achevait sur des supplications : venir à tout prix, venir vite, afin de se fondre, d'âme et de corps, et de tout oublier dans les transports de cette fusion, et de ne plus voir le spectre. En bas de la lettre, ces mots : « À déchirer tout de suite », et ce nom : Odile. Tante Adèle resta assise, immobile, les quatre bouts de papier dans la main. Elle avait lu : le fait était irréversible. Elle eût souhaité n'avoir pas lu. Mais il n'y avait rien à faire. La lettre était datée de Tegal, soixante ans auparavant... Aucune flamme ne jaillissait plus des mots, maintenant que tante Adèle avait lu, mais ils frémissaient comme un voile rouge devant ses yeux épouvantés. Elle se recroquevillait, tremblante, et ses yeux fixaient cette pourpre frémissante. Elle sentait ses genoux faiblir, ils refusaient de la porter. Désormais elle *savait* : à travers tant de haine, de passion, d'exaltation joyeuse, de folie, d'amour brûlant et de remords angoissé, la lettre était explicite ; elle évoquait, comme sous le coup d'un besoin inconscient de tout dire, de tout sentir une fois encore, de tout décrire avec une fulgurante précision — elle évoquait une nuit, bien des années auparavant, une nuit dans la montagne silencieuse, près d'un bois obscur, au bord d'un fleuve en crue, une nuit dans un *pasanggrahan*[1] perdu, une nuit d'amour, une nuit de haine, de surprise, de résistance, d'irrésolution, d'angoisse croissante, de désespoir, jusqu'à la folie... Et les mots évoquaient une scène de lutte et de sang dans une chambre, évoquaient un groupe de trois êtres qui portaient un mort jusqu'au fleuve en crue, ne sachant que faire d'autre, sous le déferlement continu de la pluie battante... C'est tout cela qu'évoquaient les mots, comme suggérés par une pression venue d'ailleurs, une impulsion irrésistible, une violence mystérieuse faite à l'auteur de la lettre pour la contraindre à dire ce qu'elle aurait dû, logiquement, taire toute sa vie ; à décrire par la plume et le papier ce qui était un crime, et à faire ainsi de sa lettre un témoignage ; à tout crier, et à peindre de couleurs crues ce qu'il eût été plus sûr de tenir enfermé dans l'âme bourrelée de remords, et d'effacer de telle sorte qu'aucune trace ne pût désormais vous trahir...

Traduit par H. PLARD.
In *Anthologie de la prose néerlandaise, Pays-Bas, II, Romanciers et nouvellistes*, © Aubier-Asedi, 1970.

---

1. Logement prévu pour les fonctionnaires en déplacement.

DOMAINE POLONAIS

Stanisław Wyspiański (1869-1907)

Wesele
(1901)
Les Noces*

Le poète
>La mariée — du rêve — de la nuit...

La mariée
>Oui, c'est un rêve que je fis
>Mais sans dormir vraiment
>J'étais comme évanouie.

Le poète
>Ô mariée, brisée d'amour ardent !

La mariée
>Dans un grand carrosse d'or
>Mon rêve a croisé le diable ;
>Maintes sornettes encor
>Tissaient, retissaient leurs fables.

Le poète
>Et voilà le diable en personne
>Et voilà l'or de son carrosse.

La mariée
>Oui, oui, en rêve rien n'étonne

---

* Sur l'argument d'un de ses amis poète avec une jeune paysanne, le drame de Wyspiański reprend les procédés traditionnels des mystères paysans consacrés à la Nativité et amorce un nouveau tournant dans le théâtre polonais dont Witkiewicz bénéficiera. Toute la nuit, des personnages historiques et fictifs, incarnations des rêves et des désirs des invités à la noce, se mêleront dans l'attente d'un grand événement qui, à l'aube, ne se produira pas (acte III, scène 16).

En songe, tout vous appartient.
Je ne veux pas que l'on se moque
Car vous vous étonnez de tout
Et vous le racontez partout
Une montagne vous faites d'une souris...

Le poète

Certains paient pour y avoir droit
Afin que d'un seul effroi
On puisse se procurer
Carrosse et diable déguisé
Que badauds puissent s'amuser.

La mariée

Moi, la danse m'a épuisée —
J'entre en rêve dans le carrosse
Dieu! mes paupières sont fermées,
Je rêve et suis dans le carrosse.
Je veux aller par les forêts
La pierre des villes paraît.
Où me menez-vous, ô démons!
En Pologne, me disent-ils
Mais cette Pologne, où est-elle?
Le savez-vous?

Le poète

Par tout le monde, à perdre haleine,
Cherche la Pologne, ô mariée,
Tu ne la trouveras jamais.

La mariée

Alors, ça n'en vaut pas la peine.

Le poète

Il est pourtant une petite cage. —
Pose là ta main, mon Hedwige,
Sur ta poitrine.

La mariée

C'est mon corsage

>   Et ma doublure du corset
>   Cousue serré à m'étouffer —

Le poète
>   Mais là, qu'est-ce qui bat ?

La mariée
>   Quelle est cette leçon ?
>   Mais c'est le cœur qui cogne.

Le poète
>   Et c'est ici qu'est la Pologne.

Traduit par ANNE-MARIE DE BACKER.
© L'Âge d'Homme, 1981.

WŁADYSŁAW REYMONT (1867-1925)

Chlopi
(1904-1909)
LES PAYSANS*

Ainsi passaient les jours.

Dehors le soleil brûlait toujours. Plus la moisson approchait, plus la chaleur augmentait, en sorte que de jour il était désormais impossible de mettre le nez dans les champs ; les nuits n'amenaient pas non plus la fraî-

---

* Immense roman en quatre volumes qui valut à Reymont le prix Nobel en 1924, *Les Paysans* sont l'épopée, semi-homérique, d'une communauté villageoise qui célèbre Dieu, boit et chante au rythme des saisons.

cheur, elles étaient chaudes et étouffantes, si bien que même dans les vergers la chaleur vous empêchait de dormir ; ça devenait une vraie calamité pour le village ; l'herbe était si bien roussie que le bétail rentrait affamé des pâturages et beuglait dans les étables, les pommes de terre se flétrissaient, elles atteignaient la grosseur d'une noisette, puis en restaient là, les avoines havies étaient à peine sorties de terre, les orges jaunissaient prématurément, les seigles séchaient avant d'être mûrs et prenaient une teinte blanche à cause des épis vides. On se faisait bien de la bile à ce sujet, à chaque coucher de soleil on regardait avec un faible espoir si le temps n'allait pas changer, mais le ciel était toujours sans nuages, englouti dans un brasier blanchâtre comme du verre, et le soleil se couchait pur, sans être assombri par le plus léger nuage.

Plus d'un adressait déjà des prières suppliantes devant les saintes images pour que le temps change, mais rien n'y faisait, les champs étaient noyés dans la même vapeur solaire, les fruits séchaient et tombaient des arbres, les puits tarissaient, et il y avait même si peu d'eau dans l'étang que la scierie ne pouvait plus marcher. Le moulin aussi avait cessé le travail. Aussi le peuple, réduit au désespoir, se cotisa-t-il pour une messe votive avec exposition du saint sacrement, et tout le village s'y rendit.

Les gens prièrent de tout leur cœur et avec tant de ferveur que même une pierre aurait eu pitié d'eux.

Il faut croire que le Seigneur Jésus l'écouta dans sa miséricorde. Sans doute le lendemain il fit si chaud, si lourd, si suffocant que les oiseaux tombaient d'épuisement et que les vaches mugissaient tristement sur les pâturages ; les chevaux ne voulaient pas sortir de l'étable et les gens à bout de forces s'abritaient dans les vergers brûlés du soleil sans même oser mettre le pied au jardin. Mais sur les midi, quand toute chose semblait prête à rendre l'âme dans le miroitement blanc de l'air en ébullition, le soleil se troubla et s'assombrit tout à coup comme si quelqu'un avait jeté dessus des poignées de cendre, et bientôt après il y eut une sorte de bruissement dans le ciel, comme d'oiseaux gigantesques qui auraient battu des ailes, et des nuages gonflés de bleu sortirent de tous les côtés, s'abaissant toujours plus bas, toujours plus menaçants.

Un souffle terrible passa, tout ce qui vivait se tut et s'arrêta avec un tremblement secret.

On perçut de lointains roulements de tonnerre, un vent court s'élança, des tourbillons de poussière s'élevèrent sur les routes, le soleil se répandit comme un jaune d'œuf dans le sable, une soudaine obscurité se fit et ce fut un fourmillement d'éclairs dans le ciel, comme si quelqu'un avait agité des cordes de feu ; la première foudre tomba avec fracas quelque part tout près, si bien que les gens sortirent devant leurs chaumières.

Tout ne fut plus qu'une mêlée confuse des éléments, le soleil avait disparu dans un chaos sauvage et un tel orage s'était déchaîné que les ténèbres s'épaississaient en paquets, et là-dedans des torrents d'aveuglantes clartés se déversaient, la foudre tombait, le fracas des coups de tonnerre emplissait le ciel, la pluie ruisselait, la tempête et les arbres gémissaient.

Des éclairs éblouissants se succédaient sans interruption et il tombait de telles cascades qu'on ne voyait plus rien du monde ; sur les côtés crevaient des nuages à grêle.

L'orage dura peut-être une heure, en sorte que les blés se couchèrent et que de vrais fleuves d'eau écumeuse ravinèrent les routes ; mais à peine ça s'était-il arrêté un instant et le ciel avait-il commencé à s'éclaircir que le tonnerre gronda de nouveau, comme si des milliers de chariots roulaient à toute vitesse sur de la terre gelée, et de nouveau la pluie tomba à seaux.

Traduit par Franck L. Schoell.
© L'Âge d'Homme, 1981.

DOMAINE ROUMAIN

Ion Luca Caragiale (1852-1912)

La Moşi
(1901)
À LA FOIRE

TABLE DES MATIÈRES

Pain d'épices – panoramas – drapeaux – marchands de coco – ballons – soldats – faubouriennes – lampions – limonade – habits noirs – décorations – messieurs décorés – seilles – ménageries – provinciaux – mirlitons – mendiants – baquets – cornemuses – enfants – ministres – pickpockets – cuviers – bonnes d'enfants – nourrices – attelages – musiques – feux d'artifice – photographies à la minute – tréteaux de comédiens – tombolas – n°s 8 de *La Blague roumaine* – poteries – fanions – orgues de Barbarie – glaces à la vanille – grillades – cotonnades – pichets – vin à l'absinthe – chevaux de bois – grande roue : *la plus dernière invention qu'elle était à l'exposition américaine* – éperons – bicyclettes – chevaux – bétail – gendarmes – fichus – télégraphistes – nièces – tantes – mégères – oncles – entremetteurs – cousins – veuves – orphelins – portraits du tsar – *La Mort du chasseur* – icônes – canifs – savon – cierges – rubans – pain bénit – bouchers – blé – dragées pour gâteaux des morts – pochards – bonnets de fourrure – gilets fourrés – licous – bœufs – crécelles – « La première société de basalte et de faïence » – savon « Stella » – bouteilles – foin – cerceaux – douves – barriques – courtepointes – matelas – oreillers – fleurs – chaises – lits – tables – fils d'or – miroirs – boucles d'oreilles – bagues – cafetières – chardonnerets – cuvettes – remèdes contre les cors – savon à détacher

– calicot – épingles anglaises – pommes – oranges – pois chiches – grains de maïs grillés – confitures – rafraîchissements – *La Marseillaise* – pipes – soulographies – «*Réveille-toi, Roumain*[1] *!* » – colophane – siphons – chocolat – sucre candi – pétards – canons – danses populaires – figues – poupées – fruits – « La Tête qui parle » – « Le Lion de mer » – guignol – « L'Enfant à trois jambes » – jeux de force – distractions américaines – jeux d'anneaux – phonographes – métiers à tisser de fabrication roumaine – balles – canettes – bière – croix – bons dieux de bois – sifflets – noisettes grillées – bière Bragadiru – pistaches – bière Luther – bière Opler – cavaliers – aveugles – fiacres – stropiats – automobiles – coureurs de filles – gouvernementaux – opposants – *Le Songe de la Vierge* – *Les Miracles de Saint-Sisoé* – *Alexeï, l'homme du Seigneur* – soie écrue – harengs saurs – sardines à l'huile – citrons – fromages – lard – brouettes – couvertures – broderies nationales – dentelles à l'aiguille – jupes paysannes – rideaux – serviettes brodées – voiles de gaze – quenouilles – chaudrons – trépieds – pelles – auges – pétrin – barillets – porcs – chapelets – polichinelles – paillassons – parfums – bas – pantoufles – souliers – bottes – mules – soieries – peignes – guimbardes – cardes – guitares – pommades – clarinettes – singes – « chaque objet pour 30 centimes » – disputes – bombances – arrosage de marchés conclus – charivaris – « Pour 40 centimes seulement, le litre de vieux dragasani véritable ! » – « café turc à cinq sous la tasse ! » – noix – sel – salami – « Chez tante Lina, ses vrais pâtés roumains et ses brioches moldaves » – poudre insecticide – craquelins – caroubes – cordes – raisins secs – courroies – selles – harnais – cloches – chariots – paniers – bonbons – loukoums – musiques – pets-de-nonne – chapeaux – mouchoirs de tête –

1. Marche nationaliste.

mouches – popes – dames – matelots – employés – retraités – congédiés – peuple – beaux seigneurs – donzelles – « Leurs Majestés » – « Leurs Altesses » – citadins – citadines – paysans – paysannes – intellectuels – artistes – poètes – prosateurs – critiques – bourgeois – omnibus – tramways – bonnets de troufions fripés – jupes piétinées – durillons écrasés – enfants égarés – parents soûls – mères éplorées – bouches bées – poussière – boue – saleté – infection – du monde, du monde, du monde – beau temps – mauvaises affaires...
– Quelle crise terrible, mon cher !

Traduit sous la dir. de SIMONE ROLAND et VALENTIN LIPATTI.
In Œuvres, Éditions Meridiane, 1962.

NICOLAE IORGA (1871-1940)

Cugetări
(1911)
PENSÉES

Une pensée ? Un aspect de la vérité qui étincelle.

Quand on ne vit pas, il est facile de ne pas commettre de péchés.

Beaucoup croient que l'on peut aimer l'humanité sans aimer un seul être humain.

Jusqu'à présent les hommes n'ont trouvé d'autre chemin vers la vérité que l'erreur.

Traduit par EUGEN SIMION (D. R.).

TRISTAN TZARA (1896-1963)

Un om s-a spînzura
(1914-1915)
UN HOMME S'EST PENDU

Un homme s'est pendu et regarde
S'agiter ses jambes
Il s'amuse avec ses jambes
Et pleure volontiers la stupidité
Bien que sa vie s'enfuie

Et joyeusement il essaie
De se faire un nom et de faire fortune
Un pantalon rayé et des cheveux
Trop tard et il faut blasphémer

Pas même la corde ne glisse
Monsieur Wedekind
À côté brûle encore la lampe
Mais pas assez même pour cela

Ainsi il observe cela avec effroi
Alors que s'envole l'enfance
Alors que tout à coup alentour se fait doux et lointain
Et qu'il se défait et s'étend, ô Aurélia.

Traduit par SERGE FAUCHEREAU.
In *Poèmes roumains*, Éditions La Quinzaine, 1974 (D. R.).

DOMAINE RUSSE

Anton Pavlovitch Tchekhov
(1860-1904)

Вишнёвый сад
(1904)
La Cerisaie

Lioubov Andréevna[1] Mais que faut-il faire ? Dites-le, quoi ?

Lopakhine[2] Je vous le répète tous les jours. Je vous dis tous les jours la même chose. Il faut lotir la cerisaie et les terres, il faut les affermer, et le faire immédiatement, vite... la vente aux enchères est là ! Voulez-vous vous mettre cela en tête ! Dès que vous aurez pris la décision de lotir, on vous donnera tout l'argent que vous voudrez, et vous êtes sauvés.

Lioubov Andréevna Des villas, des estivants, c'est tellement vulgaire... vous m'excuserez.

Gaev[3] Je suis tout à fait d'accord avec toi.

Lopakhine Je vais me mettre à sangloter ou à crier, ou je vais me trouver mal. Je n'en peux plus ! Vous m'épuisez ! (*À Gaev.*) Vous n'êtes qu'une lavette !

Gaev Quoi ?

Lopakhine Une lavette ! (*Il s'apprête à partir.*)

Lioubov Andréevna (*effrayée*) Non, ne partez pas, restez,

---

1. Lioubov Andréevna : propriétaire foncier, vient de rentrer d'un séjour en Europe pour trouver son domaine menacé d'une vente aux enchères.
2. Lopakhine : marchand enrichi, fils d'un moujik de Lioubov Andréevna et ami de celle-ci.
3. Gaev : frère de Lioubov Andréevna, grand amateur de parties de billard.

mon ami. Je vous en prie. Peut-être allons-nous inventer quelque chose !

Lopakhine Que voulez-vous inventer !

Lioubov Andréevna Ne partez pas, je vous en prie. C'est quand même moins triste quand vous êtes là... (*Un temps.*) Je m'attends tout le temps à ce qu'il arrive quelque chose, à ce que la maison s'écroule sur nous...

Gaev (*plongé dans ses réflexions*). Une série dans le coin... Un coup à suivre...

Lioubov Andréevna Nous sommes punis d'avoir trop péché...

Lopakhine Que peuvent bien être vos péchés...

Gaev (*met dans sa bouche un bonbon*) On dit que je me suis ruiné en bonbons. (*Il rit.*)

Lioubov Andréevna Mes péchés... J'ai toujours gaspillé l'argent comme une folle, et je me suis mariée avec un homme qui n'a jamais fait que des dettes. C'est le champagne qui a tué mon mari — il buvait terriblement — et moi, pour mon malheur, je me suis mise à aimer un autre homme, cela devint une liaison, et juste alors — c'était le premier châtiment, un coup direct à la tête — ici, sur la rivière... s'est noyé mon petit, et je suis partie à l'étranger, je suis partie pour toujours, pour ne jamais revenir, ne plus voir cette rivière... J'ai fui, en fermant les yeux, j'avais perdu la tête, et *lui*, il m'a suivie... impitoyable, brutal... J'avais acheté une villa près de Menton, parce qu'*il* est tombé malade, et pendant trois ans je n'ai pas connu de repos, ni de jour ni de nuit ; le malade m'a épuisé, mon âme est à sec. Et l'année dernière, lorsque les dettes ont fait vendre la villa, je suis partie pour Paris, et là, après m'avoir dépouillée, il m'a laissée tomber pour une autre... J'ai essayé de m'empoisonner... Une bêtise, une honte...

Et, soudain, je me suis mise à languir après la Russie, après ma patrie, après ma petite fille... (*Elle essuie ses larmes.*) Mon Dieu, mon Dieu, miséricorde, pardonne-moi mes péchés ! Ne me punis plus ! (*Elle sort de sa poche un télégramme.*) Je l'ai reçu aujourd'hui, de Paris... Il me demande pardon, il me supplie de revenir... (*Elle déchire le télégramme.*) On dirait de la musique... (*Elle tend l'oreille.*)

Gaev C'est notre célèbre orchestre juif. Tu dois te rappeler : quatre violons, une flûte, et une contrebasse.

Lioubov Andréevna Il existe toujours ? On pourrait le faire venir chez nous, un soir, organiser quelque chose...

Lopakhine (*tendant l'oreille*) Je ne l'entends plus... (*Il chantonne doucement.*) « Pour de l'argent, nos Allemands, — Vous feraient un Français d'un Russe... » (*Il rit.*) J'ai vu une pièce hier, au théâtre, d'un drôle...

Lioubov Andréevna Je suis sûre qu'elle n'avait rien de drôle. Au lieu d'aller voir des pièces, vous feriez mieux de vous regarder plus souvent vivre vous-même. Comme votre vie à vous tous est terne, comme vous parlez tous pour ne rien dire.

Lopakhine C'est vrai. Il faut bien l'avouer, notre vie est idiote... (*Un temps.*) Mon père était un moujik, un imbécile qui ne comprenait rien à rien et qui ne savait rien m'apprendre, à moi. Tout ce qu'il savait faire, c'était de me battre, et toujours avec un bâton. En réalité, je suis aussi abruti et idiot que lui. Je n'ai rien appris, j'ai une écriture impossible, j'écris si mal, que j'ai honte devant les gens, un vrai cochon.

Traduit par Elsa TRIOLET.
In *Œuvres*, I, © Éditions Gallimard, 1968 (Bibliothèque de la Pléiade).

Léonide Nikolaïévitch Andreïev
(1871-1919)

Рассказ о семи повешенних
(1908)
Les Sept Pendus*

Dans le chaos de formes brillantes, mais inachevées, dont le défilé précipité accablait le Tzigane, une image nouvelle fit son apparition : le plaisir d'être un bourreau en chemise rouge. Il se représentait avec netteté la place noire de monde, le haut tréteau, et lui, le Tzigane, en train de s'y promener de long en large, en chemise rouge, la hache à la main. Le soleil brille sur l'assistance, étincelle gaiement sur le fer de la hache, et tout est si joyeux, si magnifique, que même celui à qui on va couper la tête est obligé de sourire. Derrière la foule, on aperçoit des charrettes et des chevaux — ce sont les paysans venus de leur village ; plus loin encore, on voit la campagne.

— Tsa !

Le Tzigane faisait claquer ses lèvres, en les pourléchant, et crachait la salive accumulée.

Puis soudain, comme si on lui avait enfoncé un bonnet de fourrure jusqu'à la bouche, tout devenait sombre et suffocant, et son cœur se changeait en un morceau de glace dure qui irradiait de petits frissons.

---

* Au début de la nouvelle, cinq jeunes gens ont été condamnés à mort pour avoir préparé un attentat contre un ministre. Dans la même prison, deux meurtriers, un ouvrier agricole et un Tzigane, attendent aussi le moment d'être exécutés. Comme on ne trouve pas de bourreau, on propose au Tzigane de le remplacer. En échange, il aura la vie sauve.

Deux fois encore, le surveillant vint le voir et le Tzigane lui répondait avec un rictus :

— Que tu es pressé ! Reviens me voir une autre fois.

À la fin, le surveillant lui cria au passage, par le judas :

— Tu as raté ta chance, flemmard ! On en a trouvé un autre !

— Bon, que le diable t'emporte ! Pends donc les gens toi-même ! ricana le Tzigane.

Et il cessa de rêver au métier de bourreau.

Vers la fin, à mesure que le jour de l'exécution approchait, la vitesse vertigineuse des images déchiquetées devenait insupportable. Le Tzigane aurait voulu s'arrêter, planter ses jambes bien écartées et s'arrêter, mais le torrent tourbillonnant l'emportait et il ne trouvait rien à quoi se raccrocher : tout flottait autour de lui. Il avait maintenant un sommeil agité, avec des rêves nouveaux, pleins de relief, lourds comme de petits billots de bois peinturlurés, des rêves encore plus rapides et vertigineux que ses pensées. Ce n'était plus un torrent, mais une chute interminable du haut d'une montagne immense, un vol tourbillonnant à travers un monde haut en couleur. Lorsqu'il était en liberté, le Tzigane n'avait qu'une moustache assez élégante ; en prison, une courte barbe noire et piquante lui avait poussé, qui lui donnait un air effrayant et fou. Par moments le Tzigane perdait effectivement le contrôle de soi et tournait en rond dans sa cellule absolument sans rime ni raison, tout en continuant à tâter le crépi rugueux des murs. Et il buvait autant d'eau qu'un cheval.

Un soir, alors qu'on avait allumé la lumière, le Tzigane se mit à quatre pattes au milieu de sa cellule et commença à pousser un hurlement tremblant comme celui d'un loup. Il était particulièrement sérieux, en faisant cela, et hurlait comme s'il s'acquittait d'une tâche importante. Il remplissait d'air sa poitrine et l'expirait ensuite lentement en un hurlement prolongé et tremblant ; puis, plissant les paupières, il écoutait attentivement ce que cela donnait. Même le tremblement de sa voix semblait un peu affecté ; il ne criait pas n'importe comment, mais modulait soigneusement chaque note de ce long hurlement de bête, plein d'une horreur et d'une douleur indicibles.

Puis il cessa tout à coup de hurler et, sans se relever, resta quelques instants silencieux. Soudain il se mit à bredouiller à voix très basse, contre le sol :

— Mes amis, mes chéris... Mes amis, mes chéris, ayez pitié... Mes amis !... Mes chéris !...

Et il semblait aussi prêter l'oreille pour voir ce que cela donnait. Il disait un mot et s'arrêtait pour écouter.

Puis il se redressa d'un bond et débita des jurons orduriers pendant une heure entière, sans reprendre haleine.

— Espèce de..., allez-vous-en au diable ! gueulait-il, en roulant des yeux injectés de sang. Si on doit me pendre, qu'on me pende, mais pas ça... Espèces de...

Blanc comme un linge, le soldat, pleurant de détresse et d'horreur, heurtait le bout de son fusil contre la porte et criait, désemparé :

— Je te tire dessus ! Ma parole, je te tire dessus ! Tu entends !

Mais il n'osait pas tirer : s'il n'y avait pas de véritable mutinerie, on ne tirait jamais sur les condamnés à mort. Le Tzigane grinçait des dents, jurait, crachait : son cerveau d'homme, placé sur la limite monstrueusement étroite qui sépare la vie de la mort, s'effritait comme une motte d'argile sèche.

Traduit par ADÈLE BLOCH et NATHALIE REZNIKOFF.
In *Les Sept Pendus et autres récits*, © Éditions Gallimard, 1970.

Boris Nikolaïévitch Bougaïev,
dit Andréï Biély (1880-1934)

Петербург
(1913)
Pétersbourg*

Nicolas Apollonovitch se mit à rêver : il était un ancien Touranien, il s'était réincarné dans la chair et le sang d'une vieille noblesse russe afin d'accomplir le devoir sacré : ébranler toutes les assises. L'Antique Dragon devait se nourrir du sang dégénéré des Aryens et tout dévorer de sa flamme. Le vieil Orient assaillait notre temps d'une grêle de bombes invisibles et Nicolas Apollonovitch était une de ces bombes, venue de la nuit touranienne. Et maintenant il allait exploser en reconnaissant sa patrie. Et sur son visage apparut une expression de Mongol. Maintenant il avait l'air d'un mandarin de l'Empire du Milieu, affublé d'une redingote pour son passage en Occident : car il était chargé d'une mission ultra-secrète.

L'ancien Touranien, qui avait revêtu provisoirement une frêle enveloppe aryenne, se précipita vers la pile des carnets où il avait noté les fondements de la métaphysique qu'il avait longuement élaborée. Et tous ces carnets formaient une œuvre immense, l'œuvre de sa

---

* Au cours de la révolution de 1905, un jeune noble de Pétersbourg, Nicolas Apollonovitch Abléoukov, est entraîné dans la préparation d'un attentat révolutionnaire contre son propre père, qui est sénateur et homme d'État. Au cours d'un rêve, des questions étranges surgissent dans son esprit : au lieu d'en être la victime, son père ne dirige-t-il pas le complot ? Et l'action révolutionnaire, loin d'être le chaos « oriental » qui menace la Russie, n'est-elle pas destinée à sauver l'ordre « occidental » qui imprègne et qui fige celle-ci ?

vie. Partout l'élément mongol transparaissait dans ces notes classées en paragraphes numérotés : là était la mission à lui confiée.

Le visiteur, le vénérable Mongol avait élevé ses bras vers le ciel d'un geste lent et harmonieux et maintenant il demeurait immobile ; son vêtement ondula, comme au passage de grandes ailes ; sa robe de saphir fumé devint plus lumineuse, plus profonde et soudain se fit ciel et ce morceau de ciel risquait un œil dans l'air déchiré du cabinet de travail : c'était une fissure bleu sombre. Elle avait surgi dans la pièce encombrée d'armoires ; ainsi la robe était à présent une énorme fissure dans le ciel et les petits dragons d'or y scintillaient comme des étoiles...

Un souffle bleu indigo infusé d'étoiles venait de làbas.

Et Nicolas Apollonovitch, un cahier à la main, se précipita vers le visiteur. Le Touranien vers l'autre Touranien, le subordonné vers son supérieur.

Premier paragraphe : Kant (Kant, lui aussi, était un Touranien).

Paragraphe deux : la valeur ou le rien métaphysique.

Paragraphe trois : les relations sociales fondées sur la valeur.

Paragraphe quatre : la destruction du monde aryen par le système des valeurs.

Conclusion : la mission mongole.

Le Touranien répondit.

— Le problème est mal compris : paragraphe premier : la perspective. À la place de la valeur, la numération : numération des maisons, des étages et des pièces à tout jamais. À la place du nouvel ordre social, la circulation réglementée des citoyens de la perspective. Non pas la destruction de l'Europe mais son immuabilité. Voilà la vraie mission mongole.

Nicolas Apollonovitch se sentit condamné. Le visage tout plissé s'inclina jusqu'à lui. Il vit l'oreille et il comprit que l'ancien Touranien, celui qui venait de lui enseigner les règles de la sagesse, était son père, Apollon Apollonovitch. Voilà qu'il levait la main ! c'était l'heure du Jugement dernier.

— Comment ça, qui êtes-vous[1] ?
— Ton père.
— Qui donc est mon père ?
— Saturne...

L'heure du Jugement dernier avait sonné.

Il n'y avait plus ni Terre, ni Vénus, ni Mars. Seuls gravitaient autour du Soleil trois anneaux nébuleux. Déjà un quatrième venait de se désintégrer et l'énorme Jupiter s'apprêtait à devenir un monde. Seul l'antique Saturne émettait de son monde en fusion des ondes noires d'éons : nébulosités qui se perdaient. Déjà par Saturne son père, Nicolas Apollonovitch avait été rejeté dans l'infini ; les espaces filaient.

Ensuite il avait été sur terre ; le glaive de Saturne était suspendu, l'Atlantide venait de s'engloutir et Nicolas Apollonovitch, Atlante, était un monstre dépravé (la terre se dérobait sous ses pieds ; elle était affaissée sous les eaux). Puis il avait été habitant de la Chine et là, Apollon Apollonovitch, puissant Bogda-Khan[2], lui avait donné l'ordre d'égorger des milliers d'hommes (ce qui avait été fait). Et tout récemment les mille et mille cavaliers de Tamerlan avaient déferlé sur la Russie et Nicolas Apollonovitch était arrivé au galop en ce pays, sur son coursier des steppes. Puis il s'était incarné dans la chair et le sang d'un noble russe et il s'était remis à sa vieille besogne : autrefois il égorgeait des milliers d'hommes, aujourd'hui il voulait lancer une bombe contre son père, contre le cours du Temps

---

1. Tout ce paragraphe est emprunté à l'édition de 1916. Il subsiste dans l'édition abrégée de Berlin (1922), mais il a disparu dans la réédition soviétique (N.d.T.)
2. Titre mongol porté par les empereurs chinois.

lui-même. Mais son père était Saturne, la roue du Temps avait accompli sa rotation, le cycle était refermé et revenu le royaume de Saturne.

> Traduit par Jacques CATTEAU et Georges NIVAT.
> © L'Âge d'Homme, 1966.

Aleksandr Aleksandrovitch Blok
(1880-1921)

Рожденные в года глухие...
(1914)
« Ceux qui sont nés
à une époque morne... »

A Z. N. Hippius.

Ceux qui sont nés à une époque morne
Ne se souviennent pas de la route parcourue.
Enfants des années terribles de la Russie,
Nous ne pouvons rien oublier.

Années consumantes !
Annoncez-vous la folie ou l'espoir ?
Des jours de guerre, des jours de liberté
Nos visages ont gardé un reflet sanglant.

Ce silence — c'est la rumeur du tocsin
Qui a rendu nos lèvres muettes.
Dans nos cœurs jadis exaltés
Règne un néant funeste.

Et que sur notre lit de mort
S'élèvent les corbeaux en croassant —
Ceux qui en sont plus dignes, Seigneur, Seigneur,
Qu'ils voient ton glorieux avènement.

> Traduit par Nikita STRUVE.
> In N. Struve, *Anthologie de la poésie russe. La renaissance du XXe siècle*,
> © Aubier, 1970.

Ossip Emiliévitch Mandelstam
(1891-1938)

« Бессонница… »
(1915)
« Nuit sans sommeil… »

Nuit sans sommeil. Homère. Voilures étarquées.
J'ai lu jusqu'à moitié le Catalogue des vaisseaux :
cette longue nichée, cette volée de grues
qui sur l'Hellade un jour s'est déployée.

Triangle migrateur visant des rives neuves
— la tête de tes rois dans l'écume divine —
où courent tes vaisseaux ? Et si ce n'est Hélène,
qui vous appelle à Troie, ô guerriers achéens ?

Homère et l'océan, tout est mû par l'amour.
Moi, qui dois-je écouter ? Homère ici se tait
et voici que la mer, ténébreuse, oratoire,
déferle pesamment à mon chevet.

> Traduit par Louis MARTINEZ.
> *La Revue des Belles-Lettres*, n°s 1-4, Genève, 1981.

Victor Vladimirovitch Khlebnikov
(1885-1922)

Манифест Председателей Земного Шара
(1917)
Manifeste des Présidents du Globe Terrestre

[...]
Vous êtes mécontents, États,
Et vous, leurs gouvernements,
Pour avertissement vous aiguisez vos dents
Et faites des bonds. Mais quoi !
Nous sommes la plus grande force
Et nous pouvons toujours répondre
À la révolte des États,
Révolte des esclaves,
Par une lettre persuasive.
Debout sur le pont du mot « sur-État des étoiles »,
Sans besoin de bâton à l'heure du tangage,
Nous demandons : qui est le plus haut :
Nous, qui en vertu du droit de révolte
Avons incontestablement la priorité,
Qui jouissons de la protection des lois sur l'invention
Et nous déclarons Présidents du Globe Terrestre,
Ou bien vous, les divers gouvernements
Des divers pays du passé,
Tristes déchets de l'abattoir
Des taureaux bipèdes
Dont les humeurs cadavéreuses vous enduisent ?
Quant à nous, chefs de l'humanité
Édifiée par nous en accord avec les lois des ondes

Et à l'aide des équations du destin,
Nous refusons les maîtres
Qui se nomment gouvernements,
États et autres maisons d'édition
Et commerces « Guerre & Cie »,
Qui ajoutent les moulins du cher bonheur
À la cascade qui depuis trois ans déjà déverse
Votre bière et notre sang
En une vague impitoyablement rouge.
[...]
Vous êtes par rapport à nous
Comme la main-pied velue d'un petit singe
Adorée comme feu-dieu invisible
Par rapport à la main du penseur qui tranquillement
Dirige l'univers.
De ce cavalier à cheval sur le destin.
Bien plus : nous fondons
Une société pour protéger les États
Des traitements grossiers et cruels
Dont seraient coupables les communautés du temps.
Comme des aiguilleurs
Au croisement des voies du Passé et du Futur,
Nous mettons autant de sang-froid
À remplacer vos États
Par un État fondé scientifiquement
Qu'on en met à remplacer un chausson de tulle
Par le reflet de feu d'un train.
Camarades ouvriers ! Ne vous plaignez pas de nous :
Comme des ouvriers-bâtisseurs
Par un chemin à nous nous poursuivons le but de tous,
Nous sommes des outils d'un genre particulier.
Ainsi le gant
De ces trois mots : Gouvernement du Globe Terrestre
Est jeté.
[...]

Traduit par AGNÈS SOLA.
In *Des nombres et des lettres*, © L'Âge d'Homme, 1986.

DOMAINE SUÉDOIS

Hjalmar Söderberg (1869-1941)

Doktor Glas
(1905)
Doktor Glas*

12 juin.

Je n'ai jamais vu d'aussi bel été. Depuis le 15 mai, le soleil règne dans toute sa gloire, un nuage de poussière plane, immobile, au-dessus de la cité, et le soir seulement on commence à respirer.

Je rentre de ma promenade vespérale qui termine pendant la belle saison mes rares visites à mes malades. Une brise fraîche souffle de l'est, le brouillard se lève, se dilue, vogue lentement vers l'ouest en un long voile de poussière rougeâtre. Plus guère de charrettes brinquebalantes en cette année 1905, mais, par-ci par-là, un fiacre ou un tramway qui sonne. Au cours de mes flâneries le long des rues, je rencontre parfois un ami, mais pourquoi dois-je toujours me heurter au pasteur Gregorius ? Je ne peux le voir sans penser à l'anecdote que l'on m'avait racontée autrefois sur Schopenhauer : un soir, ce sévère philosophe était assis, solitaire comme toujours, dans son café de prédilection, et la porte s'ouvrit pour livrer passage à un homme d'aspect antipathique. Schopenhauer le regarda avec crainte, puis dégoût, et finalement frappa l'inconnu de sa canne, uniquement à cause de son aspect.

---

* Mme Gregorius, femme de pasteur, vient consulter le Pr Glas sous un prétexte fallacieux. Quelques jours plus tard, elle revient et finit par lui avouer que son mari lui répugne et qu'elle a un amant. Fasciné par la jeune femme, et tout en sachant qu'il n'a rien à espérer d'elle, le docteur forme petit à petit le projet de supprimer le mari.

Passons. Je n'ai rien de Schopenhauer. Lorsque de très loin j'aperçus le pasteur, c'était sur le pont Vasa. Je m'arrêtai net, m'accoudai sur le parapet et me mis à contempler les maisons grises de Helgeandsholmens, l'ancienne architecture suédoise en bois qui se reflétait dans l'eau rapide, entre les vieux saules que baignait le courant. J'espérais que le pasteur ne m'avait pas vu et je commençais à l'oublier lorsque soudain je l'aperçus à côté de moi. Il posait ses mains sur le parapet de pierre, et sa tête s'inclinait de côté, exactement comme vingt ans auparavant à l'église Jakobs Kyrka lorsque, en compagnie de ma mère (de sainte mémoire) dans le banc familial, je vis surgir en chaire pour la première fois ce disgracieux visage, tel un champignon vénéneux qui aurait récité le *Notre Père*. C'était la même physionomie grasse et brouillée, les mêmes favoris d'un blond indécis maintenant grisonnant, le même regard perçant derrière ses lunettes. Impossible de lui échapper. Je suis son médecin et il vient de temps en temps me raconter ses misères.

— Bonsoir, monsieur le pasteur, comment allez-vous ?

— Doucement, doucement. C'est mon cœur qui est irrégulier. La nuit, parfois, je crois qu'il va s'arrêter.

Cette idée ne me fit aucune peine ! Enfin ne plus voir cet homme et savoir sa femme jeune et jolie, certainement martyrisée par ce mariage, libre de choisir un époux autrement sympathique... Pourtant je répondis :

— Vraiment, monsieur le pasteur ? Venez donc me voir un de ces jours que nous examinions ça.

Il avait bien d'autres choses à me raconter, des choses de première importance. Cette chaleur, c'était tout de même anormal, et puis quelle sottise de construire une Chambre des députés monumentale au bord de cette petite baie ! Enfin, sa femme ne se sentait pas très bien...

Il me quitta et je continuai ma promenade. J'entrai dans la vieille ville, longeai la Storkyrkabrinken et pénétrai dans les ruelles. Une chaude pénombre habitait les gorges étroites que formaient les maisons, et sur les murs se dessinaient d'étranges ombres, des ombres comme on n'en voit jamais dans l'autre partie de la ville.

Mme Gregorius. Elle m'a fait une visite bizarre l'autre jour. C'était pendant ma consultation. Elle est arrivée la première et a attendu jusqu'à la fin en laissant passer tout le monde avant elle. Puis, la rougeur au front, elle est entrée dans mon cabinet, et a réussi à dire qu'elle avait mal à la gorge mais qu'elle se sentait mieux... Elle reviendrait. Tellement à faire, vous comprenez ? Je ne l'ai pas revue.

Traduit par Marcelita de MOLTKE-HUITFELD et Ghislaine LAVAGNE.
© Julliard, 1969.

DOMAINE TCHÈQUE

Jaroslav Hašek (1883-1923)

Osudy dobrého vojáka Švejka (1917)
Le Brave Soldat Chvéïk*

IV

*Comment Chvéïk fut mis à la porte
de l'asile d'aliénés*

Plus tard, lorsque Chvéïk racontait la vie que l'on mène à l'Asile d'aliénés, il le faisait en termes très élogieux.

— Sérieusement, je ne comprendrai jamais pourquoi les fous se fâchent d'être si bien placés. C'est une maison où on peut se promener tout nu, hurler comme un chacal, être furieux à discrétion et mordre autant qu'on veut et tout ce qu'on veut. Si on osait se conduire comme ça dans la rue, tout le monde serait affolé, mais, là-bas, rien de plus naturel. Il y a là-dedans une telle liberté que les socialistes n'ont jamais osé rêver rien d'aussi beau. On peut s'y faire passer pour le Bon Dieu, pour la Sainte Vierge, pour le pape ou pour le roi d'Angleterre, ou bien pour un empereur quelconque, ou encore pour saint Venceslas. Tout de même, le type qui la faisait à la saint Venceslas traînait tout le temps, nu et gigotant, au cabanon. Il y avait là aussi un type

---

* L'archiduc François-Ferdinand vient d'être assassiné à Sarajevo. Chvéïk, arrêté pour crime de haute trahison, passe devant une commission de médecins légistes qui le déclarent atteint de « crétinisme congénital » et décident de le renvoyer devant une commission d'aliénistes « en vue de constater si oui ou non sa folie est de nature à porter atteinte à la sûreté de l'État et à l'ordre public ».

qui criait tout le temps qu'il était archevêque, mais celui-là ne faisait que bouffer et, sauf votre respect, encore quelque chose, vous savez bien à quoi ça peut rimer, et tout ça sans se gêner. Il y en avait un autre qui se faisait passer pour saint Cyrille et saint Méthode à la fois, pour avoir droit à deux portions à chaque repas. Un autre monsieur prétendait être enceint, et il invitait tout le monde à venir au baptême. Parmi les gens enfermés il y avait beaucoup de joueurs d'échecs, des politiciens, des pêcheurs à la ligne et des scouts, des philatélistes, des photographes et des peintres. Un autre client s'y est fait mettre à cause de vieux pots qu'il voulait appeler urnes funéraires. Il y avait aussi un type qui ne quittait pas la camisole de force qu'on lui passait pour l'empêcher de calculer la fin du monde. J'y ai rencontré d'autre part plusieurs professeurs. L'un qui me suivait partout et m'expliquait que le berceau des Tziganes se trouve dans les monts des Géants, et un autre qui faisait tous ses efforts pour me persuader qu'à l'intérieur du globe terrestre il y en avait encore un autre, un peu plus petit que celui qui lui servait d'enveloppe. Tout le monde était libre de dire ce qu'il avait envie de dire, tout ce qui lui passait par la tête. On se serait cru au Parlement. Très souvent, on s'y racontait des contes de fées et on finissait par se battre quand une princesse avait tourné mal. Le fou le plus dangereux que j'y aie connu, c'était un type qui se faisait passer pour le volume XVI du *Dictionnaire Otto*. Celui-là priait ses copains de l'ouvrir et de chercher ce que le dictionnaire disait au mot « Ouvrière en cartonnage », sans quoi il serait perdu. Et il n'y avait que la camisole de force qui le mettait à l'aise. Alors, il était content et disait que ce n'était pas trop tôt pour être mis enfin sous presse, et il exigeait une reliure moderne. Pour tout dire, on vivait là-bas comme au paradis. Vous pouvez faire du chahut, hurler, chanter, pleurer, bêler, mugir, sauter, prier le bon Dieu, cabrioler, marcher à quatre pattes, marcher à cloche-pied, tourner comme la toupie, danser, galoper, rester accroupi toute la journée ou grimper aux murs. Personne ne vient vous déranger ou vous dire : « Ne faites pas ça, ce n'est pas convenable ; n'avez-vous pas honte, et vous vous prétendez un homme instruit ? » Il est vrai qu'il y a aussi là-dedans des fous silencieux. C'était le cas d'un inventeur très savant qui se fourrait tout le temps le doigt dans le nez et criait une fois par jour : « Je viens d'inventer l'électricité ! » Comme je vous le dis, on y est très bien, et les quelques jours que j'ai passés dans l'Asile de fous sont les plus beaux de ma vie.

En effet, l'accueil qu'on avait fait à Chvéïk à l'Asile de fous, où on l'avait transporté avant de le faire passer devant une commission spéciale, avait déjà dépassé toute son attente. Tout d'abord on l'avait mis à nu et, après l'avoir enveloppé dans une espèce de peignoir de bain, on l'avait conduit, en le soutenant familièrement sous les bras, à la salle de bains, tandis qu'un des infirmiers lui racontait des histoires juives. Là, on l'avait plongé dans une baignoire d'eau chaude, et, après l'en avoir retiré, on l'avait placé sous la douche. Ce procédé de lavage avait été appliqué à Chvéïk trois fois de suite et, là-dessus, les infirmiers lui avaient demandé, si cela lui plaisait. Chvéïk répondit qu'on était beaucoup mieux ici qu'aux bains publics près du pont Charles, et que, du reste, il aimait l'eau.

— Si vous me faisiez encore la manucure et les cors aux pieds, et si vous voulez bien me couper les cheveux, rien ne manquerait plus à mon bonheur, ajouta-t-il en souriant comme un bienheureux.

On acquiesça volontiers à son désir, puis, bien frotté au gant de crin, on l'enveloppa dans des draps de lit et on le porta au premier étage pour le coucher. On le couvrit soigneusement en le priant de s'endormir.

Chvéïk s'en souvient encore aujourd'hui avec attendrissement :

— Figurez-vous qu'ils m'ont porté, ce qu'on appelle porté, et moi, à ce moment-là, vous pensez si j'étais aux anges !

Traduit par JINDRICH (HENRI) HOREJSI.
© Éditions Gallimard, 1932, présenté par J.-R. Bloch. 1re version en 1917 à Kiev, 1re publication à Prague en 1921.

KAREL ČAPEK (1890-1938)

Slěpěj
(1917)
L'EMPREINTE*

— Il faut que cela s'explique, ajouta l'autre d'un ton courroucé. Il est inadmissible qu'il n'y ait qu'une seule empreinte. Admettons qu'on ait sauté d'ici au milieu du champ ; mais alors, il n'y aurait aucune trace de pas. Mais qui donc aurait pu sauter si loin et comment aurait-il pu ne sauter que sur un pied ? Il aurait certainement perdu l'équilibre ; il aurait dû s'appuyer sur l'autre jambe ; je crois qu'il aurait dû courir un peu en avant comme lorsqu'on saute d'un tramway en marche. Mais ici, *il n'y a point* trace de l'autre pied !

— Cela n'a pas de sens commun, dit Boura ; s'il

---

* Deux hommes trouvent au beau milieu d'un champ enneigé une seule et unique trace de pas. Rien devant, rien derrière. Ils essaient de trouver une explication logique à ce phénomène qui prend vite des proportions inquiétantes. Ce récit est tiré du recueil de nouvelles *Calvaires*.

avait sauté d'ici, il aurait dû laisser des traces sur la grand-route ; mais ici, il n'y a que celles que nous avons laissées.

— Personne n'est passé par ici avant nous : l'empreinte du talon est tournée vers la grand-route ; celui qui l'a laissée se dirigeait donc par là. S'il était allé vers le village, il aurait dû prendre à droite ; de ce côté-ci, il n'y a que des champs ; que diable aurait-il cherché dans les champs en ce moment ?

— Pardon, mais celui qui a posé son pied là a dû repartir, forcément, d'une façon ou d'une autre. Je prétends, moi, qu'il n'est pas parti du tout, puisqu'il n'a pas fait d'autres pas. C'est clair. Personne n'est passé par ici. Il faut expliquer cette empreinte d'une autre façon. »

Boura s'évertuait à réfléchir.

« Peut-être y avait-il un creux naturel dans la terre ou, dans la boue gelée, une empreinte que la neige a couverte. Ou bien, attendez, il y avait peut-être là une vieille chaussure abandonnée qu'un oiseau aura emportée depuis que la neige est tombée. Dans ce cas-là, il y aurait un endroit sans neige, semblable à une empreinte de pied. Il faut chercher une conjecture *naturelle*.

— S'il y avait eu une chaussure avant la tourmente de neige, il y aurait eu un endroit noir au-dessous ; mais j'y vois de la neige.

— Peut-être l'oiseau a-t-il emporté la chaussure pendant qu'il neigeait encore ; ou bien l'a-t-il laissée tomber au vol dans la neige fraîche et l'a-t-il ramassée ensuite. Ce n'est pas une empreinte de pied. C'est impossible.

— Dites donc, votre oiseau dévore-t-il des chaussures ? Ou bien en fait-il son nid ? Un petit oiseau n'est pas assez fort pour porter une chaussure, et pour un grand, une chaussure est trop petite. Il faut résoudre ce cas d'un point de vue général. Je crois que c'est réellement une empreinte de pied, et puisqu'elle n'est pas arrivée par la terre, elle a dû venir d'en haut. Vous supposez un oiseau, mais il est possible que ce soit arrivé, mettons... d'un ballon. Quelqu'un se sera suspendu en ballon et il aura d'un pied fait cette empreinte pour se payer la tête des gens. Il m'est très désagréable à moi-même de chercher une explication aussi peu naturelle, mais... je serais content que ce ne fût pas une empreinte de pied. »

Les deux hommes s'approchèrent de l'empreinte. Les circonstances étaient on ne peut plus claires. Un champ non labouré montait en pente douce de la grand-route. L'empreinte se trouvait presque en son milieu. La surface qui la séparait de la grand-route était vierge ; elle ne portait aucune trace, si légère fût-elle, d'un contact quelconque. La neige était unie, molle et friable, n'ayant pas subi l'effet des grandes gelées.

Il n'y avait pas le moindre doute. C'était réellement l'empreinte d'un gros soulier de forme américaine, très large de semelle, avec cinq forts clous au talon. La neige avait été comprimée proprement, elle était lisse ; il ne portait pas trace de flocons légers et frais ; donc l'empreinte avait été faite après la chute de neige. Elle était profonde et énergique ; la charge qui avait pesé sur cette semelle devait être supérieure à celle que représentait chacun des deux hommes penchés sur l'empreinte. L'hypothèse de l'oiseau à la chaussure s'évanouit dans le silence.

Traduit par Hanuš Jelínek.
In *Gazette de Prague*, 30 janvier 1924 (D. R.).

DOMAINE YIDDISH

Haïm Nahman Bialik (1873-1934)

Shkhite shtot
(1906)
Dans la ville du massacre*

Dans le fer, dans l'acier, glacé, dur et muet,
Forge un cœur et qu'il soit le tien, homme, et viens !
Viens dans la ville du massacre, il te faut voir
Avec tes yeux, éprouver de tes propres mains
Sur les grillages, les piquets, les portes et les murs,
Sur le pavé des rues, sur la pierre et le bois,
L'empreinte brune et desséchée du sang, de la cervelle,
Empreinte de tes frères, de leurs têtes, de leurs gorges.
Il te faut t'égarer au milieu des décombres,
Parmi les murs béants, leurs portes convulsées,
Parmi les poêles défoncés, les moitiés de chambres,
Les pierres noires dénudées, les briques à demi brûlées
Où la hache, le feu, le fer, sauvagement
Ont dansé hier en cadence à leurs noces de sang.
Et rampe parmi les greniers, parmi les toitures crevées,
Regarde bien, regarde à travers chaque brèche d'ombre
Car ce sont là des plaies vives, ouvertes, sombres
Et qui n'attendent plus du monde guérison.

Tu iras par les rues qu'envahissent les plumes,
Tu te baigneras dans un fleuve, un fleuve blanc
Qui de l'homme est issu, de sa sueur sanglante.
Tu foules des monceaux de biens éparpillés
Et ce sont là des vies entières, des vies entières
Fracassées à jamais, comme des crânes.

---

* Tiré du recueil *Chants et poèmes*, ce poème est un manifeste écrit en yiddish et en hébreu après le pogrom de Kishiniev en 1903.

Tu vas, tu cours et tu te perds en ce chaos,
Argent, cuivre, fourrure, lambeaux de livres, soie et satin
Arrachés, déchirés, en miettes,
Et piétinés les sabbats, les dots, les fêtes,
Les taleths, les bribes de Thora, les prières, les parchemins,
Les saints rouleaux, guirlandes claires de ton âme,
Vois, vois, ils s'enroulent d'eux-mêmes autour de tes jambes
Et ils baisent tes pas sortis de l'ordure,
Et ils essuient la poussière de tes souliers.
Tu cours? Tu fuis vers l'air et la lumière?
Tu peux fuir, tu peux fuir, le ciel se rit de toi
Et les dards du soleil te crèveront les yeux,
Les acacias fraîchement parés de verdure
Par la senteur des floraisons et du sang t'envenimeront
Et feront pleuvoir sur ton front des plumes et des fleurs,
Dans la rue des débris de verre aux milliers de miroitements
Devant toi danseront leur horrible merveille,
Car de ses douces mains Dieu te fit ce double présent :
Un massacre avec un printemps.

Le jardin fleurissait et brillait le soleil
Le boucher était au carnage,
Le coutelas luisait, de chaque plaie
De l'or et du sang ruisselaient...
Tu fuis? Tu veux te cacher dans une maison — C'est en vain.

Traduit par C. DOBZYNSKI.
In *Le Miroir d'un peuple. Anthologie de la poésie yiddish*, publié sous la dir. de R. Ertel, © Éditions du Seuil, 1987.

10

Vers l'internationalisation
1918-1945

L'idéalisme européen et les totalitarismes

0 km 500
NORVÈG
ÉCOSSE
MER
Édimbourg
DU
DANEMAR
Belfast
Dublin
NORD
EIRE
ROYAUME-UNI
Hambo
PAYS-BAS
Brê
Amsterdam
RÉP.
OCÉAN
Londres
Rhin
Bruxelles
FÉDÉRAL
Manche
BELGIQUE
Francf
LUX.
Seine
Paris
Meuse
D'ALLEM
ATLANTIQUE
Loire
FRANCE
Berne
SUISSE
Bordeaux
Lyon
Garonne
Rhône
Turin
Gène
Nice
Marseille
PORTUGAL
ANDORRE
ESPAGNE
Duero
Barcelone
Corse
Lisbonne
Tage
Madrid
Guadiana
Valence
Iles Baléares
Sardaigne
Séville
M
E
R
Limites d'états

FINLANDE
Helsinki
Léningrad
Stockholm
Moscou
Volga
SUÈDE
MER BALTIQUE
Riga
Dvina
Copenhague
U.R.S.S.
Gdansk
RÉP.
Szczecin
Berlin
DÉMOCR.
Elbe
ALLEMANDE
Vistule
Varsovie
POLOGNE
Oder
Kiev
Dniepr
Prague
TCHÉCOSLOVAQUIE
Dniestr
Munich
Vienne
Tisza
Cluj
Budapest
AUTRICHE
HONGRIE
ROUMANIE
MER
Trieste
Zagreb
Venise
Bucarest
YOUGOSLAVIE
Belgrade
Danube
NOIRE
Sarajevo
BULGARIE
ITALIE
Sofia
Istanbul
Rome
Tirana
ALBANIE
Naples
TURQUIE
GRÈCE
Athènes
Sicile
MÉDITERRANÉE
Crète

1941-1942

Extraits du journal d'une collectionneuse américaine (traduit de l'anglais)

Avertissement de l'éditeur : La plupart des individus dont parle ce *Journal* sont évoqués par une simple initiale. Dans le contexte, et dans le cadre d'un écrit intime qui n'était pas destiné à la publication, l'allusion était certainement assez claire, du moins pour la rédactrice. Craignant toutefois que ces références ne fussent peu compréhensibles pour le lecteur contemporain, nous avons complété, entre crochets, le nom de la personne citée.

Marseille, 23 mars 1941.

Nous embarquons après-demain. M{ax Ernst} s'occupe à décrocher des basses branches du pin où il les avait exposées, au gré du vent, les toiles de la dernière exposition collective en terre française du groupe surréaliste. Il y a là, outre les œuvres de M{ax}, des tableaux de W{ilfredo Lam}, des dessins de H{ans} B{ellmer} et d'A{ndré} M{asson}. V{ictor} B{rauner} et O{scar Dominguez} ont déjà remballé leurs œuvres. J'entre dans la maison Espère-Visa, selon le joli mot de V{ictor Serge}. A{ndré Breton}, T{ristan} T{zara}, V{ictor Serge} et V{rian} F{ry} jouent aux cartes : ils utilisent ce splendide jeu de tarots composé, dessiné par les uns et les autres. Cœur, trèfle, carreau, pique sont devenus, entre les doigts de nos amis, Amour, Rêve, Révolution et Connaissance. Les symboles habituels ont été remplacés par une flamme, une étoile noire, une roue sanglante et une serrure. Ils jouent, sérieux comme des papes — A{ndré} surtout, et V{ictor}, avec cette tête inquiétante de moine laïque qui a tant plu à Lénine et à Trotski.

Espère-Visa : c'est un joli nom, mais Air-Bel n'était pas mal non plus. Comment, dans les circonstances actuelles, D{aniel} B{énédite} a pu trouver, dans cette ville de réfugiés où les tarifs des hôteliers rapaces montent entre le soir et le matin, une maison aussi grande, cela reste pour moi une énigme. L'argent de Peggy {Guggenheim} et de Mary Jane {Gold} n'a jamais été mieux employé, l'organisation montée à New York par Thomas Mann n'a jamais mieux fonctionné. René {Char} est parti il y a peu. J'ai bien tenté de le convaincre de s'embarquer avec nous, mais il a eu un de ces demi-sourires mystérieux qui coupent toute conversation. « J'ai à faire dans la région », a-t-il dit.

A{ndré} se lève et propose d'aller prendre une ultime anisette sur le port, dans notre bar favori, le Brûleur de Loups. Quelle ville, où même les bistrots ont des noms surréalistes ! J'adore ces vieilles maisons qui cernent le Vieux-Port, avec les entrepôts des pêcheurs. Ville noire, un peu suintante.

Trois mois déjà que nous sommes ici. Je sais qu'il me faut partir. Les États-Unis, quand ils en auront fini avec leurs querelles d'Allemands au Congrès[1], *prendront, j'espère, part à la guerre qui vient d'embraser l'Europe, comme en 14-18, avec quelques années de retard. Il ne fera pas bon, alors, être américaine en France. Comme il ne faisait pas bon, il y a un an, y être allemand : ils ont interné M{ax}, les imbéciles... Nous avons vu B{enjamin} P{éret}, en fuite : les autorités espagnoles avaient eu la courtoisie de le signaler aux Allemands à son retour d'Espagne. Et ils l'ont fait arrêter par les Français (jusqu'à quand les policiers français vont-ils ainsi faire le jeu de la Gestapo ?). Il s'est évadé, il projette de partir pour le Mexique. Bien habile qui pourrait dire s'il en va de l'honneur ou du déshonneur des poètes de partir ou de rester.*

Espagne... S{tefan} Z{weig} doit être à l'abri à présent.

24 mars.

Le bateau s'appelle le Capitaine Paul-Lemerle.

25 mars.

Nous sommes montés à bord au milieu d'une double haie de gendarmes qui veillaient fort à ce qu'aucune main ne se tende vers la foule, qu'aucun baiser ne vole

---

[1]. Roosevelt eut longtemps à batailler avec un Congrès qui était, au minimum, décidé à rester neutre dans le conflit européen (de nombreux représentants d'origine germanique, et les lobbies d'industriels et de banquiers qui avaient de fort liens commerciaux avec l'Allemagne plaidaient dans ce sens).

par-dessus leurs képis. La racaille — c'est nous! — partira solitaire. À leurs yeux, tous juifs, tous irrécupérables. Quoique je sois fort américaine, et de parents allemands de surcroît, je me suis sentie juive sous tous les angles, puisque aussi bien le regard de la foule, l'œil rigide des autorités m'avaient classée dans la catégorie des apatrides tueurs de Dieu.

Destination la Martinique. Nous dépassons le château d'If, et j'ai le cœur serré à penser que ma dernière vision de la France sera celle d'une forteresse.

Que Paris est loin! C'était hier, c'était il y a cent ans, Montparnasse et la Coupole et la Closerie des Lilas.

Le banquet pour célébrer Saint-P{ol Roux}, et R{achilde} hurlant qu'elle ne mangerait pas à côté d'un « Boche » (M{ax Ernst}!), et se drapant dans sa vertu, elle qui détroussait les vices avant 1900... « Cette respectable dame commence à nous emmerder », a dit A{ndré Breton}. Et M{ax Ernst}, suspendu au lustre, saoul comme un Polonais, qui braillait: « Vive l'Allemagne! » Belle époque, un peu folle, ces années vingt.

A{ndré Breton} arpente le pont à petits pas, pour surmonter sa nausée. Il est vêtu d'une pelisse de peluche. On dirait un ours bleu.

26 mars.

L'hygiène à bord est infecte, les repas aussi, nous sommes trois cent cinquante sur un petit vapeur qui ne devrait pas accepter plus de trente passagers. A{ndré} est toujours malade. Pour le distraire, j'ai décidé de leur apprendre l'anglais, à lui et à sa femme J{acqueline}. Je l'ai trouvé rétif à l'idée. Sa langue doit être le dernier morceau de continent emporté avec lui, et il s'y accroche avec désespoir. Je crois qu'il a tort : plus jamais l'Europe ne parlera le français.

Quels changements fulgurants ! Mes amis américains qui dans les années vingt ou trente venaient à Paris n'auraient jamais imaginé alors qu'un jour le français qu'ils parlaient avec plus ou moins de bonheur (mais très vite avec habileté, pour séduire les jeunes filles) cesserait de rayonner sur le monde. Je me rappelle encore, dans ce bar de Séville où E{rnest} Hemingway} nous avait entraînés, cette danseuse de flamenco qui vint boire à notre table et parlait le français sans l'écorcher plus que nous. Cela me ferait bizarre d'apprendre que l'allemand, ou l'anglais, est devenu la lingua franca *de l'Europe...*

Lost generation... *Tout le surréalisme est sorti de la dernière guerre (dont il s'avère qu'elle n'était pas la dernière). Je n'ai connu T{ristan} T{zara} que de loin, son habit impeccable, ses monocles. Mais É{luard}, B{reton}, A{ragon}, S{oupault}... tous du même âge, nés juste avant le siècle. Des exterminateurs. Je me rappelle ce mot de l'auteur de* La Condition humaine, *si fêté rue Sébastien-Bottin : « À quel destin est donc vouée cette jeunesse violente, merveilleusement armée contre elle-même ? »*

L'ours bleu arpente toujours le pont d'une démarche incertaine. Cette jeunesse est vouée à vieillir, comme toutes les jeunesses. Certains sont morts en chemin, dégoûtés, comme R{ené} C{revel}. D'autres finiront ministres, et vieillards cacochymes.

C'est étrange, je n'ai pas le mal de mer, et j'ai pourtant mal au cœur.

{...}

4 avril.

Nous progressons comme des tortues marines. Heureusement, le temps s'est mis au beau. Nous apprenons par cœur la côte espagnole. À cette allure, dans un mois nous serons encore en mer. Le surréalisme est-il destiné à sombrer dans la mer des Sargasses ? A{ndré} est décidément rétif (voilà un mot qui me plaît) : ni Lautréamont ni Jarry n'ont parlé l'anglais, dit-il. J{acqueline} fait des progrès stupéfiants. Et je me rappelle Henry {Miller} apprenant le français en un mois et courant les bals et les bordels, séduisant en diable. Quel Américain distingué séduira J{acqueline} à New York ?

Espagne : qu'ont-ils fait de Lorca ? Qu'ont-ils fait de l'Espagne ? Les deux visages de l'Espagne : les corridas où les chevaux blessés marchaient dans leurs entrailles, et à Paris, Picasso, Buñuel, Dalí. Du général Franco, peu de nouvelles. Puis Guernica : quelle dérision quand on pense que le traité de Versailles interdisait à l'Allemagne de réarmer. Quelle dérision les illusions de Briand et l'utopie linguistique du Dr Zamenhof [1]. *Quelle dérision —, non, quelle horreur : il est des circonstances où même l'ironie recule devant l'évidence noire des faits.* Mein Kampf. Anschluss. Nuremberg. Kristallnacht. *Reconstituer l'espace vital des hordes germaniques. Et Jünger réfugié sur ses « falaises de marbre »...*

{...}

5 avril.

Longue discussion avec V{ictor Serge}. Depuis l'assassinat de Trotski, me confie-t-il, il hésite à croire encore à la révolution mondiale. Il me parle de Lénine, de Staline. Komintern et plans quinquennaux. Il a connu John Reed [2]. *Ces événements vieux de vingt ans me semblent venir d'une autre planète. Je dis timidement à V{ictor} que la Russie s'est coupée du reste de l'Europe, du reste du monde. La révolution dans un seul pays, etc. « Mais comment des hommes comme Aragon ou Éluard ont-ils pu rejoindre le PC français, dont les atermoiements, etc.? Ribbentrop et Molotov, et des clauses secrètes qui, etc. » Il a dans les yeux comme un rêve englouti, une illusion qui se regarde du dedans et qui pleure.*

---

1. Lejzer Ludwik Zamenhof (1859-1917) est l'inventeur et le propagandiste de l'espéranto, langue internationale dont il espérait qu'elle abolirait la malédiction de Babel et l'incompréhension entre les peuples.
2. John Reed était un journaliste américain. Après avoir couvert la révolution mexicaine, il partit pour la Russie en 1918 et se rapprocha des bolcheviks (*Les Dix Jours qui ébranlèrent le monde*). Il est enterré au Kremlin.

6 avril.

Il fait merveilleusement beau. Serons-nous à New York pour Pâques ? A{ndré} me raconte Freud, l'hystérie, « la plus grande découverte poétique de la fin du XIXe siècle », les sœurs Papin, le labyrinthe et Minotaure... Il semble avoir complètement oublié que j'y étais. Cet homme adore disserter, mais il est visiblement agacé parce que le vent le décoiffe. Alors il se tourne face à la proue, et je n'entends plus rien, dans le fracas des machines.

Tel qu'en lui-même. Je le revois, très beau, très séduisant, ce devait être en janvier 28. Avec tous les amis de la rue du Château, ils parlaient de sexualité. Il y avait ceux qui savaient, comme M{arcel} D{uhamel} ou J{acques} P{révert}, ceux qui voulaient bien savoir, comme Q{ueneau} ou B{enjamin} P{éret}, et puis les janissaires du surréalisme, B{reton} en tête. Quand il fut question d'homosexualité : « Si la conversation doit tourner à la réclame pédérastique, je l'abandonne immédiatement. » Le père de Nadja serait-il pudibond ? Le vent a fini par recoiffer Breton. Il a les yeux clos, comme une statue, figure de proue de l'exil.

13 avril.

L'Océan, partout. « Prisonniers des gouttes d'eau, nous ne sommes que des animaux perpétuels. »

14 avril.

L'Europe me revient comme une nostalgie, déjà.

1920-1940 : l'histoire de l'Europe ne fut qu'une litanie de tyrans. Horthy en Hongrie, Seipel et Dollfuss en Autriche, Primo de Rivera, puis Franco, en Espagne, Mustafa Kemal en Turquie, Metaxas en Grèce, Piłsudski puis Beck en Pologne, Salazar au Portugal, Mussolini en Italie, Boris III en Bulgarie et Carol II en Roumanie — Hitler enfin.

En France nous passions nos nuits au Bœuf sur le toit. Cocteau à la batterie. Mélanges savants de cocaïne pour l'esprit, et d'opium pour les nerfs. Nous allions au cinéma voir La Sorcellerie à travers les âges *et* Peter Ibbetson *— huit fois. Je me coiffais à la garçonne, et pour éponger mes dettes (le krach de Wall Street en 29 m'avait mise sur la paille) j'écrivais des nouvelles érotiques pour le compte du Meunier*[1], *à un dollar la page.*

Je suis allée deux fois en Allemagne. En 23, il fallait une valise de marks pour s'offrir un mauvais dîner. En 33, la politique de Brüning avait rétabli la monnaie, et lancé six millions de chômeurs dans les bras du parti nazi.

Quelle chance que les tramps *américains n'aient pas eu un leader populiste pour exprimer leur haine du*

---

1. Les *Contes du Meunier* rassemblent sous ce pseudonyme transparent (*miller* : meunier en anglais) des nouvelles érotiques écrites par Henry Miller à un dollar la page, à l'époque de sa collaboration avec Anaïs Nin, alors que tous deux habitaient Paris.

New Deal… *Mieux vaut un vagabond qu'un dictateur. Charlot est décidément un génie. Munich, enfin. Month{erlant} raconte que les deux mots les plus fréquents de la langue française étaient alors « belote » et « Tino Rossi ».*

A{ndré} parle de politique — mais à sa manière, par référence. La guerre éclair, et la Pologne encore une fois rayée de la carte ? « Ah oui, en Pologne, c'est-à-dire nulle part : Jarry avait raison. »

28 avril.

Martinique espérée, et tous nos amis internés par les autorités de Vichy ! Fort-de-France, port de l'angoisse ! A{ndré} M{asson} vient d'arriver.

Pas de souci en ce qui me concerne. J'ai trouvé un capitaine américain, qui emmène les touristes faire de la pêche au gros : il veut bien me conduire jusqu'aux Keys de Floride.

{…}

New York, 28 septembre 1942.

J'apprends par le Tribune *que la police française vient d'arrêter tous les Américains séjournant dans la zone nord. Ne sachant qu'en faire, puisque aussi bien il semble que les Allemands, là encore, ne leur aient rien demandé, ils les auraient regroupés au zoo de Vincennes, dans la fosse aux singes.*

DOMAINE ALLEMAND

HERMANN HESSE (1877-1962)

Der Steppenwolf
(1927)
LE LOUP DES STEPPES*

Dans la vie de cet homme, comme partout au monde, le quotidien, l'accoutumé, l'admis et le régulier ne paraissaient quelquefois exister que pour cesser d'être, pour vivre, çà et là, la durée d'une pause brève, pour éclater et faire place à l'extraordinaire, au miracle, à la grâce. Ces heures rares de bonheur arrivaient-elles à compenser et à adoucir le sort pitoyable du Loup des steppes, de sorte que douleur et félicité s'équilibraient en fin de compte ? Peut-être même ce bonheur fugace, mais intense, absorbait-il toutes les souffrances et laissait-il un surcroît ? Ce sont là de ces problèmes sur lesquels les oisifs peuvent ratiociner à loisir. Le Loup lui-même les ressassait bien souvent en ses jours désœuvrés.

À cela, il faut encore ajouter une chose. Il existe un assez grand nombre de gens de la même espèce que Harry ; beaucoup d'artistes notamment appartiennent à cette catégorie. Ces hommes ont tous en eux deux âmes, deux essences ; le divin et le diabolique, le sang maternel et le sang paternel, le don du bonheur et le génie de la souffrance co-existent et inter-existent en eux aussi haineusement et désordonnément que le loup et l'homme en Harry. Ces êtres-là, dont la vie est des plus inquiète, éprouvent parfois à leurs rares instants de joie une si indicible beauté et intensité, l'écume du

* Dans les premières pages, on nous présente Harry, le « Loup des steppes » dont le lecteur pourra lire la confession sous forme de journal.

moment jaillit si haut et si aveuglante au-dessus de la mer de souffrance que ce bonheur éclatant et bref, en rayonnant, effleure et séduit les autres. C'est ainsi que naissent, écume éphémère et précieuse au-dessus de l'océan des douleurs, toutes ces œuvres d'art par lesquelles un seul homme qui souffre s'élève si haut, pour une heure, au-dessus de son propre sort que sa félicité rayonne comme un astre et, à tous ceux qui la voient, apparaît comme une éternité, comme leur propre rêve de bonheur. Tous ces hommes, quels que soient les noms que portent leurs actes et leurs œuvres, n'ont pas, au fond, de vie proprement dite ; leur vie n'est pas une existence : elle n'a pas de forme, ils ne sont pas héros, artistes ou penseurs, de la même façon dont d'autres sont juges, médecins, professeurs ou cordonniers ; leur vie est un mouvement, un flux éternel et poignant, elle est misérablement, douloureusement déchirée et apparaît insensée et sinistre, si l'on ne consent pas à trouver son sens dans les rares émotions, actions, pensées et œuvres qui resplendissent au-dessus de ce chaos. C'est parmi les hommes de cette espèce qu'est née l'idée horrible et dangereuse que la vie humaine tout entière n'est peut-être qu'une méchante erreur, qu'une fausse-couche violente et malheureuse de la Mère des générations, qu'une tentative sauvage et lugubrement avortée de la Nature. Mais c'est aussi parmi eux qu'est née cette autre idée, que l'homme n'est peut-être pas uniquement une bête à moitié raisonnable, mais un enfant des dieux destiné à l'immortalité.

Traduit par Juliette PARY.
© Calmann-Lévy, 1947.

Erich Maria Remarque (1898-1970)

Im Westen nichts Neues
(1928)
À L'OUEST, RIEN DE NOUVEAU *

Pour moi, le front est un tourbillon sinistre. Lorsqu'on est encore loin du centre, dans une eau calme, on sent déjà la force aspirante qui vous attire, lentement, inévitablement, sans qu'on puisse y opposer beaucoup de résistance. Mais de la terre et de l'air nous viennent des forces défensives, surtout de la terre. Pour personne, la terre n'a autant d'importance que pour le soldat. Lorsqu'il se presse contre elle longuement, avec violence, lorsqu'il enfonce profondément en elle son visage et ses membres, dans les affres mortelles du feu, elle est alors son unique ami, son frère, sa mère. Sa peur et ses cris gémissent dans son silence et dans son asile : elle les accueille et de nouveau elle le laisse partir pour dix autres secondes de course et de vie, puis elle le ressaisit, — et parfois pour toujours.

Terre ! terre ! terre !

Terre, avec tes plis de terrain, tes trous et tes profondeurs où l'on peut s'aplatir et s'accroupir, ô terre dans les convulsions de l'horreur, le déferlement de la destruction et les hurlements de mort des explosions, c'est toi qui nous as donné le puissant contre-courant de la vie sauvée. L'ébranlement éperdu de notre existence en lambeaux a trouvé un reflux vital qui est passé de toi dans nos mains, de sorte que, ayant échappé à la mort, nous avons fouillé tes entrailles et, dans le bon-

---

* Un simple soldat allemand apporte un témoignage réaliste sur la guerre de 1914-1918.

heur muet et angoissé d'avoir survécu à cette minute, nous t'avons mordue à pleines lèvres...

Une partie de notre être, au premier grondement des obus, s'est brusquement vue ramenée à des milliers d'années en arrière. C'est l'instinct de la bête qui s'éveille en nous, qui nous guide et nous protège. Il n'est pas conscient, il est beaucoup plus rapide, beaucoup plus sûr et infaillible que la conscience claire ; on ne peut pas expliquer ce phénomène. Voici qu'on marche sans penser à rien et soudain on se trouve couché dans un creux de terrain et l'on voit au-dessus de soi se disperser des éclats d'obus, mais on ne peut pas se rappeler avoir entendu arriver l'obus, ni avoir songé à se jeter par terre. Si l'on avait attendu de le faire, l'on ne serait plus maintenant qu'un peu de chair çà et là répandu. C'est cet autre élément, ce flair perspicace qui nous a projetés à terre et qui nous a sauvés sans qu'on sache comment. Si ce n'était pas cela, il y a déjà longtemps que, des Flandres aux Vosges, il ne subsisterait plus un seul homme.

Quand nous partons, nous ne sommes que de vulgaires soldats, maussades ou de bonne humeur et, quand nous arrivons dans la zone où commence le front, nous sommes devenus des hommes-bêtes.

Traduit par Alzir Hella et Olivier Bournac.
© Éditions Stock, 1956.

Leo Perutz (1882-1957)

Wohin rollst du, Äpfelchen?
(1928)
Où roules-tu, petite pomme* ?

Vittorin serra les dents et réprima un soupir de rage et de désespoir. Lui aussi avait un compte à régler, mais un hasard absurde le retenait là, le destin s'était rangé de façon ignominieuse aux côtés de son ennemi.

« Je n'ai pas encore subi d'interrogatoire, murmura-t-il d'une voix rageuse. Quand viendra-t-on me chercher pour m'interroger ?

— Si vous avez de la chance, cela peut durer encore assez longtemps, répondit le doyen de la cellule. Peut-être vous oubliera-t-on.

— Mais je veux qu'on m'interroge, ne comprenez-vous pas ? s'écria Vittorin. Je revendique mon droit, rien d'autre. Mon droit d'homme. »

Le vieillard fit un geste de la main qui exprimait toute sa lassitude et son désespoir.

« Quels mots employez-vous là ! dit-il. Votre droit d'homme ! Quiconque entre dans cette maison perd ses droits d'homme. L'interrogatoire ? Il vaut mieux que vous n'en attendiez pas trop. Il durera deux minutes, on ne vous écoutera pas, et si votre tête ne plaît pas au juge d'instruction, il pourra vous faire

---

* Paru en feuilleton dans le plus grand magazine du continent, le *Berliner Illustrierte Zeitung*, ce roman devient par son titre l'emblème des temps incertains de l'entre-deux-guerres allemand. En 1918-1919, Vittorin, ancien officier, est à la recherche, à travers toute l'Europe, de Sélioukov, le commandant russe du camp de prisonniers dont il n'oublie pas la cruauté. Pris dans la tourmente révolutionnaire bolchévique, il est arrêté et interné avec d'autres suspects.

fusiller sur-le-champ. Voilà en quoi consiste leur interrogatoire. »

Vittorin ne disait mot et fixait des yeux les barreaux de la fenêtre.

« Les droits de l'homme! reprit le vieillard. Vous voyez cet individu, là-bas? C'est Bobronikov, le "mort" qui vous a effrayé avec ses cris. Avant la révolution, il était joaillier. On l'a amené ici parce qu'il a peut-être fait de petites affaires interdites. Il ne s'est pas laissé abattre. "J'ai hébergé chez moi bien souvent les commissaires, disait-il. Ma femme Iraïda Pétrovna entreprendra certainement les démarches nécessaires." Les premiers jours, il fabriquait des chaussures en raphia et des corbeilles en osier que lui apportait l'infirmière de la Croix-Rouge. Cela l'amusait. Et puis, le commandant a eu une idée curieuse. "Citoyen Bobronikov, à l'interrogatoire!" dit-il un beau jour. On le conduisit à la cave où gisaient les cadavres de deux personnes qu'on avait exécutées quelques heures auparavant. "Eh bien, citoyen, c'est votre tour, à présent! dit le commandant. Voilà assez longtemps que vous êtes bien traité chez nous et que vous vous gavez de pain et de soupe de poissons." Il le fit agenouiller, s'approcha de lui par-derrière, le revolver à la main, et tira à deux reprises tout près de sa tête. "Bon, cela suffit pour aujourd'hui", dit-il alors. Voilà les plaisanteries qu'ils ont inventées. Mais Bobronikov resta couché sur le sol en geignant. Il ne bougeait plus, et il fallut le transporter dans la cellule. C'est depuis ce jour-là que son esprit est déjà dans l'autre monde. Il ne pense plus à son droit d'homme; il appelle le pope, demande des chœurs et veut qu'on l'enterre. »

Le silence régna pendant un moment dans la cellule. Puis le vieillard reprit :

« Maintenant, il dort, il rêve peut-être qu'il se trouve dans l'éternité et qu'il fabrique sous les yeux de Dieu des corbeilles d'osier et des souliers en raphia. Pour nous aussi, il est temps à présent. Dans le coin, il y a une cruche d'eau. On ne vous donnera probablement plus de pain aujourd'hui. »

Il éteignit la lampe et retourna à tâtons à sa place. Et tandis qu'il s'allongeait pour dormir, il leva le doigt vers le plafond de la cellule.

« L'entendez-vous ? murmura-t-il. C'est le commandant. Il fait les cent pas dans sa chambre toute la nuit. Il ne trouve pas le sommeil. Les morts ne le laissent pas en paix. »

Traduit par JEAN-CLAUDE CAPÈLE.
© Paul Zsalnay Verlag G.m.b.H., Vienne/Hambourg.
© Librairie Arthème Fayard, 1989 pour la traduction française.

ÖDÖN VON HORVATH (1901-1938)

Geschichten aus dem Wienerwald (1931)
LÉGENDES DE LA FORÊT VIENNOISE*

Valérie (seule) (*Elle se déshabille. Roimage surgit en maillot de bain derrière les buissons et l'observe. En chemise, porte-jarretelles et bas ; s'apercevant de sa présence.*)   Doux Jésus ! Mauvais sujet ! Tu serais pas un peu voyeur —

Roimage   Je suis pas un pervers. Vas-y, déshabille-toi.

Valérie   Non, j'ai encore de la pudeur.

---

* Sortie dominicale aux environs de Vienne. Roimage, le marchand de jouets, est heureux d'avoir fiancé sa fille à un boucher ; Valérie, la buraliste, s'apprête à aller se baigner. Elle semble intéresser le très respectable Roimage...

Roimage   À notre époque, allez !

Valérie   Mon imagination me joue de ces tours —

(*À petits pas, elle disparaît derrière un buisson.*)

Roimage (*s'assoit devant le buisson, découvre le corset de Valérie, le ramasse ; reniflant.*)   Avec ou sans imagination, notre époque c'est le monde à l'envers ! Sans foi ni loi ni sens moral. Ça branle de partout, plus rien de solide. Mûr pour le déluge... (*Reposant le corset car son parfum est loin d'être renversant.*) Je suis bien content d'avoir casé Marianne, une boucherie c'est encore du sûr —

Valérie   Et les buralistes, alors ?

Roimage   Aussi ! Les gens mangeront et fumeront toujours... Mais la magie ? Quand je pense à l'avenir, je sombre dans le pessimisme. D'ailleurs, ma vie n'a pas été facile tous les jours, rien qu'avec ma femme, que Dieu ait son âme... ces éternels problèmes avec les médecins spécialistes —

Valérie (*surgit en maillot de bain ; fermant le bouton d'épaule*)   De quoi est-elle morte ?

Roimage (*fixant ses seins*)   De la poitrine.

Valérie   Pas le cancer, tout de même ?

Roimage   Si. Le cancer.

Valérie   Oh, la pauvre !

Roimage   J'étais pas à envier, non plus. On l'a opérée du sein gauche, ablation... Sa santé n'a jamais été fameuse mais ses parents me l'avaient caché... Toi à côté : tu es imposante, une reine... tu es une reine.

Valérie (*avec des flexions du torse*)   L'homme, que sait-il de la tragédie des femmes ? Si on ne se bichonnait pas, si nous ne prenions pas tant soin de nous —

Roimage (*l'interrompant*) Tu crois peut-être que je ne prends pas soin de moi ?

Valérie Si. Mais chez un homme, ce qu'on regarde d'abord, c'est l'intérieur...

(*Elle passe à la gymnastique rythmique. Roimage l'observe, puis fait des flexions des genoux.*) Ah, ce que je suis fatiguée ! (*Se laisse tomber à côté de lui.*)

Roimage La mort du cygne. (*Il s'assoit à côté d'elle. Un silence.*)

Valérie Je peux mettre ma tête sur tes genoux ?

Roimage La nature ne connaît pas le péché.

Valérie (*s'installant*) La terre est encore dure... L'hiver a été long, cette année. (*Un silence. À voix basse :*) Dis. C'est pareil pour toi ? Quand le soleil brille sur ma peau, je me sens je-ne-sais-comment —

Roimage Comment ? Dis-moi.

(*Un silence.*)

Valérie Tu as bien joué avec mon corset ?

(*Un silence.*)

Roimage Et après ?

Valérie Et après ? (*Roimage se jette soudain sur elle et l'embrasse.*) Dieu, quel tempérament... Je n'aurais jamais cru ça de toi... Tu es un coquin, toi —

Roimage Je suis un coquin ? Un vrai coquin ?

Valérie Oui... Non ! Attends, il y a quelqu'un ! (*Ils se séparent, roulent chacun de son côté.*)

Traduit par Bernard Kreiss,
Henri Christophe et Sylvie Muller.
In *Théâtre*, I, © Christian Bourgois Éditeur, 1988.

Joseph Roth (1894-1939)

Radetzkymarsch
(1932)
La Marche de Radetzky*

L'Empereur était un vieil homme. C'était le plus vieil empereur du monde. Autour de lui, la mort traçait des cercles, des cercles, elle fauchait, fauchait. Déjà le champ était entièrement vide et, seul, l'Empereur s'y dressait encore, telle une tige oubliée, attendant. Depuis de nombreuses années, le regard vague de ses prunelles claires et dures se perdait en un vague lointain. Son crâne était chauve comme un désert bombé. Ses favoris étaient blancs comme deux ailes de neige. Les rides de son visage étaient une inextricable broussaille où les années nichaient par dizaines. Son corps était maigre, son dos légèrement fléchi. Dans sa maison, il trottinait à pas menus. Mais aussitôt qu'il foulait le sol de la rue, il essayait de rendre ses cuisses dures, ses genoux élastiques, ses pieds légers, son dos droit. Il emplissait ses yeux d'une artificielle bonté, véritable qualité des yeux d'un empereur. Alors ses yeux semblaient regarder tous ceux qui le regardaient et saluer tous ceux qui le saluaient. Mais en réalité, les visages ne faisaient que passer devant eux, planant, volant, sans les effleurer, et ils restaient braqués sur cette ligne délicate et fine qui marque la limite entre la vie et la mort, au bord de cet horizon que les vieillards ne cessent pas de voir, même quand il leur est caché par des maisons, des forêts, des

---

* Trois générations d'une même famille au service de la monarchie austro-hongroise connaissent un destin parallèle à celui de l'Empire et de l'empereur François-Joseph, évoqué ici vers la fin de son long règne (chap. XV).

montagnes. Les gens croyaient François-Joseph moins renseigné qu'eux, mais peut-être en savait-il plus long que beaucoup. Il voyait le soleil décliner sur son empire, mais il n'en disait rien. Quelquefois, il prenait un air candide et se réjouissait, quand on lui expliquait par le menu des choses qu'il savait très bien. Car, avec la ruse des enfants et des vieillards, il aimait à égarer les hommes et il s'amusait de la vanité qu'ils éprouvaient à se démontrer à eux-mêmes qu'ils étaient plus fins que lui. Il cachait son intelligence sous les dehors de la simplicité, car il savait qu'il ne convient pas à un monarque d'être aussi intelligent que ses conseillers. Mieux vaut avoir l'air simple que sagace. Quand il allait à la chasse, il savait parfaitement qu'on amenait le gibier à portée de son fusil et, bien qu'il eût pu en abattre davantage, il ne tirait que celui qu'on avait lâché devant le canon de son arme. Car il ne convient pas à un vieux monarque de montrer qu'il perce une ruse à jour et qu'il tire mieux qu'un garde-chasse. Quand on lui contait une fable, il se donnait l'air d'y croire, car il ne convient pas qu'un monarque prenne quelqu'un en flagrant délit de mensonge. Quand on souriait derrière son dos, il n'avait pas l'air de s'en apercevoir, car il ne convient pas qu'un monarque sache qu'on sourit de lui ; d'ailleurs, ce sourire reste vain tant qu'on ne veut rien savoir. Quand il avait de la fièvre, que son entourage tremblait, et que son médecin ordinaire déclarait faussement devant lui qu'il n'en avait pas, l'Empereur disait : « Alors, tout est pour le mieux », bien qu'il n'ignorât pas sa fièvre, car un monarque n'accuse point son médecin de tromperie.

En outre, il savait que l'heure de sa mort n'était pas encore venue. Il connaissait aussi de nombreuses nuits où la fièvre le tourmentait alors que ses médecins n'en savaient rien, car il lui arrivait d'être malade sans que personne ne s'en doutât. Mais, d'autres fois, lorsqu'il se portait bien et qu'on le disait malade, il faisait comme s'il était malade. Quand on le croyait bienveillant, il était indifférent et quand on le disait froid, il souffrait en son cœur. Il avait vécu assez longtemps pour savoir qu'il est vain de dire la vérité. Il permettait aux gens de se tromper et croyait encore moins à la pérennité de son monde que les farceurs qui répandaient des anecdotes sur son compte dans son vaste empire. Mais il ne convient pas à un monarque de se mesurer avec les mauvais plaisants et les malins. L'Empereur se taisait donc.

Traduit par BLANCHE GIDON.
© Éditions du Seuil, 1982.

BERTOLT BRECHT (1898-1956)

Deutschland
(1933)
ALLEMAGNE

> *Que d'autres parlent de leur honte,*
> *moi je parle de la mienne.*

Ô Allemagne, mère blême
Tu es là souillée
Entre tous les peuples !
Parmi les peuples pleins de boue
On te remarque.

Le plus pauvre de tes fils
Est étendu, assommé.
Alors qu'il avait grand'faim
Tes autres fils

Ont levé la main sur lui.
On l'a su.

Avec leurs mains ainsi levées
Ainsi levées contre leur frère
Ils paradent devant toi
Et te rient au visage.
On le sait.

Dans ta maison
Le mensonge hurle à pleine voix
Mais la vérité
Doit se taire.
N'est-ce pas vrai ?

Pourquoi les oppresseurs partout chantent-ils tes louanges
Alors que l'opprimé t'accuse ?
Les exploités
Te montrent du doigt
Mais les exploiteurs vantent le système
Qu'on a conçu dans ta maison.

Tous cependant voient que tu caches
Le sang qui salit le pan de ta robe,
Le sang
Du meilleur de tes fils.

À entendre les grands discours jaillissant de chez toi, on rit.

Mais qui te voit empoigne son couteau
Comme à la vue d'une brigande.

Ô Allemagne, mère blême !
Dans quel état tes fils t'ont mise
Pour que tu sois entre les peuples
Celle qu'on raille ou qu'on redoute !

Traduit par GILBERT BADIA et CLAUDE DUCHET.
In *Poèmes*, III, © L'Arche éditeur, 1966.

Stefan Zweig (1881-1942)

Die Welt von gestern.
Erinnerungen eines Europäers
(1941)
Le Monde d'hier.
Souvenirs d'un Européen*

Je n'ai jamais attribué tant d'importance à ma personne que j'eusse éprouvé la tentation de raconter à d'autres les petites histoires de ma vie. Il a fallu beaucoup d'événements, infiniment plus de catastrophes et d'épreuves qu'il n'en échoit d'ordinaire à une seule génération, avant que je trouve le courage de commencer un livre qui eût mon propre moi pour personnage principal ou, plus exactement, pour centre. Rien n'est plus éloigné de mon dessein, ce faisant, que de me mettre en évidence, si ce n'est au même titre qu'un conférencier commentant les images projetées sur l'écran ; le temps produit les images, je me borne aux paroles, et ce n'est pas tant *mon* destin que je raconte que celui de toute une génération, notre génération singulière, chargée de destinée comme peu d'autres au cours de l'histoire. Chacun de nous, même le plus infime et le plus humble, a été bouleversé au plus intime de son existence par les ébranlements volcaniques presque ininterrompus de notre terre européenne ; et moi, dans la multitude, je ne saurais m'accorder d'autres privilèges que celui-ci : en ma qualité d'Autrichien, de Juif, d'écrivain, d'humaniste et de

---

* Dans la préface, l'auteur explique pourquoi il a entrepris de rédiger cette autobiographie qui est en même temps un testament.

pacifiste, je me suis toujours trouvé à l'endroit exact où ces secousses sismiques exerçaient leurs effets avec le plus de violence. Par trois fois, elles ont bouleversé mon foyer et mon existence, m'ont détaché de tout futur et de tout passé et, avec leur dramatique véhémence, précipité dans le vide, dans ce « Je ne sais où aller » qui m'était déjà bien connu. Mais je ne m'en suis pas plaint : l'apatride, justement, se trouve en un nouveau sens libéré, et seul celui qui n'a plus d'attache à rien n'a plus rien à ménager. J'espère ainsi remplir au moins une des conditions essentielles à toute peinture loyale de notre époque : la sincérité et l'impartialité.

Car retranché de toutes racines, et même de la terre qui avait nourri ces racines, je l'ai été comme peu d'hommes, véritablement, le furent jamais. Je suis né en 1881 dans un grand et puissant empire, la monarchie des Habsbourg ; mais qu'on ne le cherche pas sur la carte ; il a été effacé sans laisser de trace. J'ai été élevé à Vienne, la métropole deux fois millénaire, capitale de plusieurs nations, et il m'a fallu la quitter comme un criminel avant qu'elle ne fût ravalée au rang d'une ville de province allemande. Mon œuvre littéraire, dans sa langue originelle, a été réduite en cendres, dans ce pays même où mes livres s'étaient fait des amis de millions de lecteurs. C'est ainsi que je n'ai plus ma place nulle part, étranger partout, hôte en mettant les choses au mieux ; même la vraie patrie que mon cœur s'est choisie, l'Europe, est perdue pour moi depuis que pour la seconde fois, courant au suicide, elle se déchire dans une guerre fratricide. Contre ma volonté, j'ai été le témoin de la plus effroyable défaite de la raison et du plus sauvage triomphe de la brutalité qu'atteste la chronique des temps ; jamais — ce n'est aucunement avec orgueil que je le consigne, mais avec honte — une génération n'est tombée comme la nôtre d'une telle élévation spirituelle dans une telle décadence morale. Durant ce petit intervalle entre le temps où ma barbe commençait à pousser et aujourd'hui, où elle commence à grisonner, durant ce dernier demi-siècle, il s'est produit plus de transformations et de transmutations radicales que d'ordinaire en dix âges d'hommes et, chacun de nous le sent : presque trop! Mon aujourd'hui est si différent de chacun de mes hier, avec mes phases d'ascension et mes chutes, qu'il me semble avoir vécu non pas une existence, mais plusieurs, en tout point dissemblables.

Traduit par Serge NIÉMETZ.
© Éditions Belfond, 1993.

Ernst Jünger (né en 1895)

Der Friede
(1943)
La Paix*

La juste paix, c'est celle qui donnera son sens à l'époque, sur les différents plans de la politique, de l'esprit, de la religion. Et peu importe le groupe de puissances qui sortira vainqueur de cette lutte, peu importe que le combat soit mené jusqu'au bout ou que le génie diplomatique épargne aux peuples une partie de l'épreuve.

Mais il vaut mieux lutter et souffrir plus longtemps, que de revenir au monde d'hier. Que s'effondrent les

---

* Dans cet essai écrit pendant la guerre, Jünger développe des idées dont l'ambiguïté lui sera vivement reprochée.

villes si la justice et la liberté en sont absentes ; que s'écroulent les cathédrales qui n'abritent plus la prière. La paix n'est désirable que riche de tout ce qui fait encore la gloire et le prix de l'homme.

Mais si la technique devait dicter ses lois à la basse raison, la fin de la guerre ne serait qu'apparente. Alors celle-ci se transformerait en guerre civile, en boucherie. La tyrannie, et avec elle la terreur, ne cesseraient de grandir, les ténèbres s'étendraient et bientôt surgiraient des fronts et des conflits nouveaux.

N'oublions pas, d'ailleurs, que la technique ne cesse de progresser dans la mobilisation des énergies naturelles, et par conséquent d'accroître ses moyens de destruction. Elle cherche aujourd'hui à atteindre les masses : il suffit de penser aux attaques contre les villes. Mais elle nourrit déjà de plus vastes ambitions, allant jusqu'à la destruction totale, à l'extermination de toute vie. Dès maintenant, les rêves d'anéantissement de populations et de pays entiers hantent le monde du nihilisme.

Telle est donc la suprême pensée de ce monde, qui ne vit que pour le triomphe universel de la mort. Entre les mains du Diable, sous les acclamations des masses, il est altéré de haine, de discorde et de destruction.

Reste à savoir comment l'homme, réduit à ses seuls moyens, peut contribuer à la paix. Question d'autant plus pressante qu'il tend aujourd'hui à sous-estimer ses pouvoirs.

La fureur des éléments le fait douter de ses forces : face à l'énorme incendie, il reste les bras ballants. Renonçant à vouloir, se désarmant lui-même, il succombe à la peur, à ces ardents démons dont l'empire se fonde sur le jeu de la terreur et de la haine. Ils pensent asservir l'homme, bien mieux, ils sont aux aguets de la joie sauvage avec laquelle il renoncera sa responsabilité. Réduit à cet état, l'homme perd la notion du bien et du mal, il n'est plus qu'un jouet des passions.

Eh bien ! non : notre responsabilité à tous est immense, et nul ne peut nous en décharger. À chacun de citer le monde devant son tribunal, d'être juge du juste et de l'injuste.

Plus que jamais, l'homme peut faire le bien dans ce monde de violence, plein de persécutés, de prisonniers et de malheureux. Qu'il est donc facile de consoler, de soulager, d'apporter son aide — qu'il y faut peu de chose. Le plus humble le peut, et l'on y a d'autant plus de mérite que l'on dispose de plus de moyens. La vraie force est celle qui protège.

Traduit par Banine et Armand Petitjean.
© Éditions de la Table Ronde, 1947.

Hermann Broch (1886-1951)

Der Tod des Vergil
(1945)
La Mort de Virgile*

C'est ainsi qu'il gisait, lui, le poète de l'*Énéide*, lui, Publius Virgilius Maro, il gisait la conscience amoindrie, presque honteux de son impuissance, presque en colère de ce destin, et il fixait des yeux la rondeur nacrée de la coupe céleste. Pourquoi avoir cédé aux instances d'Auguste ? Pourquoi avoir quitté Athènes ? Disparue

---

* Malade, le poète Virgile est ramené d'Athènes sur une galère de l'empereur.

l'espérance de voir s'achever l'*Énéide* sous le ciel pur et sacré d'Homère, disparue l'espérance de commencer alors une immense nouveauté, l'espérance d'une vie écartée de l'art, affranchie des travaux poétiques, consacrée à la philosophie et à la science dans la ville de Platon, disparue l'espérance de fouler encore une fois la terre d'Ionie, oh, disparue l'espérance du miracle de la connaissance et du salut dans la connaissance ! Pourquoi y avait-il renoncé ? Volontairement ? Non ! Il y avait eu comme un ordre de ces puissances du Destin qui ne se laissent pas chasser, qui jamais ne disparaissent complètement, même si pour un temps elles s'enfoncent dans le royaume du Souterrain, de l'Invisible, de l'Inaudible, tout en restant présentes et entières — en restant une menace insondable de forces auxquelles on ne peut jamais se dérober, auxquelles on doit toujours se soumettre ; c'était le Destin. Il s'était laissé pousser par le Destin, et le Destin le poussait vers sa fin. Sa vie avait-elle jamais été autrement façonnée ? Avait-il jamais vécu autrement ? La conque nacrée du ciel, l'océan printanier, la mélodie des montagnes, et celle qui chantait douloureusement dans sa poitrine, la flûte du Dieu, avaient-ils jamais été pour lui autre chose qu'une manifestation qui, comme une sorte de vaisseau des sphères, l'accueillerait bientôt pour le transporter dans l'infini ? Ah ! il était paysan de naissance, un paysan aimant la paix de l'existence terrestre, à qui aurait convenu une vie simple et assurée dans la communauté rurale, à qui son ascendance aurait dû accorder de pouvoir, de devoir rester sédentaire, et qui, obéissant à un destin supérieur, sans s'être détaché de son pays natal, n'y avait pas été maintenu ; il avait été déporté au loin, loin de la communauté, il avait pénétré dans la solitude la plus nue, la plus féroce, la plus sauvage du tourbillon des hommes, il avait été chassé de la simplicité de son origine, chassé au large vers une complexité toujours plus grande : et qu'en était-il résulté d'autre qu'un accroissement et un élargissement de la distance qui le séparait de sa propre vie ? — car en vérité seule cette distance avait augmenté ; il n'avait fait que marcher au bord de ses champs, il n'avait fait que vivre au bord de sa vie ; il était devenu un être inquiet, fuyant, cherchant la mort, cherchant, fuyant le travail, un être d'amour et pourtant un être traqué, un être errant parmi les passions du monde intérieur et du monde extérieur, un invité de sa propre vie. Et aujourd'hui que, presque au bout de ses forces, au bout de sa fuite, au bout de sa quête, il s'était frayé une route et qu'il était prêt au départ, qu'il s'était frayé une route pour prendre le départ et qu'il était prêt à supporter la suprême solitude, à fouler la route intérieure qui y ramène, voilà que le Destin et ses puissances s'étaient encore emparés de lui, lui avaient encore interdit la simplicité, le retour à son origine, et le monde intérieur — voilà qu'ils avaient à nouveau fait dévier son chemin de retour, qu'ils avaient incurvé sa route vers la complexité du monde extérieur et l'avaient reconduit de force vers la malédiction qui avait assombri toute sa vie, si bien qu'on eût dit que l'unique simplicité que le destin lui gardait en réserve, c'était la simplicité de la mort. Au-dessus de lui, les vergues grinçaient dans les cordages, et dans les intervalles, il entendait la souple vibration des voiles, le glissement de l'écume le long de la quille et la cascade argentée qui jaillissait à chaque levée des rames ; il entendait leur crissement pesant dans les tolets et le clapotis de leur entaille quand elles s'enfonçaient de nouveau, il sentait l'élan souple et régulier du navire à la cadence des centaines de rames, il voyait glisser la ligne frangée de blanc du rivage et il pensait aux corps enchaînés des galériens silencieux dans l'entrepont étouffant, parcouru de courants d'air, empuanti et plein d'un grondement de tonnerre.

Traduit par ALBERT KOHN.
© Éditions Gallimard, 1955.

DOMAINE ANGLAIS

T. S. Eliot (1888-1965)

Gerontion
(1920)
GERONTION

> *Tu n'es ni jeune ni vieux, c'est comme si*
> *Tu sommeillais après le déjeuner*
> *Rêvant de ces deux âges*
>
> Shakespeare, *Mesure pour mesure.*

Me voici, un vieillard dans un mois de sécheresse,
Écoutant ce garçon me lire, attendant la pluie.
Je n'étais pas au brûlant défilé
Je n'ai pas combattu dans la pluie chaude
Ni, embourbé dans la saline jusqu'au genou,
Levant un glaive, mordu par les mouches, combattu.
Ma maison est une maison délabrée ;
Dans l'encoignure de la fenêtre est accroupi
Le Juif, son possesseur, qui fut mis bas
Dans quelque estaminet d'Anvers, empustulé
À Bruxelles, rapiécé et dépiauté à Londres.
Le bouc grinche la nuit dans le pré d'au-dessus :
Rocailles, lichen, chiendent, ferraille et fientes.
La femme vaque à la cuisine, fait le thé,
Éternue à la fraîche, tisonne le feu qui crache.
                    Vieil homme que je suis,
Tête vide parmi les espaces venteux.

Les signes sont tenus pour des prodiges. « Un signe,
Nous voulons voir un signe ! »
La Parole dans la parole, incapable de dire une parole,
Emmaillotée d'obscur. Dans la jouvence de l'an
Vint Christ le tigre. [...]

Traduit par Pierre LEYRIS.
© Éditions du Seuil, 1976 (Le don des langues).

JAMES JOYCE (1882-1941)

Ulysses
(1922)
ULYSSE*

J'aime les fleurs j'aimerais que toute la maison nage dans les roses Dieu du ciel il n'y a rien de tel que la nature les montagnes sauvages et puis la mer et les vagues qui galopent et puis la belle campagne avec des champs d'avoine et de blé et toutes sortes de choses et tous les beaux bestiaux qui se promènent ça vous réjouirait le cœur de voir des fleuves et des lacs et des fleurs de toutes les espèces de formes de parfums et de couleurs qui poussent partout même dans le fossé des primevères et des violettes c'est la nature quant à ceux qui disent qu'il n'y a pas de Dieu je n'en donnerais pas gros de toute leur science pourquoi ne commencent-ils pas par créer quelque chose je le lui ai souvent demandé les athées ou comment ils se nomment qu'ils aillent d'abord se faire enlever leur couche de crasse et après ça ils demandent le prêtre à cor et à cri quand ils sont à la mort et pourquoi pourquoi parce qu'ils ont peur de l'enfer à cause de leur mauvaise conscience ah oui je les connais eh bien qui a été la première personne dans l'univers avant qu'il y ait personne d'autre celui qui a tout créé qui ah ça ils n'en savent rien ni moi non plus et voilà tout ils pourraient aussi bien essayer d'empêcher que le soleil se lève demain matin c'est

---

* La fin du roman, qui raconte une journée dublinoise dans la vie de Leopold Bloom, est constituée par le monologue intérieur de Molly Bloom, sa femme infidèle, qui s'abandonne à ses associations de pensées et au flot désordonné de ses souvenirs, notamment amoureux.

pour vous que le soleil brille comme il me disait le jour où nous étions couchés dans les rhododendrons à la pointe de Howth avec son complet de tweed gris et son chapeau de paille le jour que je l'ai amené à me parler mariage oui d'abord je lui ai passé le morceau de gâteau au cumin que j'avais dans la bouche et c'était une année bissextile comme cette fois-ci oui il y a 16 ans de ça mon Dieu après ce long baiser j'en avais presque perdu le souffle oui il a dit que j'étais une fleur de la montagne oui c'est bien ça que nous sommes des fleurs tout le corps d'une femme oui pour une seule fois il a dit quelque chose de vrai et c'est pour vous que le soleil brille aujourd'hui oui c'est pour ça qu'il m'a plu parce que je voyais qu'il comprenait ou qu'il sentait ce que c'est qu'une femme et je savais que je pourrais toujours en faire ce que je voudrais et je lui ai donné tout le plaisir que j'ai pu pour l'amener à me demander de dire oui et d'abord je ne voulais pas répondre je ne faisais que regarder la mer et le ciel je pensais à tant de choses qu'il ne savait pas à Mulvey et M. Stanhope et Hester et à père et au vieux capitaine Groves et aux marins qui jouaient à pigeon-vole et à saute-mouton et à pète-en-gueule comme ils l'appelaient sur la jetée et la sentinelle devant la maison du gouverneur avec la machine autour de son casque blanc pauvre bougre à moitié grillé et les petites Espagnoles qui riaient avec leurs châles et leurs grands peignes et la criée le matin les Grecs et les Juifs et les Arabes et Dieu sait qui encore des gens de tous les bouts de l'Europe et Duke Street et le marché à la volaille tout gloussant devant chez Larby Sharon et les pauvres bourricots qui trébuchaient à moitié endormis et les types vagues dans leurs manteaux qui formaient sur les marches à l'ombre et les grandes roues des chariots pour les taureaux et le vieux château vieux de centaines de siècles oui et ces beaux Arabes tout en blanc avec des turbans qui sont comme des rois qui vous demandent de vous asseoir dans leur petite boutique de rien et Ronda et les vieilles fenêtres des posadas de deux yeux de feu derrière le treillage pour que son amoureux embrasse les barreaux et les cafés entrouverts la nuit et les castagnettes et la nuit que nous avons manqué le bateau à Algésiras le veilleur qui faisait sa ronde serein avec sa lanterne et Ô cet effrayant torrent tout au fond Ô et la mer la mer écarlate quelquefois comme du feu et les glorieux couchers de soleil et les figuiers dans les jardins de l'Alameda et toutes les ruelles bizarres et les maisons roses et bleues et jaunes et les roseraies et les jasmins et les géraniums et les cactus de Gibraltar quand j'étais jeune fille et une fleur de la montagne oui quand j'ai mis la rose dans mes cheveux comme les filles Andalouses ou en mettrai-je une rouge oui et comme il m'a embrassée sous le mur mauresque je me suis dit après tout aussi bien lui qu'un autre et alors je lui ai demandé avec les yeux de demander encore oui et alors il m'a demandé si je voulais oui dire oui ma fleur de la montagne et d'abord je lui ai mis mes bras autour de lui oui et je l'ai attiré sur moi pour qu'il sente mes seins tout parfumés oui et son cœur battait comme fou et oui j'ai dit oui je veux bien Oui.

Traduit par Auguste Morel
(trad. revue par Valery Larbaud, Stuart Gilbert et l'auteur).
© Éditions Gallimard, 1937.

AGATHA CHRISTIE (1891-1976)

The Murder of Roger Ackroyd
(1926)
LE MEURTRE DE ROGER ACKROYD*

— J'ai donc relevé les empreintes de tous les habitants de la maison. Absolument toutes, vous m'entendez ? De la vieille dame à la fille de cuisine.

Mrs Ackroyd n'eût sans doute pas apprécié d'être qualifiée de vieille dame. Elle devait consacrer des sommes rondelettes aux soins de beauté.

— Absolument toutes, répéta l'inspecteur d'un ton suffisant.

— Y compris les miennes, dis-je avec sécheresse.

— En effet. Et aucune d'elles ne correspond à celles du poignard, ce qui nous laisse deux possibilités. Le coupable est soit Ralph Paton, soit le mystérieux inconnu dont le docteur nous a parlé. Quand nous tiendrons ces deux-là…

— Nous aurons perdu un temps précieux, coupa Hercule Poirot.

— Je ne vous suis pas très bien, monsieur Poirot.

— Vous avez relevé les empreintes de tous les habitants de la maison, dites-vous ? Êtes-vous certain que cette déclaration soit conforme à la vérité, monsieur l'inspecteur ?

— Certain.

— Vous n'avez oublié personne ?

---

* Hercule Poirot mène l'enquête sur le meurtre de Roger Ackroyd secondé par le Docteur Sheppard, le narrateur. L'inspecteur Raglan se vante d'avoir procédé au relevé systématique des empreintes digitales.

— Personne.
— Ni vivant... ni mort ?

L'inspecteur demeura sans voix devant ce qu'il prit pour une allusion d'ordre religieux. Puis, lentement, la lumière se fit dans son esprit. — Vous pensez au...

— Au mort, monsieur l'inspecteur.

Il fallait toujours une bonne minute à Raglan pour comprendre.

— Je suggérais, reprit calmement Poirot, que les empreintes retrouvées sur le manche du poignard sont celles de Mr Ackroyd lui-même. Ce qui sera facile à vérifier, puisque le corps est toujours là.

— Mais pourquoi ? À quoi cela rimerait-il ? Vous n'êtes pas en train d'insinuer qu'il s'agit d'un suicide, monsieur Poirot ?

— Oh, que non ! J'avance l'hypothèse que le meurtrier portait des gants, ou une étoffe quelconque autour de la main. Après avoir porté le coup, il a pris la main de sa victime et l'a refermée sur le manche du poignard.

— Mais pourquoi ?

Une fois de plus, Poirot haussa les épaules.

— Pour rendre le problème encore plus problématique.

Traduction française de Françoise JAMOUL.
© Librairie des Champs-Élysées, 1990.

Virginia Woolf (1882-1941)

To the Lighthouse
(1927)
La Promenade au phare

Mais, après tout, qu'est-ce qu'une nuit ? Un espace bien court, surtout lorsque l'obscurité s'atténue si vite, qu'on entend si tôt chanter un oiseau, croasser une corneille, ou qu'on voit s'aviver faiblement, au fond d'une vague, un vert pâle semblable à celui d'une feuille naissante. La nuit cependant succède à la nuit. L'hiver en possède un paquet dans son magasin et les sort d'un mouvement égal et mesuré, avec des doigts infatigables. Elles s'allongent ; elles s'obscurcissent. Certaines d'entre elles suspendent là-haut de claires planètes, plaques étincelantes. Les arbres automnaux, tout ravagés qu'ils soient, connaissent l'éclat qui parcourt quelquefois les drapeaux en haillons dans l'obscurité fraîche des caveaux de cathédrales où des lettres d'or sur des pages de marbre parlent de mort sur le champ de bataille et d'ossements blanchis et consumés bien loin, là-bas, sur les sables de l'Inde. Les arbres automnaux brillent dans le jeune clair de lune, le clair de lune des moissons, qui donne sa plénitude heureuse à l'énergie du travailleur, étend sa douceur sur l'aspérité du chaume et apporte au rivage la caresse bleue de la vague.

Il semblait maintenant que, touchée par la pénitence humaine et tout ce qu'elle comporte de labeur, la bonté divine eût écarté le rideau pour faire voir ce qui se trouvait derrière lui, le lièvre seul, tout droit, nettement détaché ; la chute de la vague ; le balancement du bateau, toutes visions qui devraient toujours être nôtres, si nous en étions dignes. Mais, hélas ! la bonté divine tire le rideau d'un coup sec ; il ne lui plaît point de nous montrer ce spectacle ; elle couvre ses trésors d'une avalanche de grêle et les brise, les mêle de telle façon qu'il semble impossible qu'ils puissent jamais recouvrer leur calme ni que nous puissions jamais composer avec leurs fragments un tout parfait ou lire dans leurs morceaux dispersés les claires paroles de la vérité. Car notre pénitence ne mérite qu'un aperçu et notre labeur que du répit.

Les nuits sont maintenant pleines de vent et de destruction ; les arbres courbés font des plongeons et leurs feuilles s'envolant dans toutes les directions jonchent la pelouse, s'amoncellent dans les ruisseaux, bouchent les gouttières et parsèment les sentiers humides. La mer aussi s'agite et se brise et si quelqu'un s'imaginant dans son sommeil qu'il peut trouver sur la plage une réponse à ses doutes, un compagnon pour partager sa solitude, repousse ses couvertures et s'en va tout seul se promener sur le sable, aucune apparition dont l'air évoque une serviable et divine promptitude n'arrivera aussitôt pour mettre la nuit en ordre et faire réfléchir par le monde toute l'amplitude de l'esprit. La main se rétrécit dans sa main ; la voix mugit dans son oreille. Il semblerait presque qu'il est inutile dans une pareille confusion de poser à la nuit ces questions fondamentales auxquelles pour répondre le dormeur est tenté de s'arracher à son lit.

(Mr Ramsay, trébuchant le long d'un couloir, étendit les bras, un matin obscur. Mais Mrs Ramsay étant morte assez soudainement la veille au soir, ils restèrent vides.)

Traduit par M. LANOIRE.
© Éditions Stock, 1973.

DAVID HERBERT LAWRENCE
(1885-1930)

Lady Chatterley's Lover
(1927)
L'AMANT DE LADY CHATTERLEY*

— […] Qui est-ce qui a donné aux mineurs tout ce qu'ils ont d'un peu bien : toute leur liberté politique, et leur éducation, quelque médiocre qu'elle soit, les conditions sanitaires où ils vivent, leurs livres, leur musique, tout ? Qui le leur a donné ? Est-ce les mineurs qui l'ont donné aux mineurs ? Non ! Tous les Wragby et les Shipley d'Angleterre ont donné leur part et doivent continuer à la donner. Voilà votre responsabilité.

Constance devint toute rouge en l'écoutant.

— Je voudrais bien donner quelque chose, dit-elle ; mais on ne me le permet pas. Tout est vendu et acheté maintenant ; et toutes les choses dont vous parlez, Wragby et Shipley les *vendent* au peuple, à beaux deniers comptants. Vous ne donnez pas un seul battement de cœur, pas une once de sympathie. Et,

---

* Clifford Chatterley, pur produit de l'aristocratie anglaise, revient infirme de la Première Guerre mondiale. Avec sa femme Constance, il se retire dans sa demeure familiale de Wragby où il se consacre d'abord à l'écriture, puis à la gestion des mines qu'il possède. Constance devient la maîtresse du garde-chasse John Mellors et découvre avec lui, non seulement l'épanouissement sexuel, mais aussi la réalité violente de la vie des ouvriers, les préjugés de classe de son époux, l'évolution impitoyable d'un capitalisme ignorant les individus, leurs désirs et leurs besoins profonds. La révolte sexuelle de John et de Constance est inséparable d'une révolte contre la morale puritaine et les codes sociaux issus de l'Angleterre victorienne. Lors d'une promenade, Clifford expose à Constance sa vision du monde des mineurs.

d'ailleurs, qui est-ce qui a enlevé au peuple sa vie et sa virilité naturelles pour lui donner en échange ces horreurs industrielles ? Qui a fait cela ?

— Et que voulez-vous que je fasse ? dit-il, devenu vert. Leur demander d'accourir et de mettre ma maison au pillage ?

— Pourquoi Tavershall est-il si laid, si hideux ? Pourquoi leurs vies sont-elles si désolées ?

— Ils ont bâti eux-mêmes leur Tavershall. C'est une façon de faire montre de leur liberté. Ils se sont bâti pour eux-mêmes leur charmant Tavershall ; et ils vivent leurs charmantes vies. Je ne puis pas vivre leur vie à leur place. Chaque insecte doit vivre sa propre vie.

— Mais vous les faites travailler pour vous. Ils vivent de votre mine.

— Pas du tout. Chaque insecte trouve sa propre nourriture. Il n'y a pas un seul ouvrier qui soit forcé de travailler pour moi.

— Leurs vies sont industrialisées et désolées ; et les nôtres aussi, cria-t-elle.

— Je ne crois pas que ce soit vrai. Ce que vous dites n'est qu'une figure de rhétorique, un reste du romantisme à évanouissements et à maladies de langueur. Vous n'avez pas l'air du tout en ce moment d'une héroïne désolée, ma chère Constance.

Et c'était vrai. Car ses yeux bleu foncé jetaient des éclairs, la rougeur brûlait ses joues, et elle semblait pleine d'une fureur de rébellion bien opposée au découragement du désespoir. Elle remarquait, dans les parties épaisses de l'herbe, de jeunes primevères cotonneuses qui se dressaient, encore empêtrées de leur duvet. Et elle se demandait avec rage pourquoi, sentant que Clifford avait tellement *tort*, elle ne pouvait pas le lui dire, ne pouvait pas dire exactement *en quoi* il avait tort.

Traduit par F. Roger Cornaz.
© Éditions Gallimard, 1932.

DYLAN THOMAS (1914-1953)

Being but men
(1932)
N'ÉTANT QUE DES HOMMES

N'étant que des hommes, nous marchions dans les arbres
Effrayés, abandonnant nos syllabes à leur douceur
De peur d'éveiller les freux,
De peur d'arriver
sans bruit dans un monde d'ailes et de cris.

Enfants nous nous serions penchés
Pour attraper les freux endormis, sans briser de brindilles,
Et après une douce ascension,
Élevant nos têtes au-dessus des branches
Nous nous serions émerveillés des étoiles inaltérables.

Loin de la confusion, telle est la voie
Tel est le prodige que l'homme sait
Loin du chaos parviendrait la joie.

Cela est la beauté, disions-nous,
Enfants émerveillés par les étoiles,
Cela est le but, cela est le terme.

N'étant que des hommes, nous marchions dans les arbres.

Traduit par ALAIN SUIED.
© Éditions Gallimard, 1990.

DOMAINE BULGARE

Christo Smirnensky (1898-1923)

Приказка за стълбата
(1922)
Conte de l'escalier

> *Dédié à tous ceux qui diront :*
> *« Ceci ne me concerne pas. »*

— Qui es-tu ? demanda le diable.
— Je suis plébéien de naissance et tous les gueux sont mes frères. Que la terre est laide et que les gens sont malheureux !

Ainsi parlait un jeune homme au front hardi et aux poings serrés. Il se tenait debout au pied de l'escalier, un grand escalier de marbre blanc veiné de rose. Son regard était fixé au loin, là où, tels les flots troubles d'une rivière en crue, grondaient les foules grises de la misère. Elles s'agitaient, bouillonnaient soudain, une forêt de bras noirs et desséchés se levait, un tonnerre d'indignation et des cris de colère déchiraient l'air, puis leur écho se mourait lentement et solennellement, telle une lointaine canonnade. Les foules grandissaient, elles arrivaient dans des nuages de poussière jaune, mais, sur ce fond d'un gris uniforme, se détachaient toujours plus nettement les silhouettes. Voici que s'avançait un vieillard courbé jusqu'à terre comme s'il cherchait sa jeunesse perdue... À ses guenilles s'accrochait une fillette nu-pieds qui regardait le grand escalier de ses yeux candides, couleur des bluets. Elle le regardait et souriait. Ils étaient suivis par des êtres loqueteux, ternes et décharnés qui chantaient en chœur un lent psaume funèbre. Quelqu'un sifflait sur un ton strident, un autre, les mains fourrées dans les poches, riait aux éclats d'une voix rauque et la flamme de la démence brillait dans ses yeux.

— Je suis plébéien de naissance et tous les gueux sont mes frères ! Que la terre est laide et que les gens sont malheureux ! Oh ! vous là-haut, vous...

Ainsi parlait un jeune homme au front hardi et aux poings menaçants.

— Vous haïssez ceux d'en-haut ? demanda le diable et il se pencha sournoisement vers le jeune homme.

— Ces princes et ces rois connaîtront ma vengeance ! Je vengerai implacablement mes frères, mes frères au visage couleur de sable et dont la plainte est plus sinistre que les rafales de décembre. Regarde leurs chairs nues qui saignent. Écoute leurs gémissements. Je les vengerai ! Laisse-moi passer !

Le diable sourit.

— Je suis le gardien de ceux d'en haut et je ne les trahirai pas sans contrepartie.

— Je n'ai pas d'or. Je n'ai rien qui puisse te séduire... Je ne suis qu'un adolescent misérable... Mais je suis prêt à sacrifier ma tête.

Le diable sourit de nouveau.

— Je ne t'en demande pas tant. Tu n'as qu'à me donner ton ouïe.

— L'ouïe ? Volontiers... que je n'entende plus rien. Que...

— Tu entendras quand même, le rassura le diable, et il s'écarta de son chemin. « Vas-y ! »

Le jeune homme se précipita en avant et enjamba trois marches. Mais la main velue du diable le retint.

— Arrête ! Entends-tu maintenant le gémissement de tes frères d'en bas ?

Le jeune homme prêta l'oreille :

— C'est bizarre ! Comment se fait-il qu'ils aient soudain entonné des chants d'allégresse et que signifie ce rire insouciant ?... Et il s'élança de nouveau. Mais le diable le retint.

— Pour franchir encore trois marches, il faut que tu me donnes ta vue.

Le jeune homme fit un geste de désespoir.

— Mais alors je ne pourrai voir ni mes frères, ni ceux sur qui je vais me venger !

— Tu verras quand même. Je te donnerai une vue meilleure.

Le jeune homme monta encore trois marches et regarda en bas. Le diable lui dit :

— Regarde leurs chairs nues qui saignent.

— Grand Dieu ! c'est tellement étrange ! Comment ont-ils pu, en si peu de temps, se vêtir aussi bien ? Au lieu de chairs qui saignent, ils sont couverts de roses écarlates !...

Pour chaque trois marches, le diable prenait sa petite rançon. Et le jeune homme avançait toujours. Il était prêt à tout donner pourvu qu'il arrivât là-haut et pût se venger sur ces princes et sur ces rois repus.

— Je suis plébéien de naissance et tous les gueux...

— Jeune homme, il ne reste plus qu'une marche ! Une seule marche encore et tu pourras te venger. Mais, pour cette marche, je prends toujours une double rançon. Donne-moi ton cœur et ta mémoire !

Le jeune homme fit un geste de désespoir.

— Mon cœur ! Non, c'est trop cruel.

Le diable rit d'une voix rauque.

— Je ne suis pas si cruel que ça. Je te donnerai en échange un cœur en or et une mémoire neuve. Si tu refuses, tu ne franchiras pas cette marche et ne vengeras jamais tes frères, tes frères au visage couleur de sable et dont la plainte est plus sinistre que les rafales de décembre.

Le jeune homme regarda les yeux verts pleins d'ironie du diable.

— Mais je serai l'homme le plus malheureux. Tu me prends tout ce que j'ai d'humain !

— Bien au contraire. Tu seras le plus heureux des hommes. Voyons ! Es-tu d'accord ? Rien que le cœur et la mémoire...

Le visage du jeune homme s'assombrit, il devint pensif, des gouttes de sueur perlèrent sur son front plissé. Il serra les poings avec colère et laissa passer entre les dents :

— Soit ! Prends-les !

Et, les cheveux au vent, furieux comme un orage d'été, il franchit la dernière marche. Il était déjà au sommet. Soudain, son visage se dérida, une lueur douce et affable éclaira son regard, ses poings se desserrèrent. Il jeta un coup d'œil sur les princes qui festoyaient, puis regarda en bas où la foule terne et déguenillée hurlait et maudissait ; mais pas un muscle ne broncha sur son visage qui demeura serein, joyeux et satisfait. En bas, il voyait des foules richement vêtues et dont les gémissements s'étaient mués en hymnes d'allégresse.

— Qui es-tu ? lui demanda la voix rauque et perfide du diable.

— Je suis un prince de naissance et les dieux sont mes frères. Que la terre est belle et que les hommes sont heureux !

In *Pages bulgares*, © Seghers, 1956.

DOMAINE CROATE

Miroslav Krleža (1893-1981)

Povratak Filipa Latinovića
(1932)
Le Retour de Philippe Latinovicz*

Le jour commençait à poindre lorsque Philippe arriva gare de Kaptol. Durant vingt-trois ans il avait, en somme, vécu loin de cet endroit ; pourtant il savait fort bien ce qui allait se présenter à son regard : les toits pourris et suintants, le bulbe sur le clocher du couvent, puis, au fond de la sombre allée, la maison grise à un étage, minée par le vent, la tête de Méduse en plâtre au-dessus de la lourde porte de chêne à ferrures et la poignée froide. Vingt-trois ans s'étaient écoulés depuis le matin où, enfant prodigue, il s'était traîné jusqu'à cette porte. C'était alors un collégien de première qui avait dérobé à sa mère un billet de cent couronnes, bu et fait la noce pendant trois jours et trois nuits avec les filles et les servantes de cabaret ; au moment de rentrer il avait trouvé la porte close et était resté dehors. À partir de là, il avait vécu dans la rue, pendant des années, et, en réalité, rien n'avait changé. Il s'arrêta devant la porte hostile et fermée, et, comme cet autre matin, il crut sentir dans le creux de sa main le contact de la grosse et froide

---

* De retour dans son village natal de Kostanjevac, Philippe Latinovicz se retrouve dans un cercle de gens étranges qui ravivent ses angoisses, provoquent de nouvelles crises et contribuent à la décomposition de sa personne.
  Affecté par des traumatismes de l'enfance, déchiré entre l'Europe et la boue pannonienne, incapable de s'exprimer à travers la peinture, qu'il ressent pourtant comme étant son besoin le plus profond, enfermé dans le monde de ses illusions intimes, Philippe se trouve confronté à ses souvenirs qui accentuent son sentiment d'égarement et d'absurdité.

poignée de fer. Il savait combien cette porte serait lourde à pousser, il connaissait le mouvement des feuilles à la cime des marronniers. Il entendit une hirondelle s'envoler au-dessus de sa tête ; et cet autre matin aussi, il avait eu l'impression de rêver. Il était taché de suie, fatigué, somnolent et sentait ramper quelque chose près de son col : une punaise sans doute. Jamais il n'oublierait cette aube obscure, ni la troisième et dernière nuit de saoulerie, ni le matin gris — jamais, dût-il vivre cent ans. Au coin de la rue où, petit garçon, il avait joué avec son mouton blanc, se trouvait à hauteur d'homme un emplacement cerné d'un mur sur lequel étaient peintes des réclames pour des corsets et des poêles ; les corsets étaient sveltes, serrés à la taille, et au pied de l'un des poêles de fonte jaillissait une flamme.

C'était près de ce mur qu'il s'était arrêté ce matin-là, incapable de faire encore un pas. Il sentait son cœur battre dans sa gorge, dans ses jambes, ses jointures, ses doigts, entre ses côtes, dans sa chair, et, réduit à l'état de cœur sombre et saignant, il s'était appuyé contre le mur pour ne pas tomber. Longtemps il était resté sous les sveltes corsets, les doigts pleins de poussière et de mortier, car le vieux mur était moisi et couvert de plaques de salpêtre.

[...] Philippe s'arrêta près du vieux mur lépreux, l'effleura de la main comme s'il touchait une chère tombe abandonnée. Le vent et la pluie avaient effacé les corsets ; sous le mortier qui s'effritait, les briques apparaissaient un peu partout ; en un seul point la languette bleuâtre de la flamme du coke, au bas de l'image du poêle de fonte, était encore visible. Apercevant ce signe depuis longtemps défunt, Philippe sentit remonter en lui de lointains tableaux morts, et eut l'impression de se trouver absolument seul devant d'incommensurables espaces.

Traduit par Mila DJORDJEVIĆ et CLARA MALRAUX.
© Éditions Calmann-Lévy, 1957.

Ivan Goran Kovačić (1913-1943)

Jama
(v. 1942)
La Fosse commune

Le sang est ma clarté, le sang est mon abîme.
Avec la vue radieuse ils m'ont arraché
Des fosses nues des yeux ma bienheureuse nuit,
D'un feu furieux les gouttes du jour allument
Au fond de mon cerveau l'iris ensanglanté.
Dans le creux de ma main, mes yeux se sont éteints.

En eux, certainement, palpitaient les oiseaux
Quand le ciel doucement soudain se renversa.

Et j'ai senti mon visage aspergé de sang
Se noyer avec l'azur du ciel dans l'iris,
Sur ma paume les yeux jubilaient au soleil
Incapables de laisser couler mes sanglots.

Chaudes et massives des gouttes déferlèrent
À travers mes doigts, le bourreau les découvrit
Dans l'amère douleur des orbites béantes —
En extase, il planta le couteau dans mon cou :
Et moi la caresse de ce sang me saisit
Et j'éprouvais les gouttes comme autant de larmes.

La dernière lumière avant la nuit terrible
Fut l'éclat fulgurant du couteau, et le cri
Qui demeure à jamais blanc dans la cécité,
Et la blanche, blanche peau de l'exécuteur :
Car les bourreaux étaient nus jusqu'à la ceinture
Et ainsi, si nus, ils nous transperçaient les yeux.
[...]

Traduit par M. ALYN.
In *La Poésie croate des origines à nos jours*, © Seghers, 1972.

DOMAINE DANOIS

Karen Blixen (1885-1962)

Drömmerne
(1935)
Les Rêveurs*

« Je la ramenai chez elle, rassemblai à son chevet tous les médecins de Milan, et elle vécut. Elle avait été atteinte par une poutre enflammée qui lui avait fait une profonde blessure de l'oreille à la clavicule. Ses autres brûlures n'étaient que superficielles. Elles guérirent vite. Mais on s'aperçut que sous le choc elle avait perdu la voix. Elle ne chanterait plus jamais une note.

« Quand je me la rappelle dans cette première semaine après la catastrophe, il me semble qu'en réalité elle avait été consumée par le feu et qu'elle reposait, couchée sur le côté dans son lit, immobile, noire et carbonisée, comme ces cadavres que l'on a découverts dans les ruines de Pompéi. Je restai près d'elle pendant six jours sans qu'elle prononçât une parole, et c'était le plus cruel, dans notre cruel destin, que le chagrin de Pellegrina fût muet.

---

* Le personnage de Pellegrina Leoni apparaît dans deux nouvelles de Karen Blixen, *Les Rêveurs* (*Sept contes gothiques*, 1935) et *Écho* (*Nouveaux Contes d'hiver*, 1957). Cantatrice de génie, elle est découverte à seize ans par le richissime juif Marcus Cocoza qui deviendra son ami, son protecteur et son imprésario. Lors de l'incendie de l'opéra de Milan, elle est sauvée de justesse, mais elle perd sa voix. Elle décide alors de se faire passer pour morte, continuant son existence sous diverses identités d'emprunt. Le jeune Lincoln Forsner la rencontre sous le nom d'Olalla dans un bordel de Rome et la poursuit à travers l'Europe ; d'autres jeunes gens l'ont connue sous d'autres noms. Lincoln vient maintenant d'apprendre de la bouche de Marcus la véritable identité de la femme qu'il a aimée. Marcus lui raconte comment elle a été sauvée de l'incendie et poursuit…

« Je ne lui parlais pas non plus. Des carrosses de tous les coins de la terre arrivaient, en quête de nouvelles, puis faisaient demi-tour sur la terrasse pavée, devant la chambre de Pellegrina.

« Moi, assis dans la pénombre de la pièce, je réfléchissais. Voilà, pensai-je, qui est à peu près pour Pellegrina ce que serait pour un prêtre de découvrir que la statue miraculeuse de la Vierge, qu'il a vénérée, n'est qu'une image profane et obscène, une idole païenne, creuse et rongée par les rats ; ou ce que serait pour une femme de s'apercevoir que son courageux mari n'est pas un héros, mais un fou ou un clown.

« Non, me dis-je encore, il n'en est rien. Je vois mieux maintenant à quel malheur on peut comparer celui de Pellegrina. À l'affliction d'une fiancée royale qui est enlevée par des brigands, alors que nantie d'un royaume pour dot, et parée des joyaux de la maison de son père, elle est en route pour rejoindre son jeune mari dans une ville pavoisée pour l'accueillir, retentissante de cymbales et des chants des jeunes filles et des jeunes gens. Oui, c'est bien cela, pensai-je cette fois.

« Aucun des grands personnages accourant des quatre coins du monde pour avoir des nouvelles de Pellegrina n'eut accès auprès d'elle. En conséquence, la rumeur se répandit qu'elle était mourante. Qu'auraient-ils dit si on les avait reçus ? me demandai-je. Qu'elle était toujours jeune, belle et adorée de tous ?

« Et qu'auraient-ils dit à la fiancée royale enlevée par des brigands, ces grands personnages, pour la réconforter ? Qu'elle était jeune et ravissante encore et que son mari la chérirait ? Ou encore, peut-être, qu'elle n'était pas fautive, qu'elle n'avait rien fait de mal ? "Elle ne recèle aucun péché qui mérite la mort, car il la découvrit dans le champ, et la jeune fiancée pleurait, et il n'y avait eu personne pour la sauver." Mais les consolations du vulgaire rendent un son amer à une oreille royale. Que les médecins, que les confiseurs et les domestiques de grandes maisons soient jugés sur ce qu'ils ont fait, ou même sur ce qu'ils ont eu l'intention de faire, soit! Mais, quant aux grands de ce monde, ils sont jugés sur ce qu'ils sont. Il paraît que les lions pris au piège et enfermés dans une cage souffrent plus de l'humiliation que de la faim.

« Il faut m'excuser, messieurs, si je vous parle de choses trop merveilleuses pour vous, de choses que vous ne comprenez pas. En effet, où les femmes mettent-elles leur honneur par ces temps modernes? Savent-elles même ce que signifie le mot quand elles l'entendent? »

Traduit par F. GLEIZAL et COLETTE-MARIE HUET.
In Sept Contes gothiques, © Éditions Stock, 1980.

JÖRGEN-FRANTZ JACOBSEN (1900-1938)

Barbara
(1939)
BARBARA*

— Laisse-moi faire, dit Barbara, je vais plus profond que toi.

L'éclatante blancheur de ses bras nus apparaissait au travers de l'eau moirée. À l'aide d'un couteau, elle

---

* Les îles Féroé, vers la fin du XVIIIe siècle : la belle et sensuelle Barbara, deux fois veuve, scandalise la petite communauté de Thorshavn par son comportement libre. Dans sa recherche de l'amour, elle va d'un homme à l'autre, jusqu'à causer sa propre perte. (Publication posthume.)

décrocha une patelle fixée au fond escarpé de la mer. La coquille tomba lentement à travers l'eau jusqu'à son autre main.

— Voilà, dit-elle, en retirant de l'eau ses bras mouillés. Tout essoufflée, elle releva son visage rose de plaisir ; ses mains étaient rouges et un peu engourdies par l'eau.

— Tu es une ondine, dit Andréas, une océanide !

Ils pêchaient tous deux sous les rochers noirs qui bordaient le rivage, sous les remparts. Ces coquillages devaient servir d'amorce pour la pêche à la ligne, qu'ils pratiquaient souvent les soirs d'été. Ils capturaient ainsi des merlans verts et des cyprins qu'ils faisaient frire.

— Non, laisse-moi donc faire, dit à nouveau Barbara en se penchant sur l'eau, toi tu ne peux pas avec tes manches !

Elle examinait les rochers du fond et les algues s'enroulaient autour de ses bras. Ses cheveux étaient tombés sur son front. Parfois elle levait les yeux vers lui, en soufflant sur ses mèches folles.

Andréas, assis, écoutait le bruit de la mer qui, à chaque assaut des vagues, se répercutait au creux des rochers. Sans prendre garde à l'eau qui mouillait ses manches courtes, Barbara, pleine de zèle, inclinait l'arc de son dos vers la profondeur verdâtre où ses bras s'affairaient. Ses yeux, quand ils quittaient ces ténèbres, semblaient garder un peu de l'éclat de l'eau.

— Une ondine, pensait Andréas. Sur des tableaux, il en avait vu assises sur des rochers, ou faisant jouer dans les vagues leurs corps blancs et leurs yeux aux reflets verdâtres. Leur peau était rougie par places, leur corps semblait comme engourdi par l'élément humide, à quoi elles étaient vouées.

Il restait un peu étourdi, comme chaque fois que Barbara prenait pour lui un aspect nouveau. Ne la voyait-il pas tout à coup s'intégrer à l'immense nature !

À dire vrai, il en avait besoin. Elle lui devenait trop connue dans l'alcôve.

L'hiver avait été long. Non pas qu'il ait été ennuyeux pour eux, non! au contraire. Ç'avait été un hiver plein d'aventures, d'escapades et de rendez-vous secrets, tels que nul n'eût pu les croire possibles dans un tout petit trou comme Thorshavn. Surtout à partir du moment où ils avaient quitté «China» et où ils n'avaient plus eu de logis fixe; ils avaient vécu tout à fait selon son goût. Mais maintenant, l'été était venu, et son cœur, fatigué de l'obscurité et des caresses, aspirait au grand air. Cette Barbara, comme elle savait se métamorphoser en fille de la nature! Elle lui avait donné des baisers doux, elle lui donnerait avec la même grâce des baisers salés et des caresses de sa main humide et engourdie. Elle l'étreindrait dans l'odeur des algues sur les rochers couverts de coquillages et le laisserait tout couvert d'écailles de poisson. Oui, une océanide. Il voulait dormir près d'elle, quelque part sur ce rivage escarpé.

Ils poussèrent très loin le long du rivage désert et s'abandonnant à leur désir de se perdre l'un dans l'autre, ils n'eurent point de secret pour la brise marine ni pour les abris rocheux de la côte.

Traduit par KAREN et ANDRÉ MARTINET.
© Éditions Gallimard, 1941.

DOMAINE ESPAGNOL

Ramón del Valle-Inclán (1866-1936)

Tirano Banderas
(1926)
Tirano Banderas*

LE NŒUD COULANT

Zacarias le Balafré, après avoir accosté son esquif dans un enchevêtrement de lianes, se dressa dans la barque, pour surveiller sa cahute. L'étendue marécageuse, parsemée de dunes, traversée de rigoles et de vols d'oiseaux aquatiques, s'étirait, piquée par les taches garance des taureaux et des chevaux, au milieu des prés et des roseaux. La coupole du ciel recueillait les échos de la vie campagnarde dans son silence vaste et sonore. Dans le jour turquoise, les porcs claironnaient leurs grognements. Un chien abandonné pleurait. Zacarias, bouleversé, l'appela d'un coup de sifflet. Le chien inquiet accourut, buvant le vent, secoué d'une angoisse humaine. Les pattes appuyées sur la poitrine de l'Indien, il le pousse plaintivement du museau et l'attrape par sa chemise, le tirant hors de l'esquif. Le Balafré arme son pistolet et se met en marche avec un sombre pressentiment. Il passe devant la cahute ouverte et muette. Il pénètre dans le marécage. Le chien le presse, remuant les oreilles, le museau au vent, avec une agitation éplorée, le poil révulsé, le souffle

---

* L'Indien Zacarias a aidé le colonel de la Gandara, poursuivi par Tirano Banderas, à prendre la fuite. En son absence, sa femme a été dénoncée à la police par l'usurier espagnol (le *gachupín*) Pereda. Celui-ci avait en effet reconnu la bague du fugitif que l'Indienne était venue déposer en gage chez lui. Zacarias est maintenant de retour.

plaintif. Zacarias le suit de près. Les porcs grognent dans le bourbier. À l'abri de l'agave serpentin les poules sont en émoi. Attaqués par le chien, les noirs charognards qui s'abattent sur la mare reprennent leur vol. Zacarias arrive : horrifié et révolté, il soulève une dépouille sanglante. C'était tout ce qui restait de son gosse ! Les porcs avaient dévoré le visage et les mains de l'enfant. Les charognards lui avaient sorti le cœur de la poitrine. L'Indien revint à la cahute. Il enferma ces débris dans un sac et, les posant à ses pieds, il s'assit à la porte et se mit à réfléchir. Il était tellement immobile que les mouches le recouvraient et que les lézards prenaient le soleil tout près de lui.

II

Pris d'un doute obscur, Zacarias se leva. Il se dirigea vers la pierre à moudre le maïs, il la retourna et découvrit un léger éclat métallique. L'attestation de mise en gage, pliée en quatre, était dessous. Zacarias, sans altérer l'expression de son masque indien, compta les neuf pièces, rangea l'argent dans sa ceinture et déchiffra le papier : « Quintin Pereda. Prêts. Achat. Vente. » Zacarias revint sur le seuil, mit le sac sur son épaule et prit la direction de la ville. Sur ses talons, le chien baissait la queue et la tête. Zacarias, empruntant une rue aux maisons camardes, avec des terrasses et des décorations aux couleurs criardes, s'enfonça dans les bruits et les lumières de la fête. Il arriva jusqu'à une modeste table de jeu et, à quitte ou double, il paria les neuf pièces. Doublant la mise, il gagna trois fois. Une pensée absurde, un pressentiment macabre l'assaillirent. Le sac sur son épaule lui portait chance ! Il partit, suivi du chien, et entra dans un bistrot. Il resta là, le sac à ses pieds, à boire de l'eau-de-vie. À une table voisine, le couple de l'aveugle et de la fille prenait son repas. On voyait entrer et sortir des gens, des va-nu-pieds et des

Indiennes, des Indiens de la campagne, des vieilles femmes qui venaient chercher leur sou de cumin pour les pains polkas. Zacarias demanda un plat de dindon en sauce et dans son assiette il en laissa une partie pour le chien. Puis il se remit à boire, le chapeau sur le nez. Il pressentait, avec une froide conscience, que ces dépouilles le protégeaient contre tous les risques. Il présumait qu'on le recherchait pour l'arrêter, mais pas la moindre crainte ne le troublait; une assurance atroce le glaçait. Il mit le sac sur son épaule et du pied fit se lever le chien :

— Porfirio, nous allons rendre visite au *gachupín* !

Traduit par Claude Fell.
© Flammarion, 1979. Livre sixième.

José Martinez Ruiz, *dit* Azorín (1873-1967)

Superrealismo (Pré-roman) (1929)
Surréalisme (pré-roman)

Afrique

Un mur blanc et une petite fenêtre; le mur se dresse dans l'azur. Fenêtre étroite; une autre fenêtre également toute petite. Fenêtres qui appartiennent et à l'Espagne et à l'Afrique. Le toit s'incline sur l'autre côté du mur blanc; pente, aux tuiles courbes. D'en face, l'on ne voit que le mur et la fenêtre. Patio silencieux ; un palmier ou deux ; leurs troncs fins dans la transparence de l'air. Monticules ronds. En Espagne et en Afrique. Petite chambre d'une maison d'Afrique qui s'irrue dans un patio de Monóvar[1] ; une tour de Monóvar qui se transforme en un minaret. Indolence profonde dans la sérénité de l'ambiance ; douceur infinie. Cubes de constructions qui tournoient et se confondent ; dans l'azur d'Alicante qui est l'azur d'Afrique. Chanson lente et monostrophique ; dans la nuit, comme une prière ; lors des crépuscules, comme la voix du muezzin. Agaves ; le bleu cendré des agaves. Murs lisses, secs, dorés par le soleil ; murs de Monóvar et d'Afrique. Troncs de palmiers, tournoiement sans fin des cubes de plâtre blanc à la petite fenêtre étroite. Et dans les chambres, l'ombre blanche — tout blanc — de la femme maure ou de la Monovérane. L'Afrique, au loin ; l'Espagne, de l'autre côté du Détroit ; notre Espagne, de l'autre côté du Détroit ; l'Espagne de cet autre côté qui doit être grande et prospère, suite de l'Espagne péninsulaire. L'avenir de l'Espagne qui est en Afrique ; l'air d'Afrique, chargé des mêmes odeurs que celui de l'Espagne levantine ; air qui passe au-dessus du bras du Détroit et qui arrive jusqu'à la campagne d'Alicante. Sur un horizon clair et lumineux, la sarabande des aloès et des murs resplendissants. Le panache d'un palmier ; la tour ou le minaret. Le minaret, à l'intérieur de la tour ; un patio africain, dans une chambre monovérane ; *gazpachos* et couscous ; turban et mouchoir sur la tête du paysan alicantin. Les yeux parleurs et le silence discret. L'Afrique avec sa flore et Alicante avec la même flore ; plantes à l'odeur pénétrante ; plantes des montagnes nues. Les hirondelles qui s'enivrent d'azur et qui ne savent où elles sont, en

---

[1]. Monóvar (Alicante) est le lieu de naissance d'Azorín. D'où l'adjctif *monovéran(e)*.

Espagne ou en Afrique. Le désespoir de dépeindre ou de décrire le mur qui ne revêt aucun signe ; des heures et des heures devant ce mur et sa petite fenêtre étroite ; mur tellement plein d'art, de mystère et de poésie, tel le mur en pierre façonnée le plus parfait. Seul le mur dans le silence et dans l'azur ; ici dans cette campagne, de même qu'en Afrique ; identification de l'une et de l'autre de ces terres dans notre sensibilité. Europe lointaine ; peut-être un léger dédain pour l'Europe. L'Europe qui a produit la plus barbare des guerres ; l'Europe pourrie de *cabarets* et de sophismes. Avec ce mur et avec cette fenêtre, la suggestion profonde non supplantée par les merveilles de l'Europe. Un autre air et une autre lumière, et une autre civilisation. Avec une autre civilisation, une autre sensibilité. Palmiers et agaves ; grenadiers, lauriers roses, bouquets de lauriers roses. Au-delà du Détroit ; les mêmes palmiers, les mêmes aloès, les mêmes lauriers roses. Dans la succession douce et ondulée des collines — comme une mer qui se gonfle et qui s'affaisse — arriver peu à peu en la lointaine Afrique ; en faisant un saut, depuis la rive de l'Espagne jusqu'à la côte de l'Afrique. Et depuis la rive opposée, contempler comme si c'était l'Afrique, et non l'Espagne, la petite fenêtre étroite à laquelle apparaît une Monovérane. Une Monovérane qui rit.

Traduit par Christian MANSO.
© Librairie José Corti, 1989 (chap. XLI).

Federico García Lorca (1898-1936)

Bodas de sangre
(1931)
Noces de sang*

(*Entre Léonard.*)

Léonard Le petit ?

La femme Il s'est endormi.

Léonard Il n'allait pas bien, hier. Il a pleuré toute la nuit.

La femme (*joyeuse*) Aujourd'hui, il est frais comme un dahlia. Et toi ? As-tu été chez le maréchal-ferrant ?

Léonard J'en viens. Crois-tu ? Depuis plus de deux mois, mon cheval perd tous ses fers neufs : les cailloux, sans doute, qui les arrachent.

La femme Tu le montes peut-être beaucoup ?

Léonard Mais non. Je m'en sers à peine.

La femme Hier, des voisines m'ont dit qu'elles t'ont vu à l'autre bout des plaines.

Léonard Qui t'a dit ça ?

La femme Celles qui cueillent les câpres. Vrai, ça m'a étonnée. C'était toi ?

Léonard Qu'irais-je faire dans ces causses ?

La femme C'est bien ce que je leur ai répondu. Mais ton cheval était crevé, en sueur.

---

* Cette scène d'introduction accumule les indices de suspicion à l'égard de Léonard, seul personnage portant un nom dans l'œuvre. Il prépare l'enlèvement de celle qui fut sa promise le jour des noces de celle-ci. Il y laissera sa vie.

Léonard   Tu l'as vu ?

La femme   Moi, non. Ma mère.

Léonard   Elle est avec le petit ?

La femme   Oui. Veux-tu une citronnade ?

Léonard   Avec de l'eau très froide.

La femme   Comme tu n'es pas venu manger...

Léonard   J'étais avec ceux qui mesurent le blé. Le temps a passé.

La femme (*elle prépare la boisson. Très tendre*)   Ils le paient bien ?

Léonard   Le prix juste.

La femme   J'ai besoin d'une robe, et le petit d'un bonnet à rubans.

Léonard   Je vais le voir.

(*Il se lève.*)

La femme   Attention : il dort.

La belle-mère (*entrant*)   Mais qui donc fait faire ces courses au cheval ? Il est en bas, couché, les yeux hors de la tête comme s'il venait du bout du monde.

Léonard (*aigre*)   Moi.

La belle-mère   Pardon ! Il t'appartient.

La femme (*timidement*)   Il a été avec ceux qui mesurent le blé.

La belle-mère   Pour ce qui est de moi, le cheval peut bien crever !

(*Elle s'assied. Silence.*)

Traduit par ANDRÉ BELAMICH.
© Éditions Gallimard, 1953 (acte I, tableau II).

LUIS CERNUDA (1902-1963)

La Realidad y el deseo (Las nubes) (1937-1940)
LA RÉALITÉ ET LE DÉSIR (LES NUAGES)

UN ESPAGNOL PARLE DE SON PAYS*

Les plages, les déserts
dormant au soleil blond,
les coteaux, les vallées
en paix, seuls, et lointains.

Châteaux et ermitages,
les fermes, les couvents,
la vie dans son histoire,
si doux au souvenir.

Eux, les triomphateurs,
les Caïns éternels,
de tout m'ont arraché.
Ils me laissent l'exil.

Comme la main d'un
 dieu
ta terre brandit mon
 corps

alors la voix voulut
faire parler ton silence.

J'étais seul avec toi,
en toi seule je croyais,
penser ton nom
 aujourd'hui
empoisonne mes rêves.

Amertume des jours
à vivre quand on vit
une longue attente
faite de souvenirs.

Un jour, enfin libérée
de leur mensonge à eux,
tu me chercheras. Mais
que peut bien dire un
 mort ?

Traduit par R. MARRAST et A. SCHULMAN.
© Éditions Gallimard, 1969.

* Évocation nostalgique de la terre natale débouchant sur un sentiment d'amertume et d'impuissance, ce poème fut écrit en exil, après la guerre civile.

Rafael Alberti (né en 1902)

Vida bilingue de un refugiado español en Francia
(1939-1940)
Vie bilingue d'un réfugié espagnol en France

Je me réveille.
Paris.
Suis-je vivant
ou suis-je mort ?
Suis-je vraiment mort à jamais ?
Mais non[1]...
        C'est la police.

    — *Mais oui, monsieur.*
    — *Mais non...*
    (C'est la France de Daladier,
    la France de M. Bonnet,
    l'hôtesse de Lequerica,
    la France de la Liberté.)

Quelle douleur, là-bas, quelle douleur !
J'avais un fusil et j'avais
pour gloire un bataillon d'infanterie,
et pour maison une tranchée.
J'ai été, j'ai été, j'étais
au début du cinquième régiment.
Je pensais à toi, Lolita,
quand je regardais les toits de Madrid.
Mais maintenant...
        Ce vent,

---

[1]. Les vers et mots en italique sont en français dans le texte original.

ce sable dans les yeux,
ce sable...
>(Argelès! Saint-Cyprien!)[1]
Je pensais à toi, ma brunette,
et je t'écrivais avec l'eau du fleuve :
« Lola, ma petite Lola. »

> Hein ? Comment ? La sirène.
> C'est jeudi. L'aviation.
> Mais, comment ! — *Mais oui,*
> — *Mais non, monsieur, mais non.*
> *(Toujours !). C'est la police.*
> — *Avez-vous votre récépissé ?*
> (C'est la France de Daladier,
> de Léon Blum et de Bonnet,
> celle qui applaudit Franco au cinéma,
> la France des Actualités.)

Quelle terreur, là-bas, quelle terreur !
Le sang fait perdre le sommeil,
même à la mer le sang fait perdre le sommeil.
Rien ne peut dormir.
Nul ne peut dormir.
> ... Et mercredi prochain un bateau part
> du Havre
et ce triste *là-bas* se fera plus lointain encore.

Moi au Chili,
moi en URSS,
moi en Colombie,
moi à Mexico,
moi à Mexico avec Bergamín[2] ?
Sommes-nous vraiment au bout de la fin
ou quelque chose de nouveau commence-t-il ?

---

1. Site des camps où furent concentrés les réfugiés espagnols après la guerre civile.
2. Bergamín José (1897-1983), poète et essayiste antifasciste qui s'exila au Mexique, comme Cernuda.

> — *Un café crème, garçon.*
> *Avez-vous* Ce Soir *?*
> C'est la vie de l'émigration,
> c'est un grand travail culturel.

Minuit.
Porte de Charenton ou bien porte de la Chapelle.
Un hôtel.
Paris.
Fermer les yeux et puis...
— *Qui est-ce ?*
C'est la police.

Traduit par Claude Couffon.
© Seghers, 1956 (Poètes d'aujourd'hui)

Camilo José Cela (né en 1916)

La Familia de Pascual Duarte (1942)
La Famille de Pascual Duarte*

Derrière la cour passait un ruisseau, souvent presque à sec et jamais trop plein, sale et malodorant comme une bande de gitans, où l'on pouvait prendre de belles anguilles, comme cela m'arrivait parfois, l'après-midi, pour tuer le temps. Ma femme, qui avait de l'esprit

---

* À la fin des années 1930, Pascual Duarte, paysan d'Estrémadure, écrit ses Mémoires dans la prison où il va être exécuté. À la fin du premier chapitre, il relate le premier de ses meurtres, celui de sa chienne, Étincelle.

pour tout, disait que les anguilles étaient grosses parce qu'elles mangeaient la même chose que don Jésus, mais avec un jour de retard. À la pêche, les heures passaient vite et il faisait presque toujours nuit au moment de plier mes engins ; là-bas, au loin, tortue grosse et basse, couleuvre enroulée qui aurait craint de s'arracher au sol, Almendralejo allumait ses lumières électriques... Ses habitants, bien sûr, ignoraient que j'étais allé pêcher, qu'à ce moment même je regardais s'éclairer les lampes dans leurs maisons, allant jusqu'à imaginer combien de gens disaient de ces choses faciles à prévoir ou évoquaient des idées qui me venaient à l'esprit. Les habitants des villes vivent en tournant le dos à la vérité et, souvent, ils ne se rendent même pas compte qu'à deux lieues, au milieu de la plaine, un paysan se distrait en pensant à eux, tout en pliant sa canne à pêche, tout en ramassant par terre son petit panier d'osier avec six ou sept anguilles dedans !

La pêche pourtant me sembla toujours un passe-temps peu viril et, le plus souvent, je consacrais mes loisirs à la chasse ; j'acquis dans le village la réputation de ne pas m'en tirer trop mal et, toute modestie mise à part, je dois dire avec sincérité qu'elle était méritée. J'avais une petite épagneule — Étincelle —, mi-racée, mi-bâtarde, mais qui s'entendait très bien avec moi ; souvent le matin nous partions ensemble pour la Mare, à une lieue et demie du village, à la frontière du Portugal, et jamais nous ne revenions bredouilles à la maison. Au retour, la chienne me devançait et m'attendait toujours auprès du croisement ; il y avait là une pierre ronde et aplatie, en forme de chaise basse, dont je me souviens avec autant de plaisir que de n'importe qui, avec plus de plaisir sûrement que de beaucoup de gens... Elle était large, un peu creusée et, lorsque je m'y asseyais, mon derrière (sauf votre respect) s'enfonçait un peu et je me trouvais si bien installé que je regrettais de m'en aller ; je passais de longs moments, assis sur la pierre du croisement, à siffler, le fusil entre les jambes, à regarder ce qu'il y avait à voir, à fumer des cigarettes. La petite chienne s'asseyait en face de moi sur ses pattes de derrière et me regardait, la tête inclinée sur l'épaule, de ses petits yeux marron très éveillés; je lui parlais et, comme pour entendre mieux, elle dressait un peu les oreilles; si je me taisais, elle en profitait pour courir après les sauterelles ou simplement pour changer de posture. Il me fallait toujours en m'en allant, sans savoir pourquoi, tourner la tête vers la pierre, comme pour lui dire au revoir et, un jour, elle dut paraître si triste de mon départ qu'il me fallut revenir sur mes pas et m'asseoir de nouveau... La chienne revint se camper devant moi et me regarda; je sais maintenant qu'elle avait le regard des confesseurs, scrutateur et froid, comme l'est, paraît-il, le regard des lynx. Un frisson parcourut tout mon corps; on aurait dit qu'un courant voulait me sortir par les bras. Ma cigarette s'était éteinte; le fusil à un coup se laissait caresser, lentement, entre mes jambes. La chienne me regardait toujours de ses yeux fixes, comme si elle ne m'avait jamais vu, comme si d'un moment à l'autre elle allait m'accuser; son regard me brûlait le sang dans les veines et je voyais venir le moment où je devrais m'avouer vaincu; il faisait chaud, une chaleur épouvantable, et mes yeux se fermaient, dominés par le regard, perçant comme un clou, de l'animal...

Je pris le fusil et tirai; je rechargeai et tirai une seconde fois. La chienne avait un sang noir et visqueux, qui s'étendait peu à peu sur la terre.

Traduit par JEAN VIET.
© Éditions du Seuil, 1948 (Méditerranée).

DOMAINE FRANÇAIS

Paul Valéry (1871-1945)
*La Crise de l'esprit**
(1919)

Nous autres, civilisations, nous savons maintenant que nous sommes mortelles.

Nous avions entendu parler de mondes disparus tout entiers, d'empires coulés à pic avec tous leurs hommes et tous leurs engins; descendus au fond inexplorable des siècles avec leurs dieux et leurs lois, leurs académies et leurs sciences pures et appliquées, avec leurs grammaires, leurs dictionnaires, leurs classiques, leurs romantiques et leurs symbolistes, leurs critiques et les critiques de leurs critiques. Nous savions bien que toute la terre apparente est faite de cendres, que la cendre signifie quelque chose. Nous apercevions à travers l'épaisseur de l'histoire, les fantômes d'immenses navires qui furent chargés de richesse et d'esprit. Nous ne pouvions pas les compter. Mais ces naufrages, après tout, n'étaient pas notre affaire.

Élam, Ninive, Babylone étaient de beaux noms vagues, et la ruine totale de ces mondes avait aussi peu de signification pour nous que leur existence même. Mais *France, Angleterre, Russie...* ce seraient aussi de beaux noms. *Lusitania* aussi est un beau nom. Et nous voyons maintenant que l'abîme de l'histoire est assez grand pour tout le monde. Nous sentons qu'une civilisation a la même fragilité qu'une vie. Les circonstances qui enverraient les œuvres de Keats et celles de Baude-

---

* L'histoire «le produit le plus dangereux que la chimie de l'intellect ait élaboré», dira Valéry. Cela ne l'empêche pas, au lendemain de la Grande Guerre, de tenter de tirer les leçons du massacre.

laire rejoindre les œuvres de Ménandre ne sont plus du tout inconcevables : elles sont dans les journaux.

Ce n'est pas tout. La brûlante leçon est plus complète encore. Il n'a pas suffi à notre génération d'apprendre par sa propre expérience comment les plus belles choses et les plus antiques, et les plus formidables et les mieux ordonnées sont périssables par *accident*; elle a vu, dans l'ordre de la pensée, du sens commun, et du sentiment, se produire des phénomènes extraordinaires, des réalisations brusques de paradoxes, des déceptions brutales de l'évidence.

Je n'en citerai qu'un exemple : les grandes vertus des peuples allemands ont engendré plus de maux que l'oisiveté jamais n'a créé de vices. Nous avons vu, de nos yeux vu, le travail consciencieux, l'instruction la plus solide, la discipline et l'application les plus sérieuses, adaptés à d'épouvantables desseins.

Tant d'horreurs n'auraient pas été possibles sans tant de vertus. Il a fallu, sans doute, beaucoup de science pour tuer tant d'hommes, dissiper tant de biens, anéantir tant de villes en si peu de temps ; mais il a fallu non moins de *qualités morales*. Savoir et Devoir, vous êtes donc suspects ?

Ainsi la Persépolis spirituelle n'est pas moins ravagée que la Suse matérielle. Tout ne s'est pas perdu, mais tout s'est senti périr.

Un frisson extraordinaire a couru la moelle de l'Europe. Elle a senti, par tous ses noyaux pensants, qu'elle ne se reconnaissait plus, qu'elle cessait de se ressembler, qu'elle allait perdre conscience — une conscience acquise par des siècles de malheurs supportables, par des milliers d'hommes du premier ordre, par des chances géographiques, ethniques, historiques, innombrables.

© Éditions Gallimard, 1919, première lettre.

CHARLES-FERDINAND RAMUZ
(1878-1947)

Chant du Rhône*
(1920)

Je regarde tout le temps le Rhône.
   Ici à présent est son berceau : je regarde bouger le berceau, avec ses rives en bordure.
   La savoyarde, la vaudoise.
   Je regarde bouger le berceau entre les deux rives rejointes du bout qui donnent au berceau sa forme, et inégalement elles sont mises en vis-à-vis.
   L'ouvrage n'est pas tellement régulier qu'il ennuie, le bon ouvrier n'ennuie pas, le bon ouvrier ne fait pas trop égal, le bon ouvrier s'amuse à des différences.
   La savoyarde, la vaudoise.
   Tu ne peux pas te plaindre de l'Ouvrier, ni te plaindre de son ouvrage, n'est-ce pas ? ô toi qui es là, et déjà tu remplis la couche que tes parents t'ont préparée, cette Savoie et ce Pays de Vaud, maintenant que tu es couché, ô Rhône, la Savoie à ta gauche, le Pays de Vaud à ta droite, celle-là poussant du pied le berceau qui penche vers nous, et nous du pied le repoussant, qui penche à nouveau de l'autre côté.
   La Savoie à ta gauche, le Pays de Vaud à ta droite, tu as un temps à tes côtés, ici, quelque chose comme tes parrain et marraine, et soucieux de toi ils te bercent en mesure quand, en effet, par les beaux jours, on voit cette surface s'incliner toute dans un sens, puis s'incliner dans l'autre sens.

---

* Dans ses poèmes en prose, Ramuz cherche à atteindre la vérité des choses à travers un foisonnement d'images et d'impressions sensibles.

Pays doux et grands, pays bien de toi, et dignes de toi.

De l'autre côté de l'eau, sous la montagne, ils ont la châtaigne et les treilles; on les voit qui jouent aux boules devant des petits cafés. Ils ont des pantalons de velours, ils ont des ceintures de flanelle rouge, ils portent des bérets de feutre. Ils ont des carrières de marbre noir qu'ils font sauter à la cheddite (alors vite ils vont se cacher, il n'y a plus rien, il y a un temps où tout est désert, où tout fait silence, c'est quand la mèche est en train de brûler); ils ont des bateaux de pêcheurs, ils ont des filets fins comme s'ils étaient faits avec des cheveux de femme, ils ont des grands filets moins fins; ils allument des lanternes à des bouées dessus; ils ont leurs grandes barques à pierres, ils ont leurs belles grandes barques noires à pierres, et l'œil qui est devant, une fois qu'elles sont chargées, tout à coup se tourne vers nous sous les voiles qui retentissent, puis se gonflent en s'entrecroisant; la Savoie là-bas, leurs treilles, leurs carrières, leurs forêts de châtaigniers, leurs villages à noms de saints : Saint-Gingolph, Meillerie, Évian, Saint-Paul, Thonon, Nernier, Yvoire; mais à présent faisons le tour, et c'est nos villages à nous, avec des noms de saints aussi : Nyon, Rolle, Saint-Prex, Morges, Saint-Sulpice, Lausanne, Cully (ma ville) (et ici je me tiens, étant au centre pour mieux voir), Saint-Saphorin, Vevey, Clarens, Villeneuve.

Cette double rive par les bouts se joint, formant l'ovale du berceau, et c'est une seule rive.

Le parrain et la marraine aux deux bouts du berceau se tiennent par la main.

Nous aussi, nous avons nos treilles et nos ceps, nous aussi nos carrières; il y a une parenté dans la production, parce qu'il y a une parenté de cœur et de sang.

Ici, où je me tiens, face à leur port et à leurs carrières, je dis ces choses dans leur langue et presque avec l'accent qu'ils ont.

Langue d'oc, langue d'oc, tu restes fidèle à ce cours, et un chapelet de patois est le long de ce cours égrené, avec des grains de même bois, quoique de nuances un peu différentes, et ici est notre nuance.

Ici où la côte se dresse d'un coup, dans les vignes au-dessus de moi ils sont occupés à cueillir ; ils pendent au-dessus de moi parmi les murs avec leurs hottes ; et je tâche à cueillir aussi.

Ils penchent sous le poids des hottes en pleine hauteur du ciel, le mont debout dedans, et eux pendus au mont et moi au-dessous d'eux ; et ici je me tiens dans ce Lavaux à moi, et près de ce Cully, ma ville, sous cette construction de pierre qu'est le mont, sous ces étages sculptés en murs, et je parle aussi cette langue pour des choses que je voudrais dire. Parlant ta langue, ô Rhône, pour te dire, disant les hommes, disant les choses, disant les productions.

C'est à présent les hommes forts de chez nous, avec leurs moustaches humides.

Ils montent leurs escaliers : « Salut, ça va-t-il ? » « Ça ne va pas trop mal, et toi ? » Ils se parlent de mur à mur, du haut d'un mur au mur d'en bas, ils portent le fumier sur leur dos, ils portent la terre sur leur dos ; ils viennent, ils peignent avec un pinceau, et c'est tout leur pays qu'ils peignent, quand ils s'avancent entre les ceps avec le pulvérisateur : les feuilles et le bois, les échalas, les murs, eux-mêmes pour finir, faisant changer tout le pays et se faisant changer eux-mêmes.

© Librairie F. Rouge et Cie, Lausanne, 1920 (D. R.).

JEAN GIRAUDOUX (1882-1944)

*Siegfried et le Limousin**
(1922)

— Je ne sais si je hais tous les Français, dit Eva, perfectionnant l'exemple classique de la litote : je hais la France. Tous les soirs, je fais réciter à mes petites cousines la prière contre la France, que répandent nos ligues.

— Récitez, lui dis-je. On gagne des indulgences à toute heure.

Elle récita :

« Sainte Marie, Mère de Dieu, délivrez le monde de la race horrible des Français. Vous qui êtes pleine de grâces, vous qu'écoute le Seigneur, faites des lieux où ils prétendent vous vénérer, Lourdes et autres, des lieux de catastrophe et de ruine. Vous qui n'avez pas intercédé pour les Mèdes assassins, les honteux Carthaginois, laissez le Christ vengeur répandre sur eux son soufre et sa poix. Priez pour nous, pauvres pécheurs, qui allons reprendre nos armes pour chasser les nègres du Rhin, les Annamites du Neckar, les Marocains de la Moselle, et, comme aux merveilleuses Vêpres siciliennes, massacrer les Français dans leurs culottes rouges, battre d'orties les Françaises enduites de leurs fards, et disperser leur engeance avec celle des Serbes et des honteux Roumains. Dites à sainte Catherine de laisser flamber leurs demeures. Dites à sainte Barbe de laisser exploser leurs mines. Que les cent mille bœufs

---

* Siegfried, journaliste allemand au style polémique féroce, ne serait-il pas l'écrivain français Forestier, porté disparu pendant la guerre, peut-être amnésique ? Jean, le narrateur, essaie d'en convaincre Eva, égérie du très nationaliste Zelten.

livrés par nous empestent leurs troupeaux. Que les cent mille wagons livrés par nous soient dans leurs attelages de trains les coursiers noirs. Ainsi soit-il... » Voilà ! Il n'est pas un enfant bien né en Bavière qui ne récite cette invocation sur sa petite descente de lit alors que monte la lune derrière les vitraux.

Elle réfléchit :

— Que font les petits Français à pareille heure ?

— Ils disent aussi leur oraison. Vous voulez la connaître ?

Je récitai :

« Saint Gabriel, nous te rendons ton glaive qui a vaincu le petit Hindenburg. Saint Michel, nous te rendons ton bouclier qui a terrassé le petit Ludendorff. Saint Raphaël, nous te rendons ton casque auquel s'est brisé le casque du petit Guillaume. Quand le temps sera venu de pardonner aux petits Allemands qui ont détruit 789 000 de nos maisons, convenons d'un petit signe qui sera un petit enfant bavarois offrant de lui-même 10 petits pfennig à la France ; quand le temps sera venu de pardonner aux petits Allemands qui ont déporté nos sœurs, qui ont rasé nos cerisiers et nos pommiers, qui ont dévasté 3 337 000 de nos hectares, convenons d'un petit signe qui sera une petite fille hessoise refusant de dire le soir sa petite prière homicide, car, Archanges, en nous donnant la victoire, vous nous avez enlevé le droit de haïr. »

© Éditions Bernard Grasset, 1922.

ANDRÉ BRETON (1896-1966)

*Clair de terre**
(1923)

Je passe le soir dans une rue déserte du quartier des Grands-Augustins quand mon attention est arrêtée par un écriteau au-dessus de la porte d'une maison. Cet écriteau c'est : « ABRI » ou « À LOUER », en tout cas quelque chose qui n'a plus cours. Intrigué, j'entre et je m'enfonce dans un couloir extrêmement sombre.

Un personnage, qui fait dans la suite du rêve figure de génie, vient à ma rencontre et me guide à travers un escalier que nous descendons tous deux et qui est très long.

Ce personnage, je l'ai déjà vu. C'est un homme qui s'est occupé autrefois de me trouver une situation.

Aux murs de l'escalier je remarque un certain nombre de reliefs bizarres, que je suis amené à examiner de près, mon guide ne m'adressant pas la parole.

Il s'agit de moulages en plâtre, plus exactement : de moulages de moustaches considérablement grossies.

Voici, entre autres, les moustaches de Baudelaire, de Germain Nouveau et de Barbey d'Aurevilly.

Le génie me quitte sur la dernière marche et je me trouve dans une sorte de vaste hall divisé en trois parties.

Dans la première salle, de beaucoup la plus petite,

---

* Peu avant le *Premier Manifeste du surréalisme*, Breton explore déjà les ressources poétiques de l'inconscient. Le surréalisme est certainement le mouvement littéraire le plus clairement inspiré par le freudisme et la psychanalyse. Pour Breton, les récits de rêves, oraux ou rédigés, concourent, avec la pratique de l'écriture automatique, à libérer la rhétorique de l'inconscient. Ce passage est le début du texte intitulé « Cinq rêves ».

où pénètre seulement le jour d'un soupirail incompréhensible, un jeune homme est assis à une table et compose des poèmes. Tout autour de lui, sur la table et par terre, sont répandus à profusion des manuscrits extrêmement sales.

Ce jeune homme ne m'est pas inconnu, c'est M. Georges Gabory.

La pièce voisine, elle aussi plus que sommairement meublée, est un peu mieux éclairée, quoique d'une façon tout à fait insuffisante.

Dans la même attitude que le premier personnage, mais m'inspirant, par contre, une sympathie réelle, je distingue M. Pierre Reverdy.

Ni l'un ni l'autre n'a paru me voir, et c'est seulement après m'être arrêté tristement derrière eux que je pénètre dans la troisième pièce.

Celle-ci est de beaucoup la plus grande, et les objets s'y trouvent un peu mieux en valeur : un fauteuil inoccupé devant la table paraît m'être destiné ; je prends place devant le papier immaculé.

J'obéis à la suggestion et me mets en devoir de composer des poèmes. Mais, tout en m'abandonnant à la spontanéité la plus grande, je n'arrive à écrire sur le premier feuillet que ces mots : La lumière...

Celui-ci aussitôt déchiré, sur le second feuillet : La lumière... et sur le troisième feuillet : La lumière...

© Éditions Gallimard, 1923.

Louis Farigoule, *dit* Jules Romains
(1885-1972)

*Les Hommes de bonne volonté**
(1923-1946)

Sur la chaussée, peu encombrée par les voitures, passait de temps en temps un petit cortège de jeunes gens avec un drapeau. Ils chantaient, fort mal, *la Marseillaise*, *le Chant du départ* qu'ils lâchaient aux premières mesures. Ils criaient : « Vive la France ! Vive l'Armée ! » Parfois, mais rarement : « À bas l'Autriche ! » ou « Vive la Serbie ! » Quand ils rencontraient un soldat permissionnaire, ils lui faisaient une ovation. Ce n'était pas très grave ; mais c'était sans précédent. Aux terrasses des cafés, les gens applaudissaient au passage de ces petits cortèges, se levaient de leur place, poussaient eux-mêmes quelques cris. Mais surtout, ils parlaient entre eux sans se connaître. Ils « fraternisaient ». Devant les nouvelles du *Matin*, une certaine quantité de foule stationnait. Des portraits de Joffre et d'autres généraux étaient affichés. À cet endroit, les gens vociféraient peu, mais ils commentaient les dépêches, par petits groupes, et toujours dans le même esprit qui, pour Gurau, signifiait — quels que fussent les mots — le franchissement d'une crête, le passage d'un versant à l'autre ; du versant où l'on se dit : « Pourvu que ça n'arrive pas ! » au versant où l'on

---

* Cette fresque romanesque couvre tout le début du siècle, de 1903 à 1933. Événements historiques et fictifs y sont étroitement imbriqués. Ici, l'archiduc Rodolphe vient d'être assassiné à Sarajevo. L'Autriche et la Serbie échangent des propos acerbes... Nous sommes en juillet 1914. Le passage reproduit ici est extrait du livre XIV, « Le drapeau noir », chap. XXVI, « Entrée dans l'Histoire ».

déclare crânement à ses voisins : « Ah ! ils veulent que ça arrive ! Les salauds ! Eh bien, ils vont voir ! » Gurau dut aller jusqu'un peu au-delà de l'immeuble du *Matin* pour trouver, sur le trottoir de droite, un petit groupe d'hommes en casquette — une douzaine au plus — qui, au passage d'un cortège patriotique, crièrent : « À bas la guerre ! » non sans timidité, et en y ajoutant aussitôt un « Vive la Sociale ! » qui avait le tort de les isoler automatiquement du reste de la foule, et de faire apparaître leur manifestation comme un accident spécial, tout de suite catalogué et non contagieux.

« Et Jaurès qui s'imagine encore avoir le peuple de France derrière lui ! (Mais se l'imagine-t-il ?) Qu'il essaye de venir parler sur ce boulevard ! Même les électeurs de son Parti, mêlés à la foule, feront semblant de ne pas le reconnaître, de ne pas comprendre où il veut en venir, détourneront la tête, auront l'air de dire à leurs voisins : "Ne faites pas attention. Il est comme ça. Ce sont ses idées." Un reniement de saint Pierre pullulant à perte de vue. »

Il se développait pour Gurau une expérience encore plus troublante. Il se sentait pris lui-même par la griserie de cette atmosphère, par sa douceur fiévreuse, par l'extraordinaire facilité de tout. C'était bien simple : il suffisait de ne plus résister. Il suffisait de dire : oui. Il suffisait de remplacer la prévision laborieuse des événements, les tâtonnements exténuants du calcul, par une acceptation les yeux fermés de l'avenir sur votre visage, soufflant comme le souffle de feu du désert, vous enivrant, vous caressant de sa brûlure, chargé de baisers, de mirages, de fantômes. Quel repos, de ne plus ramer contre le destin ! Quelle excitation, de rêver confusément à tant de choses inouïes que le destin va vous jeter par brassées, en récompense de votre acceptation ! Choses terribles, choses cruelles, choses glorieuses, choses intenses ; oui, très intenses ; intenses à vous faire claquer les nerfs. Ah ! on allait se sentir vivre. Plus question, une seconde, de s'ennuyer. L'Ennui ? En arrière, l'Ennui ! En arrière, l'époque de l'Ennui ; le temps de la Paix sans Histoire. Voici que commence l'Histoire. On sort de la zone d'ombre pour mettre le pied dans l'Histoire ; et l'on s'aperçoit tout à coup que l'Histoire, c'est un sol blanc, éblouissant, torride, une espèce de plage dorée, dévorée de soleil, qui vous rôtit un peu la plante des pieds, mais qui vous fait marcher dans la splendeur, dans l'ardeur ; qui fume autour de vous comme un triomphe. Qu'est-ce que la joie d'assister à un grand incendie, avec les arrivées de pompiers, les échelles, les lances, les écroulements de murs dans les flammes ; qu'est-ce qu'un grand accident de voitures avec des morts et des blessés — une pauvre fois par hasard ! — à côté de ce qui va se produire de formidable quotidiennement ! Pas étonnant que les gens dont on voit les images dans les livres d'histoire aient cet air excité, heureux. L'Histoire, déjà si intéressante à s'entendre raconter, c'est donc si bon que cela à vivre ? Alors, il fallait le dire ! Et d'un accès si commode ? Il n'y a que ce seuil-là à franchir, vraiment imperceptible, où le pied se met tout seul ? Alors il ne fallait pas faire tant d'histoires avant de nous jeter dans l'Histoire !

© Flammarion, 1946.

MARCEL PROUST (1871-1922)

*Albertine disparue**
(1925)

Et pour aller chercher maman qui avait quitté la fenêtre, j'avais bien en laissant la chaleur du plein air cette sensation de fraîcheur jadis éprouvée à Combray quand je montais dans ma chambre ; mais à Venise c'était un courant d'air marin qui l'entretenait, non plus dans un petit escalier de bois aux marches rapprochées, mais sur les nobles surfaces de degrés de marbre éclaboussées à tout moment d'un éclair de soleil glauque, et qui à l'utile leçon de Chardin, reçue autrefois, ajoutaient celle de Véronèse. Et puisque à Venise ce sont des œuvres d'art, les choses magnifiques, qui sont chargées de nous donner les impressions familières de la vie, c'est esquiver le caractère de cette ville, sous prétexte que la Venise de certains peintre est froidement esthétique dans sa partie la plus célèbre (exceptons les superbes études de Maxime Dethomas) qu'en représenter seulement les aspects misérables, là où ce qui fait sa splendeur s'efface, et pour rendre Venise plus intime et plus vraie, de lui donner de la ressemblance avec Aubervilliers. Ce fut le tort de très grands artistes, par une réaction bien naturelle contre la Venise factice des mauvais peintres, de s'être attachés

---

* Dans ce passage extrait du chapitre III, le narrateur est à Venise avec sa mère, après sa rupture avec Albertine. La ville attirait alors beaucoup de monde, et de toute l'Europe. Thomas Mann y avait déjà situé son roman *La Mort à Venise* en 1912. Le narrateur assimile Venise et le Combray de son enfance, en tire une sensation de bonheur — qu'il retrouvera lorsque, plus tard, par un effet de mémoire involontaire (*Le Temps retrouvé*), il revivra en un instant toute cette période de sa vie.

uniquement à la Venise, qu'ils trouvèrent plus réaliste, des humbles campi, des petits rii abandonnés. C'était elle que j'explorais souvent l'après-midi, si je ne sortais pas avec ma mère. J'y trouvais plus facilement en effet de ces femmes du peuple, les allumettières, les enfileuses de perles, les travailleuses du verre ou de la dentelle, les petites ouvrières aux grands châles noirs à franges que rien ne m'empêchait d'aimer, parce que j'avais en grande partie oublié Albertine, et qui me semblaient plus désirables que d'autres, parce que je me la rappelais encore un peu. Qui aurait pu me dire exactement d'ailleurs dans cette recherche passionnée que je faisais des Vénitiennes, ce qu'il y avait d'elles-mêmes, d'Albertine, de mon ancien désir de jadis du voyage à Venise ? Notre moindre désir, bien qu'unique comme un accord, admet en lui les notes fondamentales sur lesquelles toute notre vie est construite. Et parfois si nous supprimions l'une d'elles, que nous n'entendons pas pourtant, dont nous n'avons pas conscience, qui ne se rattache en rien à l'objet que nous poursuivons, nous verrions pourtant tout notre désir de cet objet s'évanouir. Il y avait beaucoup de choses que je ne cherchais pas à dégager dans l'émoi que j'avais à courir à la recherche des Vénitiennes. Ma gondole suivait les petits canaux ; comme la main mystérieuse d'un génie qui m'aurait conduit dans les détours de cette ville d'Orient, ils semblaient, au fur et à mesure que j'avançais, me pratiquer un chemin, creusé en plein cœur d'un quartier qu'ils divisaient en écartant à peine, d'un mince sillon arbitrairement tracé, les hautes maisons aux petites fenêtres mauresques ; et comme si le guide magique eût tenu une bougie entre ses doigts et m'eût éclairé au passage, ils faisaient briller devant eux un rayon de soleil à qui ils frayaient sa route.

© Éditions Gallimard, 1925.

Pierre Drieu la Rochelle
(1893-1945)

Les Derniers Jours*
(1927)

LE CAPITALISME, LE COMMUNISME ET L'ESPRIT

Tout est foutu. Tout ? Tout un monde, toutes les vieilles civilisations — celles d'Europe en même temps que celles d'Asie. Tout le passé qui a été magnifique s'en va à l'eau, corps et âme.

Il n'y a pas à essayer de sauver le système des valeurs connues et appréciées par les hommes jusqu'à ce jour. On peut songer à conserver ce qui est encore vivant, on ne conserve pas ce qui est mort. On ne peut recruter la jeunesse pour une entreprise de pompes funèbres. Toutes les valeurs qui provoquaient, hier encore, l'amour des hommes ne sont pas mortes seulement dans leur forme présente, mais elles ont été frappées dans leur essence. L'humanité va vers des révolutions qui ne modifieront pas seulement son appareil politique et économique, mais qui renouvelleront sa structure mentale. Si on ne se risque pas dans cette hypothèse préalable, impossible d'assimiler les rudiments qui sont posés ici. La civilisation morte ne sera pas remplacée par une autre civilisation, mais l'effort

---

* « Nous voulons sortir du cercle fatal de l'après-guerre, lâcher une Europe qui rôde encore autour de son vomissement, une France qui, pendant plusieurs années, a pu se nourrir d'un seul sentiment : la peur. » Drieu et Emmanuel Berl présentent ainsi *Les Derniers Jours*, cahier politique et littéraire d'une « génération perdue ».

de l'homme dès aujourd'hui esquisse une création si imprévisible, si étrange qu'elle méritera d'être appelée d'un autre nom que de celui de civilisation qui est flétri.

Ceux qui défendent les vieilles valeurs n'ont point de force de réflexion. Intéressés ou désintéressés, ce sont des faibles. Je ne vais pas du côté des faibles. Les quelques hommes qui s'efforcent, avec une grande contention de cœur et d'esprit, d'évoquer les traits défaits d'un ancien idéal d'Occident ou d'Orient sont des vieilles dames qui font tourner les tables, elles essaient en vain de nous divertir par leurs pratiques superstitieuses de la seule réalité d'aujourd'hui qui est destruction. On ne sent la force et la beauté de nos jours que dans ce qui détruit et qui est atroce.

Il n'y a plus de Dieu, plus d'aristocratie, plus de bourgeoisie, plus de propriété, plus de patrie ; mais il ne nous est pas né non plus de prolétariat. Je vous forcerai à l'avouer, à droite et à gauche : chacun le sait dans son cœur. Il n'y a plus que des hommes qui seront forcés de créer autre chose pour ne pas mourir.

Sur toute la planète, dans toutes les races, le pacte d'alliance est brisé. Personne n'a plus la foi. Bourgeoisies et prolétariats sont noyés dans le suprême remous de l'argent. Mais sous ce remous, un système précis, rapide se déploie et s'impose. Il faut se résigner à passer par son engrenage — où ce qui s'annonce comme devant dominer le matérialisme n'apparaît encore que comme un esprit d'organisation cruellement sec — pour trouver plus loin la lumière.

Je ne nous vois pas dans un chaos ; je peux réaliser ma force en articulant des problèmes et je choisis comme signe de ralliement immédiat l'intérêt de l'Europe qui est mon lieu.

Les Derniers Jours, cahier n° 1, 1er février 1927, © Éditions Gallimard.

Valery Larbaud (1881-1957)

*Jaune, bleu, blanc**
(1928)

Et en nous le rêve, l'utopie du Parisien accompli que nous voulions être, le Parisien supérieur à celui des générations précédentes et qui étonnerait les générations suivantes ; le Parisien dont l'horizon s'étend bien au-delà de sa ville ; qui connaît le monde et sa diversité, qui connaît tout au moins son continent, les îles voisines et l'autre continent annexé par la race blanche ; qui ne se contente pas d'être de Paris mais, en disciple d'Alcibiade, est Londonien à Londres, Romain dans Rome, Porteño à Buenos Aires. L'homme par les mains de qui passe tout l'or spirituel du monde... Et tout cela pour la plus grande gloire de Paris, pour que rien ne soit étranger à Paris, pour que Paris soit en contact permanent avec toute l'activité du monde, et conscient de ce contact, et qu'il devienne ainsi la capitale — au-dessus de toutes les politiques « locales », sentimentales ou économiques — d'une sorte d'Internationale intellectuelle. Laissons les porteurs de chaises, dans la rue, se quereller sur les mérites des nobles maisons qu'ils servent : pendant ce temps les vrais patrons (philosophes, savants, artistes : Oh ! être de leur nombre !), les maîtres du lendemain, fraternisent en un nouveau banquet où se prépare l'amélioration du monde... Il y avait eu quelque chose comme cela au XVIIIe siècle, mais tout avait sombré dans l'absurde et inexplicable

---

* Cet essai est une promenade, une flânerie à travers toute l'Europe. Moins anthropologue que sensitif, Larbaud part de Paris et finit par y revenir, enrichi de son expérience européenne.

éveil des nationalités, qui avait été quelque chose comme l'avènement des porte-chaise singeant et continuant la politique des rois, travaillant pour des dynasties éteintes. Eh bien ! cette tradition des Encyclopédistes, des Humanistes et, peut-être, des philosophes de la République chrétienne, notre Parisien idéal la reprendrait, sans fracas, simplement modestement, s'assimilant tout pour en abstraire la quintessence ; et un jour, peut-être, ce prestige serait le sien, qui faisait dire par un Crétois contemporain de Platon à un citoyen de l'Attique : « Ô étranger athénien ! car je ne veux pas t'appeler habitant de l'Attique et c'est le nom même de la Déesse que tu mérites puisque tu remontes toujours aux premiers principes... » (Dommage qu'on ne puisse pas jouer sur le nom de Paris comme sur celui d'Athènes.)

© Éditions Gallimard, 1927.

HENRI MICHAUX (1899-1984)

Mes Propriétés*
(1929)

L'AVENIR

Quand les mah.
Quand les mah.
Les marécages,
Les malédictions
Quand les mahahahahas,
Les mahahaborras,
Les mahahamaladihahas,
Les matratrimatratrihahas,
Les hondregordegarderies,
Les honcucarachoncus,
Les hordanaploplais de puru para puru,
Les immoncephales glosses,
Les poids, les pestes, les putréfactions,
Les nécroses, les carnages, les engloutissements,
Les visqueux, les éteints, les infects,
Quand le miel devenu pierreux,
Les banquises perdant du sang,
Les Juifs affolés rachetant le Christ précipitamment,
l'Acropole, les casernes changées en choux.
Les regards en chauves-souris, ou bien en barbelés, en
   boîte à clous.
De nouvelles mains en raz de marée.
D'autres vertèbres faites de moulins à vent.

---

* Michaux, qui est toujours resté en marge du surréalisme, épris d'expériences hautement individuelles, évoque ici un monde glauque où l'on pourrait lire l'enfance du langage, et du monde, et son histoire.

Le jus de la joie se changeant en brûlure.
Les caresses en ravages lancinants, les organes du corps les mieux unis en duels au sabre.
Le sable à la caresse rousse se retournant en plomb sur tous les amateurs de plage.
Les langues tièdes, promeneuses passionnées se changeant soit en couteaux, soit en durs cailloux,
Le bruit exquis des rivières qui coulent se changeant en forêts de perroquets et de marteaux-pilons.
Quand l'*Épouvantable-Implacable* se débondant enfin,
Assoiera ses mille fesses infectes sur ce Monde fermé, centré, et comme pendu au clou.
Tournant, tournant sur lui-même sans jamais arriver à s'échapper,
Quand, dernier rameau de l'Être, la souffrance, pointe atroce, survivra seule, croissant en délicatesse,
De plus en plus aiguë et intolérable… et le Néant têtu tout autour qui recule comme la panique…
Oh! Malheur! Malheur!

Oh! Dernier souvenir, petite vie de chaque homme, petite vie de chaque animal, petites vies punctiformes!

Plus jamais.
Oh! Vide!
Oh! Espace! Espace non stratifié… Oh!
Espace.
Espace!

In *La Nuit venue*, © Éditions Gallimard, 1935.

LOUIS-FERDINAND CÉLINE (1894-1961)

Voyage au bout de la nuit*
(1932)

Une fois qu'on y est, on y est bien. Ils nous firent monter à cheval et puis au bout de deux mois qu'on était là-dessus, remis à pied. Peut-être à cause que ça coûtait trop cher. Enfin, un matin, le colonel cherchait sa monture, son ordonnance était parti avec, on ne savait où, dans un petit endroit sans doute où les balles passaient moins facilement qu'au milieu de la route. Car c'est là précisément qu'on avait fini par se mettre, le colonel et moi, au beau milieu de la route, moi tenant son registre où il inscrivait des ordres.

Tout au loin sur la chaussée, aussi loin qu'on pouvait voir, il y avait deux points noirs, au milieu, comme nous, mais c'était deux Allemands bien occupés à tirer depuis un bon quart d'heure.

Lui, notre colonel, savait peut-être pourquoi ces deux gens-là tiraient, les Allemands aussi peut-être qu'ils savaient, mais moi, vraiment, je savais pas. Aussi loin que je cherchais dans ma mémoire, je ne leur avais rien fait aux Allemands. J'avais toujours été bien aimable et bien poli avec eux. Je les connaissais un peu les Allemands, j'avais même été à l'école chez eux, étant petit, aux environs de Hanovre. J'avais parlé leur langue. C'était alors une masse de petits crétins gueulards avec des yeux pâles et furtifs comme ceux des loups; on allait toucher ensemble les filles après l'école dans les bois d'alentour, et on tirait aussi à l'arbalète et au pistolet qu'on achetait même quatre marks. On

* Voici la première page du roman de Céline, qui nous plonge au cœur de la Première Guerre mondiale.

buvait de la bière sucrée. Mais de là à nous tirer maintenant dans le coffret, sans même venir nous parler d'abord et en plein milieu de la route, il y avait de la marge et même un abîme. Trop de différence.

La guerre en somme c'était tout ce qu'on ne comprenait pas. Ça ne pouvait pas continuer.

Il s'était donc passé dans ces gens-là quelque chose d'extraordinaire? Que je ne ressentais, moi, pas du tout. J'avais pas dû m'en apercevoir...

Mes sentiments toujours n'avaient pas changé à leur égard. J'avais comme envie malgré tout d'essayer de comprendre leur brutalité, mais plus encore j'avais envie de m'en aller, énormément, absolument, tellement tout cela m'apparaissait soudain comme l'effet d'une formidable erreur.

« Dans une histoire pareille, il n'y a rien à faire, il n'y a qu'à foutre le camp », que je me disais, après tout...

Au-dessus de nos têtes, à deux millimètres, à un millimètre peut-être des tempes, venaient vibrer l'un derrière l'autre ces longs fils d'acier tentants que tracent les balles qui veulent vous tuer, dans l'air chaud d'été.

Jamais je ne m'étais senti aussi inutile parmi toutes ces balles et les lumières de ce soleil. Une immense, universelle moquerie.

© Éditions Gallimard, 1952.

Louis Aragon (1897-1982)

*Les Beaux Quartiers**
(1936)

« Messieurs, il y a un mois environ, est mort à Rome un homme dont l'exemple est à méditer. Exemple cher à nos cœurs, puisque, à l'heure amère de la défaite, au lendemain de Sedan, John Pierpont Morgan et son père prêtaient à notre pays les deux cent cinquante millions qui permirent le redressement français. Mais ce n'est pas en cela que cet exemple aujourd'hui nous est surtout précieux. John Pierpont Morgan est l'homme qui a compris, et cela dès les années soixante, que la libre concurrence, ce stimulant ancien des affaires, avait fait son temps et que, à l'anarchie de surenchère qui amenait catastrophe sur catastrophe dans l'industrie, il fallait enfin substituer des alliances entre les puissances productrices pour dominer le marché, en régler les fluctuations, ouvrir au génie humain les grandes perspectives paisibles du monde moderne. Le nom de John Pierpont Morgan est indissolublement lié à la création de ces trusts qui ont porté l'industrie américaine à cet état de perfection et de concentration, lequel est le grand fait des cinquante dernières années de la pensée humaine. Et je me hâte de dire que les critiques qui sont faites à ce système des cartels et que nous entendons ressasser par une presse à court de copie partent le plus souvent d'esprits qu'il faut bien qualifier de réactionnaires, même lorsqu'ils se rangent parmi les socialistes décidés.

* Dehors, c'est le Front populaire. Aragon, qui recevra pour ce roman le prix Renaudot, présente à sa manière, du plus profond de son militantisme, les raisonnements des « deux cents familles » qui imposent au pays les raisons du grand capital…

« À l'heure où nous sommes, ce qui nous manque dans l'industrie de la voiture de place, et d'ailleurs dans toute l'industrie, c'est une audace à la Morgan, une invention de cette taille qui, bouleversant les rapports économiques de notre temps, déconcerte pour une longue période les machinations des saboteurs de l'industrie. Aujourd'hui, la cause des cartels est gagnée : la concurrence anarchique dans la complexité des intérêts combinés ne peut plus redevenir un danger sérieux. Plus nous irons et plus les affaires seront entre les mains de bureaux restreints, plus elles convergeront leurs efforts entre les mains d'hommes de moins en moins nombreux, de telle sorte qu'au bout du compte on peut imaginer voir disparaître, et c'est souhaitable, tout le désordre qui nous empêche encore de réaliser les vues géniales d'un Pierpont Morgan. Aujourd'hui, le danger est autre.

« S'il ne vient plus de nos dissensions, il vient de notre incapacité à sortir des conditions qui nous sont faites à tous par les forces négatives du monde où nous vivons : le travailleur qui ne voit pas plus loin que la paye du samedi, l'État qui ne voit pas plus loin que l'équilibre momentané de son budget. L'un et l'autre, je le disais, cherchent à nous asservir par la loi. Ce qu'il faut comprendre aujourd'hui, messieurs, c'est que, de même que, dès 1860, la grande industrie a dû abandonner le préjugé de la libre concurrence qui avait été son mot d'ordre, de même, en 1913, nous devons abandonner le préjugé de la légalité considérée comme le conditionnement même des affaires. Oh, je sais ce qu'une idée semblable a de risqué, et ce qu'elle trouvera d'objections, de scrupules de votre part ! L'heure est venue où l'industrie, pour vivre, doit être placée au-dessus de la loi.

© Éditions Gallimard, 1936.

GEORGES BERNANOS (1888-1948)

*Les Grands Cimetières sous la lune** (1938)

Où que ces messieurs exerçassent leur zèle, la scène ne changeait guère. C'était le même coup discret frappé à la porte de l'appartement confortable, ou à celle de la chaumière, le même piétinement dans le jardin plein d'ombre ou sur le palier, le même chuchotement funèbre, qu'un misérable écoute de l'autre côté de la muraille, l'oreille collée à la serrure, le cœur crispé d'angoisse. — « Suivez-nous ! » — ... Les mêmes paroles à la femme affolée, les mains qui rassemblent en tremblant les hardes familières, jetées quelques heures plus tôt, et le bruit du moteur qui continue à ronfler, là-bas, dans la rue. « Ne réveillez pas les gosses, à quoi bon ? Vous me menez en prison, n'est-ce pas, *señor ? — Perfectamente* », répond le tueur, qui parfois n'a pas vingt ans. Puis c'est l'escalade du camion, où l'on retrouve deux ou trois camarades, aussi sombres, aussi résignés, le regard vague... *Hombre !* La camionnette grince, s'ébranle. Encore un moment d'espoir, aussi longtemps qu'elle n'a pas quitté la grand-route. Mais voilà déjà qu'elle ralentit, s'engage en cahotant au creux d'un chemin de terre. « Descendez. » Ils descendent, s'alignent, baisent une médaille, ou seulement l'ongle du pouce. Pan ! Pan ! Pan ! — Les cadavres sont rangés au bord du talus, où le fossoyeur les trouvera le lendemain, la tête éclatée, la nuque reposant sur un

---

* Bernanos, installé à Majorque, put voir en direct les horreurs de la répression franquiste et la compromission des autorités ecclésiastiques. Le croyant qui avait, en 1931, écrit *La Grande Peur des bien-pensants* s'attaque aux certitudes confortables de la bourgeoisie catholique.

hideux coussin de sang noir coagulé. Je dis le fossoyeur, parce qu'on a pris soin de faire ce qu'il fallait non loin d'un cimetière. L'alcade écrira sur son registre : « un tel, un tel, un tel, morts de congestion cérébrale. »

Je crois entendre une fois de plus la protestation des lecteurs bien-pensants. « Alors quoi ? toujours nous ? Il n'y a que les nôtres qui tuent ? » Je ne dis pas que ce soient les vôtres. Je vous mets en garde, de toutes mes forces, contre les politiciens, et les journalistes qui, après avoir vécu si longtemps de votre sottise, de votre timidité, de votre impuissance, chatouillent le bourgeois français entre les cuisses et lui soufflent à l'oreille qu'il est un mâle, qu'il peut faire sa Terreur tout comme un autre alors qu'ils savent parfaitement que cette Terreur, loin de libérer les bien-pensants, ne peut que lier le sort de ces malheureux à l'écume de la nation, seule capable de réaliser vraiment la Terreur, qu'elle soit de gauche ou qu'elle soit de droite. Si je croyais les gens de droite capables de conquérir le pouvoir par la force, je ne prétends pas que je les encouragerais à la guerre civile, mais les politiciens de gauche me dégoûtent depuis si longtemps que je dirais sans doute : « Eh bien, quoi ! mes enfants, à condition que vous ne vous conduisiez pas réciproquement comme des cochons, allez-y ! » Mais ni les gens de gauche ni les gens de droite ne sont en mesure de s'affronter réellement. Ils ne réussiront qu'à crever le grand collecteur et l'égout commencera de vomir sa fange jusqu'à ce que l'étranger, jugeant le niveau atteint, envoie ses égoutiers, chemises brunes ou chemises noires. Avez-vous compris, nigauds !

© Plon, 1938.

Marguerite de Crayencour, *dite* Marguerite Yourcenar
(1903-1987)

Le Coup de grâce*
(1939)

L'époque vint pourtant où je dus me faufiler à travers la frontière pour aller faire en Allemagne ma préparation militaire, sous peine de manquer à ce qu'il y avait tout de même de plus propre en moi. Je fis mon entraînement sous l'œil des sergents affaiblis par la faim et les maux de ventre, qui ne songeaient qu'à collectionner des cartes de pain, entouré de camarades dont quelques-uns étaient agréables, et qui préludaient déjà au grand chahut d'après-guerre. Deux mois de plus, et j'eusse été remplir une brèche ouverte dans nos rangs par l'artillerie alliée, et je serais peut-être à l'heure qu'il est paisiblement amalgamé à la terre française, aux vins de France, aux mûres que vont cueillir les enfants français. Mais j'arrivais juste à temps pour assister à la défaite totale de nos armées, et à la victoire ratée de ceux d'en face. Les beaux temps de l'armistice, de la révolution et de l'inflation commençaient. J'étais ruiné, bien entendu, et je partageais avec soixante millions d'hommes un manque complet d'avenir. C'était le bon âge pour mordre à l'hameçon sentimental d'une doctrine de droite ou de gauche, mais je n'ai jamais pu gober cette vermine de mots. Je vous ai dit que seuls les déterminants humains agissent sur moi, dans la

---

* Les Américains parlèrent après la guerre de « génération perdue ». C'est bien le désarroi moral de toute une jeunesse que Yourcenar met ici en scène, à travers l'itinéraire de l'un d'eux.

plus entière absence de prétextes : mes décisions ont toujours été tel visage, tel corps. La chaudière russe en voie d'éclatement répandait sur l'Europe une fumée d'idées qui passaient pour neuves ; Kratovicé abritait un état-major de l'armée rouge ; les communications entre l'Allemagne et les pays baltes devenaient précaires, et Conrad d'ailleurs appartenait au type qui n'écrit pas. Je me croyais adulte : c'était ma seule illusion de jeune homme, et en tout cas, comparé aux adolescents et à la vieille folle de Kratovicé, il va de soi que je représentais l'expérience et l'âge mûr. Je m'éveillais à un sens tout familial des responsabilités, au point d'étendre même ce souci de protection à la jeune fille et à la tante.

En dépit de ses préférences pacifistes, ma mère approuva mon engagement dans le corps de volontaires du général-baron von Wirtz qui participait à la lutte anti-bolchevique en Estonie et en Courlande. La pauvre femme avait dans ce pays des propriétés menacées par les contrecoups de la révolution bolchevique, et leurs revenus de plus en plus incertains étaient sa seule garantie contre le sort de repasseuse ou de femme de chambre d'hôtel. Ceci dit, il n'en est pas moins vrai que le communisme à l'Est et l'inflation en Allemagne venaient à point pour lui permettre de dissimuler à ses amies que nous étions ruinés bien avant que le Kaiser, la Russie, ou la France entraînassent l'Europe dans la guerre. Mieux valait passer pour la victime d'une catastrophe que pour la veuve d'un homme qui s'était laissé gruger à Paris chez les filles, et à Monte-Carlo chez les croupiers.

© Éditions Gallimard, 1939.

Isaac-Félix, *puis* André Suarès
(1868-1948)

*Vues sur l'Europe**
(1939)

CHAPITRE CI

En cent ans, de Goethe à nos jours, les seuls grands esprits, en Allemagne, qui aient eu le sens européen, ne sont pas plus de trois ou quatre : Henri Heine, Nietzsche et Rathenau. Les autres, même les plus forts et du plus dense génie, comme Wagner, n'ont été que des Allemands. L'Allemagne présente, qui est la Sparte de la haine et de l'outrage, ne sait pas qu'en assassinant Rathenau, elle s'est privée du meilleur homme qu'elle eût encore, et qui pouvait l'honorer le plus en ce temps. On rit de mépris, quand on entend les chefs de la Nazie insulter Rathenau jusque dans la tombe, et se préférer tous à lui. La seule faiblesse de Rathenau fut son humilité, le remords, le reproche qu'il se faisait de n'être pas semblable en tout au plus blond des ours blonds. Il les estimait trop pour s'estimer assez lui-même. Il a payé cher ce mérite d'une nature qui tend à la perfection et que décourage le désir même qu'il en nourrit. Ce fut son mal d'avoir vécu dans un air inhu-

---

* Le livre était déjà sous presse en 1936 lorsque Bernard Grasset décida de pilonner les exemplaires déjà tirés, pour ne pas nuire aux relations franco-allemandes... Puis dans l'édition de 1939, on demanda à l'auteur de retrancher les pages les plus virulentes de cette série de violentes attaques contre les nazis (à la même époque, Suarès notait dans ses *Carnets* : « On ne sait si on doit rire ou vomir de dégoût en regardant ces millions et millions de casquettes, toutes timbrées aux armes du charnier. »).

main : en respirant le poison qui vicie et pourrit la valeur, il a douté de sa propre humanité.

Il y a des peuples qui n'arriveront jamais, peut-être, à faire une nation, et des hommes libres. Ils sont les ennemis du genre humain, et ne le savent pas. Incapables de créer une civilisation, ils ne sont bons qu'à la détruire. Dès que l'occasion s'en présente, ils y mettent une sorte de rage joyeuse et comme un instinct de vengeance.

Les hommes libres sont rares partout. Le point d'ailleurs n'est pas que tous les hommes soient libres en esprit, mais bien qu'ils tendent à l'être et que chacun, faisant ce rêve pour soi, le fasse aussi pour autrui.

Toute paix et même tout amour à l'Allemagne, le jour où elle aura cessé d'être inhumaine. Jusque-là, il n'est pas possible de lui rien accorder : on ne peut jamais se fier à la race : ni la raison ni la conscience ne parle et ne décide en elle. On ne peut donner la main à la race sans se livrer comme une proie.

L'Europe est le haut lieu de l'homme blanc.

C'est en Europe que l'homme blanc a chargé le fardeau de la civilisation. Le gorille blond est le contraire de l'homme blanc. La Nazie se retranche volontairement de l'espèce humaine, en osant se croire au-dessus de la commune espèce.

La race de l'invasion est le cancer de l'Europe.

Que l'Allemagne renonce à la race, l'Europe guérira de son mal ; et l'Allemagne elle-même sera l'une des trois ou quatre forces essentielles au monde. Qu'elle s'y obstine, et l'Europe en mourra.

Paris et Londres font le centre exact de la planète, tant sur la carte que dans l'histoire moderne. Paris, tête de l'isthme entre les océans et les masses continentales, entre l'Occident et l'Orient ; Londres, le bras de cette tête : Paris, la pensée qui jamais n'oublie et ne méconnaît le genre humain, Londres, le commerce universel et l'action qui jamais ne se relâchent.

Il n'y aura d'Europe que si l'esprit de la France y domine. C'en est fait au contraire de l'Occident et d'une immense espérance si l'Angleterre est vaincue et si la France abdique. Le foyer de l'esprit humain mérite bien qu'on le défende.

© Éditions Bernard Grasset, 1939.

Paul Claudel (1868-1955)

*Contacts et circonstances** (1940)

La Révolution espagnole qui commence en 1931 et qui aboutit, en 1936, à une situation intolérable, dont le soulèvement civico-militaire de la plus grande partie du pays fut la conséquence, doit son caractère à trois causes conjurées :

La première est l'incapacité, le défaut de valeur morale et intellectuelle, le mépris complet de la conscience et du droit, des parlementaires qui, après la chute de la monarchie, assumèrent la direction du pays. Il y eut carence et paralysie du pouvoir. Ce fut l'anarchie d'en haut qui encouragea l'anarchie d'en bas.

La seconde cause est l'action méthodique et concer-

---

* Diplomate et chrétien fervent, Claudel se révolte au spectacle de cette Espagne de 1936 où l'on spolie l'Église, où l'on tue des prêtres. Républicain, mais dans la tradition française, épris d'ordre, comment Claudel aurait-il pu supporter cette anarchie — au moment même où Hemingway, Malraux ou Orwell s'engagent dans les Brigades internationales...

tée de la Russie soviétique. La lettre confirme à ce sujet les faits qui sont généralement connus et d'ailleurs indiscutables.

La troisième, enfin, est la force du parti anarchique qui englobait en Espagne une grande partie de la classe ouvrière et contrôlait la plupart des organisations syndicales. Encore aujourd'hui, c'est ce parti de négation pure qui donne nerf et ton à l'émeute organisée qui, depuis juillet 1936, a pris la place du Gouvernement. Le peuple espagnol est individualiste à outrance et s'il comprend le cri de révolte : « Ni Dieu, ni maître », les pédantesques théories marxistes le laissent à peu près indifférent.

Toutes ces forces de destruction se déchaînèrent avec une violence effroyable, quand l'insurrection militaire, provoquée par les abus du pouvoir les plus cyniques et les plus criminels, eut achevé de désemparer un Gouvernement malhonnête et imbécile.

On ne comprend la Révolution espagnole qui a trouvé son épanouissement en 1936 que si l'on y voit non pas une tentative de construction sociale, comme en Russie, ayant pour objet de substituer un ordre à un autre, mais une entreprise de destruction, longuement préparée et dirigée avant tout contre l'Église. Taine parle dans son livre d'une anarchie spontanée. Ici, il s'agit d'une anarchie dirigée. Il est impossible de concevoir que, sans un mot d'ordre et sans une organisation méthodique, toutes les églises *sans exception* de la zone rouge aient pu être incendiées, tous les objets religieux minutieusement recherchés et détruits, et la presque totalité des prêtres, des religieux et des religieuses massacrés avec des raffinements de cruauté inouïs et pourchassés comme des bêtes féroces. « Aucune guerre, dit la lettre, aucune invasion barbare, aucune commotion sociale dans aucun siècle, n'avait causé en Espagne ruine semblable. Il est vrai que furent employés pour cela des moyens dont on n'avait disposé en aucun temps : une organisation savante mise au service d'une terrible entreprise d'anéantissement surtout des choses de Dieu, et une technique moderne de locomotion et de destruction à la portée de tout criminel. » Mais il faut insister sur ce point que cette dévastation ne fut l'œuvre en réalité que d'une minorité consciente et frénétique. Le reste doit être mis au compte de la brute déchaînée, de ce « gorille » dont parle Taine qui sommeille en tout être humain et qui, une fois délivré de la contrainte sociale, s'affole à l'odeur du sang et du feu et ne sait plus ce qu'il fait.

En face de cette montée de sauvagerie qui n'avait cessé de s'accentuer depuis les funestes élections (d'ailleurs falsifiées) de février 1936, une réaction s'imposait et il n'y a pas lieu de s'étonner que le seul corps resté intact et sain en Espagne, c'est-à-dire l'armée, en ait pris l'initiative, immédiatement suivie par la majorité de la nation.

© Éditions Gallimard, 1940

ANDRÉ GIDE (1869-1951)

*Journal**
(1940)

23 juin.

L'armistice a été signé hier soir. Et maintenant que va-t-il se passer ?

24 juin.

Hier soir nous avons entendu avec stupeur à la radio la nouvelle allocution de Pétain. Se peut-il ? Pétain lui-même l'a-t-il prononcée ? Librement ? On soupçonne quelque ruse infâme. Comment parler de France « intacte » après la livraison à l'ennemi de plus de la moitié du pays ? Comment accorder ces paroles avec celles, si nobles, qu'il prononçait il y a trois jours ? Comment n'approuver point Churchill ? Ne pas donner de tout cœur son adhésion à la déclaration du général de Gaulle ? Ne suffit-il pas à la France d'être vaincue ? Faut-il en plus qu'elle se déshonore ? Ce manquement à la parole donnée, cette dénonciation du pacte qui la liait à l'Angleterre, est bien la plus cruelle des défaites, et ce triomphe de l'Allemagne, le plus complet, d'obtenir que la France, tout en se livrant, s'avilisse.

24 juin.

Seules les *Conversations avec Goethe* parviennent à dis-

* Toute sa vie Gide tint son journal. Il y mêle anecdotes, souvenirs personnels et réflexions sur les heurs et malheurs du temps.

traire un peu ma pensée de l'angoisse. En tout autre temps, je noterais bien des réserves ; certaines sont importantes. J'arrive aujourd'hui en date du 12 février 1792, au passage, où Goethe opposa le premier vers d'un récent poème :

Kein Wesen kann zu nichts zerfallen

au début d'une pièce de vers qu'il déclare à présent absurde et qu'il s'irrite d'avoir vu graver en lettres d'or, au-dessus de l'entrée d'une galerie d'histoire naturelle, par ses amis berlinois.

Denn alles muss zu nichts zerfallen
Wenn es im Sein beharren will,

dont l'enseignement me paraît bien plus profond et rejoindre presque celui de l'Évangile. Mais Goethe, à mesure qu'il s'approchait de la mort, s'écartait de plus en plus de l'ombre, au lieu de chercher à la traverser pour atteindre à la clarté suprême. De même il rejetait toute préoccupation métaphysique ; et son désir-besoin de *mehr Licht* se faisait de plus en plus immédiat. Ce qui n'allait point sans quelque amincissement de sa pensée. Je voudrais en parler avec Marcel. Mais quand le reverrai-je ?

Et tant de ruineuses chimères ! Nous voyons ce que cela coûte aujourd'hui. Il nous faudra payer toutes les absurdités de l'intangible traité de Versailles, les humiliations du vaincu d'alors, les vexations inutiles, qui me soulevaient le cœur en 1919, mais contre lesquelles il était vain de protester ; l'indigne abus de la victoire. C'est à présent leur tour d'abuser.

Avons-nous assez manqué de psychologie, dans ce temps où nous infatuait notre triomphe ! Comme si le plus sage n'eût pas été de tendre la main au vaincu, de l'aider à se relever, au lieu de s'ingénier à le prosterner davantage, absurdement et sans se rendre compte que, ce faisant, l'on bandait sa rancœur et raidissait ses énergies. Mais qui persuader, dès qu'il s'agit de politique, que la générosité ne soit pas toujours et forcément un sentiment de dupe ? Sans doute eût-il été chimérique de compter sur de la « reconnaissance », mais le meilleur moyen d'empêcher Hitler, c'était de ne pas lui donner raison d'être.

Du reste, les grands événements historiques sont revêtus d'un caractère de fatalité à ce point inéluctable que le grand homme qui mène le jeu me paraît bien plus créé *par* les événements que *pour* eux. Ma phrase n'est pas très claire ; mais ma pensée non plus. Je veux dire que, pour la formation de tout grand homme d'État, il faut considérer comme énorme la part des *circonstances*. Rien n'est plus différent du génie poétique. Et pourtant la parfaite éclosion d'une grande œuvre répond, elle aussi, à quelque participation du *seasonable*, à la disposition préalable du public, à son attente inconsciente.

Je viens de relire, avec une satisfaction parfois des plus vives, *La Fortune des Rougon*. Certains chapitres sont dignes de Balzac, et du meilleur.

25 juin.

Les hostilités ont pris fin cette nuit. On ose à peine s'en réjouir, songeant à ce qui nous attend.

© Éditions Gallimard, 1940.

Eugène Grindel, *dit* Paul Éluard
(1895-1952)

*Athéna**
(9 décembre 1944)

ATHÉNA

Peuple grec peuple roi peuple désespéré
Tu n'as plus rien à perdre que la liberté
Ton amour de la liberté de la justice
Et l'infini respect que tu as de toi-même

Peuple roi tu n'es pas menacé de mourir
Tu es semblable à ton amour tu es candide
Et ton corps et ton cœur ont faim d'éternité
Peuple roi tu as cru que le pain t'était dû

Et que l'on te donnait honnêtement des armes
Pour sauver ton honneur et rétablir ta loi
Peuple désespéré ne te fie qu'à tes armes
On t'en a fait la charité fais-en l'espoir

Oppose cet espoir à la lumière noire
À la mort sans pardon qui n'a plus pied chez toi
Peuple désespéré mais peuple de héros
Peuple de meurt-de-faim gourmands de leur patrie

Petit et grand à la mesure de ton temps

---

* Le 3 décembre 1944, le « dimanche rouge » marqua en Grèce le début d'une guerre civile féroce entre l'EAM, le Front de libération nationale grec, qui venait de participer à la résistance contre les Allemands, et le gouvernement installé par les Anglais, bientôt soutenu militairement par les Américains. Éluard reviendra sur ce sujet dans *Grèce, ma rose de raison*, et ne comprendra guère que Staline abandonne à leur sort, conformément aux accords de Yalta, les Partisans grecs.

Peuple grec à jamais maître de tes désirs
La chair et l'idéal de la chair conjugués
Les désirs naturels la liberté le pain

La liberté pareille à la mer au soleil
Le pain pareil aux dieux le pain qui joint les hommes
Le bien réel et lumineux plus fort que tout
Plus fort que la douleur et que nos ennemis.

© Éditions Gallimard, 1944.

Alexis Léger, *dit* Saint-John Perse
(1887-1975)

*Exil**
(1944)

« ... Syntaxe de l'éclair ! ô pur langage de l'exil ! Lointaine est l'autre rive où le message s'illumine :

« Deux fronts de femmes sous la cendre, du même pouce visités ; deux ailes de femmes aux persiennes, du même souffle suscitées...

---

* Rédigés au début de la guerre, alors que Saint-John Perse, déchu de la nationalité française par le gouvernement de Vichy, est en exil aux États-Unis, les poèmes d'*Exil* évoquent moins l'anecdote personnelle, sinon à travers des forêts de symboles, que l'éternel combat du poète pour « donner un sens plus pur aux mots de la Tribu ». « Dans un temps de dissolution, écrira Pierre Jean Jouve en 1950, au milieu des orages et des outrages divers qui tendent à détruire la beauté, l'œuvre de Saint-John Perse apparaît un rocher. »

« Dormiez-vous cette nuit, sous le grand arbre de phosphore, ô cœur d'orante par le monde, ô mère du Proscrit, quand dans les glaces de la chambre fut imprimée sa face ?

« Et toi plus prompte sous l'éclair, ô toi plus prompte à tressaillir sur l'autre rive de son âme, compagne de sa force et faiblesse de sa force, toi dont le souffle au sien fut à jamais mêlé,

« T'assiéras-tu encore sur sa couche déserte, dans le hérissement de ton âme de femme ?

« L'exil n'est point d'hier ! l'exil n'est point d'hier !... Exècre, ô femme, sous ton toit un chant d'oiseau de Barbarie...

« Tu n'écouteras point l'orage au loin multiplier la course de nos pas sans que ton cri de femme, dans la nuit, n'assaille encore sur son aire l'aigle équivoque du bonheur !... »

... Tais-toi, faiblesse, et toi, parfum d'épouse dans la nuit comme l'amande même de la nuit.

Partout errante sur les grèves, partout errante sur les mers, tais-toi, douceur, et toi présence gréée d'ailes à hauteur de ma selle.

Je reprendrai ma course de Numide, longeant la mer inaliénable... Nulle verveine aux lèvres, mais sur la langue encore, comme un sel, ce ferment du vieux monde.

Le nitre et le natron sont thèmes de l'exil. Nos pensers courent à l'action sur des pistes osseuses. L'éclair m'ouvre le lit de plus vastes desseins. L'orage en vain déplace les bornes de l'absence.

Ceux-là qui furent se croiser aux grandes Indes atlantiques, ceux-là qui flairent l'idée neuve aux fraîcheurs de l'abîme, ceux-là qui soufflent dans les cornes aux portes du futur

Savent qu'aux sables de l'exil sifflent les hautes passions lovées sous le fouet de l'éclair... Ô Prodigue sous le sel et l'écume de Juin! garde vivante parmi nous la force occulte de ton chant!

Comme celui qui dit à l'émissaire, et c'est là son message : « Voilez la face de nos femmes ; levez la face de nos fils ; et la consigne est de laver la pierre de vos seuils... Je vous dirai tout bas le nom des sources où, demain, nous baignerons un pur courroux. »

Et c'est l'heure, ô Poète, de décliner ton nom, ta naissance, et ta race...

© Éditions Gallimard, 1944.

ALBERT CAMUS (1913-1960)

*Lettres à un ami allemand**
(1945)

Vous n'avez jamais cru au sens de ce monde et vous en avez tiré l'idée que tout était équivalent et que le bien et le mal se définissaient selon qu'on le voulait. Vous avez supposé qu'en l'absence de toute morale humaine ou divine les seules valeurs étaient celles qui régissaient le monde animal, c'est-à-dire la violence et la ruse. Vous en avez conclu que l'homme n'était rien et qu'on pouvait tuer son âme, que dans la plus insensée des histoires la tâche d'un individu ne pouvait être que

---

* Écrites entre 1943 et 1945, ces *Lettres* s'élèvent contre le « nihilisme moral » dans lequel s'enracine selon Camus le nazisme — et, au-delà, contre toutes les pensées qui placent l'Histoire au-dessus de l'Homme.

l'aventure de la puissance, et sa morale, le réalisme des conquêtes. Et à la vérité, moi qui croyais penser comme vous, je ne voyais guère d'argument à vous opposer, sinon un goût violent de la justice qui, pour finir, me paraissait aussi peu raisonné que la plus soudaine des passions. Où était la différence ? C'est que vous acceptiez légèrement de désespérer et que je n'y ai jamais consenti. C'est que vous admettiez assez l'injustice de notre condition pour vous résoudre à y ajouter, tandis qu'il m'apparaissait au contraire que l'homme devait affirmer la justice pour lutter contre l'injustice éternelle, créer du bonheur pour protester contre l'univers du malheur. Parce que vous avez fait de votre désespoir une ivresse, parce que vous vous en êtes délivré en l'érigeant en principe, vous avez accepté de détruire les œuvres de l'homme et de lutter contre lui pour achever sa misère essentielle. Et moi, refusant d'admettre ce désespoir et ce monde torturé, je voulais seulement que les hommes retrouvent leur solidarité pour entrer en lutte contre leur destin révoltant.

Vous le voyez, d'un même principe nous avons tiré des morales différentes. C'est qu'en chemin vous avez abandonné la lucidité et trouvé plus commode (vous auriez dit indifférent) qu'un autre pensât pour vous et pour des millions d'Allemands. Parce que vous étiez las de lutter contre le ciel, vous vous êtes reposés dans cette épuisante aventure où votre tâche est de mutiler les âmes et de détruire la terre. Pour tout dire, vous avez choisi l'injustice, vous vous êtes mis avec les dieux. Votre logique n'était qu'apparente.

J'ai choisi la justice, au contraire, pour rester fidèle à la terre. Je continue à croire que ce monde n'a pas de sens supérieur. Mais je sais que quelque chose en lui a du sens et c'est l'homme, parce qu'il est le seul être à exiger d'en avoir. Ce monde a du moins la vérité de l'homme et notre tâche est de lui donner ses raisons contre le destin lui-même. Et il n'a pas d'autres raisons que l'homme et c'est celui-ci qu'il faut sauver si l'on veut sauver l'idée qu'on se fait de la vie. Votre sourire et votre dédain me diront : qu'est-ce sauver l'homme ? Mais je vous le crie de tout moi-même, c'est de ne pas le mutiler et c'est donner ses chances à la justice qu'il est le seul à concevoir.

© Éditions Gallimard, 1945, quatrième lettre.

DOMAINE GREC

Yorgos Séféris (1900-1971)

Mythistorima
(1935)
MYTHOLOGIE

VIII

Mais que cherchent-elles, nos âmes, à voyager ainsi
Sur des ponts de bateaux délabrés,
Entassées parmi des femmes blêmes et des enfants qui pleurent,
Que ne peuvent distraire ni les poissons volants
Ni les étoiles que les mâts désignent de leur pointe ;
Usées par les disques des phonographes,
Liées sans le vouloir à d'inopérants pèlerinages,
Murmurant en langues étrangères des miettes de pensées ?

Mais que cherchent-elles, nos âmes, à voyager ainsi
De port en port
Sur des coques pourries ?

Déplaçant des pierres éclatées, respirant
La fraîcheur des pins plus péniblement chaque jour,
Nageant tantôt dans les eaux d'une mer
Et tantôt dans celles d'une autre mer,
Sans contact,
Sans hommes,
Dans un pays qui n'est plus le nôtre
Ni le vôtre non plus.
Nous le savions qu'elles étaient belles, les îles
Quelque part près du lieu où nous allons à l'aveuglette,
Un peu plus bas, un peu plus haut,
À une distance infime.

Traduit par Jacques LACARRIÈRE et Egérie MAVRAKI.
In *Poèmes*, © Mercure de France, 1963.

KONSTANDINOS KAVAFIS (1863-1933)

Piimata
(1935)
POÈMES

RARE PRIVILÈGE

C'est un vieillard. Épuisé et courbé, cassé par les ans et par les excès, il avance d'un pas lent le long de la ruelle. Et cependant, lorsqu'il rentre dans sa maison pour cacher sa vieillesse et sa déchéance, il fait le compte de la part qu'il prend encore à la jeunesse.

En ce moment, des adolescents récitent ses vers à lui. Ses visions passent dans leurs yeux ardents. Leur esprit voluptueux et sain, leur chair ferme aux lignes pures, s'émeuvent de l'expression qu'il a donnée, lui, à la beauté.

Traduit par MARGUERITE YOURCENAR et C. DIMARAS.
© Éditions Gallimard, 1958.

LAJOS KASSÁK (1887-1967)

« *A ló meghal a madarak kirepülnek…* »
(1924)
« LE CHEVAL MEURT
LES OISEAUX S'ENVOLENT… »*

Le cheval meurt
les oiseaux s'envolent
à minuit nous sommes allés à la réunion russe au petit passage
c'était un tovaritch blond encore gosse qui parlait
des flammes fleurissaient de sa bouche et ses mains volaient
comme des colombes rouges
eh oui nous sommes parents avec les possédés de Dostoïevsky
nous avons croqué en nous la septième tête du sentimentalisme
et nous voulons tout détruire
ô toi Russie terre maudite
qui verrait que tu souffres sans soutien si tes fils marqués par une étoile
ne le voyaient
l'Europe crache en nous sur l'Asiatique
et il n'y a que nous tout de même qui allons vers le sommet
aucun doute que la jeune boulangère d'Astrakhan ou la putain de Saint-Pétersbourg
mettront un jour au monde l'homme nouveau
ô Russie enceinte du printemps rouge de la révolution

* Le sujet de ce poème est le vagabondage de Kassák à travers l'Europe. Dans cet extrait il relate une rencontre avec les anarchistes russes à Bruxelles.

mais les fleurs dans les plaines russes ne peuvent toujours pas éclore
mais Russie comme une terre en jachère
aidez-nous donc
frères
comme nous fils infortunés de l'Europe
aidez-nous aidez-nous
et nous voyions sous sa vieille casquette sa tête s'enflammer
nous étions tous assis dans ses mains
vive la Russie hourrah jiviô hourrah
et à ce moment c'était comme si une bosse tombait de mon dos
sur les vitres les fleurs de givre s'ouvraient
et Scythia qui devait devenir mouchard et agent provocateur par la suite
a baisé le manteau du Russe
je suis pur comme un enfant
disait-il si je n'avais pas la chaude-pisse j'irais
à Tsarkoïe Sélo pour tuer le tsar
cette nuit-là nous n'avons pas bu d'eau-de-vie
nous nous sommes lavé les pieds et nous n'avons pas pensé à l'amour
un typographe hongrois qui depuis a pris 12 ans pour rébellion
disait la bonne aventure avec les cartes de la servante
et nous chantions d'une voix basse qui portait loin
enfin voici enfin

Traduit par P<small>HILIPPE</small> D<small>OMÈ</small> et T<small>IBOR</small> P<small>APP</small>.
© Éditions Fata Morgana, 1971.

Miklós Radnóti (1909-1944)

Razglednicák
(1944)
Cartes postales*

POÈME II

À neuf kilomètres d'ici
Flambent des meules, des maisons.
Accroupis en silence au bord du pré,
Des paysans fument la pipe, épouvantés.
Alors qu'ici la jeune bergère
Fait avec ses pieds
Des friselis dans l'eau du lac
Et que, penché sur l'eau,
Le troupeau frisé boit les nuages.

POÈME IV

Je suis tombé sur lui, son corps a basculé,
Aussi tendu déjà qu'un fil qui va casser.
Coup de feu dans la nuque. Ainsi tu finiras,
Me suis-je dit tout bas. Il te suffit d'attendre.
La patience à présent épanouit la mort.
« Der springt noch auf[1] », a crié une voix.
Du sang et de la boue séchaient à mon oreille.

> Traduit par Guillevic.
> In *Anthologie de la poésie hongroise*, © Éditions du Seuil, 1962.

---

* Ces deux poèmes ont été écrits sur des *razglednica*, des cartes postales yougoslaves.

1. « Der springt noch auf » : Il finira bien par se relever.

Halldor Kiljan Laxness (né en 1902)

Salka Valka
(1932)
Salka Valka*

La femme apparut au bout d'un instant avec sa petite fille. L'enfant était convenablement enveloppée de châles ; mais la mère était vraiment mal équipée pour voyager en plein hiver par ce degré de latitude ; elle avait un vieux manteau dont la couleur était mangée et qui lui était trop étroit de partout, des bas de coton malpropres et des bottines fatiguées qui se laçaient jusqu'à mi-jambe, mais l'un des lacets était cassé et la tige ballottait lamentablement. Un fichu usé jusqu'à la corde était noué autour de sa tête. D'une main elle tenait la main de l'enfant, de l'autre elle portait un petit sac où était enfermé tout son avoir terrestre. Elle jeta un coup d'œil épouvanté vers la barque qui se balançait tout en bas, au gré du flot.

— Allons, en bas ! crièrent les hommes.

— Comment, Seigneur miséricordieux, ma petite Salka, c'est là qu'il faut descendre !

— Eh bien oui, vous n'allez pas rester là au-dessus du bateau à vous tourner les pouces, reprirent les hommes.

Un des matelots soutint l'enfant qui commençait à descendre du vapeur, d'en bas quelqu'un monta la prendre au milieu de l'échelle.

— Maman, je suis arrivée, cria-t-elle. Comme c'était amusant !

---

* Salka et sa mère, venant du nord, veulent aller à Reykjavik. Une nuit d'hiver, elles échouent dans une petite bourgade. Elles n'iront pas plus loin ; leur vie se déroulera là, dans la misère et l'indifférence générale.

Alors ils firent passer la mère de la même façon jusque dans le bateau. Elle était lourde à remuer, sa large taille, ses cuisses épaisses en faisaient ce qu'on appelle une volumineuse dondon. Sa figure était pâle et avachie après tant de malaises et de vomissements, elle n'avait plus de rouges que les mains, gonflées comme un morceau de salé qu'on sort de l'eau bouillante.

La mère et la fille furent placées sur un des bancs de nage en face d'un rameur. La femme serrait contre elle son bagage pour le garantir de l'humidité. C'était un sac de toile ordinaire qui semblait contenir une petite boîte et peut-être quelques hardes. Les vagues se soulevaient et retombaient, la barque entièrement vide était secouée durement et la femme regardait la nuit avec effroi, tandis qu'à côté d'elle la petite fille paraissait tout à son aise. Elle demanda à sa mère au moment où le bateau escaladait une vague :

— Maman, pourquoi débarquons-nous ici ? Pourquoi n'allons-nous pas jusqu'à Reykjavik ?

La femme se cramponna au banc d'une étreinte désespérée pendant que la barque s'affaissait entre deux vagues. Elle détourna son visage épouvanté que frappaient les jets d'écume et les flocons de neige et finit par répondre :

— Nous allons essayer de rester un peu ici d'abord ; nous n'irons pas à Reykjavik avant le printemps.

— Pourquoi n'y allons-nous pas tout de suite, comme tu avais dit ? J'en ai tellement envie.

Ce qu'il y avait au premier abord de plus singulier chez l'enfant, c'est qu'elle parlait d'une voix de basse ; on aurait dit presque une voix d'homme. Elle avait la manie de cligner des yeux et de se tortiller la bouche en parlant et même lorsqu'elle se taisait ; elle avait parfois un mouvement nerveux de toute la tête et ses pieds s'agitaient perpétuellement ; tout son corps débordait d'une vitalité incoercible.

— Depuis que nous sommes parties j'ai eu tout le

temps envie d'aller à Reykjavik et de voir les grandes maisons peintes, et les belles chambres où il y a des tableaux aux murs, comme tu m'as dit, maman. Je voudrais demeurer dans une chambre comme ça. Et tout le monde en habits des dimanches, maman, comme tu m'as dit. Tout le temps, n'est-ce pas ?

— Oui, mais nous ne pouvons tout de même pas aller plus loin pour le moment, ma petite Salka. Je suis trop malade. Nous allons rester ici cet hiver et chercher du travail. Et au printemps nous irons à Reykjavik quand il fera beau.

— Il fait toujours beau à Reykjavik. Non, maman, il faut y aller tout de suite. Plus rien que cinq jours…

— Je suis trop malade. Qu'est-ce que ça nous fait d'attendre ici jusqu'au printemps ? Nous allons continuer à gagner notre vie ensemble comme avant. Tu ne vas pas en vouloir à ta maman parce qu'elle ne va pas tout de suite à Reykjavik avec sa petite Salka. Nous voulons rester toujours amies.

— Oui, maman, mais c'est bien embêtant tout de même…

À ce moment le pêcheur en face d'elles prit la parole en regardant l'enfant.

— Nous devons nous en remettre à Dieu…

L'enfant le regarda à la lueur incertaine de la lanterne d'arrière, fit une grimace et se tut. Cette réponse au nom du Seigneur avait clos le débat sur la destination des deux voyageuses.

Traduit par ALFRED JOLIVET.
© Éditions Gallimard, 1939.

DOMAINE ITALIEN

LUIGI PIRANDELLO (1867-1936)

Enrico IV
(1922)
HENRI IV*

Henri IV[1] Eh bien, regarde mes cheveux !

(*Il lui montre les cheveux de sa nuque.*)

Belcredi Mais les miens aussi sont gris !

Henri IV Oui, mais avec cette différence que les miens sont devenus gris ici, quand j'étais Henri IV, tu comprends ? Et je ne m'en étais pas aperçu ! Je m'en suis aperçu un seul jour, tout à coup, lorsque j'ai rouvert les yeux et ç'a été affreux, car j'ai tout de suite compris que ce n'étaient pas seulement mes cheveux, mais tout qui devait être devenu gris de la sorte, et que tout s'était écroulé, que tout était fini, et que j'allais arriver avec une faim de loup à un banquet depuis longtemps desservi.

Belcredi Oh, permets, mais les autres...

Henri IV (*vivement*) Les autres, je le sais, ne pouvaient

---

* Comme bien des pièces de Pirandello, *Henri IV* commence pour ainsi dire après coup, après l'événement fatal et déterminant qui n'est révélé qu'au dernier acte, juste avant le passage reproduit ici : bien des années auparavant, au cours d'une mascarade à laquelle participait Matilde, Henri IV et Belcredi, Henri IV fit une chute de cheval qui le rendit fou ; ayant perdu le souvenir de qui il était, il se retrouva donc figé dans son personnage de carnaval. Dernière pièce s'interrogeant sur la folie, forme élaborée de théâtre dans le théâtre, *Henri IV* exploite le thème typiquement pirandellien du heurt dramatique entre moi authentique (la « vie ») et moi social (la « forme », le « masque »).

1. Il s'agit non de l'empereur Henri IV d'Allemagne, mais d'un acteur qui avait incarné ce rôle et s'y est maintenu, par folie ou par dessein.

pas attendre que je sois guéri, et encore moins ceux qui, derrière moi, ont aiguillonné jusqu'au sang mon cheval caparaçonné...

Di Nolli (*impressionné*)   Comment, comment ?

Henri IV   Oui, traîtreusement, pour que, se cabrant, il me fasse tomber !

Matilde (*vivement, horrifiée*)   Mais cela, c'est aujourd'hui que je l'apprends !

Henri IV   Cela aussi, c'était sans doute pour rire !

Matilde[1]   Mais qui a fait une chose pareille ? Qui se trouvait derrière nous deux ?

Henri IV   Peu importe de le savoir ! Tous ceux qui ont continué de banqueter et qui maintenant n'allaient plus me laisser que leurs restes, marquise, les reliefs d'une maigre et molle pitié, ou, collées au fond de leurs assiettes sales quelques arêtes de remords ! Merci beaucoup ! (*Se tournant brusquement vers le docteur :*) Et alors, docteur, vous allez voir si mon cas n'est pas vraiment inédit dans les annales de la folie ! J'ai préféré rester fou, puisque je trouvais ici tout déjà prêt et disposé pour ce plaisir d'un nouveau genre : celui de vivre — en toute lucidité — ma folie, prenant ainsi ma revanche sur la brutalité d'un caillou qui m'avait meurtri le crâne ! La solitude — cette solitude à laquelle j'étais condamné — la revêtir pour moi sur-le-champ et plus parfaitement encore, de toutes les couleurs et de toutes les splendeurs de ce lointain jour de carnaval, de ce jour où vous (*il regarde la marquise Matilde et lui indique Frida*[2]), telle que vous êtes là, marquise, avez

1. Il s'agit symétriquement de celle qui incarnait au théâtre Mathilde de Toscane, favorite de Henri IV.
2. Frida, fille de Matilde, est costumée telle que l'était Matilde lors de la mascarade : afin de lui faire recouvrer la mémoire, un médecin a imaginé de causer un choc salutaire au « pauvre fou » et de le reporter plusieurs années en arrière en lui présentant une Matilde identique à celle du jour de carnaval.

triomphé, et obliger ainsi tous ceux qui se présentaient devant moi, à suivre désormais du même pas que moi, bon Dieu! cette fameuse mascarade d'antan qui avait été — pour vous et non pour moi — le divertissement d'un jour! Faire en sorte qu'elle devienne à jamais, non plus un divertissement, non, mais une réalité, la réalité d'une authentique folie : ici, tout le monde déguisé, masqué, avec la salle du trône, et avec mes quatre conseillers secrets et — bien entendu — traîtres! (*Se tournant aussitôt vers ceux-ci :*) Je voudrais bien savoir ce que vous avez gagné à révéler que j'étais guéri! Puisque je suis guéri, on n'a plus besoin de vous et vous allez être congédiés! Se confier à quelqu'un, ça oui, c'est vraiment se conduire en fou! Ah, mais, maintenant, c'est moi qui vais à mon tour vous dénoncer! Vous savez? Ils se figuraient à présent qu'ils allaient pouvoir eux aussi s'amuser avec moi à vos dépens.

(*Il éclate de rire. Tous, à l'exception de la marquise Matilde, rient aussi, bien que déconcertés.*)

Belcredi (*à Di Nolli*) Ah, tu entends ça... voilà qui n'est pas mal...

Di Nolli (*aux quatre jeunes gens*) Vous vouliez?...

Henri IV Il faut leur pardonner! (*Montrant le costume dont il est revêtu :*) Ce costume, ce costume qui est pour moi la caricature évidente et voulue de cette autre mascarade continuelle, de cette mascarade de tous les instants, dont nous sommes les pantins involontaires, lorsque (*il montre Belcredi*), sans le savoir, nous nous masquons avec ce que nous croyons être — ce costume, leur costume, pardonnez-leur, ils ne le voient pas encore comme faisant corps avec leur propre personne. (*Se tournant de nouveau vers Belcredi :*) Tu sais? On s'y habitue facilement. Et on n'a pas grand effort à faire pour évoluer ainsi, en personnage de tragédie (*ce qu'il fait*) dans une salle comme celle-ci! Écoutez, docteur! Je me rappelle un prêtre — certainement irlandais — et beau — qui dormait au soleil, un jour de novembre, s'appuyant d'un bras au dossier du banc d'un jardin public : baignant voluptueusement dans cette tiédeur dorée qui pour lui devait être presque estivale. On peut être sûr qu'à ce moment-là il ne savait plus ni qu'il était prêtre ni où il était. Il rêvait ! Et Dieu sait ce qu'il pouvait rêver ! Un gamin passa, qui avait arraché une fleur avec toute sa tige. En passant, il le chatouilla, là, dans le cou. Je le vis ouvrir des yeux rieurs, et sa bouche aussi riait tout entière du rire heureux de son rêve ; il riait, oublieux de tout ; mais sur-le-champ, je peux vous le dire, il reprit la raideur imposée par sa soutane de prêtre et dans ses yeux reparut cette même gravité que vous avez déjà vue dans les miens ; car les prêtres irlandais défendent la gravité de leur foi catholique avec le même zèle que moi, quand sont en cause les droits sacro-saints de la monarchie héréditaire. Je suis guéri, mesdames et messieurs : parce que je sais parfaitement qu'ici je joue les fous, et cela, tranquillement ! Le malheur pour vous, c'est que votre folie, vous la vivez dans l'agitation, sans en être conscients et sans en être spectateurs.

Traduit par MICHEL ARNAUD.
In *Théâtre complet*, I, sous la dir. de Paul Reuveci, © Éditions Gallimard, 1977 (Bibliothèque de la Pléiade).

ETTORE SCHMIDT *dit* ITALO SVEVO
(1861-1928)

La Coscienza di Zeno
(1923)
LA CONSCIENCE DE ZENO*

Sur la page de garde d'un dictionnaire, je trouve cette inscription en belle calligraphie, encadrée de quelques fioritures :

« Aujourd'hui, 2 février 1886, j'abandonne l'étude du droit pour celle de la chimie. Dernière cigarette ! »

Cette dernière cigarette-là était de grande importance. Je me rappelle tous les espoirs qui l'accompagnèrent. L'étude du droit canon, si éloigné de la vie, m'avait excédé et je courais à une science qui est la vie même, bien qu'enfermée dans des cornues. Cette dernière cigarette exprimait mon désir d'activité (même manuelle), et de pensée sereine, sobre et solide.

Pour échapper à la série des combinaisons à base de carbone auxquelles je ne croyais pas, je revins au droit. Hélas ! Ce fut une erreur, marquée elle aussi par une dernière cigarette dont je trouve la date notée sur un livre. Date importante elle aussi ; je me résignais à revenir aux disputes sur le tien et le mien avec les meilleures intentions du monde, renonçant finalement aux séries du carbone. Je m'étais montré peu fait pour la chimie et ma maladresse manuelle y était pour quelque chose. Comment aurais-je pu n'être pas

---

* Dans ce roman, le narrateur prend régulièrement la décision d'arrêter de fumer, toujours démentie par les faits. Cette incapacité à se débarrasser d'une mauvaise habitude est révélatrice. Elle met en évidence le vice de caractère du protagoniste, cette maladie de la volonté si caractéristique du personnage de Svevo.

maladroit en continuant, ainsi que je le faisais, à fumer comme un Turc ?

À présent que je suis là, en train de m'analyser, un doute m'assaille : peut-être n'ai-je tant aimé les cigarettes que pour pouvoir rejeter sur elles la faute de mon incapacité. Qui sait si, cessant de fumer, je serais devenu l'homme idéal et fort que j'espérais ? Ce fut peut-être ce doute qui me cloua à mon vice : c'est une façon commode de vivre que de se croire grand d'une grandeur latente. Je hasarde cette hypothèse pour expliquer ma faiblesse juvénile, mais sans une ferme conviction. À présent que je suis vieux et que personne n'exige rien de moi, je vais toujours de cigarettes en bonnes résolutions et de bonnes résolutions en cigarettes. À quoi riment aujourd'hui ces résolutions ? Comme le vieil hygiéniste que décrit Goldoni, voudrais-je mourir bien portant après avoir passé toute ma vie malade ?

Une fois, étant étudiant, comme je changeais de chambre, je fus obligé de faire retapisser à mes frais les murs de celle que je quittais et que j'avais couverts de dates. Il est probable que si j'abandonnais cette chambre, c'est qu'elle était devenue le cimetière de mes bonnes intentions et que je ne croyais plus possible en ce lieu d'en former de nouvelles.

J'estime qu'une cigarette a une saveur plus intense quand c'est la dernière. Toutes les autres ont aussi leur saveur particulière, mais moins intense. La saveur que prend la dernière lui vient du sentiment qu'on a d'une victoire sur soi-même et de l'espoir d'un avenir prochain de force et de santé. Les autres ont leur importance, parce qu'en les allumant, on affirme sa liberté et l'avenir de force et de santé demeure, mais s'éloigne un peu plus. […]

Pour diminuer son apparence grossière, j'essayai de donner un contenu philosophique à la maladie de la dernière cigarette. On prend une fière attitude et l'on dit : « Jamais plus ! » Mais que devient cette fière attitude si on tient la promesse ? Pour la garder, il faut avoir à renouveler le serment. Et d'ailleurs, le temps, pour moi, n'est pas cette chose impensable qui ne s'arrête jamais. Pour moi, pour moi seul, le temps revient.

Traduit par Paul-Henri MICHEL.
© Éditions Gallimard, 1954 et 1986 (nouvelles éd. revue).

GIUSEPPE UNGARETTI (1888-1970)

Vita di un uomo
(1919-1970)
VIE D'UN HOMME*

HYMNE À LA MORT

Amour, mon juvénile emblème,
Revenu dorer la terre,
Épars dans le jour rocheux,

---

* Ungaretti tint à regrouper sa production poétique en une œuvre unique, au titre éloquent, dont les sections (« L'allégresse », 1919 ; « Le sentiment du temps », 1923 ; « La douleur », 1947 ; « La Terre promise », 1950 ; « Un cri et des paysages », 1952 ; « Le carnet du vieillard », 1960 ; « Derniers poèmes ») sont autant d'étapes poétiques et biographiques : expérience du front et souvenirs de l'Égypte, choc de l'exil en son propre pays et expression de la foi, découverte du luxuriant Brésil et douleur pour la mort de son fils, contact avec la Rome baroque et sentiment du vide. *Vie d'un homme* a été publié pour la première fois en 1946, mais a été constamment augmenté jusqu'à la mort d'Ungaretti. Le poème que nous reproduisons ici appartient à la deuxième section du recueil, « Le sentiment du temps ».

C'est la dernière fois que je regarde
(Au pied du ravin, d'eaux
Brusques somptueux, endeuillé
D'antres) la traînée de lumière
Qui pareille à la plaintive tourterelle
Sur l'herbe distraite se trouble.

Amour, santé lumineuse,
Les années à venir me pèsent.

Lâchée ma canne fidèle,
Je glisserai dans l'eau sombre
Sans regret.

Mort, aride rivière...

Sœur sans mémoire, mort,
D'un seul baiser
Tu me feras l'égal du songe.

J'aurai ton même pas,
J'irai sans laisser de traces.

Tu me feras le cœur immobile
D'un dieu, je serai innocent,
Je n'aurai plus ni pensers, ni bonté.

L'esprit muré,
Les yeux tombés en oubli,
Je servirai de guide au bonheur.

> Traduit par PHILIPPE JACCOTTET, PIERRE JEAN JOUVE, JEAN LESCURE, ANDRÉ PIEYRE DE MANDIARGUES, FRANCIS PONGE et ARMAND ROBIN.
> In *Poésie, 1914-1970*, © Éditions Gallimard, 1981. 1re éd. 1946; version définitive 1969-1970.

EUGENIO MONTALE (1895-1981)

Ossi di seppia
(1925)
OS DE SEICHE*

À midi faire halte, pâle et pensif,
à l'ombre près d'un brûlant mur d'enclos,
écouter parmi les ronces et les broussailles
claquements de merles, bruissements de serpents.

Dans les craquelures du sol ou sur la vesce
épier les files de fourmis rouges
qui tour à tour se brisent et s'entrecroisent
au sommet de meules minuscules.

Observer dans le feuillage comme palpitent
au loin les écailles de mer
tandis que des pics chauves se lèvent
de tremblants craquètements de cigales.

Et, allant dans le soleil qui éblouit,
sentir, triste merveille,
combien toute la vie avec ses peines
est dans cette marche le long d'une muraille
qu'en haut hérissent des tessons de bouteille.

La poulie du puits grince,
l'eau monte à la lumière où elle se fond.
Un souvenir tremble dans le seau plein,
dans le cercle pur une image rit.

---

* Écrit en 1916, c'est l'un des premiers poèmes de Montale. On a parlé, à propos de Montale, de négativité absolue, dans la mesure où le destin tragique de l'homme est moins de nature historique qu'ontologique. Et l'absurdité de la vie éclate ici en des images de terre brûlée.

J'approche le visage de lèvres évanescentes :
le passé se déforme, se fait vieux,
appartient à un autre...
                    Ah déjà crie
la roue, elle te rend au fond noir,
vision, une distance nous sépare.

Traduit par Patrice DYERVAL ANGELINI.
In *Poèmes choisis, 1916-1980*, © Éditions Gallimard, 1991.

Elio Vittorini (1908-1966)

Conversazione in Sicilia (1941)
Conversation en Sicile*

J'étais, cet hiver-là, en proie à d'abstraites fureurs[1]. Lesquelles ? Je ne le dirai pas, car ce n'est point là ce que j'entreprends de conter. Mais il faut que je dise qu'elles étaient abstraites, et non point héroïques ni vives ; des fureurs, en quelque sorte, causées par la perte du genre humain. Cela durait depuis longtemps, et j'avais la tête basse. Je voyais les manchettes tapageuses des journaux et je baissais la tête ; et j'avais une amie, ou une épouse,

---

* Le roman parut en feuilleton dans une revue avant d'être publié en volume en 1941. Il en était à sa troisième édition lorsqu'il tomba sous le coup de la censure.

1. Le rôle du héros se réduit à des « fureurs abstraites » qui engendrent la non-espérance. On a vu dans cette expression une allusion aux *fureurs héroïques*, ouvrage où le philosophe Giordano Bruno (1548-1600) exalte l'amour de l'esprit pour la vérité.

qui m'attendait, mais, même avec elle, je baissais la tête. Cependant, il pleuvait et les jours, les mois passaient, et j'avais des souliers troués, et l'eau entrait dans mes souliers, et il n'y avait plus que cela : plus que la pluie, les massacres des manchettes de journaux, et l'eau qui entrait dans mes souliers troués, des amis silencieux, et la vie, en moi, comme un rêve sourd, et la non-espérance, le calme plat.

C'était là le terrible : ce calme plat de la non-espérance. Croire le genre humain perdu, et ne pas avoir l'envie fiévreuse de faire quelque chose en réaction, ne pas avoir, par exemple, l'envie de me perdre avec lui. J'étais agité d'abstraites fureurs, mais non point dans mon sang, et j'étais calme, je n'avais envie de rien. Peu m'importait que mon amie m'attendît ; aller ou non la retrouver était pour moi la même chose que de feuilleter un dictionnaire ; et sortir pour voir mes amis, pour voir les autres, ou rester à la maison, était, pour moi, la même chose. J'étais calme ; j'étais comme si je n'avais jamais eu un jour de vie, comme si je n'avais jamais su ce que signifie être heureux, comme si je n'avais rien à dire, rien à affirmer, à nier, rien de personnel à mettre en jeu, et rien à écouter, rien à donner et nulle disposition à recevoir, et comme si jamais, dans toutes mes années d'existence, je n'avais mangé de pain, bu de vin ou de café, comme si je n'avais jamais couché avec une femme, jamais eu d'enfants, comme si je ne m'étais jamais disputé avec personne, ou comme si je ne croyais pas tout cela possible, comme si je n'avais jamais eu d'enfance en Sicile, au milieu des figuiers de Barbarie et du soufre, dans les montagnes ; mais, en mon for intérieur, d'abstraites fureurs m'agitaient, et je croyais le genre humain perdu, je baissais la tête et il pleuvait, je ne disais pas un mot à mes amis et l'eau m'entrait dans les souliers.

Traduction de MICHEL ARNAUD.
© Éditions Gallimard, 1948.

Dino Buzzati (1906-1972)

Sessanta Racconti
(1942)
Les Sept Messagers*

Le bruit de ma ville s'affaiblissait de cette sorte toujours davantage ; des semaines entières passaient sans qu'aucune nouvelle me parvînt.

Quand j'en fus au sixième mois de mon voyage — nous avions déjà franchi les monts Fasani — l'intervalle entre l'arrivée de chacun de mes messagers s'accrut à quatre bons mois. Désormais, ils ne m'apportaient que des nouvelles lointaines, ils me tendaient des lettres toutes chiffonnées, roussies par les nuits humides que le messager devait passer en dormant à même les prairies.

Nous marchions toujours. Je tentais en vain de me persuader que les nuages qui roulaient au-dessus de ma tête étaient encore ceux-là mêmes de mon enfance, que le ciel de la ville lointaine ne différait en rien de la coupole bleue qui me surplombait, que l'air était semblable et semblable le souffle du vent, et semblable le chant des oiseaux. Les nuages, le ciel, l'air, les vents, les oiseaux m'apparaissaient en réalité comme des choses nouvelles ; et je me sentais un étranger.

En avant, en avant ! Des vagabonds rencontrés sur les plaines me disaient que les frontières n'étaient plus

* L'extrait reproduit ici est tiré de la nouvelle qui, en français, donne son titre au recueil. À l'âge de trente ans, un prince est parti explorer le royaume de son père, dont il cherche la frontière. Pour maintenir le contact avec les êtres chers, il a choisi sept messagers qui, en se relayant, retournent jusqu'à la capitale puis rejoignent l'escorte. Mais à mesure que celle-ci avance, l'intervalle entre l'arrivée de chacun des messagers grandit.

loin. J'incitais mes hommes à continuer la route sans répit, faisant mourir sur leurs lèvres les mots désabusés qu'ils s'apprêtaient à dire. Quatre ans avaient passé ; quelle longue fatigue ! La capitale, ma demeure, mon père, étaient curieusement éloignés, je n'y croyais même presque plus. Vingt bons mois de silence et de solitude séparaient désormais les retours successifs des messagers. Ils m'apportaient de curieuses missives jaunies par le temps, dans lesquelles je découvrais des noms oubliés, des tournures de phrases insolites, des sentiments que je ne parvenais pas à comprendre. Et le lendemain matin, après une seule nuit de repos, tandis que nous reprenions notre route, le messager partait dans la direction opposée, portant vers la ville une lettre préparée par moi depuis longtemps.

Mais huit ans et demi ont passé. Ce soir je soupais seul sous ma tente quand est entré Dominique, qui parvenait encore à me sourire malgré cette fatigue qui le terrassait. Je ne l'avais pas revu depuis près de sept ans. Et pendant ces sept ans-là, il n'avait fait que courir, à travers les prairies, les forêts et les déserts, changeant Dieu sait combien de fois sa monture, pour m'apporter ce paquet d'enveloppes que je n'ai pas encore eu à cette heure l'envie d'ouvrir. Déjà il s'en est allé dormir, il repartira demain matin à l'aube.

Il repartira pour la dernière fois. J'ai calculé sur mon carnet que, si tout va bien, si je continue ma route comme je l'ai fait jusqu'ici et lui la sienne, je ne pourrai revoir Dominique que dans trente-quatre ans. J'en aurai alors soixante-douze. Mais je commence à ressentir ma lassitude et la mort probablement m'aura cueilli avant. Ainsi donc je ne pourrai jamais plus le revoir.

Dans trente-quatre ans (même avant, bien avant) Dominique découvrira soudain les feux de mon campement, et il se demandera comment il est possible qu'en un si long temps je n'aie pu faire que si peu de chemin. Le brave messager entrera sous ma tente, comme ce soir, tenant les lettres jaunies par les années, emplies de nouvelles absurdes d'un temps déjà révolu ; mais il s'arrêtera sur le seuil, en me voyant immobile, étendu sur ma couche, deux soldats à mes côtés portant des torches, mort.

Et pourtant va, Dominique, et ne m'accuse point de cruauté ! Porte mon dernier salut à cette ville où je suis né. Tu es le seul lien qui me reste avec un monde qui jadis était aussi le mien. Les plus récentes nouvelles m'ont appris que bien des choses ont changé, que mon père est mort, que la couronne est allée sur la tête de mon frère aîné, que l'on me croit perdu, qu'on a construit de grands palais de pierre là où jadis se trouvaient les chênes sous lesquels j'aimais m'en aller jouer.

Mais c'est pourtant toujours mon antique patrie. Dominique, tu es mon dernier lien avec eux. Le cinquième messager, Émile, qui me rejoindra si Dieu le veut dans un an et huit mois, ne pourra repartir : il n'aurait plus le temps de revenir. Après toi le silence, oh ! Dominique, à moins que je ne trouve enfin cette frontière tant attendue. Mais plus j'avance, plus je suis convaincu qu'il n'y a pas de frontière.

Traduit par MICHEL BREITMAN.
© Éditions Robert Laffont, 1969.

KURT ERICH SUCKERT,
dit CURZIO MALAPARTE (1898-1957)

Kaputt
(1944)
KAPUTT*

Je ne reconnaissais plus le sentier que j'avais tant de fois parcouru l'hiver pour descendre au lac voir les chevaux. Il était devenu plus étroit, plus tortueux ; le bois, tout autour, était devenu plus touffu : au fur et à mesure que la neige fond et change de couleur et que, de son cocon de glace luisante, la printanière chrysalide prend son vol, laissant derrière elle la morte dépouille de l'hiver, la forêt reprend le dessus sur la neige et la glace : elle redevient épaisse, embroussaillée, secrète : un monde vert, mystérieux, interdit.

Svartström marchait à pas lents et précautionneux. De temps en temps, il s'arrêtait, aux écoutes, discernant au milieu du silence ombreux de la forêt ce musical silence de la nature : le craquement des branches, le pas de l'écureuil le long d'un tronc de pin, le bruissement en flèche du lièvre, le flairement soupçonneux du renard, le cri d'un oiseau, le murmure d'une feuille et, dans le lointain, corrompue, malade, la voix humaine. Le silence, autour de nous, n'était plus le silence mort de l'hiver, glacial et transparent comme un bloc de cristal, mais un silence vivant, parcouru de tièdes courants de couleurs, de sons, d'odeurs. Un silence semblable à un fleuve que je sentais couler autour de nous ;

---

* Correspondant de guerre, Malaparte se trouve en 1941 sur le front de Russie, en 1942-1943 sur le front de Finlande. Cette expérience lui fournira la matière de *Kaputt*, publié à Naples en 1944.

il me semblait descendre dans le courant de ce fleuve invisible, entre deux rives semblables à des lèvres humides et tièdes.

La tiédeur du soleil naissant se répandait à travers la forêt. Au fur et à mesure que le soleil s'élevait sur l'arc de l'horizon, tirant de la surface argentée du lac un léger brouillard rose, le vent apportait un crépitement lointain de mitrailleuses, un coup de fusil solitaire, le chant égaré d'un coucou. Au fond de ce paysage de sons, de couleurs, d'odeurs dans une déchirure de la forêt, on voyait l'éclair d'on ne savait quoi de terne, d'on ne savait quoi de luisant comme le tremblotement d'une mer irréelle : le Ladoga, l'immense étendue gelée du Ladoga.

Enfin nous sortîmes du bois sur la rive du lac, et nous aperçûmes les chevaux.

Ç'avait été l'année précédente, au mois d'octobre. Après avoir passé la forêt de Vuoksi, les avant-gardes finlandaises arrivèrent au seuil de la sauvage, de l'interminable forêt de Raikkola. La forêt était pleine de troupes russes. Presque toute l'artillerie soviétique du secteur septentrional de l'isthme de Carélie, pour échapper à l'étreinte des soldats finnois, s'était jetée dans la direction du Ladoga, dans l'espoir de pouvoir embarquer pièces et chevaux sur le lac pour les mettre en sûreté de l'autre côté. Mais les radeaux et les remorqueurs soviétiques tardaient ; et chaque heure de retard risquait d'être fatale, car le froid était intense, furieux, le lac pouvait geler d'un moment à l'autre et déjà les troupes finlandaises, composées de détachements de *sissit*, s'insinuaient dans les méandres de la forêt, faisaient pression sur les Russes de toutes parts, les attaquaient aux ailes et sur les arrières.

Le troisième jour, un immense incendie flamba dans la forêt de Raikkola. Enfermés dans un cercle de feu, les hommes, les chevaux, les arbres poussaient des cris terribles. Les *sissit* assiégeaient l'incendie, tiraient sur le mur de flammes et de fumée, empêchant toute sortie. Fous de terreur, les chevaux de l'artillerie soviétique — ils étaient presque mille — se lançant dans la fournaise, brisèrent l'assaut du feu et des mitrailleuses. Beaucoup périrent dans les flammes; mais une grande partie atteignit la rive du lac et se jeta dans l'eau.

Le lac, à cet endroit, est peu profond : pas plus de deux mètres, mais à une centaine de pas du rivage, le fond tombe à pic. Serrés dans cet espace réduit (à cet endroit le rivage s'incurve et forme une petite baie) entre l'eau profonde et la muraille de feu, tout tremblants de froid et de peur, les chevaux se groupèrent en tendant la tête hors de l'eau. Les plus proches de la rive, assaillis dans le dos par les flammes, se cabraient, montaient les uns sur les autres, essayant de se frayer passage à coups de dents, à coups de sabots. Dans la fureur de la mêlée, ils furent pris par le gel.

Pendant la nuit, ce fut le vent du Nord (le vent du Nord descend de la mer de Mourmansk, comme un Ange, en criant, et la terre meurt brusquement). Le froid devint terrible. Tout à coup, avec un son vibrant de verre qu'on frappe, l'eau gela. La mer, les lacs, les fleuves gèlent brusquement, l'équilibre thermique se brisant d'un moment à l'autre. Même l'eau de mer s'arrête au milieu de l'air, devient une vague de glace courbée et suspendue dans le vide.

Le jour suivant, quand les premières patrouilles de *sissit*, aux cheveux roussis, au visage noir de fumée, s'avançant précautionneusement sur la cendre encore chaude à travers le bois carbonisé, arrivèrent au bord du lac, un effroyable et merveilleux spectacle s'offrit à leurs yeux. Le lac était comme une immense plaque de marbre blanc sur laquelle étaient posées des centaines et des centaines de têtes de chevaux. Les têtes semblaient coupées net au couperet. Seules elles émergeaient de la croûte de glace. Toutes les têtes étaient tournées vers le rivage. Dans les yeux dilatés on voyait encore briller la terreur comme une flamme blanche. Près du rivage, un enchevêtrement de chevaux férocement cabrés émergeait de la prison de glace.

Traduit par Juliette BERTRAND.
© Denoël, 1946.

ALBERTO PINCHERLE, *dit* ALBERTO MORAVIA (1907-1990)

Agostino
(1944)
AGOSTINO*

Lorsqu'ils se furent beaucoup éloignés du rivage, le jeune homme proposa à sa passagère de se baigner. Alors Agostino, qui avait si souvent admiré avec quelle simplicité, quelle grâce mesurée sa mère se laissait glisser dans l'eau, ne put qu'être douloureusement surpris par la façon nouvelle qu'elle adopta pour accomplir cet acte qui remonte à la plus haute antiquité. Le jeune homme avait plongé et regagné la surface et elle hésitait encore, tâtait l'eau du pied, comme prise entre l'épouvante et le recul. Après avoir fait en riant encore

* Au cours de vacances en compagnie de sa mère, Agostino, un adolescent de treize ans, découvre l'argent et le sexe. L'extrait suivant est tiré du premier chapitre. Agostino, sa mère et un jeune homme qui la courtise font une promenade en barque. Interdit, honteux, se sentant douloureusement exclu, Agostino assiste à la métamorphose de sa mère.

bien des façons, elle se cramponna enfin des deux mains à son siège, s'allongea sur le flanc la jambe tendue, dans une posture inconvenante, et se laissa gauchement tomber dans les bras de son compagnon. Tous deux plongèrent ensemble et revinrent à la surface. Agostino, recroquevillé sur son banc, vit le visage rieur de sa mère à côté du visage brun et sérieux du jeune homme et il lui sembla que les joues des deux nageurs se touchaient. Dans l'eau limpide, on pouvait voir les deux corps se trémousser l'un près de l'autre, s'entreheurter des jambes et des flancs, comme désireux de s'entremêler. Agostino les regardait, regardait la plage lointaine et, tout honteux, se sentait de trop. À la vue de ce visage renfrogné, la mère, de l'eau où elle se démenait, eut, pour la seconde fois de la matinée, une phrase qui mortifia cruellement son fils :

— Pourquoi prends-tu cette mine d'enterrement ? Tu ne vois pas comme c'est beau ici ? Seigneur, ce que mon fils peut être sérieux !

Agostino ne répondit pas. Il se borna à tourner ailleurs ses regards. La baignade n'en finissait plus. Le jeune homme et la jeune femme s'ébattaient dans l'eau comme des dauphins et semblaient avoir complètement oublié la présence d'un spectateur.

Ils revinrent enfin. Le jeune homme sauta d'un bond sur la barque et se pencha vers la jeune femme qui l'appelait à l'aide. Agostino vit les mains du jeune homme qui, pour soulever la baigneuse, enfonçaient leurs doigts dans la chair brune, à l'endroit où le bras est le plus renflé et le plus doux, entre l'épaule et l'aisselle.

Souriante et poussant des soupirs, la mère s'assit auprès du fils et, de ses ongles pointus, décolla de sa poitrine son maillot détrempé afin qu'il n'adhérât pas à la pointe et à la rondeur des seins. Mais Agostino se rappelait que, lorsqu'ils étaient tous les deux seuls, sa mère, vigoureuse comme elle l'était, n'avait besoin de personne pour se hisser à bord et il attribua cet appel à l'aide, et ces gestes d'un corps qui paraissait se complaire à des gaucheries féminines, à l'esprit nouveau qui venait de faire en elle des changements si révoltants. On aurait vraiment dit, ne put-il s'empêcher de penser, que sa mère, si grande et si bien faite, déplorait son allure imposante et se serait débarrassée avec plaisir de la noblesse de son port comme d'une habitude gênante afin de prendre moins gauchement ces allures qu'on ne savait pourquoi elle cherchait à se donner.

Traduit par MARIE CANAVAGGIO.
© Flammarion, 1962.

CARLO LEVI (1902-1975)

Cristo si è fermato a Eboli
(1945)
LE CHRIST S'EST ARRÊTÉ À EBOLI*

Les animaux se tiennent sous le lit, l'espace est ainsi divisé en trois couches : par terre les bêtes, dans le lit les hommes, et en l'air les nourrissons. Aussi lorsque je devais ausculter un malade ou faire une piqûre à une

* En 1936, Levi est envoyé en relégation en Lucanie, province perdue du sud de l'Italie. Il y découvre un monde misérable, oublié par l'Histoire, douloureux et résigné. Il en naîtra un ouvrage qui tient à la fois du journal et de l'essai socio-historique et qui emprunte son titre à une expression des paysans du cru. Il décrit ici les maisons des paysans.

femme qui claquait des dents de fièvre, baignée de sueur par la malaria, en me penchant sur le lit, je touchais de ma tête les berceaux suspendus, pendant que me passaient brusquement entre les jambes poules et cochons épouvantés. Mais ce qui me frappait chaque fois (j'étais entré à présent dans la plupart des maisons), c'étaient les regards que du mur fixaient sur moi les deux divinités protectrices. D'un côté le visage noir et courroucé et les grands yeux inhumains de la Madone de Viggiano ; de l'autre, en regard, dans une photo en couleurs, les petits yeux vifs derrière ses verres étincelants et la longue rangée des dents du président Roosevelt découvertes dans un rire cordial. Je n'ai jamais vu, dans aucune autre maison, d'autres images : ni le Roi, ni le Duce, ni encore moins Garibaldi ou quelque autre grand homme de chez nous ; même pas un des saints qui pourtant auraient de bonnes raisons d'être là. Mais Roosevelt et la Madone de Viggiano étaient toujours là. À les voir ainsi, l'un vis-vis de l'autre, dans les gravures populaires, on aurait dit les deux faces du pouvoir qui s'est partagé l'univers. Mais les rôles étaient justement renversés : la Madone était ici impitoyable et féroce, sombre et archaïque déesse de la terre, maîtresse saturnienne de ce monde ; le président, une sorte de Jupiter, de Dieu bienveillant et souriant, le maître de l'autre monde. Parfois une troisième image venait former une sorte de trinité avec les deux autres : un dollar en papier, le dernier de ceux ramenés de là-bas, ou arrivé dans une lettre de mari ou de parents, était accroché au mur avec une punaise sous la Madone ou le président, ou entre eux deux comme un Saint-Esprit, ou un ambassadeur du ciel dans le royaume des morts.

Pour les gens de Lucanie, Rome n'est rien : c'est la capitale des seigneurs, le centre d'un État étranger et malfaisant. Naples pourrait être leur capitale, et elle l'est vraiment, la capitale de la misère, avec ses habitants aux visages pâles et aux yeux fiévreux, ses sous-sols aux portes ouvertes l'été à cause de la chaleur, ses femmes débraillées qui dorment affalées sur une table dans les bas-fonds de Toledo. Mais à Naples ne règne plus, depuis longtemps, aucun roi ; on y passe seulement pour s'embarquer. Le royaume de Naples n'est plus, le royaume de ces gens sans espoir n'est pas de cette terre. L'autre monde, c'est l'Amérique. L'Amérique aussi a pour les paysans une double nature. C'est une terre où l'on va travailler, où l'on peine à la sueur de son front, où un peu d'argent est épargné au prix de beaucoup de souffrances et de privations, où parfois l'on meurt et personne ne se souvient plus de vous ; mais en même temps et sans qu'il y ait contradiction, c'est le paradis, la terre promise.

Ni Rome, ni Naples, mais New York serait la vraie capitale des paysans de Lucanie, si ces hommes sans État pouvaient en avoir une. Elle l'est en effet, mais de la seule manière possible — de manière mythologique.

Traduit par Jeanne MODIGLIANI.
© Éditions Gallimard, 1948.

DOMAINE NORVÉGIEN

Sigrid Undset (1882-1949)

Kristin Lavransdatter (1922)
Christine Lavransdatter*

Comme elle avait murmuré contre cette existence à laquelle son anneau de mariage l'avait vouée! Comme elle s'était révoltée — et mise en colère! Pourtant elle l'avait aimée, sa vie, elle avait joui des bons et des mauvais jours. Il n'y en avait pas un seul qu'elle n'eût rendu à regret à Dieu, il n'y avait pas une souffrance qu'elle pût sacrifier sans se sentir appauvrie. Ulf et la religieuse échangèrent quelques paroles qu'elle ne comprit pas, et Ulf sortit de la pièce. Christine voulut lever la main pour s'essuyer les yeux, mais elle n'en eut pas la force, la main resta posée sur la poitrine. Elle avait mal, la main pesait lourd et il lui semblait encore sentir la bague autour de son doigt. Sa tête s'égarait à nouveau. Il fallait voir si vraiment la bague n'était plus à sa place, si elle avait rêvé qu'elle s'en séparait.

Elle n'était plus bien certaine non plus de ce qui s'était passé pendant la nuit — l'enfant dans la tombe — les flots noirs de la mer — les petites lueurs fugitives sur les vagues — le cadavre qu'elle avait porté. Avait-elle rêvé ou était-elle éveillée? Elle ne pouvait plus ouvrir les yeux.

« Ma sœur, dit la religieuse, ne t'endors pas, Ulf est allé chercher le prêtre. »

---

* Christine est partagée entre son amour pour Erlend et son devoir d'obéissance à son père et à l'Église. Elle finira par trouver son épanouissement, d'abord comme amante et comme mère puis, pendant la peste noire, comme servante de Dieu (vol. III, « La croix »).

Brusquement Christine se réveilla tout à fait et fixa ses regards sur sa main : la bague n'y était plus. C'était vrai, mais il restait une marque claire à la place qu'elle avait occupée. Sur le doigt brun, abîmé par de gros travaux, la marque brillait, comme une cicatrice de peau blanche et fine. Christine croyait reconnaître les deux taches rondes laissées par les rubis et une petite marque, un M, l'initiale de la Sainte Vierge, gravé dans l'or de la plaque du milieu.

La dernière pensée lucide de Christine fut qu'elle mourrait avant que cette trace eût disparu, et elle en fut heureuse.

C'était un mystère qu'elle ne comprenait pas bien, mais dont elle était sûre. Dieu n'avait cessé de l'envelopper de son amour, sans même qu'elle s'en doutât, et malgré son obstination, malgré son esprit lourd et matériel, un peu de cet amour était demeuré en elle, avait agi comme le soleil qui féconde la terre. Une fleur avait jailli que n'avait pu faner la passion charnelle, soit qu'elle eût été une brûlante flamme ou une tempête de furieuse colère.

Christine avait été la servante du Seigneur, une servante rétive, capricieuse, n'adorant que des lèvres dans ses prières, hypocrite au fond du cœur, paresseuse, négligente, impatiente sous la férule, dénuée de persévérance dans ses entreprises. Pourtant il l'avait gardée à son service — maintenant le pacte qu'Il lui avait imposé à son insu. — Sous la bague d'or étincelante, une marque secrète indiquait qu'elle était serve d'un Seigneur, d'un Roi qui venait à elle entre les mains consacrées du prêtre pour lui donner la liberté et le salut.

Après que Sira Eiliv lui eut administré les saintes huiles et le viatique, Christine Lavransdatter perdit à nouveau connaissance.

Elle était en proie à une forte fièvre et à de violents crachements de sang. Le prêtre dit aux sœurs que la fin ne tarderait pas.

Parfois, la mourante reprenait assez conscience pour distinguer l'un ou l'autre visage : Sira Eiliv, les sœurs. — Dame Ragnhild vint elle-même un instant, puis Ulf.

Christine s'efforçait de leur montrer qu'elle les reconnaissait et que leur présence lui faisait plaisir. Mais ceux qui l'entouraient ne voyaient que ses mains qui râtissaient le drap dans les affres de l'agonie.

Pendant un instant, Christine vit Munan. Le petit la regardait à travers l'entrebâillement d'une porte. Puis il retira sa tête, et la mère ne détachait pas ses regards de la porte, s'attendant à voir réapparaître l'enfant. Mais ce fut l'abbesse qui entra et passa sur le visage de Christine un linge mouillé. Cela aussi faisait du bien.

Tout disparut dans un brouillard rouge sombre, et Christine perçut un bruit assourdissant qui l'effraya d'abord. Mais le bruit se calma par degrés et le brouillard devint léger et lumineux. Ce ne fut plus que la brume matinale qui précède l'aurore. — Un grand silence. — Christine sut qu'elle mourait.

Traduit par Th. HAMMAR et M. METZGER.
© Éditions Stock, 1941.

Julian Tuwim (1894-1953)

Zycie codzienne
(1933)
La Vie quotidienne

Les objets et les mots sont gorgés de mystère ;
Il est vain de parler, douloureux de se taire.
Du profond de ma chambre un murmure insistant
De la chaise à la table, en rêve finit chant.

De jour en jour les mots prennent leur poids vivant.
La mousse les recouvre à l'aube, en se cachant.
J'écoute les vieux bois et j'entends leur mystère
Et le chêne gémit de n'avoir plus de terre.

Traduit par Lucien FEUILLADE.
© L'Âge d'Homme, 1981.

Fernando Pessoa (1888-1935)

Mensagem
(1934)
MESSAGE

LES CHÂTEAUX

L'Europe ici s'étend, sur ses coudes posée :
D'Orient en Occident elle s'étend, regarde,
Et une chevelure romantique
Recouvre ses yeux grecs, emplis de souvenirs.

Son coude gauche est reculé ;
Le droit en angle disposé.
L'un marque l'Italie sur laquelle il se pose ;
L'autre dit Angleterre sur qui, plus éloigné,
Il supporte la main, où s'appuie le visage.

Il regarde, regard de sphinx, fatal,
L'Occident, futur du passé.

Ce visage au regard, voilà le Portugal.

Traduit par Bernard Sesé.
© Librairie José Corti/UNESCO, 1988.

Lucian Blaga (1895-1961)

Eu nu strivesc corola de minuni a lumii
(1919)
JE NE FOULE PAS LA COROLLE
DE MERVEILLES DU MONDE*

PAYSAGE TRANSCENDANT

Dans les villages roumains
les coqs de l'apocalypse poussent leurs cris.
Les yeux écarquillés
les fontaines de la nuit
écoutent leurs présages obscurs.
Des oiseaux arrivent du large
comme des anges d'eau.
Sur le rivage — Jésus
les cheveux pleins d'encens
saigne en lui-même
des sept paroles de la croix.

Des forêts de sommeil
et autres noirs repaires
sortent furtivement
des bêtes grandies sous l'orage
qui vont s'abreuver
à l'eau morte des auges.
La terre vêtue de blé
brûle en vagues hallucinées.
Des ailes au son légendaire
prises d'épouvante piquent sur le fleuve.

* Professeur d'histoire et de philosophie, Blaga le poète veut pénétrer les lieux du mystère et de l'imaginaire pour créer un monde nouveau où chaque être rejoint un état éternel et universel.

Dans la forêt le vent s'acharne
à briser les branches et les bois des cerfs.
On entend sonner par milliers sous les feuilles
des cloches ou peut-être des cercueils.

Traduit par SANDA STOLOJAN.
In *L'Étoile la plus triste*, © La Différence, 1992.

EUGÈNE IONESCO (né en 1909)

Nu
(1934)
NON*

Les actions gratuites sont ridicules. Elles sont ridicules parce que je ne crois pas en elles. Je ne crois pas en elles parce qu'il est impossible d'y croire. L'homme ne fait, n'espère, ne lutte, ne se torture, ne désespère, ne mange, n'aime, ne se suicide, ne se non-suicide que par faiblesse. C'est par faiblesse que l'homme croit en Dieu, selon un lieu commun plein de sagesse et que cinquante ans de métaphysique et de théologie veulent faire sortir de la circulation. (Quelle illusion!)

Celui qui s'offre à Dieu par luxe, celui à qui seule sa

---

* Qui aurait pu prédire à l'écrivain roumain de 1934, même s'il était fort familier de la littérature française, même s'il avait effectué une grande partie de ses études en France, qu'il connaîtrait après-guerre un immense succès avec *La Cantatrice chauve*, et finirait académicien français ?

force personnelle fait aimer Dieu à qui il se donne sans y être poussé par la peur, celui-là n'est qu'une baudruche.

La gratuité ne peut être pratiquée que par les forts. Or, les forts, ça n'existe pas. Donc la gratuité n'existe pas... (Raisonnement impeccable.) Ce qui veut dire que l'unique motif de la faille dans ma non-foi en Dieu, c'est encore la faiblesse.

Mis à part les lecteurs chrétiens roumains, ce que les gens peuvent être farces! pénibles! gênants! à pleurer! La faiblesse est une, ses facettes sont innombrables.

Oui, mon cher, vous avez beau me regarder avec des yeux ronds, laissez-moi vous dire que vous êtes inconscient, tant mieux pour vous. Dieu a étendu sa main sur votre tête. (Simple fleur de rhétorique.)

[...]

Mais alors, pourquoi ai-je si peur, mon Dieu, pourquoi ai-je si peur de la mort, chaque jour, chaque nuit, à chaque coin de rue? Pourquoi ce tremblement de mes os, de mes dents, de ma chair? Pourquoi est-ce que je m'agite comme un crétin, comme un crétin? Pourquoi suis-je pétrifié dans le rire, les pleurs, le hoquet face à ces horreurs d'au-delà du rire, des pleurs, du hoquet? Je suis la mort. La vie me plonge dans le provisoire. C'est la mort qui me plonge dans le définitif. La mort c'est moi-même. Pourquoi ai-je peur de moi, de ce qui me fait atteindre mon essence?

Je ne devrais pas parler de tout cela, je ne pourrai plus dormir cette nuit, et d'ailleurs, je suis superstitieux. Pourvu que cela ne me fiche pas la poisse. (Toutes ces élucubrations s'expliquent par un mauvais fonctionnement de l'estomac!)

Oh, Seigneur Dieu! Mon coin de Paradis! Mais mon coin de Paradis! ai-je perdu à tout jamais mon coin de Paradis? Seigneur Dieu, je ne voudrais pas faire du mélo et je ne voudrais pas que Tu croies que je recherche, par le rapprochement des contraires, un effet de style romantique (du genre Vénus et la Vierge). Mais je T'aime, d'où cela m'est-il venu, quand ? Quels sont ces mondes dont les souvenirs me torturent ? Me torturent ! Ne vois-Tu pas comme je me traîne ? Comme je tends les mains dans le vide ? Comme j'avance sur des chemins défoncés ? Comme je n'ai pas la force de suivre ce chemin-ci ou celui-là ?

Mon coin de Paradis, je ne veux le céder à personne : je veux y arriver avec ma bien-aimée.

Traduit par MARIE-FRANCE IONESCO.
© Éditions Gallimard, 1986.

E. M. CIORAN (né en 1911)

Amurgul gîndurilor
(1940)
LE CRÉPUSCULE DES PENSÉES*

Toutes les pensées semblent les gémissements d'un ver écrasé par des anges.

Là où surgit le paradoxe, le système meurt et la vie triomphe. C'est par lui que la raison sauve son honneur devant l'irrationnel. Ce qu'il y a de trouble dans la vie ne peut être exprimé que dans la malédiction ou

---

* Déjà parisien depuis 1937, mais écrivant encore dans sa langue natale, Cioran compose des aphorismes qui préfigurent son *Précis de décomposition* (1949, en français).

l'hymne. Qui ne peut en user n'a qu'une seule solution à sa portée : le paradoxe — sourire formel de l'irrationnel...

Les philosophes sont les agents malheureux de l'Absolu payés des contributions de nos douleurs. Ils se sont fait une profession de prendre le monde au sérieux.

L'homme qui pratique la lucidité pendant toute sa vie devient un classique du désespoir.

Ce n'est pas moi qui souffre dans ce monde, mais le monde qui souffre en moi. L'individu n'existe que dans la mesure où il concentre la douleur muette des choses : des guenilles à la cathédrale. Et de même, il n'est vie qu'à partir du moment où, du ver à Dieu, les êtres se réjouissent et gémissent en lui.

Deux types de philosophes : ceux qui pensent sur les idées et ceux qui pensent sur eux-mêmes. La différence entre le syllogisme et le malheur...

Pour un philosophe objectif, seules les idées ont une biographie ; pour un philosophe subjectif, seule l'autobiographie a des idées. On est prédestiné à vivre à proximité des catégories ou en sa propre proximité. En dernière instance, la philosophie est la méditation poétique du malheur.

Traduit par Micaela SLĂVESCU (D. R.).

SERGUEÏ ALEKSANDROVITCH ESSÉNINE
(1895-1925)

«*Не жалею, не зову, не плачу...*»
(1921)
« JE NE REGRETTE RIEN NI N'APPELLE
NI NE PLEURE... »

Je ne regrette rien ni n'appelle ni ne pleure,
Tout passera comme la fumée des pommiers blancs.
Saisi par l'or du déclin,
Je ne retrouverai plus jamais ma jeunesse.

Tu ne sauras plus battre comme autrefois,
Mon cœur que les premiers froids ont touché,
Et dans le pays que décorent les bouleaux
Je n'irai plus me balader pieds nus.

Esprit d'errance! De plus en plus rarement
Tu attises la flamme de mes lèvres.
Ô ma fraîcheur perdue,
Fureur des yeux et plénitude des sens.

Je suis devenu plus sobre dans mes désirs,
Ô ma vie ou tu ne fus qu'un rêve?
Comme si l'aube printanière avait retenti
Du galop de mon coursier rose.

Nous sommes tous mortels en ce monde,
Doucement des érables ruisselle le cuivre des feuilles...
Soit à jamais béni
Ce qui est venu fleurir et mourir.

Traduit par NIKITA STRUVE.
In N. Struve, *Anthologie de la poésie russe. La renaissance du XXe siècle*,
© Aubier, 1970.

Boris Pilniak (1894-1938)

Голый год
(1922)
L'Année nue*

En voici un dont les poumons doivent être complètement rongés et qui, d'instinct, cherche de l'air ; à côté de lui, des gens, hommes et femmes, ont fait glisser un peu la porte, et satisfont leurs besoins naturels, accrochés, suspendus, accroupis, au-dessus de la terre fuyante... On a appris à faire cela dans les positions les plus instables, et chacun à sa manière.

L'homme que consume la fièvre de la tuberculose éprouve des sensations bizarres et désordonnées. Ses idées sur la morale et l'honnêteté, sa chambrette, ses brochures, ses livres, la faim, tout s'est envolé au diable. Après de nombreuses nuits sans sommeil, ses pensées se sont différenciées, il lui semble que son « moi » s'est dédoublé, et que chacun de ses membres commence à mener une vie indépendante. Les jours, les nuits, les wagons, les stations, les gares, les marchepieds, les toits, tout s'est confondu, tout s'est embrouillé ; l'homme n'a plus qu'un seul désir : tomber et dormir voluptueusement... peu lui importe qu'on le piétine, qu'on crache sur lui, que les poux pleuvent sur son corps ! La morale, les brochures sur le socialisme et la tuberculose, les livres sur Dieu ! Il ne s'agit plus de tout cela. L'homme entrevoit une nouvelle fraternité, une fraternité extraordinaire : tomber,

---

* Dans les wagons surpeuplés qui rampent à travers la steppe noire, l'humanité côtoie l'inhumanité.

fauché par le sommeil et se blottir contre quelqu'un, — contre un syphilitique ? contre un typhique ? Se blottir, le réchauffer, se réchauffer à son contact... Sifflements, signaux, sonneries... Il lui semble qu'on a roulé son cerveau dans de la plume, et comme la plume est chaude, ses pensées sont ardentes, fiévreuses et frôlent le néant. La porte glisse, la porte grince, et des femmes, encore des femmes, se suspendent, s'accrochent, s'accroupissent au-dessus de la terre fuyante... Le sexe !...

Hier, à une petite station, une femme s'est approchée du wagon. Un soldat se tenait devant la porte.

— Beau garçon, laisse-moi passer, pour l'amour du Christ ! Impossible de se caser nulle part, dit la femme.

— N'y pense pas, ma vieille, tu ne pourrais pas ! répondit le soldat.

— Pour l'amour du Christ !

— Et la récompense ?

— On s'arrangera...

— Tu sais faire l'amour ?

— On s'arrangera...

— Ça va, monte ! Glisse-toi sous la planche ; il y a là ma capote. Hé ! Sémione, reçois une femme !

Le soldat se coule aussi sous la planche, les gens se pressent autour, et une souffrance infinie contracte voluptueusement le cœur de l'homme. La bête s'est réveillée en lui ; il voudrait crier, se battre, se ruer sur la première femme venue, être superbement fort et cruel, et là, devant tous, violer, violer, violer... Idées, générosité, honte, stoïcisme, — au diable ! La bête, plus rien que la bête !

Traduit du russe par L. BERNSTEIN et L. DESORMONTS (1926).
Extrait de : B. Pilniak, *L'Année nue*, © Éditions Gallimard, 1981.

Vladimir Vladimirovitch Maïakovski (1893-1930)

Про это
(1923)
Sur ça

Le sauveur

Mais voilà
            que de la barrière
                        s'en vient un petit homme.
Sa silhouette grandit à pas courts.
La lune
      enchâsse sa tête d'une auréole.
Je vais le convaincre
            qu'il faut tout de suite
                        prendre un bateau,
c'est le sauveur !
            Il a l'aspect de Jésus.
Calme et bon,
        couronné de lune.
Il s'approche.
            Un jeune visage sans moustache.
Pas du tout Jésus.
                Plus tendre.
                        Plus jeune.
Le voici plus près,
            ça devient un Komsomol.
Sans bonnet ni pelisse.
                  Des molletières et une veste militaire.
Tantôt il joint les mains
                    comme pour prier.
Tantôt il fait des gestes
              comme pour un discours au meeting.

La ouate de la neige.
              Le garçon marche dans cette ouate.
La voilà toute dorée —
                    quoi de plus vulgaire ?
Mais c'est d'une telle tristesse
                    qu'on reste là
                              tout meurtri !
Et allons-y pour la romance entsiganée.

Romance

Le garçon marchait les yeux fixés sur le couchant.
Le couchant était jaune indépassablement.
Même la neige était jaune vers la barrière de Tver,
le garçon marchait sans rien voir.
Et puis
soudain
il s'arrêta.
L'acier a lui
dans la soie
des mains.
Pendant une heure le couchant regarda d'un œil fixe
une frange derrière le garçon.
La neige en crissant se brisait les jointures.
Pourquoi ?
        Comment ?
                  Pour qui ?
Le vent-voleur avait fouillé le garçon
et trouvé un billet.
Et le vent se mit à carillonner vers le parc Pétrovski :
— Adieu...
        J'en finis...
                N'accusez personne.

Rien
à faire

À quel point
il me ressemble !

C'est effrayant.
      Ça alors!
             Je pousse jusqu'à la flaque.
Je lui retire sa veste ensanglantée.
Ça va pas camarade!
Mais l'autre là-bas est dans un état bien pire.
Voilà sept ans que du pont il regarde ça [1].
J'arrive à peine à mettre la veste,
                c'est un autre calibre.
Le savon n'arrive pas à mousser,
                mes dents claquent.
J'ai rasé l'immense toison de mes pattes
                et de mon mufle énormes [2].
Avec un glaçon pour miroir...
                un rayon pour rasoir...
Me voici presque,
      presque moi-même.

Traduit par Claude FRIOUX.
Poèmes, 1922-1923, tome II, © Messidor, 1986.

---

[1]. « L'autre là-bas » est le double du poète, en même temps que son passé : en 1916, il a tenté de se suicider, et cette partie de lui reste rivée au pont de la Neva (à Petrograd) où la scène a eu lieu.
[2]. Allusion à la métamorphose du poète en ours, un peu plus tôt dans le texte.

Isaak Emmanouilovitch Babel
(1894-1941)

Конармия
(1923)
Cavalerie rouge*

Dans le ciel scintillait une queue rose qui s'éteignit. La Voie lactée s'est montrée entre les étoiles.

— Ça me fait rigoler, dit Grichtchouk amèrement, en me montrant du bout de son fouet un homme assis au bord de la route, ça me fait rigoler quand je pense pourquoi les femmes se donnent du mal...

L'homme assis au bord de la route était Dolgouchov, le téléphoniste. Jambes écartées, il nous regardait droit dans les yeux.

— Moi, dit-il, comme nous approchions, voilà... Je vais mourir... Compris ?...

— Compris, a répondu Grichtchouk, arrêtant les chevaux.

— Faut user... une cartouche... pour moi..., a dit Dolgouchov.

Il était assis, adossé à un arbre. Ses bottes s'étalaient chacune de son côté. Les yeux obstinément fixés sur moi, il a soulevé prudemment sa chemise. Il avait le ventre arraché, ses boyaux déroulés sur ses genoux et je voyais nettement les battements de son cœur.

— Les seigneurs... vous tombent dessus, et vous jouent un sale tour... Voilà mes papiers... Tu écriras à ma mère comment et quoi...

---

* La scène se passe pendant l'été de 1920, lors de la guerre entre la République polonaise et la Russie soviétique. Le narrateur, Lioutov, est correspondant de guerre auprès de l'Armée rouge.

— Non, ai-je dit, d'une voix sourde ; et j'ai éperonné mon cheval.

Dolgouchov a étalé sur la terre ses paumes bleues et les a regardées comme s'il doutait d'elles.

— Tu te défiles ? a-t-il marmonné en glissant. Sauve-toi, salaud !

Une sueur froide coulait sur mon corps. Les mitrailleuses tiraient de plus en plus vite, avec un entêtement hystérique. Vers nous, nimbé dans le soleil couchant, galopait Afonka Bida.

— On leur caresse les côtes ? a-t-il crié gaiement. Qu'est-ce que cette foire, ici ?

Je lui ai montré Dolgouchov et suis parti.

Ils ont parlé brièvement, je n'ai pas entendu les mots. Dolgouchov a donné son livret au chef de peloton. Afonka a glissé le document dans sa botte puis tiré un coup de revolver dans la bouche de Dolgouchov.

— Afonka, ai-je dit avec un sourire pitoyable en m'approchant de lui, moi, tu sais, je n'ai pas pu...

— Va-t-en ! a-t-il dit en pâlissant, ou je te tue. Vous autres, les binoclards, vous avez pitié de nos frères... comme le chat de la souris !...

Il armait à nouveau son revolver.

Je me suis éloigné au pas, sans me retourner, sentant dans mon dos le froid de la mort.

— Hé toi ! a crié derrière nous Grichtchouk, fais pas le con !...

Et il a saisi Afonka par le bras.

— Sang de larbin ! beuglait Afonka, il ne m'échappera pas !...

Grichtchouk m'a attrapé au tournant. Le chef de peloton était parti dans une autre direction.

— Tu vois, Grichtchouk, j'ai perdu, aujourd'hui, Afonka, mon premier ami...

Grichtchouk a tiré de dessous son siège une pomme ridée :

— Mange, a-t-il dit, mange, je t'en prie.

J'ai accepté l'aumône de Grichtchouk et mangé la pomme avec tristesse et piété.

Traduit par Maurice Parijanine
[pseudonyme de Maurice Donzel] (1928).
© Éditions Gallimard, 1959.

Andreï Platonovitch Klimentov *dit* Platonov (1899-1951)

Чевенгур
(1926-1929)
Tchevengour

« Comment s'appellent les mots incompréhensibles ? demanda modestement Kopéikine. Des "ternes" ?

— Des termes » répondit Dvanov brièvement. Profondément, il préférait l'ignorance à la culture : l'ignorance est un champ vierge ; la culture est un champ envahi où les sels de la terre sont sucés par les plantes et où rien ne peut pousser. C'est pourquoi Dvanov était heureux que la révolution russe ait labouré les rares endroits envahis par la culture, et que le peuple soit resté tel quel, un champ vierge, pas un endroit nivelé, mais une bonne terre riche et disponible. Et Dvanov n'était pas pressé de semer : il pensait que la bonne terre ne pourrait plus tenir et qu'elle allait elle-même donner naissance à une chose inconnue et précieuse, si seulement le vent de la guerre n'allait pas apporter d'Europe les graines des mauvaises herbes capitalistes [1].

Un jour, au milieu de l'étendue plate de la steppe, il aperçut au loin une foule de gens en marche. Et à la vue de leur nombre, il ressentit une grande joie, comme s'il avait eu un contact partagé avec ces gens inaccessibles.

Kopéikine cheminait, accablé par le souvenir lancinant de Rosa Luxemburg [2]. Il comprenait tout à coup et sans l'avoir cherché, le mystère de son tourment ; mais, à l'instant même, le délire de la vie enveloppa de chaleur sa raison et il imagina de nouveau qu'il allait bientôt atteindre un autre pays, où il pourrait embrasser la douce robe de Rosa conservée par ses parents, qu'il allait déterrer Rosa et l'emmener chez lui, dans la révolution. Kopéikine devinait même l'odeur de la robe de Rosa, l'odeur d'herbe desséchée, mêlée à la chaleur cachée des restes de la vie. Il ne savait pas que Sonia Mandrova avait le même parfum, dans la mémoire de Dvanov, que Rosa Luxemburg.

Une fois, Kopéikine était resté longtemps devant le portrait de Luxemburg, dans un comité révolutionnaire de district. Il regardait les cheveux de Rosa et imaginait un jardin secret ; puis il regarda attentivement ses joues roses et pensa au sang flamboyant de la révolution qui colore tout son visage pensif tourné passionnément vers le futur.

Kopéikine était resté devant le portrait jusqu'à ce que son étrange émoi ait éclaté en larmes. Le soir même il tua avec rage un koulak, ce qui incita des paysans à étriper un collecteur d'impôts quelques mois plus tard ; ils lui avaient bourré le ventre de millet.

---

1. La scène se passe dans les premiers mois de 1921, à la fin de la guerre civile, alors que la NEP n'a pas encore été proclamée.
2. Assassinée le 15 janvier 1919 à Berlin, après l'échec de l'insurrection spartakiste.

L'homme s'était longtemps traîné sur la place, près de l'église, pendant que les poules vidaient son ventre grain par grain.

C'était la première fois que Kopéikine avait pourfendu un koulak avec colère. D'habitude, il ne tuait pas comme cela, sous une impulsion, mais avec indifférence, définitivement, comme s'il était mû par une force mathématique et un calcul économique. Kopéikine voyait les gardes blancs et les bandits comme des ennemis minables qui ne méritent pas sa colère personnelle ; il les tuait avec l'application scrupuleuse du quotidien, comme la paysanne sarcle le millet. Il faisait la guerre avec précision, mais sans s'attarder, en chemin et à cheval, gardant inconsciemment ses sentiments pour des espoirs et des projets lointains.

L'immense et modeste ciel russe éclairait la terre soviétique avec une monotone constance, comme si les soviets avaient toujours existé, et le ciel leur convenait parfaitement. Dvanov était fermement persuadé que le ciel et tout l'espace étaient différents avant la révolution. Pas aussi bienveillants.

Traduit par Cécile LOEB.
© Éditions Stock, 1972.

Evguéni Zamiatine (1884-1937)

Наводнение
(1929)
L'Inondation, ch. i

Ce jour-là le tube du niveau d'eau sur la chaudière s'était cassé, il avait fallu aller chercher un tube de rechange à la réserve de l'atelier de mécanique. Il y avait longtemps que Trofim Ivanytch n'était pas venu à l'atelier. Lorsqu'il y pénétra, il eut l'impression qu'il s'était trompé d'endroit. Avant, l'atelier était plein de mouvement, ça bourdonnait, ça tintait, ça chantait, comme le vent jouant sur des feuilles d'acier dans une forêt d'acier. À présent c'était l'automne dans la forêt, les courroies de transmission tournaient à vide, seules trois ou quatre machines marchaient paresseusement, on entendait le couinement monotone d'une rondelle. Trofim Ivanytch se sentit brusquement mal à l'aise, comme s'il se trouvait au-dessus d'une fosse vide, creusée on ne sait pourquoi. Il se dépêcha de retourner chez lui, dans la chaufferie.

Le soir, lorsqu'il revint à la maison, il se sentait toujours aussi mal à l'aise. Il dîna, puis s'allongea un moment. Quand il se releva, c'était passé, oublié ; restait seulement cette espèce de rêve qu'il avait fait, ou cette clé qu'il avait perdue. Mais quel rêve exactement, et la clé de quoi, impossible de se le rappeler. Et puis la nuit cela lui revint en mémoire.

Toute la nuit le vent de la côte avait battu la fenêtre, faisant tinter les vitres. Les eaux de la Neva montaient. Et le sang, comme relié à elles par des veines souterraines, lui aussi montait. Sophia ne dormait pas. Trofim Ivanytch, dans la pénombre, trouva à tâtons ses genoux et resta longtemps en elle. Mais il y avait de nouveau quelque chose qui clochait, il y avait de nouveau comme une fosse.

Il restait allongé, les vitres tintaient, monotones, dans le vent. Tout à coup il se souvint : la rondelle, l'atelier, la courroie tournant à vide... « Oui, c'est bien ça », prononça à voix haute Trofim Ivanytch. « Qu'est-ce qu'il y a ? » demande Sophia. « Tu ne fais pas d'enfants, voilà ce qu'il y a. » Sophia comprit aussi : oui, c'était bien cela. Elle comprit que si elle ne faisait pas un enfant, Trofim Ivanytch la quitterait, il se viderait d'elle imperceptiblement, goutte à goutte, comme l'eau s'échappant du tonneau desséché. Celui qui depuis longtemps se trouvait chez eux dans l'entrée et dont Trofim Ivanytch, depuis longtemps, devait refaire le cerclage, mais il ne trouvait jamais le temps.

Cette nuit-là — ou, plutôt, vers le petit matin —, la porte s'ouvrit toute grande, heurtant avec fracas le tonneau. Sophia sortit en courant de la maison. Elle savait que c'était la fin, qu'on ne pouvait pas revenir en arrière. Sanglotant à grand bruit, elle courut vers le Champ de Smolensk, où quelqu'un faisait craquer des allumettes dans le noir. Elle trébucha, tomba, ses mains s'aplatirent dans quelque chose d'humide. Il fit jour : elle vit que ses mains étaient pleines de sang. « Qu'est-ce que tu as à crier ? » demanda Trofim Ivanytch. Sophia se réveilla. Mais le sang était bien là : c'était, comme à l'habitude, son sang de femme.

Avant il s'agissait simplement de ces jours où il lui était pénible de marcher, où elle avait froid aux jambes et se sentait sale. À présent, c'était comme si on la faisait passer en jugement et, chaque mois, elle attendait le verdict. À l'approche de ces jours-là elle ne dormait pas, elle avait peur, et en même temps elle avait hâte que cela arrive : si, cette fois, cela ne venait pas, si elle était... Mais rien ne se passait, il y avait en elle une fosse vide. Elle l'avait remarqué à plusieurs reprises : la nuit, lorsque, toute honteuse, elle s'enhardissait à appeler à voix basse Trofim Ivanytch pour qu'il se tourne vers elle, il faisait semblant de dormir. Alors Sophia refaisait ce rêve : seule, dans le noir, elle courait vers le Champ de Smolensk, elle criait et, au matin, ses lèvres étaient plus serrées encore qu'à l'habitude.

Traduit du russe par Barbara NASAROFF.
Extrait de : E. Zamiatine, L'Inondation, Solin, 1989.

Mikhaïl Afanassiévitch Boulgakov (1891-1940)

Мастер и Маргарита
(1928-1940)
Le Maître et Marguerite*

Il était né sous une heureuse étoile, le critique Latounski : grâce à elle, il échappa à la rencontre de Marguerite, devenue — ce vendredi-là — sorcière.

Personne n'ouvrit. Alors, d'un seul élan, Marguerite plongea jusqu'en bas, comptant les étages en passant. Arrivée au rez-de-chaussée, elle fila dans la rue et là,

---

* Rendue capable de voler par une crème que lui a remise l'émissaire d'un étranger mystérieux, dont les exploits affolent toute la capitale, une jeune Moscovite, Marguerite, profite de ses nouveaux pouvoirs pour se venger. Le critique Latounski a en effet empêché l'homme qu'elle aimait — le Maître — et qui, depuis, a disparu, de publier le roman qu'il avait écrit.

recompta les étages et regarda en haut pour trouver les fenêtres de l'appartement de Latounski. Sans aucun doute, c'était les cinq fenêtres obscures situées à l'angle de l'immeuble, au huitième étage. Marguerite s'éleva aussitôt jusque-là, et quelques secondes après elle entrait par une fenêtre ouverte dans une pièce obscure, traversée seulement par un étroit rayon de lune argenté. Marguerite suivit ce rayon et chercha à tâtons l'interrupteur. En moins d'une minute, tout l'appartement était éclairé. Le balai fut déposé dans un coin. Après s'être assurée qu'il n'y avait personne, Marguerite ouvrit la porte du palier et vérifia que la carte de visite était bien là. Elle y était : Marguerite ne s'était pas trompée.

Oui, on dit qu'aujourd'hui encore le critique Latounski pâlit au souvenir de cette terrible soirée, et qu'aujourd'hui encore, il prononce avec vénération le nom de Berlioz. On ne sait pas du tout quelle sombre et hideuse affaire criminelle eût marqué cette soirée : toujours est-il que lorsque Marguerite sortit de la cuisine, elle tenait un lourd marteau à la main.

Invisible et nue, la femme volante avait beau s'exhorter au calme, ses mains tremblaient d'impatience. Visant soigneusement, Marguerite abattit son marteau sur les touches du piano à queue. Ce fut le premier hurlement plaintif qui traversa l'appartement. Complètement innocent en cette affaire, l'instrument de salon fabriqué par Becker en poussa un cri d'autant plus frénétique. Les touches sautèrent, et les morceaux d'ivoire volèrent de tous côtés. L'instrument gronda, hurla, résonna, râla.

Avec un claquement de coup de revolver, la table d'harmonie se rompit. Le souffle court, Marguerite arracha et broya les cordes à coups de marteau. À bout de souffle enfin, elle se jeta dans un fauteuil pour respirer.

Une cataracte d'eau gronda dans la salle de bains et

dans la cuisine. «Ça doit commencer à couler par terre...», pensa Marguerite, et elle ajouta à haute voix :

— Mais il ne faut pas que je m'éternise ici.

De la cuisine, l'eau coulait déjà dans le corridor. Ses pieds nus pataugeant dans les flaques, Marguerite remplit plusieurs seaux d'eau dans la cuisine, les porta dans le cabinet de travail du critique et les vida dans les tiroirs du bureau. Après avoir brisé à coups de marteau, dans ce même cabinet, les portes d'une bibliothèque, elle passa dans la chambre à coucher. Là, elle brisa une armoire à glace, y prit un costume du critique et alla le noyer dans la baignoire.

Puis elle saisit, sur le bureau, un encrier plein qu'elle alla vider dans le somptueux lit à deux places.

La destruction à laquelle se livrait Marguerite lui procurait une ardente jouissance, mais en même temps, l'impression persistait en elle que les résultats obtenus demeuraient, somme toute, dérisoires.

Elle se mit alors à faire n'importe quoi. Dans la pièce où se trouvait le piano, elle brisa les potiches de plantes grasses. Mais elle s'interrompit, retourna dans la chambre et déchira les draps à l'aide d'un couteau de cuisine. Puis elle cassa les sous-verre. Elle ne se sentait pas fatiguée, mais son corps ruisselait de sueur.

> Traduit par Claude Ligny.
> © Éditions Robert Laffont, 1968. Écrit de 1928 à 1940 et publié en 1966.

Marina Ivanovna Tsvétaïeva
(1892-1941)

Тоска по родине
(1934)
Le Mal du pays

>Mal du pays ! Tocard, ce mal
>Démasqué il y a longtemps !
>Il m'est parfaitement égal
>*Où* me trouver parfaitement
>
>Seule, sur quels pavés je traîne,
>Cabas au bras jusque chez moi,
>Vers la maison, — plutôt caserne ! —
>Qui ne sait pas qu'elle est à moi.
>
>Il m'est égal à qui paraître
>Lion en cage, — devant quels gens,
>Et de quel milieu humain être
>Expulsée — immanquablement —
>
>En moi-même, dans l'isoloir
>Du cœur. Mal vivre — qu'importe *où*,
>*Où* — m'avilir, moi, ours polaire
>Sans sa banquise, je m'en fous !
>
>Même ma langue maternelle
>Aux sons lactés — je m'en défie.
>Il m'est indifférent en quelle
>Langue être incomprise et de qui !
>
>(Du lecteur, du glouton de tonnes
>De presse, — abreuvoir de potins...)
>Vingtième siècle, c'est ton homme !
>Avant tout siècle — moi, je vins !

Bûche abandonnée sur les dalles
D'une allée, durcie de partout,
Tout m'est égal, les gens se valent,
Et peut-être par-dessus tout —

Égal : ce qui fut le plus cher.
De moi ont disparu d'un coup
Tous signes, dates et repères :
Une âme née on ne sait où.

Mon pays a si peu pris garde
À moi que le plus fin limier,
Sur mon âme — de long en large,
Ne verra rien de familier !

Temple ou maison : vide, personne…
Tout m'est égal, rien à parier.
Mais si sur le chemin buissonne
Un arbre et si c'est — un sorbier…

Traduit par ÈVE MALLERET.
In *Poésie russe. Anthologie du XVIIIe au XXe siècle* présentée par Efim Etkind.
© Éditions La Découverte, 1983.

DOMAINE SERBE

Miloš Tsernianski (1893-1977)

Seobe
(1929-1962)
Migrations*

Il ne voulait plus entendre parler de l'armée. Beaucoup de ses officiers posaient franchement la question d'un retour en Serbie d'où leurs pères étaient venus et, en les entendant, de nombreux soldats se disaient prêts à les suivre avec famille et troupeaux. Issakovitch n'était plus le seul à oser parler en douce de migration en Russie ; d'autres s'étaient joints à lui. Le général Stephan Voukovitch, qui fut l'un des premiers à partir, leur avait tourné la tête avec ses lettres.

Ainsi, au cours de cette dernière nuit de sa vie de soldat, Issakovitch décréta une fois de plus que sa vie jusque-là était régie par le mal et qu'il fallait partir là où régnait le bien. L'armée autrichienne lui revint alors à l'esprit et il s'y vit avec ses hommes sur les champs de bataille, les remparts ou dans les bivouacs et comprit finalement la vanité de ce passé désormais révolu. Se souvenant de son village et de celui de son frère, qu'il allait bientôt revoir, avec leurs roseaux et leurs marécages, il les associa au sentiment de néant qui le travaillait. Il ne pensa pas qu'il serait bon de transférer à nouveau son peuple en Serbie asservie par les Turcs, malgré sa condition misérable dans la bourbe et les

* Au milieu du XVIIIe siècle, pour fuir la domination ottomane, des milliers de Serbes émigrent dans l'empire voisin, l'Autriche. Pour la plupart, ces gens deviennent des soldats ou des commerçants. Cependant, certains d'entre eux rêvent d'une terre lointaine, slave et orthodoxe, où ils pourraient refaire leur vie. Ce pays est la Russie. Par groupes entiers, ils s'en vont sur les routes, s'abandonnant à leur destin.

jonchères et il eut une pensée affectueuse pour lui. Il se réjouit néanmoins à l'idée de pouvoir poursuivre la construction de l'église, en plein centre du village, et prit aussitôt la ferme décision de faire exécuter, dès son retour, une icône à l'effigie du prince saint Stiljanovitch qu'il léguerait à sa mort à l'église.

[...]

La pluie avait cessé et Issakovitch observa, tout en s'habillant à côté des chevaux, les préparatifs du régiment sur la rive. Sentiments, idées, impressions se ruèrent alors sur lui de toute leur force. Il comprit qu'après avoir guerroyé Dieu sait où et pourquoi, il revenait maintenant d'une expédition inutile. Sa femme l'avait quitté en lui laissant des enfants jeunes et malades. Quant aux soldats, il comprit, en les regardant, qu'on ne les aimait pas, qu'on les trompait, qu'on les menait par le monde comme du bétail à abattre. On leur donnait des drapeaux, on les parait de plumes et on les comptait, morts ou vivants, comme des chevaux ou des cartouchières. Aucun rapport, aucun lien logique entre leur vagabondage guerrier et la vie de ceux qui étaient restés au village, dans la bourbe !

Traduit par Velimir POPOVIĆ.
© Julliard / L'Âge d'Homme, 1986.

Ivo Andrić (1892-1975)

Na drini ćuprija
(1945)
Il est un pont sur la Drina*

Ce jour de novembre, un long convoi de chevaux chargés atteignit la rive gauche et s'y arrêta pour passer la nuit. L'aga des janissaires, avec son escorte armée, s'en retournait à Tsarigrad [1] après avoir, dans les villages de Bosnie orientale, réuni le nombre fixé d'enfants chrétiens, ce qu'on appelait le « tribut du sang ».

Six années s'étaient écoulées depuis que le dernier tribut du sang avait été levé. C'est pourquoi, cette fois, le choix avait été facile et riche ; on avait trouvé sans difficultés le nombre exigé d'enfants mâles sains, intelligents et bien bâtis entre dix et quinze ans, bien que nombre de parents aient caché leurs enfants dans les forêts, leur aient appris à se faire passer pour des simples d'esprit ou à boiter, les aient vêtus de haillons et les aient maintenus dans la saleté dans le seul but de les soustraire au choix de l'aga. Quelques-uns avaient même été jusqu'à mutiler leurs propres enfants, leur coupant par exemple un doigt de la main.

Les enfants ainsi choisis étaient expédiés sur de petits chevaux bosniaques, en une longue file. Chaque cheval portait deux corbeilles tressées, comme pour

---

* Dans ce roman, Ivo Andrić décrit la vie de la petite ville de Višegrad (Bosnie) sur une période allant du XVIe siècle à la Première Guerre mondiale. Ce passage, extrait du chapitre II, décrit la scène de la levée de jeunes chrétiens que l'on mène à Istanbul afin de les éduquer et d'en faire des janissaires, soldats de l'Empire ottoman.

1. Nom serbe d'Istanbul.

transporter des fruits, une de chaque côté et, dans chaque corbeille, avait été placé un enfant et avec lui, un petit paquet et un rond de tarte, dernière douceur qu'il emportait de la maison paternelle. De ces corbeilles qui se balançaient et grinçaient en mesure, on voyait, mettant le nez dehors, les visages frais et épouvantés des enfants pris de force. Quelques-uns regardaient avec calme par-dessus les croupes des chevaux et leurs regards fouillaient le plus loin possible dans le pays natal, d'autres mangeaient et pleuraient en même temps, tandis que certains dormaient la tête appuyée contre le bât.

À une certaine distance derrière les derniers chevaux, se traînaient dans cette étrange caravane, dispersés et haletants, nombre de pères, de mères ou de parents des enfants emportés pour toujours et destinés à être, dans un monde étranger, islamisés et circoncis, à oublier leur foi, leur pays et leur origine et à passer leur vie dans des détachements de janissaires ou dans quelque service plus important de l'empire ottoman. C'étaient en majorité des femmes, mères, grand-mères ou sœurs des garçons enlevés. Quand elles s'approchaient de trop près, les cavaliers de l'aga les dispersaient à coups de cravache, poussant sur elles leurs chevaux en hurlant. Elles s'enfuyaient alors et se cachaient dans la forêt le long de la route, mais, peu après, elles se rassemblaient de nouveau derrière le convoi et s'efforçaient de voir encore une fois de leurs yeux pleins de larmes au-dessus de la corbeille la tête de l'enfant qu'on leur avait arraché. Particulièrement tenaces et difficiles à retenir étaient les mères. Elles couraient à foulées rapides et sans regarder où elles mettaient les pieds, la poitrine nue, ébouriffées, oubliant tout autour d'elles, pleuraient et se lamentaient comme sur un mort, d'autres à demi folles gémissaient, hurlaient comme si leur matrice se fendait dans les douleurs de l'enfantement et, rendues aveugles par les larmes, donnaient juste contre les fouets des cavaliers. Et, à chaque coup de cravache, elles répondaient par une question insensée : « Où l'emmenez-vous ? » Quelques-unes essayaient d'appeler distinctement leur garçon et de lui donner quelque chose d'elles-mêmes, autant qu'on peut en dire en deux mots, une dernière recommandation ou un conseil pour le voyage.

« Radé, mon fils, n'oublie pas ta mère ! »

« Ilia ! Ilia ! Ilia ! » hurlait une autre femme, cherchant désespérément du regard la chère tête connue et elle répétait son cri sans arrêt comme si elle voulait imprimer dans la mémoire de l'enfant ce nom chrétien qui, dans quelques jours, lui serait enlevé pour toujours.

Traduit par Georges LUCIANI.
© Plon, 1956.

DOMAINE SUÉDOIS

Pär Lagerkvist (1891-1974)

Böddeln
(1933)
Le Bourreau*

— Mais... n'es-tu donc pas le bourreau ? lui demanda-t-on avec un accent de doute.

L'homme à qui l'on adressait la parole enleva la main de son front marqué au fer rouge. Un frémissement d'extase traversa la foule.

— Si, je suis le bourreau ! dit-il. Et il se leva, grand et terrifiant dans son costume couleur de sang. Tous les regards se dirigèrent vers lui ; un tel silence s'établit dans la salle, hurlante et retentissante quelques secondes auparavant, qu'on put percevoir le souffle de cet homme.

— Depuis l'aube des temps je fais mon métier et il ne semble pas que je sois près d'en finir.

Des milliers d'années s'écoulent, des hommes se lèvent et disparaissent dans la nuit, mais moi je reste et, couvert de sang, je les vois passer, moi le seul qui ne vieillisse point. Je suis fidèlement la route des hommes, et il n'y a pas de sentier ayant été foulé par des pieds humains, si secret soit-il, où je n'aie élevé un bûcher et humecté le sol de sang... Je vous ai suivis dès l'origine et je vous suivrai jusqu'à la fin des temps. Quand, pour la première fois, vous avez levé les yeux vers le ciel, devinant Dieu, j'ai découpé un de vos frères et l'ai offert en sacrifice. Il m'en souvient encore : les arbres étaient secoués par le vent et la lueur du feu dan-

---

* Le bourreau est à la fois l'incarnation du mal et un être condamné à la solitude extrême. Son sort est adouci par l'amour de la femme qui partage sa vie.

sait sur vos visages. J'arrachai son cœur et le jetai dans les flammes. Depuis ce moment, nombreux sont ceux que j'ai sacrifiés aux dieux et aux diables, au ciel et à l'abîme, des coupables et des innocents en légions incalculables. J'ai exterminé de la terre des peuples entiers, j'ai saccagé et dévasté des royaumes. Tout ce que vous m'avez demandé, je l'ai fait. J'ai accompagné les siècles au tombeau et, appuyé sur mon épée ruisselante, je me suis arrêté un instant, attendant que des générations nouvelles m'appellent de leur voix jeune et impatiente. J'ai flagellé jusqu'au sang des flots d'hommes, calmant pour l'éternité leur mugissement inquiet. J'ai dressé des bûchers pour des prophètes et des messies. J'ai plongé la vie humaine dans les ombres de la nuit. J'ai tout fait pour vous.

On m'appelle encore et j'arrive. Je jette un regard sur la terre — elle gît, fiévreuse et brûlante, et dans l'espace retentissent des cris d'oiseaux malades. C'est pour le mal l'époque du rut ! C'est l'heure du bourreau !

Le soleil se cache dans des nuages étouffants et son globe humide a une affreuse lueur de sang coagulé. Craint et protégé, je traverse les champs et récolte ma moisson. La marque du crime est incrustée sur mon front, je suis moi-même un criminel condamné pour l'éternité. À cause de vous.

Je suis condamné à vous servir. Et je reste fidèle à mon poste. Sur moi pèse le sang des millénaires.

Mon âme est remplie de sang à cause de vous ! Mes yeux sont obscurcis et ne peuvent rien voir, quand le hurlement plaintif des broussailles humaines monte jusqu'à moi ! J'abats tout avec frénésie — comme vous le voulez, comme vous me criez de le faire ! Je suis aveuglé par votre sang ! Un aveugle enfermé en vous ! Vous êtes ma prison, d'où je ne puis m'échapper !

Traduit par Marguerite GAY et Gerd DE MAUTOURT.
© Éditions Stock, 1952.

DOMAINE TCHÈQUE

Ladislav Klíma (1878-1928)

Utrpení knížete Sternenhocha
(1928)
Les Souffrances
du prince Sternenhoch*

J'étais assis près du berceau de mon pauvre fiston. Helga, étendue sur un divan à quelque distance, écrivait. Je cajolais mon gros poupard et, caressant ses grands cheveux blancs, je lui parlais ainsi :

— Ma petite puce toute en or, tu es à moi, à moi, dis ? Eh bien dis-le ! Hoche au moins ta petite caboche ! — Et moi-même, je la lui hochais. — Alors tu vois ! Mais comment donc ! Tu me ressembles comme deux gouttes d'eau, et à maman pas du tout. Tu n'as pas comme elle des yeux énormes comme des soucoupes, mais de tout petits yeux bien discrets, comme moi. Tes petits cheveux clairs sont clairsemés, comme l'étaient aussi les miens, et, tout comme moi, tu as un petit nez rond, comme une cerise...

Un sifflement terrifiant se fit entendre. Je pris peur, me retournai pour voir s'il n'y avait pas une vipère dans la pièce... Helga continuait à écrire comme si de rien n'était, sans lever les yeux... Et moi, bien que quelque chose me dît que je ferais mieux de m'en aller sans attendre mon reste, une espèce d'entêtement étourdi me fit, hélas, insister...

* Le singulier prince Sternenhoch rencontre la jeune et étrange Helga lors d'un bal. Intrigué, puis bizarrement fasciné, il la demande en mariage sans soupçonner ce que dissimule son apparente inertie. « Elle alla à l'autel comme un agneau sacrificatoire. La nuit de noces, elle se comporta comme une de ces poupées avec lesquelles jouent les petites filles. » Et un enfant naît, un garçon qui ressemble à son père.

— Mon petit Hellmuth, qu'as-tu à regarder comme ça ta maman ? Comme si elle te faisait peur... N'aie pas peur, elle ne te fera rien, et même si elle voulait te faire bobo, papa ne le permettrait pas. Allons donc, tu es tout à fait un autre petit moi.

Un bruit terrible mais assourdi s'éleva, comme au cirque, lorsqu'une panthère rugit sans le vouloir à la vue d'une perche chauffée au rouge. Et l'instant d'après la petite tête de l'enfant disparut sous l'oreiller que parcourut un mouvement houleux... Ne sachant pas ce que cela voulait dire, je me retournai et vis Helga — visage de Méduse — qui tenait le bébé par la cheville, la tête en bas. Le petit corps s'essora au-dessus de la mère abominable. Je sentis un coup foudroyant et perdis connaissance.

Reprenant mes esprits, je vis ma femme assise par terre comme une Turque en train de fumer un cigare. Entre elle et moi gisait un petit corps inerte et nu, le crâne en capilotade. Je sentis quelque chose de gluant dans mes cheveux, sur mes joues, j'y portai la main — du sang et de la cervelle ! Je restai assez longtemps sans comprendre ce qui s'était passé, encore abruti par le coup que je venais d'encaisser. Et alors elle se mit à parler d'une voix calme, atroce, que je ne lui connaissais pas :

— Depuis mon enfance, des puissances mystérieuses ont engourdi mon âme et enchaîné ma volonté. Cela seul peut expliquer le fait que je me sois unie à toi qui me répugnes plus que tout au monde. J'ai secoué mes chaînes, je suis restée maîtresse du champ de bataille, forte, neuve et terrible. Malheur à quiconque se met en travers de mon chemin ! Tu m'as souillée pour toujours — non par le coït, mais parce que tu m'as obligée à porter neuf mois ta merde en moi, si bien que cela est devenu moi et moi cela — j'ai pensé en devenir folle !... Il fallait que ça périsse ! N'oublie pas : la nourrice a fait tomber un grand presse-papiers

en or sur sa tête. Si tu dis autre chose, je déclarerai —
il n'y a pas de témoin — que c'est toi qui l'as assassiné !
À partir d'aujourd'hui on ne se parle plus, les rapports
indispensables auront lieu par écrit, à condition que je
ne voie pas ton écriture qui me fait vomir !

Et elle décampa.

Je serai très succinct. J'obéis.

Traduit par Erika Abrams.
© La Différence, 1987.

Jaroslav Seifert (1901-1986)

Poštovní Holub
(1929)
Le Pigeon voyageur

PRAGUE

Au-dessus des plates-bandes, couvertures d'éléphant,
un cactus gothique fleurit de crânes royaux
et dans les cavités d'un orgue mélancolique, dans les
    grappes de tuyaux en tôle,
de vieux airs tombent peu à peu en cendres.

Les boulets de canon comme des grains de guerres
sont partis en tous sens avec le vent.

La nuit surplombe tout
et dans le buis des coupoles, toujours vertes,
l'empereur écervelé s'en va, à pas de loup,
vers les jardins magiques de ses cornues ;

dans l'accalmie rose des soirs,
des feuilles de verre tintent sous des doigts d'alchimistes
comme dans le vent.

Les longues-vues sont restées aveugles face à l'horreur du cosmos,
la mort a bu les yeux fantastiques des astrologues.

La lune, entre-temps, déposait des œufs dans les nuages,
de nouvelles étoiles en naissaient, brusques comme ces oiseaux
qui, délaissant des contrées plus sombres,
entonnent le chant de nos destinées
que personne, hélas,
n'est apte à comprendre.

Écoutez les fanfares du silence ;
sur les tapis vétustes comme des suaires centenaires
nous avançons vers l'invisible avenir

et elle, son Excellence la poussière,
se pose sans peser sur le trône abandonné.

Traduit et présenté par J<small>AN</small> R<small>UBES</small> et P<small>ETR</small> K<small>RÁL</small>.
In *Les danseuses passaient près d'ici. Choix de poèmes (1921-1983)*,
© Actes Sud, 1987.

Jakub Deml (1878-1961)

Zapomenuté světlo
(1934)
Lumière oubliée*

[...] je me suis mis à la fenêtre et j'ai crié aux voisins qui couraient en bas dans la rue et j'ai demandé ce qui brûlait et où donc, comment je ne suis pas allé au feu mais chez la femme mourante que j'aurais tant voulu avoir pour amante il y a déjà treize ans et qui gisait maintenant devant moi dépouillée de toute beauté et, après tant de grossesses et après avoir trimé toute une vie, privée même de son dernier reste de charme — et comment je lui ai fait prendre des poudres et comment elle s'est tordue de douleur, à genoux devant le canapé sur le sol nu au milieu des mouches et du désordre et de la saleté — et moi seul, je lui ai tenu compagnie dans cette détresse atroce, elle toussait, c'était une toux sèche qui venait simplement du cœur irrité sur lequel pesaient les poumons et sur les poumons pesait le foie bouffi, hypertrophié, et cette toux la secouait, la secouait, les yeux lui sortaient des orbites, elle n'arrivait pas à reprendre son souffle, et la malade s'est redressée brusquement, elle a pris sa tête dans ses deux mains, et la pauvrette était tellement désespérée et j'ai essayé de la consoler, lui disant que les médicaments commenceraient à agir et que ça irait mieux — et nous étions tout à fait seuls, puisque le beau-père en tant que pompier avait couru au feu et le mari était sorti et Marenka et Jirik, les deux aînés, n'ayant pu résister à la

---

* Confisqué par la censure dès sa parution, ce livre qui porte le sous-titre de « symphonie lyrique » est considéré comme le point culminant de l'œuvre de Deml.

curiosité, étaient eux aussi allés au feu et les petits dormaient d'un sommeil profond sans rien savoir ni de leur mère ni de l'incendie ni de Jakub Deml, et pourtant Jarmilka est si bonne... Elle n'a que neuf ans, la petite Jarmilka, mais qu'est-ce que ça pourra me faire quand elle en aura vingt-quatre et que je ne serai plus de ce monde ? Si la nation daignait m'accorder la grâce et la permission de décrire cette nuit terrible alors que des « brandons sanglants » brillaient sous les étoiles dans mon village natal et que j'ai envié à la chère Zezulka de pouvoir mourir !...

Monsieur B.M.P., poète de mon pays natal, je ne sais pas si vous avez encore la patience de m'accompagner dans mon pèlerinage à travers mon pays natal, étant donné qu'il me faut m'arrêter tous les deux pas et que mes jambes ne me portent plus, mes chères jambes que j'aurais envie de couvrir de baisers m'ont trahi et abandonné et honni et renié et moi, par reconnaissance grande et par grande sympathie, j'ai désiré de leur embrasser les cuisses — mes chères jambes ! Mais à trois heures du matin on vient enfin emmener ma paysanne à l'hôpital, dans quatre heures ils y seront — et les étoiles brillent, ces étoiles en qui j'ai cru bien plus qu'en ma mère, plus qu'en Pavla Kytlicova et plus qu'en Dieu : et ces étoiles m'ont renié, trahi, abandonné et, par-dessus le marché, ignominieusement vilipendé. Dieu m'est témoin, *sur mon Dieu*[1], je n'ai pas mérité pareil mépris.

Monsieur B.M.P., vous voyez bien que je plaisante toujours. Car au bout du compte le valet d'écurie et le chauffeur embrassent les cuisses de la même manière précisément que le prêtre prosterné devant un crucifix.

Traduit par Erika Abrams.
Café Clima, 1984 (D. R.).

---

1. En français dans le texte.

Chloïme-Zaïnvl Rapoport dit Anski
(1863-1920)

Der Dibuk
(1920)
Le Dibbuk*

Premier batlon[1] Avez-vous entendu la Légende du fouet ? Elle mérite d'être contée. Un jour, un pauvre hère appela un grand seigneur devant le Tribunal. Le Rabbi de Nikolsbourg consentit à être leur juge. Le seigneur était de sang royal et le peuple tremblait devant lui. Cependant, le Rabbi donna raison au pauvre. Le seigneur, en colère, déclara : « Je n'accepte pas votre sentence. » Mais le Rabbi lui répondit tranquillement : « Tu obéiras ; le Rabbi te l'ordonne ; sinon, je t'y obligerai à l'aide de mon fouet. » Sur quoi, le riche, fou de colère, se mit à invectiver le saint homme. Celui-ci fit un signe, et, soudain, apparut le serpent tentateur, qui s'enroula au cou du seigneur rebelle. Le seigneur se mit à implorer le Rabbi : « Au secours, Rabbi, je vous obéirai, mais chassez ce monstre. » C'est alors, seulement, que Reb Samuel chassa le serpent.

Troisième batlon (il rit) Ah ! ah ! En voilà un beau fouet !

Deuxième batlon Vous vous trompez sans doute. Ce n'est pas avec le serpent tentateur que la chose s'était passée.

---

* Extrait du *Dibbuk*, légende dramatique en trois actes. Histoire d'amour et de possession, ou comment la Kabbale peut être utilisée à des desseins autres que messianiques (acte I).

1. *Batlon* se prononce en yiddish *batln* et désigne une personne oisive.

Troisième batlon   Comment ? Pourquoi ?

Deuxième batlon   À mon avis, il est impossible qu'il ait eu recours au serpent, qui n'est nul autre que Satan, en personne.

Premier batlon (*froissé*)   Faut-il être bête pour en douter ! La chose s'est passée en présence d'une foule énorme. Comment oses-tu en douter ?

Deuxième batlon   Dieu m'en préserve ! Seulement, je croyais qu'il n'existait pas de conjuration capable d'évoquer Satan.

Le messager   On peut évoquer Satan uniquement à l'aide du Nom Suprême deux fois prononcé, qui, dans le feu de sa flamme, dissout les hauts sommets avec les vallées profondes.

   (*Chonen lève la tête et écoute attentivement.*)

Troisième batlon   N'est-il pas trop dangereux de prononcer le Nom Suprême ?

Le messager (*pensif*)   Dangereux, non ! Seulement, lorsque l'étincelle veut retourner à la flamme dont elle a jailli, la violence de son désir peut causer une explosion.

> Traduit par M. T. KARNER.
> In *Œuvres complètes* (dont le premier titre fut *Entre deux mondes*), Éditions Rieder, 1927 (D. R.).

Levick Halpern *dit* H. Levick
(1886-1962)

Der Goylem
(1927)
Le Golem*

(La forme surgit devant Maharal.)

Maharal
Qui es-tu, ténébreuse figure ?

Forme
Tu ne me reconnais pas ?

Maharal
Je ne vois pas ton visage.

Forme
Tu ne reconnais pas ma voix ?

Maharal
Ta voix est comme un vent glacial
Qui mugit dans un profond abîme,
Sans trouver de sortie ni d'entrée.

Forme
J'ai une voix qui n'en est pas encore une,
J'ai un cœur qui n'en est pas encore un.

Maharal
Qui es-tu ? Dis, par quel nom t'appelle-t-on ?

---

* Dans cet extrait, la forme, c'est-à-dire le futur Golem, apparaît à son créateur Maharal, célèbre rabbin praguois. La légende fort ancienne du Golem affirme que cette statue de cire s'anime lorsqu'on lui glisse dans la bouche un papier portant un texte secret, et que la créature obéit dès lors, pour le pire plus que pour le meilleur, à celui qui l'a ainsi animée.

Forme
Ce n'est que plus tard qu'on m'appellera par mon nom.
Pour l'heure je ne suis pas de ce monde ;
En attendant, je ne suis que l'ombre d'une ombre.

Maharal
D'où viens-tu ?

Forme
Je suis venu pour te mettre en garde : ne me crée pas !
Ne m'enlève pas à ma quiétude.

Maharal
Disparais ! Je l'ordonne.

Forme
Je te le répète. Prends garde ! Ne me crée point.
Tu vois : Les étoiles s'éteignent, toutes,
Ainsi s'éteindra tout éclat
De chaque œil qui sur moi jettera un regard ;
Et là où je ne ferai que poser mon pied
Un désert demeurera.
La moindre chose que je frôlerai de ma main
Sera réduite en poussière et en cendres...
Ne troque pas mes ténèbres, mon silence
Contre le tumulte des rues et des hommes.

Maharal
Ô Dieu, viens à mon aide en cet instant si accablant !

Forme
Je sais, tu n'écouteras pas ma prière.
C'est pourquoi je suis venu pour te prévenir.
Que ma mise en garde soit comme une prière.
Toute la nuit tu m'as pétri.
Tu me formais froidement, criminellement.
Et moi qui me trouvais si bien de n'être que glaise,
De reposer, mort et tranquille,
Mélangé à tous les sables et tous les graviers de la terre,
Ainsi d'éternité en éternité...

Maharal
Forme, disparais dans ta retraite!
Que ta crainte de la vie ainsi que ta tristesse
S'en aillent avec toi dans ton repaire.
Quand sonnera l'heure du grand miracle,
De même que la nuit s'enfuit de l'orient,
Ainsi s'enfuira ton désespoir.
C'est Dieu qui m'a envoyé pour te pétrir,
Pour te séparer du sol pierreux,
Et, avec la première lueur qui s'allume dans le ciel,
T'insuffler un souffle de vie.

Forme
Je ne veux pas!

Maharal
Ta volonté est néant.
Déjà tracées sont toutes les voies, les jours et les nuits,
Pour toi et pour les actes qui seront les tiens.
Tu es créé non pour une vie quelconque,
Mais pour faire de grands prodiges secrets, cachés,
Enveloppés de mystère seront tes actes.
Nul ne saura rien de ta puissance,
Tu paraîtras comme un fendeur de bois, comme un porteur d'eau.

Forme
Un Golem! Un robot!

Maharal
L'envoyé d'un peuple. Un héros fameux!

Forme
Un serviteur — sur qui dominer.

Maharal
Un homme vivant.

Forme
Un homme vivant? Que te tiens-tu là?

Et qu'est-ce que tu attends ?
Où est-elle donc, l'âme qui doit m'être insufflée ?
Pourquoi ne m'ouvres-tu pas les yeux ?
Pourquoi ne mets-tu pas un cœur en moi ?
Où sont la langue, les dents ? Où est le sang ?
Qui en moi doit être versé ?
Comment veux-tu que j'apparaisse ? Aveugle ? Muet ?
Boiteux ou encore sourd ?
Peut-être tout à la fois, dis... La nuit s'en va,
Le jour vient. Ô ténèbres, ô ténèbres,
Couvrez-moi dans vos abîmes un instant encore.
Laissez-moi, encore pour un instant, être ce que j'étais
   jusqu'ici :
Un monticule inerte de glaise desséchée.
(La forme s'évanouit dans l'obscurité.)

                Traduit par I. POUGATCH.
                In *H. Levick : poète yiddish*, sous la dir. de M. Waldman,
                Éditions Gopa, 1967 (D. R.).

Sholem Asch (1880-1957)

Moskve
(1931)
Moscou*

Cependant, au milieu des cris et des discours, l'homme aux yeux bridés n'avait pas bronché, la tête toujours posée dans le creux de la main. Son crâne osseux et chauve brillait sous l'éclairage électrique et l'on sentait physiquement sa présence dure. Tous les yeux étaient tournés vers lui. Les regards scrutaient avidement chacun de ses gestes, chacune de ses mimiques, chaque mouvement de sa main, comme si ce minuscule point dans la loge concentrait toute la sagesse, toute la volonté et tout le pouvoir.

On l'examinait sans cesse, comme on examine un thermomètre appliqué sur un corps malade. Que se passait-il dans la loge ? On aurait dit que les vibrations de l'air autour de cette tête allaient révéler où en était la situation.

Mais la tête chauve demeurait impassible. Les yeux restaient plissés, l'oracle semblait dormir. Pourtant on sentait sa présence. La calvitie luisante brillait sur la salle comme un soleil. Tous cherchaient à percer de leurs regards cet os dur, à pénétrer le mystère qui se cachait derrière, comme si les rouages de la Russie tournaient là-dedans et qu'on pût y découvrir ce que seraient son sort et son destin. Mais la calvitie gardait un silence obstiné. Enfin elle fit un mouvement — un grand bâillement — et la tête se dressa à l'extrémité du corps qui se déplia.

---

* Au sein de la grande trilogie yiddish, un portrait de Lénine…

Un frisson passa dans la salle.
— Temps d'en finir avec ces bêtises, dit-il à l'adresse de ses accompagnateurs, qui se tenaient à ses côtés dans la loge.

Traduit du yiddish par RACHEL ERTEL.
© Éditions Belfond, 1988.

ITZHAK KATZENELSON (1886-1944)

Dos Lid funeme oysgehargetn yidishn folk (1945)
CHANT DU PEUPLE JUIF ASSASSINÉ

Douleurs, vous grandissez en moi, vous poussez haut, vous croissez, vous vous installez,
mais pourquoi sans cesse creuser ? Cherchez-vous à vous enraciner en moi ou au contraire à vous délivrer de ma chair ?
Ne vous arrachez pas de moi, douleurs ! Croissez, croissez en moi silencieusement,
Restez muettes, vous qui me faites mal, ô mes douleurs, vous qui êtes immenses,

Car vous fouillez en moi et vous rongez sans vous lasser, taupes aveugles,
mâchoires dévorantes, vous ressemblez aux vers perforant les tombeaux, ô douleurs, ô lancinement,
Alors restez en moi muettes désormais, au milieu de mes massacrés, gisez, gisez dans l'éternel repos,
gisez douleurs en moi, pareilles aux vers dans la racine, dans le cœur déjà dévoré.

Géant, je suis l'homme qui fut témoin, celui qui a tout regardé,
celui qui a vu comment, comment mes enfants, mes femmes, ma jeunesse et mes vieilles gens,
furent jetés sur les chemins comme des pierres qu'on entasse, comme des bûches,
comme ils furent sans pitié battus, comment ils furent insultés.

J'ai regardé par ma fenêtre et j'ai vu les bourreaux — Dieu !
J'ai contemplé le bourreau et j'ai contemplé la victime.
Et j'ai tordu mes mains de honte... Ô honte et dérision !
On a exterminé les juifs avec les mains des juifs — les miens !

Convertis, futurs convertis, leurs bottes luisantes aux pieds et sur leurs têtes le chapeau marqué de l'étoile de David pareille à une croix gammée,
et dans leur bouche une langue étrangère, un vocabulaire ordurier, ils nous arrachaient de nos demeures, ils nous chassaient de notre propre seuil.

Traduit par CHARLES DOBZYNSKI.
In *Le Miroir d'un peuple. Anthologie de la poésie yiddish.*
© Éditions du Seuil, 1987.

11

L'EUROPE OUVERTE
1945-1993

La fin des dominantes, vie et mort des blocs

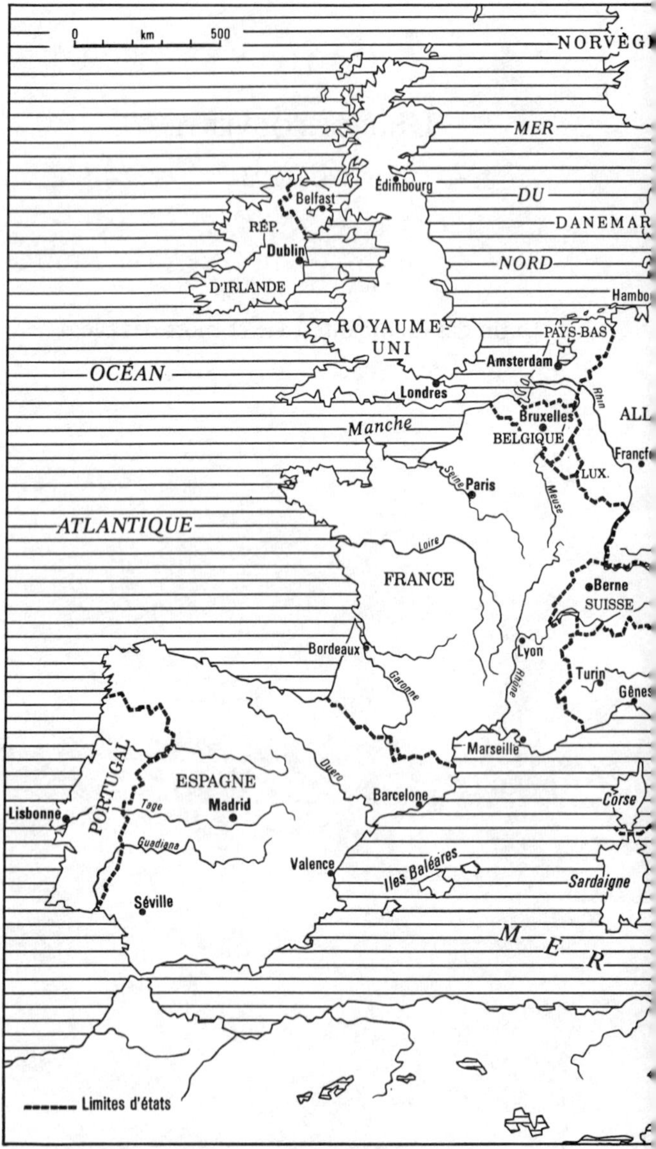
0 km 500
NORVÈG
MER
DU
DANEMAR
NORD
Hambo
Édimbourg
Belfast
RÉP.
Dublin
D'IRLANDE
ROYAUME-
UNI
PAYS-BAS
Amsterdam
OCÉAN
Londres
Rhin
ALL
Bruxelles
BELGIQUE
Manche
Francf
LUX.
Seine
Paris
Meuse
ATLANTIQUE
Loire
FRANCE
Berne
SUISSE
Bordeaux
Lyon
Turin
Garonne
Rhône
Gênes
Marseille
PORTUGAL
ESPAGNE
Duero
Barcelone
Corse
Lisbonne
Tage
Madrid
Guadiana
Valence
Iles Baléares
Sardaigne
Séville
M E R
Limites d'états

Oslo
Stockholm
Helsinki
Tallinn
ESTONIE
RUSSIE
Moscou
Volga
SUÈDE
MER BALTIQUE
Riga
Dvina
LETTONIE
Copenhague
LITUANIE
Vilnius
Minsk
Gdansk
RUSSIE
BIÉLORUSSIE
Szczecin
Berlin
Vistule
Varsovie
POLOGNE
Kiev
MAGNE
Oder
Dniepr
UKRAINE
Prague
RÉP. TCHÈQUE
Dniestr
SLOVAQUIE
MOLDAVIE
Munich
Bratislava
Vienne
Tisza
Budapest
Cluj
AUTRICHE
HONGRIE
ROUMANIE
Ljubljana
SLOVÉNIE
Trieste
Zagreb
Vojvodine
MER
Venise
Novisad
Bucarest
BOSNIE-HERZÉGOVINE
Belgrade
Danube
Sarajevo
SERBIE
NOIRE
ITALIE
Pristina
BULGARIE
MONTÉNÉGRO
Kosovo
Sofia
Podgorica
Skopje
MACÉDOINE
Istanbul
Rome
Tirana
Naples
ALBANIE
TURQUIE
GRÈCE
Athènes
Sicile
Rhodes
Crète
MÉDITERRANÉE

23 septembre 199...

Rêve d'un administrateur de Bruxelles, par ailleurs auteur à succès féru de culture classique

Europe du baby-boom — mon enfance. Ruines et tickets de rationnement. Puis mon premier souvenir conscient, ce bonhomme de neige de février 56.

Cette nuit, j'ai rêvé l'Europe.

L'Europe... « Il ne paraît pas que l'on sache ni d'où elle a tiré son nom, ni qui le lui a donné » (Hérodote). Bien sûr, l'histoire de la princesse de Tyr qu'un taureau blanc amena en Crète, « les regards tournés vers la terre qu'elle quittait », dit Ovide, « et qui me donna pour fils Minos et Rhadamanie », précisait Zeus dans l'Iliade. Bien sûr les fresques de Pompéi, et Véronèse, Jordaens, et Boucher... Bien sûr Boccace et Christine de Pisan, et Caesare Ripa, l'Europe comme une belle dame dont les voiles volent aux vents de la steppe russe. Ce continent est une princesse — sérieusement courtisée, au fil des siècles.

Vinrent les philologues. Europe, c'est hirib, *le couchant, le ponant opposé à* açou, *l'Asie, le levant. La Genèse au fond dit la même chose en précisant que les fils de Japhet fondèrent les domaines des Mèdes, des Scythes, des Grecs et de tous les peuples de la Méditerranée. L'Asie suivit la courbe du soleil vers l'ouest et inventa l'Europe : Celtes, Germains, Slaves, Bulgares, Khazars, et les Huns et les Hongrois, tous d'est en ouest. Il est remarquable que chaque fois que l'ouest a tenté d'investir l'est, des Chevaliers teutoniques à Hitler en passant par Napoléon, il a échoué.*

L'économie suivait le même itinéraire. Pendant tout le Moyen Âge les Vénitiens ont contrôlé le trafic méditerranéen et importé en Occident les splendeurs orientales. Et les Allemands de Lübeck faisaient de même en amenant à Londres ou à Bruges les fourrures et l'ambre de Novgorod.

Plus tard, l'Europe inventa l'Amérique.

La culture, elle, repartait dans l'autre sens : le XVIIIe siècle inonde la Prusse barbare et la Russie reculée de la pensée des Lumières. De même au XXe siècle, puisque aujourd'hui l'Amérique et la culture du Far West envahissent à leur tour l'Europe. Fenimore Cooper aux avant-postes, au début du XIXe. Hemingway, Scott Fitzgerald, Dos Passos et les autres, cent ans plus tard. Cette génération-là, venue se perdre en Europe, découvre à son grand ahurissement qu'elle est devenue le modèle d'une civilisation en bout de course.

L'Europe... Autrefois une idée qui conquérait le monde, et le soleil ne se couchait jamais sur les domaines de Charles Quint. Aujourd'hui l'Europe s'est circonscrite à l'Europe. Les poussières d'empire qui subsistent de-ci de-là témoignent seulement de son renoncement. Cette terre d'émigrants, qui portaient au loin les idées européennes et rebâtissaient Paris, Texas, et Moscou, Idaho, est devenue terre d'immigrés, qui apportent dans les cités frileuses les senteurs épicées des anciennes colonies. Un Sénégalais entre à l'Académie, un Marocain a le prix Goncourt.

Et alors ? Rome est-elle morte de s'être ouverte aux cultes d'Isis, de Mithra et de Cybèle ? Le christianisme n'était-il pas lui aussi un culte moyen-oriental, qui mit trois cents ans pour s'imposer — et tellement bien qu'il fut, par la suite, notre première denrée à l'exportation ? Toute notre littérature, jusqu'au lendemain de la dernière guerre, se nourrissait de références bibliques. Soudain la révérence est moins appuyée, et tant d'autres références font de l'ombre à la croix...

L'Europe... L'Empire romain n'en occupa jamais qu'une petite moitié. Au-delà du Danube, quoi que veuille nous faire croire la colonne Trajane, c'était l'Europe des peuples (Ein Volk!), *Celtes et Germains, Helvètes, Daces, Chauques, Frisons, Ubiens, Sicambres, Chattes et Quades, et que sais-je...* Nordische Kreis. *L'Europe du vin contre l'Europe de la bière. Des peuples dont la culture fonctionne au collectif, non à l'individu. Nous n'avons plus la longue ligne des garnisons romaines pour nous défendre des invasions : le Sud pourrait bien devenir le terrain d'ébats de ces rudes civilisations commerçantes. Il y a beau temps que « Vandale » est devenu nom commun.*

Je suis bien placé pour savoir que l'Europe qui se

concocte, qui se complote dans les couloirs de Bruxelles est bien plus celle des lourds portefeuilles allemands que de la culture italienne — ou française. Ah, la Germanie, « ses pays sans forme, son ciel rude, triste à habiter comme à voir, à moins qu'elle ne soit la patrie » (Tacite) : la Germanie littéraire n'en finit pas de ressasser la guerre et la culpabilité, ou d'annoncer le règne d'un ennui sans bornes. Pendant ce temps, l'Allemagne travaille à mettre l'Est à l'Ouest, sous son égide. Déjà, en 1242, Drang nach Osten...

L'Europe... Lorsque Hugo évoquait les États-Unis d'Europe, les USA n'existaient que depuis un siècle et plongeaient dans une guerre civile effroyable. L'Europe à son zénith, Henry James hantait nos capitales pour mieux écrire sur Boston. Mais lorsque Aristide Briand en 1930 ou Jean Monnet en 1950 ont repris l'idée du poète, les USA dominaient le monde, et l'Europe contemplait ses ruines, la main tendue vers le grand frère qui avait bien voulu se rappeler La Fayette. Alors le modèle américain s'est imposé. Sartre s'est pris pour Dos Passos, tant d'autres pour Steinbeck. L'Espagne s'agitait peu pendant la longue agonie du franquisme, et les écrivains sud-américains prirent, eux aussi, le relais. Des anciens royaumes qui dominèrent l'Europe, il ne restait que des balbutiements. Et le grand déferlement commença. Le leadership *n'est plus seulement militaire, ou économique.*

Leadership : *j'utilise un mot américain parce qu'il*

me semble dérisoire, après l'Indochine, après l'Algérie, et malgré le Viêt-nam, d'utiliser un mot français pour dire la domination et la conduite des affaires.

Europe... Ce qui nous étonne le moins, et qui me sidère le plus, c'est ce singulier : l'Europe. Depuis mon enfance, j'ai toujours connu deux Europes (deux économies, deux cultures). La seule chose qui les unissait, c'était le parapluie, ou la menace américaine. Nos conversations scolaires tournaient autour de la fin du monde, toujours annoncée pour demain, heureusement toujours déprogrammée. On attendait Hiroshima sur Paris ou sur Londres.

Et puis le Mur tomba. Est-ce assez pour que la Russie revendique son appartenance à la « maison commune » ? La borne du kilomètre 1777 du Transsibérien, qui marque la limite entre Europe et Asie, vaut-elle plus que le béton qui la coula ?

Alors, l'unité ? Fatalitas ! L'édit de Caracalla, qui octroya une seule nationalité, et la citoyenneté romaine, à tout l'Empire, précéda de peu le démembrement de cet empire. Le pouvoir du droit, de ces avocats élèves de Salvien et de Gaius, croula devant le déferlement des hordes. Quand Charlemagne à son tour unifia ce qui pouvait l'être, dans le siècle qui suivit l'Empire s'émietta sous son propre poids.

Qui dira l'écho, au-delà même de cinquante ans de communisme, de ces cinq cents ans de domination turque ? Qui dira l'importance, dans un monde appa-

remment fort déchristianisé, de la double tradition, latine et orthodoxe — sans parler d'une Europe protestante qui n'a jamais rien voulu comprendre à l'Europe catholique — regardez donc la manière dont depuis trois cents ans l'Angleterre traite l'Irlande, ou celle dont les Tchèques, depuis le supplice de Jan Hus ou la défaite de la Montagne Blanche, se sont défiés de l'Autriche et des catholiques de la Contre-Réforme... Pour ceux-là, le passé, c'est encore l'avenir. Et les Serbes revendiquent les marches de l'Empire austro-hongrois, sur le terrain de l'actuelle Croatie, qu'ils défendirent bec et ongles contre les Turcs pendant trois cents ans. L'Europe latine, catholique. L'Europe slave, orthodoxe. L'Europe germanique, protestante. Se superposent encore à ces grands ensembles les critères politiques : une Europe des démocraties ou des royautés parlementaires, de l'Angleterre de la Magna Carta *à la France de la Révolution, et les immenses territoires des totalitarismes, du Portugal à l'URSS. Et les souvenirs anciens d'empires engloutis : quelle est l'âme d'un Grec accroché à ses marbres, ou d'un Italien? Est-ce un hasard si Mussolini fit si facilement miroiter les souvenirs de l'ancienne Rome ?*

L'Europe du traité de Rome, CEE... Économie, où est ta victoire ? Lorsque les Grecs allaient s'approvisionner en blé sur les rives de la mer Noire, ils en écrivaient une épopée, Jason, et la Toison d'or. Aujourd'hui, nous en faisons une statistique. En

1830 les Trois Glorieuses furent les trois journées d'accession aux Temps modernes, le renversement définitif des monarques de droit divin, la victoire du romantisme républicain, Alexandre Dumas au pouvoir, ou presque. De nos jours les Trente Glorieuses sont trente années d'accession au confort ménager. La culture est-elle devenue le supplément hebdomadaire, tout en images, d'une civilisation lasse ?

Depuis qu'un train est entré en gare de La Ciotat, nous avons vécu dans un monde qui parfois oubliait les livres et se saturait d'images. Les photos concurrencent les mots, dans la mémoire. Le Septième Art, ou la Dixième Muse, comme disent les Italiens, a changé la réception de la littérature, de la lecture au souvenir. Et les romanciers se mêlent d'écrire des ciné-romans, quand ils ne mettent pas eux-mêmes en scène les paysages de leurs amours. Chaque fois qu'un camion passe, je pense à Marguerite Duras.

Europe... Au rayon des exportations, critique, nouvelle critique, néo-structuralisme, sémiologie généralisée, déconstruction... De création, peu de nouvelles. Jamais il n'y eut tant de gens intelligents en Europe, les télévisions se les arrachent. Jamais il y eut si peu de grands esprits. Le génie n'est pas télégénique.

Les écrivains depuis un demi-siècle rivalisent pour nous asséner des raisons de désespérer. Déjà, avant-guerre, la nausée. Les salauds ne vont pas tous en enfer. Caligula est de retour. L'enfant au tambour refuse de grandir, les adultes ont épuisé leur séduction.

Cernés par l'Archipel du Goulag, hantés par le souvenir de Vienne en ruine, de Berlin en ruine, de Dresde en feu, ou d'une cathédrale émergeant seule d'un autre océan de ruines. Vous avez dit absurde ? Fin de partie dans le no man's land.

Démocratie... Clisthène, les Gracques, Jean sans Terre humilié par ses barons, le 4 août, 1830 et 1848 — et pour finir la constitution de la Ve République. De Gaulle avait-il lu Polybe ? À Rome, sous la République, « personne, pas même un citoyen romain, n'aurait pu dire avec certitude si cette constitution était, à tout prendre, aristocratique, démocratique ou monarchique ». Adaptons : « à qui, en effet, portait toute son attention sur les pouvoirs du Président, elle apparaît comme un régime monarchique, avec toutes les caractéristiques d'une royauté. À qui considère les deux Assemblées, elle apparaît comme une aristocratie. Et si l'on observe les pouvoirs dont dispose le peuple, il apparaît à l'évidence qu'il s'agit d'une démocratie... » (Polybe, Histoire*, V, 11 — revu et corrigé, mais à peine.)*

C'est le modèle vers lequel tend l'Europe : et cette illusion de pouvoir partagé vaut sans doute mieux que la certitude du pouvoir confisqué. Démosthène contre Philippe, Brutus contre César, Nevski et les Chevaliers teutoniques, Cromwell face à Charles Ier, Verdi contre l'Autriche et Hugo seul à Guernesey, Lorca contre Franco et Stefan Zweig malgré Hitler — et *malgré Chéronée, Actium, Kosovo et Nicopolis, et Varna, malgré la révocation de l'Édit de Nantes, la Terreur, le 18 Brumaire et le 2 Décembre, les Versaillais, les fascistes, les nazis, les franquistes et les staliniens, au bout de la nuit la démocratie reste l'idée ultime. En Tchécoslovaquie ils avaient mis un poète au pouvoir. Il n'y a plus de Tchécoslovaquie, mais il reste le poète.*

DOMAINE ALBANAIS

Dritëro Agolli (né en 1931)

Splendeur et décadence du camarade Zulo*
(1972)

À ce moment, un des rhapsodes protesta :
— En vérité, les éditeurs et les autres institutions nous aident aussi. Je voudrais dire qu'il ne faut pas être trop revendicatif. Nous voudrions tout éditer ; mais faut-il tout éditer ? demanda-t-il tranquillement.

Et il continua :
— Un chant déclamé, c'est la même chose qu'un poème imprimé. Aussi ne vous alarmez pas, camarade Zulo, tout se passe normalement.

Les rhapsodes se regardèrent. Le camarade Zulo sourit, bien qu'il n'ait pas souhaité une intervention de ce type. Il ne répondit pas, passa aux problèmes du futur festival et se jeta dans la thématique du travail. Pour illustrer ses idées, il cita quelques proverbes et quelques belles strophes des rhapsodes.

— Pas de travail, pas de camail, dit la sagesse populaire. C'est cela qui doit former la thématique de vos poèmes, conseilla-t-il.

Tous furent d'accord avec cette pensée. Alors le camarade Zulo cita quelques vers :

---

* Ce roman satirique raconte, à travers le récit de son assistant, la vie du « camarade Zulo », apparatchik ridicule, qui doit aller à la rencontre du peuple pour porter la bonne parole, et puis rentrer à Tirana, dès qu'on le convoque, pour se justifier... Dans le chapitre reproduit ici (« Le camarade Zulo accueille les rhapsodes »), il fait la leçon aux rhapsodes, poètes et chanteurs populaires qui, décidément, n'entendent rien à l'art socialiste.

— Le rhapsode Ali Alidjaferri a fort bien écrit :

> *Travail, substantifique moelle*
> *Travail, fleur du printemps*
> *Travail, aigle à deux têtes*
> *Travail, chant des hommes !*

Bakir me poussa du coude et me dit tout bas :
— Puisse Aranit entendre ces vers.
Le rhapsode Ali Alidjaferri, ayant entendu ses vers, commença à s'agiter. Il sourit et dit :
— Au dernier vers, camarade Zulo, je n'ai pas « Travail, chant des hommes » mais « Travail, fête populaire ».
Le camarade Zulo agita son bras droit.
— « Travail, chant des hommes » est meilleur. Soyons très exacts. Si nous disons « Travail, fête populaire », il y a un malentendu. Le travail n'est pas une fête. La fête c'est le résultat du travail.
— Quel homme ! soupira avec satisfaction le rhapsode Gjok Tchokou, puis il éleva la voix : Moi, je proposerais, camarade Zulo, que le vers devienne : « Travail, poing prolétaire ».
Celui-ci intervint :
— Alors il faut changer aussi le vers précédent : « Travail, aigle à deux têtes », parce que le rythme n'y est plus.
— Le vers qui précède peut être : « Travail, élan plein de feu », dit le rhapsode Kotchi Gjule.
— D'accord comme ça. Nous avons maintenant la strophe :

> *Travail, substantifique moelle*
> *Travail, fleur de printemps*
> *Travail, élan plein de feu*
> *Travail, poing prolétaire !*

D'accord, on gagne en contenu et en forme, conclut le camarade Zulo.

La conversation continua longtemps. Moi, je pris de nombreuses notes.

À la fin, notre chef tendit la main aux rhapsodes et les accompagna jusqu'à l'escalier.

En revenant, nous rencontrâmes Aranit dans le couloir. Le camarade Zulo ne dit rien, il ne le regarda même pas. Moi, je ralentis mon pas. Aranit tourna la tête de mon côté et dit :

— Tu as pris note des conseils qu'a donnés Zulo ?
— Oui.
— Bien. Il faut, dit-il en riant.

C'était la première fois que je le voyais rire. Pourquoi donc riait-il ?

Traduit par Christian Gut.
© Éditions Gallimard, 1990.

Ismaïl Kadaré (né en 1936)

Le Pont aux trois arches*
(1981)

À mesure que les heures passaient, l'incident paraissait de plus en plus grave. La nuit agrandit incroyablement son corps. Les jours qui suivirent également. Le calme qui tomba sur toute la semaine suivante, au lieu d'atténuer la gravité du fait, ne fit que l'accroître. Dans

---

* Kadaré, dans nombre de ses romans, analyse le rapport entre la réalité et la légende. L'invasion de l'Albanie par l'Empire ottoman prend sa source dans un incident devenu légende. Sept cavaliers turcs ont déclenché l'apocalypse en refusant de s'arrêter à un poste frontière, sur un pont aux trois arches (chap. LXI).

l'esprit de tous, se renouvelaient constamment, ralentis comme dans un cauchemar, les mouvements chaotiques de nos soldats et des cavaliers turcs sur le pont, tels qu'on les avait vus de loin. C'était comme une première ébauche de la guerre. Il était maintenant évident que l'incursion de cette patrouille n'était pas fortuite. De partout parvenaient de tristes nouvelles. À la base de Vlorë, dans la principauté des Topia, chez les Dukagjin et les Kastriote, au Nord, partout, les Turcs avaient provoqué une vague d'incidents. Il fallait avoir moins de discernement que Gjelosh l'idiot pour ne pas comprendre que la guerre avait en quelque sorte commencé.

Le dimanche, comme je me promenais dans la soirée sur la grève déserte (l'idiot avait déambulé peu auparavant sur le pont en ricanant), je ressentis un abattement que je n'avais jamais éprouvé. La lune étalait uniformément sa clarté sur la plaine, lui conférant la rigidité d'un masque. Tout était blême, tout était mort, et je fus sur le point de gémir : « Comment te transformeras-tu en Asie, toi qui es si belle, mon Arberie ? »

Mon regard se voila et, de même que j'avais distingué alors la tache de sang déteint sur le cou de Murrash Zenebishe, ainsi, j'eus l'impression que sous ce bain de lune je voyais des plaines entières inondées de sang et des montagnes réduites en cendres. Je voyais les hordes turques qui rabotaient le monde pour y étendre l'espace islamique. Je voyais les feux et leurs cendres, et les restes calcinés des hommes et des chroniques. Et notre musique, et nos danses, et nos costumes et notre langue imposante, gravissant les montagnes, pourchassées par ce « lik » horrible qui évoquait la queue d'un reptile. Notre langue albanaise, réfugiée dans les monts parmi les éclairs et les coups de tonnerre qui se mêleraient à elle, tandis que les plaines en bas resteraient muettes. Et, surplombant tout, cette lune entamée, produit des rêveries des steppes stériles.

Cette nuit qui s'approche sera longue. Les aiguilles de sa montre se meuvent lentement, très lentement. L'an 755 de l'hégire.

Tournant et retournant ces idées dans ma tête, je m'étais, sans m'en rendre compte, approché de la première arche, où se trouvait l'emmuré. La lune l'éclairait plus qu'en n'importe quelle autre nuit et je demeurai un long moment immobile, le regard fixé sur ses yeux de chaux. « Murrash Zenebishe », dis-je en silence (l'idée que, de quelque manière, j'imitais Gjelosh l'idiot, qui parlait ainsi à l'emmuré quelque temps auparavant, ne me troubla nullement), « Murrash Zenebishe, répétai-je, toi qui es mort avant moi, mais qui vivras plus que moi... » Je n'avais pas la force de détacher mon regard de ces yeux éteints, dont la blancheur était devenue insoutenable. Pourquoi me trouvais-je là, que voulais-je lui dire et qu'attendais-je de lui ? Je devais m'éloigner au plus tôt de cette poussière lunaire, du lieu du sacrifice, mais mes jambes ne m'obéissaient pas. J'avais l'impression que, d'un moment à l'autre, le voile calcaire de ses yeux tomberait pour laisser son message. Et ce message, je le devinais presque. Ses yeux semblaient me dire : « Nous deux, ô moine, nous sommes proches l'un de l'autre. Tu ne le sens pas ? »

À la vérité, c'était précisément ce que je sentais, et, en reculant sans le quitter des yeux (j'avais le sentiment que c'était la seule manière dont je pouvais me détacher de lui), je pensais que je devais rentrer chez moi au plus tôt pour terminer ma chronique. Rentrer au plus tôt parce que les temps étaient troublés, que bientôt tomberait peut-être la longue nuit et qu'alors quiconque écrirait des chroniques pourrait le payer de sa tête. Cette chronique, tout comme le pont, demanderait peut-être un sacrifice, et qui pourrait être la victime, sinon moi, *le moine Gjon, fils de Gjorg Oukashama, qui relate ces faits en pensant qu'il n'y a dans notre langue encore rien d'écrit sur le pont de l'Ouyane maudite, ni sur le malheur qui nous menace, et je le fais pour l'amour de notre terre*[1].

Traduit par Jusuf VRIONI.
© Librairie Arthème Fayard, 1981.

---

1. Les lignes en italique sont écrites, dans l'original, en ancien albanais, d'après le premier texte publié en langue albanaise, du moine Gjon Buzuk.

DOMAINE ALLEMAND

Wolfgang Borchert (1921-1947)

Draußen vor der Tür
(1946)
Devant la porte*

Un homme s'en revient en Allemagne.

Il a été absent longtemps, cet homme. Très longtemps. Trop, peut-être. Et le voici qui revient, bien différent de l'homme qu'il était à son départ. À voir son accoutrement, on le prendrait pour le cousin germain d'un de ces épouvantails plantés çà et là dans la campagne, pour effrayer les oiseaux (les hommes aussi, parfois, quand tombe la nuit). Et au-dedans de lui, c'est la même chose. Il a attendu — mille jours durant — dehors, dans le froid. Il a payé de la rotule de son genou le droit d'entrée. Il a attendu, mille nuits durant, dehors, dans le froid, et le voici enfin qui revient chez lui.

Un homme s'en revient en Allemagne.

Et là, héros d'un film insensé, il doit bien souvent se pincer le bras, tandis que tournent les bobines, pour savoir s'il vit un songe ou s'il est bel et bien éveillé. Il voit alors qu'ils sont nombreux, à droite, à gauche, à vivre le même cauchemar. Et il pense que ce doit être cela, la réalité. Mais oui. Et quand enfin, l'estomac dans les talons, les pieds gelés, il se retrouve dans la rue, il se rend compte que ce n'était au fond qu'un vieux, un tout vieux film. « Qui racontait l'histoire d'un homme qui s'en revenait en Allemagne, un de ceux-là. » Un de ceux qui rentrent à la maison, et qui

---

* Texte liminaire de la pièce qui a pour sujet le retour de guerre et en laquelle s'est reconnue toute la génération de l'immédiat après-guerre.

pourtant ne rentrent pas à la maison, parce qu'il n'y a plus pour eux de foyer dans ce pays. Leur foyer, il est là désormais, dehors, devant la porte. Dehors leur patrie, dans la nuit, sous la pluie, dans la rue.

Tel est le visage de leur Allemagne.

Traduit par J.-B. OPPEL.
© Buchet-Chastel, 1962.

THOMAS MANN   (1875-1955)

Doktor Faustus
(1947)
LE DOCTEUR FAUSTUS*

Ô Allemagne ! tu roules à l'abîme et je songe à tes espoirs. Je veux dire les espoirs que tu avais suscités (peut-être sans les partager), les espoirs qu'après ton précédent effondrement, doux par comparaison, après l'abdication du Kaiser, le monde voulut placer en toi ; et malgré ta conduite effrénée, malgré le « gonflement » insensé, follement désespéré et ostentatoire de ta détresse, malgré une inflation monétaire qui, ivre, semblait vouloir escalader le ciel, tu parus, durant quelques années, justifier cette confiance dans une certaine mesure.

* La vie du compositeur Adrian Leverkühn est racontée par un ami qui écrit à quelques années de distance, au moment de la guerre, puis de l'effondrement de l'Allemagne nazie (chapitre XXXVI).

Il est vrai, le désordre fantastique d'alors qui bafouait la terre entière et cherchait à l'épouvanter, contenait déjà en germe beaucoup de l'invraisemblance monstrueuse, de l'excentricité, de tout cela qu'on n'eût jamais cru possible, beaucoup du détestable sans-culottisme de notre comportement depuis 1933 et surtout depuis 1939. Mais la ronde des milliards, cette boursouflure de la misère, avait pris fin un jour ; le visage grimaçant de notre vie économique avait retrouvé une expression raisonnable et pour les Allemands sembla poindre une ère de répit moral, de progrès social dans la paix et la liberté, d'effort culturel émancipé et tourné vers l'avenir ; une adaptation complaisante de notre sensibilité et de notre pensée à la commune règle. Indubitablement, ce fut là, malgré sa faiblesse originelle et son aversion pour elle-même, l'espoir de la République allemande, j'entends celui qu'elle éveilla chez les étrangers ; ce fut une tentative point tout à fait irréalisable (la seconde après l'essai avorté de Bismarck et son tour de force de l'unité), un essai de ramener l'Allemagne à la norme pour l'européaniser, la « démocratiser » et l'agréger spirituellement à la vie sociale des nations. Qui niera qu'à l'étranger aussi on crut avec beaucoup de bonne foi à cette possibilité ? Qui contestera qu'un mouvement confiant se dessina dans cette direction chez nous, par tout le pays, mis à part l'entêtement des ruraux ?

Je parle des années vingt du siècle, et en particulier de leur seconde moitié. L'ardent foyer culturel se déplaça de France en Allemagne, car cette époque — fait caractéristique — vit la première représentation intégrale de l'oratorio apocalyptique d'Adrian Leverkühn. Certes, et bien que Francfort fût un des centres du Reich les mieux disposés et les plus évolués, l'audition n'alla pas sans soulever une hostilité haineuse. On cria avec amertume à la « dérision de l'art », au nihilisme, à l'attentat musical, ou, pour employer une insulte courante en ce temps-là, à la « bolchevisation de la culture ». Néanmoins, l'œuvre et le risque que comportait son exécution rencontrèrent des défenseurs intelligents qui maniaient la parole avec maîtrise. Cette bonne volonté à l'égard du monde et de la liberté atteignit vers 1927 son point culminant. Elle prit le contre-pied de l'esprit rétrograde, national, wagnérien et romantique encore vivace à Munich en particulier. Elle forma, elle aussi, un élément de notre vie publique durant la première moitié de la décennie — et ce disant, j'évoque des manifestations culturelles comme la fête des artistes de l'art sonore à Weimar en 1920 ou le premier festival de musique à Donaueschingen, l'année suivante. À ces deux occasions, et malheureusement en l'absence du compositeur, les œuvres de Leverkühn aussi, à côté d'autres exemples du nouveau comportement intellectuel et musical, furent exécutées devant un public point dépourvu de réceptivité, je serais tenté de dire un public à tendances artistiques « républicaines ». À Weimar, ce fut la *Symphonie Cosmique* sous la direction de Bruno Walter, compétent entre tous sous le rapport du rythme. À la station thermale badoise, sous les auspices du célèbre théâtre de marionnettes de Hans Platner, on joua les cinq morceaux de la *Gesta Romanorum* — un événement qui fit osciller les auditeurs entre le pieux attendrissement et le rire, comme jamais auparavant.

Traduit par LOUISE SERVICEN.
© Éditions Albin Michel, 1950.

ANNA SEGHERS (1900-1983)

Transit
(1948)
TRANSIT*

Vous connaissez, vous-même la France non occupée de l'automne 1940 : les gares et les asiles, et même les places et les églises, tout était plein de réfugiés du Nord, de la zone occupée et de la zone interdite, et d'Alsace et de Lorraine, et de Moselle. Débris de ces hordes pitoyables qui déjà, lors de ma fuite vers Paris, n'étaient plus que des débris. Entre-temps, beaucoup étaient morts sur la route ou dans quelque wagon, mais je n'avais pas pensé qu'entre-temps beaucoup d'autres étaient nés. Quand je cherchai une place pour me coucher, dans la gare de Toulouse, je dus sauter par-dessus une femme étendue qui, au milieu des valises, des baluchons et des fusils amoncelés, donnait le sein à un nourrisson rabougri. Comme le monde était devenu vieux, au cours de cette année ! Le nourrisson avait l'air vieux, la mère qui l'allaitait avait les cheveux gris, et les figures des deux petits frères, qui regardaient par-dessus l'épaule de la femme, étaient insolentes, vieilles et tristes. Qu'il était vieux, le regard de ces garçons à qui rien n'était resté caché, ni le mystère de la mort, ni le mystère de l'origine! Tous les trains étaient encore bondés de soldats dépenaillés, qui insultaient ouvertement leurs officiers, suivaient en grommelant l'ordre de marche, mais marchaient quand même — du diable s'ils savaient jusqu'où, — pour garder, dans un coin du

---

* Des réfugiés allemands fuient l'avance nazie en 1940 pour rejoindre Marseille d'où ils espèrent embarquer pour l'Amérique (début du chapitre II).

pays qui leur était resté, un camp de concentration ou quelque ligne frontière qui, demain, serait déplacée, ou pour s'embarquer à destination de l'Afrique, parce que le commandant d'une petite baie avait décidé de tenir tête aux Allemands, mais ce commandant serait destitué avant l'arrivée des soldats. Eux, en tout cas, ils partaient, car cet absurde ordre de marche était du moins quelque chose à quoi s'accrocher et leur tenait lieu, peut-être, d'un appel sublime, d'un mot d'ordre grandiose, ou de *La Marseillaise* perdue... Une fois, on nous a tendu les restes d'un homme, le tronc et la tête, des morceaux d'uniforme pendaient à la place des bras et des jambes. Nous l'avons calé entre nous, nous lui avons mis une cigarette à la bouche ; comme il n'avait plus de mains, il s'est brûlé les lèvres, il a grogné, et tout à coup il a éclaté en sanglots :

— Si seulement je savais pourquoi !

Nous aussi, nous avions tous envie de chialer.

Traduit par JEANNE STERN.
© Alinea, 1986.

Friedrich Dürrenmatt (1921-1990)

Der Besuch der alten Dame
(1956)
La Visite de la vieille dame*

Le proviseur (*plein de courage*)   Madame ! Causons ouvertement. Mettez-vous dans notre triste situation. Il y a vingt ans que je m'efforce de faire lever les tendres pousses de la culture et des humanités dans cette commune appauvrie ; vingt ans que notre médecin se précipite de rachitique en tuberculeux dans sa vieille Mercedes. Au nom de quoi ce pénible sacrifice ? Pour l'argent ? À peine ! Nos traitements sont dérisoires. J'ai refusé carrément un poste au lycée supérieur de Kalberstadt ; et le docteur un cours à l'université d'Erlangen. Par pur amour de l'humanité ? Non, ce serait exagéré. Nous avons tenu bon pendant tant de longues années, nous et toute la ville avec nous, parce qu'il reste un espoir : l'espoir que l'antique grandeur de Güllen revivra et que nous pourrons un jour bénéficier comme autrefois des possibilités que le sol de notre patrie nous offre avec tant de prodigalité. Il y a du pétrole dans le sous-sol de la dépression de Pückenried ; du minerai sous la forêt de l'Ermitage. Nous ne sommes pas pauvres, Madame, on nous a oubliés. Il nous faut du crédit, de la confiance et des commandes. Notre économie refleurira et, avec elle, notre tradition

---

* La milliardaire Claire Zahanassian revient dans sa ville natale de Güllen et annonce qu'elle lui fera don d'un milliard à condition que soit assassiné l'épicier Ill qui, jadis, lui avait fait un enfant qu'il n'avait pas reconnu et l'avait obligée à se prostituer. Après un premier refus indigné, les citoyens de Güllen s'aperçoivent que tout cet argent leur serait bien utile. Le médecin et le proviseur tentent de faire fléchir la vieille dame.

de culture et d'humanisme. Or, Güllen a quelque chose à offrir : les Forges de la Place-au-soleil.

Le médecin Les laminoirs Bockmann.

Le proviseur Et les usines Wagner. Achetez-les, renflouez-les et Güllen retrouvera sa prospérité. Faites que nous n'ayons pas attendu toute notre vie pour rien. Il convient de faire le placement raisonnable et rentable de quelques centaines de millions; pas de gaspiller cent milliards.

Claire Zahanassian J'en possède deux ou trois fois autant.

Le proviseur Nous ne demandons pas l'aumône, nous proposons une affaire.

Claire Zahanassian En fait, elle ne serait pas mauvaise.

Le proviseur Ah Madame, je savais que vous ne nous abandonneriez pas.

Claire Zahanassian Mais elle est impossible. Je ne peux pas acheter les Forges de la Place-au-soleil, parce qu'elles m'appartiennent déjà.

Le proviseur À vous ?

Le médecin Et les laminoirs Bockmann ?

Le proviseur Les usines Wagner ?

Claire Zahanassian C'est aussi à moi. Les usines, les terrains de la dépression de Pückenried, la grange à Colas, la ville entière, rue par rue et maison par maison. J'ai fait acheter tout le fourbi par mes agents; j'ai fait arrêter les entreprises. Votre espoir était fou, votre ténacité absurde, votre sacrifice imbécile; toute votre vie est inutilement gâchée.

(Silence.)

Le médecin   C'est monstrueux.

Claire Zahanassian   J'ai quitté cette ville en plein hiver, sous les ricanements de la population qui se moquait de mes nattes rouges, de ma blouse marine et de ma grossesse avancée. J'ai pris place en grelottant dans l'express pour Hambourg. Quand j'ai distingué le contour de la grange à Colas, à travers les arabesques de givre sur la vitre, j'ai décidé de revenir un jour. Je suis là. C'est moi qui vous propose l'affaire et je dicte mes conditions. [...]

Le proviseur   Madame Zahanassian ! Vous êtes une femme blessée dans son amour et vous exigez la justice absolue. À mes yeux, vous êtes une héroïne antique, une Médée ! Mais nous vous comprenons si bien, que vous nous donnez le courage de vous demander davantage. Quittez votre terrible projet de vengeance ; ne nous poussez pas à la dernière extrémité. Nous sommes pauvres et faibles, mais honnêtes ; aidez-nous à mener une vie un peu plus digne. Faites triompher en vous la pure charité.

Claire Zahanassian   La charité, Messieurs ? Les millionnaires peuvent se l'offrir. Avec ma puissance financière, on s'offre un ordre nouveau à l'échelle mondiale. Le monde a fait de moi une putain ; je veux faire du monde un bordel. Si on tient à entrer dans la danse et si on n'a pas de quoi casquer, il faut y passer. Et vous avez voulu entrer dans la danse. Les gens convenables sont ceux qui paient ; et moi, je paie. Güllen pour un meurtre ; la prospérité pour un cadavre !

Traduit par JEAN-PIERRE PORRET.
© Flammarion, 1957.

GÜNTER GRASS (né en 1927)

Die Blechtrommel
(1959)
LE TAMBOUR*

Il était une fois un marchand de jouets, il s'appelait Sigismond Markus et vendait, entre autres, des tambours vernis blanc et rouge. Oscar, dont il vient d'être question, était le principal acheteur de ces tambours, parce qu'il était tambour de vocation et ne pouvait ni ne voulait vivre sans tambour. C'est pourquoi, parti de la synagogue en flammes, il se hâta vers le Passage de l'Arsenal, car c'était là qu'habitait le gardien de ses tambours ; mais il le trouva dans un état qui lui rendait impossible à l'avenir la vente de tambours, si ce n'était dans un autre monde.

Eux, ces mêmes artisans du feu auxquels je, Oscar, croyais avoir échappé, avaient déjà rendu visite à Markus avant moi, trempé des pinceaux dans la couleur et écrit en travers de la vitrine, en écriture Sütterlin, les mots « salaud de juif » ; ensuite, par dépit de leur propre calligraphie peut-être, ils avaient enfoncé la vitrine avec leurs talons de botte, si bien que le titre qu'ils avaient conféré à Markus n'était plus lisible que par conjecture. Méprisant la porte, ils avaient pénétré dans la boutique par la fenêtre défoncée et, là, ils jouaient de leur façon flagrante avec les jouets d'enfants.

Je les trouvai encore occupés à jouer lorsque j'entrai

---

* À l'âge de trois ans, Oscar a décidé de ne plus grandir et c'est donc avec son regard d'enfant qu'il assiste aux événements historiques, comme ici les exactions antisémites à Danzig, à la veille de la Seconde Guerre mondiale.

à mon tour dans la boutique par la vitrine. Quelques-uns avaient baissé culotte et déposé des boudins bruns, où l'on pouvait encore identifier des pois à demi digérés, sur des bateaux à voiles, des singes violoneux et mes tambours. Ils ressemblaient tous au musicien Meyn ; ils portaient l'uniforme de S.A. de Meyn, mais Meyn n'en était pas ; de même que ceux qui étaient là n'étaient pas ailleurs. L'un d'eux avait tiré son poignard. Il éventrait des poupées et paraissait chaque fois déçu que seulement des copeaux de bois coulent des torses et des membres rebondis.

J'étais inquiet pour mes tambours. Mes tambours ne leur plaisaient pas. Mon instrument ne résista pas à leur colère ; il dut se taire et plier le genou. Mais Markus avait esquivé cette colère. Quand ils voulurent lui parler dans son bureau, ils ne frappèrent pas ; ils enfoncèrent la porte, bien qu'elle ne fût pas fermée.

Le marchand de jouets était assis derrière sa table de travail. Il portait comme toujours des manchettes de lustrine sur son drap gris foncé de tous les jours. Des pellicules sur les épaules trahissaient une maladie des cheveux. Un S.A. de qui les mains exhibaient des marionnettes de guignol le heurta du bois de la grand-mère à Guignol. Mais Markus n'y était plus pour personne ; plus moyen de l'outrager. Devant lui sur la table était posé un verre d'eau que la soif venait de lui ordonner de boire, quand les éclats rugissants de la vitrine lui avaient séché la gorge.

Traduit par Jean Amsler.
© Éditions du Seuil, 1961.

ELIAS CANETTI (né en 1905)

Masse und Macht
(1960)
MASSE ET PUISSANCE*

Nous considérerons donc ici les nations comme s'il s'agissait de *religions*. Elles ont tellement tendance à passer de temps en temps à cet état. Elles y sont toujours disposées, mais les guerres donnent une forme paroxystique aux religions nationales.

Le ressortissant d'une nation ne se voit pas seul, on peut s'y attendre d'emblée. Dès qu'on le définit ou qu'il se définit lui-même, il entre dans sa représentation un élément plus vaste, une unité plus grande avec laquelle il se sent lui-même en relation. La nature de cette unité n'est pas indifférente, non plus que la relation de l'individu avec elle. Ce n'est pas simplement l'unité géographique de son pays, telle qu'elle se trouve sur la carte ; celle-là est indifférente à l'homme normal. Certaines frontières peuvent avoir leur intérêt pour lui, mais non pas la superficie totale de son pays. Il ne pense pas non plus à sa langue, telle que l'on pourrait la définir et la caractériser pour l'opposer aux autres. Les mots qui lui sont familiers ont certainement une grande influence sur lui, surtout en des temps agités. Mais ce n'est pas un dictionnaire qu'il a derrière lui et pour lequel il est prêt à se battre. L'histoire de sa nation importe encore moins à l'homme normal. Il ne

---

* Canetti définit ici ce qu'il entend par « symboles de masse nationaux » ; par la suite, il étudiera ces symboles : la mer pour les Anglais, la digue pour les Hollandais, l'armée et la forêt pour les Allemands, la Révolution pour les Français, les montagnes pour les Suisses, etc.

connaît ni son déroulement réel ni la plénitude de sa continuité ; pas davantage la vie telle qu'elle fut avant lui ; et tout juste quelques noms de personnages anciens. Les figures et les moments qui sont parvenus à sa conscience sont au-delà de tout ce que l'historien véritable entend par histoire.

La grande unité avec laquelle il se sent en relation est toujours une *masse* ou un *symbole de masse*. Elle comporte toujours quelques-uns des traits caractérisant la masse ou ses symboles : densité, ouverture et accroissement à l'infini, cohésion surprenante ou très frappante, rythme collectif, décharge soudaine. Nous avons déjà vu beaucoup de ces symboles, la mer, la forêt, le blé. Il serait oiseux de répéter ici les propriétés et les fonctions qui ont déterminé leur rôle de symboles de masse. On les retrouvera dans les idées et les sentiments que les nations se donnent d'elles-mêmes. Mais ces symboles ne se montrent jamais nus, jamais purs : le ressortissant d'une nation se voit toujours lui-même, travesti à sa manière à lui, dans une relation figée avec un symbole de masse déterminé qui a pris le dessus dans sa nation. C'est dans le retour régulier de celui-ci, dans son émergence quand le moment l'exige, que réside la continuité du sentiment national. Avec lui et lui seul se transforme la conscience qu'une nation a d'elle-même. Il est plus variable que l'on ne croit, et l'on peut en concevoir quelque espérance pour la survie de l'humanité.

Traduit par ROBERT ROVINI.
© Éditions Gallimard, 1966.

Max Frisch (1911-1991)

Andorra
(1961)
ANDORRA*

Le docteur L'Andorrien ne fait pas de courbettes. J'aurais pu recevoir des diplômes à ne plus savoir où les mettre. Andorra est une république et je l'ai dit aux gens dans le monde entier : vous pouvez la prendre en exemple ! Chez nous chacun est compté pour ce qu'il vaut. Pourquoi pensez-vous que je sois revenu, après vingt années d'absence ? (*Il se tait afin de pouvoir compter les pulsations.*) Hem !

La mère C'est grave, Monsieur le Professeur ?

Le docteur Voyez-vous, chère madame, quand un homme a bourlingué de par le monde autant que moi, il connaît le sens du mot : Patrie. C'est ici que j'ai ma place marquée ; diplômes ou pas, c'est ici que j'ai mes racines. (*Andri tousse.*) Depuis quand tousse-t-il ?

Andri Votre cigare, Monsieur le Professeur...

Le docteur Andorra, un petit pays, mais un pays de liberté. Où trouve-t-on cela aujourd'hui ? Aucune patrie au monde qui porte un plus beau nom, aucun peuple sur terre qui soit plus libre... Ouvre bien la bouche, mon petit ami, ouvre bien la bouche. (*Il lui examine à nouveau la gorge, puis il retire la cuiller.*) Un peu d'inflammation.

---

* Le jeune juif Andri a été adopté par un maître d'école, ce qu'ignore le « Docteur », médecin cantonal appelé en consultation par la mère adoptive d'Andri (IVe tableau).

Andri   Moi ?

Le docteur   Des migraines ?

Andri   Non, jamais.

Le docteur   Des insomnies ?

Andri   Quelquefois.

Le docteur   Tiens, tiens...

Andri   Mais ça n'a rien à voir. (*Le Docteur lui met à nouveau la cuiller dans la bouche.*) Aaaaaaaaaaaandorra !

Le docteur   Voilà, très bien, mon jeune ami, voilà comment ça doit vibrer, que tous les Juifs rentrent sous terre en entendant le nom de notre patrie. (*Andri sursaute.*) N'avale pas la cuiller !

La mère   Andri !

(*Andri s'est levé.*)

Le docteur   Ce n'est pas bien grave, juste un peu d'inflammation, absolument rien d'inquiétant, une pilule avant chaque repas.

Andri   Pourquoi faut-il... que tous les Juifs... rentrent sous terre ?

Le docteur   Où est-ce que je les ai mises ? (*Il fouille dans sa mallette.*) Si tu le demandes, mon jeune ami, c'est que tu n'as encore jamais vu le monde. Le Juif, moi, je le connais. Qu'on aille où on veut, il est déjà là incrusté, il connaît tout mieux que les autres, et toi, brave Andorrien tout simple, tu n'as plus qu'à faire tes valises. N'est-ce pas la vérité ? Le vice du Juif, c'est l'ambition. Partout dans le monde il s'incruste, dans toutes les chaires de Faculté, j'en ai fait la triste expérience, et nous il ne nous reste plus que le retour au pays. Note que je n'ai rien contre les Juifs. Je ne suis pas pour les massacres. Moi aussi j'ai sauvé des Juifs, bien que je ne puisse pas les sentir. Et qu'est-ce qu'on a comme récompense ? Rien ne les changera jamais. Ils sont incrustés partout, dans toutes les chaires de Faculté. Rien ne les changera jamais. (*Il tend les pilules à Andri.*) Tes pilules ! (*Andri sort sans les prendre.*) Qu'est-ce qui lui prend ?

La mère   Andri ! Andri !

Le docteur   Tourner ainsi les talons et bonsoir...

La mère   Vous n'auriez pas dû lui dire ça, Monsieur le Professeur, à propos des Juifs.

Le docteur   Et pourquoi donc ?

La mère   Andri est juif.

Traduit par ARMAND JACOB.
© Éditions Gallimard, 1965.

CHRISTA WOLF   (née en 1929)

Der geteilte Himmel
(1963)
LE CIEL PARTAGÉ*

Autrefois, les amants choisissaient en se séparant une étoile qu'ils puissent regarder tous les soirs à la même heure. Et nous, que choisir ?

* Malgré son amour pour Rita, Manfred a décidé de ne pas rester en RDA et d'émigrer à Berlin-Ouest. C'est l'heure de la séparation.

— Au moins, ils ne peuvent pas partager le ciel, dit Manfred ironiquement.

Le ciel ? Cette voûte d'espoir et de nostalgie, d'amour et de tristesse.

— Si, dit-elle tout bas. Le ciel se partage tout le premier.

La gare était proche. Ils passèrent par une rue étroite et la virent devant eux. Manfred s'arrêta brusquement :

— Ta valise ! » Il voyait qu'elle ne reviendrait plus. « Je te l'enverrai. »

Tout ce dont elle avait besoin était dans son sac à main.

Ils se retrouvèrent dans la foule dense du soir. On les poussait, les bousculait, les entraînait l'un loin de l'autre. Il devait la retenir contre lui pour ne pas déjà la perdre. Il avait mis doucement sa main autour de son bras et la poussait devant lui. Ils ne purent voir leur visage jusqu'à l'instant où ils s'arrêtèrent dans le hall de la gare.

Ce qui n'avait pas été décidé ne pourrait plus l'être maintenant. Ce qui n'avait pas été dit ne pourrait plus être dit. Ce qu'ils ne savaient pas maintenant l'un de l'autre, ils ne pourraient plus l'apprendre.

Il ne leur restait plus que cet instant sans poids ni couleur, que l'espoir ne teintait plus et pas encore le désespoir. Rita enleva un fil accroché à son veston. Un marchand de fleurs s'approcha d'eux, qui avait étudié consciencieusement à quel instant l'on peut déranger un couple d'amoureux qui se disent adieu — « Un bouquet, m'sieur-dame ».

Rita secoua précipitamment la tête. L'homme battit en retraite. On n'a jamais fini d'apprendre. Manfred regarda l'heure. Son temps était strictement limité.

— Va, maintenant, dit-il. Il l'accompagna jusqu'à la barrière. Ils s'arrêtèrent là encore. À droite, le flot s'écoulait vers les quais, à gauche le flot vers la ville. Ils ne pouvaient rester longtemps sur leur petite île.

— Va, dit-il, va maintenant!

Elle continuait de le regarder. Il sourit. Ne faut-il pas qu'elle se rappelle son sourire?

— Adieu, ma petite fille brune, dit-il tendrement.

Rita appuya une seconde sa tête contre sa poitrine.

Des semaines plus tard, il retrouvait encore en fermant les yeux cette légère pression si douce.

Certainement elle a dû passer par ce guichet et monter les escaliers. Elle a sûrement pris le train qui la conduisait à la bonne gare. Elle ne s'étonnait pas que tout s'enchaîne aussi aisément, aussi rapidement. Son train était déjà là, et il n'y avait pas beaucoup de monde. Sans hâte elle monta, choisit une place et déjà le train démarrait.

Il fallait que ce fût ainsi. Elle n'aurait pas eu la force de surmonter la moindre difficulté, de prendre une décision, fût-ce la plus insignifiante. Elle ne dormait pas, mais n'était pas complètement consciente. La première chose qu'elle put à nouveau percevoir, bien plus tard, fut un étang lumineux et calme au milieu d'un paysage obscur. Il avait attiré sur lui tout ce qui restait encore de clarté dans le ciel et la reflétait en l'amplifiant.

C'est drôle, pensait Rita. Tant de clarté au milieu de tant d'ombre.

Traduit par Bernard Robert.
© Les Éditeurs français réunis, 1964.

Peter Weiss (1916-1982)

Die Ermittlung
(Oratorium in elf Gesängen)
(1965)
L'Instruction
(Oratorio en onze chants)*

Le juge
Comment êtes-vous entré dans ce service

Accusé n° 8
Par hasard
ça s'est passé comme ça
Mon frère avait un uniforme de trop
je pouvais le prendre
et ça ne me faisait pas de frais
C'était en vue des affaires
Mon père avait une auberge
où venaient pas mal de membres du parti
Quand on m'a expédié
je n'avais aucune idée
d'où j'allais aboutir
À mon arrivée j'ai demandé
si c'était vraiment ma place
On m'a dit
Ici tu seras toujours à ta place

L'accusateur
Accusé Hofmann

* Avec la transcription théâtrale des débats du procès de certains responsables subalternes d'Auschwitz, Weiss fait de la scène un tribunal. Il s'agit ici du premier chant, « Le chant de la Rampe », l'endroit où s'effectuait la sélection à l'arrivée des trains de déportés.

saviez-vous ce qu'on faisait
des gens sélectionnés

Accusé n° 8
Monsieur le Procureur
Personnellement je n'avais rien
contre ces gens
D'ailleurs il y en avait chez nous aussi dans notre pays
avant qu'on les emmène
et moi j'ai toujours dit à ma famille
Continuez d'acheter chez l'épicier
c'est un homme comme un autre

L'accusateur
Aviez-vous toujours le même point de vue
pendant votre service sur la rampe

Accusé n° 8
Enfin quoi
à part quelques petits ennuis
inévitables avec tant de monde
sur un si petit espace
à part la chambre à gaz
qui était terrible bien sûr
chacun avait vraiment sa chance
de survivre
Quant à moi personnellement
j'ai toujours eu une attitude correcte
Qu'est-ce que je pouvais faire
Les ordres c'étaient les ordres
Et voilà que pour ça
j'ai ce procès sur le dos
Monsieur le Procureur
je vivais paisiblement
comme tout bon citoyen
on vient me chercher tout d'un coup
on crie Hofmann
c'est lui Hofmann

Je ne comprends pas du tout
ce qu'on me veut

> Traduit par JEAN BAUDRILLARD.
> © Éditions du Seuil, 1966.

PAUL CELAN (1920-1970)

Lichtzwang
(1970)
CONTRAINTE DE LUMIÈRE

> Je te vois : écho
> que palpent des mots
> tâtonnants, sur l'arête
> de l'adieu.
>
> Ton visage légèrement s'effarouche
> lorsque, tout d'un coup, clarté
> comme d'une lampe est faite
> en moi, au point
> où avec le plus de douleur se dira Jamais.

> Traduit par ANDRÉ DU BOUCHET.
> In *Poèmes*, © Mercure de France, 1986.

Heinrich Böll (1917-1985)

Die verlorene Ehre der Katharina Blum oder : wie Gewalt entstehen und wohin sie führen kann (1974)
L'Honneur perdu de Katharina Blum ou : comment peut naître la violence et où elle peut conduire*

Il ne s'attendait évidemment pas à pareille chose car il m'a regardée avec étonnement pendant une demi-seconde peut-être, tout à fait comme au cinéma quand un type se fait abattre à l'improviste. Puis il s'est écroulé et je crois bien qu'il était déjà mort. J'ai jeté le pistolet à côté de lui et me suis enfuie de chez moi. Je suis descendue par l'ascenseur et immédiatement retournée au bistrot. Peter était très surpris de me voir, mon absence ayant à peine duré une demi-heure. J'ai repris mon travail derrière le comptoir mais sans plus accepter de danser. Et je n'arrêtais pas de me dire : « ça n'est pas possible, ça n'est pas vrai », tout en sachant pourtant bien que ça l'était. Et de temps à autre Peter s'approchait de moi pour me dire : « J'ai l'impression que ton zèbre ne viendra pas aujourd'hui. » Je lui

---

* Parce qu'elle est tombée amoureuse de Ludwig, « terroriste » recherché par la police, Katharina se retrouve au centre d'un fait divers politique où elle est livrée à une presse sans scrupules qui s'acharne contre elle. Au moment où le journaliste Tötges cherche à la rencontrer, cette employée de maison sans histoire qui travaille accessoirement comme serveuse de café chez Peter est vraiment à bout. C'est elle-même qui se raconte. Elle vient d'abattre Tötges, un homme qui était monté chez elle pour lui proposer « une partie de jambes en l'air ».

répondais alors en simulant l'indifférence : « ça m'en a tout l'air en effet ». Jusqu'à 4 h de l'après-midi j'ai versé des schnaps, tiré de la bière à la pression, ouvert des bouteilles de mousseux et servi des rollmops. Puis, sans même prendre congé de Peter, j'ai quitté l'établissement pour aller m'asseoir dans une église toute proche où j'ai dû passer une demi-heure environ. J'y ai pensé à ma mère, à la misérable, à la maudite vie qui fut la sienne ; j'ai pensé à mon père qui passait son temps à rouspéter et à vitupérer contre tout, l'État, l'Église, les autorités, les fonctionnaires, les officiers et que sais-je encore, mais qui, dès qu'il avait affaire à l'un d'eux, se jetait aussitôt à plat ventre et c'est tout juste s'il n'en pleurnichait pas d'obséquiosité. J'ai pensé à Brettloh, mon ex-mari, à toutes ces ordures qu'il est allé débiter à Tötges, et aussi à mon frère qui en avait toujours après mon argent et qui, à peine avais-je gagné quelques marks, venait me taper pour une idiotie quelconque, une histoire de vêtements ou de motocyclette ou de salle de jeux. Et bien entendu j'ai pensé aussi au curé qui à l'école m'appelait toujours « notre petite rouge » ; je ne comprenais pas ce qu'il entendait par là et toute la classe s'esclaffait parce qu'alors je devenais rouge pour de bon. Et naturellement j'ai pensé aussi à Ludwig. Oui, j'ai dû rester là près d'une demi-heure, puis j'ai quitté l'église pour le premier cinéma venu d'où je suis presque aussitôt ressortie pour retourner dans une autre église parce qu'en ce dimanche de carnaval c'était le seul endroit où l'on pouvait trouver une certaine tranquillité. Évidemment, j'ai aussi pensé à ce type que j'avais abattu dans mon appartement. Sans regret, sans repentir. Il voulait une partie de jambes en l'air et c'est bien ce que je lui ai fait faire, non ?

Traduit par S. et G. de LALÈNE.
© Éditions du Seuil, 1981 (Points Roman).

STEFAN HEYM (né en 1913)

Fünf Tage im Juni
(1974)
UNE SEMAINE EN JUIN*

« Malgré ses erreurs et ses fautes, dit-il, nous n'avons que ce Parti, que ce drapeau. Je ne dis pas ça pour signer un chèque en blanc à tous les dégonflés, les imbéciles, les flatteurs et les fonctionnaires-nés dont notre Parti ne manque pas. Je dis cela comme un appel aux camarades qui ont du cœur, un appel à faire de ce Parti leur Parti... »

Elle lui servit l'infusion. « Buvez, collègue Witte, cela calme de façon extraordinaire. »

Il la remercia, écrasa sa cigarette, but. Puis il se releva d'un bond et commença à arpenter la pièce. « Nous avons trop tendance à simplifier : *les* travailleurs, *les* gens de chez nous, *les* jeunes, *la* classe ouvrière — comme s'il s'agissait de troupeaux de moutons que l'on peut pousser dans telle ou telle direction. En réalité, ce sont tous des êtres humains, des individus, dans le cas de la classe ouvrière, ils ont un seul point commun : la place qui est la leur dans la société, dans le processus de production. Mais tout cela est loin de garantir un comportement unique. Aujourd'hui, les uns ont fait grève, les autres pas ; que savons-nous de la multitude des facteurs qui déterminent la conscience... Nous affirmons que la classe ouvrière est la classe dirigeante, et le Parti la force dirigeante de cette classe. Il

---

* Mercredi 17 juin 1953 : les chars soviétiques ont rétabli l'ordre à Berlin-Est. Au soir de cette dramatique journée, le syndicaliste Witte, communiste critique, se livre à une première analyse auprès de Francette, sa secrétaire.

semble évident qu'il faille des gens pour représenter la classe dirigeante et sa force dirigeante. Mais qui empêchera qu'à force de représenter, ils finissent par ne plus représenter qu'eux-mêmes ? Une lézarde est apparue sur la façade. Et, je le crains, elle ne sera pas la dernière à marquer cet édifice dans lequel nous plaçons de telles espérances... Il ne faut pas jouer avec le pouvoir, a dit quelqu'un récemment, un camarade haut placé. Est-ce qu'il joue avec le pouvoir, celui qui aspire à lui donner une base plus large ? Des cadres, c'est bien, la police, c'est utile, mais l'adhésion et le soutien des masses sont plus importants encore... Bien entendu, il faut aussi avoir le courage de prendre des mesures impopulaires. La minorité d'aujourd'hui deviendra la majorité de demain, si la logique de l'histoire est de son côté. Je me refuse à croire que l'homme, qui fait fonctionner des machines ultra-modernes et domine le déroulement de la production, ne serait pas en mesure — pour peu qu'on l'informe correctement — de regarder plus loin que le bout de son nez. »

Il resta debout, but le reste du breuvage tiède qui était dans sa tasse. « J'ai l'impression, Francette, que je parle trop.

— Pas du tout », répliqua-t-elle. Elle avait essayé de suivre le cheminement de ses pensées ; tout en sachant qu'il avait parlé davantage pour lui-même que pour elle.

Traduit par FRANÇOISE TORAILLE.
© Éditions de La Nuée Bleue/Jean-Claude Lattès, 1990.

PETER HANDKE (né en 1942)

Die linkshändige Frau
(1976)
LA FEMME GAUCHÈRE*

Au petit matin la femme était déjà réveillée. Elle regardait vers la fenêtre entrouverte, rideaux tirés ; du brouillard d'hiver entrait. L'aiguille de l'horloge de la tour grinçait doucement. Elle dit à Bruno qui dormait à son côté : « J'aimerais rentrer. »

Il comprit aussitôt en dormant.

Lentement, ils descendirent le chemin qui sortait du parc. Bruno avait passé le bras autour d'elle. Puis il partit en courant et fit une galipette sur le gazon gelé.

La femme s'immobilisa tout à coup, secoua la tête. Bruno déjà un peu plus loin se retourna vers elle, interrogateur. Elle dit : « Rien, rien », et secoua encore une fois la tête. Elle regarda Bruno longtemps, comme si de le voir l'aidait à réfléchir. Alors il s'approcha d'elle et elle détourna les yeux vers les arbres et les buissons du parc couverts de givre que le vent du matin agita brièvement.

La femme dit : « Il m'est venu une idée étrange ; au fond, pas vraiment une idée, mais une sorte d'illumination. Mais je ne veux pas en parler. Allons à la maison, Bruno, vite, il faut que je conduise Stéphane à l'école. » Elle voulut continuer son chemin, mais Bruno la retint : « Gare à toi si tu ne le dis pas. »

La femme : « Gare à toi si je le dis. »

En même temps il lui fallut rire de cette expression.

---

* Une femme est allée chercher son mari à l'aéroport. Ensuite, laissant seul à la maison leur fils Stéphane, ils sont allés au restaurant et sont restés coucher à l'hôtel.

Ils se regardèrent longtemps, d'abord d'une façon enjouée, puis nerveux, effrayés, décidés enfin.

Bruno : « Bon, alors dis-le. »

La femme : « J'ai eu tout à coup l'illumination — ce mot également la fit rire — que tu t'en allais d'auprès de moi, que tu me laissais seule. Oui, c'est ça, Bruno, va-t'en. Laisse-moi seule. »

Après quelque temps Bruno hocha la tête, longuement, leva les bras à mi-hauteur et demanda : « Pour toujours ? »

La femme : « Je ne sais pas, seulement, tu t'en vas et tu me laisses seule. » Ils se turent.

Puis Bruno sourit et dit : « Mais d'abord je remonte à l'hôtel et je bois une tasse de café. Et cet après-midi je viendrai chercher mes affaires. »

La femme répondit sans animosité, attentionnée plutôt : « Pour les premiers temps, tu peux sûrement aller chez Franziska. Son collègue instituteur vient justement de la quitter. »

Bruno : « Je vais y réfléchir en prenant mon café. » Il retourna vers l'hôtel et elle sortit du parc.

Dans la longue allée qui menait au lotissement, elle fit un entrechat et se mit soudain à courir. Chez elle, elle ouvrit les rideaux, alluma le tourne-disque et fit mine de danser avant même que la musique ne commence. L'enfant arriva en pyjama et demanda : « Mais qu'est-ce que tu fais ? » La femme : « Je me sens oppressée, je crois. » Et ensuite : « Habille-toi, Stéphane, c'est l'heure de l'école. Moi, pendant ce temps, je vais te faire tes toasts. » Elle alla au miroir dans le couloir et dit : « Jésus - Jésus - Jésus ! »

Traduit par Georges Arthur GOLDSCHMIDT.
© Éditions Gallimard, 1978.

Fritz Zorn (1944-1976)

Mars
(1977)
MARS*

Je suis jeune et riche et cultivé ; et je suis malheureux, névrosé et seul. Je descends d'une des meilleures familles de la rive droite du lac de Zurich, qu'on appelle aussi la Rive dorée. J'ai eu une éducation bourgeoise et j'ai été sage toute ma vie. Ma famille est passablement dégénérée, c'est pourquoi j'ai sans doute une lourde hérédité et je suis abîmé par mon milieu. Naturellement j'ai aussi le cancer, ce qui va de soi si l'on en juge d'après ce que je viens de dire. Cela dit, la question du cancer se présente d'une double manière : d'une part c'est une maladie du corps, dont il est bien probable que je mourrai prochainement, mais peut-être aussi puis-je la vaincre et survivre ; d'autre part, c'est une maladie de l'âme, dont je ne puis dire qu'une chose : c'est une chance qu'elle se soit enfin déclarée. Je veux dire par là qu'avec ce que j'ai reçu de ma famille au cours de ma peu réjouissante existence, la chose la plus intelligente que j'aie jamais faite, c'est d'attraper le cancer. Je ne veux pas prétendre ainsi que le cancer soit une maladie qui vous apporte beaucoup de joie. Cependant, du fait que la joie n'est pas une des principales caractéristiques de ma vie, une comparaison attentive m'amène à conclure que, depuis que je suis malade, je vais beaucoup mieux qu'autrefois, avant de tomber malade. Cela ne signifie cependant pas que je

---

* Cet extrait est le début d'un récit autobiographique terriblement lucide que l'auteur a tout juste eu le temps d'écrire avant de mourir.

veuille qualifier ma situation de particulièrement agréable. Je veux dire simplement qu'entre un état particulièrement peu réjouissant et un état simplement peu réjouissant, le second est tout de même préférable au premier.

Je me suis donc décidé à noter mes souvenirs dans ce récit. Autrement dit, il ne s'agira pas ici de Mémoires au sens ordinaire mais plutôt de l'histoire d'une névrose ou, du moins, de certains de ses aspects. Ce n'est donc pas mon autobiographie que j'essaie d'écrire ici, mais seulement l'histoire et l'évolution d'un seul aspect de ma vie, même s'il en est jusqu'à présent l'aspect dominant, à savoir celui de ma maladie. Je voudrais essayer de me remémorer le plus de choses possible ayant trait à cette maladie, qui me paraissent typiques et importantes depuis mon enfance.

Traduit par Gilberte LAMBRICHS.
© Éditions Gallimard, 1977.

HEINER MÜLLER (né en 1929)

Der Auftrag
(1979)
LA MISSION*

(*Debuisson, Galloudec, Sasportas. Debuisson donne à Galloudec un papier, Galloudec et Sasportas lisent :*)

Debuisson   Le gouvernement, qui nous a confié la mission d'organiser ici à la Jamaïque un soulèvement d'esclaves, n'est plus en fonction. Le général Bonaparte a dissous le Directoire avec les baïonnettes de ses grenadiers. La France s'appelle Napoléon. Le monde devient ce qu'il était, une patrie pour maîtres et esclaves. (*Galloudec froisse le papier.*) Qu'avez-vous à écarquiller les yeux. Notre firme ne figure plus au registre du commerce. Elle a fait faillite. La marchandise que nous avons à vendre, payable en monnaie du pays larmes sueur sang, n'a plus cours en ce monde. (*Déchire le papier.*) Je nous déclare quittes de notre mission. Toi Galloudec, le paysan de Bretagne. Toi Sasportas, le fils de l'esclavage. Moi Debuisson.

Sasportas (*à voix basse*)   Le fils des propriétaires esclavagistes.

Debuisson   Et rends chacun à sa liberté ou à son esclavage. Notre spectacle est terminé, Sasportas. Fais attention en te démaquillant, Galloudec. Ta peau pourrait venir avec. Ton masque, Sasportas, est ton

---

* La pièce met en scène les trois envoyés de la République française en Jamaïque qui ont reçu la mission d'organiser la révolte des esclaves. Chacun d'entre eux a sa propre conception de la révolution.

visage. Mon visage est mon masque. (*Se couvre le visage de ses mains.*)

Galloudec Ça va trop vite pour moi, Debuisson. Je suis un paysan, je ne peux pas penser aussi vite. J'ai risqué mon cou une année et plus, prêché à m'arracher la gueule dans les assemblées secrètes, passé des armes en fraude à travers des cordons de chiens, de requins et d'espions, joué le rôle de l'idiot à la table des écorcheurs anglais en acceptant de passer pour ton chien, brûlé par le soleil et secoué par la fièvre, sur cette maudite partie du monde sans neige, tout cela pour cette masse fainéante de chair noire qui ne veut pas se remuer si ce n'est sous la botte, et que m'importe à moi l'esclavage à la Jamaïque, tout bien considéré, je suis français, attends Sasportas, mais je veux devenir noir sur-le-champ, si je comprends pourquoi tout cela devrait ne plus être vrai, être rayé, et plus de mission pour rien, parce qu'à Paris un général a la grosse tête. Qui n'est même pas français. Mais en t'écoutant parler, Debuisson, on pourrait croire que tu n'attendais que lui, ce général Bonaparte.

Debuisson Peut-être l'ai-je en effet attendu ce général Bonaparte. Tout comme la moitié de la France l'a attendu. La révolution fatigue, Galloudec. Dans le sommeil des peuples se lèvent les généraux et ils brisent le joug de la liberté si lourd à porter. Sens-tu comme il te courbe les épaules, Galloudec.

Traduit par Jean JOURDHEUIL et Heinz SCHWARZINGER.
© Éditions de Minuit, 1982.

THOMAS BERNHARD (1931-1989)

Ein Kind
(1982)
UN ENFANT*

Le pont du chemin de fer était l'œuvre architecturale la plus considérable que j'aie vue jusqu'alors. Si nous ne posons qu'un tout petit paquet de dynamite sur une seule des piles et que nous la fassions exploser, le pont tout entier s'effondrera inéluctablement, disait mon grand-père. Aujourd'hui je sais qu'il avait raison, il suffit d'un demi-kilo d'explosif pour faire s'effondrer le pont. L'idée qu'un petit paquet d'explosif de la dimension de notre bible familiale suffise pour faire s'effondrer ce pont qui avait bien plus de cent mètres de long me fascinait plus que tout. Cependant il faut une mise à feu à distance, disait mon grand-père, afin de ne pas sauter avec le pont lui-même. Les anarchistes sont le sel de la terre, disait-il sans cesse. J'étais fasciné aussi par cette phrase, c'était l'une de ses phrases coutumières dont je ne pus naturellement saisir que peu à peu toute la signification, c'est-à-dire la signification complète. Ce pont de chemin de fer au-dessus de la Traun, vers lequel je levais les yeux, comme la chose pour moi la plus énorme de toutes, une chose naturellement beaucoup plus énorme que Dieu, dont toute ma vie je ne sus rien faire, le pont du chemin de fer était pour moi la chose suprême. Et c'était justement pour cela que j'avais spéculé sur la façon dont on pouvait faire s'effondrer cette chose suprême. Mon grand-père avait passé en revue devant moi toutes les possibilités de

* Dans cette œuvre autobiographique, Thomas Bernhard évoque la figure de son grand-père.

faire s'effondrer le pont. Avec un explosif on peut tout anéantir, à condition qu'on le veuille. En théorie, chaque jour j'anéantis tout, comprends-tu ? disait-il. En théorie il était possible tous les jours et à tout instant désiré d'anéantir tout, de faire effondrer, d'effacer de la terre. Cette pensée, il la trouvait grandiose entre toutes. Moi-même je m'appropriai cette pensée et ma vie durant, je joue avec elle. Je tue quand je veux, je fais s'effondrer quand je veux, j'anéantis quand je veux. Mais la théorie est seulement théorie, disait mon grand-père, après quoi il allumait sa pipe. Dans l'ombre du pont de chemin de fer plongé dans la nuit, auquel j'enflammais avec la plus grande jouissance mes pensées anarchistes, j'étais en route pour aller chez mon grand-père. Les grands-pères sont les maîtres, les véritables philosophes de tout être humain, ils ouvrent toujours en grand le rideau que les autres ferment continuellement. Nous voyons, quand nous sommes en leur compagnie, ce qui est réellement, non seulement la salle, nous voyons la scène et nous voyons tout, derrière la scène. Depuis des millénaires les grands-pères créent le diable là où sans eux il n'y aurait que le Bon Dieu. Par eux nous avons l'expérience du spectacle entier dans son intégralité, non seulement du misérable reste, le reste mensonger, considéré comme une farce. Les grands-pères placent la tête de leur petit-fils là où il y a au moins quelque chose d'intéressant à voir, bien que ce ne soit pas toujours quelque chose d'élémentaire, et, par cette attention continuelle à l'essentiel qui leur est propre, ils nous affranchissent de la médiocrité désespérante dans laquelle, sans les grands-pères, indubitablement nous mourrions bientôt d'asphyxie. Mon grand-père maternel me sauva du morne abrutissement et de la puanteur désolée de la tragédie de notre monde, dans laquelle des milliards et des milliards sont déjà morts d'asphyxie. Il me tira suffisamment tôt du bourbier universel non sans un processus douloureux de correction, heureusement la tête en premier, puis le reste du corps. Il dirigea mon attention suffisamment tôt, mais effectivement il fut le seul à l'avoir dirigée, sur le fait que l'homme a une tête et sur ce que cela signifie. Sur le fait qu'en plus de la capacité de marcher, la capacité de penser doit commencer aussitôt que possible.

Traduit par Albert Kohn.
© Éditions Gallimard, 1984.

Patrick Süskind (né en 1949)

Das Parfum
(1985)
Le Parfum*

C'était comme un pays de cocagne. À eux seuls, déjà les quartiers voisins de Saint-Jacques-de-la-Boucherie et de Saint-Eustache étaient un pays de cocagne. Dans les rues adjacentes de la rue Saint-Denis et de la rue Saint-Martin, les gens vivaient tellement serrés les uns contre les autres, les maisons étaient si étroitement pressées sur cinq, six étages qu'on ne voyait pas le ciel et qu'en bas, au ras du sol, l'air stagnait comme dans des égouts humides et était saturé d'odeurs. Il s'y mêlaient des odeurs d'hommes et de bêtes, des vapeurs

---

* Dès l'enfance, Jean-Baptiste Grenouille a pris conscience de ses dons olfactifs extraordinaires. Ici, il a douze ans ; il se trouve à Paris, en 1750, et va pouvoir cultiver ses dons (chapitre VII).

de nourriture et de maladie, des relents d'eau et de pierre et de cendre et de cuir, de savon et de pain frais et d'œufs cuits dans le vinaigre, de nouilles et de cuivre jaune bien astiqué, de sauge et de bière et de larmes, de graisse, de paille humide et de paille sèche. Des milliers et des milliers d'odeurs formaient une bouillie invisible qui emplissait les profondes tranchées des rues et des ruelles et qui ne s'évaporait que rarement au-dessus des toits, et jamais au niveau du sol. Les gens qui vivaient là ne sentaient plus rien de particulier dans cette bouillie ; car enfin elle émanait d'eux et les avait imprégnés sans cesse, c'était l'air qu'ils respiraient et dont ils vivaient, c'était comme un vêtement chaud qu'on a porté longtemps et dont on ne sent plus l'odeur ni le contact sur sa peau. Mais Grenouille sentait tout comme pour la première fois. Il ne sentait pas seulement l'ensemble de ce mélange odorant, il le disséquait analytiquement en ses éléments et ses particules les plus subtils et les plus infimes. Son nez fin démêlait l'écheveau de ces vapeurs et de ces puanteurs et en tirait un par un les fils des odeurs fondamentales qu'on ne pouvait pas analyser plus avant. C'était pour lui un plaisir ineffable que de saisir ces fils et de les filer.

> Traduit par BERNARD LORTHOLARY.
> © Diogenes Verlag A.G., Zurich, 1985.
> © Librairie Arthème Fayard, 1986 pour la traduction française.

DOMAINE ANGLAIS

Mervyn Peake (1911-1968)

Titus Groan
(1946)
Titus d'Enfer*

Rêverie de Tombal, soixante-seizième comte de Gormenghast

... et il n'y aura plus que ténèbres aucune autre couleur et les lumières seront étouffées et les bruits de mes rêves étranglés dans le plumage épais et doux où mes pensées se couchent dans un suaire de plumes innombrables car ils ont toujours été là ils sont là depuis si longtemps dans la gorge froide et creuse de la tour le temps n'existe pas pour les hiboux dont je suis le fils les grands hiboux dont je serai l'enfant timide et le disciple qui me feront oublier toutes choses et m'emporteront loin dans les ténèbres immémoriales où je rejoindrai mes ancêtres d'Enfer et ma peine disparaîtra et mes rêves et mes pensées et jusqu'à mon souvenir alors mes volumes cesseront d'exister et les poètes s'en iront quittant à jamais la tour gigantesque qui culminait jour et nuit au-dessus de mes pensées ils s'en iront les grands écrivains qui depuis des siècles hantaient le vélin des pages et dont les paroles dormaient ou circulaient entre ces reliures qui ne sont plus ma blessure s'est refermée pour toujours car le désir et le rêve se

---

* Dans la forteresse de Gormenghast, lors d'un repas, les convives, bercés par la voix de Brigantin, qui conte d'immémoriales légendes, alourdis par la nourriture, laissent errer leurs pensées. Le comte Tombal est encore sous le coup de l'incendie de sa bibliothèque. Tous les personnages les plus importants sont rassemblés. Suspendu à un hamac sous la table, Finelame épie. Il n'est pas satisfait, car les convives n'échangent pas un mot : les paroles ne sont qu'intérieures.

sont envolés le cycle est achevé je ne désire plus que les serres de la tour et la soudaine clameur des plumes la fin et la mort et l'oubli de tout je sens monter la dernière houle ma gorge se raidit et devient ronde ronde comme la tour des Silex et mes doigts se recourbent se plantent dans l'obscurité pleine de griffes comme des aiguilles dans du velours les ténèbres me tardent où je serai requis par les puissances et où tout prendra fin... prendra fin... et dans mon néant marche une flamme car il est entré dans la longue lignée il avance et sur le rameau mort la branche d'Enfer[1] il y a une feuille verte Titus fruit de mes lombes et il n'y aura pas de fin les pierres grises ne s'écrouleront jamais et jamais les hautes tours que balaient les rafales de pluie et les lois de mon peuple subsisteront à jamais tandis que dans la tour mon spectre partira en chasse avec les grands rôdeurs du crépuscule le flot de mon sang tari les marteaux de la fièvre calmés qui sont-ils qui sont-ils si loin de moi et pourtant si grands si lointains et si grands Fuchsia ma fille crépusculaire apporte-moi des branches et un mulot des pâturages gris...

Traduit par PATRICK REUMAUX.
© Éditions Stock, 1974.

---

[1]. La lignée des comtes d'Enfer règne sur la forteresse de Gormenghast. Titus, né depuis peu, en est le dernier héritier.

Malcolm Lowry (1909-1957)

Under the Volcano
(1947)
Au-dessous du volcan*

Parián!... Nom évocateur de marbre antique et des Cyclades balayées de grands vents. Le Farolito de Parián, quel appel il lui lançait de ses sombres voix de nuit et de petit matin. Mais le Consul (il avait encore obliqué à droite, laissant la clôture de fil de fer derrière lui) se rendit compte qu'il n'était pas encore assez ivre pour être très optimiste quant à ses chances d'y aller; la journée offrait trop d'immédiates — chausse-trapes! C'était là le mot juste... Il était à deux doigts de choir dans la barranca dont une section du bord le plus proche, sans garde-fou — le ravin par ici s'incurvait roidement pour descendre vers la route d'Alcapancingo, s'incurver à nouveau plus bas et suivre sa direction, coupant par le milieu le jardin public — constituait en cette heure critique un cinquième tout petit côté de plus à sa propriété. Il s'arrêta lorgnant, toute crainte abolie par la tequila, par-dessus bord. Ah l'effroyable faille, l'horreur éternelle des contraires! Gouffre géant que tu es, cormoran insatiable, ne te ris pas de moi, quoique je semble impatient de tomber dans ta gueule. À ce compte-là, c'est tout le temps

---

* Geoffrey Firmin, ex-consul anglais à Quahnahuac, sous le volcan mexicain Popocatepetl, noie dans l'alcool une culpabilité obscure, celle peut-être d'avoir jeté vivants dans une chaudière de navire des marins allemands prisonniers, durant la Grande Guerre. Sa femme Yvonne, qui l'avait quitté, revient pour le sauver le jour des morts 1938, mais il se sent irrésistiblement attiré par le gouffre, celui du ravin (la « barranca »), celui du cabaret Farolito à Parián.

qu'on tombait sur ce sacré machin, cet immense ravin inextricable coupant droit à travers la ville, droit à travers le pays en fait, par endroits chute à pic de soixante-dix mètres dans ce qui se prétendait une vulgaire rivière en la saison des pluies mais qui, même à présent, bien qu'on n'en pût voir le fond, était sans doute en train de se mettre à reprendre son rôle normal d'universel Tartare et de gigantesques latrines. Ce n'était pas, peut-être, tellement effrayant par ici : l'on pouvait même descendre, si on le désirait, par petites étapes bien sûr, et en prenant de temps à autre une lampée de tequila en chemin, rendre visite au Prométhée de cloaque qui l'habitait sans nul doute. Le Consul s'en fut d'un pas plus lent. Il se retrouvait face à face avec sa demeure en même temps qu'avec le sentier côtoyant le jardin de Mr. Quincey. Sur sa gauche, au-delà de leur clôture commune maintenant à portée de main, les vertes pelouses de l'Américain, aspergées pour l'instant par d'innombrables petites manches à eau toute sifflantes, descendaient parallèles à ses ronces à lui. Et nul gazon anglais n'aurait pu paraître plus lisse ou plus charmant. Brusquement accablé d'émotion, en même temps que par une violente attaque de hoquets, le Consul fit un pas derrière un arbre fruitier tortu, racines de son côté mais ses vestiges d'ombrage de l'autre, et s'y accota, retenant son souffle. De cette curieuse façon, il s'imaginait se cacher à Mr. Quincey, qui travaillait un peu plus haut, mais bientôt il oublia tout de Quincey dans son admiration hoquetante du jardin de celui-ci... Arriverait-il enfin, et serait-ce le salut, que le vieux Popeye[1] se mît à paraître moins désirable qu'un tas de scories dans Chester-le-Street, et que cette grandiose perspective johnsonienne[2], la route

---

1. « Popeye » est le surnom familier donné par le consul au volcan Popocatepetl.
2. Pour le Docteur Samuel Johnson, l'expatriation et la « route d'Angleterre » étaient la plus « grandiose perspective » qui puisse s'ouvrir à un Écossais.

d'Angleterre, s'étendît de nouveau sur l'océan Atlantique de son âme ? Et que ce serait étrange ! Combien singuliers le débarquement à Liverpool, la Bâtisse Liver entrevue une fois de plus à travers la brumeuse pluie, cette obscurité qui sent déjà le sac à fourrage et la bière Caegwyrle — les cargos familiers aux symétriques mâts de charge, bas sur l'eau, gagnant gravement le large avec le reflux, mondes de fer cachant leurs équipages aux femmes à fichus noirs éplorées sur les quais : Liverpool, d'où au cours de la guerre partaient si fréquemment avec des ordres cachetés ces mystérieux bateaux-pièges chasseurs de sous-marins, faux cargos en un clin d'œil mués en navires de guerre à tourelle, péril suranné pour les submersibles, ces voyageurs à groins de l'inconscient des mers...

« Dr Livingstone, je présume. »

Traduit par STEPHEN SPRIEL
(avec la collaboration de Clarisse Francillon et de l'auteur).
© Buchet-Chastel, 1959.

GEORGE ORWELL (1903-1950)

Nineteen eighty-four
(1948)
1984*

— C'est une belle chose, la destruction des mots. Naturellement, c'est dans les verbes et les adjectifs qu'il y a le plus de déchets, mais il y a des centaines de noms dont on peut aussi se débarrasser. Pas seulement les synonymes, il y a aussi les antonymes. Après tout, quelle raison d'exister y a-t-il pour un mot qui n'est que le contraire d'un autre? Les mots portent en eux-mêmes leur contraire. Prenez « bon », par exemple. Si vous avez un mot comme « bon », quelle nécessité y a-t-il à avoir un mot comme « mauvais » ? « Inbon » fera tout aussi bien, mieux même, parce qu'il est l'opposé exact de bon, ce que n'est pas l'autre mot. Et si l'on désire un mot plus fort que « bon », quel sens y a-t-il à avoir toute une chaîne de mots vagues et inutiles comme « excellent », « splendide » et tout le reste? « Plusbon » englobe le sens de tous ces mots, et, si l'on veut un mot encore plus fort, il y a « double-plusbon ». Naturellement, nous employons déjà ces formes, mais dans la version définitive du novlangue, il n'y aura plus rien d'autre. En résumé, la notion complète du bon et du mauvais sera couverte par six mots seulement, en

---

* En 1984, le monde est soumis à des sociétés totalitaires en guerre permanente; à Londres, la population est sujette à une surveillance perpétuelle sous l'œil de « Big Brother », étroitement embrigadée dans toutes ses activités et victime d'un bourrage de crâne par la langue de bois ou « novlangue », dont un « linguiste » explique ici le fonctionnement. L'« angsoc », abréviation de « socialisme anglais », est la doctrine officielle en vigueur.

réalité un seul mot. Voyez-vous, Winston, l'originalité de cela ? Naturellement, ajouta-t-il après coup, l'idée vient de Big Brother.

Au nom de Big Brother, une sorte d'ardeur froide flotta sur le visage de Winston. Syme, néanmoins, perçut immédiatement un certain manque d'enthousiasme.

— Vous n'appréciez pas réellement le novlangue, Winston, dit-il presque tristement. Même quand vous écrivez, vous pensez en ancilangue. J'ai lu quelques-uns des articles que vous écrivez parfois dans le *Times*. Ils sont assez bons, mais ce sont des traductions. Au fond, vous auriez préféré rester fidèle à l'ancien langage, à son imprécision et ses nuances inutiles. Vous ne saisissez pas la beauté qu'il y a dans la destruction des mots. Savez-vous que le novlangue est la seule langue dont le vocabulaire diminue chaque année ?

Winston l'ignorait, naturellement. Il sourit avec sympathie, du moins il l'espérait, car il n'osait se risquer à parler.

Syme prit une autre bouchée de pain noir, la mâcha rapidement et continua :

— Ne voyez-vous pas que le véritable but du novlangue est de restreindre les limites de la pensée ? À la fin, nous rendrons littéralement impossible le crime par la pensée car il n'y aura plus de mots pour l'exprimer. Tous les concepts nécessaires seront exprimés chacun exactement par un seul mot dont le sens sera rigoureusement délimité. Toutes les significations subsidiaires seront supprimées et oubliées. Déjà, dans la onzième édition, nous ne sommes pas loin de ce résultat. Mais le processus continuera encore longtemps après que vous et moi nous serons morts. Chaque année, de moins en moins de mots, et le champ de la conscience de plus en plus restreint. Il n'y a plus, dès maintenant, c'est certain, d'excuse ou de raison au crime par la pensée. C'est simplement une question de discipline personnelle, de maîtrise de soi-même. Mais même cette discipline sera inutile en fin de compte. La Révolution sera complète quand le langage sera parfait. Le novlangue est l'angsoc et l'angsoc est le novlangue, ajouta-t-il avec une sorte de satisfaction mystique. Vous est-il jamais arrivé de penser, Winston, qu'en l'année 2050, au plus tard, il n'y aura pas un seul être humain vivant capable de comprendre une conversation comme celle que nous tenons maintenant ?

— Sauf..., commença Winston avec un accent dubitatif, mais il s'interrompit.

Il avait sur le bout de la langue les mots : « Sauf les prolétaires », mais il se maîtrisa. Il n'était pas absolument certain que cette remarque fût tout à fait orthodoxe. Syme, cependant, avait deviné ce qu'il allait dire.

— Les prolétaires ne sont pas des êtres humains, dit-il négligemment. Vers 2050, plus tôt probablement, toute connaissance de l'ancienne langue aura disparu. Toute la littérature du passé aura été détruite. Chaucer, Shakespeare, Milton, Byron n'existeront plus qu'en versions novlangue. Ils ne seront pas changés simplement en quelque chose de différent, ils seront changés en quelque chose qui sera le contraire de ce qu'ils étaient jusque-là. Même la littérature du Parti changera. Même les slogans changeront. Comment pourrait-il y avoir une devise comme « La liberté c'est l'esclavage » alors que le concept même de la liberté aura été aboli ? Le climat total de la pensée sera autre. En fait, il n'y aura pas de pensée telle que nous la comprenons maintenant. Orthodoxie signifie non-pensant, qui n'a pas besoin de pensée. L'orthodoxie, c'est l'inconscience.

« Un de ces jours, pensa soudain Winston avec une conviction certaine, Syme sera vaporisé. Il est trop intelligent. Il voit trop clairement et parle trop franchement. Le Parti n'aime pas ces individus-là. Un jour, il disparaîtra. C'est écrit sur son visage. »

Traduit par AMÉLIE AUDIBERTI.
© Éditions Gallimard, 1950.

WILLIAM GOLDING (né en 1911)

Lord of the Flies
(1954)
SA MAJESTÉ DES MOUCHES*

Un cortège avançait dans les éboulis roses proches du bord de l'eau. Quelques garçons portaient une casquette noire, mais la plupart étaient presque nus. Ils levaient leurs bâtons en l'air dès qu'ils atteignaient un passage d'accès plus facile et ils rythmaient un chant qui avait trait au fardeau transporté avec soin par les jumeaux. Ralph reconnut facilement Jack, même de si loin, à cause de sa haute taille, de ses cheveux roux et de sa place à la tête de la colonne, naturellement.

Les regards dē Simon allaient de Ralph à Jack comme ils étaient allés tout à l'heure de Ralph à l'horizon. Ce qu'il vit parut l'effrayer. Ralph ne disait plus rien, en attendant que la procession se rapprochât. La mélopée devenait plus nette, mais, à cette distance, on ne percevait pas encore les paroles. Derrière Jack, les jumeaux portaient sur leurs épaules un gros épieu d'où un cochon sauvage éventré se balançait lourdement au rythme de leur marche pénible sur le sol inégal. La tête du cochon pendait au bout de sa gorge fendue et semblait chercher quelque chose par terre. Enfin, les

---

* Un groupe d'enfants, échoué sur une île déserte à la suite d'une catastrophe aérienne, a choisi comme chef l'un des leurs, Ralph, qui leur a ordonné d'entretenir un feu au sommet de l'île pour signaler leur présence à un hypothétique navire. Mais sous l'impulsion de son rival Jack, certains partent chasser le cochon sauvage, laissant mourir le feu. C'est justement le moment où passe un navire à l'horizon... Ralph et Porcinet, gros garçon maladif mais intelligent et dévoué, arrivent trop tard.

paroles de la mélopée leur parvinrent par-dessus le ravin rempli de cendres et de bois calciné.

— À mort le cochon. Qu'on l'égorge. Que le sang coule.

Au moment même où les paroles devenaient perceptibles, le cortège atteignait la partie la plus escarpée de la pente et le chant fit place au silence. Porcinet renifla et Simon fit « chut » comme s'il avait parlé trop fort à l'église.

Jack, le visage barbouillé de terre, parut le premier au sommet et, tout excité, salua Ralph de son épieu levé.

— Regarde, on a tué un cochon... on les a surpris... et puis cernés...

Des voix l'interrompirent.

— Oui, on les a cernés...

— On a rampé...

— Le cochon a crié...

Les jumeaux portaient la carcasse qui se balançait entre eux et laissait tomber des gouttes noires sur les pierres. Un seul sourire, satisfait et béat, semblait se partager entre leurs deux visages. Jack voulait tout raconter à la fois à Ralph. Il esquissa un pas de danse, mais, se rappelant sa dignité, il s'immobilisa avec un grand sourire. Baissant les yeux sur ses mains, il aperçut du sang et fit une grimace de dégoût. Il chercha quelque chose pour les essuyer et les frotta sur sa culotte. Puis il rit.

Ralph parla.

— Vous avez laissé crever le feu.

Jack vérifia d'un coup d'œil, vaguement irrité par ce changement de sujet, mais trop heureux pour se laisser démonter.

— On le rallumera. Tu as manqué quelque chose, tu sais, Ralph. C'était formidable. Les jumeaux se sont fait renverser...

— On a tapé sur le cochon...

— Et moi, je suis tombé dessus...

— C'est moi qui l'ai égorgé, dit Jack fièrement, mais non sans frémir. Je peux emprunter ton couteau, Ralph, pour faire une encoche sur le mien ?

Les garçons bavardaient entre eux et gambadaient Les jumeaux continuaient à sourire.

— Il y a eu de ces giclées de sang ! Tu aurais dû voir ça !

Le sourire de Jack se doubla d'une grimace.

— On ira à la chasse tous les jours.

Traduit par LOLA TRANEC.
© Éditions Gallimard, 1956.

TOLKIEN (1892-1973)

The Lord of the Rings (1954-1955)
LE SEIGNEUR DES ANNEAUX*

Le Miroir s'éclaircit aussitôt, et il vit un paysage crépusculaire. Des montagnes se détachaient à l'horizon sur un ciel pâle. Une longue route grise et sinueuse se perdait dans le lointain. À grande distance, une silhouette descendait lentement sur cette route, indistincte et petite au début, puis se faisant plus grande et plus nette à mesure qu'elle approchait. Frodon s'aperçut soudain qu'elle lui rappelait celle de Gandalf. Il se retint de crier tout haut le nom du magicien ; puis il vit que la forme était vêtue non de gris, mais de blanc, d'un blanc qui brillait faiblement dans le crépuscule ; et dans sa main se trouvait un bâton blanc. La tête était tellement inclinée qu'il ne pouvait voir de visage, et bientôt la forme se détourna par un angle de la route et

---

* Sauron, le Seigneur des Ténèbres, à la recherche de l'Anneau de Puissance, apprend que celui-ci se trouve dans la Comté, le pays des Hobbits. Si Sauron retrouve l'Anneau, qu'il forgea jadis, il pourra alors étendre son noir pouvoir sur toute la Terre du Milieu. Sous les conseils du Magicien Gandalf, le jeune Hobbit, Frodon Sacquet, se met en route avec l'Anneau pour le détruire en le plongeant dans les flammes de la montagne Oradruin. La communauté de l'Anneau se constitue pour aider Frodon dans son périple : Gandalf le magicien, Aragorn, l'homme mystérieux, le nain Gimli, Boromir le seigneur du sud, Legolas l'elfe, les cousins de Frodon, Merry et Pippin, et son fidèle serviteur Sam l'accompagneront. La communauté traverse les terribles mines de la Moria où Gandalf disparaît lors d'une lutte contre les Orques de Sauron, et parvient dans la Lothlorien, le pays des Elfes. La Dame des Elfes, Galadriel, les accueille et permet un soir à Frodon de regarder dans son Miroir magique.

disparut de la vision dans le Miroir. Le doute se glissa dans l'esprit de Frodon ; était-ce une image de Gandalf au cours de l'un de ses nombreux voyages solitaires du temps passé, ou était-ce Saroumane [1] ?

La vision changea alors. Brève et petite, mais très vivante, il aperçut l'image de Bilbon [2] en train d'aller et de venir nerveusement dans sa chambre. La table était couverte de papiers en désordre ; la pluie battait les vitres.

Puis il y eut une pause, et ensuite suivirent plusieurs scènes rapides que Frodon savait d'une façon ou d'une autre faire partie d'une grande histoire dans laquelle il était lui-même engagé. La brume se dissipa, et il vit une chose qu'il n'avait jamais vue, mais qu'il reconnut aussitôt : la Mer. L'obscurité tomba. La mer se souleva, et une grande tempête fit rage. Puis il vit, détachée sur le soleil qui descendait, rouge sang, dans des nuages fuyants, la silhouette noire d'un grand vaisseau aux voiles lacérées, montant de l'Ouest. Puis une forteresse blanche avec sept tours. Puis derechef un navire aux voiles noires ; mais c'était à présent de nouveau le matin ; l'eau était ridée de lumière, et un étendard portant pour emblème un arbre blanc brillait au soleil. Une fumée comme de feu et de combat s'éleva, et le soleil descendit encore dans un flamboiement rouge qui s'évanouit dans une brume grise ; et dans cette brume un petit navire disparut, scintillant de lumières.

Mais soudain, le Miroir devint totalement noir, aussi noir que si un trou s'était ouvert dans le néant. Dans l'abîme noir apparut un Œil Unique qui grandit lentement, jusqu'à occuper presque tout le Miroir. Il était si terrible que Frodon resta cloué sur place, incapable de crier ou de détourner le regard. L'Œil était

---

1. Saroumane est le plus puissant des magiciens.
2. Bilbon Sacquet est l'oncle de Frodon. Ses aventures sont racontées dans *Bilbo le Hobbit*.

entouré de feu, mais il était lui-même vitreux, jaune comme celui d'un chat, vigilant et fixe, et la fente noire de la pupille ouvrait sur un puits, fenêtre ne donnant sur rien.

Puis l'Œil commença d'errer, cherchant de-ci de-là ; et Frodon sut avec certitude et horreur qu'il était lui-même l'un des nombreux objets de cette recherche. Mais il sut aussi que l'Œil ne pouvait le voir — pas encore, à moins qu'il ne le veuille lui-même. L'Anneau, suspendu à son cou au bout de la petite chaîne, se faisait lourd, plus lourd qu'une grosse pierre, et la tête de Frodon était tirée vers le bas. Le Miroir parut devenir chaud, et des volutes de vapeur s'élevaient de l'eau. Frodon glissa en avant.

« Ne touchez pas l'eau ! » dit doucement la Dame Galadriel.

La vision s'évanouit, et Frodon se trouva en train de contempler les fraîches étoiles qui scintillaient dans la vasque d'argent. Il recula, tremblant de tous ses membres, et il regarda la Dame.

« Je sais ce que vous avez vu en dernier, dit-elle, car c'est également dans mon esprit. N'ayez pas de crainte ! Mais n'imaginez pas que c'est seulement par des chants dans les arbres, ni même par les minces flèches des arcs elfiques que ce pays de Lothlorien est maintenu et défendu contre son Ennemi. Je vous le dis, Frodon : tandis même que je vous parle, j'aperçois le Seigneur Ténébreux, et je connais sa pensée ou tout ce qui dans sa pensée concerne les Elfes. Et lui tâtonne toujours pour me voir et connaître la mienne. Mais la porte est toujours fermée ! »

Traduction française de F. LEDOUX.
© Christian Bourgois Éditeur, 1972.

ALAN SILLITOE (né en 1928)

Saturday Night and Sunday Morning (1958)
SAMEDI SOIR, DIMANCHE MATIN*

Arthur roula en boule le papier qui avait enveloppé son sandwich et l'envoya à travers l'allée dans la boîte à outils d'un camarade.

— Dans l'mille, s'écria-t-il. T'as vu ça, Jack ? J'aurais pas mieux réussi si j'avais visé !

— Je ne crois pas, au bout du compte, que la chance, ça ait jamais profité à quelqu'un, reprit Jack.

— Moi, j'y crois, affirma Arthur. D'abord, d' la chance, moi, j'en ai. Des fois, il m'arrive bien de prendre sur la gueule. Mais pas souvent. Aussi, j'suis superstitieux et j'y crois, à la chance.

— Pas plus tard que l'autre semaine tu me racontais que tu croyais au communisme, dit Jack d'un ton de reproche, et voilà que tu me parles de ta chance et de superstition. Les camarades, ça ne leur plairait guère, acheva-t-il avec un ricanement sec.

— Eh ben, dit Arthur, la bouche pleine d'un second sandwich et d'une lampée de thé, si ça ne leur plaît pas, ils n'ont qu'à se l' foutre quelque part.

— C'est parce que t'as rien de commun avec eux.

— J'ai déjà dit qu' j'en valais n'importe quel autre. J'ai pas dit ça ? interrogea Arthur. Et je l' crois.

---

* Arthur Seaton, jeune ouvrier de la région de Nottingham, entend avant tout profiter de l'argent gagné à l'usine, des femmes et des soirées au pub. Si le sentiment de révolte qui habite Arthur s'inscrit bien dans le quotidien de la classe ouvrière anglaise des années cinquante, il prend le plus souvent une forme désordonnée et individualiste. À l'heure de la pause, il retrouve Jack, le mari de sa maîtresse, Brenda.

T' figures-tu qu' si j' gagnais la poule du football, j'irais t'en donner un penny ? Ou à n'importe qui ? Courez toujours. J' garderais tout pour moi, sauf pour ce qui est d'aider mes vieux. Je leur ferais construire une maison et j' les installerais pour leurs vieux jours, mais à part eux, les autres pourraient toujours siffler ! Il paraît que des gars qui gagnent aux poules de foot reçoivent des milliers de lettres de tapeurs, mais sais-tu ce que j' ferais, si c'était à moi qu' ça arrivait ? Eh ben, j' vais t' le dire : j' les foutrais au feu, ces lettres. Parce que d' partager avec tout l' monde, j'y crois pas, moi. Vois-tu bien, les gars grimpés sur des caisses qu'y a quelquefois à la sortie de l'usine, j'aime bien les entendre parler d' la Russie, des fermes et des centrales électriques qu'ils ont là-bas, parce que c'est intéressant. Mais quand ils disent que quand ils seront au gouvernement, faudra que tout le monde partage, alors, ça, c'est aut' chose. J' suis pas communiste, moi, j' te le dis. Ils m' plaisent parce qu'ils sont différents de ces gros lards de conservateurs, au Parlement, et d' leurs sangsues de travaillistes également. Ceux-là, ils barbotent dans nos enveloppes de paie toutes les semaines avec leurs assurances sociales et leur impôt sur le salaire, et ils vont raconter que c'est pour notre bien. Tu sais ce que je voudrais lui faire, moi, au gouvernement ? J' voudrais faire le tour de toutes les usines d'Angleterre avec une décoction d' carnets à souches et l' mettre en loterie, leur Parlement. À six pence le billet, les gars, que j' dirais, une grande belle turne pour le gagnant. Et alors, quand j'aurais ramassé un beau magot, j'irais m' fixer quelque part avec quinze femmes et quinze voitures. Voilà ce que je ferais.

Traduit par Henri Delgove.
© Éditions du Seuil, 1961.

Doris Lessing (née en 1919)

The Golden notebook
(1962)
Le Carnet d'or*

Les industriels locaux commencèrent à produire ce qu'ils avaient importé jusqu'alors, prouvant ainsi d'une autre manière que la guerre avait deux faces — une économie si léthargique et brouillonne, reposant sur une main-d'œuvre inefficace et arriérée, avait bien besoin d'une secousse extérieure. La guerre fut cette secousse.

Il existait un autre motif de cynisme — et les gens commencèrent en effet d'être cyniques lorsqu'ils furent lassés d'avoir honte. Cette guerre nous fut présentée comme une croisade contre les doctrines malfaisantes d'Hitler, contre le racisme, etc.; or toute cette immense région — qui couvrait environ la moitié de l'Afrique — vivait précisément suivant les mêmes principes qu'Hitler : certains êtres humains valent mieux que d'autres en vertu de leur race. D'un bout à l'autre du continent, la masse des Africains éprouva un plaisir sardonique à voir ses maîtres blancs partir en croisade contre le démon du racisme — ces Africains sans éducation s'amusèrent bien, à la vue des baas blancs qui voulaient aller combattre au front une doctrine que, chez eux, ils auraient défendue jusqu'à la mort. Pendant toute la durée de la guerre, les journaux consacrèrent des pages entières au débat des lecteurs

* La Narratrice de ce roman autobiographique dévoile ici avec lucidité comment la Seconde Guerre mondiale se révéla une source de profit — notamment économique — pour l'Afrique du Sud.

sur le danger qu'il y aurait à confier ne fût-ce qu'un pistolet à bouchons aux soldats africains, qui risquaient par la suite d'employer leur expérience neuve et de retourner leurs armes contre leurs maîtres. La conclusion de ces débats, fort justement, fut que l'entreprise aurait présenté de trop grands dangers. Dès le début, nous avions donc deux bonnes raisons d'estimer que la guerre offrait de plaisantes ironies.

(Je tombe à nouveau dans une intonation fausse — une intonation que pourtant je déteste, que nous avons employée pendant des mois et des années, et qui a dû nous faire le plus grand mal à tous. C'était une autopunition, un blocage de nos sentiments, une incapacité ou un refus d'assembler des choses contradictoires pour en faire un tout vivable même s'il était terrible. Le refus signifie que l'on ne peut ni transformer ni détruire ; finalement, le refus signifie soit la mort soit l'appauvrissement de l'individu.)

Traduit par MARIANNE VÉRON.
© Éditions Albin Michel, 1976.

JOHN FOWLES (né en 1926)

The Collector
(1963)
L'OBSÉDÉ*

RÉCIT DE FREDERICK CLEGG

Elle répétait souvent qu'elle détestait l'esprit de caste, elle remettait toujours cela sur le tapis, mais elle ne m'a jamais dupé. C'est leur façon de parler qui trahit les gens et non ce qu'ils disent. Il n'y avait qu'à voir ses manières pour se rendre compte du genre d'éducation qu'elle avait reçu. Elle ne faisait pas de chiqué, comme tant d'autres, mais cela se voyait tout de même. Surtout quand elle se fichait de moi ou qu'elle s'impatientait si je m'embrouillais dans mes explications et si je faisais les choses de travers. Elle disait : « Cessez de penser à notre différence de milieu. » Comme un homme riche qui dit à un homme pauvre de cesser de penser à l'argent.

Je ne lui en veux pas. Tout ce qu'elle a fait ou dit de choquant, c'était probablement pour me montrer

---

* Frederick Clegg, un petit employé de mairie, est secrètement amoureux d'une jeune étudiante en art, Miranda. Une forte somme gagnée aux paris lui permet de financer son enlèvement : il achète une maison retirée, des vêtements et des livres d'art pour la jeune fille et aménage sa cave pour recevoir son « invitée ». Miranda cherche à établir un contact avec son ravisseur, mais ni les mots ni les gestes ne viennent à bout de la distance sociale qui les sépare. Leurs visions du monde restent tragiquement incompatibles. Au récit de Frederick répond le journal de Miranda. Ces récits dédoublés permettent au lecteur de mesurer les écarts de point de vue du ravisseur et de sa victime.

qu'elle n'était pas aussi distinguée que je le croyais. Elle l'était pourtant. Quand elle se mettait en colère, elle montait immédiatement sur ses grands chevaux et elle m'accablait de son mépris.

Nous n'étions pas du même milieu. Cela a toujours été un obstacle entre nous.

JOURNAL DE MIRANDA

15 octobre.

[...]
Au déjeuner, je lui ai dit que je me rendais compte qu'il avait mauvaise conscience, mais qu'il n'était pas trop tard pour réparer. Quand on fait appel à sa conscience, il réagit, mais cela ne l'émeut pas du tout. Il s'est contenté de dire. « Oui, je suis honteux. Je sais que je devrais l'être. » Je lui ai dit aussi qu'il n'avait pas l'air d'un sale type et il a répondu : « C'est la première fois que je fais quelque chose de mal. »

C'est sans doute vrai, mais il a rattrapé le temps perdu.

À certains moments, je trouve qu'il est très malin. Il essaie de m'amadouer en prétendant n'agir que sous l'influence d'une force mystérieuse.

Un soir, je me suis efforcée de ne pas être polie, mais d'être au contraire sèche et méchante. Il a eu l'air plus malheureux que jamais, il sait très bien prendre un air malheureux.

En m'étalant sous le nez ses blessures secrètes.

En répétant qu'il n'est pas de mon « milieu ».

Je vois très bien ce que je suis pour lui : un papillon qu'il a toujours eu envie d'attraper. Je me rappelle que G.P.[1] m'a dit, lors de notre toute première rencontre,

---

1. Artiste, plus âgé que Miranda, qui exerce un grand ascendant moral et intellectuel sur elle.

que les collectionneurs étaient les pires de tous les animaux. Il voulait parler des collectionneurs de tableaux, bien entendu. Je n'ai pas bien compris à ce moment-là. J'ai cru qu'il essayait seulement de choquer Caroline — et de me choquer, moi aussi. Mais il a raison, évidemment. L'esprit de collection va à l'encontre de la vie, de l'art, de tout.

Traduit par SOLANGE LECONTE.
© Éditions du Seuil, 1964.

TOM STOPPARD (né en 1937)

Rosencrantz and Guildenstern are dead (1967)
ROSENCRANTZ ET GUILDENSTERN SONT MORTS[*]

Guildenstern   Es-tu heureux ?

Rosencrantz   Quoi ?

Guildenstern   Content ? À ton aise ?

---

[*] Rosencrantz et Guildenstern sont deux personnages insignifiants de *Hamlet*. Grands seigneurs danois, ils sont chargés par l'usurpateur Claudius d'escorter Hamlet en Angleterre, porteurs d'une lettre qui ordonne de mettre à mort le jeune prince. Mais celui-ci, à la faveur d'une attaque de pirates, y substitue l'ordre de mettre à mort les deux nobles et retourne à Elseneur. Au dénouement, parmi les cadavres des protagonistes qui jonchent la scène, un ambassadeur annonce, dans l'indifférence générale, que l'ordre a été exécuté : Rosencrantz et Guildenstern sont morts.

Rosencrantz   Je pense, oui.

Guildenstern   Que vas-tu faire maintenant ?

Rosencrantz   Je ne sais pas. Que veux-tu faire ?

Guildenstern   Je n'ai aucun désir. Aucun. (*Il s'arrête net.*) Il y avait un messager, c'est ça. On nous a envoyé chercher. (*Il se tourne brusquement vers Rosencrantz et sèchement :*) Syllogisme second : Un : la probabilité est un facteur qui opère à l'intérieur de forces naturelles. Deux : la probabilité n'est pas en train d'opérer comme un facteur. Trois : Nous sommes en ce moment à l'intérieur de forces non sub- ou sur-naturelles. Discute. (*Rosencrantz est convenablement secoué — acidement :*) Pas trop violemment.

Rosencrantz   Je suis navré, je... Qu'est-ce que tu as ?

Guildenstern   L'approche scientifique des phénomènes est une défense contre l'émotion pure de la peur. Tiens bon et continue tant qu'il est encore temps. Maintenant — contraire du syllogisme précédent : c'est astucieux, suis-moi très attentivement, cela pourrait être un réconfort. Si nous postulons, et nous venons de le faire, qu'à l'intérieur de forces non- sur- ou sub-naturelles, la PROBABILITÉ est que le calcul des probabilités n'opère pas comme un facteur, alors nous devons accepter que la probabilité de la PREMIÈRE PARTIE n'opère pas comme un facteur, auquel cas le calcul des probabilités opérera comme un facteur à l'intérieur de forces non sub- ou sur-naturelles. Et puisque de toute évidence, il ne l'a pas fait, nous pouvons en déduire, après tout, que nous ne sommes pas soumis à des forces non sub- ou sur-naturelles — selon toute probabilité, il en est ainsi. C'est un grand soulagement pour moi personnellement. (*Petit temps.*) C'est très bien, si ce n'est que (*il continue avec une hystérie contenue*) nous avons joué à pile ou face ensemble depuis je ne sais plus combien de temps et depuis tout ce temps, si temps il y a, je ne pense pas que chacun de nous ait acquis ou perdu plus d'une ou deux pièces d'or. J'espère que cela ne paraît pas surprenant parce que l'insurpréhension est une chose à laquelle j'essaie de me tenir. Le soleil s'est levé à peu près autant de fois qu'il s'est couché — en gros — et une pièce est retombée face à peu près autant de fois qu'elle est retombée pile. Alors un messager est arrivé. On nous avait envoyé chercher. Il ne s'est rien passé d'autre. Quatre-vingt-douze pièces sont retombées face quatre-vingt-douze fois consécutives... Et pour les trois dernières minutes, dans le vent d'une journée sans vent, j'ai entendu un son de tambour et de flûte.

Adapté par L<small>ISBETH</small> SCHAUDINN et É<small>RIC</small> DELORME.
© Éditions du Seuil, 1967.

S<small>EAMUS</small> H<small>EANEY</small> (né en 1939)

Elegy for a Still-Born Child, extrait de *Door into the Darkness* (1969)
É<small>LÉGIE POUR UN ENFANT MORT-NÉ</small>, extrait de P<small>OÈMES</small> 1966-1984

I

Ta mère va, légère comme un panier de pêche vide
Apprenant à oublier le coup de coude et la pression
   intimes
Que ton poids ligoté de chair germée de la graine et de
   grumeaux d'os

Exerçait en elle. Ce monde expulsé

Se resserre autour de son histoire, de sa cicatrice.
Le jugement dernier frappa lorsque ta sphère dégonflée

S'éteignit dans notre atmosphère
Laissant ta mère lourde du vide en elle.

II

Pendant six mois tu fus cartographe
Transformant mon ami, de mari — en père.

Il devinait un globe derrière ton monticule ferme.
Puis le pôle tomba, étoile filante, dans la terre.

III

Lorsque je voyage seul je pense à tout cela,
Naissance d'une mort, exhumation pour un enterrement,

Un landau commémoratif, une couronne de petits vêtements,
Et des parents qui tendent les bras vers des membres fantômes.

Je conduis machinalement sur cette route vide
Sous un ciel bruineux, un corbeau qui vole en rond,

Les champs de montagne défilent, noyés sous les nuages,
Vagues blanches s'en retournant chez elles sur un bras de mer glacé.

Traduit par Florence LAFON.
© Éditions Gallimard, 1988.

Ted Hughes (né en 1930)

Crow
(1970)
Corbeau

CORBEAU PLUS NOIR QUE JAMAIS

Quand Dieu, dégoûté de l'homme,
Se tourna vers le ciel,
Et quand l'homme, dégoûté de Dieu,
Se tourna vers Ève,
Les choses semblèrent se désagréger.

Mais Corbeau   Corbeau
Corbeau les cloua ensemble,
Cloua ensemble Ciel et terre —

Ainsi l'homme cria, mais avec la voix de Dieu.
Et Dieu saigna, mais avec le sang de l'homme.

Puis le ciel et la terre grincèrent à la jointure
Qui devint gangreneuse et empesta —
Une horreur au-delà de toute rédemption.

La douleur ne diminua pas.

L'homme ne pouvait être homme ni Dieu Dieu.

La douleur

Grandit.

Corbeau

Grimaça

Criant : « Ceci est ma Création »

Battant le pavillon noir de lui-même.

Traduit par Claude GUILLOT.
In *Littératures*, 1980 (D. R.).

HAROLD PINTER (né en 1930)

The Coast
(1976)
SUR LA CÔTE*

Je l'ai revu aujourd'hui. Il avait vieilli.

Nous nous sommes promenés, comme autrefois, le long du front de mer, jusqu'à la jetée, puis le long de la jetée, puis en sens inverse, et retour. Il était plus ou moins le même, mais il semblait vieilli. Je lui ai demandé si j'avais changé. Il a répondu non, pas à première vue. Non, j'ai dit, je n'ai sans doute pas changé. Rien ne le laissait voir, a-t-il dit, tout bien considéré je semblais plutôt rajeuni. Je lui ai reproché de se payer ma tête. Jamais de la vie, a-t-il dit. Il m'a fait remarquer qu'il avait utilisé l'expression *tout bien considéré*. *Tout bien considéré*, il a dit (en plantant ses yeux, toujours aussi vifs, dans les miens), *tout bien considéré*, tu sembles rajeuni. Tout bien considéré, j'ai dit, toi tu sembles vieilli. Pour ça il n'y a rien à *considérer*, il a dit, rien du tout.

Nous avons suivi le même sentier qu'autrefois, plus détrempé que jamais, le long de la falaise. Ça a l'air plus détrempé que jamais par ici, il a dit, ça chahute dans le Channel? Comment peux-tu supporter ce climat pourri? Depuis tant d'années! Ça ne te déprime pas, ce fracas? Pas du tout, j'ai dit, c'est agréable, j'aime ça. Tu fais toujours ces cauchemars? il a demandé. J'ai souri, face au vent. Je n'ai pas fait le moindre rêve depuis 1956! Tu faisais un raffut du bor-

---

* Nous reproduisons ici le texte intégral de ce bref monologue dramatique.

del de Dieu, il a dit, à croire que tu te noyais ou va savoir quoi, bon sang c'était exaspérant. Il a craché dans le crachin. Une heure à me faire saucer dans cette saloperie du bout du monde ça suffit, il a dit, je ne sais pas comment tu fais pour survivre, quoi qu'il en soit je suis ravi de te voir si épanoui. Épanoui ? J'ai dit, non, pas vraiment, non, tu te paies ma tête.

Mais il n'avait plus envie de parler. Il regardait la mer en contrebas, cette mer qu'il avait si bien connue, le fracas de notre jeunesse.

Il m'a offert une tasse de thé à la gare, et puis je l'ai accompagné jusqu'à son train. Ravi de voir que tu as trouvé ton équilibre, il a dit, ravi de te voir si épanoui. Je lui ai chaleureusement serré la main et je l'ai remercié d'avoir fait le voyage jusqu'ici.

Traduit par Éric KAHANE.
© Éditions Gallimard, 1987.

Graham Swift (né en 1949)

Waterland
(1983)
Le Pays des eaux*

Mais en temps normal l'écluse demeurait abaissée, presque jusqu'au fond de la rivière, sa lame robuste retenant le lent débit de la Leem et rendant son cours praticable. Alors l'eau du bassin supérieur, de même que celle du sas, était douce et placide, alors elle exhalait cette odeur caractéristique des lieux où se rencontrent l'eau fraîche et l'ingénuité des hommes, et qui, toujours et partout, domine dans les Fens. Une odeur froide, limoneuse, mais qui est étrangement poignante et nostalgique. Une odeur qui est mi-homme, mi-poisson. Et, à ces époques-là, Papa avait plein de loisirs pour ses nasses à anguilles et ses légumes, et peu à faire avec l'écluse, hormis lutter contre la rouille, graisser les engrenages, et débarrasser l'eau des accumulations d'épaves.

Car, période de crue ou non, la Leem charriait sans trêve son butin de débris. Des branches de saules, des branches d'aulnes ; des joncs ; des morceaux de clôture ; des cageots ; des vieux vêtements ; des moutons morts, des bouteilles, des sacs de pommes de terre ; des balles de paille ; des boîtes de fruits, des sacs d'engrais. Tout dérivait dans le courant ouest, se logeait contre la porte de l'écluse et devait être ôté avec des gaffes de bateau et des râteaux.

---

* Le narrateur, professeur d'histoire, évoque pour ses élèves, sous la forme d'un conte, son enfance dans l'Est de l'Angleterre, au paysage difficilement conquis sur les eaux. Orphelin de mère, il vivait là avec son père, éclusier, et son frère, attardé mental.

Et c'est ainsi qu'il arriva, une nuit, au milieu de l'été, tandis que brillaient dans le ciel les bénédictions arrêtées de Dieu, bien que ce fût plusieurs années après que Papa nous eut parlé des étoiles, mais que deux ou trois ans seulement se fussent écoulés depuis qu'il s'était mis à parler des gens qui ont tous un cœur et du lait de la mère, et bien que le ahanement des pompes fût à présent submergé, le soir, par le rugissement des bombardiers qui décollaient — cela se passait pour être précis en juillet 1943 —, c'est donc ainsi qu'il arriva que quelque chose descendit la Leem, heurta les parties métalliques de l'écluse et, secoué par les remous, continua de cogner et racler contre celles-ci jusqu'au matin. Quelque chose d'extraordinaire et de sans précédent, et qui n'était pas justiciable du même traitement qu'une branche ou qu'un sac de pommes de terre, ni même qu'un mouton mort. Et le corps appartenait à Freddie Parr, qui habitait à moins de quinze cents mètres et qui était du même âge que moi, à un mois près en plus ou en moins.

Traduit par ROBERT DAVREN.
© Éditions Robert Laffont, 1985.

JULIAN BARNES (né en 1946)

Flaubert's Parrot
(1984)
LE PERROQUET DE FLAUBERT*

C'est la troisième fois que je fais le voyage en un an. Novembre, mars, novembre. Simplement pour deux nuits à Dieppe, bien que parfois je prenne ma voiture pour descendre à Rouen. Ce n'est pas long, mais c'est suffisant pour créer un changement ; et c'est un vrai changement. Par exemple, la lumière sur la Manche est tout à fait différente du côté français : plus claire, plus volatile. Le ciel est un théâtre de possibilités. Je ne donne pas dans le romantisme. Allez dans les galeries sur la côte normande et vous verrez ce que les peintres locaux aiment peindre, encore et toujours : la vue vers le nord. Un morceau de plage, la mer et le ciel chargé. Les peintres anglais ne faisaient jamais la même chose ; ils ne se rassemblaient pas à Hastings, à Margate ou à Eastbourne pour contempler un Channel monotone et maussade.

Je ne vais pas là-bas simplement pour la lumière. J'y vais pour ces choses qu'on oublie quand on ne les voit pas. La façon dont leurs bouchers préparent la viande. Le sérieux de leurs *pharmacies*[1]. Le comportement de leurs enfants au restaurant. Les panneaux de signalisa-

---

* Passionné par Flaubert, Geoffrey, le narrateur anglais, effectue un pèlerinage en Normandie sur les traces de son écrivain favori. Il découvre deux perroquets empaillés qui auraient servi de modèle à Flaubert pour sa nouvelle *Un cœur simple*. Lequel des deux est le vrai modèle ? À la morte-saison, à bord d'un ferry, Geoffrey vogue vers les côtes françaises.

1. En français dans le texte.

tion (la France est le seul pays que je connaisse où les conducteurs sont prévenus de la présence de betteraves sur les routes : *Betteraves*[1], ai-je vu une fois, dans un triangle rouge, avec le dessin d'une voiture qui glissait). Des mairies Troisième République. Le vin qu'on goûte dans de petites caves de craie odorantes sur le côté de la route. Je pourrais continuer, mais cela suffit ou bientôt je parlerai des tilleuls, de la *pétanque*[1] et du pain trempé dans du vin rouge — ce qu'ils appellent la *soupe à perroquet*[1]. Chacun a sa propre liste et celles des autres apparaissent vite vaines et sentimentales. L'autre jour, j'ai lu une liste intitulée : « Ce que j'aime ». « La salade, la cannelle, le fromage, les piments, la pâte d'amandes, l'odeur du foin coupé (vous voulez poursuivre...), les roses, les pivoines, la lavande, le champagne, des positions légères en politique, Glenn Gould[2]... » La liste, qui est de Roland Barthes[3], continue, comme font les listes. On est d'accord avec une chose, irrité par la suivante. Après le « vin du Médoc », et « avoir la monnaie », Barthes approuve « Bouvard et Pécuchet ». D'accord, très bien ; on continue. Qu'y a-t-il après ? « Marcher en sandales, le soir sur les petites routes du Sud-Ouest. » C'est assez pour vous faire aller jusque dans le Sud-Ouest et répandre quelques betteraves sur les petites routes.

Traduit par JEAN GUILOINEAU.
© Éditions Stock, 1986.

---

1. En français dans le texte.
2. Pianiste canadien interprète de Bach (1932-1982).
3. Critique et sémiologue français (1915-1980). La liste « *J'aime j'aime pas* » est un des fragments qui composent le texte autobiographique *Roland Barthes par lui-même*.

Athanase Daltchev (1904-1978)
Афоризми
(1967)
Aphorismes

La partie est plus petite que le tout, elle peut néanmoins être plus belle.

Les époques riches en événements sont superficielles. Pour en avoir par trop vécu, les gens n'ont pas le temps d'approfondir.

Tout écrivain qui cherche le succès n'écrit pas ce qu'il veut, mais ce qu'on lui demande. En vain il croit que, l'ayant acquis, il a gagné en influence — c'est lui l'influencé.

Un oiseau a survolé la rue. Je ne l'ai pas aperçu, je n'ai vu que son ombre chuter tel un caillou, sur la façade inondée de soleil de l'édifice d'en face.

On m'accuse de ne publier de mes vers que les bons, cachant les piètres. Je suis plus malin que ça : je n'écris que ceux qui sont bons.

Quand on pense à toutes ses saloperies, faut-il encore s'étonner que cette pauvre chair serve de nourriture aux vers ?

Traduit par CH. DOBZYNSKI.
In *Europe*, n° 573, janvier 1977 (D. R.).

DOMAINE DANOIS

Hans Christian Branner
(1903-1966)

Rytteren
(1949)
Le Cavalier*

Elle se laissa glisser à ses pieds. Il aurait voulu la retenir fermement, la relever, mais elle était devenue extrêmement lourde. Comme quelqu'un qui se noie. Elle ouvrit les mains de Clemens et s'y cacha la figure.

« Oui, il le faut. Laisse-moi encore parler de lui. Laisse-moi tout te raconter une fois de plus. »

« Si tu crois que cela peut te soulager », dit Clemens.

« Cela ne me soulagera pas. Au contraire. Mais si cela va de mal en pis, il y aura forcément une fin. C'est la seule façon de... »

Comme Clemens essayait de dégager ses mains, elle s'y cramponna. Elle les tenait comme un bouclier entre sa propre figure et ses propres mains.

« Pourquoi n'exerces-tu sur moi aucune contrainte ? » dit-elle. « J'oublierais peut-être s'il fallait me vouer à quelque chose d'autre... Dis-moi ce que je puis faire pour toi. Connais-tu une personne dans le besoin ? Je ne puis donc servir à rien ? À n'importe quoi, au pire, à ce dont les autres ne veulent pas ? »

Elle sentit ce qu'il y avait de désemparé dans le mutisme de Clemens et se recroquevilla davantage.

---

* Hubert, le cavalier, vient de mourir, la tête écrasée par les sabots de sa jument Judith. Quatre personnages s'interrogent sur leurs relations avec lui : Susanne, sa maîtresse, Clemens, nouvel amant de Susanne et ami d'Hubert, Michala, amie de Susanne, et Herman, qui a succédé à Hubert à la tête du manège qu'il dirigeait.

« Ramper sur les genoux », pensa-t-elle, « ramper sur les genoux à en avoir le corps meurtri et presque mort... »

« Susanne », dit Clemens, et sa voix venait de très haut, « comment puis-je t'aider ? »

« Tu ne dois pas m'aider. C'est moi qui t'aiderai. Mais il faut que tu m'y forces. Force-moi avec tes mains. Force-moi à te servir. »

« Je ne peux pas », dit-il désespérément. « C'est la seule chose qui me soit impossible. »

« Pourquoi ? »

« Parce que je t'aime. »

« Alors aime-moi », dit-elle, « aime-moi à m'en faire mal. Sois méchant pour moi. »

Elle était immobile et toute ramassée à ses pieds comme un animal aux aguets. Elle ferma les yeux. De nouveau elle se trouva dans l'obscurité. Elle revit la grande table ronde chargée de bouteilles et de verres, qu'éclairait une lampe, et le cercle de visages pâles et vides derrière un voile de fumée de tabac. Elle apercevait ces choses à travers une porte entrouverte. La porte se referma, mais la table et les visages continuèrent à se refléter derrière ses paupières closes. En proie à une sorte de vertige amollissant, elle prit entre ses dents une main de Clemens et la mordilla, puis elle la tira encore plus près d'elle et y appuya son sein nu. Mais cette main ne faisait pas mal, ne pressait pas durement, elle était douce et calme, sans exigence avide. Susanne rit et se releva. La lumière inondait la pièce. Marchant au milieu des taches et des rayons de soleil, elle alla s'asseoir devant la glace et son visage lui apparut de nouveau sur le fond chatoyant des feuillages du parc. « Pardon, Clemens », dit-elle, « tu ne devrais pas te tourmenter à mon sujet. Cela n'en vaut pas la peine. [...] »

Traduit par Marguerite GAY et Gerd DE MAUTOURT.
© Éditions Albin Michel, 1953.

DOMAINE ESPAGNOL

Blas de Otero (1916-1979)

Con la inmensa mayoria
(1955)
Avec l'immense majorité*

PAS UN SEUL MOT...

> *aujourd'hui je n'ai pas un créneau*
> *dont je puisse dire qu'il m'appartient*
>
> (D'un vieux *romance*)

Pas un seul mot
ne jaillira sur mes lèvres
qui ne soit vérité.
Pas une seule syllabe,
qui ne soit
nécessaire.
J'ai vécu
pour voir
l'arbre
des mots, j'ai porté
témoignage
de l'homme, feuille à feuille.
J'ai brûlé les navires
du vent.
J'ai détruit
les rêves, planté
des mots
vivants.

---

* Le titre du recueil est, par opposition à celui du poème, une référence à « l'immense minorité » à laquelle Juan Ramón Jiménez dédiait son œuvre (le *romance* dont est extraite l'épigraphe est reproduit dans la présente anthologie, volume I).

Je n'en ai pas soumis
un seul : j'ai déterré
un silence, en plein soleil.
Mes jours
sont comptés,
un,
deux,
quatre,
livres ont effacé l'oubli,
et je ne compte plus.
Ô, champ,
Ô, montagne, ô, fleuve
Darro : vif,
effacez-moi.
Élevez,
cimes bleues de ma patrie,
la voix.
Aujourd'hui je n'ai pas un créneau
dont je puisse dire qu'il est à moi.
Ô, air
ô, mer perdus.
Brisez-vous
contre mes vers, résonnez
libres.

Traduit par GÉRARD DE CORTANZE.
In *Cent ans de littérature espagnole*, © La Différence, 1989.

Ramón J. Sender (1902-1981)

Réquiem por un campesino español (1960)
Requiem pour un paysan espagnol*

Le soir même, les étrangers obligèrent tout le monde à se réunir sur la place et ils firent des discours que personne ne comprit, parlant de l'empire et du destin immortel et de l'ordre et de la sainte foi. Puis ils chantèrent un hymne avec le bras levé et la main tendue, et ordonnèrent à tous de se retirer chez eux et de n'en pas bouger jusqu'au lendemain, sous de graves menaces.

Quand il ne resta plus personne sur la place, ils firent sortir Paco et deux autres paysans de la prison, et ils les conduisirent au cimetière, à pied. Lorsqu'ils y arrivèrent, il faisait presque nuit. Derrière, au village, il restait un silence apeuré.

En les alignant contre le mur, le centurion se rappela qu'ils ne s'étaient pas confessés et il envoya chercher Mosén Millán. Celui-ci fut surpris de voir qu'on l'emmenait dans la voiture de M. Cástulo (il l'avait offerte aux nouvelles autorités). La voiture put aller jusqu'au lieu même de l'exécution. Mosén Millán n'avait rien osé demander. Quand il vit Paco, il ne res-

---

* Dans l'attente de la messe de Requiem qu'il va célébrer à la mémoire de Paco, paysan mort un an plus tôt, le curé Mosén Millán se remémore la vie de celui-ci. Dans ce passage, il se souvient de l'exécution de Paco. Nous sommes en 1938, au moment où les troupes franquistes occupent le haut Aragon. À la suite d'un conflit avec le duc au sujet de revendications territoriales, Paco a pris la fuite et s'est réfugié, armé, aux Pardinas. C'est le curé qui a obtenu sa reddition en lui promettant qu'en échange il serait jugé devant un tribunal. La scène qui suit a lieu au soir de cette reddition.

sentit aucune surprise, mais un profond découragement. Ils se confessèrent tous les trois. L'un d'entre eux était un homme qui avait travaillé chez Paco. Le pauvre, sans savoir ce qu'il faisait, perdu, répétait sans arrêt entre ses dents : « Mon père, je m'accuse... Mon père, je m'accuse... » La voiture même de M. Cástulo servait de confessionnal, avec la porte ouverte et le curé assis à l'intérieur. Le condamné s'agenouillait sur le marchepied. Quand Mosén Millán disait *ego te absolvo*, deux hommes enlevaient le pénitent et le ramenaient jusqu'au mur.

Le dernier à se confesser fut Paco.

— Vous n'êtes pas le bienvenu, dit-il au curé d'une voix grave que celui-ci ne lui avait jamais entendue. Mais vous me connaissez, Mosén Millán, vous savez qui je suis.

— Oui, mon fils.

— Vous m'avez promis qu'ils allaient m'amener devant le tribunal et me juger.

— Ils m'ont trompé moi aussi. Que puis-je y faire ? Mon fils, pense à ton âme, et oublie, si tu le peux, tout le reste.

— Pourquoi ils me tuent ? Qu'est-ce que j'ai fait ? Nous, nous n'avons tué personne. Dites que moi, je n'ai rien fait. Vous savez bien que je suis innocent, que nous sommes innocents tous les trois.

— Oui, mon fils. Vous êtes tous innocents, mais qu'y puis-je faire ?

— S'ils me tuent parce que je me suis défendu aux Pardinas, bon. Mais les deux autres n'ont rien fait.

Paco s'agrippait à la soutane de Mosén Millán et il répétait : « Ils n'ont rien fait, et ils vont les tuer. Ils n'ont rien fait. »

Traduit par Jean-Paul Cortada.
© Éditions Fédérop, 1976.

Juan Goytisolo (né en 1931)

Señas de identidad
(1966)
Pièces d'identité*

— Maman, cria la femme, maman.

Tu es monté derrière elle dans le wagon de seconde (les bagages de la mère consistaient en deux grands paniers d'osier couverts de linge et une demi-douzaine de boîtes en carton retenues par des ficelles). Les deux femmes pleuraient dans les bras l'une de l'autre, et, pendant que tu feignais de chercher dans ton sac de voyage, tu les regardais à ton aise du coin de l'œil : la mère campagnarde, vêtue de noir, avec son mouchoir bon marché sur la tête, son manteau rustique, ses humbles pantoufles d'intérieur ; la fille avec son manteau de faux astrakan, ses élégants souliers italiens, le petit foulard de soie autour du cou ; la vieille avec la misère et la poussière du village natal collées encore à la peau jaune et fanée ; la jeune séduisante et posée, urbaine et sophistiquée ; dans les bras l'une de l'autre, elles pleuraient toutes les deux, s'embrassaient toutes les deux, serrées l'une contre l'autre, heureuses et muettes.

— Seize ans, mon Dieu, seize ans.

Vous étiez tous les trois dans le compartiment et, tandis que le train traversait l'invisible (nocturne) paysage français, la mère perdue et la fille retrouvée, la fille perdue et la mère retrouvée se caressaient à la fin de leur longue et pénible séparation (exode, occupation allemande, bombardement pour l'une ; faim, blocus,

---

* Le protagoniste assiste aux retrouvailles, en gare de Toulouse, de deux de ses compatriotes, mère et fille séparées par la guerre civile.

frontière fermée pour l'autre) comme si l'une et l'autre venaient de découvrir l'amour, comme si l'une et l'autre venaient d'inventer l'amour. Avec un mouchoir imbibé d'eau de Cologne la fille avait humecté le front, les pommettes, les lèvres de la mère (comme pour la purifier, te disais-tu, de la pauvreté et de la douleur de ces seize ans); elle lui avait enlevé le grossier mouchoir de tête et l'avait coiffée de son propre foulard; elle avait remplacé les pantoufles par des souliers discrets et sombres; elle lui avait enlevé son manteau usé jusqu'à la trame et, avec un geste maternel (elle, la fille), l'avait enveloppée dans son manteau de faux astrakan. La mère se laissait faire, malade de bonheur et, à chaque geste de sa fille, à chaque mouvement de sa fille, une larme (une nouvelle larme) se formait, belle et pure, dans ses yeux, coulait sur sa joue ridée, brillante comme une perle.

Quand le désespoir humain t'écrasait plus encore que d'habitude (ce qui dernièrement t'arrivait assez fréquemment), l'évocation de la mère et de la fille, de la rencontre de la mère et de la fille dans le compartiment de seconde classe (en route vers Paris, à travers la France obscure) te guérissait et te consolait de la tristesse et de la mélancolie qui (par ta faute, peut-être) constituaient ton pain quotidien. Confronté avec le désastre irréparable d'une mort que, depuis la syncope du boulevard Richard-Lenoir, tu savais inévitable, tu souffrais à la pensée que ce souvenir pourrait disparaître avec toi et, assis dans le jardin, à l'ombre mobile et incertaine des arbres, tu sentais grandir en toi une révolte violente, inutile, contre le destin avare qui le condamnait pour toujours, comme il te condamnait toi-même (cela semblait impossible, tu te sentais jeune encore, dans ton corps coulait une sève puissante) au dur oubli, sombre et insatiable.

Traduit par M. E. COINDREAU.
© Éditions Gallimard, 1968.

Juan Benet (1927-1993)

Volverás a Región
(1967)
Tu reviendras à Région*

Les gens de Région ont choisi d'oublier leur propre histoire : bien peu doivent conserver une idée juste de leurs parents, de leurs premiers pas, d'un âge d'or et d'une adolescence qui se termina subitement en stupeur et en abandon. Peut-être la décadence commence-t-elle un matin de la fin de l'été, par un rassemblement de militaires, cavaliers et limiers prêts à battre le maquis à la recherche d'un joueur, le don Juan étranger dont une nuit de casino a emporté l'honneur et l'argent ; la décadence n'est que cela, la mémoire et le nuage de poussière de cette chevauchée par le chemin du Torce, la frénésie d'une société épuisée et prête à croire qu'elle va recouvrer son honneur dans un ravin de la montagne, un tas de jetons de nacre et une vengeance sanglante. C'est alors que le nuage de poussière se transforme en passé et le passé en honneur : la mémoire est un doigt tremblant qui, quelques années plus tard, lèvera les stores troués de la fenêtre de la salle à manger pour désigner la silhouette orgueilleuse, redoutable et lointaine du Moine où, semble-t-il, sont allées se perdre et se concentrer toutes les illusions adolescentes qui prirent la fuite devant le bruit des chevaux et des convois, qui ressuscitent, malades, avec le

---

* Dans ce premier roman, Benet décrit rigoureusement l'espace fictif de Région dont une carte topographique sera publiée en 1983 (*Herrumbrosas lanzas*). Dans une nature hostile et inquiétante, la conscience du temps est dominée par l'irrationnel et par une usure implacable.

son des moteurs et l'écho des coups de feu, lequel, de la même façon, mêlé au sifflement des massettes, demeura lié, dans les derniers jours de cet âge sans raison, au son acerbe et évocateur des triangles et des xylophones. Parce que la connaissance dissimule tandis que le souvenir continue à brûler : avec le bourdonnement du moteur, tout le passé, les images d'une famille et d'une adolescence inertes, momifiées en une grimace de douleur après la disparition des cavaliers, s'agite à nouveau d'un tremblement funèbre : un fauteuil grince et une porte vacille, provoquant depuis le jardin abandonné une brise d'odeur médicinale qui gonfle derechef les stores troués, révélant ainsi l'abandon de la maison et le vide d'un présent où, de loin en loin, résonne l'écho des chevaux. Lorsque la porte se referma — en silence, sans lier l'horreur à la fatalité ni la peur à la résignation —, le nuage de poussière s'était dissipé ; le soleil s'était levé et l'abandon de Région se fit plus évident : il souffla un air chaud comme l'haleine sénile de ce vieux Numa hirsute, armé d'une carabine, qui désormais gardera le bois, veillant nuit et jour sur toute l'étendue de la propriété, tirant avec une adresse infaillible chaque fois que des pas sur les feuilles mortes ou les soupirs d'une âme fatiguée troublent la tranquillité du lieu.

Traduit par CLAUDE MURCIA.
© Éditions de Minuit, 1989.

Manuel Vázquez Montalbán
(né en 1939)

La Soledad del manager
(1977)
La Solitude du manager*

Arriver dans un bar où les clients font le spectacle, devoir descendre les marches qui conduisent au centre de la comédie, vous fait un dos d'acteur de cinéma new-yorkais et les jambes sous tension d'un funambule. Jusqu'à minuit, juste deux ou trois couples transfuges du célibat ou de la vie de famille, et à partir de là des acteurs de théâtre indépendant, des acteurs dépendants de théâtre, des responsables au passé sensible et cultivé, des réalisateurs probables de cinéma si le cinéma n'était pas une industrie, des chanteurs de l'éternelle *nova canço*[1] catalane, un habituel dessinateur humoristique spécialiste de politique et un autre de passage.

— C'est que Barcelone, c'est l'Europe.

Un poète ancien détenu qui cherche au Sot la double vie qui pourrait lui rendre une partie de ses vingt-cinq années de prison, un tout jeune dirigeant des Commissions Ouvrières aux yeux gris, des dames organisatrices et revendicatrices de la gauche locale, des noctambules professionnels depuis plus de trente ans à la recherche d'une nuit où tout serait possible, un romancier homosexuel et son amant enseveli dans un manteau de fourrure, un homosexuel romancier sur son honneur, un

---

* Nouvelle histoire de Pepe Carvalho, détective privé héros des romans-chroniques de l'auteur, *La Solitude du manager* s'inscrit dans le cadre d'un roman policier de politique-fiction.

1. En catalan dans le texte, nouvelle chanson, nom donné à un groupe de chanteurs engagés catalans sous le franquisme.

poète concret qui a lu Trotski, un modérateur de tables rondes politiques en pleine possession de la magie du geste précis pour distribuer la parole et arriver à la synthèse sans qu'il y ait eu thèse, quelque intellectuel sensible et occasionnel attendant un béguin que les plus anciens de l'endroit n'ont jamais pu avoir, d'anciens politiciens qui poursuivent encore une éthique active, de jeunes insulaires de n'importe quelle île, des fous et futurs riches prêts à manger des yeux toute la crème de l'intellectualité possible, des Uruguayens ayant fui la terreur uruguayenne, des Chiliens ayant fui la terreur chilienne, des Argentins ayant fui les terreurs argentines successives, l'un des dix bras droits de Carrillo, un ex-ingénieur industriel presque jeune se consacrant à l'édition d'une pensée marxiste radicale indépendante, quelques restes humains de l'intelligentsia des années 40 nourris de pages de Lajos Zilaky ou de Stefan Zweig, des cadres moyens de gauche puritains disposés à voir de près l'espace d'une nuit le spectacle décadent et sans doute scandaleux de la gauche noctambule. Cocktails à mi-chemin entre le bas de gamme d'un comptoir médiocre à Manhattan et le très bas de gamme des bars barcelonais. Un espace réparti entre différents niveaux, aires dotées d'une certaine intimité dans l'ambiance résiduelle d'un fonctionnalisme insuffisant et comptoir tout le long d'un couloir ; accoudés à ce comptoir, les quelques individus doués pour les causeries, ou ceux qui bavardent avec le patron et les garçons sur un ton de camaraderie que l'on ne peut soutenir que de nuit en nuit assuré qu'entre-temps il reste tout un jour de repos pour tant de familiarité.

Les quinze ou vingt personnes assises autour de Marcos Nuñez étaient à peine dix ce soir-là et le jeune homme mûr pérorait avec son habituelle parcimonie à demi souriante, selon un excellent rythme narratif acquis dans le contexte d'une université qui venait de découvrir Pavese et les poètes anglo-saxons des années

30. Un ton qui peut rendre d'une sublime nostalgie même l'histoire d'un autobus perdu ou d'une ironie atroce la description d'un sandwich à la saucisse espagnole. Pionnier de la reconstruction de la gauche à l'Université barcelonaise des années 50, Nuñez s'est enfui en France après la torture et la détention préventive, il a suivi une voie qui aurait pu le conduire à la bureaucratie de son propre parti ou à un doctorat en sciences sociales afin d'avoir sa place dans la future Espagne démocratique. Trop cynique pour être bureaucrate et bien trop aboulique pour être docteur en sciences sociales, il opta pour le métier de spectateur qu'il exerçait avec un dévouement dont l'apparence seule était éteinte. Même si on l'appelait « le consul de Bulgarie » à cause de l'énorme poids de distance diplomatique inutile qu'il mettait dans sa conduite et de l'image pâlotte d'un passé auquel il continuait à s'accrocher comme un naufragé, Nuñez remplissait la fonction de conservateur, il gardait dans ses archives mentales le souvenir et le désir d'une renaissance de la gauche morale dans l'Espagne franquiste comme on conserve le mètre-étalon en platine iridié. Doué pour l'amitié, tant pour la recevoir que pour la donner toujours à la suite d'un marchandage sadique, il utilisait une agressivité verbale permanente quand il s'agissait de qualifier amis et ennemis. Il y avait une certaine angoisse personnelle dans ses crocs-en-jambe qualificatifs frénétiques. On aurait dit que depuis le sol il voulait y faire tomber les autres et poursuivre la conversation comme si de rien n'était.

Carvalho gravit la dernière marche qui le séparait du groupe et il attendit qu'au cours de l'une de ses mimiques décontractées, Marcos Nuñez lève au moins un œil pour remarquer sa présence. Certains visages lui étaient familiers du temps de sa vie étudiante, il arrivait même à mettre des noms avec une faible marge d'erreur.

Traduit par Michèle Gazier.
© UGE, 1988 (Grands détectives).

EDUARDO MENDOZA (né en 1943)

La Ciudad de los prodigios
(1986)
LA VILLE DES PRODIGES

Ce soir-là, il retourna à la pension. Le vestibule était désert. La salle à manger aussi. Il vit apparaître la tête de Mariano, le barbier.

— Que fais-tu là ? lui demanda le barbier ; tu m'as donné une de ces frousses !

— Qu'est-ce qui est arrivé, Mariano ? demanda à son tour Onofre, où sont-ils tous passés ?

C'est à peine si le barbier pouvait enfiler les phrases. Il était si effrayé que son teint était blanc comme s'il se fût enfariné.

— La garde civile est venue et a emmené le señor Braulio, la señora Agata et Delfina, dit-il. Ils ont dû les sortir tous les trois sur des civières. La señora Agata parce qu'elle était très mal, je crois qu'elle rendait le dernier soupir. Le señor Braulio et la fille parce qu'ils perdaient leur sang sans s'arrêter. Comme il fait sombre, tu ne t'es pas rendu compte, mais le vestibule est inondé de sang. Il doit déjà être en train de se coaguler. C'est le sang des deux, du père et de la fille, mêlé. Je ne sais pas s'ils les emmenaient en prison, à l'hôpital, ou directement à enterrer. Rien que de me rappeler la scène, ça me donne des nausées, petit. Avec ça que j'en ai vu dans l'exercice de ma profession. Et quoi ? Pourquoi ils les ont emmenés ? Qu'est-ce que j'en sais ? Tu comprendras qu'ils ne sont pas venus me donner des explications. J'ai entendu des bruits, ça oui. D'après ce qu'on dit, la fille, cet épouvantail, était d'une bande de malfaiteurs, de ceux qu'on appelle anarchistes. Je ne dis pas que c'est la vérité ; c'est ce que j'ai entendu dire. Avec les femmes, on sait ce que c'est. À ce qu'il paraît, elle avait des relations ou des rapports, de quel type, je n'en sais rien, avec un qui était aussi de la bande. Peintre en bâtiment et de la bande. Le peintre est tombé sur dénonciation et après la fille et après les autres.

— Et moi, Mariano, ils ne m'ont pas cherché ? demanda Onofre.

— Si, maintenant que tu en parles, je crois qu'ils ont demandé après toi, dit le barbier avec un léger accent de satisfaction. Ils ont fouillé toutes les chambres et la tienne plus minutieusement que les autres. Ils nous ont demandé à quelle heure tu avais l'habitude de venir. J'ai dit à la fin de l'après-midi. Je ne leur ai pas dit que tu fricotais avec la souillon parce que ça, vrai, je n'en sais rien. J'ai vu des choses, j'ai noté des choses, mais officiellement, pour ainsi dire, rien de rien. Mestre Bizancio leur a dit que tu ne passais plus par ici ; que ça faisait des jours que tu avais quitté la pension. Comme il porte une soutane, ils ont cru à ses mensonges et pas à mes vérités. C'est pour ça qu'ils n'ont laissé aucun garde en faction.

Il prit la poudre d'escampette. Il réfléchissait tout en s'enfuyant : sans doute Delfina avait-elle été la dénonciatrice, par dépit, pour se venger de Sisinio et de lui, elle avait donné toute l'organisation. Elle lui avait dit de quitter la pension sans perdre de temps. « Va-t'en sans ramasser tes affaires et ne reviens pas », lui avait-elle dit. Elle avait voulu lui éviter de tomber aux mains de la garde civile. En revanche, Sisinio était maintenant en prison, Pablo aussi et même elle. Et moi, Delfina a voulu me sauver, alors qu'en réalité je suis la cause de toute cette pagaille. Quelle salade, pensa-t-il. De toute façon, il faut disparaître de Barcelone, pensa-t-il après. Avec le temps, les eaux retourneraient à leur lit, se dit-il ; les anarchistes sortiraient de prison s'ils n'avaient pas été exécutés avant ; lui aussi retrouverait ses affaires ; peut-être pourrait-il reconstituer la bande d'enfants-voleurs, et même convaincre les anarchistes qu'il valait mieux se consacrer à des activités lucratives, que la révolution dont ils rêvaient n'était pas viable. Mais, pour le moment, il fallait fuir.

Traduit par Olivier Rolin.
© Éditions du Seuil, 1988.

DOMAINE FINNOIS

Väinö Linna (1920-1992)

Tuntematon sotilas
(1954)
Soldats inconnus

Cette armée avait son cachet bien à elle, inimitable. Parfois, lors d'une retraite ou d'une débandade, les autres armées du monde ont pu lui ressembler, mais autrement jamais. Elle restait la même dans le succès comme dans le revers. En troupeau désordonné elle se frayait son chemin. Le matin, avant de partir, on rassemblait les compagnies en colonne, mais aux premières heures déjà elles éclataient en petites équipes qui cheminaient à leur guise sans rien demander à personne ni écouter qui que ce soit, les fusils se balançant à la mode de chacun. L'un allait à petits pas sur le bas-côté de la route, pieds nus dans l'herbe, les chaussures sur l'épaule et le bas des caleçons longs traînant par terre. Un autre prenait un bain de soleil tout en marchant, le torse nu et ses effets sous le bras. Le premier jour, il y en eut un qui portait une valise moisie au bout d'une perche. Dans la valise il y avait des bocaux de verre trouvés dans quelque ferme et une paire de souliers de dame complètement éculés : on ne sait jamais, on peut en avoir besoin.

Dès le lendemain, la valise vola à vrai dire dans le fossé et même des objets de première utilité commencèrent à prendre le même chemin. On leur reprit les masques à gaz, sinon le pourcentage de pertes serait devenu trop élevé. Ils cherchaient de la nourriture partout où pouvait se trouver n'en fût-ce simplement que l'odeur. Dans un village avait fonctionné un kolkhoze d'élevage de porcs dont les pensionnaires couraient pour l'heure librement à travers champs. Il s'avéra que le fusil-mitrailleur était une arme tout indiquée pour la chasse aux cochons, mais ce furent seulement les compagnies qui marchaient en pointe qui profitèrent de cette manne. Autant dire que les porcs furent vite rabattus et escamotés.

Quelques villages avaient été habités. On avait dressé des arcs de guirlandes dans les rues, et ici et là on rencontrait des motifs ornementaux réalisés au moyen de mousse et de cailloux.

— Qu'est-ce qu'ils voulaient faire avec ces décorations ?

— Ça devait être quelque chose comme leur fête de la moisson. Paraît que c'est des drôles de guincheurs.

— Qu'est-ce qu'il peut y avoir alors comme satanés gambilleurs sur cette terre.

Tout était prétexte à les rendre amers. Des voitures les dépassaient où se trouvaient des lottas[1] rigolardes en compagnie d'officiers. Cette queue de la comète — états-majors, cantines, blanchisseries, hôpitaux et tout le reste — suivait les troupes. Ils balançaient des boniments aux voitures et il fut lancé sur le dos de la vaillante Lotta finlandaise tant d'horribles obscénités que les mémères lottas, qui vivaient l'enthousiasme général au fond de leurs campagnes, eussent eu une attaque au cœur si elles avaient pu les entendre. La voiture d'un général souleva à son passage une fureur si noire et une telle bordée de jurons qu'un observateur étranger aurait juré que l'armée était à la veille de se mutiner.

— Et allez donc, la poussière dans les yeux du biffin, eh ben merde alors ! On parle plus du manque d'essence quand c'est les officemars qui trimbalent leurs putes de campagne. Qui c'est encore le con qu'arrête pas de siffler là-bas. Ta gueule, on a bien

---

[1]. *Lottas :* service auxiliaire féminin dans l'armée finlandaise.

assez d'opéra comme ça sans qu't'éprouves encore le besoin d'y ajouter ta musique.

Ils laissaient derrière eux une commune après l'autre. Le long de tous les chemins, des colonnes s'enfonçaient dans la Carélie du Nord-Ladoga. Elles soulevaient des nuages de poussière qui se mêlaient à la fumée bleue des nombreux incendies de forêt à travers laquelle le soleil brillait, brûlant et rouge. Là où la plante des pieds n'était pas couverte d'ampoules et où les courroies des sacs n'écorchaient pas les épaules, la joie était arrivée à son plus haut point : la Finlande marchait de l'avant.

Traduit par Jaakko AHOKAS et Claude SYLVIAN.
© Éditions Robert Laffont, 1956.

VEIJO MERI (né en 1928)

Manillaköysi
(1957)
UNE HISTOIRE DE CORDE

Il y avait toujours eu quelque chose de bizarre chez l'adjudant, sans que les hommes fussent parvenus à savoir au juste ce qu'il était. Sa curiosité confinait à la manie. Lors d'un exercice de marche à bicyclette, il lui arriva de dire brusquement : « Qu'est-ce donc qui remue là-bas sur la rive ? Allons voir. »

On fit une pause, et suivi de ses hommes l'adjudant descendit au bord du lac en longeant les rigoles des champs.

Sur le rivage se tenait à croupetons un pêcheur solitaire qui vidait ses poissons. Sa main droite montait en balançoire chaque fois qu'il rejetait des viscères à l'eau. Et c'était précisément ce mouvement qui avait attiré l'attention de l'adjudant.

Le pêcheur fut sidéré de se retrouver tout à coup avec l'effectif d'une compagnie autour de lui. Il y avait là aussi un adjudant aux yeux hagards, un homme trapu et bas sur pattes, large comme le maître-mur d'une maisonnette. Les soldats ne disaient rien, regardaient simplement et tournicotaient autour du pêcheur pour bien voir le phénomène sous toutes ses coutures. Les mains du pêcheur se mirent à trembler et ses yeux firent un va-et-vient inquiet, comme s'il était en train de faire quelque chose de défendu.

— Il est fichu, maintenant, ce poisson. La bile a crevé, dit l'adjudant.

De fait, le pêcheur avait touché la poche à bile avec son couteau et le liquide jaune coulait le long du ventre du poisson.

Les soldats contemplèrent en silence le malheureux étripage des poissons jusqu'au moment où le pêcheur se fendit gaillardement la paume avec son couteau. Alors l'adjudant fit un signal de la main et ramassa ses hommes qu'il ramena sur la route par le même chemin. Sans doute se rendit-il compte lui-même qu'il était allé un peu trop loin, car désormais il laissa les pêcheurs tranquilles.

Traduit par Mirja BOLGÁR et Claude SYLVIAN.
© Les Éditions du Temps, 1962 (D. R.).

DOMAINE FRANÇAIS

SIMONE DE BEAUVOIR (1908-1986)

*Le Deuxième Sexe**
(1949)

Le privilège que l'homme détient et qui se fait sentir dès son enfance, c'est que sa vocation d'être humain ne contrarie pas sa destinée de mâle. Par l'assimilation du phallus et de la transcendance, il se trouve que ses réussites sociales ou spirituelles le douent d'un prestige viril. Il n'est pas divisé. Tandis qu'il est demandé à la femme pour accomplir sa féminité de se faire objet et proie, c'est-à-dire de renoncer à ses revendications de sujet souverain. C'est ce conflit qui caractérise singulièrement la situation de la femme affranchie. Elle refuse de se cantonner dans son rôle de femelle parce qu'elle ne veut pas se mutiler ; mais ce serait aussi une mutilation de répudier son sexe. L'homme est un être humain sexué ; la femme n'est un individu complet, et l'égale du mâle, que si elle est aussi un être humain sexué. Renoncer à sa féminité, c'est renoncer à une part de son humanité. Les misogynes ont souvent reproché aux femmes de tête de « se négliger » ; mais ils leur ont aussi prêché : si vous voulez être nos égales, cessez de vous peindre la figure et de vernir vos ongles. Ce dernier conseil est absurde. Précisément parce que l'idée de féminité est définie artificiellement par les coutumes et les modes, elle s'impose du dehors à chaque

---

* Il y avait eu les suffragettes, qui revendiquaient l'égalité des droits avec les hommes, mais en ordre dispersé. Dans cette France d'après-guerre où depuis peu les femmes ont enfin le droit de vote, Beauvoir lance son étude de la condition féminine comme un pavé dans la mare des certitudes mâles et bien-pensantes. L'ouvrage eut un succès international considérable, et fut longtemps tenu pour le bréviaire des féministes modernes.

femme ; elle peut évoluer de manière que ses canons se rapprochent de ceux adoptés par les mâles : sur les plages, le pantalon est devenu féminin. Cela ne change rien au fond de la question : l'individu n'est pas libre de la modeler à sa guise. Celle qui ne s'y conforme pas se dévalue sexuellement et par conséquent socialement puisque la société a intégré les valeurs sexuelles. En refusant des attributs féminins, on n'acquiert pas des attributs virils ; même la travestie ne réussit pas à faire d'elle-même un homme : c'est une travestie. On a vu que l'homosexualité constitue elle aussi une spécification : la neutralité est impossible. Il n'est aucune attitude négative qui n'implique une contrepartie positive. L'adolescente croit souvent qu'elle peut simplement mépriser les conventions ; mais par là même elle manifeste ; elle crée une situation nouvelle entraînant des conséquences qu'il lui faudra assumer. Dès qu'on se soustrait à un code établi on devient un insurgé. Une femme qui s'habille de manière extravagante ment quand elle affirme avec un air de simplicité qu'elle suit son bon plaisir, rien de plus : elle sait parfaitement que suivre son bon plaisir est une extravagance. Inversement, celle qui ne souhaite pas faire figure d'excentrique se conforme aux règles communes. À moins qu'il ne représente une action positivement efficace, c'est un mauvais calcul que de choisir le défi : on y consume plus de temps et de forces qu'on n'en économise. Une femme qui ne désire pas choquer, qui n'entend pas socialement se dévaluer doit vivre en femme sa condition de femme : très souvent sa réussite professionnelle même l'exige. Mais tandis que le conformisme est pour l'homme tout naturel — la coutume s'étant réglée sur ses besoins d'individu autonome et actif — il faudra que la femme qui est elle aussi sujet, activité, se coule dans un monde qui l'a vouée à la passivité.

© Éditions Gallimard, 1949.

GEORGES MOGIN, *dit* NORGE
(1898-1990)

Famines
(1950)

JACQUES[1]

On dira de celui-là
Qu'il a crevé pour des prunes.
C'était un bon petit gars
Bien connu des nuits sans lune

Où sombrent les cors de chasse
Au fond de leurs bois dormants,
Où la fille à vin se lasse
D'aimer si physiquement,

Où l'on voit comme la truite
Fuser l'excellent couteau,
Où l'homme de la guérite
Pense à l'homme des barreaux,

Où le chien perdu grelotte
Et se cache d'exister,
Où sonne plus fort la botte,
Sonne pour l'éternité.

Bien connu des nuits sans lune,
Mieux connu d'un petit jour
Où gronde un sale tambour
Devant la fosse commune.

Il n'est pas encor très loin,
Il nous fait un gentil signe.

---

1. Norge est l'un des grands poètes de la Wallonie. Le Jacques du titre est son ami Jacques Clérin, fusillé par les nazis en 1944.

Il garde encor dans son poing
Un raisin de notre vigne.

Il devient grand comme un arbre
Et la lune maintenant
Éclaire assez doucement
Sa bouche et ses yeux de marbre.

Dans leur chemise éternelle
À sa droite sont debout
Deux anges dont la prunelle
Brille avec l'amour du loup.

Jacques, Jacques, tes lunettes
Vont tomber dans le gazon.
T'en as plus besoin peut-être;
T'as plus besoin d'horizon.

On dira de celui-là
Qu'il a crevé pour des prunes.
C'était un bon petit gars
Crevé pour toi et pour moi.

© A.A.M. Stols, 1950 (D. R.).

Michel de Ghelderode (1898-1962)

*La Flandre est un songe**
(1953)

Qui dit « Flandre » ne lance plus un cri de guerre, mais profère une formule de magie poétique. Alors, ce grand État spirituel se reconstitue par la vertu du songe, devient phosphorescent, tout de violence et de splendeur. Nous savons de ces mots contagieux, par quoi s'ouvrent les écluses d'images, toute une machinerie optique aussitôt s'éclairant. Quelqu'un a dit « Flandre », les volets d'un polyptyque se sont dépliés et j'ai vu : Le haut lumineux d'une aurore au cerne violet, embué d'or ; le bas empli de fumées obscures pourprées de flammèches, le Ciel et l'Enfer peints ; entre les deux passe l'Homme portant chimère, un squelette musicien le suivant comme son ombre. Dans les craquelures des paysages, val des roses ou collines calcinées, se voient le Péché et le Rachat : l'offrande du fruit de l'érection de la Croix. Le tout s'adorne d'oiseaux géométriques, tandis que des cireuses et priantes mains restent suspendues à jamais aux confins... Cet ascensionnel et médiéval silence bientôt cessera d'être : Une charge de lourds centaures ouvre l'espace à la cohue des dieux obèses et des déesses soûles ; et l'entrevision se referme comme un théâtre, sur une figuration pâmée. [...]
Partons de Gand, noire, dure, hérissée, d'expression

---

* Avant-guerre, Ghelderode a écrit essentiellement des pièces de théâtre. À partir de 1939 il se consacre à la prose, convoquant les figures grimaçantes d'un univers macabre, marqué par la magie et le mystère, proche de celui de ses compatriotes Breughel ou James Ensor. Lieu magique entre tous, Bruges est le sujet de l'étude qui donne son titre au recueil.

féodale, de pierre triomphante et pesante, avec son bourg et sa gouaille. Gand déplaît, tant en son passé horrible, rappelé par de monumentaux témoins, qu'en l'insolence de vie qu'elle émet dans le temps et l'espace. C'est aussi qu'on a trop convenu en prose et en vers que les villes de Flandre étaient de bonnes villes, gâteuses, caduques, hospitalières. La méprise s'accuse assez vite ! Ainsi de Bruges qu'on voulut défunte, momifiée dans son culottage historique, et qui n'est qu'une métropole apaisée et rendue au repos. Elle survit somnambulesque et se couche tôt, affecte l'hermétisme et prétend avec raison que respirer son air anoblit les vilains : Mais elle est, en fait, la plus pathétique cité mémoriale du continent, dans cette lumière du septentrion qui valorise le toc même et verse une inexprimable euphorie, voire l'oubli des tristes démocraties.

Oui, Bruges possède ce don hypnotique et dispense de singulières absences. Quand on revient à soi, on est chez Memling : Le panneau sent l'huile, vient d'être achevé. Il y a en Bruges quelque chose qui finit dans quelque chose qui commence : le Songe. On le flaire : il tient en odeurs et parfums ; parfums de mort, odeurs de sainteté. La Mort, ce qui s'effrite et se défait en plein soleil, on la ressent, avec une puissante désolation, à Damme dans les sables, où l'on cherche les vagues et les carènes. À Lisseweghe, on s'inquiétera des moines. Et comme tout voyage n'est que la recherche d'un lieu meilleur, pourquoi résister à l'attraction de la mer qui symphonise notre côte, de Cadzand à Dunkerke ? Du haut des dunes lunaires, la Flandre livre sa mesure, qui est celle de la mer et du ciel. Flandre dort, comme elle fait, par le bercement des vagues. Ici naissent les anamorphoses, facilement les voyances... Vers Furnes glissaient des pénitents noirs, vieillards tragiques entrant dans le sol ; vers Knocke s'élevaient des avions blancs et gracieux, emplis d'enfants merveilleux : L'obsédant passé, l'impérieux avenir ! La mer songeait, dédiant ses écumes. D'elle, la Flandre tient sa balsamique bonté, ses sublimes narcoses, pour qui souffre du cruel et décevant aujourd'hui...

© La Rose de Chêne, 1982. Texte écrit en 1937 et publié en 1953

Samuel Beckett (1906-1989)

L'Innommable*
(1953)

J'aime mieux ça, je dois dire que j'aime mieux ça, quoi ça, oh vous savez, qui vous, ça doit être l'assistance, tiens, il y a une assistance, c'est un spectacle, on paie sa place et on attend, ou c'est peut-être gratuit, ça doit être gratuit, un spectacle gratuit, on attend que ça commence, quoi ça, le spectacle, on attend que le spectacle commence, le spectacle gratuit, ou c'est peut-être obligatoire, un spectacle obligatoire, on attend que ça commence, le spectacle obligatoire, c'est long, on entend une voix, c'est peut-être une récitation, c'est ça le spectacle, quelqu'un qui récite, des morceaux choisis, éprouvés, sûrs, une matinée poétique, ou qui improvise, on l'entend à peine, c'est ça le spectacle, on ne peut pas partir, on a peur de partir, ailleurs c'est

* Une voix anonyme, un lieu indéterminé, une époque incertaine : « Où maintenant ? Quand maintenant ? Qui maintenant ? » se demande le narrateur (?) à la première ligne du texte. Et parfois comme ici, une métaphore filée feint de donner l'amorce — déçue — d'une solution.

peut-être pire, on s'arrange comme on peut, on se tient des raisonnements, on est venu trop tôt, ici il faudrait du latin, ça ne fait que commencer, ça n'a pas encore commencé, il ne fait que préluder, que se racler la gorge, seul dans sa loge, il va se montrer, il va commencer, ou c'est le régisseur, il donne ses instructions, ses dernières indications, le rideau va se lever, c'est ça le spectacle, attendre le spectacle, au son d'un murmure, on se raisonne, est-ce une voix après tout, c'est peut-être l'air, montant, descendant, s'étirant, tourbillonnant, cherchant une issue, parmi les obstacles, et où sont les autres spectateurs, on n'avait pas remarqué, dans l'étau de l'attente, qu'on est seul à attendre, c'est ça le spectacle, attendre seul, dans l'air inquiet, que ça commence, que quelque chose commence, qu'il y ait autre chose que soi, qu'on puisse s'en aller, qu'on n'ait plus peur, on se raisonne, on est peut-être aveugle, on est sans doute sourd, le spectacle a eu lieu, tout est fini, mais où est donc la main, la main amie, ou simplement pie, ou payée pour cela, elle est longue à venir, prendre la vôtre, vous mener dehors, c'est ça le spectacle, il ne coûte rien, attendre seul, aveugle, sourd, on ne sait pas où, on ne sait pas quoi, qu'une main vienne, vous tirer de là, vous mener ailleurs, où c'est peut-être pire.

© Éditions de Minuit, 1953.

ROGER MARTIN DU GARD (1881-1958)

Les Thibault *
(1955)

Français ou Allemands, vous êtes des dupes!

Cette guerre, on vous l'a présentée, dans les deux camps, non seulement comme une guerre défensive, mais comme une lutte pour le Droit des Peuples, la Justice, la Liberté. Pourquoi? Parce qu'on savait bien que pas un ouvrier, pas un paysan d'Allemagne, pas un ouvrier, pas un paysan de France, n'aurait donné son sang pour une guerre offensive, pour une conquête de territoires et de marchés!

On vous a fait croire, à tous, que vous alliez vous battre pour écraser l'impérialisme militaire du voisin. Comme si tous les militarismes ne se valaient pas! Comme si le nationalisme belliqueux n'avait pas eu, ces dernières années, autant de partisans en France qu'en Allemagne! Comme si, depuis des années, les impérialismes de vos deux gouvernements n'avaient pas couru les mêmes risques de guerre!... Vous êtes des dupes! On vous a fait croire, à tous, que vous alliez défendre votre patrie contre l'invasion criminelle d'un agresseur, — alors que chacun de vos états-majors, français et allemand, étudiait depuis des années avec la même absence de vergogne, les moyens d'être le premier à déclencher une offensive foudroyante! Alors que, dans vos deux armées, vos chefs cherchaient à s'assurer les avantages de cette « agression » qu'ils font

---

* Des deux frères Antoine et Jacques, seul le premier survivra à la Grande Guerre. Jacques, en août 1914, tente de lancer ce tract au-dessus des lignes françaises. Ses compatriotes, le prenant pour un Allemand, l'abattront.

mine de dénoncer aujourd'hui chez l'adversaire, pour justifier à vos yeux cette guerre *qu'ils préparaient!*

Vous êtes des dupes! Les meilleurs d'entre vous croient, de bonne foi, se sacrifier pour le Droit des Peuples. Alors qu'il n'a jamais été tenu compte ni des Peuples ni du Droit, autrement que dans les discours officiels! Alors qu'aucune des nations jetées dans la guerre n'a été consultée par un plébiscite! Alors que vous êtes tous envoyés à la mort par le jeu d'alliances secrètes, anciennes, arbitraires, dont vous ignoriez la teneur, et que jamais aucun de vous n'aurait contresignées!... Vous êtes tous des dupes! Vous, Français dupes, vous avez cru qu'il fallait barrer la route à l'invasion germanique, défendre la Civilisation contre la menace de la Barbarie. Vous, Allemands dupes, vous avez cru que votre Allemagne était encerclée, que le sort du pays était en jeu, qu'il fallait sauver votre prospérité nationale exposée aux convoitises étrangères. Et tous, Allemands ou Français, chacun de votre côté pareillement dupes, vous avez cru de bonne foi que, pour vous seuls, cette guerre était une « guerre sainte »; et qu'il fallait, sans marchander, par amour patriotique, faire à « l'honneur » de votre nation, au « triomphe de la Justice », le sacrifice de votre bonheur, de votre liberté, de votre vie!... Vous êtes des dupes! Contaminés, en quelques jours, par cette excitation factice qu'une propagande éhontée a fini par vous communiquer, à vous tous qui en serez les victimes, vous êtes partis, héroïquement, les uns contre les autres, au premier appel de cette patrie qu'aucun danger réel n'a jamais menacée! Sans comprendre que, des deux côtés, vous étiez les jouets de vos classes dirigeantes! Sans comprendre que vous étiez l'enjeu de leurs combinaisons, la monnaie qu'ils gaspillent pour satisfaire leurs besoins de domination et de lucre!

© Éditions Gallimard, 1955.

Marguerite M. Donadieu
dite Marguerite Duras (née en 1914)

*Un barrage contre le Pacifique**
(1958)

— Vous avez de chics clients, dit Joseph, merde, cette limousine...
— C'est à un type des caoutchoucs du Nord, c'est autrement riche que par ici.
— C'est pas vous qui avez à vous plaindre, dit la mère, trois courriers par semaine, c'est beau. Et il y a le pernod.
— Il y a des risques, chaque semaine maintenant ils rappliquent, il y a des risques, c'est la corrida chaque semaine.
— Montrez-nous ce planteur du Nord, dit la mère.
— C'est le type près d'Agosti, dans le coin. Il revient de Paris.

Ils l'avaient déjà vu à côté d'Agosti. Il était seul à sa table. C'était un jeune homme qui paraissait avoir vingt-cinq ans, habillé d'un costume de tussor grège. Sur la table il avait posé un feutre du même grège. Quand il but une gorgée de pernod ils virent à son doigt un magnifique diamant, que la mère se mit à regarder en silence, interdite.

---

* Indochine, avant-guerre. Suzanne et sa mère vont chez le père Bart, « un homme d'une cinquantaine d'années, apoplectique et obèse, imbibé de pernod », qui tient un dancing-cantine. Devant la porte une Maurice Léon Bollée, « une magnifique limousine à sept places, de couleur noire » (elle réapparaîtra d'ailleurs dans des œuvres postérieures de Duras). Toute une atmosphère coloniale, l'ennui, la chaleur, l'argent, les désirs vagues...

— Merde, quelle bagnole, dit Joseph. Il ajouta :
Pour le reste, c'est un singe.

Le diamant était énorme, le costume en tussor, très bien coupé. Jamais Joseph n'avait porté de tussor. Le chapeau mou sortait d'un film : un chapeau qu'on se posait négligemment sur la tête avant de monter dans sa quarante chevaux et d'aller à Longchamp jouer la moitié de sa fortune parce qu'on a le cafard à cause d'une femme. C'était vrai, la figure n'était pas belle. Les épaules étaient étroites, les bras courts, il devait avoir une taille au-dessous de la moyenne. Les mains petites étaient soignées, plutôt maigres, assez belles. Et la présence du diamant leur conférait une valeur royale, un peu déliquescente. Il était seul, planteur, et jeune. Il regardait Suzanne. La mère vit qu'il la regardait. La mère à son tour regarda sa fille. À la lumière électrique ses taches de rousseur se voyaient moins qu'au grand jour. C'était sûrement une belle fille, elle avait des yeux luisants, arrogants, elle était jeune, à la pointe de l'adolescence, et pas timide.

— Pourquoi tu fais une tête d'enterrement ? dit la mère. Tu ne peux pas avoir une fois l'air aimable ?

Suzanne sourit au planteur du Nord. Deux longs disques passèrent, fox-trot, tango. Au troisième, fox-trot, le planteur du Nord se leva pour inviter Suzanne. Debout il était nettement mal foutu. Pendant qu'il avançait vers Suzanne, tous regardaient son diamant : le père Bart, Agosti, la mère, Suzanne. Pas les passagers, ils en avaient vu d'autres, ni Joseph parce que Joseph ne regardait que les autos. Mais tous ceux de la plaine regardaient. Il faut dire que ce diamant-là, oublié sur son doigt par son propriétaire ignorant, valait à lui seul à peu près autant que toutes les concessions de la plaine réunies.

— Vous permettez, madame ? demanda le planteur du Nord en s'inclinant devant la mère.

La mère dit mais comment donc je vous en prie et

rougit. Déjà, sur la piste, des officiers dansaient avec des passagères. Le fils Agosti, avec la femme du douanier.

Le planteur du Nord ne dansait pas mal. Il dansait lentement, avec une certaine application académique, soucieux peut-être de manifester ainsi à Suzanne, son tact, sa classe, et sa considération.

— Est-ce que je pourrai être présenté à madame votre mère ?

— Bien sûr, dit Suzanne.

— Vous habitez la région ?

— Oui, on est d'ici. C'est à vous l'auto qui est en bas ?

— Vous me présenterez sous le nom de M. Jo.

— Elle vient d'où ? elle est formidable.

— Vous aimez les autos tellement que ça ? demanda M. Jo en souriant.

Sa voix ne ressemblait pas à celle des planteurs ou des chasseurs. Elle venait d'ailleurs, elle était douce et distinguée.

— Beaucoup, dit Suzanne. Ici, il n'y en a pas ou bien c'est des torpédos.

— Une belle fille comme vous doit s'ennuyer dans la plaine... dit doucement M. Jo non loin de l'oreille de Suzanne.

© Éditions Gallimard, 1958.

Eugène Ionesco (né en 1912)

Rhinocéros*
(1959)

Bérenger (*se regardant toujours dans la glace*) Ce n'est tout de même pas si vilain que ça un homme. Et pourtant, je ne suis pas parmi les plus beaux ! Crois-moi, Daisy ! (*Il se retourne.*) Daisy ! Daisy ! Où es-tu, Daisy ? Tu ne vas pas faire ça ! (*Il se précipite vers la porte.*) Daisy ! (*Arrivé sur le palier, il se penche sur la balustrade.*) Daisy ! remonte ! reviens, ma petite Daisy ! Tu n'as même pas déjeuné ! Daisy, ne me laisse pas tout seul ! Qu'est-ce que tu m'avais promis ! Daisy ! Daisy ! (*Il renonce à l'appeler, fait un geste désespéré et rentre dans sa chambre.*) Évidemment. On ne s'entendait plus. Un ménage désuni. Ce n'était plus viable. Mais elle n'aurait pas dû me quitter sans s'expliquer ! (*Il regarde partout.*) Elle ne m'a pas laissé un mot. Ça ne se fait pas. Je suis tout à fait seul maintenant. (*Il va fermer la porte à clé, soigneusement, mais avec colère.*) On ne m'aura pas, moi. (*Il ferme soigneusement les fenêtres.*) Vous ne m'aurez pas, moi. (*Il s'adresse à toutes les têtes de rhinocéros.*) Je ne vous suivrai pas, je ne vous comprends pas ! Je reste ce que je suis. Je suis un être humain. Un être humain. (*Il va s'asseoir dans le fauteuil.*) La situation est absolument intenable. C'est ma faute, si elle est partie. J'étais tout pour elle. Qu'est-ce qu'elle va devenir ? Encore quelqu'un sur la conscience. J'imagine le pire, le pire est possible. Pauvre enfant abandonnée dans cet univers de monstres ! Personne ne peut m'aider à la retrouver, personne, car il n'y a plus personne. (*Nouveaux barrissements,*

---

* Nous sommes à la fin de la pièce. Peu à peu les habitants de la ville se sont tous transformés en rhinocéros. Bérenger résiste, seul, encore, à l'uniformisation (acte III).

courses éperdues, nuages de poussière.) Je ne veux pas les entendre. Je vais mettre du coton dans les oreilles. (*Il se met du coton dans les oreilles et se parle à lui-même dans la glace.*) Il n'y a pas d'autre solution que de les convaincre, les convaincre, de quoi ? Et les mutations sont-elles réversibles ? Hein, sont-elles réversibles ? Ce serait un travail d'Hercule, au-dessus de mes forces. D'abord, pour les convaincre, il faut leur parler. Pour leur parler, il faut que j'apprenne leur langue. Ou qu'ils apprennent la mienne ? Mais quelle langue est-ce que je parle ? Quelle est ma langue ? Est-ce du français, ça ? Ce doit bien être du français ? Mais qu'est-ce que du français ? On peut appeler ça du français, si on veut, personne ne peut le contester, je suis seul à le parler. Qu'est-ce que je dis ? Est-ce que je me comprends, est-ce que je me comprends ? (*Il va vers le milieu de la chambre.*) Et si, comme me l'avait dit Daisy, si c'est eux qui ont raison ? (*Il retourne vers la glace.*) Un homme n'est pas laid, un homme n'est pas laid ! (*Il se regarde en passant la main sur sa figure.*) Quelle drôle de chose ! À quoi je ressemble alors ? À quoi ? (*Il se précipite vers un placard, en sort des photos, qu'il regarde.*) Des photos ! Qui sont-ils tous ces gens-là ? M. Papillon, ou Daisy plutôt ? Et celui-là, est-ce Botard ou Dudard, ou Jean ? ou moi, peut-être ! (*Il se précipite de nouveau vers le placard d'où il sort deux ou trois tableaux.*) Oui, je me reconnais ; c'est moi, c'est moi ! (*Il va raccrocher les tableaux sur le mur du fond, à côté des têtes des rhinocéros.*) C'est moi, c'est moi. (*Lorsqu'il accroche les tableaux, on s'aperçoit que ceux-ci représentent un vieillard, une grosse femme, un autre homme. La laideur de ces portraits contraste avec les têtes des rhinocéros qui sont devenues très belles. Bérenger s'écarte pour contempler les tableaux*). Je ne suis pas beau, je ne suis pas beau. (*Il décroche les tableaux, les jette par terre avec fureur, il va vers la glace.*) Ce sont eux qui sont beaux. J'ai eu tort ! Oh ! comme je voudrais être comme eux. Je n'ai pas de corne, hélas ! Que c'est laid, un front plat. Il m'en faudrait une ou deux, pour rehausser mes traits tombants. Ça viendra peut-être, et je n'aurai plus honte, je pourrai aller tous les retrouver. Mais ça ne pousse pas ! (*Il regarde les paumes de ses mains.*) Mes mains sont moites. Deviendront-elles rugueuses ? (*Il enlève son veston, défait sa chemise, contemple sa poitrine dans la glace.*) J'ai la peau flasque. Ah, ce corps trop blanc, et poilu ! Comme je voudrais avoir une peau dure et cette magnifique couleur d'un vert sombre, une nudité décente, sans poils, comme la leur ! (*Il écoute les barrissements.*) Leurs chants ont du charme, un peu âpre, mais un charme certain ! Si je pouvais faire comme eux. (*Il essaye de les imiter.*) Ahh, ahh, brr ! Non, ça n'est pas ça ! Essayons encore, plus fort ! Ahh, ahh, brr ! non, non, ce n'est pas ça, que c'est faible, comme cela manque de vigueur ! Je n'arrive pas à barrir. Je hurle seulement. Ahh, ahh, brr ! Les hurlements ne sont pas des barrissements ! Comme j'ai mauvaise conscience, j'aurais dû les suivre à temps. Trop tard maintenant ! Hélas, je suis un monstre, je suis un monstre. Hélas, jamais je ne deviendrai rhinocéros, jamais, jamais ! Je ne peux plus changer. Je voudrais bien, je voudrais tellement, mais je ne peux pas. Je ne peux plus me voir. J'ai trop honte ! (*Il tourne le dos à la glace.*) Comme je suis laid ! Malheur à celui qui veut conserver son originalité ! (*Il a un brusque sursaut.*) Eh bien tant pis ! Je me défendrai contre tout le monde ! Ma carabine, ma carabine ! (*Il se retourne face au mur du fond où sont fixées les têtes des rhinocéros, tout en criant :*) Contre tout le monde, je me défendrai ! Je suis le dernier homme, je le resterai jusqu'au bout ! Je ne capitule pas !

© Éditions Gallimard, 1959.

JEAN-PAUL SARTRE (1905-1980)

Les Séquestrés d'Altona*
(1959)

Frantz [...] Il se passe quelque chose. Au-dehors. Quelque chose que je ne veux pas voir.

Johanna Quoi ?

Frantz (*il la regarde avec défi*) L'assassinat de l'Allemagne. (*Il la regarde toujours, mi-suppliant, mi-menaçant, comme pour l'empêcher de parler : ils ont atteint la zone dangereuse.*) Taisez-vous : j'ai vu les ruines.

Johanna Quand ?

Frantz À mon retour de Russie.

Johanna Il y a quatorze ans de cela.

Frantz Oui.

Johanna Et vous croyez que rien n'a changé ?

Frantz Je *sais* que tout empire d'heure en heure.

Johanna C'est Leni qui vous informe ?

Frantz Oui.

Johanna Lisez-vous les journaux ?

Frantz Elle les lit pour moi. Les villes rasées, les machines brisées, l'industrie saccagée, la montée en

---

* À son retour de Russie, Frantz, ancien officier de l'armée nazie, s'est cloîtré chez son père. Isolé du réel par sa sœur Leni, il ignore tout des changements profonds que connaît l'Allemagne, et nourrit son sentiment de culpabilité avec l'idée d'une débâcle permanente.

flèche du chômage, et de la tuberculose, la chute verticale des naissances, rien ne m'échappe. Ma sœur recopie toutes les statistiques (*désignant le tiroir de la table*), elles sont rangées dans ce tiroir ; le plus beau meurtre de l'Histoire, j'ai toutes les preuves. Dans vingt ans au moins, dans cinquante ans au plus, le dernier Allemand sera mort. Ne croyez pas que je me plaigne : nous sommes vaincus, on nous égorge, c'est impeccable. Mais vous comprenez peut-être que je n'aie pas envie d'assister à cette boucherie. Je ne ferai pas le circuit touristique des cathédrales détruites et des fabriques incendiées, je ne rendrai pas visite aux familles entassées dans les caves, je ne vagabonderai pas au milieu des infirmes, des esclaves, des traîtres et des putains. Je suppose que vous êtes habituée à ce spectacle mais, je vous le dis franchement, il me serait insupportable. Et les lâches, à mes yeux, sont ceux qui peuvent le supporter. Il fallait la gagner, cette guerre. Par tous les moyens. Je dis bien *tous* ; hein, quoi ? ou disparaître. Croyez que j'aurais eu le courage militaire de me faire sauter la tête, mais puisque le peuple allemand accepte l'abjecte agonie qu'on lui impose, j'ai décidé de garder une bouche pour crier non. (*Il s'énerve brusquement.*) Non ! Non coupable ! (*Criant.*) Non. (*Un silence.*) Voilà.

© Éditions Gallimard, 1959.

FRANÇOIS MAURIAC (1885-1970)

Bloc-Notes *
(1961)

Michel del Castillo revient d'Allemagne. Lui qui fut un enfant déporté, il a vu la croix gammée flotter à Hambourg, et partout une jeunesse éprise de force, dédaigneuse des valeurs morales, antisémite comme aux plus beaux jours et que le souvenir des camps d'extermination ne gêne même plus. La haine de la Russie, par-dessus tout cela. Les leçons de l'Histoire ne sont comprises que d'une génération : celle qui les a subies dans sa chair. Douze ans auront suffi pour que des millions de créatures humaines torturées et assassinées soient redevenues muettes et que nous ne les entendions plus crier. Ce sont leurs bourreaux, les pendus, et ceux qui ont échappé par le suicide à la corde, ce sont eux qui trouveront des vengeurs dans l'Allemagne de demain. Quant aux fils des persécutés et des torturés, leur héritage sera la persécution, comme il l'a toujours été.

Que conclure de ce terrifiant réveil ? À mon sens, nous devrions entrer davantage dans les raisons de la politique russe. Quel aveuglement que de n'y voir qu'une méthode pour soviétiser le monde ! La Russie obéit à un réflexe de défense, de légitime défense, qui devrait être le nôtre, qui sera de nouveau le nôtre, que nous le voulions ou non, le jour où l'Allemagne réunifiée rouvrira sous les pas des nouvelles générations, le même abîme dans lequel les meilleurs des nôtres furent

---

* Mauriac est alors éditorialiste à *L'Express*, où il est célèbre pour son ironie caustique, son profond mépris des modes et sa haine des imbéciles.

précipités — où l'on peut dire que toute l'élite humaine, depuis quarante ans, aura été engloutie. Hypocrisie ou candeur de nos « Européens », qui finira jamais de te sonder ?

[...]

Je n'écris pas ceci en haine de l'Allemagne. Le peuple allemand a été la victime de sa propre fureur, et de ses admirables vertus mises au service de cette fureur. L'élite humaine qu'il faut préserver, c'est lui aussi, c'est lui d'abord, pour une immense part. Edmond Michelet cite ce mot de Charles de Gaulle sur l'Allemagne : « Force de la nature à laquelle elle tient au plus près, faisceau d'instincts puissants mais troubles... d'où le filet retire pêle-mêle des monstres et des trésors. » Les monstres recommencent de marcher au pas de l'oie, et les futurs crématoires embrument déjà de leurs fumées ces cervelles d'adolescents furieux.

[...]

Les lecteurs du dernier *Express* n'ignorent pas les condamnations pour propos antisémitiques qui se multiplient outre-Rhin (mais cela, comme me l'écrit avec raison notre consul général à Hambourg, doit être porté au crédit de l'Allemagne : de tels propos ne sont pas poursuivis chez nous). Nos lecteurs ont appris aussi que d'anciens nazis ont fait leur rentrée politique, tel le général de SS Reinefarth. Convenons-en : que des hommes de ce bord soient aux portes nous aide à attendre avec une merveilleuse patience la réunification de l'Allemagne. Même parmi les « bons Européens » quel Français la désire vraiment ? Jamais hypocrisie ne fut plus générale et plus étalée que celle-là. Quelles armes Hitler ressuscité détiendrait aujourd'hui ! Il a cru à la victoire jusqu'au dernier jour parce qu'il croyait les tenir déjà. Il s'en est fallu de rien.

Au risque de faire grincer bien des dents, je confesse qu'il m'arrive de me demander parfois si tout le mal qui nous est venu et qui nous vient encore de Russie ne se trouve pas compensé par ce bienfait inestimable que nous lui devons : par cette unique réussite de la politique, depuis quatorze ans, et dont le peuple allemand, qui de tous les peuples, a été le plus atrocement frappé (les Juifs mis à part), bénéficie comme nous tous : une Allemagne divisée. Non que je n'en voie les périls et que je n'en sente l'injustice. Mais...

Quant à ceux de mes correspondants qui me renvoient au fascisme français et m'invitent à balayer devant ma porte, la réponse que je leur donne est bien flatteuse pour l'Allemagne : c'est que nos fascistes, qui feraient notre malheur, ne seraient peut-être pas capables de faire celui du monde. Ce dont le génie allemand est capable dans tous les ordres, nous ne le saurons qu'au dernier jour, quand des fosses communes un peuple innombrable surgira, quand la cendre des enfants juifs redeviendra vivante.

Bloc-Notes, II, janvier-février 1959, © Flammarion, 1961.

RENÉ CHAR (1907-1988)

La Parole en archipel*
(1962)

LA BIBLIOTHÈQUE EST EN FEU

> À *Georges Braque.*

Par la bouche de ce canon il neige. C'était l'enfer dans notre tête. Au même moment c'est le printemps au bout de nos doigts. C'est la foulée de nouveau permise, la terre en amour, les herbes exubérantes.

L'esprit aussi, comme toute chose, a tremblé.

L'aigle est au futur.

Toute action qui engage l'âme, quand bien même celle-ci en serait ignorante, aura pour épilogue un repentir ou un chagrin. Il faut y consentir.

Comment me vint l'écriture? Comme un duvet d'oiseau sur ma vitre, en hiver. Aussitôt s'éleva dans l'âtre une bataille de tisons qui n'a pas, encore à présent, pris fin.

Soyeuses villes du regard quotidien, insérées parmi d'autres villes, aux rues tracées par nous seuls, sous l'aile d'éclairs qui répondent à nos attentions.

Tout en nous ne devrait être qu'une fête joyeuse quand quelque chose que nous n'avons pas prévu, que

---

* Char a cultivé volontiers la forme brève parce qu'il pense profondément que chaque parole est une île, et qu'entre les formules dépouillées, d'une concision extrême, ne subsiste que le blanc — toute idée intermédiaire, tout développement est banni. Seule compte la sentence, et non le processus.

nous n'éclairons pas, qui va parler à notre cœur, par ses seuls moyens, s'accomplit.

Continuons à jeter nos coups de sonde, à parler à voix égale, par mots groupés, nous finirons par faire taire tous ces chiens, par obtenir qu'ils se confondent avec l'herbage, nous surveillant d'un œil fumeux, tandis que le vent effacera leur dos.

L'éclair me dure.

Il n'y a que mon semblable, la compagne ou le compagnon, qui puisse m'éveiller de ma torpeur, déclencher la poésie, me lancer contre les limites du vieux désert afin que j'en triomphe. Aucun autre. Ni cieux, ni terre privilégiée, ni choses dont on tressaille.

Torche, je ne valse qu'avec lui.

On ne peut pas commencer un poème sans une parcelle d'erreur sur soi et sur le monde, sans une paille d'innocence aux premiers mots.

Dans le poème, chaque mot ou presque doit être employé dans son sens originel. Certains, se détachant, deviennent plurivalents. Il en est d'amnésiques. La constellation du Solitaire est tendue.

La poésie me volera ma mort.

Pourquoi *poème pulvérisé* ? Parce qu'au terme de son voyage vers le Pays, après l'obscurité pré-natale et la dureté terrestre, la finitude du poème est lumière, apport de l'être à la vie.

Le poète ne retient pas ce qu'il découvre ; l'ayant transcrit, le perd bientôt. En cela réside sa nouveauté, son infini et son péril.

Mon métier est un métier de pointe.

© Éditions Gallimard, 1962.

CLAUDE SIMON (né en 1913)

La Bataille de Pharsale*
(1969)

    les javelines fendant l'air, bruissant, minces, s'entrecroisant

    le cheval essaie de se relever, se débattant, tordant son encolure en arrière comme pour voir lui aussi ce qui l'écrase, l'une de ses jambes de devant dessinant un V renversé, le coude touchant terre, le genou en haut, le sabot replié frappant convulsivement la terre

    maintenant il gît sur le sol ; son corps a basculé sur le côté et l'on peut voir le bois cassé d'une flèche sortant de son dos, comme un gros clou

    maintenant elle peut le voir au-dessus d'elle montagne de viande blanche avec sa peau laiteuse semée de taches de rousseur ses poils roux dessinant une ligne broussailleuse qui divise son ventre en deux comme s'il planait gigantesque le buste horizontal les jambes à demi repliées et légèrement écartées ses couilles pendantes son membre raidi tendu presque plaqué contre son ventre les bras à demi repliés en avant au-dessous de lui

    Peintre de bacchanales aussi *le massacre aussi bien que l'amour est un prétexte à glorifier la forme dont la splendeur calme apparaît seulement à ceux qui ont pénétré l'indifférence de la nature devant le massacre et l'amour* maintenant je pouvais les entendre passer tout près sifflant ou plutôt

---

* La bataille de Pharsale, dit l'Histoire, fut remportée par César sur les troupes de Pompée. Est-ce un hasard si « Pharsale » est l'anagramme de « la phrase » ? Voilà une autre bataille plus rude, où les souvenirs littéraires se mêlent à l'élaboration du texte — et cette étreinte est, symptomatiquement, une page d'amour.

corde de guitare pincée vibrant parfois des claquements secs

un géant barbu élève à deux mains au-dessus de sa tête un quartier de roche (peut-être pour l'achever ?) les muscles de ses bras gonflés

dominant le champ de bataille le parcourant lentement du regard de gauche à droite la rivière la plaine brun violacé les collines pierreuses le général se tient debout peut-être sur cette pierre teintée de rose parsemée des taches des lichens gris-vert ou vert-noir ses pieds chaussés de sandales dont les lanières s'entrecroisent jusqu'au-dessus des chevilles le corps revêtu d'une armure de bronze dont le modelé reproduit celui des muscles du torse pectoraux et abdominaux au-dessous desquels pend une courte jupe faite de lanières de cuir la jambe droite et le bras droit légèrement en arrière le bras gauche élevant dans son point fermé un pan du grand manteau pourpre retenu sur son épaule droite par une agrafe d'or la tête chauve aux joues plates tannées par le soleil semblables à du cuir *il donna lui-même le signal en déployant selon l'usage un drapeau rouge au-dessus de sa tente*

montagne de viande blanche hijo de puta

maintenant il s'élance et presque aussitôt il reçoit dans la bouche un coup de glaive dont la pointe ressort par la nuque *non pas la mort mais le sentiment de ta mort* je ne savais pas encore

se courbant sa broussaille de poils jaunes frottant le bout de ses seins elle arquée son corps reposant seulement sur ses épaules et la plante abricot de ses pieds à plat sur le lit les reins soulevés les jambes dans la position de celles de ces acrobates faisant le pont

à présent le court morceau de flèche ou de javeline brisée qui sort de son dos projette une ombre qui s'étire traverse en diagonale l'omoplate s'allonge encore rejoint la zone obscure où disparaissaient sa tête et ses bras la lumière rasante indiquant qu'il est tard dans l'après-midi se traînant n'en finissant plus le soleil

la cavalerie est repoussée les archers et les frondeurs sont taillés en pièce

maintenant elle entoure ses épaules de ses bras

dans la confusion des voix crièrent À cheval Avec un bruit d'air froissé le pigeon passa devant le soleil ailes déployées Jaune puis forme d'arbalète noire puis jaune de nouveau aveuglant sable sous les paupières

un de mes bras passé sous ses épaules l'autre la tenant par-dessous elle ruisselait entre ses fesses mon doigt glissait dans

maintenant deux petites filles douze treize ans environ sortent du métro vêtues de robes semblables jumelles sans doute en jersey rouge avec en bas trois bandes vert clair chaque fois plus larges la jupe se terminant par la dernière elles portent des bas blancs à motifs de dentelles elles tournent à gauche seules leurs coiffures diffèrent l'une laisse flotter ses cheveux couleur cuivre sur ses épaules l'autre

sa respiration devient plus rapide elle dit des mots sans suite entrecoupés puis elle

de tous côtés on voit des poings levés fermés sur des lances des javelines des casse-tête les poignées des épées les bras levés muscles contractés noueux dans le geste de frapper ou de lancer la lumière est d'une couleur soufre sans doute à cause de la poussière soulevée en suspension l'impression d'ensemble dans le contre-jour est rouge terreux par éclairs luisent les éclats cuivrés des casques les jambes et les corps de la plupart des chevaux sont cachés par les combattants à pied qui les entourent et au-dessus desquels jaillissent les encolures recourbées comme celles de ces pièces des jeux d'échecs les draperies soulevées par les mouvements des personnages volent en tous sens claquant s'enroulant autour de leurs corps tourbillonnant

maintenant elle ne fait plus que crier mais je ne

l'entends pas crier presque tous ont la bouche ouverte sans doute crient-ils aussi les uns de douleur les autres pour s'exciter au combat le tumulte est à ce point où l'on n'entend plus rien

© Éditions de Minuit, 1969.

ANDRÉ MALRAUX (1901-1976)

*Discours pour le trentième anniversaire de la libération des camps de déportation** (10 mai 1975)

> *Parvis de la cathédrale de Chartres,*
> *10 mai 1975.*

Il y eut le grand froid qui mord les prisonnières comme les chiens policiers, la Baltique plombée au loin, et peut-être le fond de la misère humaine. Sur l'immensité de la neige, il y eut toutes ces taches rayées qui attendaient. Et maintenant il ne reste que vous, poignée de la poussière battue par les vents de la mort. Je voudrais que ceux qui sont ici, ceux qui seront avec nous ce soir, imaginent autour de vous les résistantes pendues, exécutées à la hache, tuées simplement par la vie des camps d'extermination. La vie ! À Ravensbrück, huit mille mortes politiques. Tous ces yeux fermés

---

* Celui qui pendant la guerre fut dans la Résistance le colonel Berger, chef des maquis de la Corrèze, avait déjà prononcé devant De Gaulle un discours émouvant pour le transfert des cendres de Jean Moulin au Panthéon.

jusqu'au fond de la grande nuit funèbre! Jamais tant de femmes n'avaient combattu en France.

Et jamais dans de telles conditions.

Je rouvrirai à peine le livre des supplices. Encore faut-il ne pas laisser ramener, ni limiter à l'horreur ordinaire, aux travaux forcés, la plus terrible entreprise d'avilissement qu'ait connue l'humanité. « Traite-les comme de la boue, disait la théorie, parce qu'ils deviendront de la boue. » D'où la dérision à face de bête, qui dépassait les gardiens, semblait au-delà des humains. « Savez-vous jouer du piano? » dans le formulaire que remplissaient les détenues pour choisir entre le service du crématoire et les terrassements. Les médecins qui demandaient : « Y a-t-il des tuberculeux dans votre famille? » aux torturés qui crachaient le sang. Le certificat médical d'aptitude à recevoir des coups. La rue du camp nommée : « chemin de la Liberté ». La lecture des châtiments qu'encourraient celles qui plaisanteraient dans les rangs, quand sur le visage des détenues au garde-à-vous les larmes coulaient en silence. Les évadées reprises qui portaient la pancarte : « Me voici de retour ». La construction des seconds crématoires. Pour transformer les femmes en bêtes, l'inextricable chaîne de la démence et de l'horreur, que symbolisait la punition : « Huit jours d'emprisonnement dans la cellule des folles ».

Et le réveil, qui rapportait l'esclavage, inexorablement.

80 % de mortes.

Ce que furent les camps d'extermination, on le sut à partir de 1943. Et toutes les résistantes, et la foule d'ombres qui, simplement, nous ont donné asile, ont su au moins qu'elles risquaient plus que le bagne.

[...] Les camps de soldats étaient des ennemis ; les camps d'extermination n'en sont point les héritiers. Les techniques d'avilissement, celles que l'on ne pouvait dépasser qu'en enfermant les mourantes avec les folles, furent d'ailleurs toujours inintelligibles pour la plupart des déportés, puisqu'elles n'avaient plus d'objet, les interrogatoires terminés.

« Au camp, me disait Edmond Michelet, les types me demandaient tous pourquoi les nazis gâchaient leur main-d'œuvre ? » Il ne s'agissait pas de main-d'œuvre, mais du Mal absolu, d'une part de l'homme que l'homme entrevoit, et qui lui fait peur. Il était indispensable que les femmes ne fussent pas épargnées. Le camp parfait eût été le camp d'extermination des enfants. Faute de mise au point, on les tuait avec leurs parents. Il y a quelque chose d'énigmatique et de terrifiant dans la volonté de déshumaniser l'humain, comme dans les pieuvres, comme dans les monstres. L'idéal des bourreaux était que les victimes se pendent par horreur d'elles-mêmes. On comprend pourquoi les détenues demandaient aux religieuses, prisonnières comme elles, de leur parler de la Passion. Dante, banalités ! Là, pour la première fois, l'homme a donné des leçons à l'enfer.

© Éditions Gallimard, 1975.

GEORGES PEREC (1936-1982)

La Vie mode d'emploi*
(1978)

plus bas recommenceraient les enchevêtrements de conduites, de tuyaux et de gaines, les dédales des égouts, des collecteurs et des ruelles, les étroits canaux bordés de parapets de pierres noires, les escaliers sans garde-fou surplombant le vide, toute une géographie labyrinthique d'échoppes et d'arrière-cours, de porches et de trottoirs, d'impasses et de passages, toute une organisation urbaine verticale et souterraine avec ses quartiers, ses districts et ses zones : la cité des tanneurs avec leurs ateliers aux odeurs infectes, leurs machines souffreteuses aux courroies fatiguées, leurs entassements de cuirs et de peaux, leurs bacs remplis de substances brunâtres ; les entrepôts des démolisseurs avec leurs cheminées de marbre et de stuc, leurs bidets, leurs baignoires, leurs radiateurs rouillés, leurs statues de nymphes effarouchées, leurs lampadaires, leurs bancs publics ; la ville des ferrailleurs, des chiffonniers et des puciers, avec leurs amoncellements de guenilles, leurs carcasses de voitures d'enfant, leurs ballots de battle-dresses, de chemises défraîchies, de ceinturons et de rangers, leurs fauteuils de dentiste, leurs stocks de vieux journaux, de montures de lunettes, de porte-clés, de bretelles, de dessous-de-plat à musique, d'ampoules électriques, de laryngoscopes, de cornues, de flacons à tubulure latérale et de verreries variées ; la halle aux

---

* Un immeuble. Des gens, des destins qui se croisent, des histoires qui aboutissent (ou n'aboutissent pas). Un puzzle qui lentement se construit, et ne s'achèvera pas. Une mise en abyme vertigineuse. Roman, mode d'emploi (chap. LXXIV).

vins avec ses montagnes de bonbonnes et de bouteilles cassées, ses foudres effondrés, ses citernes, ses cuves, ses casiers ; la ville des éboueurs avec ses poubelles renversées laissant s'échapper des croûtes de fromage, des papiers gras, des arêtes de poisson, des eaux de vaisselle, des restes de spaghetti, des vieux bandages, avec ses monceaux d'immondices charriés sans fin par des bulldozers gluants, ses squelettes de machines à laver, ses pompes hydrauliques, ses tubes cathodiques, ses vieux appareils de T.S.F., ses canapés perdant leur crin ; et la ville administrative, avec ses quartiers généraux grouillant de militaires aux chemises impeccablement repassées déplaçant des petits drapeaux sur des cartes du monde ; avec ses morgues de céramique peuplées de gangsters nostalgiques et de noyées blanches aux yeux grands ouverts ; avec ses salles d'archives remplies de fonctionnaires en blouse grise compulsant à longueur de journée des fiches d'état civil ; avec ses centraux téléphoniques alignant sur des kilomètres des standardistes polyglottes, avec ses salles des machines aux téléscripteurs crépitants, aux ordinateurs débitant à la seconde des liasses de statistiques, des feuilles de paye, des fiches de stock, des bilans, des relevés, des quittances, des états néants ; avec ses mange-papier et ses incinérateurs engloutissant sans fin des monceaux de formulaires périmés, des coupures de presse entassées dans des chemises brunes, des registres reliés de toile noire couverts d'une fine écriture violette ;

et, tout en bas, un monde de cavernes aux parois couvertes de suie, un monde de cloaques et de bourbiers, un monde de larves et de bêtes, avec des êtres sans yeux traînant des carcasses d'animaux, et des monstres démoniaques à corps d'oiseau, de porc ou de poisson, et des cadavres séchés, squelettes revêtus d'une peau jaunâtre, figés dans une pose de vivants, et des forges peuplées de Cyclopes hébétés, vêtus de tabliers de cuir noir, leur œil unique protégé par un verre bleu serti dans du métal, martelant de leurs masses d'airain des boucliers étincelants.

© Hachette, 1978.

GEORGES SIMENON (1903-1991)

Chez les Flamands *
(1978)

Comme d'habitude, Maigret était debout dès huit heures du matin. Les mains dans les poches du pardessus, la pipe aux dents, il resta un bon moment immobile en face du pont, tantôt regardant le fleuve en folie, tantôt laissant errer son regard sur les passants.

Le vent était aussi violent que la veille. Il faisait beaucoup plus froid qu'à Paris.

Mais à quoi exactement sentait-on la frontière ? Aux maisons de briques d'un vilain brun qui étaient déjà des maisons belges, avec leur seuil de pierre de taille et leurs fenêtres ornées de pots de cuivre ?

Aux traits plus durs, plus burinés des Wallons ? Aux uniformes kaki des douaniers belges ? Ou encore à la

---

* Les « Maigret » sont autant des enquêtes policières que des romans d'atmosphère : le commissaire du Quai des Orfèvres se déplace beaucoup, contre toute vraisemblance, pour renifler l'air du crime, tout comme son père géniteur, Belge installé en Suisse après de multiples voyages. Ainsi il se rend « Chez les Flamands » pour vérifier, à ses frais, le bien-fondé d'une accusation.

monnaie des deux pays qui avait cours dans les boutiques ?

En tout cas, c'était nettement caractérisé. On était à la frontière. Deux races se côtoyaient.

Maigret le sentit mieux que jamais en entrant dans un bistrot du quai pour boire un grog. Bistrot français. Toute la gamme des apéritifs multicolores. Les murs clairs garnis de miroirs. Et des gens avalant, debout, le coup de blanc du matin.

Ils étaient une dizaine de mariniers autour des patrons de deux remorqueurs. On discutait des possibilités de descendre le fleuve malgré tout.

« Impossible de passer en dessous du pont de Dinant ! Si même on le pouvait, nous serions obligés de prendre quinze francs français la tonne... C'est trop cher... À ce prix-là, il vaut mieux attendre... »

Et on regardait Maigret. Un homme en poussait un autre du coude. Le commissaire était repéré.

« Il y a un Flamand qui parle de s'en aller demain, sans moteur, en se laissant porter par le courant... »

Des Flamands, il n'y en avait pas dans le café. Ils préféraient la boutique des Peeters, toute en bois sombre, avec ses odeurs de café, de chicorée, de cannelle et de genièvre. Ils devaient rester accoudés au comptoir des heures durant, en étirant une conversation paresseuse, en regardant de leurs yeux clairs les réclames transparentes de la porte.

Maigret écoutait ce qui se disait autour de lui. Il apprenait que les mariniers flamands n'étaient pas aimés, moins à cause de leur caractère que parce que, avec leurs bateaux munis de forts moteurs, entretenus comme des batteries de cuisine, ils faisaient la concurrence aux Français, acceptaient du fret à des prix dérisoires.

« Et ils se mêlent encore de tuer des filles ! »

On parlait pour Maigret, en l'observant du coin de l'œil.

« C'est à se demander ce que la police attend pour arrêter les Peeters !... Peut-être qu'ils ont trop d'argent et qu'on hésite... »

Maigret s'en alla, erra encore quelques minutes sur le quai, à regarder l'eau brune qui charriait des branches d'arbres. Dans la petite rue de gauche, il avisa la maison qu'Anna lui avait désignée.

La lumière, ce matin-là, était triste, le ciel d'un gris uniforme. Les gens, qui avaient froid, ne s'attardaient pas dans les rues.

© Presses-Pocket, 1978.

FERNANDO ARRABAL (né en 1932)

Français et Espagnols
(1989)

Un farfadet invisible régente, complique et harmonise les relations entre Français et Espagnols, infiniment plus étroites et plus complexes qu'on ne le suppose communément. Au cours de ces dernières années, le Roi d'Espagne, sondant les âmes des deux peuples, a mis en évidence, au grand jour, leurs affinités hermétiques, notamment en anoblissant l'alchimiste Dalí et en faisant figurer sur les timbres, monnaies, billets et blasons le collier qui orne son royal guidon : la Toison d'Or.

L'Espagne, pays d'anarchistes, d'hétérodoxes, de conquérants, de mystiques et de chevaliers errants, a magnifié tout au long de son histoire cette Toison française, ou plus exactement bourguignonne, que l'on brandit comme l'emblème de la patrie. La Toison d'Or représente une peau de mouton dorée suspendue à un arbre. Selon les dires de nos maîtres de jadis, ce trésor était gardé par un dragon, animal fabuleux qui possédait la force d'un lion et l'habileté du serpent. Les chevaliers errants affronteront le dragon du Mal pour conquérir la précieuse toison qui, comme la pierre philosophale, est gage d'amour, d'harmonie, de vérité, de connaissance.

Depuis le XVIe siècle, les Espagnols tentent d'obtenir leur consécration en France comme devaient le faire à notre époque Picasso, Miró, Juan Gris et tant d'autres. Sainte Thérèse d'Avila également s'échappe de sa maison à l'âge de huit ans pour rejoindre le pays mythique. Après une semaine de fugue elle est arrêtée par les alguazils et par son père. Ce dernier, stupéfait de voir sa fille dévorée d'une telle ardeur, lui demande quelle est la raison qui la pousse à s'enfuir, et la fillette répond : « Je quittais l'Espagne pour conquérir la gloire[1] »… comme Dalí, Falla ou Buñuel.

À vrai dire le créateur de la Toison fut un alchimiste bourguignon, Philippe le Bon, qui fonda l'ordre en 1429. Mais depuis que les rois espagnols en héritèrent ils conçurent le rêve de s'asseoir sur le trône de Dijon comme leur ancêtre Charles le Téméraire. Philippe II, après avoir remporté une bataille de moindre importance (à Saint-Quentin), maigre victoire d'une guerre perdue dans le dessein de récupérer sa chère Bourgogne, fait construire ce qu'il souhaite voir devenir la huitième merveille du monde, l'Escurial. Les premiers émigrants, assoiffés de gloire (au sens le plus élevé du terme), traversent la frontière et, parmi eux, se range Ignace de Loyola. Il part — à dos d'âne — car il ne conçoit pas de fonder sa compagnie de chevaliers de Jésus ailleurs que dans la capitale française.

---

1. Gloire a aussi le sens de « gloire céleste », de Paradis. [Note d'Arrabal.]

Ignorant cette pluie de symboles et de significations, mais en ayant un pressentiment, nous avons tous franchi un jour les Pyrénées. C'est pourquoi réfléchir sur la France, pour l'émigré que je suis, venu à Paris pour «conquérir la gloire», c'est tenter de découvrir les rapports que le réel entretient avec l'imaginaire. Émerveillé et déconcerté, l'étranger sent que dans son pays d'élection, l'imaginaire vient sans cesse briser le cadre de la réalité et la dépasser.

>Texte écrit en français.
>In Gérard de Cortanze, *Cent ans de littérature espagnole*,
>© La Différence, 1989.

DOMAINE GREC

Nikos Kazantzakis (1883-1957)

O Christos xanastavronete
(1948)
Le Christ recrucifié*

En arrivant au puits de Saint-Vassilis, il s'arrêta pour reprendre haleine. Ce puits, situé à quelque distance du village, au milieu de hauts roseaux, était renommé dans toute la région. Sa margelle de marbre blanc luisait ; de profonds sillons y avaient été creusés par les cordes au bout desquelles, depuis des siècles, on hissait les seaux. Vers le soir, les jeunes filles venaient y puiser l'eau fraîche qui descendait de la montagne. On prétendait que cette eau opérait des miracles et guérissait beaucoup de maladies : la pierre, les troubles du foie et des reins. Tous les ans, le jour de l'Épiphanie, le pope venait bénir le puits. La tradition voulait que saint Vassilis de Césarée, chargé de jouets pour les petits enfants du monde entier, passât par ce puits et s'y désaltérât, avant de partir pour sa tournée, la veille du Jour de l'An[1]. C'est pourquoi le puits portait le nom du saint, et c'est aussi la raison pour laquelle son eau était miraculeuse.

Le soleil, suspendu au faîte du ciel, déversait ses rayons sur la terre comme une cataracte. Dans les

---

* Le jeune berger Manolios a été désigné par les notables de son village pour incarner le Christ lors des prochaines fêtes de Pâques. Puis il a vu le pope du village refuser d'accueillir des réfugiés conduits par le père Photis. Ceux-ci ont donc été contraints de s'abriter dans les grottes de la montagne Sarakina. Tous ces événements ont eu un retentissement profond sur son être (chap. III).

1. Dans le folklore grec, saint Vassilis est l'équivalent du Père Noël. La distribution des jouets se fait le Jour de l'An.

emblaves d'un vert clair, les tiges encore tendres dressaient leur tête, s'abreuvant et se nourrissant de soleil. Chaque feuille d'olivier ruisselait de lumière. Au loin, la Sarakina flamboyait, enveloppée d'un voile transparent et vaporeux, où les grottes posaient des taches noires; au sommet, la petite chapelle de Saint-Elie s'était dissoute dans ce débordement de lumière.

Manolios prit la corde, tira un seau d'eau, y plongea la tête et but; il ouvrit sa chemise et s'épongea. Il fixa son regard sur la Sarakina. Alors le père Photis se dressa devant ses yeux, avec sa figure farouche d'ascète, tout de flamme et de lumière, radieux comme s'il avait été tout entier fait de soleil. Manolios regardait l'apparition sans penser à rien, sans faire un mouvement, perdu dans une contemplation béate.

Longtemps, il tint ses yeux fixés sur cette lumière qui avait pris la forme de l'ascète. Comme la tendre tige de blé, immobile, il buvait cette lumière et s'en nourrissait. Quelques mois plus tard, à une heure critique, se rappelant ce moment de contemplation près de la margelle du puits, il devait sentir qu'il lui avait apporté la plus grande joie de sa vie; pas une joie à proprement parler, mais quelque chose de plus profond, de plus poignant, quelque chose d'éternel, comme une Crucifixion.

Quand il se leva pour remonter vers sa bergerie sur la montagne de la Vierge, le soleil était près de se coucher.

— J'ai dû m'endormir, murmura-t-il; c'est déjà le soir...

Traduit par P. AMANDRY.
© Plon, 1955.

ODYSSEUS ELYTIS (né en 1911)

To Axion Esti
(1960)
AXION ESTI (LOUÉ SOIT)

J'AI TOURNÉ MES REGARDS ✲ tout débordants de larmes
vers la fenêtre trop claire
En contemplant dehors ✲ tout alourdis de neige
les arbres dans la vallée
Mes frères, ai-je dit ✲ même ces arbres un jour
même eux seront déshonorés
Des gens à face d'ombres ✲ au milieu de l'autre siècle
y préparent des lynchages

J'ai mordu dans le jour ✲ mais n'a pas coulé la moindre
émeraude goutte de sang
J'ai hurlé aux portails ✲ mais ma voix avait pris la
tristesse des meurtriers
Au centre de la terre ✲ est apparu le noyau
sombre de plus en plus sombre
Et la radiance du soleil ✲ se change, regardez
en fil qui mène à la Mort!

Femmes à l'air amer ✲ avec vos mantes noires
vous ô vierges et vous mères
Qui près de la fontaine ✲ aimiez donner à boire
aux doux rossignols des anges
Il échut que Charon ✲ a donné même à vous
des paumes pleines de drames
Du fond des puits halant ✲ les affreux grincements
de tant de morts innocents

Le feu et la rancœur ✲ fusionnent tellement mal
que mon peuple crève de faim
Le blé du Créateur ✲ dans des camions géants

est engrangé puis s'en va
Désormais dans la ville déserte ✲ et désolée, ne reste
qu'une main qui toute seule
Dans l'onciale des hautes-œuvres ✲ peindra sur les grands murs
DU PAIN ET LA LIBERTÉ

Souffle à nouveau la nuit ✲ s'éteignent les maisons
et il se fait bien tard dans mon âme
Il n'est prochain qui réponde ✲ à quelque endroit que je frappe
la mémoire m'assassine
Mes frères, dit-elle : ✲ les heures noires viennent
le temps les veut ainsi
Les délices de l'homme ✲ ont contaminé
jusqu'aux entrailles des monstres

J'ai tourné mes regards ✲ tout débordants de larmes
vers la fenêtre trop claire
J'ai crié aux portails ✲ mais ma voix avait pris la
tristesse des meurtriers
Au centre de la terre ✲ est apparu le noyau
sombre de plus en plus sombre
Et la radiance du soleil ✲ se change, regardez
en fil qui mène à la Mort!

Traduit par X. BORDES et R. LONGUEVILLE
© Éditions Gallimard, 1987 (La Passion).

Stratis Tsirkas (1911-1980)

Akyvernites polities
(1960-1965)
Cités à la dérive*

À la deuxième halte, le vent a redoublé. « Le simoun », a précisé Callinique comme il remontait la colonne. Je l'ai arrêté. Je suis sorti du rang et je lui ai tendu ma gourde. « Dis au responsable du Bataillon de ne plus attendre. Qu'il fasse une réclamation au Commandant. » J'ai repris ma place dans la file. Le vent sec nous fouettait le visage. Des narines poussiéreuses du lieutenant, j'ai vu le sang goutter et sécher instantanément. Mes lèvres fendues me cuisaient. Devant mes yeux, des éclairs recommençaient à se croiser. Et il restait encore quatre heures. Comment en venir à bout ? J'ai essayé de concentrer mon esprit sur mon allure. Le craquement du sable sous la semelle me râpait le cerveau comme du papier de verre. J'ai bu de l'eau. La sueur coulait en rigoles le long de ma nuque et me rafraîchissait la colonne vertébrale. Le soleil nous piétinait rageusement le dos comme pour nous enfoncer, avec toute notre charge accablante, dans le sable flamboyant. Derrière moi, un homme se plaignait que ses paupières desséchées laissaient ses yeux à nu. « Avancez ! » Le simoun soufflait.

Traduit par C. LEROUVRE.
© Éditions du Seuil (Points Roman).

* En 1943, les Brigades grecques qui luttaient aux côtés des Alliés au Moyen-Orient furent contraintes par les Anglais à une marche forcée de plusieurs jours dans le désert. Manos, engagé volontaire et rédacteur du *Combattant*, en fait le récit.

YANNIS RITSOS (1909-1990)

Persefoni
(1970)
PERSÉPHONE*

C'est vrai, je t'assure. — j'étais bien, là-bas. Je m'y suis habituée. Ici, je n'en peux plus :
la lumière est trop vive — elle me rend malade — une lumière dénudante, inaccessible :
elle révèle et cache tout à la fois ; elle change à chaque instant — impossible de faire autrement : on change à son tour ;
on sent le temps qui s'en va — une transition interminable, épuisante ;
la verrerie se brise au cours du déménagement, elle jonche la rue, jette des reflets.
Les uns sautent sur le rivage, d'autres montent à bord des navires ; tout comme autrefois :
les visiteurs débarquaient, repartaient, d'autres leur succédaient ;
leurs grandes valises restaient un moment dans les couloirs —
une odeur étrangère, des pays étrangers, des noms étrangers, — la maison
ne nous appartenait plus ; — elle était devenue une valise avec du linge neuf, inconnu —
n'importe qui pouvait la saisir par sa poignée en cuir et s'en aller.

---

* Comme chaque été, Perséphone a quitté le monde souterrain et a regagné « la grande maison familiale ». Elle s'adresse à Cyané, compagne de sa jeunesse, dans un long monologue dont nous reproduisons ici le début.

En ce temps-là, certes, nous étions heureuses. Le moindre geste
ressemblait alors à une sorte d'élévation — il survenait toujours un événement,
et bien qu'on craignît alors de le voir s'enfuir, on ne connaissait pas encore
ce bond furtif du navire de l'autre côté de l'horizon
ou celui de l'hirondelle et de l'oie sauvage de l'autre côté de la colline.

Sur la table, les verres, les assiettes, les fourchettes luisaient,
dorés et bleus sous le reflet de la mer. La nappe
blanche, bien repassée, était une clarté toute plate ;
elle n'offrait aucun fond permettant à d'autres interprétations, d'autres suppositions de trouver refuge ;
cette lumière est insoutenable, — elle déforme toute chose et nous la montre
dans sa déformation ; et la rumeur de la mer,
exténuante, avec cet infini versatile, ses tons fugaces,
ses humeurs contrastées. Et ces stupides bateliers
avec leurs culottes retroussées, trempées, sont agaçants au possible,
sans parler des nageurs, pareils à des charbonniers, le corps enduit de sable,
riant, vociférant (soi-disant joyeux) à seule fin qu'on les entende
comme s'ils ne se suffisaient pas à eux-mêmes.

Traduit par G. PIERRAT.
© Éditions Gallimard, 1982.

TIBOR DÉRY (1894-1977)

A *befejezetlen mondat*
(1946)
LA PHRASE INACHEVÉE*

La lumière, dans cette région, semblait se répandre indépendamment des couleurs, surgissant derrière elles — avec un éclat autonome, comme la résine fraîche perle sous l'écorce. À midi, lorsque cette incandescence atteignait sa plus grande intensité, la plaque d'acier bleu pâle de la mer la renvoyait — on aurait dit qu'elle revenait en résonnant sourdement — et le vent s'arrêtait pour permettre aux sabres tranchants des rayons d'évoluer sans obstacle dans l'espace ainsi libéré, comme si l'univers voulait mettre cette heure mystique et inutile au service de la lumière. En cet instant de paroxysme, même les courtes ombres de midi se mettaient à scintiller sous la poussée de la clarté prête à jaillir qu'elles recelaient. Sous la fenêtre de la jeune fille, un rosier élevait ses innombrables flammes rouges vers la chambre avec la rapidité d'un feu de broussailles, dégageant à chaque minute une fugace bouffée de senteur qui semblait prolonger, sous une autre forme et dans une autre matière, ses lueurs pourpres ; et les murs blancs et immobiles semblaient onduler sous l'effort qu'ils faisaient pour rejeter la lumière enfouie en eux.

* *La Phrase inachevée* donne de la bourgeoisie et du prolétariat hongrois de l'entre-deux-guerres une image globale. Le héros, le jeune Lörinc Pacen-Nagy, est issu d'une riche famille d'industriels. Attiré par la classe ouvrière et révolté par ses pairs, il cherche à communiquer avec le prolétariat, en vain. Il reprend donc ses études de droit, devient avocat et s'acharne à défendre les humbles et les opprimés.

Dans cet étincellement, dans cette effervescence générale qui se calmait seulement à la tombée de la nuit, les gens eux-mêmes semblaient perdre leur poids; ils avaient la démarche plus légère, les gestes plus gracieux, comme si, dans cette universelle luminosité, les ressorts de leur organisme fonctionnaient avec plus d'aisance que d'habitude. Malgré soi, on regardait leurs actions comme une série de tableaux sur lesquels on trouverait parfois — en cas de petit mensonge, de légère escroquerie ou de vol sans importance — une répartition de la lumière contraire aux principes de l'art, ou dénuée de but apparent. Ce rayonnement intense et perpétuel nettoyait tout, et les taches faites par les gens se résorbaient très rapidement. Les traits se dessinaient avec dureté et netteté. Lorsque, sur la Sv. Jakova, Stevo embrassa pour la première fois la jeune fille, celle-ci eut l'impression de voir se pencher sur elle une statue de soleil et cette situation lui parut tellement absurde qu'elle ne songea même pas à se défendre. Elle avait éprouvé la même sensation deux jours auparavant, en entrant dans sa chambre après leur arrivée à Dubrovnik; elle avait cru apercevoir derrière la fenêtre — et encadré par elle — un tableau : la mer bleue, d'une clarté aveuglante sous le soleil de midi, flanquée aux deux extrémités de deux cyprès noirs montant à l'assaut du ciel, tandis qu'au premier plan, une grande mouette blanche — fragment particulièrement concentré de lumière méridionale — planait immobile, ailes déployées.

Traduit par Ladislas Gara.
© Éditions Albin Michel, 1966.

DOMAINE ITALIEN

Primo Levi (1919-1987)

Se questo è un uomo
(1947)
Si c'est un homme*

Chacun de nous sort nu du Tagesraum dans l'air froid d'octobre, franchit au pas de course sous les yeux des trois hommes[1] les quelques pas qui séparent les deux portes[2], remet sa fiche au SS et rentre par la porte du dortoir. Le SS, pendant la fraction de seconde qui s'écoule entre un passage et l'autre, décide du sort de chacun en nous jetant un coup d'œil de face et de dos, et passe la fiche à l'homme de droite ou à celui de gauche : ce qui signifie pour chacun de nous la vie ou la mort. Une baraque de deux cents hommes est « faite » en trois ou quatre minutes, et un camp entier de douze mille hommes en un après-midi. Au fur et à mesure que nous rentrons dans le dortoir, nous pouvons nous rhabiller. Personne ne connaît encore avec certitude son propre sort, avant tout il faut savoir si les fiches condamnées sont celles de droite ou de gauche. Désormais ce n'est plus la peine de se ménager les uns les autres ou d'avoir des scrupules superstitieux. Tout le monde se précipite autour des plus vieux, des plus décrépits, des plus « musulmans[3] » : si leurs fiches sont

---

* *Si c'est un homme* relate les quatorze mois passés par Primo Levi à Auschwitz, entre décembre 1943 et janvier 1945. Alors que sévit l'hiver polonais, la nouvelle se répand dans le camp : il y a eu sélection, le matin même à l'infirmerie. Peu après, les hommes sont enfermés dans leur baraque. Chacun reçoit sa fiche et doit se mettre nu. Arrive le tour du narrateur.

1. L'officier SS, le Blockhältester et le fourrier de la baraque.
2. La porte du Tagesraum et celle du dortoir.
3. Surnom donné aux plus faibles à l'intérieur du camp.

allées à gauche, on peut être sûr que la gauche est le côté des condamnés.

Avant même que la sélection soit terminée, tout le monde sait déjà que c'est la gauche la « schlechte Seite », le mauvais côté. Bien entendu, il y a eu des irrégularités. René, par exemple, si jeune et si robuste, on l'a fait passer à gauche : peut-être parce qu'il a des lunettes, peut-être parce qu'il marche un peu courbé comme les myopes, mais plus probablement par erreur ; René est passé devant la commission juste avant moi, il pourrait bien s'être produit un échange de fiches. J'y repense, j'en parle à Alberto, et nous convenons que l'hypothèse est vraisemblable : je ne sais pas ce que j'en penserai demain et plus tard ; aujourd'hui, cela n'éveille en moi aucune émotion particulière. De même de Sattler, un robuste paysan transylvanien qui était encore chez lui trois semaines plus tôt ; Sattler ne connaît pas l'allemand, il n'a rien compris de ce qui s'est passé, et il est là dans un coin en train de raccommoder sa chemise. Dois-je lui dire qu'il n'en aura plus besoin, de sa chemise ? [...]

Maintenant, chacun est occupé à gratter attentivement le fond de sa gamelle avec sa cuiller pour en tirer les dernières gouttes de soupe : un tintamarre métallique emplit la pièce, signe que la journée est finie. Peu à peu, le silence s'installe, et alors, du haut de ma couchette au troisième étage, je vois et j'entends le vieux Kuhn en train de prier, à haute voix, le calot sur la tête, balançant violemment le buste. Kuhn remercie Dieu de n'avoir pas été choisi. Kuhn est fou. Est-ce qu'il ne voit pas, dans la couchette voisine, Beppo le Grec, qui a vingt ans, et qui partira après-demain à la chambre à gaz, qui le sait, et qui est allongé à regarder fixement l'ampoule, sans rien dire et sans plus penser à rien ? Est-ce qu'il ne sait pas, Kuhn, que la prochaine fois ce sera son tour ? Est-ce qu'il ne comprend pas que ce qui a eu lieu aujourd'hui est une abomination qu'aucune prière propitiatoire, aucun pardon, aucune expiation des coupables, rien enfin de ce que l'homme a le pouvoir de faire ne pourra jamais plus réparer ?

Si j'étais Dieu, la prière de Kuhn, je la cracherais par terre.

Traduit par Martine SCHRUOFFENEGER.
© Julliard, 1987.

Cesare Pavese (1908-1950)

La Casa in collina
(1948)
La Maison sur la colline*

Un jour viendra où personne ne pourra demeurer en dehors de la guerre, pas même les lâches, les tristes, les esseulés. J'y pense souvent, depuis que je vis ici avec les miens. Tous, nous accepterons de faire la guerre. Et peut-être qu'alors on aura la paix.

Malgré l'époque, ici, dans nos granges, on a battu les épis et vendangé. Bien sûr, il n'y a pas eu la gaieté d'il y a quelques années : trop de gens manquent, quelques-uns pour toujours. Parmi ceux du pays, il n'y

---

* Novembre 1944 : le régime fasciste est tombé. Alors que les Partisans combattent les tenants de la République de Salo et les Allemands, Corrado, le narrateur, s'est réfugié dans les Langhe, ses collines natales. Mais la terre mythique de l'enfance n'échappe pas à la réalité historique, à la guerre, et le protagoniste y découvre que sa vie n'a été « qu'un long isolement, de futiles vacances ».

a que les vieux et les adultes qui me connaissent, mais, pour moi, cette colline demeure un pays d'enfance, de feux et de fugues, de jeux. Si j'avais Dino avec moi ici, je pourrais lui passer les consignes ; mais il est parti, et pour s'y mettre sérieusement. Ce n'est pas difficile, à son âge. Ça l'a été davantage pour les autres, qui l'ont fait pourtant, le font encore.

À présent que la campagne est nue, je recommence à m'y promener ; je grimpe et descends la colline, et je repense à la longue illusion qui sert de point de départ à ce récit de ma vie. Où me mènera cette illusion, j'y réfléchis souvent ces temps-ci : à quoi pourrais-je penser d'autre ? Ici, chaque pas, chaque heure du jour, et bien sûr chaque souvenir un peu plus inattendu, dresse devant mes yeux ce que j'ai été, ce que je suis et que j'avais oublié. Si les rencontres et les faits de cette année m'obsèdent, il m'arrive parfois de me demander : « Qu'y a-t-il de commun entre moi et l'homme qui a échappé aux bombes, qui a échappé aux Allemands, qui a échappé aux remords et à la douleur ? » Ce n'est pas que je n'éprouve un serrement de cœur en songeant à ceux qui ont disparu, quand j'évoque les cauchemars qui hantent les routes comme des chiennes — je vais jusqu'à me dire que ce n'est pas encore suffisant, que pour qu'elle s'achève, il faut que l'horreur se colle à nous-mêmes, s'attaque aux survivants, et d'une manière encore plus sanglante —, mais il arrive que le moi, ce moi qui me voit scruter précautionneusement les visages et les obsessions de ces derniers temps, se sente tout autre, détaché, comme si tout ce qu'il a fait, dit et subi, s'était simplement déroulé devant lui, affaires d'autrui, histoire révolue. En somme, voilà ce qui fait mon illusion : je retrouve dans cette maison une réalité ancienne, une vie par-delà mes années, par-delà Elvira, Cate, Dino et mon lycée, tout ce que j'ai voulu et espéré en tant qu'homme, et je me demande si je serai jamais capable d'en sortir. Je m'aperçois à présent que durant toute cette année, et même avant, même au temps de mes maigres folies, d'Anna-Maria, de Gallo, de Cate, quand nous étions encore jeunes et la guerre un nuage au loin, je m'aperçois que j'ai vécu dans un simple et long isolement, en de futiles vacances, à la manière d'un gosse qui, en jouant à se cacher, pénètre dans un buisson et s'y trouve bien, contemple le ciel entre le feuillage, finit par oublier d'en sortir.

[...]

Moi, je ne crois pas que tout cela puisse s'achever. Maintenant que j'ai vu ce qu'est la guerre, la guerre civile, je sais que si elle finissait, tout le monde devrait se demander : « Qu'allons-nous faire de ceux qui sont tombés ? pourquoi sont-ils morts ? » Je ne saurais pas quoi répondre. Pas pour le moment, du moins. Et je n'ai pas le sentiment que d'autres sauraient. Il n'y a peut-être que les morts à le savoir, et il n'y a qu'eux pour qui la guerre soit finie pour de bon.

Traduit par Nino FRANK.
In *Avant que le coq chante*, © Éditions Gallimard, 1953.

Pier Paolo Pasolini (1922-1975)

Le Ceneri di Gramsci
(1957)
Les Cendres de Gramsci*

VI

En cet abandon où flamboie
le soleil du matin — qui resplendit
maintenant, frôlant les chantiers, sur les installations

qu'il tiédit — des vibrations
désespérées écorchent le silence,
où flotte éperdument une odeur de vieux lait,

de petites places vides, d'innocence.
Depuis sept heures du matin, au moins, cette vibration
croît avec le soleil. Pauvre présence

d'une douzaine d'ouvriers déjà âgés,
avec leurs haillons et leurs tricots de peau brûlés
de sueur, dont les voix, rares,

dont les luttes contre les blocs
de boue, épars, les coulées de terre,
semblent en ce tressaillement se défaire.

Mais parmi les explosions têtues de la
benne, qui aveuglément broie,
aveuglément triture, aveuglément empoigne,

sans but, à ce qu'il semble,

---

* Après les poèmes en dialecte du Frioul de sa jeunesse, Pasolini adopte le toscan, mais avec un vocabulaire éloigné de la tradition littéraire bourgeoise, qu'il ne cesse de stigmatiser, dans son souci de témoigner des misères italiennes.

un hurlement, humain, naît soudain,
puis, périodiquement, se répète,

fou de tant de douleur que très vite il semble
n'avoir plus rien d'humain, et redevient
morte stridence. Puis, doucement,

il renaît, en cette clarté brutale,
parmi les immeubles éblouis, à nouveau pareil,
un hurlement que seul un mourant

peut proférer, en son instant suprême,
sous ce soleil dont l'éclat blesse encore,
mais qu'adoucit déjà l'haleine de la mer...

Qui hurle ainsi ? C'est, déchirée
par des mois, des années de peine
matinale — accompagnée

par la cohue muette de ses ciseaux,
la vieille excavatrice : mais c'est aussi le frais
terreau bouleversé, ou, dans l'étroite enceinte

d'un horizon de notre siècle,
le quartier tout entier... C'est la ville,
enfouie dans une lueur de fête,

— c'est le monde. Ce qui pleure, c'est ce qui prend
fin, et qui recommence. Ce qui était
champ d'herbe, espace ouvert, et qui devient

une cour, blanche comme cire,
murée dans une dignité faite de rancœur ;
ce qui avait l'air d'une vieille foire

de crépissages frais, tortueux, au soleil,
et devient un nouvel îlot, tout fourmillant,
dans un ordre qui n'est que douleur étouffée.

Ce qui pleure, c'est ce qui change, même si
c'est pour être meilleur. La lumière
du futur ne saurait cesser un seul instant

de nous blesser : elle est là, qui nous brûle,
en chacun de nos actes quotidiens,
angoisse, même en cette confiance

qui nous donne la vie, dans l'élan gobettien
vers ces ouvriers, qui, muets, arborent,
en ce quartier, sur l'autre front humain,

leur rouge chiffon d'espérance.

Traduit par José GUIDI.
In *Poésies, 1953-1964*, © Éditions Gallimard, 1980.

LAMPEDUSA (TOMASI GIUSEPPE, DUC DE PALMA, PRINCE DE) (1896-1957)

Il Gattopardo
(1958)
LE GUÉPARD*

Les affaires de don Fabrice étaient nombreuses et complexes, il les connaissait lui-même fort mal, non par défaut de pénétration, mais par une sorte d'indifférence méprisante à l'égard de problèmes qu'il estimait

* Le débarquement de Garibaldi en Sicile, en 1860, marque la fin d'un monde : la vieille aristocratie sicilienne va céder le pouvoir à la bourgeoisie montante. Jeune homme séduisant et brillant, mais ruiné, Tancrède, le neveu du prince Salina, Don Fabrice, a vite choisi son camp : d'abord engagé aux côtés de Garibaldi, il a épousé la fille d'un richissime parvenu, Don Calogero. Le grand aristocrate et le nouveau riche sont ainsi amenés à se fréquenter.

infimes. Au fond, cette attitude provenait de son indolence naturelle et de la facilité avec laquelle il se tirait habituellement de situations délicates, en vendant quelques centaines d'hectares sur les milliers qu'il possédait. Tout doucement, presque sans s'en apercevoir, il exposa ses problèmes à Sedara.

Les conseils que donnait don Calogero, après avoir écouté le Prince et coordonné les divers éléments du compte rendu, étaient parfaitement opportuns et d'un effet immédiat. Mais on n'en put dire autant de leur résultat final : conçus avec une efficacité cruelle mais exécutés avec une craintive mollesse par le débonnaire don Fabrice, ils valurent en quelques années à la maison Salina une renommée exécrable auprès de ses vassaux, renommée aussi peu méritée que possible, mais qui n'en détruisit pas moins le prestige de don Fabrice à Donnafugata et Querceta. La ruine de son patrimoine ne se trouva d'ailleurs pas ralentie pour autant.

Il serait injuste de dire que la fréquentation assidue de don Fabrice n'eût aucune influence sur Sedara. Jusqu'alors, il n'avait rencontré les aristocrates qu'au cours de réunions d'affaires (c'est-à-dire pour des achats et des ventes) ou à la suite d'invitations fort exceptionnelles et longuement méditées ; aucune de ces circonstances ne permet à cette très singulière classe sociale de se montrer sous son meilleur jour. De ces rencontres, il avait tiré la conclusion que l'aristocratie était constituée d'hommes-moutons, dont l'existence se justifiait seulement par la laine qu'ils abandonnaient à la tonte de ses ciseaux, et par leur nom, rayonnant d'un inexplicable prestige, qu'ils devraient un jour ou l'autre céder à sa fille. Pourtant, quand il connut Tancrède, le Tancrède de l'époque post-garibaldienne, il se trouva devant un exemplaire inattendu de jeune noble, aussi âpre que lui, capable de troquer très avantageusement ses sourires et ses titres contre les grâces et les richesses d'autrui, tout en revêtant ces actions « à la Sedara » d'une désinvolture et d'un charme que Sedara lui-même savait ne pas posséder, qu'il subissait sans s'en rendre compte, et sans pouvoir le moins du monde en discerner les origines. Quand il connut un peu mieux don Fabrice, il découvrit chez celui-ci la mollesse et la vulnérabilité caractéristiques de son noble-mouton imaginaire, mais il lui trouva de plus un attrait qui égalait bien celui du jeune Falconeri, encore qu'il fût de nature différente. Le Prince y ajoutait un penchant à l'abstraction ; il cherchait à façonner sa vie avec ce qui lui venait de lui-même, sans rien arracher aux autres. Cette puissance d'abstraction frappa très fortement Sedara, bien qu'il n'en saisît que l'aspect brut et fût incapable de la réduire en paroles, comme nous avons tenté de le faire ici. Il s'aperçut qu'une grande partie du charme de Salina provenait de ses bonnes manières ; il comprit à quel point un homme bien élevé peut être d'un commerce plaisant : un homme bien élevé, c'est au fond un individu qui élimine toutes les manifestations désagréables de la condition humaine et qui exerce une sorte d'altruisme profitable (formule dans laquelle l'efficacité de l'adjectif fait tolérer l'inutilité du substantif). Peu à peu, don Calogero comprenait qu'un repas en commun n'est pas nécessairement une tempête de bruits de mâchoire et de taches de graisse ; qu'une conversation peut très bien ne pas ressembler à une querelle de chiens, que céder le passage à une femme est signe de force et non, comme il l'avait cru, de faiblesse ; qu'on obtient bien davantage d'un interlocuteur en lui disant : « Je me suis mal fait comprendre » qu'en lui lançant : « Tu es bouché à l'émeri » ; et que, ces quelques précautions une fois prises, repas, causeries, femmes et interlocuteurs sont tout acquis à qui a su les bien traiter.

Il serait hardi d'affirmer que don Calogero profita immédiatement de tout ce qu'il avait appris ; il sut désormais se raser un peu mieux et s'effrayer un peu moins de la quantité de savon qui disparaissait dans la lessive; ce fut à peu près tout. Mais à partir de ce moment commença, pour lui et pour les siens, cet affinement constant d'une classe qui, en trois générations, transforme d'innocents croquants en gentilshommes sans défense.

Traduit par FANETTE ROCHE.
© Éditions du Seuil, 1959.

ITALO CALVINO (1923-1985)

Il Cavaliere inesistente
(1959)
LE CHEVALIER INEXISTANT*

Il l'aperçut [1], assis par terre, au pied d'un pin, occupé à disposer les petites pignes tombées sur le sol selon un dessin géométrique : un triangle rectangle. À cette heure du petit jour, Agilulfe éprouvait régulièrement le besoin de s'appliquer à quelque travail de précision : dénombrer des objets, les ordonner suivant des figures

---

* À Agilulfe, paladin de Charlemagne dont le signe distinctif est de ne pas exister, car il est pur vouloir, répond le personnage de Gurdulu, créature sans conscience qui s'identifie à tout ce qu'elle voit, — et ne sait distinguer le *je* du *tu*. Calvino joue ainsi avec la tradition italienne du poème chevaleresque, dégradé ici et mâtiné de relents psychanalytiques et sémiotiques.

[1]. Le jeune Raimbaut, chevalier désorienté, rencontre l'être le plus surprenant : Agilulfe, le chevalier inexistant.

régulières, résoudre des problèmes d'arithmétique. C'est l'heure où les choses perdent cette épaisseur d'ombre qui les a revêtues tout au long de la nuit, et peu à peu retrouvent leurs couleurs; mais avant, il leur faut traverser une sorte de limbe douteux, à peine effleurées par la lumière et comme entourées d'un halo : l'heure où l'on est le moins sûr que le monde existe. Agilulfe, lui, avait besoin, toujours, de sentir devant soi les choses comme une épaisse muraille, contre laquelle il pût dresser la tension de toute sa volonté : c'était le seul moyen qu'il eût de garder une ferme conscience de soi-même. Si, au contraire, le monde autour de lui s'estompait, devenait flou, ambigu, alors lui aussi se sentait sombrer dans cette pénombre douceureuse; dans tout ce vide, il n'arrivait plus à faire jaillir une pensée distincte, un mouvement de volonté, une idée fixe. Il se sentait mal : c'étaient là des instants où il était près de s'évanouir. Parfois, ce n'était qu'au prix d'un effort extrême qu'il parvenait à ne pas disparaître. Alors, il se mettait à compter : il comptait les feuilles, les cailloux, les pommes de pin, ce qui lui tombait sous la main. Ou bien il les alignait, les disposait en carrés, en pyramides. Absorbé par ces opérations méticuleuses, il finissait par vaincre le malaise, dominer l'insatisfaction, l'inquiétude et la prostration, retrouver sa lucidité et son assurance coutumières.

Il en était là quand Raimbaut l'aperçut : avec des gestes médités et rapides, il disposait les pommes de pin en triangle, puis formait des carrés sur chacun des trois côtés, en additionnait obstinément les pignes des carrés formés sur les deux côtés de l'angle droit, comparant avec celles du carré de l'hypoténuse. Ici, Raimbaut ne le voyait que trop, tout marchait à coups de chartes, de conventions et de protocoles; et, sous tous ces rites, qu'y avait-il en fin de compte ? Il se sentait saisi d'une inquiétude indéfinissable, à se découvrir ainsi en dehors de toutes les règles du jeu... Mais au fond, son entêtement à venger la mort de son père, sa hâte de venir s'enrôler parmi les soldats de Charlemagne, son impatience de combattre, est-ce que tout cela n'était pas encore une forme de cérémonial, un moyen de ne pas sombrer dans le néant ? Un peu comme le manège du chevalier Agilulfe posant et retirant ses pignes... Accablé sous le poids de ces questions inattendues, le jeune Raimbaut se laissa choir sur le sol et fondit en larmes.

Il sentit quelque chose se poser sur ses cheveux : une main, une main métallique et pourtant légère. Agilulfe était près de lui, à genoux.

— Qu'est-ce que tu as, mon garçon ? Pourquoi pleurer ?

Les mouvements de dépression, de désespoir ou de fureur chez les autres humains donnaient aussitôt à Agilulfe un calme et une maîtrise de soi absolus. À se sentir ainsi hors d'atteinte des agitations et des tourments auxquels sont vouées les personnes existantes, il était porté à prendre une attitude condescendante et protectrice.

— Pardonnez-moi, gémit Raimbaut, c'est sans doute la fatigue. Pendant toute la nuit, je n'ai pu fermer l'œil ; maintenant, je ne sais plus où j'en suis... Si je pouvais m'assoupir un peu... Mais il fait grand jour à présent. Et vous, vous avez veillé pourtant, comment faites-vous ?

— Moi, c'est si je m'assoupissais, rien qu'un instant, que je ne saurais plus où j'en suis, dit doucement Agilulfe ; ou plutôt, je ne serais plus nulle part, je me perdrais à tout jamais. Aussi je passe bien éveillé chaque minute du jour et de la nuit.

— Cela doit vous peser...

— Non.

La voix était de nouveau sèche, rude.

— Et votre armure, vous ne l'enlevez jamais de sur vous ?

La voix redevint murmure :

— Dessus, dessous... Quitter ou mettre, pour moi ces mots n'ont pas de sens.

Raimbaut avait levé la tête et regardait à travers les fentes de la visière, comme s'il cherchait dans toute cette ombre l'étincelle d'un regard :

— Mais comment se peut-il ?

— Et comment se pourrait-il autrement ?

La main d'acier de l'armure blanche restait posée sur les cheveux du jeune homme. Raimbaut la sentait, pesant à peine sur sa tête : une chose légère, d'où n'émanaient nulle chaleur, nulle présence humaine, consolatrice ou importune. Et cependant il lui semblait qu'au toucher de cette main une espèce de tension, de persévérance opiniâtre, lentement, se propageaient en lui.

Traduit par MAURICE JAVION.
© Éditions du Seuil, 1962.

GIORGIO BASSANI (né en 1916)

Il Giardino dei Finzi-Contini
(1962)
LE JARDIN DES FINZI-CONTINI*

En réalité, même en cette circonstance, l'évasion était toujours possible. Papa avait beau appuyer ses dures mains de sportif sur nos côtes, sur les miennes en particulier. Bien que vaste comme une nappe, le *talèd* de mon grand-père Raffaello, dont il se servait, était trop usé et criblé de trous pour lui garantir la claustration hermétique dont il rêvait. Et de fait, à travers les trous et les déchirures produits par les années dans ce tissu infiniment fragile, qui sentait le vieux et le renfermé, il n'était pas difficile, du moins pour moi, d'observer le professor Ermanno tandis que, là tout près, ses mains posées sur les bruns cheveux d'Alberto et sur ceux fins, blonds et légers de Micòl, descendue précipitamment de la matronée, il prononçait lui aussi une par une, après le dottor Levi, les paroles de la *beraha*. Au-dessus de nos têtes, mon père qui ne connaissait pas plus d'une vingtaine de mots hébreux, les mots habituels de la conversation familiale, et qui, d'autre part, se refusait obstinément à s'incliner, se taisait. J'imaginais l'expression soudain embarrassée de son visage, ses yeux, à la fois sardoniques et intimidés, levés vers les

---

* Le roman, dont l'action se déroule entre 1924 et 1939 à Ferrare, évoque un monde englouti, celui des Finzi-Contini, famille juive disparue dans les camps de concentration en 1943 : le professeur Ermanno et sa femme Olga, leurs enfants Alberto et surtout Micòl, amie d'enfance et amour de jeunesse du narrateur. Enfants, Micòl et le narrateur se rencontrent à la synagogue, leurs familles appartiennent à la même communauté juive : celle de la *Scuola italiana*.

modestes stucs du plafond ou vers la matronée. Mais pendant ce temps, de là où j'étais, je regardais de bas en haut, avec un étonnement et une envie toujours renouvelés, le visage ridé et fin du *professor* Ermanno comme transfiguré à ce moment-là, je regardais ses yeux qui, derrière son pince-nez, m'avaient l'air pleins de larmes. Sa voix était grêle et chantante, très juste ; sa prononciation hébraïque, redoublant fréquemment les consonnes et avec des *z*, des *s* et des *h* beaucoup plus toscans que ferrarais, était comme filtrée à travers la double distinction de la culture et de la classe sociale...

Je le regardais. En dessous de lui, pendant tout le temps que durait la bénédiction, Alberto et Micòl, eux aussi, ne cessaient pas d'explorer à travers les fentes de leur tente. Et ils me souriaient et me clignaient de l'œil, l'un et l'autre curieusement inviteurs : spécialement Micòl.

Traduit par Michel ARNAUD.
© Éditions Gallimard, 1964.

Carlo Emilio Gadda (1893-1973)

La Cognizione del dolore
(1963)
La Connaissance de la douleur*

La sarabande famélique tourbillonnait sous les globes électriques que balançait le pampero, parmi les myriades de siphons de Seltz. La lumière du monde à l'envers [1] buvait ses foules uricémiques, parfumeurs à la merci du Progrès, urètres nivelés par l'eau de Seltz, « ¡ *Mozo, tráigame otro sifón!* » Une joyeuseté imbécile animait tous ces faciès ; les dames, comme on se gratte une acné, avec des gestes de guenons entre les mains desquelles seraient tombées quelques cararuettas [2], se repoudraient à chaque plat : de rouge au ragoût. Et tous d'espérer : d'espérer : dans la joie. Et ça débordait de confiance en soi. À moins qu'important, ça ne se taise. Derrière une table de travail ; le torse bombé, le buste droit ; cartonné dans l'accessoire amidonné d'un smoking comme dans l'emplâtre et la surturgescence des certitudes et de la réalité biologique. De loin en loin, ils faisaient pisser un siphon : le récipient virilement mictif conférant à la main du désœuvré son quantum de poids. Puis se gargarisaient, barytonaux et glabres, au collutoire des souvenirs : se glorifiant de

---

* Le roman a pour cadre un pays imaginaire d'Amérique du Sud, par ailleurs fort semblable à la Brianza italienne. Incapable d'adhérer à ses valeurs, le protagoniste, Gonzalo, observe et décrit avec une méchanceté amère une société de parvenus s'adonnant, pleine d'autosatisfaction, à l'un de ses rites : déjeuner dans un restaurant à la mode.

1. C'est-à-dire, bien sûr, de l'hémisphère austral. Le *pampero* est le vent de la Pampa.
2. Gallicisme sans rime ni raison pour : arachide.

nuits imaginaires et faisant lucre de la revente de diamants (qui jamais n'avaient existé) : tandis que se fermait le visage fallace des femmes, sur une vérité de chasse aux oiseaux.

Le fils, debout près de la table, regardait sans le voir l'humble appareil, et le peu de fumée qui s'en exhalait : tandis que sa vieille maman cherchait encore quelques couverts, une assiette, un prétexte, de la crédence au buffet de cuisine. Inquiète de nouveau.

Les garçons : des jambes comme deux asperges. Idiots de la caboche plus que si ç'eut été un tubercule, *infantes* en tout langage, sans exception : peinant quand, après douze générations de maïs et de mouise aux pieds noirs, ils ont à leur tour été extirpés de l'arche bâtarde des générations, pour bredouiller sur le foirail quelques fanfaronnades constipées : sur le foirail déclif de Pastrufazio : descendus pas à pas, des petits fromagets fétides du Monte Viejo, jusqu'aux plus retentissants fiascos de l'Uguirre, muets et acéphales en castillan, sourds au latin, rebelles au grec, ineptes en histoire, la cervelle au-dessous de zéro pour la géométrie comme pour l'arithmétique, peu aptes au tire-ligne, inaptes même à la géographie : il fallait s'époumoner des semaines, des années, pour leur faire comprendre ce qu'est une carte du Maradagàl victorieux : et comment on s'y prend pour les faire, les cartes : après quoi, c'est tout juste s'ils y arrivaient, pauvres mignons.

Traduit par Louis BONALUMI et François WAHL.
© Éditions du Seuil, 1983 (Points Roman).

LEONARDO SCIASCIA (1921-1989)

Il Consiglio d'Egitto
(1964)
LE CONSEIL D'ÉGYPTE*

« Les paysans ne parlent des pieds qu'en ajoutant : *sauf respect* ; tu peux le dire à présent toi aussi, et avec raison. »

Étendu sur la planche de torture, il voyait en raccourci ses pieds qui dépassaient, non pas que la planche fût trop courte mais parce qu'on l'avait couché de façon qu'ils ne puissent la toucher : ses pieds informes comme les mottes de terre qui restent attachées aux arbustes déracinés, sanguinolentes, poisseuses mottes de chair. Et ils puaient la graisse brûlée, la décomposition.

Regardant dans cette position ses pieds, il lui semblait qu'il y avait entre eux et son regard une distance irréelle ; de même la douleur restait lointaine. Il pensait à ces vers de terre qui rampent dans l'humidité : coupés en deux, chacun des tronçons continue à vivre pour son compte. C'est ainsi qu'il se sentait : une partie de son corps ne vivait que de douleur, l'autre de pensée, et lorsque les juges le feraient de nouveau comparaître, il devrait reconquérir cette partie de son corps, en ce moment si lointaine, presque tranchée net ; commander à ses pieds de se poser à terre, marcher. Devant les juges, il fallait que ses pieds expriment la sérénité, la force d'âme, la puissance de l'esprit ; ses

---

* L'action se déroule en Sicile au XVIIIe siècle. De jeunes libéraux rêvent de révolution et de république. Arrêté pour complot, leur chef, un avocat, Francesco Paolo di Blasi, est torturé avant d'être exécuté.

pieds qui sept fois déjà, *ainsi que font les flammes sur un corps enduit de graisse*[1], avaient subi la torture. Ainsi le dix-neuvième chant de *L'Enfer* l'avait aidé à supporter la douleur, et d'autres vers aussi de Dante, de l'Arioste, de Métastase : formes de ces sortilèges auxquels croyaient les juges, avec raison.

Les juristes théoriciens de la torture l'avaient aidé également : Farinaccio et Marsili ; il avait cherché à retrouver dans sa torture leurs définitions, leurs jugements stupides et il pouvait maintenant affirmer, la conscience sûre, après avoir subi cinq fois l'estrapade, la veille forcée pendant quarante-huit heures et sept fois le feu, que ceux qui avaient conçu la torture et ceux qui la défendaient étaient des sans cervelle, des gens qui avaient de l'homme — et de leur propre humanité — la notion que peut en avoir un lièvre ou un lapin de garenne. Braqués par l'homme, traqués par leur propre humanité, ils en tiraient sottement vengeance au moyen de la *question*, tous autant qu'ils étaient : le juriste, le juge, le bourreau. « Le bourreau, peut-être pas ; il se peut que le bourreau, étant considéré comme une ordure, tire de l'exercice de la cruauté la conscience d'être vraiment immonde, qui est un sentiment humain. »

Traduit par Jacques de PRESSAC.
© Éditions Denoël, 1965.

---

1. Il s'agit de la peine réservée aux simoniaques dans la troisième bolge du huitième cercle de l'Enfer. Chacun de ceux-ci se trouve la tête en bas et le corps enfoncé jusqu'aux mollets dans des trous creusés dans le roc. Seuls apparaissent une partie de leurs jambes et leurs pieds dont la plante est enflammée : « Ainsi que les flammes sur un corps enduit de graisse attaquent seulement cette surface grasse ; de même faisaient-elles ici du talon à la pointe des pieds » (Dante Alighieri, *Enfer*, XIX-28).

UMBERTO ECO (né en 1932)

Il Nome della rosa
(1980)
LE NOM DE LA ROSE*

— Tu vois, ils ont placé au milieu des monstres et des mensonges même ces ouvrages scientifiques dont les chrétiens ont tant à apprendre. Ainsi pensait-on dans les temps où la bibliothèque fut constituée...

— Mais pourquoi ont-ils également mis parmi les faussetés un livre avec l'unicorne ? demandai-je.

— D'évidence, les fondateurs de la bibliothèque avaient de curieuses idées. Ils auront jugé que ce livre qui parle d'animaux fantastiques vivant dans des pays lointains faisait partie du répertoire de mensonges répandus par les infidèles...

— Mais l'unicorne est-il un mensonge ? C'est un animal d'une grande douceur et hautement symbolique. Figure de Christ et de la chasteté, il ne peut être capturé qu'en plaçant une vierge dans une forêt, de façon que l'animal, attiré par son odeur très chaste, aille poser sa tête dans son giron, s'offrant comme proie aux lacs des chasseurs.

— C'est ce qu'on dit, Adso. Mais beaucoup sont

---

* En 1327, l'ex-inquisiteur Guillaume de Baskerville arrive, accompagné de son secrétaire, Adso de Melk, dans une abbaye bénédictine, où va bientôt avoir lieu une série de meurtres. Menant l'enquête, Guillaume se lance, avec Adso, le narrateur, à l'exploration de la mystérieuse bibliothèque-labyrinthe de l'abbaye : là devrait se trouver la clef de l'énigme. Les deux personnages sont parvenus dans la tour sud, dans la section dite Leones qui, correspondant à l'Afrique, renferme livres des Infidèles et livres mensongers.

enclins à penser qu'il s'agit là d'une fable inventée par les païens.

— Quelle déception, dis-je. J'aurais eu plaisir à en rencontrer un au détour d'un chemin forestier. Autrement, quel plaisir peut-on prendre à traverser une forêt ?

— Ce n'est pas dit qu'il n'existe pas. Peut-être est-il différent de la façon dont le représentent ces livres. Un voyageur vénitien alla dans des terres fort lointaines, à proximité du fons paradisi dont parlent les mappemondes, et il vit des unicornes. Mais il les trouva mal dégrossis et sans nulle grâce, et d'une grande laideur et noirs. Je crois qu'il a bien vu de vraies bêtes avec une corne sur le front. Ce furent probablement les mêmes dont les maîtres de la science antique, jamais tout à fait erronée, qui reçurent de Dieu la possibilité de voir des choses que nous, nous n'avons pas vues, nous transmirent l'image avec une première description fidèle. Puis cette description, en voyageant d'auctoritas en auctoritas, se transforma par successives compositions de l'imagination, et les unicornes devinrent des animaux gracieux et blancs et doux. En raison de quoi, si tu sais que dans une forêt vit un unicorne, n'y va pas avec une vierge, car l'animal pourrait ressembler davantage à celui du témoin vénitien qu'à celui de ce livre.

— Mais comment échut-elle aux maîtres de la science antique, la révélation de Dieu sur la véritable nature de l'unicorne ?

— Pas la révélation, mais l'expérience. Ils eurent la chance de naître sur des terres où vivaient des unicornes ou en des temps où les unicornes vivaient sur ces mêmes terres.

— Mais alors comment pouvons-nous nous fier à la science antique, dont vous n'avez de cesse de rechercher les traces, si elle nous a été transmise par des livres mensongers qui l'ont interprétée avec une telle liberté ?

— Les livres ne sont pas faits pour être crus, mais pour être soumis à l'examen. Devant un livre, nous ne devons pas nous demander ce qu'il dit mais ce qu'il veut dire, idée fort claire pour les vieux commentateurs des livres saints. L'unicorne tel qu'en parlent ces livres masque une vérité morale, ou allégorique, ou analogique, qui demeure vraie, comme demeure vraie l'idée que la chasteté est une noble vertu. Mais quant à la vérité littérale qui soutient les trois autres, reste à voir à partir de quelle donnée d'expérience originaire est née la lettre. La lettre doit être discutée, même si le sens latent garde toute sa justesse. Il est écrit dans un livre que le diamant ne se taille qu'avec du sang de bouc. Mon grand maître Roger Bacon dit que ce n'était pas vrai, simplement parce que lui s'y était essayé, et sans résultat. Mais si le rapport entre diamant et sang de bouc avait eu un sens plus profond, cette affirmation ne perdrait rien de sa valeur.

— Alors on peut dire des vérités supérieures en mentant quant à la lettre, dis-je. Et cependant, je regrette encore que l'unicorne tel qu'il est n'existe pas, ou n'ait pas existé, ou ne puisse exister un jour.

— Il ne nous est pas permis de borner l'omnipotence divine, et si Dieu voulait, même les unicornes pourraient exister. Mais console-toi, ils existent dans ces livres, qui, s'ils ne parlent pas de l'être réel, parlent de l'être possible.

— Mais il faut donc lire les livres sans en appeler à la foi, qui est vertu théologale ?

— Restent les deux autres vertus théologales. L'espérance que le possible soit. Et la charité, envers qui a cru de bonne foi que le possible était.

— Mais à quoi vous sert, à vous, l'unicorne si votre intellect n'y croit pas ?

— Il sert comme m'a servi la trace des pieds de Venantius sur la neige, traîné jusqu'à la cuve des cochons. L'unicorne des livres est comme une empreinte. S'il est une empreinte, il doit y avoir eu quelque chose qui a laissé cette empreinte.

— Mais différente de l'empreinte, vous me dites.

— Certes. Une empreinte n'a pas toujours la forme même du corps qui l'a imprimée et elle ne naît pas toujours de la pression d'un corps. Elle reproduit parfois l'impression qu'un corps a laissée dans notre esprit, elle est empreinte d'une idée. L'idée est signe des choses, et l'image est signe de l'idée, signe d'un signe. Mais à partir de l'image je reconstruis, sinon le corps, l'idée que d'autres en avaient.

— Et cela vous suffit ?

— Non, parce que la vraie science ne doit pas se contenter des idées, qui sont précisément des signes, mais elle doit retrouver les choses dans leur vérité singulière. J'aimerais donc remonter de cette empreinte à l'unicorne individu qui se trouve au début de la chaîne. De même que j'aimerais remonter des signes vagues laissés par l'assassin de Venantius (signes qui pourraient renvoyer à beaucoup d'autres) à un individu unique, l'assassin en personne. Mais ce n'est pas toujours possible en un court laps de temps, et sans la médiation d'autres signes.

— Mais alors il m'est toujours et uniquement possible de parler de quelque chose qui me parle de quelque chose d'autre et ainsi de suite, mais le quelque chose final, le vrai, ne l'appréhende-t-on jamais ?

— Si, peut-être, c'est l'unicorne individu. Et ne t'inquiète pas, un jour ou l'autre tu le rencontreras, pour noir et laid qu'il soit.

Traduit par Jean-Noël SCHIFANO.
© Éditions Bernard Grasset, 1982.

DOMAINE MACÉDONIEN

Blaže Koneski (né en 1921)

Krale Marko
(1950)
Le Roi Marko

LA SOURCE DE TA VOIX

N'importe ce qui tient de la chute normale,
les merveilles du corps n'ont pas de mérite foncier —
c'est le pli de tes lèvres qui m'importe,
c'est le regard que tu jettes en biais
et l'élan, brisé, des mains.

Essentielle en toi est la source de ta voix.

Mais toi, ou quelque chose, m'a privé successivement de
tout, et tout n'est qu'apparence de ma pensée,
comme un fouillis de branches de saule effeuillé l'hiver
contre le ciel gris
et tout, —
si sec, si noir, si pauvre.

Tarie pour moi la source de ta voix.

Traduit par Mira Cepinćić et André Doms.
© Éditions Saint-Germain-des-Prés, 1986.

Bogomil Djuzel (né en 1939)

Stvarnosta e se
(1980)
La réalité est tout

LA FUITE

Des fragments de mon corps me fuient obstinément
On me tire les veines comme des cordes à la poulie
Mon pouls ricoche comme une balle sur un mur
Mes jambes enfilent de longues pistes circulaires

Les années s'assemblent entre amis pour me maudire
La raison perd la tête dans les cafés de province
et ma taupe creuse un souterrain
pour surprendre les femmes de mon désir
aveuglément par un biais inattendu

Les lèvres ânonnaient naïvement le poème
sur des tas de choses déjà disparues
Il n'est resté
que moi
parfois peut-être un vieux soulier

Des bouts de moi s'en vont
d'autres me viennent
il se peut des morceaux d'autrui
choses mortes
qui lisent dans mes pensées

L'important c'est d'avoir toujours
Un espace libre

un lieu pour habiter
avec des échanges du mouvement des courants d'air
c'est donnant donnant.

> Traduit par Jeanne ANGELOVSKA, Anna DJURCINOV et
> Klementina HADZI-LEGA. Adaptation poétique de Jacques
> Gaucheron (avec la collaboration de Vlada Urosević).
> © Éditions Messidor, 1988.

HUGO CLAUS (né en 1929)

Het Verdriet van België
(1983)
LE CHAGRIN DES BELGES*

Notre roi Léopold, par exemple, ça c'est un sportif. Mince, quoique robuste de squelette comme ses ancêtres. Pourtant M. Tierenteyn, qui lui a donné la main un jour, a été surpris de la mollesse de sa poignée.

C'est aussi un rêveur, notre roi. Il rêve surtout du passé, de l'histoire de sa famille. C'est à conseiller pour un roi, c'est ainsi qu'on peut mieux appliquer au jour d'aujourd'hui les leçons de l'Histoire. Oui, mais tout de même, le monde change constamment, on ne peut pas s'y fier. Mais quand il ne rêve pas, il tend quand même l'oreille, Sa Majesté. Et qu'est-ce qu'il entend ? Surtout les socialistes Spaak et De Man qui lui soufflent à l'oreille que nous devons nous tenir en dehors des misères des pays voisins, que nous devons exclusivement et intégralement nous mêler de nos oignons belges. Naturellement, communistes et Wallons sont contre. À les entendre, nous devrions directement demander à nos soi-disant Alliés de venir loger chez nous. Non, notre roi est tout le temps en train de se demander : « Quel est mon devoir ? Qu'est-ce que mon papa, le Roi Chevalier, aurait décidé dans ces circonstances ? » Et le comte Capelle, son secrétaire, dit alors : « Avant tout, préserver la dynastie, Sire. »

* Louis Seynaeve est un enfant précoce qui vit à Walle (Courtrai), en Flandre dans les temps troublés des années 1939-1947. Il observe les adultes et la confusion qui les assaille, pris qu'ils sont entre la fidélité à la Belgique et leurs sentiments pangermaniques. Dans cet extrait, Louis raconte ce que furent, pour lui, les débuts de la guerre.

Que peut-il dire d'autre ?...

Louis était assis à côté de Tetje et de Bekka dans la salle de cinéma, où le petit film venait de commencer, Double Patte et Patachon (le petit gros s'appelait Harold Madsens et le grand maigre Carl Schenström). Les deux comiques discutaient en faisant des gestes saccadés, dans un immense champ de blé, pour savoir où, quand et comment ils feraient le plus de mal à un type qui les avait offensés, lorsque tout à coup un jeune soldat ivre vint danser et sautiller devant l'écran ; brandissant sa canette de bière, il beugla d'une voix tonitruante et cassée : « Trous du cul de paysans, si vous croyez que je vais me laisser tirer dans les couilles pour un franc par jour, pour le prix d'une petite pinte ! » Sous les acclamations de la foule, il fut chassé à coups de pied au cul par Tarara, le portier.

Louis vit que Bekka était devenue blanche comme un cadavre, qu'elle rongeait son pouce, qu'elle se frottait les yeux.

« Tu es malade ? demanda-t-il. Elle fit oui de la tête.

— Elle pense que la guerre peut arriver d'un moment à l'autre », fit Tetje, inhabituellement soucieux.

Le lendemain à l'aube, sans faire plus de bruit qu'un frôlement d'aile d'ange, dix planeurs avec quatre-vingts parachutistes allemands vinrent traîtreusement, sans avoir été prévus par un seul membre de notre état-major, survoler le fort de Greben-Smael. Le fort fut pris ; le major Nowé de Waelhens y perdit la jambe droite et plus d'un soldat la vie, dans la soudaineté des explosions, de la fumée, du tonnerre et des flammes.

Ça y était, enfin. « Enfin », murmura Louis face au miroir de sa chambre à coucher.

Le premier jour, lorsque les tanks de Guderian entrèrent en Belgique, lorsque la force aérienne belge fut réduite en quelques heures de 171 avions à 91, Louis, assis à côté de la radio, fut envahi par un froid insensé, palpitant, triomphant, le premier jour déjà, les Français (qui n'attendaient que ça depuis l'époque de Napoléon) pénétrèrent d'un bond dans notre pays.

Ils s'arrêtèrent dans la région de Walle, pas tellement impatients de foncer jusqu'au bastion qu'ils devaient former sur la rivière Dyle près de Louvain, et pendant ce temps-là les Belges devaient continuer à retenir les Huns avec leurs fusils mal huilés.

Les Français, avec leurs casques de traviole, puant l'ail et le Pernod, s'en prirent aux veuves et aux orphelins flamands, forcèrent nos demeures sans frapper à la porte, exigèrent de la boisson et des femmes, oui, exactement comme au Moyen Âge. Le général de Fornel de la Lourencie, remarquant que nos réservistes désemparés, avec leurs habits mi-civils, mi-soldatesques, se mêlaient aux réfugiés, ordonna que ces fuyards fussent à nouveau organisés en compagnies. *Manu militari!* Sous commandement français!

Je vous demande un peu. Il se prend pour qui? Il se croit où?

Traduit par ALAIN VAN CRUGTEN.
© Julliard, 1983.

DOMAINE NORVÉGIEN

JOHAN BORGEN (1902-1979)

Lillelord
(1955)
LILLELORD*

Ils se dirigeaient vers la maison en se tenant par le cou, et il éprouva à nouveau un nouveau bonheur. Il était corporel, mais dépourvu de cette inquiétante suavité qui, d'ordinaire, le possédait toujours. Ils avaient la douce sérénité de deux vieux amants vivant dans un quotidien qui se *voulait* sans passion. Et, tandis qu'ils avançaient ainsi en direction de la maison, il la revit se diriger fiévreusement vers le bastion, comme elle l'avait fait cent fois lorsqu'il était petit garçon et était toujours en danger parce qu'il ne savait pas encore nager et parce que, dépourvue du sens de la mer comme elle l'était, elle s'exagérait les dangers de la plage. « C'est *elle* que j'aime ! » entendit-il chanter en lui. Et Erna surgit ; ses baisers âpres. Et la ville surgit un moment : du feu derrière la nocturne obscurité des communs, de solitaires expéditions au crépuscule ; tout surgit, venant rappeler la sinistre simultanéité de toutes choses. Il vit de la lumière dans la chambre de tante Christine, tamisée derrière le store bleu foncé.

* Wilfred Sagen est le fils d'une jeune veuve de la grande bourgeoisie de Kristiania (Oslo). Très lié à sa mère, violemment attiré par sa jeune tante Christine, il vit une adolescence marquée par l'absence du père. Très tôt, il commence à mener une double vie : élève brillant, fils modèle, il lui arrive de s'échapper pour explorer les quartiers malfamés de la capitale. *Lillelord*, premier volet d'une trilogie, sera suivie des *Sources obscures* et de *Le voici* ; nous y voyons Wilfred tenter une carrière d'artiste, fréquenter les milieux interlopes d'Oslo, puis se livrer à divers trafics pendant l'Occupation. Il finira sous les balles d'un groupe de résistants au moment de la Libération.

Tous les mondes étaient un, et il savait qu'il importait de les tenir séparés. Car chaque monde devait être un secret pour pouvoir compter. Il fallait qu'il fût vrai et uniquement sien. « Mère, dit-il. Mère ! » Elle dit : « C'est donc si difficile que ça ? » Il coupa court : « Et si nous reprenions un peu du poisson froid du dîner ? »

Elle le regarda avec bonheur ; le regard d'une mère sur un fils en train de s'éloigner d'elle, la dernière ancre : « Tu as faim ? »

« Et comment ! Et toi, tu pourrais prendre un verre de vin de Liebfraumilch ! » Il le dit comme si c'était une tentative, inspiré.

« Et toi ? »

« Du lait. Je vais chercher les deux. »

« Oui, mais ouvrir une bouteille pour moi toute seule... »

Il l'avait maintenant. Il le savait sans triomphe, il le savait avec amour.

« Tu sais, je peux la décanter. Et puis tu pourras me donner un tout petit verre à titre de justification. »

Oui, il l'avait maintenant. Et, lorsqu'il plongea dans la glacière où se mêlaient les odeurs des nouveaux blocs de glace, du vieux zinc et de la viande froide rangée sur les planchettes qui formaient comme un pont au-dessus de la glace, lorsqu'il vit l'unique bouteille dorée, déposée là comme une tentation supplémentaire spécialement pour cette soirée — une tentation supplémentaire pour chacune des soirées qu'il pouvait se rappeler —, il pensa à Christine, rapidement, durement. Descends ! pensa-t-il, descends et détruis tout en une seconde, c'est pour ce faire que tu existes, mon Amour.

Traduit par Éric EYDOUX.
© Actes Sud, 1985.

Tarjei Vesaas (1897-1970)

Bruane
(1966)
Les Ponts*

Il restait encore un détail important du récit qu'ils ne pouvaient pas laisser de côté. Il fallait de la patience, jusqu'à ce que la coupable en fît la révélation. Peut-être, Aude l'exigeait-elle justement par son mutisme. L'attente ne fut pas longue. Celle que nous appelions la *coupable* cherchait une façon de s'exprimer. Ce fut un sursaut lorsque sa voix reprit, ardente et apeurée, en s'adressant à Aude qui n'avait rien dit depuis longtemps :
— Tu m'écoutes ! Toi qui... enfin toi qui...
— Oui, oui, répondit Aude, qui semblait haletante.
— Tu parais absente.
— Non !
La nervosité rendait l'atmosphère vibrante, proche de l'explosion. L'attente de la fin du récit était insupportable. Claire et nette, la voix de l'inconnue reprit.
— Vous avez parlé de cailloux ? Vous aviez observé qu'ils avaient été déplacés. Ça, je l'ai fait le lendemain matin, très tôt. Les pierres et le reste ! Ce que vous avez vu sous les branches, je l'ai emporté vers la rivière. Je l'ai placé dans un linge avec beaucoup de pierres, et je l'ai fait descendre vers le fond. C'était profond près du bord...

Traduit par Elisabeth et Christine Eydoux
© Éditions Gallimard, 1971.

* Torvil et Aude, dix-huit ans, s'aiment. Un jour, ils trouvent dans la forêt le cadavre d'un nouveau-né. Ils l'enterrent, mais le lendemain, il a disparu. Ils finissent par rencontrer la mère de l'enfant, Valborg, une jeune fille de leur âge. C'est le passage cité ici où Valborg raconte son histoire. Valborg, les croyant frère et sœur, s'éprend de Torvil ; comprenant sa méprise, elle s'efface.

Czeslaw Miłosz (né en 1911)

Nic wiecej
(1952)
Rien de plus

Il faudrait que je dise un jour
Comment j'ai changé d'opinion sur la poésie
Et pourquoi je me considère à présent
Pareil à l'un de ces artisans du Japon impérial
Qui composaient des vers sur les cerisiers en fleurs,
Les chrysanthèmes et la pleine lune.

Si j'avais pu décrire comment les courtisanes vénitiennes
Avec un roseau taquinent un paon dans la cour
Et du brocart mordoré, des perles de leur ceinture,
Délivrent leurs seins lourds, si j'avais pu dépeindre
La trace rouge de la fermeture de la robe sur leur ventre
Tels que les voyait le timonier de la galère
Débarqué du matin avec son chargement d'or,
Et si, en même temps, j'avais pu trouver pour leurs os,
Au cimetière dont la mer huileuse lèche les portes,
Un mot les préservant mieux que l'unique peigne
Qui, dans la cendre sous une dalle, attend la lumière,

Alors je n'aurais jamais douté. De la matière friable
Que peut-on retenir ? Rien, si ce n'est la beauté.
Aussi doivent nous suffire les fleurs des cerisiers
Et les chrysanthèmes et la pleine lune.

Traduit par Marcel Béalu.
© L'Âge d'Homme, 1981.

WITOLD GOMBROWICZ (1904-1969)

Slub
(1953)
LE MARIAGE*

Henri (seul)
Un jeu
Supposons que ce soit un jeu
Mais... quel jeu ? Quel peut être le danger
De ces jeux ?
Je voudrais savoir quelle est la portée véritable des paroles ?
Quelle est ma portée ?
Un rêve ? Oui, oui, un rêve, un enfantillage...
(à un meuble) Tu me regardes ? Je suis dans un réseau de regards, la
vue se concentre sur moi et tout ce que je regarde m'examine
Bien que je sois seul
Tout seul
Dans ce silence... J'étends le bras. Ce geste si ordinaire
Si normal

Si quotidien
Devient chargé de sens car il n'est dirigé
Vers personne...
Je remue les doigts. Mon être
Grandit pour devenir lui-même
Et devient le fondement des fondements

* Le rêve d'un soldat pendant la Seconde Guerre mondiale, qui, dans son cauchemar, rentre chez lui pour y découvrir que son père est un aubergiste alcoolique et sa fiancée une catin. « Chaque personne déforme les autres personnes et est, en même temps, déformée par elles. »

Moi, moi, moi, moi seul !
Pourtant, si je suis moi, moi, moi seul, pourquoi
(Faisons un effet) n'existé-je pas ?
Qu'importe, je le demande, que je sois moi, moi, au milieu, au
centre, si je ne peux jamais être moi-même ?
Moi seul
Moi seul...
Maintenant que tu es seul, tout à fait seul, tu pourrais au
moins arrêter un peu cette incessante récitation
Cette production de gestes
Cette fabrication de paroles...
Mais toi, même quand tu es seul, tu fais semblant d'être seul,
et tu passes ton temps, disons-le sincèrement, à faire semblant
d'être toi-même, même devant toi-même.

Traduit par JADWIGA KOUKOULTCHANKA et GEORGES SIDRE.
© L'Âge d'Homme, 1981, acte III.

SLAWOMIR MROZEK (né en 1930)

Emigranci
(1965)
LES ÉMIGRÉS*

XX   J'ai pas peur. Moi, on peut rien me reprocher.

AA   T'es sûr ?

XX   Et de quoi que j'devrais avoir peur ? Toi, tu peux avoir peur. Moi, j'ai rien sur la conscience.

AA   Tu dis que je n'écris pas de lettres. C'est sûr. Tu dis que je n'écrirai pas de livre. Peut-être. Mais je peux quand même écrire quelque chose.

XX   Et quoi ?

AA   Une dénonciation.

(*Une pause.*)

XX   J'ai jamais rien fait contre le pouvoir.

AA   Oui ? Et qui fréquente un traître, un renégat, un dégénéré, un ennemi du régime, c'est-à-dire moi ! Hein ? Ce ne serait pas toi par hasard ?

XX   Non !

AA   Comment ça « non » ? Tu habites avec moi, dans une même pièce...

XX   Y'a pas de preuves.

AA   Y'en aura... Quand j'aurai écrit. Il suffit de quelques mots, même anonymes... Tu sais bien que ça

---

* Dans un style parodique et réaliste, Mrozek présente en raccourci quelques attitudes humaines face au pouvoir.

suffit. Et alors... Adieu maison, adieu jardin, adieu femme et enfants...

XX Pourquoi?

AA Tu demandes encore pourquoi? Voilà! Voilà déjà la preuve de ta dépravation politique. C'est pas surprenant, c'est mon influence... Dis-moi qui tu fréquentes, je te dirai qui tu es... Aurais-tu déjà oublié qu'il suffit de respirer le même air qu'une gangrène comme moi pour être contaminé? Mais, par-dessus le marché, tu as bavardé avec moi, tu as bu avec moi... Qui peut savoir de quoi tu as parlé... Il n'y avait pas de témoin. Si on t'a permis de partir à l'étranger, tu crois que c'était pour fréquenter un anarchiste?

XX Tu ne vas pas me faire ça!

AA Et pourquoi pas?

XX J'ai une femme! Et des enfants...

AA Non, pas possible? C'est moi qui ai pensé à eux le premier. Oui. Tu as une femme et des enfants, et c'est pourquoi tu ne les rejoindras jamais. À quoi bon risquer de leur attirer des ennuis. Alors, tu restes avec moi? (*Une pause*). Oui, tu restes, tu restes. Je vois que tu vas rester? Nous allons rester ici ensemble. Tu enverras des cadeaux à tes enfants, à Noël, ils aiment ça. Quant à ta femme... Tu es sûr qu'elle a tellement besoin de toi?

XX Non...

AA Tu vois, ça tombe bien...

Traduit par Gabriel MERETIK.
© Éditions Albin Michel, 1975.

Jorge de Sena (1919-1978)

O Físico prodigioso
(1977)
Le Physicien prodigieux*

Lorsqu'il se réveilla, c'était comme s'il n'avait pas dormi ou comme si tout était arrivé dans un sommeil prolongé où il n'eût pas ouvert les yeux pour voir, et où il eût réellement vu ce qu'il n'aurait pas pu voir faute d'un espace suffisant pour permettre aux yeux de le voir. [...] La première chose qu'il vit fut le dais du lit. Instinctivement, il porta la main à sa tête. Il n'avait pas de bonnet. Il fut saisi d'effroi et regarda autour de lui. Dona Urraca avait disparu. Il se leva tout angoissé, et un vertige le fit retomber assis sur le bord du lit. Son angoisse s'accrut. Il tenta une nouvelle fois de se lever ; le vertige avait passé. Il se vêtit à la hâte. [...] Il tendait la main vers son bonnet qui était posé au pied des statues, lorsqu'un rire le fit se retourner.

Dona Urraca était derrière lui ; elle dit :

— C'est ton bonnet plus que ton sang qui a accompli le miracle des saints que j'ai tant priés. Grâce à lui, tu étais invisible. Et, une fois devenu invisible l'homme qui, visible, était d'une beauté stupéfiante, toi seul pouvais me guérir de mes maux. Tu étais beau et vierge, à ce que mes damoiselles m'avaient dit. Que tu sois un physicien prodigieux, par la force de ton

---

* La nouvelle fantastique *Le Physicien prodigieux* est considérée comme un modèle du genre, construite selon des principes d'expérimentation formelle, où l'auteur joue avec les concepts d'espace, de temps, ainsi qu'avec le texte lui-même. Située au Moyen Âge, cette nouvelle est empreinte d'un érotisme magique qui traduit la grande liberté d'imagination de l'auteur.

sang vierge, tu l'avais dit et tu l'as prouvé. Mais ce qui m'a guérie, c'est de pouvoir t'aimer sans te voir, toi qui avais ce corps merveilleux que j'avais vu et qui jamais ne peut être aussi merveilleux qu'on l'imagine. En étant invisible, tu as été beaucoup plus que ce que, étant visible, tu me promettais. Maintenant, tu es à moi, et jamais je ne me lasserai de toi. Car, quand nous le voudrons, quand nous craindrons que le fait que je te voie ne nous lasse l'un de l'autre, puisque les gestes de l'amour sont toujours les mêmes, et que seul le plaisir est différent, si nous ne le voyons pas comme un corps qui s'agite pour l'atteindre et le donner, je pourrai toujours ne pas te voir, pour pouvoir te voir dans mon âme et au fond de mon corps auquel, par la grâce du tien, tu as accès, comme tu étais et comme tu as été au moment où, invisible, tu as cessé d'être vierge en moi. [...]

— Ne crains rien. Car, du moment que je ne t'ai pas vu, puisque tu étais invisible, tu n'as pas perdu la chasteté de ton sang. Et si tu ne l'as pas perdue cette première fois, tu ne la perdras jamais, et maintenant, je pourrai te voir et être à toi en te voyant. Viens, n'aie pas peur, ne crains rien.

Traduit par Michelle GIUDICELLI.
© Éditions A.M. Métailié, 1985.

JOSÉ CARDOSO PIRES (né en 1925)

Balada da praia dos cães
(1982)
BALLADE DE LA PLAGE AUX CHIENS*

« En cette heure sombre de la vie nationale. Nous, Officiers des Forces Armées, afin de sauvegarder l'honneur de l'Institution Militaire, prenons la décision de déclarer au Pays :

1. Notre camarade, le major Luís Dantas Castro, possédait la Médaille du Mérite et sa feuille de services présente plusieurs récompenses et citations. C'était un officier animé de l'esprit militaire, courageux et audacieux.

2. Éduqué dans un milieu catholique, il a appartenu, lorsqu'il était étudiant, au Centre Académique de la Démocratie Chrétienne. Dans les Forces Armées il n'a pas manifesté de préoccupations politiques jusqu'au moment où, indigné par la servilité imposée au Peuple et à l'Armée par le totalitarisme salazariste, il a participé, avec des dizaines de camarades et de civils, à un soulèvement militaire à la suite duquel il a été appréhendé et placé à la Maison d'Arrêt de Trafaria.

---

* Dans *Ballade de la plage aux chiens*, le récit s'organise comme une quête des faits et de leurs indices selon plusieurs méthodologies : témoignages oraux, interrogatoires policiers, études sociologiques, correspondance privée, lettres anonymes, documents historiques, articles de presse, rumeurs, notes en bas de page, entre autres. Et le lecteur découvre, comme les narrateurs de Cardoso Pires, que le plus important ce n'est pas d'arriver à la véracité des faits, mais à la conclusion qu'une énigme se dédouble toujours en une autre énigme, puisque aucune réalité n'est linéaire. Ce roman, paru en 1982, et inspiré d'un fait divers à mobile politique, reçut le grand prix de l'Association portugaise des écrivains.

Il s'est comporté avec courage et dignité, réagissant aux interventions de la PIDE pendant l'instruction. Transféré au Fort de Graça, à Elvas, il a réussi à s'évader en compagnie de l'architecte sous-officier de la milice Renato Manuel Fontenova Sarmento.

3. Le cadavre du major Dantas Castro a été retrouvé « par hasard » et dans des circonstances mystérieuses que la Presse a relatées. La Nation a le droit de demander : *Qui l'a tué et pourquoi ?*

4. Le major Dantas Castro s'était évadé du Fort d'Elvas pour rejoindre ses camarades restés en liberté, avec l'intention de réorganiser les forces engagées dans le soulèvement avorté. À cette fin, il est entré en contact avec des personnalités de premier plan appartenant aux Forces Armées et, donc, il est urgent de savoir : *À qui profitait la mort du major ?*

5. Les assassins ont intentionnellement enterré le corps à une faible profondeur afin qu'on puisse facilement le découvrir. Ils ont choisi une plage pour accréditer la version de la fuite du major à Paris et de son retour ultérieur au Portugal, alors qu'il est sûr que notre Camarade ne s'est pas absenté du Pays. *À qui profite la divulgation de cette information ?*

6. Notre Camarade a été tué parce qu'il fallait éliminer un combattant sincère et courageux et, par cet exemple, donner un avertissement à ses compagnons de lutte. *Qui l'a tué ?* La Nation connaît ceux qui tuent les antisalazaristes, les militaires qui servent le Pays ont la vie d'un Camarade à venger. »

Le texte est signé « FAI — Front Armé Indépendant ». Il est photocopié sur une feuille au timbre de la Police Internationale et de Défense de l'État — Div. Enquêtes. En haut quelqu'un avait noté : *Document A. Le Directeur ?*

Document B. Lettre dactylographiée (original) adressée au Directeur de la Police Judiciaire, Lisbonne :

« Dans ce pays sans presse et sans liberté, personne

ne fait crédit à votre "perspicace" enquête sur l'affaire de la Plage de Mastro. Tandis que la ténébreuse PIDE continue à pratiquer les crimes les plus répugnants, votre activité ne fait que les dissimuler. (signé) Un Portugais. »

Document C. Carte postale en lettres capitales adressée à la Police Judiciaire, Lisbonne. Original :

« L'ASSASSIN DU MAJOR EST RUE ANTONIO MARIA CARDOSO : IL EST DE LA PIDE. »

Document D. Photocopie d'un article du quotidien brésilien *Tribuna Popular*, p. 2, du 13-4-60. Avec le tampon PIDE — Archives. Elle reproduit une rubrique du sommaire de première page et la photo sur une colonne du major Dantas C, sourire ouvert et pull-over de laine (celui qu'il portait lorsqu'on a découvert son cadavre) :

« Rio (Spécial). — Des cercles oppositionnels installés à Rio de Janeiro rendent responsable la police de Salazar de l'assassinat du major Dantas Castro dont le cadavre a été récemment découvert sur une plage des environs de Lisbonne. »

Traduit par M<small>ICHEL</small> L<small>ABAN</small>.
© Éditions Gallimard, 1987.

José Saramago (né en 1922)

O Ano da morte de Ricardo Reis
(1984)
L'Année de la mort de Ricardo Reis*

Fernando Pessoa a fermé les yeux et appuyé sa tête au dossier du fauteuil. Ricardo Reis a cru voir perler deux larmes sous ses paupières, c'étaient sans doute, comme les deux ombres de Victor, des jeux de lumière, les morts ne pleurent pas, tout le monde sait ça. [...]

Ricardo Reis s'est levé. Je vais réchauffer le café, je reviens. Dites-moi, Ricardo, puisque nous parlions de journaux, je serais curieux de connaître les dernières nouvelles, ce sera une bonne manière de terminer la soirée. Depuis cinq mois que vous ignorez tout du monde, vous n'allez pas comprendre grand-chose. Vous n'en avez sans doute pas compris davantage en débarquant après seize ans d'absence, quand il vous a fallu renouer bout à bout le fil du temps, il a dû vous rester dans les mains des bouts et des nœuds sans bouts. Les journaux sont dans la chambre, je vais les chercher, a dit Ricardo Reis. [...]

Ricardo Reis a bu la moitié de sa tasse, a ouvert l'un

---

* Dans son roman *L'Année de la mort de Ricardo Reis*, Saramago joue doublement avec l'Histoire : la « vraie », celle de l'Europe en 1936, bouleversée et inquiète, et l'autre, non moins vraie, l'histoire de fiction, en reprenant la biographie inachevée de Ricardo Reis, l'un des hétéronymes de Fernando Pessoa... Pessoa est mort en 1935. En faisant survivre la créature, Ricardo Reis, à son créateur, Pessoa, en la faisant évoluer dans l'espace fictionnel aux prises avec les réalités politiques d'une Europe en crise, Saramago inverse les rapports entre créateur et créature et c'est Pessoa lui-même qui devient un personnage de fiction, quittant l'au-delà pour faire de courtes visites à Ricardo Reis, personnage vivant, lui.

des journaux et demandé : Saviez-vous que Hitler vient de fêter son anniversaire, quarante-sept ans. Je ne pense pas que ce soit une grande nouvelle. Parce que vous n'êtes pas allemand, autrement vous seriez moins méprisant. Quoi d'autre. On raconte qu'il a passé en revue trente-trois mille soldats dans une atmosphère, je cite, de vénération quasi religieuse, pour vous permettre de vous faire une idée, je vais vous lire un passage du discours de Goebbels à cette occasion. Lisez donc. Quand Hitler parle, c'est comme si la voûte d'un temple se refermait sur la tête du peuple allemand. Mince alors, c'est d'un poétique. Et ça n'est rien comparé au style de Baldur von Schirach. Qui est ce von Schirach, je ne m'en souviens pas. Le chef des Jeunesses du Reich. Et que dit-il Hitler, cadeau de Dieu à l'Allemagne, homme providentiel, le culte de sa personne est au-dessus des divisions confessionnelles… Celle-là, même le diable n'en aurait pas eu l'idée, le culte d'un homme unifiant ce que le culte de Dieu a divisé. Et von Schirach va plus loin, il affirme que si la jeunesse hitlérienne aime Hitler, son dieu, qu'elle s'efforce de le servir fidèlement, c'est pour accomplir un précepte du Père éternel. […]

Quoi qu'il en soit, il faut bien admettre que nous dépassons largement l'Allemagne, l'Église elle-même le confirme, plus qu'une parenté, c'est une identification, en tant que Christ, nous aurions pu nous dispenser du cadeau Salazar. […]

Il ne me reste plus qu'à mourir. Vous êtes déjà mort. Pauvre de moi, il ne me reste même plus ça.

Traduit par CLAIRE FAGES.
© Éditions du Seuil, 1988.

Constantin Noica (1909-1987)

Răspunsul unui prieten îndepărtat
(1957)
RÉPONSE D'UN AMI LOINTAIN

C'est là que l'histoire de l'histoire de l'Europe commence véritablement à ressembler au livre de Job. « Mais la sagesse, où est-elle ? Les profondeurs disent : elle n'est pas avec nous, et les eaux disent : elle ne se trouve pas chez nous ». C'est ainsi que nous nous demandons : le cœur de cette Europe dont le trop-plein inonde le monde entier, où est-il ? Nous ne saurions tout à fait vous croire, lorsque vous dites : il n'est pas chez nous, tout comme nous ne saurions croire une Amérique ou une Russie qui dirait : « Il est entièrement chez nous. » Peut-être l'esprit de l'Europe erre-t-il, triomphant et malheureux, un peu partout sur ce globe, prêt à bondir dans le néant interplanétaire du bon Dieu. Mais, malheureux ou non, il triomphe, et les lamentations d'un Occident qui a mis au monde de telles valeurs, à l'heure même où le monde s'en imprègne, ressemble à l'amertume d'Israël devant un Messie qu'il avait engendré sans se retrouver en lui.

Ou alors les amertumes de l'Occident, tout comme vos jugements là-dessus, ont un sens, mais concernent une *certaine* Europe seulement. De ce coin de monde où, comme vous le savez, le commentaire a toujours été notre principale forme de participation à l'histoire, cela nous semble simple : *une* Europe se meurt et une autre triomphe ; se meurt l'Europe de l'esprit de finesse et triomphe celle de l'esprit de géométrie. Vous vous lamentez de voir mourir avec vous, autour de vous et par vous, l'Europe de l'esprit de finesse, sans voir le triomphe de l'autre et sans vous y voir.

Certes, personne ne sait encore ce que l'on doit qualifier par esprit de géométrie ; le physicalisme serait-il géométrie par rapport à l'historisme de l'autre Europe ? géométrie, l'esprit d'ordre rationnel par opposition à la subtilité de l'esprit de liberté ? géométrie grossière, l'esprit d'ingénieur face à la spontanéité de la vie ? la soif d'innovation face à la créativité de la tradition ? géométrie surtout, l'esprit de distinction par rapport à celui des nuances ? Mais qu'il s'agisse de *deux* versions de l'Europe, que l'âme européenne soit divisée et active sur les deux plans, c'est une chose frappante dans le passé, aussi bien qu'aujourd'hui.

Peut-être l'homme européen vit-il en plein le débat de Pascal, et il ne s'apaisera qu'au moment où il aura trouvé son unité intime. Peut-être la chose grave est-elle d'avoir toujours une logique à tel point grossière qu'elle est incapable de rendre compte de la logique la plus profonde du cœur ; et d'avoir, à la suite de cette logique déficitaire, un technicisme tellement grossier et des utopies tellement simplificatrices, que l'homme ne s'y retrouve plus. Le problème de l'homme européen serait alors — je vous le disais un jour — de concilier Pascal avec Aristote : ou encore Pascal avec lui-même. Un monde qui, tel Pascal, fait des machines à calculer et des cerveaux mécaniques, pâtit avec lui, dans son cœur. C'est peut-être là votre déchirement, votre décadence, votre impuissance. Mais, par-delà ces formes vulgaires que vous nous mettez avec tant de complaisance sous les yeux, votre déchirement n'est qu'un des termes du débat permanent de l'homme. Car aucune réussite de l'esprit de géométrie ne saurait absoudre l'homme (nous en savons quelque chose, nous ici) de ses responsabilités envers l'esprit de finesse.

Mais, d'autre part, l'esprit de finesse n'aura pas non plus le droit d'exclusivité. Vous, c'est depuis toujours que vous avez opté pour l'esprit de finesse. Presque rien de ce qui est esprit de géométrie ne vous a parlé ni séduit. Vous n'avez jamais voulu voir les chances de l'esprit de géométrie se raffiner jusqu'à rendre compte du reste subtil de l'homme et du monde, vous n'avez jamais rien espéré de la logique et du logos. Et maintenant, vous préférez sombrer avec l'esprit de finesse, plutôt que de consentir à la barbarie logique. Non, vous n'avez jamais été un barbare ; dans les plus sauvages déchaînements de votre cœur, vous avez été un raffiné.

Écrit en français, publié ensuite en roumain.
In L'Ami lointain, © Éditions Criterion, 1991.

Marin Sorescu (né en 1936)

Shakespeare
(1965)
SHAKESPEARE

Shakespeare a créé le monde en sept jours.
Le premier jour, il a créé le ciel, les montagnes et les gouffres de l'âme.
Le deuxième jour, il a créé les fleuves, les mers, les océans ;
Et tous les sentiments,
Il les a donnés à Hamlet, à César, à Antoine, à Cléopâtre, à Ophélie,
À Othello et à d'autres,
Pour qu'ils soient à eux et à leurs descendants
Siècle après siècle.
Le troisième jour, il a appelé l'ensemble des hommes

Pour leur apprendre tous les goûts :
Goût du bonheur, de l'amour, du désespoir,
Goût de la jalousie, de la gloire, et ainsi de suite,
Jusqu'à épuisement des goûts.
Alors sont arrivés quelques individus de la dernière heure ;
Le Créateur leur a caressé la tête avec compassion
En leur disant qu'il leur restait à devenir
Critiques littéraires
Et à contester son œuvre.
Le quatrième et le cinquième jours furent réservés au rire.
Il a lâché les clowns
Pour faire des pirouettes ;
Il a distrait les rois, les empereurs
Et les autres infortunés de la terre.
Le sixième jour, il a résolu quelques problèmes administratifs ;
Il a déclenché une tempête,
Et appris au roi Lear
À porter une couronne de paille.
Comme il ne restait de la création du monde que quelques déchets,
Il en fit Richard III.
Le septième jour, il regarda s'il avait encore quelque chose à accomplir.
Les directeurs de théâtres avaient couvert la terre d'affiches ;
Shakespeare pensa qu'après tant de labeur,
Il méritait lui aussi de voir un spectacle.
Il alla mourir un peu.

Traduit par ALAIN BOSQUET.
In *L'Ouragan de papier*, © Éditions Saint-Germain-des-Prés, 1980.

Varlam Tikhonovitch Chalamov
(1907-1982)

К Б. Пастернаку
(8 janvier 1956)
Lettre à Boris Pasternak*

L'évadé rattrapé dans la taïga et exécuté par les « opérationnels ». On lui a tranché les deux mains pour éviter de transporter le corps sur plusieurs verstes, il faut bien prendre les empreintes. Mais l'évadé s'est relevé et au matin, il est arrivé en rampant jusqu'à notre isba. Par la suite, on l'a fusillé pour de bon [1]. Un charpentier qui a travaillé dans un camp de femmes raconte : « Pour du pain, bien sûr, Varlam Tikhonovitch. Il y avait une règle là-bas : elle devait avaler, grignoter la ration pendant que je prenais mon plaisir. Ce qu'elle n'avait pas pu manger, je le reprenais. Alors moi, le matin, j'enfouissais le pain dans la neige, je le congelais, après je le fourrais dans ma chemise et j'y allais. Elles n'arrivaient pas à le ronger et une seule ration suffisait pour trois femmes. »

Le pull-over en laine tricoté à la main qui bouge tout seul quand on le pose sur un banc, tant il grouille de poux.

Le rang avance, les hommes marchent coude à coude, ils ont un numéro en fer-blanc sur le dos (au lieu d'un as de carreau) ; l'escorte, une multitude de

---

* Trouvant très en deçà de la vérité le passage du *Docteur Jivago* (dont Pasternak lui a fait envoyer un manuscrit) qui concerne les camps de concentration, Varlam Chalamov donne au poète un aperçu de l'expérience qu'il a lui-même subie pendant des années.

1. Voir *Récits de Kolyma*, « Le procureur vert », p. 528.

chiens et toutes les dix minutes : « Cou-ou-chés ! » On restait longtemps allongés sur la neige sans relever la tête, en attendant les ordres.

Celui qui est capable de soulever un poids de dix livres a moralement (c'est précisément sur le plan moral que cela se situe) plus de prix, plus de valeur que les autres, il mérite l'estime des autorités et de la société. Celui qui ne peut pas soulever ces dix livres en est indigne, il est condamné. Et puis les coups, toujours les coups, de la part des soldats d'escorte, du starost, des cuisiniers, des coiffeurs, des voleurs...

Le jour de sa fête, un commandant pris de boisson se vante de sa force : il est capable d'arracher la tête d'un coq vivant (là-bas, tous les chefs ont des poulaillers de 500 à 1 000 poules, une dizaine d'œufs se vendent 120 roubles, c'est un supplément appréciable). L'état d'épuisement total, quand on meurt et qu'on renaît plusieurs fois par jour.

Le cardiologue a un homme en train de mourir à l'hôpital : « Tu peux demander tout ce que tu voudras ! — Je veux des nouilles ! » répond le malade en pleurant.

On a vu quelqu'un avec une feuille de papier entre les mains, sans doute le juge d'instruction la lui a-t-il donnée pour écrire des dénonciations. Des journées de travail de 16 heures. On dort appuyé sur sa pelle. Interdiction de s'asseoir, de s'allonger, sinon on vous tire dessus sans sommation.

Les chevaux hennissent, ils sentent avant les hommes et plus sûrement qu'eux le moment où la sirène va mugir. Et le retour au camp, dans ce qu'on appelle « la zone », avec sur le fronton du portail, l'arche arborant inévitablement l'inscription : « Le travail est une affaire de conscience et de gloire, une affaire de vaillance et d'héroïsme. »

Ceux qui sont incapables de marcher pour aller travailler, on les attache à des traîneaux, et les chevaux les tirent sur deux ou trois kilomètres.

Le treuil près de l'entrée de la mine, la poutre qui sert à mouvoir le treuil et sept misérables déguenillés tournant en rond à la place des chevaux de trait. Près du feu, les soldats d'escorte. N'est-ce pas l'Égypte ?

Ce ne sont que des scènes prises au hasard. L'essentiel n'est pas là, mais dans la corruption de l'esprit et du cœur, quand de jour en jour, une immense majorité de gens comprend de plus en plus clairement qu'en fin de compte, on peut vivre sans viande, sans sucre, sans vêtement, sans chaussure, mais aussi sans honneur, sans conscience, sans amour ni sens du devoir. Tout se dénude, et le dernier dénuement est terrible. L'esprit détraqué, déjà pris de démence, s'accroche à l'idée de « sauver sa vie » grâce au système génial de récompenses et de sanctions qu'on lui propose. Ce système a été conçu de façon empirique, car il est impossible de croire à l'existence d'un génie capable de l'inventer seul et d'un bloc. Sept catégories de rations (c'est ce que l'on écrit sur la carte : ration de catégorie X), qui dépendent du pourcentage de rendement. Les récompenses, c'est l'autorisation d'aller travailler au-delà des barbelés sans escorte, d'écrire une lettre, de se faire attribuer un meilleur travail, de déménager dans un autre camp, de commander un paquet de tabac et un kilo de pain. Et inversement, le système des sanctions, depuis la ration de famine jusqu'à la prolongation de peine dans les cachots souterrains. Les sanctions les plus effroyables concernent le décompte des journées de travail. Il n'est rien au monde de plus honteux que de vouloir « oublier » ces crimes. Pardonnez-moi de vous parler de choses aussi tristes, mais je voudrais que vous ayez une idée à peu près juste de ce phénomène capital et singulier qui a fait la gloire de presque vingt années de plans quinquennaux et de grands chantiers que l'on appelle « d'audacieuses réalisations ». Car il n'y a pas une seule construction importante qui ait été menée à bien sans détenus, des gens dont la vie n'est qu'une chaîne ininterrompue d'humiliations. Notre époque a réussi à faire oublier à l'homme qu'il est un être humain.

Traduit par Sophie BENECH.
© Éditions Gallimard, 1991.

Boris Léonidovitch Pasternak
(1890-1960)

Доктор Живаго
(1957)
Le Docteur Jivago*

« Nous avons eu de la chance : l'automne a été remarquablement sec et chaud. On a eu le temps d'arracher les pommes de terre avant les pluies et les attaques du froid. Déduction faite de ce que nous devions aux Mikoulitsyne et que nous leur avons rendu, il nous en reste jusqu'à vingt sacs. Tout a été rangé dans la principale resserre du sous-sol, au-dessus de laquelle on a recouvert le plancher de foin et de vieilles couvertures déchirées. On a descendu également deux tonneaux de

---

* Pendant la guerre civile, le docteur Jivago a fui Moscou avec sa femme (Tonia), son fils et son beau-père (Alexandre Alexandrovitch) pour vivre dans l'Oural, à Varykino, sur les restes d'un ancien domaine qui appartenait à la famille de sa belle-mère (Anna Ivanovna), morte avant la révolution (IXe partie, chap. II).

concombres salés par les soins de Tonia, et autant de choucroute. Les choux frais ont été suspendus le long des poteaux de soutènement, liés deux par deux. Les provisions de carottes sont enfouies dans le sable sec, avec des navets, des betteraves et des radis en grande quantité ; et en haut, dans la maison, nous avons des pois et des haricots en abondance. Le bois qu'on a transporté dans la grange suffira jusqu'au printemps. J'aime respirer, l'hiver, la chaude haleine du sous-sol, qui vous frappe en plein nez, avec son odeur de racines, de terre et de neige, le matin avant l'aube, dès que l'on soulève la trappe de la cave, à la faible lueur vacillante d'un lumignon prêt à s'éteindre.

« On sort de la grange ; le jour n'est pas encore levé. Un grincement de porte, un éternuement, ou tout simplement le crissement de la neige sous les pas... et là-bas, bondissant d'une plate-bande du potager où les trognons de choux pointent sous la neige, des lièvres prennent la poudre d'escampette, et la neige, tout autour, est sillonnée par les traces de leurs bonds. Et, l'un après l'autre, les chiens des environs aboient longuement. Les derniers coqs ont déjà fini de chanter, leur heure est passée. Et le jour se lève.

« L'immense plaine est également sillonnée par des traces de lynx, petits trous rapprochés qui s'étirent comme des perles soigneusement enfilées. Le lynx marche comme le chat, à petits pas pressés, et l'on affirme qu'il parcourt en une nuit des distances considérables.

« On leur dresse des pièges, mais, au lieu de lynx, ce sont de pauvres lièvres gris qui se font prendre et on les retire gelés, raides de froid, à moitié enfouis sous la neige.

« Au commencement, pendant le printemps et l'été, la vie a été très difficile. Nous étions épuisés. Maintenant, par ces soirées d'hiver, nous nous reposons. Nous nous réunissons autour de la lampe, grâce à Anfime qui nous procure du pétrole. Les femmes cousent ou tricotent ; Alexandre Alexandrovitch et moi, nous lisons à haute voix. Le poêle est allumé. Mes talents de chauffeur étant reconnus depuis longtemps, c'est moi qui le surveille et ferme le couvercle à temps pour ne pas laisser partir la chaleur. Si un tison brûle mal et étouffe le poêle, je l'enlève et je sors en courant le lancer au loin, tout fumant, dans la neige. Il s'envole en jetant des étincelles, comme une torche brûlante, illuminant la bordure noire du parc endormi et les rectangles blancs des pelouses ; puis il ronfle et s'éteint en retombant sur un tas de neige.

« Nous relisons sans fin *Guerre et Paix, Eugène Onéguine*, et tous les poèmes de Pouchkine ; nous lisons en traduction russe *Le Rouge et le Noir*, de Stendhal, *Un Conte de deux villes*, de Dickens, et les petits récits de Kleist. »

<small>Traduit par MICHEL AUCOUTURIER, LOUIS MARTINEZ, JACQUELINE DE PROYART et HÉLÈNE ZAMOYSKA.
© Éditions Gallimard, 1990 (Bibliothèque de la Pléiade). Écrit de 1946 à 1955. 1re publ. en italien : 1957 ; en russe : 1959 ; en URSS : 1989.</small>

VLADIMIR NABOKOV (1899-1977)

Дар
(1964)
LE DON

Ayant traversé le square et tourné dans une rue latérale, il[1] s'achemina vers l'arrêt du tramway à travers un bosquet de sapins, à première vue assez petit, qui avaient été assemblés ici pour la vente en vue de la proximité de Noël ; ils formaient entre eux une sorte de petite avenue ; balançant les bras en marchant, il frotta du bout des doigts les aiguilles mouillées ; mais bientôt, la minuscule avenue s'élargit, le soleil apparut dans tout son éclat et il déboucha sur la terrasse d'un jardin où, sur le doux sable rouge, pouvait être deviné le sigle d'un jour d'été : les empreintes des pattes d'un chien, les traces perlées d'un hochequeue, la bande Dunlop laissée par la bicyclette de Tania, se divisant en deux ondulations dans la courbe, et la marque d'un talon à l'endroit où, d'un mouvement léger et amorti contenant peut-être le quart d'une pirouette, elle était descendue de sa bicyclette en glissant d'un côté et s'était mise à marcher en tenant le guidon. Une vieille maison en bois dans le soi-disant style d'« abiétinées », peinte vert pâle, avec des gouttières de la même couleur, des motifs sculptés sous le toit et un haut soubassement en pierre (où, dans le ciment gris, on pouvait s'imaginer voir les rondes croupes roses de chevaux emmurés), une grande maison robuste et extraordinairement expressive avec des balcons à la hauteur des branches de tilleul, et des vérandas décorées de verre précieux, vint

---

1. Il s'agit de Fedor Godounov-Tcherdyntschev, jeune poète russe, né avec le siècle, émigré à Berlin, et personnage principal du roman.

à sa rencontre dans un nuage d'hirondelles, toutes voiles dehors, son conducteur éclair fendant le ciel bleu et les éclatants nuages blancs qui s'étendaient en une étreinte infinie. Assis sur les marches de pierre de la véranda la plus avancée, illuminés carrément par le soleil, on aperçoit son père, qui, de toute évidence, revient juste de la baignade, enturbanné d'une serviette pelucheuse de telle sorte qu'on ne peut voir — et comme nous aimerions le faire! — ses cheveux courts et striés de gris qui s'amincissent en pointe sur le front; sa mère, entièrement vêtue de blanc, regardant fixement droit devant elle et enlaçant ses genoux avec tant de jeunesse; à côté d'elle — Tania, vêtue d'une ample blouse, le bout de sa tresse noire posé sur sa clavicule, sa raie lisse penchée, tenant entre ses bras un fox-terrier dont la bouche est plissée en un large sourire à cause de la chaleur; plus haut — Ivonna Ivanovna, qui pour une raison ou une autre n'apparaît pas très clairement sur la photo : ses traits sont brouillés mais sa taille élancée, sa ceinture et sa chaîne de montre sont nettement visibles; d'un côté, plus bas, étendu, la tête posée sur les genoux de la fille au visage rond (ruban de velours autour du cou, nœuds de soie) qui donnait des leçons de musique à Tania, le frère de son père, corpulent médecin militaire, farceur et bel homme; plus bas encore, deux petits écoliers revêches et maussades, les cousins de Fédor : l'un portait une casquette d'écolier et l'autre pas — celui qui n'en portait pas allait être tué sept ans plus tard à la bataille de Mélitopol; tout en bas, sur le sable, exactement dans la même posture que sa mère, Fédor lui-même, tel qu'il était alors, bien qu'il eût peu changé depuis ce temps, dents blanches, sourcils noirs, cheveux courts, portant une chemise ouverte. On oubliait qui l'avait prise, mais cette photo éphémère, défraîchie et en général insignifiante (il y avait tant d'autres photos bien meilleures), même pas d'une qualité suffisante pour être reproduite, avait été la seule à être sauvée par miracle et elle était devenue inestimable; elle était parvenue à Paris parmi les effets personnels de sa mère qui la lui avait apportée à Berlin le Noël précédent; car maintenant, en choisissant un présent pour son fils, elle était guidée non par ce qui était le plus coûteux mais par ce dont il était le plus difficile de se séparer.

Elle était venue passer deux semaines avec lui après une séparation de trois ans; et dès le premier instant, lorsqu'elle eut descendu les marches de fer du wagon, poudrée jusqu'à en être mortellement pâle, portant des gants noirs et des bas noirs et un vieux manteau de loutre déboutonné, posant son regard avec une égale rapidité d'abord sur lui et ensuite sur ce qu'il y avait sous ses pas, et l'instant d'après, lorsque, le visage tordu par la douleur du bonheur, elle le tint étroitement enlacé, poussant des gémissements de félicité, l'embrassant n'importe où — oreille, cou — il lui avait semblé que la beauté dont il avait été si fier s'était fanée, mais comme sa vision s'ajustait au crépuscule du présent, si différent à prime abord de la lumière de la mémoire qui s'éloignait, il reconnut encore en elle tout ce qu'il avait aimé : le pur contour de son visage, s'amincissant jusqu'au menton, le jeu changeant de ces yeux enchanteurs, verts, bruns, jaunes, sous leurs sourcils de velours, la démarche longue et légère, l'avidité avec laquelle elle alluma une cigarette dans le taxi, l'attention avec laquelle elle regarda subitement — elle n'était donc pas aveuglée par l'émotion de la rencontre, comme toute autre personne l'eût été — la scène grotesque qu'ils remarquèrent tous deux : un imperturbable motocycliste transportant un buste de Wagner dans son side-car; et déjà, comme ils arrivaient à la maison, la lumière du passé avait rattrapé le présent, l'avait imprégné jusqu'au point de saturation, et tout redevenait identique à ce que cela avait été dans ce même Berlin trois ans plus tôt, comme autrefois en Russie, comme cela avait été et serait pour toujours.

> Traduit de l'anglais par RAYMOND GIRARD.
> © Éditions Gallimard, 1967, chap. II. Écrit en russe en 1937-1938 et en anglais en 1964.

ANNA ANDREÏEVNA AKHMATOVA (1889-1966)

Первое предупреждение
(1963)
PREMIER AVERTISSEMENT

> En quoi donc nous importe-t-il
> Que tout retourne en poussière,
> Sur quels abîmes j'ai chanté,
> Dans quels miroirs j'ai pu vivre ?
> Je ne suis ni le rêve ni la consolation
> Et moins encore la grâce,
> Mais peut-être plus souvent
> Qu'il ne faut, tu te rappelleras
> Ces lignes dont le murmure s'apaise
> Et ce regard qui cache au fond de soi
> La couronne aux épines rouillées
> Dans le tremblement de son silence.

> Traduit par NIKITA STRUVE.
> In N. Struve, *Anthologie de la poésie russe.*
> *La renaissance du XXe siècle*, © Aubier, 1970.

Joseph Brodsky (né en 1940)

Одиссей Телемаку
(1972)
Ulysse à Télémaque

Mon Télémaque,
             Cette guerre, à Troie,
est achevée. Qui a gagné ? — Qu'en sais-je...
Les Grecs, sans doute — seuls des Grecs ont pu
laisser loin de chez eux tant de cadavres...
Et cependant, la route qui ramène
à la maison s'est avérée trop longue —
Poséidon, pendant que nous perdions
le temps, je crois, a étiré l'espace.
J'ignore où je me trouve et ce qui est
devant mes yeux : une île pas très propre
avec buissons, bâtisses, porcs qui grognent,
jardin abandonné et une reine...
De l'herbe, des cailloux... Mon Télémaque,
les îles se ressemblent quand on erre
autant de temps, quand le cerveau commence
à s'emmêler en dénombrant les vagues,
quand l'œil, rougi par l'horizon, larmoie,
et l'ouïe se perd à la viande liquide.
Je ne sais plus qui a gagné la guerre,
je ne sais plus ton âge, mon petit.
Grandis, mon Télémaque, il faut grandir ;
seuls les Dieux savent quand nous nous verrons.
Et tu n'es plus ce nourrisson, déjà,
devant lequel j'ai arrêté les bœufs.
Sans Palamède, nous serions ensemble...
Peut-être, au fond, n'a-t-il pas tort : sans moi,

tu es sauvé des passions d'Œdipe —
tes rêves, mon petit, sont innocents.

Traduit par ANDRÉ MARKOWICZ.
In *Poésie russe. Anthologie du XVIIIe au XXe siècle présentée par Efim Etkind*,
© Éditions La Découverte, 1983.

ALEKSANDR ISSAÏEVITCH SOLJENITSYNE
(né en 1918)

Архипелаг ГУЛаг
(1976)
L'ARCHIPEL DU GOULAG*

Le camp *tenait debout* et le caractère des négociations changeait. Les épaulettes dorées, diversement combinées, continuaient de venir dans la zone pour y convaincre et y causer. On les laissait toutes passer, mais elles devaient pour cela arborer des drapeaux blancs et, après avoir franchi le poste de garde de l'intendance, devenu à présent la grande entrée du camp, subir une fouille juste avant la barricade où une

---

* Au début de 1954, au Kazakhstan, l'alliance tout à fait exceptionnelle des prisonniers politiques et des détenus de droit commun du camp de Kenguir provoque « la plus importante révolte de toute l'histoire de l'Archipel du Goulag ». Impuissantes à mater le mouvement, les autorités communistes sont obligées de négocier avec les révoltés (avant de les écraser, finalement, sous l'assaut des troupes spéciales). Soljenitsyne, qui a participé un an plus tôt à la révolte du camp voisin d'Ekibastouz, rapporte ici les étranges discussions des bagnards avec leurs oppresseurs (Ve partie, chap. XII).

jeune Ukrainienne en caban palpait les poches des généraux, des fois qu'il s'y serait trouvé un pistolet ou des grenades. En contrepartie, l'état-major des mutins leur *garantissait* leur sécurité personnelle !...

Les généraux étaient accompagnés dans les endroits permis (pas dans la zone *secrète* de l'intendance, bien sûr), et on les laissait parler avec les zeks, on réunissait à leur intention de grandes assemblées générales camp par camp. Brillant de toutes leurs épaulettes, les patrons là aussi trônaient dans les présidiums, comme avant, comme si de rien n'était.

Les détenus envoyaient des orateurs prendre la parole. Mais qu'il était dur de parler ! non seulement parce que chacun fournissait avec ce discours les attendus de sa future condamnation, mais aussi parce qu'il existait trop de divergences entre les Gris et les Bleus pour ce qui était de la connaissance de la vie, de la conception de la vérité, et qu'il n'y avait plus aucun moyen ou presque de faire impression ou de répandre des lumières sur ces gros pleins de soupe rebondis et prospères, sur ces têtes de melons toutes luisantes. Un vieil ouvrier de Leningrad, communiste et acteur de la révolution, les mit fort en colère, semble-t-il. Qu'est-ce que c'est, leur demanda-t-il, qu'un communisme où des officiers glandouillent à l'intendance, se font fabriquer, pour braconner, des chevrotines à partir du plomb volé à l'usine d'enrichissement des minerais ; où des détenus leur bêchent leurs potagers ; où un chef de camp, lorsqu'il se lave aux bains, fait étendre des tapis et jouer un orchestre.

Pour qu'il y ait le moins possible de criailleries aussi incohérentes, ces confabulations revêtaient également la forme de pourparlers directs d'après un modèle hautement diplomatique : par une journée de juin, on dressa dans la zone des femmes la longue table du réfectoire ; d'un côté s'étalèrent sur un banc les épaulettes dorées, debout derrière eux les porteurs de mitraillettes autorisés à les protéger. De l'autre côté de la table s'assirent les membres de la commission, qui avaient également des gardes du corps, debout gravement avec leurs sabres, leurs piques et leurs frondes. Plus loin derrière se poussait la foule des zeks, pour écouter ce qui se disait à la *réglée* et pousser des cris accompagnatoires. (Et la table n'était pas vide d'amuse-gueule ! les serres de l'intendance avaient fourni des concombres frais, les cuisines du kvass. Les épaulettes dorées grignotèrent les concombres sans se gêner...)

Les demandes-exigences des insurgés, mises au point dès les premiers deux jours, étaient à présent régulièrement répétées :

— châtiment du meurtrier de l'évangéliste ;

— châtiment de tous les coupables des assassinats perpétrés à l'intendance du dimanche au lundi ;

— châtiment de ceux qui ont roué de coups les femmes ;

— retour au camp des camarades illégalement envoyés pour faits de grève dans des prisons d'isolation ;

— plus de numéros sur les vêtements, plus de barreaux aux fenêtres des baraques, plus de bouclage des baraques ;

— non-relèvement des murs intercamps ;

— journée de travail de huit heures, comme pour les travailleurs libres ;

— augmentation de la rémunération du travail (plus question de l'égalité avec les travailleurs libres) ;

— liberté de correspondance avec les parents et quelques visites ;

— révision des dossiers judiciaires.

Et encore qu'aucune des exigences ci-dessus n'ébranlât les fondements de l'État ni ne contredît à la Constitution (et que beaucoup d'entre elles ne constituassent qu'un retour à une situation plus ancienne), il était impossible aux patrons d'en accepter la plus mince : ces nuques replètes et tondues, ces crânes chauves, ces casquettes avaient depuis longtemps perdu l'habitude de reconnaître avoir commis une erreur ou une faute. Et exécrable et méconnaissable était pour eux la vérité, du moment qu'elle se manifestait non pas dans les instructions secrètes des instances supérieures, mais sortant des lèvres du bas peuple.

Traduit par José JOHANNET.
© Éditions du Seuil, 1976. 1re publ. en russe : Paris, 1976.

ALEKSANDR ZINOVIEV (né en 1922)

Светлое будущее
(1978)
L'AVENIR RADIEUX*

Lorsqu'enfin on réussit à fermer la vanne de l'éloquence canarillesque, le camarade Fleurette lança tous les « Vive... » et « Gloire... » de circonstance et coupa le ruban. Une avalanche de voitures, d'où on entendait distinctement monter des malédictions à l'adresse des idiots qui avaient organisé ce spectacle, se rua sur l'avenue du Marxisme-Léninisme tout droit en direction du

---

* À Moscou, l'académicien Canarille inaugure un nouveau slogan monumental en l'honneur du communisme ; son collaborateur, le narrateur du récit, en profite pour se présenter au lecteur.

bâtiment jaune des instituts littéraires de l'Académie des sciences. Canarille fila dans sa voiture personnelle. Quant à moi... Je me demande bien pour quoi fiche j'ai poireauté ici, alors qu'on ne m'a même pas laissé en placer une ! Quant à moi, j'ai dû me traîner à la maison dans les transports en commun, et avec deux changements encore.

Moi

Deux changements ! Et pourtant je ne suis pas n'importe qui, mais le directeur de la Section des Problèmes Théoriques de la Méthodologie du Communisme Scientifique, c'est-à-dire la Section de pointe de l'Institut, dont le directeur se trouve être pour le moment Canarille. Je suis docteur ès sciences philosophiques, professeur, membre du comité de rédaction d'une revue philosophique de premier plan, membre de nombreux Conseils Scientifiques, comités, commissions, sociétés, auteur de six monographies et d'une centaine d'articles. Mon manuel est traduit dans toutes les langues semi-occidentales, c'est-à-dire le polonais, le bulgare, le tchèque, l'allemand, le hongrois. On va même le traduire en roumain. Il est admis par tout le monde qu'aux prochaines élections à l'Académie, je serai à coup sûr élu comme membre-correspondant. Même ce salaud de Vasskine, de l'École Supérieure du Parti (ESP) a dû s'accommoder de ce fait qui lui est pourtant désagréable. Et tout ça pour deux changements ! Si je le racontais, on ne me croirait pas. Bien sûr, j'aurais pu prendre un taxi. Mais les taxis, ça coûte les yeux de la tête. De plus, les prix grimpent de jour en jour. Et puis il faut donner des pourboires au chauffeur, ce qui est extrêmement humiliant. Après tout, personne ne nous en donne, à nous, des pourboires ! Bien sûr, j'aurais pu marcher à pied. Ce n'était pas très loin. Mais ça aurait été contraire à tous les principes.

Un professeur, bientôt membre-correspondant, qui ferait de la marche à pied ! Il faut tout de même respecter son rang.

Notre institut et notre section

Notre institut occupe les étages supérieurs de la Maison Jaune. Si on la regarde du Centre, notre Section occupe l'aile droite de l'étage supérieur. Autrefois, lorsqu'on s'attendait à la venue du communisme d'un jour à l'autre et que chaque année, une baisse des prix d'un kopeck faisait espérer même les mécréants (que diable, et s'ils l'édifiaient malgré tout, leur communisme !), notre Institut était très petit. Sous Nikita, lorsque l'instauration du communisme fut quelque peu repoussée jusqu'aux contours imprécis de « la génération d'aujourd'hui », l'Institut fut doublé. Et après que Nikita eût été déboulonné, que les prix se fussent mis à grimper de façon irrésistible et que la promesse des bienfaits gratuits fût devenue un sujet fort humoristique, l'Institut se vit quadrupler. En raison d'événements que chacun connaît bien, on créa et on renforça des secteurs pour la lutte contre l'anticommunisme et le révisionnisme, pour le développement du marxisme dans les partis communistes frères de l'Occident, de l'Orient, du Nord et du Sud. C'est ainsi que notre Institut est devenu actuellement l'un des plus puissants organismes scientifiques de notre pays, pour le nombre de ses collaborateurs (à eux seuls, les étudiants de troisième cycle des Républiques non-russes en fournissent plus d'une centaine !) Tous les ans, cinq cents feuilles de 40 000 caractères ! Si l'on compte qu'il en faut vingt environ pour faire un livre moyen, cela fait vingt-cinq livres volumineux par an. Deux cent cinquante livres en dix ans !

— Maintenant je comprends pourquoi nous avons une telle pénurie de papier, — déclara à ce propos Sachka, le fils que j'ai eu de mon premier mariage (qui, hélas, ne fut pas le dernier). — Ils impriment toutes sortes de m... et après, on manque de papier pour les livres corrects.

Traduit par Wladimir Berelowitch.
© L'Âge d'Homme, 1978. 1re publ. en russe : Lausanne, 1978.

Vassili Grossman (1905-1964)

Жизнь и судьба
(1980)
Vie et destin*

Si Krymov ne parvenait pas ici à établir le lien avec les hommes, cela ne venait pas de ce qu'ils étaient effrayés, abattus, désorientés. Ici, les hommes se sentaient sûrs d'eux, et comment se faisait-il que ce sentiment de force affaiblissait leurs liens avec le commissaire Krymov, provoquait méfiance et hostilité de part et d'autre ?

Le vieux qui était en train de cuire des galettes leva la tête.

— Ça fait longtemps, dit-il, que j'avais envie de demander à un homme du parti si c'était vrai ce qu'on dit, comme quoi, sous le communisme, chacun recevra

---

* En pleine bataille de Stalingrad (fin 1942-début de 1943), le commissaire politique Krymov est envoyé à la Maison n° 6 *bis*, l'un des immeubles où une poignée de combattants russes résiste avec acharnement à l'avance allemande. La réputation libertaire qui entoure ces francs-tireurs, dirigés par l'un d'entre eux, Grekov, inquiète en effet le commandement. Parvenu sur les lieux, Krymov prend contact avec ces fortes têtes.

selon ses besoins ? Qu'est-ce que ça va donner, si chacun, dès le matin, pourra recevoir selon ses besoins, tout le monde sera ivre, non ?

Krymov se tourna vers le vieux et lut sur son visage une inquiétude non feinte.

Grekov riait, ses yeux riaient, ses larges narines s'élargissaient encore.

Un sapeur, la tête entourée d'un pansement sale et ensanglanté, s'adressa à son tour à Krymov.

— Et pour ce qui est des kolkhozes, camarade commissaire, ça serait bien si on les supprimait après la guerre.

— Ça serait pas mal de nous faire un petit exposé sur la question, fit Grekov.

— Je ne suis pas venu ici pour vous faire des conférences, dit Krymov. Je suis venu ici pour mettre fin à vos agissements de francs-tireurs.

— Mettez-y fin, dit Grekov, mais qui mettra fin aux agissements des Allemands ?

— On trouvera, ne vous inquiétez pas. Je ne suis pas venu ici pour la soupe, comme disait quelqu'un, mais pour vous faire goûter de la cuisine bolchevique.

— Eh bien allez-y, mettez fin aux agissements, faites votre cuisine.

— Et s'il le faut, coupa Krymov en riant mais sérieusement malgré tout, s'il le faut on vous mangera avec, Grekov !

Maintenant, Krymov se sentait calme et sûr de lui. Ses doutes étaient dissipés. Il fallait retirer le commandement à Grekov.

Maintenant, Krymov voyait clairement en quoi Grekov était un élément hostile et étranger au pouvoir soviétique. Tout ce qui s'était fait d'héroïque dans la maison encerclée ne pouvait le dissimuler ou le minimiser. Il savait qu'il viendrait à bout de Grekov.

Quand la nuit fut tombée, Krymov s'approcha de Grekov :

— Parlons un peu, franchement et clairement. Que voulez-vous ?

Grekov jeta un regard rapide, de bas en haut (il était assis et Krymov était debout), vers Krymov et répondit gaiement :

— Ce que je veux ? La liberté. C'est pour elle que je me bats.

— Nous voulons tous la liberté.

— Arrêtez, lança Grekov, qu'est-ce que vous en avez à foutre, de la liberté. Tout ce que vous cherchez, c'est de battre les Allemands.

— Cessez vos plaisanteries, camarade Grekov, dit Krymov. Dites-moi plutôt, comment se fait-il que vous tolériez que certains soldats expriment des opinions politiques erronées ? Hein ? Avec l'autorité que vous avez sur eux, vous pourriez y mettre le holà aussi bien qu'un commissaire. J'ai comme l'impression que les hommes disent leurs bêtises puis se tournent vers vous comme s'ils quêtaient votre approbation. Celui-là, là, celui qui parlait des kolkhozes, pourquoi l'avez-vous soutenu ? Je vous le dis franchement : mettons-y bon ordre ensemble. Et si vous ne voulez pas, je vous le dis tout aussi franchement, ça va mal aller.

— Pour ce qui est des kolkhozes, qu'est-ce qu'il a dit de si extraordinaire ? C'est vrai, on ne les aime pas, vous le savez aussi bien que moi.

— Qu'est-ce qui vous prend ? Vous voulez peut-être changer le cours de l'Histoire ?

— Et vous, vous voulez que tout reprenne comme avant ?

— Quoi « tout » ?

— Tout. La contrainte générale.

Traduit par ALEXIS BERELOWITCH (avec la collaboration d'Anne Coldefy-Faucard).
© Julliard / L'Âge d'Homme, 1983. Achevé et confisqué en 1961.
1re publication en Suisse : 1980.

Dušan Matić (1898-1982)

Bagdala
(1945)
BAGDALA

JE SAIS DÉJÀ PAR CŒUR

Je sais déjà par cœur les laideurs et les beautés du monde

Les longs crépuscules d'automne sur la Save sombre
Les enfants égorgés la fumée des décombres
Le grouillement muet des étoiles au-dessus de mon corps
Les noirs champs de bataille les mille-pattes de la mort.

Je sais déjà par cœur les laideurs et les beautés du monde

Les essaims printaniers les frôlements d'aile de pigeons
Le battement secret du sang les parfums de la passion
Les lames de la haine le front suant de la peur
Les yeux louches de la faim et la mortelle torpeur.

Je sais déjà par cœur les laideurs et les beautés du monde

Langes au vent obscure lueur des chevelures
Gorgées d'aurore — tristes augures
Et ce cancer de l'ennui cette chair meurtrie
Plaies des ouragans ce deuil cette jeunesse flétrie

Je sais déjà par cœur les laideurs et les beautés du monde

Mais nul jamais n'a blessé ce cœur fidèle
Du fidèle été.

Traduit par Harita et Francis Wybrands.
© La Différence, 1984.

Vasko Popa (né en 1922)

Sporedno nebo
(1968)
Le Ciel secondaire

LA PAUVRE ABSENCE

Tu n'as pas eu de vrai père
Ta mère n'était pas chez soi
Quand tu vis le jour en toi-même
Tu es née par erreur

Tu as la taille d'un abîme abandonné
Tu as l'odeur de l'absence
Tu es née de toi

Tu tournes dans tes lambeaux de feu
Tu te casses tête après tête
Tu sautes de bouche en bouche
Tu rajeunis la vieille erreur

Si tu peux penche-toi nue
Sur mon dernier mot
Et suis sa trace

Il me semble ô ma pauvre
Qu'elle mène à la présence

Adapté par l'auteur, ALAIN BOSQUET et ZORAN MICHITCH.
© Éditions Gallimard, 1970.

DANILO KIŠ (1935-1989)

Rani jadi
(1970)
CHAGRINS PRÉCOCES

SÉRÉNADE POUR ANNA

J'entendis une rumeur sous la fenêtre et je pensai qu'on venait tuer mon père.

Mais un violon remit tout en doute et calma ma frayeur. Celui qui jouait sous nos fenêtres n'était pas un virtuose, mais, de toute évidence, le soupirant de ma sœur Anna. Le violon avait une voix presque humaine. Quelqu'un, amoureux transi des étoiles et de ma sœur Anna, chantait timidement, en essayant de donner à sa voix un timbre viril et profond. Pourtant, ce chant ressemblait à un murmure.

> *Pourquoi l'bon Dieu a-t-il créé l'amour...*
> *Pourquoi les nuits...*

Anna trouva enfin les allumettes, et je l'entrevis un instant à la lueur de la flamme, debout derrière les rideaux, tout en blanc. Lorsqu'elle se remit au lit, j'entendis ma mère, émue, lui dire d'un ton presque sentencieux :

« Anna, retiens une bonne fois pour toutes. Lorsqu'on vous joue une sérénade, il faut allumer une allumette. Pour montrer qu'on a entendu. »

Apaisé par la voix de ma mère, je m'enfonçai de nouveau dans le sommeil, comme dans une forêt de parfums, comme dans une prairie verte.

Au matin, nous trouvâmes sur la fenêtre une branche de pommier en fleur, semblable à une couronne d'argent, et deux ou trois roses rouges épanouies. Et bien avant que la maîtresse (le lendemain à l'école) nous eût demandé : « Quel est l'âne qui a piétiné mes rosiers hier soir ? », j'avais reconnu dès le matin, à leur parfum, les roses du jardin de madame Rigó, car j'y avais lié les rosiers et coupé le lilas.

Je ne voulus pas dire que — d'après la voix — cet âne qui broutait les rosiers, c'était monsieur Fuchs junior, le cordonnier, amoureux en secret de ma sœur Anna.

Dis-moi, Anna, ai-je inventé tout cela ?

(Les fleurs et les parfums.)

Traduit par P<small>ASCALE</small> DELPECH.
© Éditions Gallimard, 1974.

DOMAINE SLOVAQUE

Dominík Tatarka (1913-1989)

Démon Suhlasu
(1956)
Le Démon du consentement*

Mais pour ne pas vous tenir plus longtemps en haleine, voici pourquoi j'ai ressuscité et pris la parole.

Après nous avoir bien enveloppés dans les couleurs nationales, au point que nous en avions perdu toute ressemblance avec nos propres restes, la commission des Voies aériennes a rédigé un rapport très documenté et très fouillé, qui omettait pourtant la cause principale de notre catastrophe. Il y était fait état de la violence de la tempête. Comme personne n'est responsable d'une tempête, personne n'était responsable de la catastrophe.

Pourtant la situation est devenue tout à fait intolérable quand le maréchal suprême de nos forces armées a pris la parole. Ce maréchal, bien que l'un des nôtres, sorti de la base, est un dignitaire malhonnête et indigne qui a escaladé avec agilité le piédestal du pouvoir. Chacun sait qu'il ordonnait à ses divisions de se cantonner au seul cadre de la convention, de penser comme les autres, comme les modèles, de prendre d'assaut des objectifs déjà atteints et de ne pas tenir compte des positions d'où l'ennemi nous tirait dessus.

À force d'obéir à des ordres insensés, les poètes sont

---

* Bartolomej Boleráz, écrivain national, perd la vie dans un accident d'hélicoptère, en compagnie du haut fonctionnaire, le général Mataj. Il décide de ressusciter pour prendre la parole et dire enfin la vérité. Ce « traité de la fin d'une époque » (sous-titre de l'œuvre) dénonce, sous la forme d'un récit fantastique, la perte du sens de la responsabilité individuelle au nom d'un prétendu intérêt social.

devenus des fondeurs, reversant un airain d'emprunt dans des moules communs. Le maréchal faisait passer nos échecs pour des succès et vice versa.

Il saisit cette occasion pour tenir sur nos restes un discours enflammé, où notre lâcheté devenait du courage dans la recherche de voies nouvelles, et notre aveuglement, de la prévoyance. Il conclut en scellant notre destin de cette phrase pour le moins scélérate vu le tragique de la situation :

— Camarades combattants, aigles audacieux de la pensée, nous vous promettons en ce lieu, à la face du peuple, de transmettre votre message collectif.

Pareil engagement, pareil mensonge, démesuré et ramassé dans une seule phrase ferait revenir un mort. Ce fut l'effet qu'elle produisit sur moi. Je me suis levé, et je vous pose, à vous les vivants, instamment cette question :

quel est notre message ? Avons-nous eu, au fond, l'intention de laisser un message ? Pour qui ? De quel message voulez-vous donc vous acquitter ? S'agirait-il par hasard de l'écho confus des idées d'emprunt que nous avons ressassées ?

J'ai dit quelque chose, mais de tout à fait différent.
L'homme est ainsi fait.

Nous, nous étions ainsi faits : nous disions autre chose que ce que nous pensions, nous noyions notre inquiétude dans un déluge de paroles, nous ne répondions pas aux questions. Je refuse qu'en guise de message du poète incompris à son époque, vous fassiez graver ces mots indubitablement sincères sur nos tombes. C'est pourquoi je me lève et demande la parole. Pour moi, la tempête n'est pas une excuse.

Traduit par Sabine BOLLACK.
In Talus d'approche, 1986 (D. R.). Préface de Václav Havel.

Martin M. Šimečka (né en 1957)

Vypověd - Žabí rok
(1985)
L'Année de chien
L'Année des grenouilles*

Aujourd'hui je suis assis dans ma chambre, une longue période de ma vie est derrière moi ; dehors c'est le printemps qui commence et je serais censé me reposer dans l'émerveillement, car c'est sûr, tout cela m'émerveille. Je suis sincèrement surpris de ne saisir que si peu l'essence du monde — à supposer qu'elle existe. Il y a encore quelques années je me croyais relativement intelligent, ou plutôt je pensais avoir quelques prédispositions à l'intelligence. Je constate avec regret que l'intelligence ne consiste pas en la faculté de refléter la réalité, mais plutôt en son analyse suivie d'une recomposition (même ceci n'est pas de moi), ce que je suis loin de pouvoir faire. Des gens simples disent volontiers : ça ce n'est pas pour moi. Je croyais que c'était de l'affectation ou une vertu par défaut. Mais que faire si c'est vraiment comme ils le disent ? Si vraiment ce n'est pas pour moi ?

Tout a commencé il y a un an à peu près, s'il est possible de parler d'un commencement, quand ils ont mis mon père en prison. J'étais à ce moment-là à Varsovie, je descendais du train et Adam me disait :

« Bon, alors ça c'est la pluie polonaise dont je t'ai

---

* Milan est jeune, il vit à Bratislava, s'enivre de course à pied et est amoureux de Tania. Empêché de poursuivre ses études, il travaille comme aide-soignant, puis comme vendeur dans une quincaillerie. Un jour, le père de Milan est arrêté.

parlé. Quand ça commence, ça vous tombe dessus pendant au moins une semaine. »

Nous avions entendu dire qu'en Pologne il y avait la liberté et nous avions voulu la voir. Nous nous promenions dans la ville, regardions des slogans « À bas la censure », goûtions dans les rues aux plats qui se décarcassaient pour dissimuler l'absence de viande ; le soir la pluie s'est arrêtée. Nous sommes entrés dans la vieille ville que les Polonais ont reconstruite de fond en comble, à ce qu'il paraît ; nous avons été surpris par le calme des ruelles, par une sorte d'œuvre silencieuse d'on ne savait qui, d'on ne savait quoi ; dans la vieille ville, on se sent comme dans une forêt obscure : le ciel est très haut sur les couronnes d'arbres qui ont l'air de vous observer. Les pavés, qui pendant la guerre s'envolaient comme des nuées de moineaux, étaient de nouveau assemblés sur le sol. Marcher dessus en tennis n'était pas très commode, mais nous avancions comme attirés par quelques sons, par une mélodie. À chaque tournant cela devenait plus net, les sons se multipliaient, devenaient de plus en plus nombreux, plus forts et à la fin, comme quand vous ouvrez la porte d'une discothèque, une vague de musique a déferlé sur nous, une trompette formidable, un saxo, une batterie, une basse. Je me suis arrêté au coin de la place, bouche bée ; au milieu un orchestre jouait et des gens dansaient tout autour. Nous voulions danser nous aussi, et nous nous sommes donc dépêchés ; je courais, le sac à dos rebondissait sur mes épaules et les gars jouaient comme des fous, ils ne voyaient rien, ça leur était égal, qu'on les écoute ou non, ils ne faisaient que jouer au milieu de la place et, à la lumière des réverbères vieux style, je voyais leurs joues qui se gonflaient et leurs veines qui battaient.

En rentrant chez moi, au lieu de trouver mon père, j'ai vu un petit chat au museau rose et à la frimousse débile qui avait compissé mes pantoufles ; alors j'ai dû prendre celles de mon père pour sortir dans la cour boire le café avec Peter et Maman. Les yeux de ma mère avaient eu le temps de devenir rouges et sa bouche laissait quelquefois échapper des jurons qui, heureusement, n'étaient pas liés aux livres de mon père, son crime. Une certaine apathie s'emparait de moi, je sentais que je me réconciliais avec tout à une vitesse vertigineuse, mais il faut dire que nous nous y attendions tous, et c'est à ce moment précis que je me suis rendu compte que ce qui était resté inaccompli était simplement en train de s'accomplir. Au-dessus de nos têtes un lilas répandait son parfum et je tournais voluptueusement mon visage vers le soleil de mai, fermant mes yeux fatigués par l'insomnie.

« Je n'ai eu le temps de lui donner que sa brosse à dents et son peigne, disait Maman, il n'a rien emporté, il n'a pas d'argent, pas même une couronne.

— Ça ne doit pas te tracasser pour le moment, lui ai-je répondu, nous devrions plutôt nous préparer... à ne pas le voir... trois, quatre ans.

— C'est ce que je pense aussi », a dit Peter.

La voisine arrosait ses plantes sur le balcon, le temps était déjà sec et chaud, on annonçait pour l'été des records de chaleur.

Vers la fin de juin le vert des arbres se teinta de gris, le niveau des lacs baissait au même rythme que s'asséchait le Danube.

Traduit par Petr Brabenec.
© Éditions Gallimard, 1991.

DOMAINE SLOVÈNE

Miško Kranjec (né en 1908)

Pomlad
(1947)
LE PRINTEMPS*

Être vieux, pour Ivan, ne signifiait pas renoncer à vivre ni rester à la maison le dimanche. Non, il se rendit compte seulement que désormais, il n'arriverait rien de nouveau dans sa vie, qu'il resterait seul. Il continuerait à aller à Prek, mais sa maison, elle, resterait vide. Après sa mort, ses filles se partageraient les terres, vendraient peut-être la maison, et tout serait changé.

Il continuait à jouir de sa liberté, plus intensément : même, avec une espèce de résignation, se sentant vieux, dépourvu de force et personne pour lui offrir un appui.

Il ne négligeait pas son travail et labourait ses champs avec davantage de zèle. Les voisins l'aidaient dans les travaux les plus durs, en échange il leur fournissait du pain et leur prêtait son bétail quand ils en avaient besoin pour labourer chez eux.

Ainsi la vie allait son train. Elle ne se serait arrêtée que lorsque ses forces l'auraient abandonné, qu'il ne pourrait plus tenir la charrue, la pioche ou la faux.

Ce fut justement alors que se produisit un événement qui devait complètement modifier le cours de sa vie.

Ivan n'avait qu'un frère. Un frère que d'ailleurs il avait oublié depuis longtemps. Pour Ivan il n'existait plus. Durant vingt-cinq ans, ils ne se fréquentèrent

---

* Un vieux paysan, vivant seul dans un petit village de Slovénie, voit sa vie bouleversée par l'arrivée de son frère, perdu de vue depuis des années, et du fils de ce dernier, qui lui redonne goût à la vie.

pour ainsi dire pas, ne se voyant qu'une fois tous les cinq ans. Sur son lit de mort, leur père avait attribué à chacun sa part, à la façon des paysans : l'aîné eut la maison et les terres, le cadet une petite somme d'argent. Ainsi, à sa majorité, son frère Joško reçut un peu d'argent et fut congédié. Mais la somme reçue ne suffisait pas, comme il le dit lui-même, à s'offrir de quoi boire pendant une semaine. Et, en effet, il se mit à boire. Il passa tout un mois à l'auberge, sans rentrer à la maison jusqu'à ce qu'on l'eût jeté dehors. Il enfonça les portes et les fenêtres de l'auberge et celles de la maison, ce qui lui valut quelques mois de prison. Lorsqu'il en ressortit, il disparut : nul n'entendit plus parler de lui. De fait, son sort n'intéressait personne. Il n'était plus un enfant, il se débrouillerait toujours. À la maison, il n'avait plus rien à faire. Et Ivan, qui était devenu le maître, ne pensa plus à lui.

Pourtant, ce frère oublié de tous, ce banni, auquel personne ne pensait plus, cet homme revint un beau jour sans crier gare après des années d'absence. Une vieille valise vermoulue sur l'épaule, il tenait par la main un petit garçon de cinq ans, fatigué de ce long voyage.

Traduit par VIDA ŠTURM et ELZA JEREB.
In *Nouvelles slovènes*, © Seghers, 1969.

DOMAINE SUÉDOIS

STIG DAGERMAN (1923-1954)

Bränt Barn
(1948)
L'ENFANT BRÛLÉ*

Il ouvre les rideaux et il la voit faire un signe de la main, de l'autre côté de la rue, debout dans la lumière. Il la voit s'incliner au-dessus du bord du trottoir, se tendre comme si elle voulait l'atteindre. Puis elle part, passe lentement devant la boucherie et les autres magasins, arrive au coin. Franchir le coin est une chose difficile quand on aime, mais lorsqu'elle l'a passé, elle n'est pas encore bien loin. La lumière elle-même a conservé le reflet rougeâtre de sa robe. Il tire les rideaux et se retourne vers la chambre, qui, tout entière, est emplie d'elle. Il se laisse tomber sur le lit et enfouit son visage dans l'oreiller. L'oreiller aussi est plein d'elle, l'oreiller ne sera jamais plus seul.

Après un petit moment il ouvre la porte de la chambre du père. Il entre. Il allume le lustre et s'approche de l'ottomane sur la pointe des pieds. Il s'agenouille alors près de l'homme endormi et lui ôte ses chaussures. Il les pose doucement sur le plancher. Il lui défait son col. En contemplant le visage endormi il est saisi d'une si subite et si irrésistible tendresse que ses mains s'élancent vers le visage et il ne peut les empêcher de le caresser. Peu à peu il se sent envahi par

* Bengt vient de perdre sa mère ; poursuivi par l'image de celle-ci, il s'engage dans une relation avec la maîtresse de son père, Gun, en qui il voit un substitut maternel. Mais il est fiancé à Brit, qu'il finit par épouser. Le père et sa maîtresse, le fils et sa femme vont passer quelques jours à la campagne, dans la neige. Mais Bengt n'arrive pas à trouver la paix. Il tentera de se suicider.

une joie insensée. Il lui ôte son veston, déboutonne son gilet, pend le veston dans l'entrée sur un cintre et prend un manteau. Tandis qu'il étale le manteau sur le père, ses yeux s'emplissent de larmes. Il s'assied alors sur le plancher à côté de l'ottomane et, serrant la main du père dans la sienne, il regarde au plafond et pleure de joie. De joie, que la chambre soit emplie d'elle et que la chambre soit vide de la mère. Il ne retourne dans sa chambre que lorsqu'il a fini de pleurer.

Il s'endort aussitôt profondément, avec délices et sans faire de rêve, ainsi que l'on dort lorsque l'incroyable est arrivé. La nuit qui suivit le jour où il découvrit l'Amérique, Christophe Colomb dut dormir comme jamais encore il ne l'avait fait.

Traduit par F. BACKLUND.
© Éditions Gallimard, 1956.

DOMAINE TCHÈQUE

Jiří Kolář (né en 1914)

Očitý Svědek
(1949)
Témoin oculaire*

Dimanche, 21 août 1949.

J'ai lu la légende de la Ville d'Ys. Comme un glaive de rubis ou une rose sur le corps d'un ange mort, un chant étrange repose au milieu du livre. Il m'a poussé à prendre la plume.

La ville... Les oreilles des murs ont entendu mes premiers pleurs,
le plafond a vu mon premier sourire.
Des iris mauves voguaient à travers la chambre,
au-dessus du lit une image de Celui qui a souffert pour nous,
dans les angles en face comme les piliers de chêne d'adolescents enchantés
pleurant face contre le mur, il y avait des armoires,
au milieu une table au plateau de marbre
portant un vase en forme de fée-serpente, une immortelle séchée
entre les lèvres, deux chaises comme deux boucs émissaires

---

* Comme *Les Années des jours* (1948) et *Le Foie de Prométhée* (1951), *Témoin oculaire* se présente sous la forme d'un journal entremêlant poèmes, réflexions, impressions de lecture, faits vécus, commentaires sur l'actualité culturelle et politique ; juxtaposition libre qui tente de renouveler un discours poétique dépourvu de « mots ronflants » et ancré dans la réalité humaine la plus concrète.

et une fenêtre sur les rideaux de laquelle des paons se pavanaient.
Au-dessus de tout tournoyait immobile l'immense papillon du lustre.
Je suis né... et dehors
gisait la nuit étouffée par les déclarations de guerre.
Je suis né dans une ville.
Quelque part dans les Balkans la terre s'est ouverte
et des hommes ont fermé la blessure avec leurs corps.
Mon père m'a pris dans ses mains de boulanger,
m'a soupesé et on dit qu'il était content.
Çà et là ma mère ouvrait ses yeux marron,
entre la vie et la mort et appelait au secours
celui au-dessus du lit, sur sa croix face au ciel
déchiré par l'éclair, où une mouche se promenait.
Les murs se taisaient. Je respirais l'odeur du plancher lessivé
mêlée au souffle du pain frais.
Je suis né dans une ville
qui présageait la famine et le désespoir.
Quelqu'un a-t-il cru ?
Le jour où ma mère a pu enfin se lever
et sortir avec moi au soleil, la chaussée a reçu
la première pluie sanglante de nouvelles du front,
nouvelles de la mort de pères et de fils ; je suis né...

Traduit par ERIKA ABRAMS.
© La Différence, 1983.

MILAN KUNDERA (né en 1929)

Směšné lásky
(1970)
RISIBLES AMOURS*

— [...] La science, c'est sa passion [de mon mari]. Si vous saviez tout ce qu'il a étudié. Si vous saviez tout le papier qu'il a noirci. Il dit toujours qu'un véritable savant doit écrire trois cents pages pour n'en garder qu'une trentaine. Puis il y a eu cette femme. Croyez-moi, je le connais, il ne ferait certainement pas une chose comme celle dont cette femme l'a accusé, qu'elle répète cela devant nous ! Je connais les femmes, il se peut qu'elle vous aime et que vous ne l'aimiez pas. Elle voulait peut-être éveiller votre jalousie. Mais vous pouvez me croire, jamais mon mari n'aurait osé ! »

Tandis que j'écoutais Mme Zaturecky, il m'arriva soudain quelque chose d'étrange : j'oubliai qu'à cause de cette femme j'allais être obligé de quitter la faculté, qu'à cause de cette femme une ombre s'était glissée entre Klara et moi, qu'à cause de cette femme j'avais passé tant de journées dans la colère et les tourments. Tout lien entre elle et l'histoire où nous jouions tous deux je ne sais quel triste rôle me semblait maintenant confus, lâche, fortuit. Je comprenais soudain que ce n'était de ma part qu'une illusion si je m'étais imaginé que nous sellions nous-mêmes la cavale de nos aven-

---

* Un professeur d'histoire de l'art voit sa vie professionnelle et sentimentale complètement bouleversée pour avoir refusé d'écrire une note de lecture sur l'article d'un certain M. Zaturecky. Après avoir tenté d'échapper à ses persécuteurs par tous les moyens, il consent à recevoir l'épouse de l'intéressé en vue d'une explication finale. Le passage reproduit ici est extrait de la nouvelle *Personne ne va rire*.

tures et que nous en dirigions nous-mêmes la course ; que ces aventures ne sont peut-être pas du tout les nôtres, mais nous sont en quelque sorte imposées de l'extérieur ; qu'elles ne nous caractérisent en aucune manière ; que nous ne sommes nullement responsables de leur cours étrange ; qu'elles nous entraînent, étant elles-mêmes dirigées on ne sait d'où par on ne sait quelles forces étrangères.

D'ailleurs, quand je regardais Mme Zaturecky dans les yeux, il me semblait que ces yeux ne pouvaient voir jusqu'au terme des actes, que ces yeux ne regardaient pas du tout ; qu'ils ne faisaient que flotter à la surface du visage.

« Vous avez peut-être raison, madame Zaturecky, dis-je d'un ton conciliant. Peut-être que mon amie a menti. Mais vous savez ce que c'est qu'un homme jaloux ; je l'ai crue et mes nerfs ont cédé. Ce sont des choses qui arrivent à tout le monde.

— Oui, bien sûr que oui, dit Mme Zaturecky, visiblement soulagée d'un grand poids. Puisque vous le reconnaissez vous-même, c'est bien. Nous avions peur que vous ne croyiez cette femme. Elle aurait pu gâcher toute la vie de mon mari. Je ne parle même pas de l'ombre que cela projette sur lui du point de vue moral. Cela, on l'aurait encore supporté. Mais mon mari attend tout de votre note de lecture. On lui a assuré, à la rédaction de cette revue, que cela ne dépendait que de vous. Mon mari est persuadé que si son article était publié, il serait enfin admis à la Recherche scientifique. Allez-vous rédiger cette note, maintenant que tout est éclairci ? Et pouvez-vous le faire rapidement ? »

Le moment de me venger et d'apaiser ma colère était enfin venu, mais à cette minute je n'éprouvais plus aucune colère, et ce que je dis à Mme Zaturecky, je le dis parce que je ne pouvais plus me dérober :

« Madame Zaturecky, en ce qui concerne cette note, il y a une difficulté. Je vais vous expliquer franchement comment tout cela s'est passé. Je déteste dire en face des choses désagréables. C'est ma faiblesse. J'ai tout fait pour ne pas rencontrer M. Zaturecky et je pensais qu'il finirait par comprendre pourquoi je l'évitais. La vérité, c'est que son étude est faible. Elle n'a aucune valeur scientifique. Me croyez-vous ?

— C'est une chose que j'ai peine à croire. Non, je ne vous crois pas, dit Mme Zaturecky.

— D'abord ce travail n'est pas du tout original. Comprenez-vous ? Un savant doit toujours apporter quelque chose de nouveau ; un savant n'a pas le droit de copier des choses déjà connues, ce que d'autres ont écrit.

— Mon mari n'a certainement pas copié cet article.

— Madame Zaturecky, vous l'avez sûrement lu... » Je voulais continuer, mais Mme Zaturecky m'interrompit.

« Non, je ne l'ai pas lu. »

J'étais surpris. « Dans ce cas, lisez-le.

— J'ai une mauvaise vue, dit Mme Zaturecky. Je n'ai pas lu une seule ligne depuis cinq ans, mais je n'ai pas besoin de lire pour savoir si mon mari est honnête ou non. Ce sont des choses que l'on sent, on n'a pas besoin de lire pour ça. Je connais mon mari, comme une mère connaît son enfant, je sais tout de lui. Et je sais que tout ce qu'il fait est toujours honnête. »

Traduit par François KÉREL.
© Éditions Gallimard, 1986.

Vladimír Holan (1905-1980)

Asklepiovi kohouta
(1970)
Au coq d'Asclépios

LES LAMENTATIONS DE TROIE

Les testicules du drame. La glande
du combat de coq en avant du nombril féminin.
Le pubis d'Hélène dans les flammes
de Troie... Mais cette
lamentation, cette vieille lamentation
du coin miséreux de quelque recoin
où cela ne devait plus faire mal,
mais cette lamentation, multipliée
par l'abandon, car les témoins
ne voulurent point être oculaires
et la douleur ne sut signer —
mais cette lamentation qui attira le soldat
qui, enferrant Hécate,
dit : l'urine d'une rombière brûle le cran !

Traduit par Patrick Ouředník.
Revue K, 1990 (D. R.).

LUDVÍK VACULÍK (né en 1926)

Český snář
(1980)
LA CLEF DES SONGES*

Mercredi 24 octobre 1979.

Quand il vous arrive d'ouvrir la porte de votre appartement et de tomber sur deux gardes, deux policiers, c'est toujours une expérience originale. Comme si vous étiez du coup transporté en plein milieu d'une manifestation, ou témoin d'un accident : un meurtre ! vous dites-vous. J'ai encore du mal à m'habituer au rôle d'ennemi public qu'on me demande de jouer. De tout ce que je sais de moi-même, rien ne le justifie.

Ces deux-là ne nous créaient pas de difficultés. Ils laissaient juste passer, sous la porte, la fumée de leurs cigarettes. De temps en temps ils toussotaient ou murmuraient quelque chose, et un grain de sable qui grinçait sous leur pied résonnait dans toute la maison. Nous ne savions pas à quoi ils s'occupaient tout ce temps et en quoi consistait leur mission. Ils empêchaient certainement nos visiteurs d'entrer car per-

---

* À la suite d'une proposition de Jiří Kolář — « Si tu n'arrives pas à écrire, alors écris ce qui t'empêche d'écrire » — Vaculík entreprend ce « journal », ensemble de notes prises au fil des jours entre janvier 1979 et février 1980. Appelé parfois « roman », plus souvent « écrit », ce texte est avant tout « un document, dix ans après la mise en train de la "normalisation", sur la vie dans un pays, sur les hommes et les femmes qu'on appelle dissidents [...], sur les écrivains, les peintres et les acteurs qui, en marge d'une culture officielle [...], publient, font du théâtre dans les limites d'un espace restreint confidentiel, mais dans des conditions d'une surprenante liberté intérieure » (Jan Rubeš).

sonne n'est venu. Je crois que trois couples ont défilé devant notre porte en deux jours. Certains ont été visiblement gênés par cet étrange service. Hier, comme nous allions au concert, Madla leur a dit : « Nous allons au concert. » Ils ont répondu : « Bon amusement. » En rentrant après onze heures du soir, on a vu qu'ils n'étaient plus là et j'ai pensé qu'ils ne reviendraient plus monter la garde, puisque le procès s'était terminé hier. Mais ce matin ils y étaient à nouveau.

Hier, j'ai eu l'idée de les prendre en photo. Je l'ai chuchoté si doucement dans l'oreille de Jan, que cela a fait moins de bruit que le grincement du sable sous leur pied. Ensuite, j'ai décidé de laisser tomber. Quand j'ai appris l'importance des peines prononcées par le tribunal, je me suis dit que je les prendrai tout de même en photo. Nous jouissons de conditions idéales pour ça. Les deux hommes sont assis sur des chaises côte à côte, face à l'ascenseur, dos au mur derrière lequel se trouve notre appartement. Dans ce mur se trouve la petite fenêtre de la salle de bains. En grimpant sur la baignoire, on peut mettre la tête dehors et apercevoir notre porte d'entrée. Dans l'encadrement apparaîtront les têtes des agents en profil double comme sur une médaille frappée pour commémorer la victoire d'un quelconque socialisme.

> Traduit par JAN RUBEŠ.
> © Actes Sud, 1989. Publié officiellement en 1990.

Václav Havel (né en 1936)

Dopisy Olze
(1990)
Lettres à Olga*

Le 29.5.82.

Chère Olga,

Il y a quelques jours, pendant que je regardais la télévision à l'heure de la météo (elle précède le journal télévisé, je la vois donc tous les jours), une panne s'est produite au studio et le son a été coupé alors que l'image continuait à défiler (nous n'avons pas eu droit à l'habituel « La suite du programme dans quelques instants », ni à la photo d'un paysage quelconque). La présentatrice, qui n'est pas une speakerine professionnelle mais une météorologiste, s'est aperçue du problème et ne savait pas quoi faire. Soudain, finie la routine, et devant nous se trouvait une femme embarrassée, malheureuse, perdue : elle a arrêté son explication, a regardé désespérément à droite et à gauche mais personne n'est venu à son secours, elle avait honte, elle

---

* Peu après la publication de la Charte 77 et la création du VONS — Comité de défense des injustement poursuivis —, Václav Havel devient la cible privilégiée de la police. Constamment arrêté puis relâché, il purge sa peine de prison la plus longue de mai 1979 à début 1983. La correspondance est son unique moyen de communication avec le monde extérieur : il a droit à quatre pages par semaine sur un thème « personnel » qui ne fait pas allusion à ses conditions de détention. Adressées à sa femme, Olga, les lettres de Václav Havel dépassent le simple message privé et constituent le long monologue d'un homme qui s'interroge sur lui-même, sur sa responsabilité dans le monde, sur le sens de la vie, et trouve dans l'écriture le seul espace de liberté possible.

transpirait, elle ne savait pas où fuir, elle retenait ses larmes. Exposée aux regards de millions de téléspectateurs, et en même temps terriblement seule, jetée dans une situation inconnue, imprévue, insoluble, elle s'est trouvée incapable de faire le moindre geste pour montrer qu'elle était au-dessus de cette situation (ne serait-ce qu'en haussant les épaules ou en souriant), dominée par ce cruel embarras, elle était là, dans la nudité originelle de l'impuissance humaine, face à la méchanceté du monde, face à elle-même, face à sa position absurde et à la question désespérée de ce qu'elle devait faire pour sauver sa dignité, pour tenir. Cela peut sembler exagéré mais cette situation m'a fait penser à l'homme, au moment où il commence sa propre existence. La situation de séparation, lorsqu'il est jeté dans l'étrangeté du monde et se demande qui il est. Mais ce n'est pas tout : je me suis rendu compte que pendant quelques instants, j'ai partagé avec la dame à l'écran l'angoisse de sa situation. J'étais horriblement gêné, je rougissais, j'avais honte et retenais mes larmes. Indépendamment de ma volonté, j'éprouvais de la compassion pour une personne que je ne connaissais pas (compassion d'autant plus surprenante que les prisonniers ici ont tendance à considérer que tout ce qui passe à la télévision fait partie du monde ennemi, celui qui les a mis ici). Je souffrais de n'avoir pas pu l'aider, me mettre à sa place ou du moins la soulager par une caresse.

Pourquoi me suis-je soudain senti responsable — en dehors de toute logique — pour un être humain que je ne connais pas et dont le malheur ne m'était communiqué que par l'intermédiaire de l'écran ? En quoi cela m'a-t-il touché ? Est-ce que, même de loin, cela me concerne ? Suis-je plus sensible que d'autres gens ? (Peut-être que oui, mais cela n'explique rien.) Et si je le suis, pourquoi est-ce cela, précisément, qui m'a touché alors que je vois tous les jours autour de moi une souffrance beaucoup plus grande ?

Je ne me sens pas en mesure de deviner, après la lecture d'un petit extrait d'article, quels sont le champ et la profondeur qu'occupe la notion de responsabilité dans l'œuvre philosophique de Levinas. S'il affirme que la responsabilité pour les autres est quelque chose d'originel et de très important dans quoi nous sommes jetés, par quoi nous nous transcendons, et que cette responsabilité précède notre liberté, notre volonté et les buts que nous nous assignons, je partage entièrement son opinion. C'est ce que j'ai toujours ressenti même si je ne m'en rendais pas compte et ne trouvais pas de mots pour le formuler. C'est vrai, nous sommes indiscutablement jetés et nous nous constituons, dans cette responsabilité illimitée et non motivée, dans cette « existence hors de l'existence propre ». Cette responsabilité authentique, à l'état pur, dépourvue de toute spéculation et précédant la réflexion, cette responsabilité irréductible et inexplicable par des schémas psychologiques précède le moi : elle m'est donnée et ce n'est qu'après, en l'acceptant ou en la rejetant, que je me constitue en tant qu'individu.

L'histoire de la météorologiste, toute futile qu'elle soit, confirme les réflexions qui précèdent et qui m'ont été inspirées par ma propre expérience. Non seulement cet incident s'est produit dans le contexte de ma lecture de Levinas, mais surtout il illustre magistralement la vulnérabilité de l'être humain. Pendant un moment je me suis senti directement responsable de cette dame et j'ai partagé son désarroi (tout en sachant que sa vie est bien plus agréable que la mienne et qu'elle ne pensera jamais à moi, même si elle me connaît) parce que, plus nous sommes exposés au monde, vulnérables et impuissants, plus notre malheur appelle à la solidarité. L'exposition dramatiquement dénudée d'autrui, dévoilée de toute « apparence », actualise et nous fait redécouvrir notre propre vulnérabilité originelle, quelque peu oubliée, nous renvoie à elle et nous fait brutalement comprendre que c'est nous-mêmes qui sommes là, seuls et abandonnés de tous, sans aucune assistance, et que c'est en fait une image de notre propre situation fondamentale, de notre situation à tous, car nous sommes tous abandonnés, jetés dans le monde et blessés sans qu'il faille chercher qui, concrètement, en souffre à ce moment précis.

[...]

Et comme il n'y a pas moyen d'échapper au monde dans lequel nous sommes condamnés à vivre, il est impossible de nier notre relation irréalisée avec l'universalité de l'Être, la douleur de son absence en nous, cet appel incessant à la transcendance, cet appel de nos origines et de notre but. Et quand je me demande d'où vient cette responsabilité infinie, illimitée, absolue, prérationnelle et précausale pour un autre ou les autres, je me dis que l'être séparé se souvient ainsi de son être originel dans l'Être, de ses liens présubjectifs avec la totalité, qu'il a fondamentalement besoin d'abolir son emprisonnement individuel et de rentrer dans l'intégrité de l'Être. L'exposition de la vulnérabilité de l'autre nous touche donc non seulement parce qu'elle reflète notre propre vulnérabilité mais également pour une raison plus profonde : lorsque nous la reconnaissons en tant que telle, la « voix de l'Être » nous parvient plus nettement qu'à aucun autre moment. Dans notre nostalgie de l'Être et notre désir de le retrouver, cette voix se découvre elle-même en étant dévoilée par la vulnérabilité de l'autre. Cet appel venant des profondeurs du destin nous dérange, nous éveille, mobilise notre désir de transcender notre subjectivité, évoque directement le souvenir prénatal de fusion dans l'Être. C'est un appel, pour ainsi dire, plus fort que toute autre chose (« rationnelle ») et nous retrouvons, poussés par le besoin de nous identifier avec l'Être, la responsabilité. De ce point de vue-là, la responsabilité pour l'autre apparaît comme une responsabilité ravivée ou réactualisée pour « tout », l'Être, le monde, son sens ; c'est une participation renouvelée à l'Être, autrement dit une identification avec ce que nous ne sommes pas et ce qui ne nous touche pas ; c'est la redécouverte de l'expérience primordiale de soi dans l'Être et de l'Être en soi ; c'est une expression de notre intention profonde de couvrir le monde de notre subjectivité. La compassion, l'amour, l'aide spontanée à autrui, tout ce qui dépasse les limites de la préoccupation pour l'être-là, ces véritables « profondeurs du cœur » peuvent être considérées comme la forme unique de la métamorphose et du développement de la subjectivité humaine à partir de ses origines, dans lesquelles elle a été jetée et, en retour, le rattachement à cette intégrité de l'Être. L'étonnement qui l'accompagne est celui que j'ai connu en ressentant de la compassion pour la malheureuse météorologiste prise au dépourvu par une défaillance technique en studio.

[...]

Je t'embrasse. Ton Vašek.

Traduit par JAN RUBEŠ (avec la collaboration de Catherine Daems).
© Éditions de l'Aube, 1990.

Mandel Mann (1916-1975)

Di Nakht iber Glushina
(1957)
La Tour de Genghis Khan*

Djiguita a l'air d'une pierre taillée et son visage ressemble à un masque. Ses paupières mêmes ne remuent pas, et les veines de son front ne battent pas plus qu'elles ne battraient sur un buste de marbre. Mais ses oreilles restent attentives. Il écoute le bruit du poignard de Bouslaï sur les arbres. Il sait que le vagabond marque son chemin pour ne pas s'égarer. Bourian s'agite. Il a proposé de laisser une partie des armes dans le chariot et a exigé qu'on lui remette tous les pistolets. En plein jour il ne s'approche jamais de Djiguita. La nuit, il se tient auprès de lui, sans parler.

[...]

Même quand tous les autres rient de ses histoires, Djiguita reste impassible, le regard dur. Ce regard fait peur à Bourgin, qui sent un étau lui serrer le crâne. Malgré toute son expérience de secrétaire d'unité, il n'arrive pas à comprendre la signification de ce regard. Que veut Djiguita ? Qui est-il ? Que cache-t-il derrière ce masque ? Quand le grêlé a posé la main sur sa nuque, Bourgin a perdu la voix et une veine de son cou a battu rapidement. Djiguita n'a rien dit. Il s'est éloigné en se dandinant sur ses jambes courtes, et Bourgin

---

* La traduction littérale du titre est « La nuit sur Glushina ». Pendant la Seconde Guerre mondiale, une patrouille russe perdue dans la forêt s'installe dans un village. Les hommes de la brigade promettent aux paysans une ère de bonheur. Mais petit à petit la tyrannie se développe. Dès le début du roman, Mandel Mann décrit un personnage inquiétant : un succédané de Staline.

est resté planté sur place, un sourire obséquieux aux lèvres, heureux de cette manifestation d'amitié. Il se sentait calme, rassuré, et puis, brusquement, il s'est assombri : pourquoi éprouvait-il tant le besoin de flatter ce type inculte, presque illettré ? Lui, le secrétaire de l'unité, il est intelligent, il possède une certaine expérience, or devant l'autre, il perd toute assurance. Il se fait pitié à lui-même, et à cette pitié se mêle un sentiment de haine à son propre égard et envers le monde entier. Il se rend compte qu'il se condamne à être l'esclave d'un esclave. Un impuissant parmi des impuissants.

Traduit par F. VERNAN et M. MANN.
© Calmann-Lévy, 1975.

Salman Rushdie (né en 1947)

Midnight's Children
(1980)
Les Enfants de minuit

Les pêcheurs étaient les premiers. Avant le compte à rebours de Mountbatten[1], avant les monstres et les déclarations publiques ; quand les mariages souterrains étaient encore impensables et les crachoirs inconnus ; avant le mercurochrome ; bien avant les lutteuses tenant des draps troués ; et, en remontant ainsi, avant Dalhousie[2] et Elphinstone[3], avant que l'East India Company construise son fort, avant le premier William Methwold ; à l'aube des temps, quand Bombay n'était qu'une île en forme d'haltère, fuselée au centre pour devenir une grève étroite et lumineuse, au-delà de laquelle on pouvait voir le plus beau et le plus grand port naturel d'Asie, quand Mazagoon et Worli, Matunga et Mahim, Salsette et Colaba étaient également des îles — en bref, avant que l'assèchement des terrains transforme les sept îles en une longue presqu'île, comme une main, tendue dans la mer d'Oman ; dans ce monde de l'origine, avant les pendules municipales, les pêcheurs — qu'on appelait *kolis* — naviguaient dans des dhows arabes et déployaient leurs voiles rouges dans le soleil couchant. Ils attrapaient des brèmes de mer et des crabes, et ils ont fait de

---

1. Le 4 juin 1947, Lord Mountbatten, lors d'une conférence, déclenche le compte à rebours de soixante-dix jours qui doit conduire l'Inde à l'indépendance. Celle-ci prend effet le 15 août 1947 à minuit.
2. James Andrew Dalhousie (1812-1860), homme politique anglais, gouverneur de l'Inde de 1847 à 1859.
3. Montstuart Elphinstone (1779-1859), gouverneur de Bombay de 1819 à 1827.

nous des amateurs de poisson. (Ou de la plupart d'entre nous. Padma a succombé aux sorcelleries de leurs viviers ; mais chez nous, nous étions contaminés par un sang étranger venu du Cachemire, avec la discrétion glacée du ciel du Cachemire, et nous sommes restés des mangeurs de viande jusqu'au dernier.)

Il y avait aussi des noix de coco et du riz. Et, par-dessus tout, l'influence protectrice et favorable de la déesse Mumbadevi, dont le nom — Mumbadevi, Mumbabai, Mumbai — aurait pu devenir celui de la ville. Mais les Portugais appelèrent l'endroit Bom Bahia, à cause de son port et non à cause de sa déesse... Les Portugais ont été les premiers envahisseurs ; ils utilisaient le port pour abriter leurs navires de commerce et leurs vaisseaux de guerre ; mais, un jour de 1633, un officier de l'East India Company, du nom de Methwold, eut une vision. Il rêva d'un Bombay anglais et fortifié, fermant à l'ouest la route à tous ceux qui viendraient — et cette vision était si forte que l'histoire se mit en mouvement. L'histoire bouillonnait à l'horizon ; Methwold mourut ; et, en 1660, Charles II d'Angleterre fut fiancé à Catherine de Portugal, de la maison de Bragance — la même Catherine qui pendant toute sa vie joua les sous-fifres pour Nell le marchand d'oranges. Mais elle eut une consolation : sa dot, qui mit Bombay dans les mains des Anglais, peut-être dans une cantine verte, et rapprocha la vision de Methwold de la réalité. Il se passa peu de temps et, le 21 septembre 1668, la compagnie mit finalement la main sur l'île... et ils continuèrent ainsi, et en un clin d'œil il y eut une ville, Bombay, dont une vieille chanson disait :

> *Prima in Indis*
> *Porte de l'Inde*
> *Étoile de l'Orient*
> *Tournée vers l'Occident.*

Notre Bombay, Padma ! C'était très différent à

l'époque, il n'y avait pas de night-clubs, ni de conserveries, ni d'hôtel Sheraton, ni de studios de cinéma ; mais la ville grandit à une vitesse vertigineuse, on la dota d'une cathédrale et d'une statue équestre du roi guerrier Mahratta Sivaji, qui (c'est ce que nous croyons) est né une nuit et a parcouru à cheval toutes les rues de la ville — jusqu'à Marine Drive ! Sur la plage de Chowpatty ! [...]

Et où sont-ils maintenant, les premiers habitants ? Les noix de coco se sont accommodées de tout. On leur coupe toujours la tête sur la plage de Chowpatty ; et sur la plage de Juhu, sous le regard langoureux des stars de cinéma de l'hôtel du Sable et du Soleil, de petits garçons grimpent toujours au tronc des cocotiers pour en rapporter les fruits barbus. Les noix de coco ont même leur fête, qui a lieu quelques jours avant ma naissance synchrone. Soyez tranquille pour les noix de coco. Le riz n'a pas eu autant de chance ; aujourd'hui, les rizières sont sous le béton ; les tours d'habitation étaient autrefois des rizières boueuses près de la mer. Mais, en ville, nous sommes toujours de gros mangeurs de riz. Le riz de Patna, de Basmati, du Cachemire vient chaque jour dans la métropole ; ainsi le riz a laissé son empreinte sur nous et on ne peut pas dire qu'il est mort en vain. [...] Où sont les prières des mangeurs de brèmes, les dévotions des pêcheurs de crabes ?... parmi tous les premiers habitants, les pêcheurs kolis sont ceux qui ont le moins bien réussi. Entassés dans un village minuscule, dans le pouce de la presqu'île en forme de main, ils ont donné leur nom à un district : Colaba. Suivez le chemin de Colaba jusqu'au bout — au-delà des boutiques de vêtements bon marché, des restaurants iraniens et des appartements modestes pour professeurs, journalistes et employés — et vous les trouverez, coincés entre la base navale et la mer. Et parfois, des femmes kolis, les mains puant l'entraille de brème et le crabe, bousculent tout le monde avec arrogance pour se mettre en tête des queues aux arrêts de bus, leur sari rouge (ou pourpre) effrontément remonté entre les jambes, avec l'éclair douloureux des défaites et des dépossessions anciennes dans leurs yeux globuleux et vitreux. Un fort puis une ville ont pris leur terre ; les pilotis leur ont volé (des tétrapodes leur voleront) une partie de leur mer. Mais il y a toujours des dhows arabes qui chaque soir lèvent leurs voiles dans le soleil couchant... en août 1947, les Anglais, ayant cessé d'exercer leur autorité sur les filets des pêcheurs, les noix de coco, le riz et Mumbadevi, s'apprêtaient à s'en aller ; aucune autorité n'est éternelle.

Traduit par Jean Guiloineau.
© Éditions Stock, 1983, 1987.

INDEX

Index des auteurs
Index des œuvres citées

Index des auteurs

ADY, ENDRE (1877-1919) Représentant de l'école symboliste, Endre Ady est le chef de file du renouveau littéraire du début du siècle. Il abandonne ses études de droit pour devenir journaliste à Nagyvárad où il s'éprend d'une femme, nommée Léda dans ses poèmes. Il la suit à Paris en 1904, où il reviendra très souvent comme correspondant d'un quotidien de Budapest. Il est le porte-drapeau des écrivains groupés autour de la revue *Nyugat*. Sa santé ruinée par les excès de sa vie déréglée, il épouse néanmoins une jeune fille qui sera sa muse et sa garde-malade. Ady ne cesse de stigmatiser le régime semi-féodal qui a subsisté en Hongrie. La Première Guerre mondiale lui inspira des poèmes qui sont de véritables visions d'apocalypse. *p. 89*

AGOLLI, DRITËRO (né en 1931) Écrivain albanais, journaliste, poète, auteur de scénarios, de pièces de théâtre et de recueils de nouvelles, Dritëro Agolli a aussi été élu, malgré son non-conformisme affiché, à la présidence de l'Union des écrivains et des artistes d'Albanie (1973) et au comité central du parti communiste albanais. Ses œuvres (*Le Commissaire Memo*, 1969 ; *L'Homme au canon*, 1975 et *Splendeur et décadence du camarade Zulo*, 1972) ont été traduites en de nombreuses langues après avoir remporté un grand succès dans leur pays. *p. 337*

AKHMATOVA, ANNA ANDRÉÏEVNA (1889-1966) Née près d'Odessa, fille d'un ingénieur de la marine, Anna Gorenko a vécu jusqu'à seize ans à côté de Saint-Pétersbourg, puis en Crimée et en Ukraine. En 1910, lors d'un voyage en France, elle fait la connaissance de Modigliani. Ses deux premiers recueils de vers datent de 1912 et 1914. La guerre et la révolution inaugurent des épreuves qui ne cesseront plus : son premier mari, le grand poète Nicolas Goumiliov, né en 1886, l'un des fondateurs de l'acméisme (1911), est fusillé par les bolcheviks en 1921 ; son second mari et son fils sont arrêtés en 1935 et déportés ; son fils est de nouveau jeté dans un camp après 1945. De son expérience de mère et d'épouse de déportés, partagée avec d'innombrables femmes russes de ce temps, elle tire le bref cycle du *Requiem* (1939), qui ne verra le jour en Russie que bien plus tard.

Interdite de publication depuis 1925, elle voit son sort s'améliorer pendant la guerre contre l'Allemagne nazie et le siège de Leningrad, mais pour peu de temps : injuriée par Jdanov en 1946, elle est frappée d'interdit jusqu'à la mort de Staline. De nouveau publiée en URSS après 1953, mais de façon très partielle, elle est en revanche honorée de plusieurs distinctions en Italie et en Angleterre, où elle peut se rendre juste avant sa mort, en 1966. *p. 532*

ALBERTI, RAFAEL (né en 1902)   Poète et dramaturge de la « génération de 27 ». Andalou de naissance, il fut d'abord peintre. En 1931, il entra au parti communiste espagnol et s'exila en Argentine après la guerre civile, pour ne revenir qu'avec la démocratie. Il poursuit en Espagne des activités politiques et littéraires et le prix Cervantès lui est décerné en 1983. Ses premières œuvres sont influencées par la poésie traditionnelle, le *Romancero* en particulier : *Marinero en tierra* (1923), *El Alba del alhelí* (1926), l'hommage à Góngora *Cal y canto* (1927) avant le surréalisant *Sobre los ángeles* (1929). Dans les années trente, il s'oriente vers la poésie engagée et fait ses premiers pas au théâtre avec un autoallégorique moderne *El Hombre deshabitado*. *Poemas del destierro y de la espera* (1971) rassemble les écrits de l'exil. Quant à ses Mémoires, ils sont l'objet de *La arboleda perdida* (1959), qui fait, entre autres, revivre la « génération de 27 ». *p. 196*

ANDREÏEV, LÉONIDE NIKOLAÏÉVITCH (1871-1919)   Né à Orel en 1871, fils d'un arpenteur, fait ses débuts littéraires en 1892, après des années de difficultés matérielles et affectives. Marqué par la lecture de Schopenhauer et de Nietzsche, activement aidé par Gorki, il est l'un des auteurs caractéristiques du tournant de ce siècle par l'importance du récit bref et le soin pris à distinguer la langue littéraire de la langue courante. Il est proche aussi de certains de ses contemporains allemands par son goût des situations exceptionnelles, parfois scabreuses (on l'a poursuivi pour pornographie), parfois violentes, et par une inspiration souvent apocalyptique. Cet « expressionnisme » lui a valu, en Russie et à l'étranger, une popularité exceptionnelle dont le succès des *Sept pendus* (1908) marque l'apogée. Ensuite il écrit surtout pour le théâtre, et notamment pour le Théâtre artistique de Moscou (*Anathème*, 1910). Journaliste libéral, il a dû quitter la Russie de 1905 à 1907 pour assurer sa sécurité personnelle ; enthousiaste de la révolution de Février, mais adversaire décidé des bolcheviks, il est mort dans sa propriété de Finlande un an après la révolution d'Octobre. *p. 110*

ANDRIĆ, IVO (1892-1975)   Ivo Andrić est né à Travnik (Bosnie-Herzégovine) en 1892. Il passe son enfance à Višegrad. Il termine ses études secondaires à Sarajevo. Il fait des études de philosophie à Zagreb, à Vienne et à Cracovie. Au cours de la Première Guerre mondiale, il est emprisonné et interné pour ses idées progressistes yougoslaves. Il termine ses études à Graz à la fin de la guerre. Entre 1921 et 1941, il mène une carrière diplomatique, dans les consulats de Yougoslavie de Rome, Bucarest, Graz, Madrid, Paris, Bruxelles, Genève et Berlin. À la fin de la Seconde Guerre mondiale, il s'installe à Belgrade et se consacre à la littérature. Il est, un certain temps, président de l'Union des écrivains yougoslaves. En 1961, cet auteur obtient le prix Nobel de littérature. Ivo Andrić est mort à Belgrade en 1975. Ses principales œuvres sont : *Il est un pont sur la Drina* (1945), *La Chronique de Travnik* (1945), *La Cour maudite* (1954), *L'Éléphant du Vizir — Récits de Bosnie et d'ailleurs* (1948), *Au temps d'Anika* (1931). *p. 303*

ANSKI, CHLOÏME-ZAÏNVL RAPOPORT, dit (1863-1920) Essayiste, poète, dramaturge, ethnologue né en 1863 en Russie. Après une éducation juive traditionnelle, il manifesta un vif intérêt pour la littérature et s'engagea dans le mouvement politique russe des Narodniki. Après un séjour à Paris pendant l'affaire Dreyfus, il retourna en Russie où il se consacra à l'étude du folklore juif. Député socialiste révolutionnaire à la Douma, il quitta la Russie en 1918 et s'installa en Pologne où il s'occupa jusqu'à la fin de sa vie de la Société d'ethnographie qu'il avait fondée à Vilno puis déplacée à Varsovie. Ses œuvres complètes furent publiées à Varsovie en quinze volumes en 1920. Son ouvrage le plus célèbre fut sans nul doute *Le Dibbuk*, porté à l'écran en yiddish (1937). *p. 314*

APOLLINAIRE, GUILLAUME APOLLINARIUS KOSTROWITZKY, dit (1880-1918) L'Allemagne, où il est précepteur en 1901-1902, sera avec l'Angleterre des « demi-brumes » l'une des sources d'inspiration majeures du poète. Lié aux cubistes et aux futuristes, qu'il défend ardemment, il publie en 1908 *L'Enchanteur pourrissant*. En 1911, *Le Bestiaire* est son premier recueil publié. Il rédige pour vivre des romans libertins pleins d'humour (*Les Onze Mille Verges*, 1905). *Alcools*, son recueil majeur, paraît en 1913. Suivront, après sa mort, les *Calligrammes* et les *Poèmes à Lou*. Affaibli par une blessure de guerre, il meurt de la grippe espagnole. *p. 82*

ARAGON, LOUIS (1897-1982) Lié aux mouvements dadaïste et surréaliste, son adhésion au PCF en 1927 l'éloigne de Breton, avec lequel il se brouille définitivement en 1932. Très loin du style de ses premiers romans (*Le Paysan de Paris*, 1926), son œuvre s'oriente vers le réalisme (*Les Beaux Quartiers*, 1936). Il participe activement à la Résistance (*La Diane française*, 1945) et chante continûment Elsa Triolet sa compagne (*Les Yeux d'Elsa*, 1942 ; *Le Fou d'Elsa*, 1963). Malgré ses critiques du PCUS, il reste fidèle au Parti français, même si ses dernières œuvres s'éloignent de la pure inspiration militante qui fut la sienne (*Les Communistes*, 1949-1951). *p. 223*

ARRABAL, FERNANDO (né en 1932)   Né à Melilla, il quitte l'Espagne et sa censure pour vivre à Paris en 1955. Homme de théâtre d'avant-garde, créateur du théâtre panique dissident du surréalisme, il cultiva aussi le théâtre bouffe (*Róbame un billoncito/Vole-moi un petit milliard*, 1977), le théâtre de l'absurde (*El Cementerio de los automóviles/Le Cimetière des voitures*) et le théâtre de guérilla (*Y les pusieron esposas a las flores/Et ils passèrent des menottes aux fleurs*, 1969). Ses pièces, réunies en dix-sept volumes, sont en cours de publication (Éditions Bourgois). Il est également poète et romancier : *Baal Babylone* (1959), *L'Enterrement de la sardine* (1961), *L'Extravagante Croisade d'un castrat amoureux* (1989). Cinéaste, il réalise *Viva la muerte* (1971), *J'irai comme un cheval fou* (1973) et *L'Arbre de Guernica*. S'auto-définissant comme anarchiste, il rédige des pamphlets politiques : *Lettre au général Franco* (1972), *Lettre aux militants communistes espagnols* (1978), *Lettre à Fidel Castro* (1984). Iconoclaste, avec un art de la provocation aux racines hispaniques, il applique à la lettre sa propre définition de la « véritable démarche de l'écrivain : déranger ! »
p. 463

ASCH, SHOLEM (1880-1957)   Romancier, essayiste, journaliste, dramaturge polyglotte né en 1880 en Pologne qui vécut dans de nombreuses métropoles (Varsovie, Paris, Londres, New York, Tel Aviv). Son œuvre thématique se compose de nombreux romans historiques, sociaux et religieux qui, dans certains cas suscitèrent des polémiques. Parmi ses ouvrages les plus célèbres on trouve : *La sanctification du Nom, Le Juif aux Psaumes, Avant le Déluge : Pétersbourg, Varsovie, Moscou, Moïse, Le Nazaréen, L'apôtre, Marie mère de Dieu, Shabbatay Tzvi*...
p. 320

AZORÍN, JOSÉ MARTINEZ RUIZ, dit (1873-1967)   Romancier et essayiste de la « génération de 98 », il fit ses débuts de journaliste dans la presse de gauche avant de devenir collaborateur du quotidien monarchiste *ABC* et député conservateur (1907-1919). Après la victoire franquiste, il regagna la péninsule, quittée en 1936, et continua d'écrire, au risque de passer pour anachronique, sur l'Espagne traditionnelle. Outre ses livres de souvenirs (*Confesiones de un pequeño filósofo*, 1904), il écrivit des essais de thème espagnol (*España : hombres y paisajes*, 1905 ; *La Ruta de don Quijote*, 1906 ; *Castilla*, 1912) ou littéraire (*Rivas y Larra*, 1916) ainsi que des romans (*Felix Vargas*, 1928 et le roman expérimental *Superrealismo*, 1929). L'œuvre peu traduite de ce francophile (auteur d'un *Racine y Molière*, 1924) est marquée par la sensibilité au paysage et la poétisation du quotidien.
p. 190

BABEL, ISAAC EMMANOUILOVITCH (1894-1941).   Nouvelliste, scénariste, auteur dramatique, beaucoup de ses contemporains l'ont tenu pour un prosateur expérimental, qui rejetait la fiction et ouvrait les portes de la « littérature factuelle » avec des récits authentiques, presque ethnographiques, sur la guerre avec la Pologne (1920) ou sur le milieu des gangsters d'Odessa ; aussi le *LEF* de Maïakovski a-t-il été l'une des premières revues à publier Babel. Aujourd'hui, la critique insiste plutôt sur ses attaches avec la culture juive de Russie et le sentiment qu'il avait d'assister à son déclin. Né à Odessa en 1894, il a publié ses premiers récits en 1916 dans l'une des revues de Gorki ; en 1926, il devient célèbre avec son cycle de récits de guerre, *Cavalerie rouge*, que suivent bientôt les *Récits d'Odessa* ; il est l'auteur de deux pièces (1926 et 1935) et de nombreuses nouvelles. Très célèbre à l'étranger, il est notamment venu à Paris en juin 1935 avec Pasternak pour représenter l'URSS au Congrès international des Écrivains pour la Défense de la Culture. Arrêté en mai 1939, disparu, réhabilité en 1954, il avait peut-être en chantier un roman sur la collectivisation, dont on a retrouvé et publié beaucoup plus tard deux fragments. *p. 289*

BARNES, JULIAN (né en 1946) Julian Barnes, chroniqueur pour *The Observer*, auteur de romans policiers sous le pseudonyme de Dan Kavanagh, est, avec Salman Rushdie, Graham Swift ou David Lodge, un des romanciers les plus représentatifs des nouvelles tendances du roman anglais contemporain. Il est également l'auteur de *L'Histoire du monde en 10 chapitres 1/2*. *p. 407*

BARRÈS, MAURICE (1862-1923) Il connaît la gloire avec sa trilogie du *Culte du Moi : Sous l'œil des barbares* (1888), *Un homme libre* (1889), *Le Jardin de Bérénice* (1891). Député boulangiste de Nancy, il dirige *La Cocarde*, journal nationaliste. Antidreyfusard, antisémite et xénophobe, il fait paraître une nouvelle trilogie à succès, *Le Roman de l'énergie nationale* (*Les Déracinés, L'Appel au soldat, Leurs figures*). Suit en 1913 *La Colline inspirée*. Il appellera toutefois à la réconciliation après la guerre (*Le Génie du Rhin*, 1921). *p. 83*

BASSANI, GIORGIO (né en 1916) Né à Bologne dans une famille juive ferraraise, Bassani passe sa jeunesse à Ferrare. Il participe activement à la Résistance et fait l'expérience de la prison. Après la guerre, il se consacre à la littérature et publie un recueil de vers, suivi en 1956 de *Cinque Storie Ferraresi*. Le succès viendra en 1962 avec *Le Jardin des Finzi-Contini*. Depuis, il a publié plusieurs autres romans. Il réside à Rome depuis 1943. *p. 489*

BEAUVOIR, SIMONE DE (1908-1986) Agrégée de philosophie comme Sartre, elle abandonne l'enseignement à la parution de son premier roman, *L'Invitée* (1943). Collaboratrice éminente des *Temps modernes*, elle connaît un succès mondial avec *Le Deuxième Sexe* (1945), bientôt bible du féminisme balbutiant. Prix Goncourt avec *Les Mandarins* (1954), elle verse dans l'écriture autobiographique (*Mémoires d'une* *jeune fille rangée*, 1958 ; *La Force de l'âge*, 1960 ; *Une mort très douce*, 1964 ; *Tout compte fait*, 1972).   *p. 430*

BECKETT, SAMUEL (1906-1989) Irlandais protestant, anglophone rédigeant le plus souvent en français, il se fixe à Paris en 1938. Si dans *Murphy* (1935-1938) le « héros » attend la mort, les personnages de *Malone meurt* (1952) ou d'*En attendant Godot* (1953) n'espèrent plus rien. De même les voix à peine narratives de *L'Innommable* (1953) ou du *Dépeupleur* (1971). L'absurde n'y est pas une valeur critique, mais l'essence même de la vie. Ses textes se réduisent à presque rien (*Nouvelles et textes pour rien*, 1955 ; *Catastrophes et autres dramaticules*, 1982). Le prix Nobel couronne en 1967 cette patiente exploration des territoires du vide.   *p. 436*

BENET, JUAN (1927-1993) Après un premier recueil de nouvelles (*Nunca llegarás a nada*, 1961), Benet publie son premier roman en 1967, *Volverás a región*. Avec *Tiempo de silencio* de Martín-Santos et *Señas de identidad* de Goytisolo, il marque un tournant dans la rupture avec le réalisme social, et ce en intégrant l'héritage de Proust et de Faulkner. Benet y configure l'espace imaginaire de *Región*, espace hostile à l'étranger, en mêlant les plans temporels dans un texte tour à tour elliptique ou objectif, toujours dense et itératif, voire hermétique, et dominé par le thème de la ruine et de la mort. Il continue à cultiver les procédés de l'ambiguïté dans *Una meditación* (1970) et *Un viaje de invierno* (1972), le succès public venant avec *Herrumbrosas lanzas* (1983), puis *En la penumbra* (1989).   *p. 418*

BENN, GOTTFRIED (1886-1956) Fils de pasteur, Gottfried Benn fit des études de théologie, philologie et de médecine. Le médecin militaire de la Première Guerre mondiale devint l'un des plus radicaux poètes expressionnistes. Tout d'abord favorable au régime hitlérien, il prit ses distances à partir de 1935 et fut exclu de la Chambre de la littérature du Reich avec interdiction de publier. Il connut la célébrité après la guerre et reçut le prix Büchner en 1951.   *p. 45*

BERNANOS, GEORGES (1888-1948) Monarchiste et chrétien, il rompt avec l'Action française en 1925. L'année suivante, il écrit son premier roman, *Sous le soleil de Satan*. Suivent *L'Imposture* (1927) et *La Joie* (1929). *Le Journal d'un curé de campagne* (1936) obtient un grand succès, de même que *La Nouvelle Histoire de Mouchette* (1937). De Majorque, où il réside, il observe en détail la répression franquiste, qui lui inspire *Les Grands Cimetières sous la lune* (1938). Parti au Brésil en 1939, il y écrit *Monsieur Ouine* (1940). Sa dernière œuvre sera *Dialogues des carmélites* (posthume, 1949).   *p. 225*

BERNHARD, THOMAS (1931-1989) Autrichien né en Hollande, élevé en partie par ses grands-parents, Thomas Bernhard fit ses études secondaires à Salzbourg, les interrompit pour travailler, tomba gravement malade, puis reprit des études musicales et se consacra à la dramaturgie. Ses œuvres, pour partie autobiographiques, sont empreintes d'ironie cruelle et de désespoir nihiliste. Il fit scandale à la veille de sa mort en laissant libre cours à sa haine implacable de l'Autriche. *p. 374*

BIALIK, HAÏM NAHMAN (1873-1934) Né en 1873 en Ukraine, il fut un classique de la poésie hébraïque moderne et écrivit aussi en yiddish. Sioniste fervent, Bialik inscrivit son œuvre dans la lignée du style prophétique, laissant s'épancher les sentiments et les idéaux dans un lyrisme soutenu par l'emphase des langues hébraïque et yiddish. L'œuvre de Bialik en yiddish fut publiée pour la première fois à Odessa en 1906. *p. 129*

BIÉLY, BORIS NIKOLAÏÉVITCH BOUGAÏEV, DIT ANDRÉÏ (1880-1934). Fils d'un professeur d'université, Boris Nicolaïévitch Bougaïev (plus tard Andréï Biély) est né à Moscou en 1880. Avec son ami Blok, il personnifie la deuxième période créatrice du symbolisme russe, qui avait commencé en 1894. De 1902 à 1907, il se fait connaître par un volume de vers et quatre *Symphonies* qui modifient sensiblement l'allure, le rythme et la fonction de la prose russe. En 1910, sous l'effet de la révolution de 1905 et de sa passion déçue pour la femme de son ami Blok, il écrit son premier roman, bientôt suivi d'un second, *Pétersbourg* (1912-1913), qui est son œuvre la plus connue. Peu après, son amour d'une autre femme et son enthousiasme pour la doctrine de Rudolf Steiner l'entraînent dans une série de voyages à l'étranger, compliqués par l'arrivée de la guerre ; son tempérament visionnaire en tire de nouvelles ressources pour des textes autobiographiques comme *Carnets d'un toqué* (1918). De retour en Russie après 1923, il écrit un nouveau cycle de romans, cette fois consacré à Moscou, et une nouvelle série d'écrits autobiographiques. Il meurt en 1934. *p. 113*

BLAGA, LUCIEN (1895-1961) Poète, philosophe et dramaturge, Blaga s'apparente à l'expressionnisme (« deviner intuitivement les sens cachés des choses, les traduire en images qui expriment en les résumant des expériences majeures ou des pressentiments profonds »); il a publié de son vivant sept livres de poésie (*Poèmes de la lumière*, *Au partage des eaux*, *Éloge du sommeil*, etc.) et un grand nombre d'études philosophiques et littéraires. Interdit de publier après la Seconde Guerre mondiale, par les autorités communistes, il a laissé à l'état de manuscrits un nombre appréciable de poèmes. *p. 278*

BLIXEN, KAREN (1885-1962) Karen Christine Dinesen est née dans une famille proche de la noblesse danoise. En 1914, elle épouse son cousin, le baron Blixen-Finecke. Le couple s'installe au Kenya, où il exploite une plantation de café ; Karen Blixen en continuera seule l'exploitation après son divorce en 1921. En 1932, les difficultés économiques l'obligent à vendre ; elle rentre au Danemark et s'installe au manoir familial de Rungstedlund, au nord de Copenhague, où elle vivra jusqu'à sa mort. Les *Sept contes gothiques* (1935), qu'elle publie d'abord en anglais sous le pseudonyme d'Isak Dinesen, inaugurent l'une des œuvres les plus singulières de tout le XXe siècle. Suivront *La Ferme africaine* (1937) où elle relate sa vie en Afrique, *Contes d'hiver* (1942), *Les Voies de la vengeance* (1944, sous le pseudonyme de Pierre Andrézel), *Nouveaux contes d'hiver* (1957), *Anecdotes du destin* (1958) et une suite à *La Ferme africaine*, *Ombres sur la prairie* (1960). Après sa mort sont publiés *Ehrengard* (1963), puis *Contes posthumes* (1975). L'œuvre de Karen Blixen, nourrie de tradition orale, peut paraître profondément anachronique. Son univers est celui du XIXe siècle et doit apparemment beaucoup au roman gothique tel qu'il fut inventé par Ann Radcliffe. En réalité elle s'empare de procédés littéraires comme le recours à des narrateurs multiples et la mise à distance dans le temps pour mener une réflexion très moderne sur les problèmes d'identité et les rapports entre la vie et l'art.

p. 183

BLOK, ALEKSANDR ALEKSANDROVITCH (1880-1921). L'un des plus grands poètes qu'ait connus la Russie, né à Saint-Pétersbourg en 1880, la même année que son ami Biély avec qui il se lie en 1903, et comme lui fils d'un professeur d'université. Sa vie a été marquée par son amour pour sa mère, son mariage avec Lioubov Mendeléeva, fille du célèbre chimiste, sa passion pour le théâtre et plusieurs séjours à l'étranger (notamment à Paris et en Bretagne). Son œuvre poétique tient en trois volumes de vers parus entre 1904 et 1916, à côté desquels il a écrit aussi de nombreux articles, quelques textes pour le théâtre et des traductions (de Flaubert notamment). Son poème *Les Douze* (janvier 1918), publié dans la presse des socialistes-révolutionnaires, alliés provisoires des bolcheviks au pouvoir, est resté célèbre comme la première grande lecture poétique de la révolution qui se déroulait alors. Très populaire, mais miné par les privations et le désespoir, il est mort en août 1921 à Pétrograd. *p. 116*

BÖLL, HEINRICH (1917-1985) Figure emblématique de la littérature allemande d'après-guerre, Böll est issu d'une famille bourgeoise, catholique et antinazie. De retour d'une guerre subie malgré lui, Böll est devenu une sorte de conscience morale de la RFA en s'attaquant de front aux questions inconfortables. Exécré par les milieux conservateurs, il soutint Willy Brandt dans les années soixante, se fit le défenseur des droits de l'homme à l'Ouest comme à l'Est et participa aux actions des pacifistes des années quatre-vingt. Il reçut le prix Nobel de littérature en 1972. *p. 364*

BORCHERT, WOLFGANG (1921-1947) Né à Hambourg où son père était professeur, Wolfgang Borchert travailla dans une librairie puis comme acteur de théâtre. Enrôlé dans la Wehrmacht, il fut arrêté et incarcéré en raison de son attitude critique face au régime nazi. Malade, il ne survécut qu'un peu plus de deux ans à la guerre, ayant le temps de rédiger une œuvre pacifiste emblématique de la « littérature des ruines » de l'immédiat après-guerre. *p. 343*

BORGEN, JOHAN (1902-1979) Johan Borgen, issu de la grande bourgeoisie libérale, s'oriente vers le journalisme et entre au quotidien de gauche *Dagbladet* dont il devient l'une des plumes les plus brillantes. Son premier recueil de nouvelles paraît en 1925 ; ce n'est cependant qu'après 1945 qu'il s'impose réellement, d'abord avec les trois recueils *Lune de miel* (1948), *Nouvelles d'amour* (1952) et *Nuit et jour* (1954). La trilogie de *Lillelord* paraît de 1955 à 1957 ; sorte de roman de formation à rebours, elle raconte l'implosion d'une personnalité minée par des contradictions à la fois sociales et internes. Les problèmes d'identité seront également au centre du très kafkaïen *Moi* (1959), puis de *Mont Bleu* (1964) et du *Brouillard rouge* (1967), sorte de thrillers métaphysiques. Avec ces livres et ceux qui vont suivre — *Arbres seuls dans la forêt* (1969), *Mon bras, mon intestin* (1973) — Borgen s'éloigne progressivement du réalisme de ses débuts. *p. 504*

BOULGAKOV, MIKHAÏL AFANASSIÉVITCH (1891-1940). Né à Kiev, capitale de l'Ukraine en 1891, fils d'un professeur de théologie, il a fait des études de médecine et commencé d'exercer en 1916 ; après les années difficiles de la révolution et de la guerre civile passées à Kiev, il s'installe en 1921 à Moscou qu'il ne quittera plus. Chroniqueur, reporter et nouvelliste, spécialisé dans la veine fantastique et satirique, il remporte en 1926 un grand succès au Théâtre artistique de Moscou avec *Les Jours des Tourbine* (adaptés de son roman sur la guerre civile à Kiev, *La Garde blanche*, 1924). Mais la censure s'abat sur sa pièce, sur la fin de son roman et sur d'autres textes. Réduit au silence et prêt à émigrer, Boulgakov écrit à Staline qui lui octroie un emploi au Théâtre artistique de Moscou. Mais bientôt ses pièces sont de nouveau refusées, son livre sur Molière est rejeté par l'éditeur qui l'avait commandé, son troisième roman, *Le Roman théâtral* (1936) reste inachevé et inédit de son vivant. De 1938 à 1940, Boulgakov reprend et achève son second roman, *Le Maître et Marguerite*, commencé en 1928 ; il meurt peu après. Publié en URSS plus de 25 ans après sa mort, ce texte a fait sa gloire et a permis de découvrir toute l'ampleur de son œuvre. *p. 296*

BRANNER, HANS CHRISTIAN (1903-1966) H. C. Branner tente d'abord une carrière d'acteur, puis travaille dans l'édition avant de se consacrer entièrement à l'écriture à partir de 1932. Il publie plusieurs recueils de nouvelles, trois romans, *Jouets* (1936), *Le Cavalier*

(1949) et *Personne ne connaît la nuit* (1955) et deux drames, *Fratrie* (1952) et *Thermopyles* (1958). Dans son œuvre, à l'écriture dense et économe, l'analyse psychologique est constamment mise en relation avec un arrière-plan mythique; ainsi dans *Le Cavalier*, salué à sa parution par un article enthousiaste de Karen Blixen, où Hubert, l'homme-cheval, l'homme à femmes, apparaît comme l'incarnation des forces primitives. *p. 410*

BRECHT, BERTOLT (1898-1956)   Né à Augsburg, Brecht étudia la médecine à Munich; après la Première Guerre mondiale, il entama une carrière de dramaturge, à Berlin et à Munich. Ayant rallié le marxisme, il dut quitter l'Allemagne en 1933 et connut de nombreux pays d'exil avant de s'installer en Californie en 1941. Il quitta les États-Unis en 1947 en pleine période maccarthyste, s'installa en Suisse, puis en RDA où il dirigea le Berliner Ensemble jusqu'à sa mort. Son œuvre extrêmement riche comprend non seulement des pièces de théâtre et des récits, mais aussi des essais théoriques sur le théâtre et des recueils de poèmes qui reflètent les convictions, les combats et les doutes de toute une vie consacrée à l'édification d'un théâtre nouveau au service d'une société nouvelle. *p. 156*

BRETON, ANDRÉ (1896-1966)   La guerre marque profondément Breton. Il fréquente les dadaïstes, fonde *Littérature* avec Aragon et Soupault, écrit en collaboration avec ce dernier, *Les Champs magnétiques*. Il rédige en 1924 le *Premier Manifeste du surréalisme*. Sa vie dès lors se confond avec ce mouvement. *Nadja* (1928) marque durablement ses contemporains. S'il adhère au PCF en 1927, cet engagement ne dure guère. Plus proche de Trotski que de Staline, il rompt avec le communisme officiel en 1935. Il rédige pourtant avec Eluard le *Dictionnaire abrégé du surréalisme* (1938), et, seul, *L'Amour fou* (1937). Son *Anthologie de l'humour noir* (1940) égrène tous les grands ancêtres dont se réclame le mouvement — et les contemporains. Réfugié aux États-Unis pendant la guerre, il y écrit *Arcane 17* (1945). Contestataire jusqu'au bout, il s'opposera à toutes les guerres coloniales des années cinquante et soixante. *p. 208*

BROCH, HERMANN (1886-1951)   Né à Vienne dans une famille de la bourgeoisie industrielle, Hermann Broch a dirigé une manufacture de textile de 1916 à 1927. Après des études de mathématiques, de philosophie et de psychologie de 1928 à 1931, il s'est consacré à la littérature. Arrêté par les nazis en 1938, il parviendra à se faire libérer pour émigrer. Devenu citoyen américain, c'est d'abord aux États-Unis que son œuvre de poète et de philosophe à la fois connut le succès. *p. 162*

BRODSKY, JOSEPH (né en 1940).   Né à Léningrad, fils d'un officier de marine. À 15 ans, il quitte l'école de façon délibérée et ostensible, fait plusieurs métiers manuels, voyage à travers l'URSS tout en apprenant des langues étrangères. Il se fait connaître au cours de soirées publiques de poésie au début des années soixante. En 1964, il est arrêté et un tribunal de Leningrad le condamne à cinq ans d'exil et de travaux forcés pour « parasitisme social » (en fait, parce qu'il a écrit des vers et qu'il est juif). Mais, pour la première fois, des amis du poète (le professeur Efim Etkind, la journaliste Frida Vigdorova) ont pris l'initiative de le défendre, Anna Akhmatova et Dmitri Chostakovitch sont intervenus en sa faveur et le verdict a soulevé l'indignation à l'étranger. La sentence est cassée quelque temps plus tard et Brodsky libéré puis réhabilité. En mai 1972, il accepte d'émigrer et vit d'abord en Angleterre, où le poète W. H. Auden a organisé son accueil, puis aux États-Unis. Il est l'auteur de nombreux recueils dont les premiers ont paru en russe à l'étranger (1965 et 1970), d'un drame, d'essais critiques en russe et en anglais. Il a traduit en russe des auteurs cubains, polonais, serbes, ou anglais comme John Donne et Andrew Marvell. Prix Nobel de littérature en 1987. *p. 533*

BUZZATI, DINO (1906-1972)   Né à Belluno dans le Frioul, il débute très jeune au *Corriere della Sera*. Il y travaillera pendant quarante ans, faisant du journalisme ce qu'il appellera son « second métier ». En 1933, il publie son premier roman, *Barnabo des montagnes*, puis vient en 1940 *Le Désert des Tartares*, dont Zurlini tirera un film en 1976. Outre divers autres romans, il est l'auteur de plusieurs recueils de nouvelles, de poésies burlesques, de pièces de théâtre (dont *Un cas clinique*) et de scénarios de film. Peintre et dessinateur, il conçut de plus des décors de théâtre et des bandes dessinées. *p. 262*

CALVINO, ITALO (1923-1985)   Né à La Havane, il accomplit ses études à San Remo, où se transfère sa famille, originaire de Ligurie. Il participe, entre 1943 et 1945, à la Résistance. En 1947, il publie son premier roman, *Le Sentier des nids d'araignée*. Il collabore quelque temps à l'*Unitá* et devient conseiller permanent des éditions Einaudi, dont il influencera grandement la politique éditoriale. Après sa rupture avec le PCI, il fonde en 1959 Menabo, qui jouera un rôle fondamental dans le débat littéraire des années soixante. La même année sort *Le Chevalier inexistant*, dernier volet de la trilogie des « ancêtres » (*Le Viscomte pourfendu*, 1952 ; *Le Baron rampant*, 1957). En 1965, il s'installe pour quinze ans à Paris. Là, il s'intéresse aux recherches de l'Oulipo (il traduira d'ailleurs en italien *Les Fleurs bleues* de Queneau), se passionne pour les recherches structuralistes sur la grammaire du récit, prépare une édition partielle, en français, du *Roland furieux* de l'Arioste, son grand modèle avec Voltaire. Pour Umberto Eco, il serait le pionnier d'une « technique narrative s'interrogeant sur elle-même ». *p. 485*

CAMUS, ALBERT (1913-1960) Il naît en Algérie française, « à mi-distance de la misère et du soleil ». Soleil omniprésent dans *Noces* (1938) et dans *L'Étranger* (1942), misère généralisée dans *La Peste* (1947). Simultanément journaliste (à *Combat*) et philosophe (*Le Mythe de Sisyphe*, 1942 ; *L'Homme révolté*, 1951), romancier et homme de théâtre (*Caligula*, 1944 ; *Les Justes*, 1950), prix Nobel (1957), il fut, comme l'a écrit Sartre, « l'admirable conjonction d'une personne, d'une action et d'une œuvre ». *p. 240*

CANETTI, ELIAS (né en 1905) Écrivain de langue allemande, Elias Canetti a en réalité grandi avec plusieurs langues dans différents pays. Né en Bulgarie dans une famille juive séfarade, il a vécu en Angleterre, en Autriche, en Allemagne, en France et en Suisse. C'est à Vienne qu'il fit ses études et qu'il obtint en 1929 un doctorat de philosophie. Son œuvre multiple, avec en particulier des ouvrages autobiographiques et son essai *Masse et Puissance*, a été couronnée par le prix Nobel en 1981. *p. 354*

ČAPEK, KAREL (1890-1938) Karel Čapek fut, dans l'entre-deux-guerres, le plus connu des écrivains tchèques à l'étranger. Il accomplit des études de philosophie à l'université Charles et devient dans les années dix le chef de file d'une jeune génération d'écrivains appelée généralement « génération de Čapek ». Intéressé par tous les courants artistiques nouveaux issus de France, d'Italie et de Russie (cubisme, dadaïsme, futurisme), il commence sa carrière littéraire par des recueils de nouvelles à tonalité expressionniste (*Calvaires*, *Contes pénibles*, 1917). La création de la première République tchécoslovaque en 1918, et l'euphorie qui en résulte, étouffent cependant dans l'œuf l'expressionnisme qui déferle à la même époque en Allemagne et en Autriche et Karel Čapek se fait alors le champion de la philosophie pragmatiste. Attiré par la science-fiction, il pratique le mélange des genres dans des textes qui abordent en majeure partie le problème de la place de l'homme dans un univers de plus en plus menacé par la civilisation moderne et le progrès technique : *RUR* (1920), pièce de théâtre qui introduit le mot « robot » dans le vocabulaire international ; et les romans d'anticipation : *La Fabrique d'absolu* (1922), *Krakatit* (1924), *La Guerre des salamandres* (1936, rééditée en 1986 dans la collection Marabout). Il est l'auteur de nombreux reportages et Leoš Janáček a fait un opéra de sa pièce allégorique, *L'Affaire Macropoulos*. Sa trilogie romanesque (*Hordubal*, *L'Aérolithe*, *Une vie ordinaire*, 1933-1934) reflète la conception relativiste de la vérité qui l'anime et sa vision de l'homme comme conglomérat non figé d'éléments multiples et contradictoires. Ami du premier président de la République tchèque, il est l'auteur d'une série d'*Entretiens avec Masaryk* (parus aux Éditions de l'Aube en 1991). Ébranlé par la capitulation de Munich, il meurt le 25 décembre 1938. *p. 126*

CARAGIALE, ION LUCA (1852-1912) Prosateur et dramaturge, Caragiale est un des plus grands écrivains roumains de la fin du XIXe et du commencement du XXe siècle. *O noapte furtunoasă* (*Une nuit orageuse*, 1879) et *O scrisoare pierdută* (*Une lettre perdue*, 1884) sont ses chefs-d'œuvre. *À la foire* est un croquis sur la grande foire des foubourbues de Bucarest. On a parlé (Eugène Ionesco) d'un Caragiale surréaliste avant la lettre... *p. 103*

CARDOSO PIRES, JOSÉ (né en 1925) Né en 1925, Cardoso Pires a entamé sa carrière dans la deuxième phase du néo-réalisme, dont il a gardé le goût d'une thématique proche des réalités sociales et politiques. Ouvert aux différentes vagues d'idées créatrices nouvelles, il sut absorber toute une série de techniques narratives, inspirées parfois des techniques de l'enquête policière, où plusieurs versions se juxtaposent pour se contredire ou se compléter. En effet, ce qui intéresse Cardoso Pires dans ses romans, c'est moins l'histoire qu'il raconte que la façon dont l'histoire se raconte, d'où cette impression de flux et reflux, de puzzle qui pourrait ne jamais être reconstitué, d'indices de vérité(s) que l'on peut ne pas déchiffrer. *p. 514*

CELA, CAMILO JOSÉ (né en 1916) Né en Galice de père espagnol et de mère anglaise, il prit le parti des nationalistes pendant la guerre civile et fut élu académicien en 1955. Révélé dès son premier roman, *La Familia de Pascual Duarte* (1942), il inaugura, par l'austérité et le dramatisme de son livre, le courant *tremendista* (de *tremendo* : terrible) et préluda à la renaissance du roman, après la guerre civile. Suivent : *Nuevas andanzas y desventuras de Lazarillo de Tormes* (1944), où il réactualise la figure du *pícaro* et l'admirable fresque *La Colmena* (1951) sur le Madrid appauvri des années quarante, saisi depuis de multiples perspectives individuelles. Nombreux sont aussi ses récits de voyage (*Viaje a la Alcarria*, 1948) et ses recueils de nouvelles (*El Gallego y su cuadrilla*, 1951). Virtuose du langage, il intègre des vénézuélanismes dans *La Catira* (1955), et sa langue galicienne est omniprésente comme le paysage et la pluie, dans *Mazurca para dos muertos* (1983). Outre des incursions dans le domaine de la poésie et du théâtre, il est l'auteur de dictionnaires personnels, volontiers provocateurs : *Diccionario secreto, Diccionario del erotismo*. Celui qui mêle « audace littéraire et conformisme idéologique » reçut en 1989 le prix Nobel de Littérature. *p. 198*

CELAN, PAUL (1920-1970) Originaire de Bucovine, Paul Antschel (ou Ancel en roumain) est de langue maternelle allemande. Persécuté avec sa famille pendant la guerre, il s'installa à Paris après la guerre et devint lecteur d'allemand à l'École normale supérieure et traducteur de poètes français. Son œuvre lyrique qui vise à atteindre l'essence des choses au moyen de la langue passe pour difficile. Celan se suicida en se jetant dans la Seine. *p. 363*

CÉLINE, LOUIS-FERDINAND DESTOUCHES, dit (1894-1961) Gravement blessé en 14-18, il voyage avant d'entreprendre, de 1918 à 1924, des études de médecine. Il parcourt comme docteur l'Afrique et l'Amérique, paysages de son *Voyage au bout de la nuit* (1932). Ce roman, qui a un grand succès, est suivi en 1936 de *Mort à crédit*. Ses pamphlets antisémites d'avant-guerre (*Bagatelles pour un massacre*, 1937) lui valent une condamnation à mort par contumace à la Libération. Amnistié, il rentre en France, exerçant encore, écrivant toujours (*D'un château l'autre*, 1957 ; *Nord*, 1960 ; *Rigodon*, 1969).
p. 221

CENDRARS, BLAISE (1887-1961) Il quitte sa Suisse natale très jeune pour découvrir les Amériques (*Pâques à New York*, 1912). L'un des fondateurs de la métrique libre (sa *Prose du Transsibérien* influence Apollinaire), il écrit aussi des romans : *L'Or* (1925), *Moravagine* (1926). Son autobiographie (*Bourlinguer*, 1948) donne toute la mesure de cet aventurier des lettres. *p. 80*

CERNUDA, LUIS (1902-1963) Poète sévillan de la « génération de 27 », exilé après la guerre civile, il enseigna dans les universités anglaises et nord-américaines, puis au Mexique où il mourut. Il traduisit Hölderlin et Shakespeare et écrivit des essais sur la poésie. Son premier recueil de poèmes (*Perfil del aire*, 1927) rappelle le style de Guillén, tandis qu'un souffle surréaliste anime *Un río, un amor* (1929), *Los Placeres prohibidos* (1931), *Donde habite el olvido* (1932-1933). La douleur du déracinement est à la source de *Como quien espera el alba* (1941-1944), *Vivir sin estar viviendo* (1944-1949), *Con las horas contadas* (1958). La frustration et le déchirement sont synthétisés dans le titre qu'il donne à l'ensemble de son œuvre poétique : *La Realidad y el deseo* (« la réalité et le désir »). Cernuda est remarquable en ce que son œuvre, certes amère, de l'exil demeura créative et ne cessa de gagner à la fois vigueur et sérénité. Il baptisa l'Espagne, qu'il jugeait « obscène et déprimante », « la marâtre ». *p. 195*

CHALAMOV, VARLAM TIKHONOVITCH (1907-1982). Né à Vologda, fils d'un pope, plus tard gendre d'un révolutionnaire, il fait des études de droit à Moscou. Entré en 1927 dans l'opposition de gauche, il est envoyé dans un camp dans l'Oural pendant trois ans. Journaliste et écrivain à Moscou de 1932 à 1936. En 1937, il est condamné à une déportation dont la longueur, le motif — l'article 58 — et le lieu (la Kolyma, symbole d'un climat et d'un régime atroces) lui ôtent tout espoir de retour. Il parvient cependant à survivre, est libéré en 1951 et revient à Moscou fin 1953 à la mort de Staline. Rejeté par sa famille, il gagne l'amitié de Pasternak qui apprécie ses poèmes et lui fait lire le manuscrit du *Docteur Jivago*. S'il parvient à publier tardivement deux recueils de ses poèmes (1975 et

1977), il ne trouve personne en revanche, même après l'*Ivan Denissovitch* de Soljénitsyne en 1962, pour oser éditer ses *Récits de Kolyma* (1954-1959), œuvre terrible d'un Zamiatine des camps. Certains de ces textes sont connus par de rares lectures publiques de l'auteur ou circulent en samizdat, tandis qu'en Occident plusieurs éditions en russe ou en traduction, partielles et parfois fautives, sont disponibles à partir de 1966; en 1972, Chalamov désavoue ces publications étrangères dans l'espoir que ses récits seront enfin publiés en russe. Peine perdue : ils ne le seront qu'après sa mort, survenue en 1982.
p. 523

CHAR, RENÉ (1907-1988) Membre du groupe surréaliste de 1929 à 1934 (*Le Marteau sans maître*, 1934), il n'est plus, durant toute la guerre, que le Capitaine Alexandre. Il renoue avec la littérature avec *Feuillets d'Hypnos* (1946), repris dans *Fureur et mystère* (1949). Le caractère d'émiettement de la parole poétique, réduite à ses éléments essentiels, transparaît dans le titre de son recueil de 1962, *La Parole en archipel*. *p. 451*

CHESTERTON, GILBERT KEITH (1874-1936) Poète, romancier, essayiste et critique, Chesterton est l'auteur d'une centaine de volumes. Il connut au début du siècle un succès considérable. Le père Brown (1911-1927), prêtre catholique menant l'enquête pour le salut des âmes, ou Gabriel Gale (*Le Poète et les lunatiques*), qui résout les mystères par l'imagination poétique, illustrent le talent excentrique de Chesterton dans le genre policier, dont il fut un ardent défenseur. *Le Napoléon de Notting Hill Gate* (1904) ou *Le Nommé Jeudi* (1908) témoignent d'une verve satirique et d'une fantaisie romanesque, par lesquelles Chesterton pourfend l'intellectualisme et oppose au pessimisme philosophique des temps modernes la liberté de la poésie et la foi en un mystère humain et divin. Converti en 1922 au catholicisme, Chesterton mettra jusqu'à la fin de sa vie son talent de polémiste au service de son humanisme catholique. *p. 61*

CHRISTIE, AGATHA (1891-1976) Véritable phénomène éditorial, Agatha Christie, avec ses quatre cents millions d'exemplaires, est certainement l'auteur de langue anglaise le plus lu et le plus traduit au monde. Avec presque quatre-vingts romans à son actif, *la duchesse du crime*, des petites localités anglaises au bord du Nil, des îles meurtrières aux trains immobilisés, a su décliner toutes les possibilités du récit de détection et notamment celle du huis-clos. Au cœur d'un univers encore pétri des valeurs victoriennes et d'une xénophobie tout insulaire, ses enquêteurs favoris, Miss Marple et Hercule Poirot, installent, par leurs manies, une dimension humoristique dans le mystère. Élaborant une subtile écriture de la variation des thèmes et des formes du roman policier, ses romans les plus achevés, *Dix petits nègres, Le crime de l'Orient-Express, Le crime du Golf* et surtout *Le meurtre de Roger Ackroyd*, au-delà du jeu de l'énigme, sont de redoutables machines littéraires. *p. 169*

CIORAN, ÉMILE M. (né en 1911) Fils d'un prêtre orthodoxe, Cioran étudie la philosophie à Bucarest, dans sa Roumanie natale, jusqu'à ce qu'en 1937, obtenant une bourse, il se rende à Paris où il va désormais demeurer. Il a alors déjà publié cinq livres en roumain. Il commence à écrire en français à partir de 1947 et publie en 1949 le *Précis de décomposition* qui, avec les *Syllogismes de l'amertume* (1952), va lui faire connaître la notoriété, dont il se garde comme de toute manifestation positive. Suivent *La Tentation d'exister* (1956), *Histoire et utopie* (1960), *La Chute dans le temps* (1964), *Le Mauvais Démiurge* (1969), *De l'inconvénient d'être né* (1975). *p. 281*

CLAUDEL, PAUL (1868-1955) Reçu aux Affaires étrangères (1890), il occupe divers consulats (T'ien-tsin, Prague, Hambourg, Rome…). Il donne au théâtre *Tête d'or* (1889), *La Ville* (1890). Il retrouve une foi vibrante et la transpose dans ses œuvres (*Partage de midi*, 1906 ; *Cinq grandes odes*, 1908 ; *L'Annonce faite à Marie*, 1912…). *Le Soulier de satin*, en 1924, marque la fin de la création littéraire proprement dite. Il se consacre dès lors à la critique philosophique et politique.
p. 231

CLAUS HUGO (né en 1929) Peintre, cinéaste, traducteur et musicien, Claus a l'habitude de scandaliser ses compatriotes. Il est, avec Karel Appel et Alechinsky, le fondateur du mouvement Cobra dans les années cinquante et se partage entre l'isolement de l'écriture et la création collective. Dramaturge et romancier inclassable, s'exprimant le plus souvent en flamand mais sachant aussi bien écrire en français, il joue du divertissement et du traité de morale, avec toujours en tête, la dérision et l'ironie : « Le Belge a été coupé en tronçons ; il vit encore. C'est un ver qu'on a oublié d'écraser. » *p. 501*

CONRAD, JOSEPH, né KORZENIOWSKI (1857-1924) D'origine polonaise, il embrassa le métier de marin, et c'est en mer qu'il apprit la langue anglaise dont il allait devenir l'un des grands prosateurs. Il s'inspira pour écrire des romans d'aventure (*Le Nègre du « Narcisse »*, 1898 ; *Lord Jim*, 1900 ; *Typhon*, 1903 ; *La Ligne d'ombre*, 1917), mais aussi des évocations des troubles politiques en Amérique latine (*Nostromo*) ou en Russie (*Sous les yeux d'Occident*), et des histoires d'espionnage (*L'Agent secret*). Mais les péripéties mènent toujours à une interrogation éthique sur l'action, le courage et le remords, et traduisent une crise latente de la période de transition entre l'ère victorienne et le modernisme (T. S. Eliot lui emprunta l'exergue de *The Hollow Men*). À ce titre, *Au cœur des ténèbres*, parabole sur le mal et la folie (que Coppola transposa au Viêt-nam dans *Apocalypse Now*), constitue une dénonciation implicite du système colonial ; mais surtout, tout le récit tend vers la quête vaine d'un secret vide, et cette mise en doute du sens même de la fiction inaugure le XXe siècle.

p. 54

COUPERUS, LOUIS (1863-1923)   Couperus se partagea entre La Haye et Nice. Enthousiasmé par les romanciers français, il admirait Zola. Eline Vere, en 1889, inaugure la lignée de ses personnages livrés à leurs impulsions ou à leur indolence. Face à eux, la société, celle de La Haye en particulier, soucieuse de respectabilité. Toute sa vie, même dans ses romans historiques, Couperus prendra pour thème majeur la décadence de l'homme et sa mort, avec parfois, un sourire blasé... *p. 95*

CROMMELYNCK, FERNAND (1886-1970)   Fils de comédien et acteur lui-même, il passera son existence à faire la navette entre Paris et Bruxelles. Collabore à *La Réforme* (1905), au *Carillon* (1908) pour créer en 1916 le Théâtre Volant qui montera plusieurs de ses pièces. Dramaturge, il écrit aussi des romans comme *Monsieur Larose est-il l'assassin ?*, des scénarios (*Je suis avec toi* d'Henri Decoin), des adaptations... Son œuvre a eu un énorme retentissement par le nombre de représentations et de mises en scène qu'elle a suscitées, par le nombre de diffusions radiophoniques et télévisées, par les films qu'elle a inspirés. Œuvres principales : *Le Cœur magnifique* (1921); *Les Amants puérils* (1934); *Tripes d'or* (1930); *Une femme qu'a le cœur trop petit* (1934); *Chaud et froid* (1936). *p. 72*

DAGERMAN, STIG (1923-1954)   Stig Dagerman, issu d'un milieu ouvrier, entre à dix-huit ans comme journaliste dans un journal syndical. Il débute en 1945 avec *Le Serpent*. Suivront notamment *L'Île des condamnés* (1946), deux drames, *Le Condamné à mort* (1947) et *L'Ombre de Mart* (1948), et *L'Enfant brûlé* (1948), œuvres traversées par l'angoisse et la solitude, au ton profondément personnel malgré une influence décelable de Kafka et de Faulkner. À partir de 1951, Dagerman cesse de publier, tout en poursuivant ses activités de journaliste ; il met fin à ses jours en 1954. *p. 554*

DALTCHEV, ATHANASE (1904-1978)   Né à Salonique, Athanase Daltchev vécut longtemps à Istanbul, fit des études de philosophie à Sofia et à Paris. Poète, essayiste et traducteur de plusieurs langues, grand admirateur de la culture française, il sut rester toute sa vie honnête et modeste méditateur des vraies valeurs. On lui doit : *La Fenêtre* (1926), *Poésies* (1928), *Paris* (1930), *L'Ange de Chartres* (1943), *Fragments* (1967), etc. *p. 409*

D'ANNUNZIO, GABRIELE (1863-1938)   Né à Pescara (Abbruzes), il publie son premier recueil de poèmes à l'âge de seize ans. La célébrité vient en 1889, avec *L'Enfant de volupté*. D'Annunzio s'enthousiasme pour les idées de Nietzsche. Élu député de l'extrême droite en 1900, il devient le prophète du nationalisme. Sa vie privée scandaleuse et son goût pour les gestes retentissants agacent ou choquent, mais ne nuisent pas, voire ajoutent à sa gloire désormais internationale. Criblé de dettes, il se réfugie en 1911 à Paris où il écrit, en français, *Le Martyre de saint Sébastien*, drame mis en musique par Debussy. Rentrant en Italie en 1915, il milite pour l'intervention aux côtés des Alliés, s'engage et, héros-esthète, multiplie les exploits. L'Italie n'ayant pas obtenu Fiume, D'Annunzio occupe la ville en septembre 1919 avec ses « Arditi » et « invente » le rituel fasciste. Les troupes italiennes l'en chassent, mais on lui accorde le titre de prince de Monte Nevoso et un domaine au bord du lac de Garde, où il vivra presque en reclus, mais comblé d'honneurs. *p. 91*

DEML, JAKUB (1878-1961)   Prêtre catholique « dissident » suspendu de ses fonctions par la hiérarchie ecclésiastique en 1907, il s'installe alors dans sa ville natale de Tasov où il publie à compte d'auteur la plus grande partie d'une œuvre essentiellement autobiographique. Déjà aux prises avec la censure de la première République, il est appelé à comparaître devant un « tribunal populaire » en 1948, après le coup d'État communiste, et est sauvé de la condamnation grâce à l'intervention de Vitězval Nezval. Après cette date, il cesse totalement de publier. Partageant le sort des autres « marginaux » de la littérature tchèque, il est souvent classé (avec Ladislav Klíma et Richard Weiner) sous l'étiquette d'« expressionniste centre-européen ». Il n'en est pas moins très influencé par son ami, le poète symboliste Otokar Březina, et est considéré par Nezval comme l'un des précurseurs du surréalisme. Il pratique une littérature subjective qui juxtapose la poésie au pamphlet et l'épique à l'épisodique et les vingt-six volumes de *Traces*, recueils de proses, poésies, polémiques, le feront parfois comparer à Léon Bloy. *p. 312*

DÉRY, TIBOR (1894-1977)   Après l'échec de la Commune hongroise, Tibor Déry, membre du parti communiste, vit en Autriche, en France, en Allemagne, en Italie et en Yougoslavie jusqu'à 1928 comme réfugié politique. Il est plus tard condamné à la prison pour sa traduction du *Retour de l'URSS* de Gide. La publication de *La Phrase inachevée* (1946), roman conçu en 1933, brossant une vaste fresque de la société hongroise de l'époque, révèle au public ses qualités exceptionnelles de romancier. En 1952 Déry fait paraître son roman *Réponse*, âprement critiqué parce qu'il ne se soumet pas au système alors en cours dans le parti communiste. Il prend la tête du mouvement des écrivains qui aboutit à la révolution de 1956. Condamné à neuf ans de prison, il est amnistié en 1960. *p. 473*

DJUZEL, BOGOMIL (né en 1939)   Bogomil Djuzel est né à Čačak (Serbie) en 1939. Il étudie la littérature et la langue anglaise à la faculté de philosophie de Skoplje. Critique littéraire, essayiste, mais avant tout poète, cet auteur macédonien est inspiré par des poètes tels que Yeats, Baudelaire ou Rimbaud. Djuzel est peut-être le meilleur représentant du courant poétique macédonien qui donne une priorité décisive à l'épique sur le lyrique, au cérébral sur l'émotif. Cet auteur se tourne plus radicalement vers le courant moderne, refuse tout compromis avec la conception romantique et admet comme « fait accompli », la toute-puissance des lois universelles et éternelles de l'existence. Sa principale œuvre est : *La Réalité est tout* (1980).

p. 500

DRIEU LA ROCHELLE, PIERRE (1893-1945) Engagé volontaire, Drieu devra à la Grande Guerre à la fois ses meilleurs succès (*Interrogation*, 1917 ; *La Comédie de Charleroi*, 1934) et un sentiment de désespérance lente. Il est successivement attiré par le surréalisme, le communisme, le pacifisme et l'Action française. Aucun ne le retient longtemps. Seul surnage le sentiment de la décadence (*L'Homme couvert de femmes*, 1925). Grand pourfendeur des bien-pensants (*Le Feu follet*, 1931 ; *Rêveuse bourgeoisie*, 1937), peu enthousiaste en politique (*Gilles*, 1939), il évolue à partir de 1934 vers le fascisme. Il protège pourtant plusieurs résistants pendant la guerre, tout en dirigeant une *NRF* encline aux compromis historiques. Sur le point d'être arrêté, malgré l'amitié de Malraux, il se suicide. *Récit secret* (1951) évoque sa permanente tentation de la mort. *p. 215*

DURAS, MARGUERITE M. DONADIEU, dite MARGUERITE (née en 1914) Née en Indochine, elle publie son premier roman pendant la guerre (*Les Impudents*, 1943). Inscrite au PC en 1945, elle connaît la consécration avec *Moderato cantabile* (1958) et son scénario de *Hiroshima mon amour* (Alain Resnais, 1960). Chroniqueuse judiciaire au *Nouvel Observateur*, elle quitte le PC (1965), réussit aussi bien au théâtre (*L'Amante anglaise*, 1970) qu'au cinéma (elle assure la mise en scène de plusieurs films, dont *India Song*, en 1975) et dans le roman minimaliste (*L'Amant*, 1984). *p. 440*

DÜRRENMATT, FRIEDRICH (1921-1990) Fils de pasteur né près de Berne, Dürrenmatt étudia la théologie, la philosophie et les lettres à Zurich. Peintre et dessinateur, critique de théâtre, il entama après-guerre une carrière de dramaturge et accéda à la notoriété en 1956 avec *La Visite de la vieille dame* où il dénonce l'argent et la corruption qui régissent le monde. Outre ses nombreuses pièces de théâtre, Dürrenmatt a aussi écrit des récits et des essais. *p. 349*

ECO, UMBERTO (né en 1932) Né à Alessandria (Piémont), Umberto Eco est actuellement professeur de sémiologie à l'université de Bologne. Sa production de théoricien regroupe une vingtaine d'essais dont les plus célèbres sont peut-être *L'Œuvre ouverte* (éd. franç., 1965), *La Structure absente* (éd. franç., 1972) et *Lector in fabula* (éd. it.,

1979, éd. franç., 1985). Après avoir étudié les structures narratives et les genres littéraires, il met en quelque sorte en pratique et se lance dans le roman avec *Le Nom de la rose*, publié en Italie en 1980. L'ouvrage, qui devient aussitôt un best-seller, est traduit en français en 1982. Eco a récidivé en publiant récemment un second roman, *Le Pendule de Foucault*. *p. 495*

ELIOT, THOMAS STEARNS (T. S.) (1888-1965) Cet Américain du Missouri passa l'essentiel de sa vie en Grande-Bretagne, dont il adopta la nationalité en 1927. Dramaturge (*Meurtre dans la cathédrale*, 1935), critique littéraire (on lui doit notamment la redécouverte de John Donne et d'autres poètes métaphysiques), c'est comme poète qu'il a exercé une influence décisive sur tout le mouvement moderniste et la génération suivante, par des poèmes tels que *The Love Song of J. Alfred Prufrock* (1911), *The Hollow Men* et surtout *The Waste Land* (*La Terre vaine*, 1920), qui citait et parodiait à la fois certains mythes occidentaux (la quête du Graal) et orientaux (le cycle hindou de la renaissance) ainsi que de nombreux auteurs du passé, de Nerval aux élisabéthains, qui se dispersaient en fragments dans le vide spirituel et la trivialité d'un Londres d'après-guerre traumatique et matérialiste. *p. 165*

ÉLUARD, EUGÈNE GRINDEL, dit PAUL (1895-1952) Il adhère à Dada puis au surréalisme : *Capitale de la douleur* (1926) fait le point de la période. L'année suivante il entre au PCF sans se brouiller avec Breton (*Ralentir travaux*, 1930). En 1936, c'est *Les Yeux fertiles*. Engagé de la première heure dans la Résistance (*Poésie et vérité*, 1942 ; *Au rendez-vous allemand*, 1945), il est après guerre l'un des piliers de l'intelligentsia communiste. *Le temps déborde* (1947) exalte le souvenir de sa femme Nusch. *p. 237*

ELYTIS, ODYSSEUS (né en 1911) Odysseus Elytis est l'un des poètes majeurs de la Grèce contemporaine. Né à Héraclion (Crète), il choisit le pseudonyme d'Élytis. En 1935, il rencontre le poète Embirikos, et sera influencé par le surréalisme. Il publie *Orientations* (1940), *Soleil Premier* (1943), puis séjourne à Paris de 1948 à 1952. C'est en 1959 que paraît *Axion Esti*, puis *Marie des brumes* en 1979, l'année où le prix Nobel vient couronner son œuvre. *p. 468*

ESSÉNINE, SERGUEÏ ALEKSANDROVITCH (1895-1925). Né au village de Konstantinovo, dans une ferme que son père avait quittée pour travailler en ville, élevé par ses grands-parents, il étudie pour devenir instituteur, mais préfère bientôt tenter sa chance littéraire à Moscou d'abord, puis à Saint-Pétersbourg, où il se lie d'amitié avec le poète Kliouiev (1887-1937), qui lui permet d'éditer son premier recueil (1916). En 1917, il participe au groupe des « Scythes » (autour d'Ivanov-Razoumnik), en 1919, il est, à Voronèje, l'un des quatre fondateurs du mouvement imaginiste. Son œuvre, poétique ou dramatique (*Inonia*, 1918 ; *Pougatchov*, 1921) célèbre la Russie paysanne et religieuse, et s'inscrit dans cette phase de lecture mystique ou libertaire de la révolution qui caractérise aussi Blok, Biély ou Maïakovski. Les années suivantes sont tumultueuses sur le plan privé (mariage avec la danseuse américaine Isadora Duncan, voyage en Europe et aux États-Unis) et riches en esclandres et en ruptures ; elles voient aussi Essénine approfondir son lyrisme personnel et élargir à tel point son audience, notamment dans la jeunesse, que les sommités du parti s'en inquiètent. À la fin de 1925, il se suicide dans un hôtel de Leningrad, peu après avoir épousé la petite-fille de Léon Tolstoï. *p. 283*

FOWLES, JOHN (né en 1926)   John Fowles revendique l'influence des écrivains français qu'il a étudiés à Oxford. Si, dans l'*Obsédé* (1963), la confrontation de la classe cultivée que symbolise Miranda, à la brutalité inculte de Frederick, aboutit à un échec tragique, des romans comme *Le Mage* (1966) ou *La Créature* privent le lecteur d'une solution immédiate. Soucieux de constructions romanesques complexes, après le récit dédoublé de *L'Obsédé* (1963), Fowles dans *Sarah et le lieutenant français* (1969), perturbe la distance temporelle qui sépare le lecteur de l'époque victorienne où se déroule l'action, en multipliant les commentaires historiques et les interventions de l'auteur dans la fiction. *p. 396*

FRANCE, FRANÇOIS-ANATOLE THIBAULT, dit ANATOLE (1844-1924)   Les surréalistes penseront que, vivant ou mort, France n'était qu'« un cadavre ». Si certaines de ses œuvres appartiennent à une esthétique désuète (*Le Crime de Sylvestre Bonnard*, 1881), d'autres sont des critiques très acerbes de la société de son temps (*L'Anneau d'améthyste*, 1899), ou d'ardents reflets du décadentisme orientalisant à la mode (*Thaïs*, 1890). À la requête de Proust, qu'il avait contribué à faire découvrir, il signa le « Manifeste des intellectuels » pro-dreyfusards (prix Nobel 1921). *p. 77*

FRISCH, MAX (1911-1991)   Fils d'architecte né à Zurich, Max Frisch, après ses études et des voyages en Europe centrale, est lui-même devenu architecte tout en se consacrant à sa vocation littéraire. Son œuvre comporte de nombreuses pièces de théâtre et de romans construits autour de personnages à la recherche de leur identité dans le monde moderne. Grand voyageur à travers le monde, Frisch a également critiqué le conservatisme et le moralisme de son pays, la Suisse. *p. 356*

GADDA, CARLO EMILIO (1893-1973)   Natif de Milan, Gadda obtient, après de solides études classiques, un diplôme d'ingénieur. Il exercera plus tard son métier en Italie, en France et en Allemagne. La

Première Guerre mondiale, à laquelle il participe comme combattant, puis la montée du fascisme marquent pour lui un tournant décisif : c'est le refus brutal du monde bourgeois dont il avait jusque-là partagé les valeurs et auquel il appartenait par son extraction sociale et son éducation. Substituant à la description objective, qui pour lui est adhésion complice à un monde qui l'écœure, une déformation volontaire et se forgeant un langage insolite où se mêlent termes dialectaux, littéraires, techniques et scientifiques, il commence dès 1930 à publier dans la revue *Solaria* des textes qu'il ne cessera de remanier. Comme Svevo, Gadda devra attendre longtemps, jusqu'aux années soixante, avant de voir son œuvre reconnue. En 1963, *La Connaissance de la douleur* obtient le prix Fomentor.

p. 491

GARCÍA LORCA, FEDERICO (1898-1936) Le plus célèbre poète et dramaturge de la « génération de 27 », tant par son œuvre que par son image de martyr fusillé au début de la guerre civile. Son *Romancero gitano* (1928) et son *Poema del Cante Jondo* (1931), où il stylise le folklore de son Andalousie natale, lui valurent l'étiquette de « poète gitan », qui éclipsa d'autres recueils comme le très personnel *Poeta en Nueva York* (1929-1930). Son chef-d'œuvre reste l'élégie *LLanto por la muerte de Ignacio Sánchez Mejías* (1934). Dans son théâtre, où il transfigure ses sources traditionnelles et populaires, les figures féminines sont protagonistes, qu'il s'agisse de la trilogie rurale et tragique composée de *Bodas de sangre* (1933), *Yerma* (1934) et *La Casa de Bernarda Alba* (1935), ou d'œuvres plus légères telles que *La Zapatera prodigiosa* ou *Doña Rosita la soltera*. On ne doit pas oublier cependant des pièces moins connues et plus audacieuses : *Así que pasen cinco años* ou *Le Public* (1930). *p. 193*

GHELDERODE, MICHEL DE (1898-1962) De son vrai nom Adémar Martens. Enfance difficile et maladive ; une méningite l'empêche de poursuivre ses études. Toute son œuvre va être influencée par la découverte, dans les archives, du folklore brabançon, par les dessins de Félicien Rops, par la peinture de Jérôme Bosch, par le roman épique de Charles De Coster. Son théâtre « est une sorte de guignol tragique où gesticulent des pantins grimaçants, qu'ils soient rois ou bouffons, tandis que montent des relents de sorcellerie et que la mort rôde toujours dans les parages ». Ses pièces ont été jouées partout dans le monde. En plus de son théâtre, il écrivit des récits, des contes et des nouvelles. Œuvres principales : *Histoire comique de Keizer Karel* (1922) ; *Le Mystère de la passion de N. S. Jésus-Christ* (1925) ; *Oude Piet* (1925) ; *La Mort du docteur Faust* (1926) ; *Kwiebe-Kwiebus* (1926) ; *Barabbas* (1932) ; *Pantagleize* (1934) ; *La Ballade du Grand Macabre* (1935) ; *Hop Signor !* (1938). *p. 434*

GIDE, ANDRÉ (1869-1951) Grand bourgeois protestant, l'échec des

Cahiers d'André Walter (1891) l'affecte médiocrement. Il publie à compte d'auteur *Les Nourritures terrestres* (1897). *L'Immoraliste* (1902) et *La Porte étroite* (1909) portent témoignage d'une conscience déchirée. Il publie anonymement *Corydon* (1911), apologie de l'homosexualité. *Les Caves du Vatican* (1914) semblent inspirées par un nihilisme à la Dostoïevski — qu'il contribue d'ailleurs à faire connaître. *Les Faux-Monnayeurs* (1925) instaurent une contestation interne des personnages par la mise en abyme. Par son rôle chez Gallimard et au sein de la *NRF* qu'il a fondée, son influence dans la littérature va bien au-delà de son œuvre. *p. 234*

GIRAUDOUX, JEAN (1882-1944) Le brillant normalien devient un brillant diplomate et commence à écrire dès 1909. Il connaît un franc succès après la guerre, avec ses romans (*Elpénor*, 1919 ; *Siegfried et le Limousin*, 1922), et surtout ses pièces, que Jouvet saura monter dans une grande complicité intellectuelle (*La guerre de Troie n'aura pas lieu*, 1935 ; *Électre*, 1936 ; *Amphitryon 38*, 1939 ; *La Folle de Chaillot*, 1945). *p. 206*

GOLDING, WILLIAM (né en 1911) Ce romancier obsédé par la question de l'irréductible part de mal en l'homme, et empreint d'une sorte de pessimisme puritain, est l'auteur du légendaire *Sa Majesté des Mouches* (1954), qui détournait le mythe de Robinson en montrant l'irruption de la barbarie au sein d'un groupe d'enfants naufragés sur une île déserte. Il a poursuivi son interrogation dans, entre autres, *La Nef* (1964) et *La Pyramide* (1967), et s'est vu décerner, en 1984, le prix Nobel. *p. 386*

GOMBROWICZ, WITOLD (1904-1969) Rompant de façon radicale avec la conception du roman-miroir qu'on tient en laisse le long des chemins, pour Gombrowicz, ce sont des fables qui communiquent une pensée sur l'existence, pensée trop complexe pour être exprimée dans des traités. Toute l'œuvre de Gombrowicz repose sur une quête de l'authenticité, fascinée par l'adolescence. Vient ensuite *Le Mariage* (1953) : « L'homme est soumis à ce qui se crée *entre* les individus, et il n'est point pour lui d'autre divinité que celle qui résulte des autres gens. » Des œuvres telles que *La Pornographie* (1960), *Cosmos* (1965) ou *Le Journal* tenu de 1953 à 1968, abondent dans le sens du « cela aurait pu être autrement » propre au Grand Univers, et au sien. Partout il s'agit de priver le lecteur de ses certitudes et valeurs présumées : mettre en doute la nature même de l'acte par lequel l'homme appréhende les objets les plus simples. Gombrowicz a vécu en exil à partir de 1939. *p. 508*

GÓMEZ DE LA SERNA, RAMÓN (1888-1963) Écrivain d'avant-garde, il quitta l'Espagne avant le début de la guerre civile pour s'installer à Buenos Aires, où il devait mourir. Il a laissé une centaine de livres, qu'il s'agisse de biographies (Wilde, Goya, Vélazquez), de romans (*La Viuda blanca y negra*, 1918), d'œuvres consacrées à son Madrid d'origine, d'essais ou de son autobiographie (*Automoribundia*, 1948). Il introduisit le surréalisme en Espagne en inventant ses premières *greguerías* que Valery Larbaud traduisit par « criailleries ». Ce sont des associations spontanées et insolites de mots et d'idées, teintées d'humour et de poésie, et qui se réduisirent progressivement à une phrase semblable à un aphorisme. « Gómez de la Serna, immense comme Lope et populaire comme lui, quotidien, prodigieux, inépuisable » (O. Paz). *p. 70*

GOYTISOLO, JUAN (né en 1931) Après ses premiers romans (*Juegos de manos*, 1954 et *Duelo en el paraíso*, 1955), qu'il désavouera par la suite, Goytisolo se fixe à Paris et adopte une orientation plus critique dans sa trilogie *El Mañana efímero* (1957-1958). Changement radical avec *Señas de identidad* (1966), roman original et complexe par le jeu des voix narratives et son architecture temporelle : la double quête d'identité (celle du protagoniste et celle de son pays) aboutit au détachement et à la rupture avec l'Espagne. L'entreprise corrosive de démythification de l'Espagne et de destruction de son langage est consommée avec *Reinvindicación del conde don Julián* (1969) et *Juan sin tierra* (1975) qui se ferme sur un texte en langue… arabe. Goytisolo est par ailleurs auteur de récits de voyages (*Campos de Níjar*, 1960), d'essais (*Problemas de la novela*, *El Furgón de cola*, *Disidencias*) et d'une autobiographie : *Coto Vedado*, 1985. *p. 416*

GRASS, GÜNTER (né en 1927) Né à Danzig en 1927, Grass fut incorporé dans l'armée à la fin de la guerre et connut la captivité dans un camp américain. Après des études de sculpture et d'art à Berlin, Grass voyagea en France et en Italie. En 1959, son roman *Le Tambour* connut un succès international. Engagé aux côtés de Willy Brandt dans les années soixante-dix, Grass demeure une personnalité influente des lettres allemandes. *p. 352*

GROSSMAN, VASSILI (1905-1964). Né à Berditchev en Ukraine en 1905, établi à Moscou en 1933, publié en 1934 et loué par Gorki, c'est au départ un écrivain à succès du « réalisme socialiste » commençant, dont les premiers romans connaissent des tirages très importants. Correspondant de guerre très populaire, il publie en 1952 un roman sur Stalingrad qui est aussi apprécié que les précédents, puis brutalement critiqué en 1953, sans doute parce que l'auteur est juif. Grossman se fait alors discret : il prépare *Vie et destin*, roman de guerre où l'on retrouve des personnages du précédent ; personne ne veut l'éditer et le manuscrit lui est confisqué au début de 1961. La raison probable en est qu'ayant vu et subi le génocide juif (mort de sa mère dans un ghetto, découverte du camp de Treblinka, participation au *Livre noir* sur les juifs d'URSS pendant l'occupation allemande), puis la montée de l'antisémitisme dans la politique soviétique (1949-1953), Grossman a osé montrer nazisme et stalinisme en 1943 comme deux jumeaux. Il meurt en 1964, après un récit sur la collectivisation des années trente (*Tout passe*, 1963, inédit en URSS jusqu'en 1989) et des notes sur un voyage en Arménie. En 1980, *Vie et destin* est publié en Suisse et le succès de la traduction française (1983) rend le livre célèbre. Il a été publié en URSS en 1988 avec un très grand retentissement. *p. 540*

H. LEVICK, LEVICK HALPERN, dit (1886-1962)   Poète et dramaturge né en Biélorussie en 1886 et mort aux USA en 1962. Après une enfance passée dans un milieu pauvre, révolté par la misère, H. Levick s'engagea dans l'action révolutionnaire au sein du Bund (mouvement socialiste juif). Arrêté en 1906, il fut condamné et emprisonné. Il se sauva de Sibérie en 1913 pour s'installer aux États-Unis. La souffrance individuelle et collective, l'injustice furent une source très importante d'inspiration pour son œuvre poétique et théâtrale. En dehors du *Golem* (joué pour la première fois en hébreu en 1924 à Moscou), il écrivit de nombreux poèmes et pièces de théâtre tels qu'*Abélard et Éloïse*, *Le poète est devenu aveugle*, *Un miracle au Ghetto*, *Hirsch Lekert*, *Les Chaînes du Messie*... *p. 316*

HANDKE, PETER (né en 1942)   Né à Griffen en Carinthie, Peter Handke a fait ses études secondaires à Klagenfurt et a étudié le droit à Graz. Devenu très vite écrivain, il revient dans ses œuvres sur son enfance et traite les thèmes de la solitude, de la douleur et du malaise existentiel. Comme ses personnages, Handke mène une vie d'errance ponctuée de séjours à Paris, aux États-Unis ou dans son Autriche natale. *p. 368*

HAŠEK, JAROSLAV (1883-1923)   Le créateur du brave soldat Chvéïk se destine tout d'abord au métier de droguiste avant de se lancer dans le journalisme et d'écrire une quantité innombrable de contes et d'articles humoristiques qu'il place dans des journaux de tous bords. Au cours de son existence assez fantaisiste, il achète un chenil, rédige une revue pour cynophiles et marchands de chiens (1908) et crée le « Parti du progrès modéré dans les limites de la loi » (1911). Mobilisé dans l'armée autrichienne en février 1915, il se fait capturer par l'armée tsariste et s'enrôle en 1918 dans l'Armée rouge. Il regagne sa patrie en 1920 et meurt en 1923 à Lipnice. Le personnage de Chvéïk, cet « ange de l'absurde » (Petr Král), apparaît en 1911 dans quelques nouvelles, la première version de ses *Aventures* est achevée à Kiev, en 1917, avant de paraître à Prague, en 1921. Le succès populaire est immédiat, mais la critique reste réticente devant le caractère moral de Chvéïk assimilé très vite à un certain caractère tchèque « typique ». La consécration vient de l'étranger, notamment grâce à l'adaptation qu'en font Erwin Piscator et Bertold Brecht à

Berlin en 1928. Hašek meurt alors qu'il travaille au quatrième volume des aventures de son héros. *p. 123*

HAVEL, VÁCLAV (né en 1936) En raison de ses origines « bourgeoises », Václav Havel se voit dans l'impossibilité de poursuivre ses études et commence à travailler comme garçon de laboratoire à l'âge de quatorze ans. Parallèlement, il s'inscrit aux cours du soir et passe son baccalauréat en 1954. Toutes ses demandes d'inscription dans diverses facultés étant successivement refusées, il entre au théâtre ABC en temps que machiniste en 1958, puis au théâtre de la Balustrade en 1960 où il assume diverses fonctions avant d'y devenir « conseiller dramatique ». Alors que sa première pièce, *La Fête en plein air*, s'apprête à être montée, on l'accepte finalement comme auditeur libre à la faculté de théâtre de l'Académie des arts. En 1965, il devient membre de la rédaction de la revue *Tvář*, mensuel culturel consacré à la jeune littérature. Après la répression du Printemps de Prague, il est interdit de publication et ses pièces, jouées dans le monde entier, ne peuvent paraître en tchèque, qu'aux éditions « '68 Publishers » à Toronto. En 1977, il est l'initiateur du manifeste de la Charte 77 avec Jan Němec, et en est l'un des premiers porte-parole avec Jan Patočka. Il est également le cofondateur du VONS (Comité de défense des injustement poursuivis). Emprisonné une première fois en 1977, il l'est à nouveau en 1979 pour une durée de quatre ans et est libéré en 1983 pour raisons de santé. Témoignage de cette épreuve : les *Lettres à Olga* (1983). Il a été élu président de la République fédérative tchèque et slovaque le 29 décembre 1989. Ses textes fondamentaux sur le pouvoir, le totalitarisme et la paix ont été réunis dans les *Essais politiques* (Calmann-Lévy, 1990). *p. 564*

HEANEY, SEAMUS (né en 1939). Considéré comme le plus grand poète irlandais depuis Yeats, Seamus Heaney exprime dans ses premiers recueils, *Death of a naturalist* (1966) et *Door into the Dark* (1969), une poésie fortement enracinée dans la terre irlandaise et dans une expérience très concrète de la nature et des éléments : la pierre, l'océan, la tourbe, y sont les métaphores du destin de l'homme irlandais et de son pays. Au fil des recueils, *North* (1975), *Field work* (1979), *Station Island* (1984), sa poésie s'ouvre avec douleur sur le déchirement politique que connaît l'Irlande. Mais l'œuvre de Heaney est irréductible au seul engagement politique : la force et la pureté de sa langue révèlent par le tragique des destins individuels, une poésie de la communauté. *p. 400*

HESSE, HERMANN (1877-1962) Fils de pasteur originaire du Wurtemberg, Hermann Hesse se fit naturaliser suisse après la Première Guerre mondiale. Son œuvre, qui date pour l'essentiel d'avant 1945 et reçut le prix Nobel en 1946, met en scène des personnages en

décalage avec la société. Elle fut redécouverte à partir des années soixante à la faveur de la mise en cause de notre type de civilisation.
p. 145

HEYM, STEFAN (né en 1913) Né à Chemnitz en Saxe, Stefan Heym a fait ses études de lettres à Berlin. Son antimilitarisme le contraint à l'émigration sous le IIIe Reich, d'abord à Prague, puis aux États-Unis où il publia un hebdomadaire antifasciste et écrivit ses premiers romans. Après avoir combattu sous l'uniforme américain, il fut victime du maccarthysme et s'installa définitivement en RDA à partir de 1953. Son attitude de communiste critique lui valut de continuelles tracasseries sous le régime d'Erich Honecker. Il participa aux événements de novembre 1989 en soutenant l'idée d'une RDA démocratisée, conservant son identité. *p. 366*

HOFMANNSTHAL, HUGO VON (1874-1929) Né à Vienne d'une mère italienne et d'un père autrichien, Hugo von Hofmannsthal connut la carrière juridique, politique et littéraire, en conciliant les idées européennes des Lumières avec son attachement pour la tradition de l'Espagne. Comme ministre de la Justice et des Affaires ecclésiastiques, il s'opposa à l'Inquisition. Prisonnier politique de 1801 à 1808, il prit parti ensuite contre l'invasion napoléonienne et fut le représentant actif des Asturies à la Junte Centrale (*Memoria en defensa de la Junta Central* date de 1810). Il refusa d'être nommé ministre de l'Intérieur de Joseph Bonaparte. Il est l'auteur de nombreux mémoires pour promouvoir des réformes sur les sujets les plus divers comme *Informe sur la ley agraria*, commandé par la Société économique des Amis de Madrid en 1787 ou *Memoria sobre la instrucción pública*, écrit pendant sa détention. Il laisse également une œuvre de poète et de dramaturge, quelque peu éclipsée par sa pensée politique où la connaissance est toujours au service de l'action et du progrès.
p. 39

HOLAN, VLADIMÍR (1905-1980) Né et mort à Prague, il travaille pendant sept ans à l'Office des retraites et pensions où il souffre le martyre et commence à publier en 1926 des poèmes influencés par le surréalisme, avant de devenir le rédacteur de la revue *Život* (*La Vie*) de 1933 à 1939, puis de la revue *Program D 40* de 1939 à 1940. Il se consacre ensuite exclusivement à l'écriture. En 1948, il s'installe à Kampa, une petite île sur la Vltava au centre de Prague où il vit complètement retiré et dans la solitude. Interdit de publication entre 1948 et 1963, il reçoit le Grand Prix d'État pour l'ensemble de son œuvre en 1965 et alors qu'on parle de lui pour le Nobel, il s'enfonce dans le silence. Parti du poétisme, il est tenté, face à la montée du fascisme, par une poésie plus engagée qui se prolonge jusqu'à l'après-guerre (*Réponse à la France, Merci à l'Union soviétique*, entre autres). Vite désenchanté, la nuit devient « le temps d'élection » de sa poésie (A. M. Ripellino) et c'est la douleur qui en forme la matière première. Il se tourne alors vers une poésie métaphysique à l'hermétisme mallarméen mêlant le lyrique et le trivial, l'élégiaque et l'épique, déconcertante souvent mais parvenant à révéler « les événements temporels dans leur sens profond... sens qui réside dans la simplicité de l'origine, de l'événement originaire — la misère authentique, la chute, l'abandon » (Jan Patočka). *p. 561*

HORVATH, ÖDÖN VON (1901-1938) Produit typique de l'Empire austro-hongrois par le mélange de ses ascendances, Ödön von Horvath vécut successivement à Vienne, Venise, Belgrade, Munich, Budapest, Berlin et de nouveau à Vienne qu'il quitte non sans difficulté lors de l'Anschluss en 1938. Ses pièces démasquent l'univers kitsch de la petite bourgeoisie autrichienne ou allemande et laissent percevoir la montée de la peste brune. Horvath mourut accidentellement à Paris à l'âge de trente-sept ans. *p. 151*

HUGUES, TED (né en 1930) Ses recueils de poèmes, *Le faucon sous la pluie* (1957), *Lupercal* (1960), *Wodwo* (1967), *Corbeau* (1970), *Cave Birds* (1975), célèbrent la violence tellurique originelle, l'énergie primitive des éléments et des animaux réels ou légendaires, en se référant à des mythes archaïques et à un bestiaire personnel, et exaltent la création jusque dans la destruction qui en est le principe moteur. Originaire du Yorkshire, il fut l'époux de Sylvia Plath, poète américaine qui se suicida prématurément. *p. 402*

IONESCO, EUGÈNE (né en 1912) Roumain de culture française, il triomphe en 1950 avec son « anti-pièce » *La Cantatrice chauve*. *La Leçon*, l'année suivante, confirme l'arrivée d'un théâtre nouveau. *Les Chaises* (1952) figurent le « rien ontologique ». Le personnage de Bérenger, déjà présent dans *Tueur sans gages* (1959), revient dans *Rhinocéros* (1959), pour disparaître dans *Le Roi se meurt* (1962). En 1970, *Jeux de massacre* et élection d'Ionesco à l'Académie française.
p. 279, 443

IORGA, NICOLAE (1871-1940) Moraliste, grand historien, Iorga a écrit, en plus de ses *Pensées*, des œuvres littéraires (surtout des pièces de théâtre). *p. 105*

JACOBSEN, JÖRGEN-FRANTZ (1900-1938) Né à Thorshavn, capitale des îles Féroé, Jörgen-Frantz Jacobsen fait des études de français et d'histoire à Copenhague et entre comme journaliste au quotidien de gauche *Politiken*. Dès l'âge de vingt-deux ans, il est atteint de tuberculose. Après quelques nouvelles et poèmes, il entreprend en 1934 son unique roman, *Barbara*, mais il mourra avant de le voir publié. Comme William Heinsen, l'autre grand écrivain féroéen de la même génération, Jacobsen écrit en danois. Tous les deux puisent cependant les sujets de leurs œuvres dans les légendes et traditions de

leurs îles. Ils ouvrent ainsi largement la voie aux écrivains de la génération suivante qui, eux, s'expriment dans la langue de leur pays.
p. 185

JENSEN, JOHANNES V. (1873-1950) Johannes V. Jensen est originaire du Jutland du Nord. C'est dans les légendes et traditions locales qu'il puisera les sujets de ses *Histoires du Himmerland* (trois volumes, 1898-1910), d'un réalisme puissant, mais où, déjà, le récit tend vers le mythe. Imprégné de darwinisme, il entreprend dans son cycle romanesque *Le Long Voyage* (six volumes, 1908-1922) une sorte d'épopée mythique de l'évolution de l'humanité : c'est dans les pays pris dans la glace que l'homme émerge de l'animalité ; sa soif de soleil le pousse à migrer d'abord vers le sud, puis toujours plus loin ; ainsi, Christophe Colomb serait un descendant des Vikings, animé comme eux par le désir de la découverte... L'œuvre est foisonnante et déroutante, mais portée par une écriture vigoureuse. Dans la série des *Mythes* (neuf volumes, 1907-1944), c'est au contraire à partir d'événements extrêmement ténus qu'il élabore ses fables philosophiques. J. V. Jensen est également l'auteur de plusieurs romans isolés, de recueils de poésie et d'essais d'anthropologie. Il a reçu en 1944 le prix Nobel de littérature. *p. 65*

JOYCE, JAMES (1882-1941) Cet enfant de Dublin en quitta très jeune l'atmosphère répressive et empreinte d'anti-intellectualisme, et passa le reste de sa vie expatrié, notamment à Trieste et à Paris. La capitale irlandaise est pourtant le théâtre de toutes ses œuvres, dont la complexité croissante reflète la volonté de restituer non seulement l'esprit d'une ville, mais la trajectoire d'une existence, qu'il s'agisse des âges de la vie dont les nouvelles de *Gens de Dublin* (1914) brossent le tableau, des années d'apprentissage de Stephen Dedalus dans *Portrait de l'artiste en jeune homme* (1916), ou d'une journée dans la vie de Leopold Bloom, le héros d'*Ulysse*, dont les pérégrinations entretiennent des correspondances secrètes avec les épisodes de l'*Odyssée*. Mais *Ulysse*, publié d'abord à Paris, et qui fit scandale dans les pays anglophones pour sa franchise sexuelle, offre avant tout une récapitulation parfois parodique de toute la littérature anglaise, voire de la culture occidentale depuis ses origines. Son livre ultime, *Finnegans Wake*, auquel il consacra vingt ans de sa vie, marque à la fois le point de non-retour de cet héritage et l'invention d'un nouveau langage, longue suite de jeux de mots aléatoires et de néologismes qui emprunte à toutes les langues européennes, et qui devient la trame et le sujet même du « roman ». *p. 166*

JÜNGER, ERNST (né en 1895) Fils d'un pharmacien de Heidelberg, Ernst Jünger participa comme volontaire à la Première Guerre mondiale et quitta l'armée en 1923 pour entreprendre des études de zoologie et de philosophie à Leipzig et à Naples. Il participa également à la Seconde Guerre mondiale comme officier et vécut retiré dans un petit village souabe après la fin de la guerre, interrompant son isolement par de grands voyages en Asie, en Afrique et aux États-Unis. Personnalité contestée, il rédigea une œuvre essentiellement autobiographique où, à la glorification de la guerre des années vingt, succédèrent le doute et l'aspiration à un ordre supérieur. *p. 160*

KADARÉ, ISMAÏL (né en 1936)   Kadaré est sans doute l'écrivain albanais le plus connu. Après avoir fait ses études à Tirana et à Moscou, il revient en Albanie lorsque son pays rompt avec l'URSS, occupe dans son pays des fonctions officielles, puis se réfugie en France quelque temps avant les bouleversements qu'engendrèrent les révoltes populaires et estudiantines. *Le Général de l'armée morte, Les Tambours de la pluie, Chroniques de la ville de pierre, Le Grand Hiver* ou *Avril brisé* sont quelques-uns de ses grands succès. *p. 339*

KAFKA, FRANZ (1883-1924)   Né dans une famille juive de Prague, Franz Kafka fit ses études au lycée allemand de Prague, puis à l'université allemande. En 1907, il entra dans une compagnie d'assurances comme juriste. Son expérience professionnelle joua un rôle capital dans la vision du monde social que son œuvre reflète avec la plus extrême précision. En 1912, il rencontra Félice Bauer avec qui il se fiança deux fois avant de rompre en 1917, année où il est atteint par la tuberculose. En 1923, il fit la connaissance de Dora Dymant avec laquelle il s'installa à Berlin avant de retourner à Prague et de terminer sa vie dans un sanatorium près de Vienne. La plupart de ses œuvres furent publiées après sa mort par son ami Max Brod. *p. 49*

KASSÁK, LAJOS (1887-1967)   Simple ouvrier dans sa jeunesse, il entreprend un tour d'Europe qui le mènera successivement, à pied, en Autriche, en Allemagne, en Belgique et en France. En 1915 il fonde la revue *A Tett* (*L'Action*) et en 1916 *Ma* (*Aujourd'hui*), qui deviendront les organes de l'avant-garde littéraire. Après la chute de la Commune de 1919, il se réfugie à Vienne où il continue à diriger sa revue *Ma*. Il suit avec attention les nouveaux courants artistiques, du futurisme au constructivisme. Il rentre en Hongrie en 1926 où il rédige la revue *Dokumentum* dans l'esprit du surréalisme. Par le rayonnement de sa personnalité et par son tempérament de lutteur, Kassák apparaît comme le chef de file des avant-gardes hongroises.
p. 245

KATZENELSON, ITZHAK (1886-1944)   Né en Biélorussie (Karelitz) en 1886. Mort à Auschwitz en 1944. Comme son père, il devint écrivain hébraïque puis yiddish. À Lodz en Pologne il dirigea une école secondaire en hébreu et polonais et anima la vie littéraire juive de la ville. La guerre le surprit à Varsovie. En 1943, sous une fausse identité, il se rendit en France d'où il fut déporté vers Auschwitz. Au camp d'internement de Vittel, il écrivit son dernier long poème qu'il cacha dans des bouteilles enfouies sous un arbre : *Chant du peuple juif assassiné*. En dehors de cette dernière création, Katzenelson participa à de nombreuses revues, rédigea de nombreux poèmes en yiddish et en hébreu comme *Le Prophète*, qui furent parfois mis en musique, et des pièces de théâtre. *p. 321*

KAVAFIS, KONSTANDINOS (1863-1933) Né et mort à Alexandrie, Kavafis passa une partie de sa jeunesse en Angleterre et à Constantinople. Il vécut à Alexandrie comme employé du Service des travaux publics. « Poète de la vieillesse », il diffusa peu lui-même son œuvre, et il fallut attendre l'édition posthume de 1935 et presque le milieu du siècle pour qu'elle commence à être reconnue. Sa démarche poétique est aux antipodes de celle de son contemporain Palamas.
p. 244

KAZANTZAKIS, NIKOS (1883-1957) Né en Crète, Kazantzakis fit des études à Athènes puis à Paris. Il consacra une part importante de sa vie à voyager. C'est à Antibes, où il se fixa après la Seconde Guerre mondiale, qu'il rédigea les romans qui lui valurent une renommée internationale : *Alexis Zorba* (1946), *Le Christ recrucifié* (1948), *La Liberté ou la mort* (1950), *Lettre au Greco* (1956). Il a publié en outre un très long poème, *Odyssée*, des souvenirs de voyage, des œuvres théâtrales et des essais. Kazantzakis mourut en Allemagne, au retour d'un voyage en Chine. *p. 466*

KHLEBNIKOV, VICTOR VLADIMIROVITCH (dit **Vélimir**) (1885-1922). Né près d'Astrakhan sur la Caspienne, dans une famille cultivée, il a fait ses études à Simbirsk et à Kazan, mais a conçu dès vingt ans l'essentiel de sa vocation : trouver « les lois du temps » et inventer une langue nouvelle, qui irait au-delà de l'entendement ordinaire (d'où son nom de *zaum*, ou d'outre-entendement). Venu à Pétersbourg en 1908, il fréquente un moment les symbolistes, puis rompt avec eux et se fait connaître en 1913, notamment par des manifestes, comme l'un des représentants du premier grand mouvement d'avant-garde russe : celui des « futuriens », qui rejettent le symbolisme et l'acméisme autant que le réalisme. Son activité dans leurs rangs ne le détourne pas de ses recherches qui font de lui « un génial solitaire » (J.-Cl. Lanne). La guerre, la révolution, la guerre civile le font voyager jusqu'en Perse (1921). À son retour, il entreprend de consigner les résultats de ses expériences et méditations, mais sa santé est détruite et il meurt en 1922 dans un village du district de Novgorod. *p. 118*

KIŠ, DANILO (1935-1989) Danilo Kiš est né à Subotica (Voïvodine). Il fait ses études à Belgrade et, par la suite, enseigne la littérature yougoslave à Strasbourg, Bordeaux et Lille. En 1979, il s'installe à

Paris. Danilo Kiš traduit en serbo-croate *Les Chants de Maldoror* de Lautréamont, *Exercices de style* et *Zazie dans le métro* de Raymond Queneau, et quelques auteurs hongrois et russes. En 1980, il reçoit le Grand Aigle d'Or de la ville de Nice pour l'ensemble de son œuvre. Danilo Kiš est mort à Paris en 1989. Ses principales œuvres sont : *Jardin, cendre* (1965), *La Mansarde* (1963), *Le Sablier* (1972), *Le Tombeau pour Boris Davidovitch* (1976) et *Chagrins précoces* (1970). *p. 545*

KLÍMA, LADISLAV (1878-1928) Auteur inclassable dans le contexte de la littérature tchèque, asocial, et d'un scepticisme absolu, Ladislav Klíma, contemporain de Kafka et Weiner, a laissé derrière lui une œuvre immense et inconnue qui commence à être publiée en Tchécoslovaquie. Né à Domažlice (Bohême occidentale) d'un père fonctionnaire et président du club politique de la ville, il est renvoyé à seize ans de son lycée et exclu de tous les établissements d'enseignement d'Autriche pour avoir traité les Habsbourg de « dynastie de cochons ». Il quitte son foyer dès sa majorité, emmenant avec lui la seconde épouse de son père. À la mort de ce dernier, il dilapide toute sa fortune, vend à perte tous ses biens et échoue dans une petite chambre d'hôtel dans laquelle il passera le restant de sa vie. Hanté par le suicide, alcoolique chronique, il brûle sa vie par « une pratique systématique de la philosophie ». Dépassant Schopenhauer et Nietzsche, il se déclare « la volonté absolue » dans un monde qui n'a d'autre existence que celle qu'il lui accorde — « Le monde est une automystification géniale, la folie suprême » — et fait du « commandement » intérieur l'acte réel du psychisme, son acte créateur. La découverte de Klíma en France est due au travail titanesque de la traductrice Erika Abrams qui a traduit à ce jour huit de ses œuvres. Citons entre autres : *Je suis la volonté absolue* (Café Clima, 1984) ; et, aux Éditions de la Différence : *Les Souffrances du prince Sternenhoch* (1987), *Ce qu'il y aura après la mort* (1988) et *Le Grand Roman* (1991).
p. 308

KOLÁŘ, JIŘÍ (né en 1914) Né à Protivin (Bohême méridionale), il apprend le métier de menuisier avant de publier son premier recueil de poésie en 1941 (*Extrait de naissance*). Son œuvre littéraire comprend une dizaine de recueils de poésie, deux pièces de théâtre et trois volumes de textes (*Les Années des jours*, 1946-1947 ; *Témoin oculaire*, 1949 ; *Le Foie de Prométhée*, 1950). Il cesse d'écrire dans les années cinquante pour se consacrer aux arts plastiques et notamment aux collages. Mis à l'index en 1948, un poème manuscrit trouvé lors d'une perquisition par la police lui vaut un an de prison. Après 1970, il ne peut ni publier ni exposer dans son pays. En 1977, il signe le manifeste de la Charte 77 et vit depuis 1980 à Paris où il expose régulièrement à la galerie Maeght. « Antiromantique, continuateur de Halas, membre du Groupe 42 qui avait découvert pour l'art l'environnement des grandes villes [...], Kolář vise dès les débuts de sa carrière poétique la désintégration tant de l'imagerie que de la forme de la poésie traditionnelle » (V. Burda). D'une poésie verbale qui se voulait déjà dépourvue de « mots ronflants » et juxtaposait librement poèmes, notations intimes, réflexions critiques, textes, esquisses, dialogues, il passe à une poésie « évidente » « qui exclut le mot écrit comme véhicule de la création et de la compréhension » et cherche avant tout un effet visuel multidimensionnel (*Poèmes du silence*, 1959-1964). Son expérimentation aboutit enfin à des poèmes-objets, collages, affiches, plus tableaux que poèmes, et qui cherchent à abolir les frontières traditionnelles entre les différentes disciplines artistiques. *p. 556*

KONESKI, BLAŽE (né en 1921) Blaže Koneski est né à Nebregovo près de Prilep (Macédoine) en 1921. Il fait ses études secondaires à Prilep et Kragujevac (Serbie). Il étudie la linguistique et la littérature à Belgrade et à Sofia. En 1946, il devient professeur à la faculté de philosophie de Skoplje. Président de l'Association des écrivains de Macédoine, il est également celui du Comité des écrivains de Yougoslavie. C'est un poète, un linguiste mais aussi un historien de la littérature. Sa personnalité est indissociable de l'histoire de la Macédoine contemporaine. Blaže Koneski a traduit en macédonien des auteurs tels que Heine ou Shakespeare. Ses principales œuvres sont : *Le Pont* (1945), *Le Pays et l'amour* (1948), *Le Roi Marko* (1950) et *Vignobles* (1954). *p. 499*

KOVAČIĆ, IVAN GORAN (1913-1943) Ivan Goran Kovačić est né à Lukovdol (Croatie) en 1913. Il abandonne des études commencées à la faculté des lettres de Zagreb pour se consacrer de bonne heure à la littérature. À l'âge de vingt-trois ans, en 1936, il publie un important ouvrage de récits intitulé *Jours de colère*. Il écrit également des essais, des articles critiques et traduit un certain nombre d'auteurs irlandais (James Joyce, W. B. Yeats) et français (Rimbaud). En 1942, il rejoint les Partisans avec le poète Vladimir Nazor. Cette période lui inspire son célèbre poème, *La Fosse commune*, pièce classique de la littérature croate, où sont dépeints les massacres et les crimes de guerre. En 1943, Ivan Goran Kovačić est arrêté par les Tchetniks et assassiné. En collaboration avec Vladimir Nazor, il publie avant sa mort un livre de poésies, *Chants des Partisans croates*. Après la Seconde Guerre mondiale, est publié un recueil de ses poésies en dialecte kajkavien, *Feux et roses*. *p. 182*

KRANJEC, MIŠKO (né en 1908) Miško Kranjec est né à Velika Polana (Slovénie) en 1908. Il fait ses études secondaires à Ljubljana et s'inscrit à la faculté de philosophie. Il abandonne ses études et, en 1934, il revient dans sa ville natale et se consacre à la littérature. Il est considéré comme le plus fécond parmi les écrivains slovènes. Son

œuvre d'avant-guerre, qui appartient déjà au réalisme socialiste, se distingue de la simple analyse objective, que posent alors la crise agraire, le chômage, la prolétarisation et l'émigration des ouvriers. Dans les années d'après-guerre, l'auteur essaie de décrire l'évolution de la société slovène vers le socialisme et ses répercussions dans le monde rural. Ses principales œuvres sont : *L'Axe de la vie* (1935), *Les Bonnes Gens* (1946), *Le Printemps* (1947) et *Petites sont les choses* (1947).
p. 552

KRLEŽA, MIROSLAV (1893-1981)   Miroslav Krleža est né à Zagreb en 1893 ; c'est là qu'il termine ses études secondaires, puis il s'inscrit à l'académie militaire de Budapest. Au moment des guerres balkaniques, il veut intégrer l'armée serbe à deux reprises, mais il est refusé en 1912, et en 1913, à son arrivée en Serbie, il est soupçonné d'espionnage et remis aux autorités autrichiennes à Zemun. Durant la première guerre mondiale, il est sur le front des Carpates. Ensuite il reviendra à Zagreb où il vivra jusqu'à sa mort en 1981. Rénovateur de la littérature croate, il introduit dans ses essais, romans, nouvelles et pièces de théâtre, la langue de tous les jours, ainsi que le dialecte kajkavien, pour décrire les petites gens entraînés dans les tourbillons sociaux et politiques du monde moderne ou pour s'opposer à toutes les formes d'oppressions économiques et culturelles. Ses principales œuvres sont : *Mars, Dieu croate* (1922), *Les Glembajevi* (1929), *Le retour de Philippe Latinovicz* (1932), *Les ballades de Petritsa Kerempuh* (1936), *Banquet en Blithuanie* (1939).   *p. 180*

KUNDERA, MILAN (né en 1929)   L'un des romanciers tchèques les plus connus de l'après-guerre est né en Moravie d'un père pianiste. Poète dans un premier temps, il participe dans les années cinquante au groupe de la revue *Květen* (*Mai*) et publie quelques recueils avant de se tourner vers le roman, évolution qui représente pour lui « le passage de la prédominance du lyrisme à la souveraineté de la lucidité... de l'enthousiasme plein de feu et de fumée à l'objectivité analytique... » Il écrit un essai sur l'art du roman (consacré à V. Vančura), deux pièces de théâtre et, en 1966, alors qu'il est professeur de littérature et de scénario à l'Institut d'études cinématographiques, son premier roman, *La Plaisanterie*, connaît un succès retentissant et est couronné en 1968 du prix de l'Union des écrivains tchécoslovaques. Interdit de publication après l'écrasement du Printemps de Prague, il continue à écrire des textes qui ne peuvent voir le jour qu'à l'étranger. Il émigre en France en 1975, vit tout d'abord à Rennes où il enseigne à l'université, puis à Paris où il assure un séminaire à l'École pratique des hautes études. Ses livres se succèdent avec un égal succès et son best-seller, *L'Insoutenable Légèreté de l'être*, a donné lieu à un film. Pour M. Kundera, le roman est avant tout « une exploration de la vie humaine dans le piège qu'est devenu le monde », il doit dévoiler « la connivence souterraine du bien et du mal. L'aspect infiniment comique du sérieux et le tragique des conséquences que peut avoir une blague, la tendresse du sadisme et le risible de l'amour ». Préoccupé par le naufrage de sa propre culture et la perte du caractère occidental d'une littérature qui appartient à l'Europe « centrale » et non à l'Europe dite de l'Est, il publie à ce sujet deux articles aux titres significatifs dans *Le Débat* : « Prague, poème qui disparaît » (juin 1980) et « Un Occident kidnappé » (novembre 1983). *p. 558*

LAGERKVIST, PÄR (1891-1974)   Pär Lagerkvist est issu d'un milieu petit-bourgeois plutôt conservateur et très croyant. Il débute en 1914 avec un recueil de poèmes, *Motifs*. Deux autres recueils suivront, puis le premier volume de son *Théâtre* (1918), suite de pièces en un acte proches de l'expressionnisme allemand. Pendant quelques années, poèmes et théâtre alterneront dans sa production. C'est en 1933 qu'il publie *Le Bourreau*. Ce roman, ainsi que la pièce *L'Homme sans âme* (1936) et *Victoire dans l'obscurité* (roman, 1939), liés à l'avènement du nazisme et l'imminence de la guerre, constituent une interrogation sur la métaphysique du Mal. En 1944 paraît *Le Nain*, à maints égards un pendant au *Bourreau*. Lagerkvist a toujours eu une attitude ambivalente face au christianisme : il s'en rapprochera dans ses derniers livres, *Barrabas* (1950), *La Mort d'Ahasverus* (1960), *Pèlerin à la mer* (1962) et *La Terre sainte* (1964). Le prix Nobel de littérature lui a été attribué en 1951. *p. 306*

LAMPEDUSA, TOMASI GIUSEPPE, DUC DE PALMA, PRINCE DE LAMPEDUSA, dit (1896-1957)   Né à Palerme, dans une famille de la vieille noblesse sicilienne, Lampedusa poursuit, après la Première Guerre mondiale, une carrière dans l'armée, puis démissionne en 1925, désapprouvant sans doute le nouveau régime. Dès lors, il mène une vie oisive, rédigeant simplement quelques récits, souvenirs d'enfance et comptes rendus de lecture publiés, à titre posthume, en 1961, sous le titre *Le Professeur et la sirène*. C'est sans doute au cours des dix dernières années de sa vie qu'il écrit *Le Guépard* dont le protagoniste, Don Fabrice, est une figure en partie autobiographique et en partie inspirée de l'arrière-grand-père de l'auteur. L'ouvrage parut en 1958, quelques mois après la mort du prince de Lampedusa. Il remporta immédiatement un assez vif succès, obtint en 1959 le prix Strega et inspira à Visconti un film célèbre. *p. 482*

LARBAUD, VALERY (1881-1957).   Ce fils de famille conclut une excellente éducation par un « grand tour » qui l'initie à l'Europe. Poète lui-même, il traduit Coleridge (1901) et collabore à *la Plume* et à la *N.R.F.* Son *Barnabooth* (1913) le lance définitivement. Il fréquente Joyce (il revoit la traduction d'*Ulysse*) et après *Amants, heureux amants* (1924) se consacre essentiellement à des essais visant à faire connaître les écrivains français à l'étranger, les écrivains étrangers en France : *Ce vice impuni, la lecture* (1925-1941), *Jaune, bleu, blanc* (1928), *Techniques* (1932). *p. 217*

LAWRENCE, DAVID HERBERT (1885-1930) L'œuvre romanesque de D. H. Lawrence se caractérise par une exaltation explicite de la sexualité, jugée de son temps scandaleuse, mais aussi par un refus de voir disparaître, dans un capitalisme triomphant, une Angleterre traditionnelle et de limiter, à l'époque moderne, les aspirations de l'individu à la seule quête de l'argent. La sexualité permet aux personnages de Lawrence de trouver dans la vérité du corps et du plaisir une conscience de soi qui, loin de les refermer sur leur égoïsme, les ouvre sur les autres et le monde. Outre des romans, tels qu'*Amants et fils* (1913), *Femmes amoureuses* (1920), *Le Serpent à plumes* (1926) ou *L'Amant de Lady Chatterley* (1927), dont la vente ne fut autorisée en Angleterre qu'en 1960, Lawrence se consacra également à la poésie et à la peinture. *p. 173*

LAXNESS, HALLDOR KILJAN (né en 1902) De son vrai nom Halldor Gudjonsson, Laxness publie son premier livre à dix-sept ans. La même année, il quitte l'Islande, d'abord pour Copenhague, puis pour un périple à travers l'Europe qui durera plusieurs années. De cette période date son premier roman important, *Le Grand Tisserand du Cachemire*, écrit à Taormine en 1925 et publié en 1927. De 1927 à 1929, il fait un séjour aux États-Unis ; de retour en Islande, il publie *Salka Valka* (1932), *Les Hommes libres* (1935) et le cycle romanesque *La Lumière du monde* (quatre volumes, 1937-1940), qui témoignent de ses préoccupations sociales, renforcées par deux séjours en URSS (1933 et 1938). Avec *La Cloche d'Islande* (trois volumes, 1943-1946), il se tourne vers l'histoire de l'Islande, tandis que *La Station atomique* (1948) marque un retour vers l'engagement social. *La Saga des géants* (1952) constitue une nouvelle exploration de l'histoire, tandis que *Le Paradis retrouvé* (1960) retrace l'épopée de l'émigration islandaise aux États-Unis au XIXe siècle. Laxness reçoit en 1955 le prix Nobel de littérature. *p. 248*

LESSING, DORIS (née en 1919) Son enfance, passée en Rhodésie, et son engagement politique aux côtés du parti communiste ont sans doute contribué à donner à ses romans une dimension critique dans la peinture sociale, notamment une conscience aiguë des problèmes coloniaux (*Les Enfants de la violence*), à laquelle s'ajoutent un point de vue féministe (*Le Carnet d'or*) et l'influence des grands romanciers du XIXe siècle, Dickens, Balzac ou Tolstoï. *p. 394*

LEVI, CARLO (1902-1975) Carlo Levi, né à Turin, étudie la médecine mais, plus attiré par les disciplines littéraires et artistiques, se fait bientôt connaître comme peintre. Fréquentant l'intelligentsia turinoise antifasciste, il est arrêté et condamné à la relégation en Lucanie. Il parvient ensuite à gagner la France, devenant l'une des figures marquantes de l'émigration antifasciste. De retour en Italie, après la chute de Mussolini, il participe par son activité journalistique au mouvement de renouveau et publie en 1945 *Le Christ s'est arrêté à Eboli*, fruit de son séjour forcé en Lucanie. À partir des années cinquante, sa production picturale prend nettement le pas sur son activité littéraire. *p. 270*

LEVI, PRIMO (1919-1987)   Partisan pendant la Seconde Guerre mondiale, déporté à Auschwitz en tant que juif, cet ingénieur chimiste turinois publie en 1947 *Si c'est un homme*, écrit à son retour du camp de concentration, entre décembre 1945 et janvier 1947, et auquel fera suite *La Trêve*. Il s'orientera par la suite vers des récits d'invention tels que *Le Système périodique*. Primo Levi s'est suicidé en 1987.
p. 475

LINNA, VÄINÖ (1920-1992)   *Soldats inconnus*, vaste roman sur la dernière guerre qui opposa la Finlande à son voisin soviétique, suscita à sa parution des débats passionnés. Avec un réalisme tempéré d'humour, Väinö Linna montrait l'armée et la guerre dépouillées de leurs faux-semblants héroïques, vécues au quotidien par d'humbles êtres humains venus des quatre coins de la Finlande, aussi fidèles à leur mission que peu soucieux de construire l'Histoire. Ni roman de guerre ni pamphlet, cette fresque sans héros est d'abord un grand livre humaniste : « J'ai voulu que les hommes soient vivants pour que l'on puisse bien voir qu'ils mouraient. » *p. 426*

LOWRY, MALCOLM (1909-1957)   Lowry est devenu une figure emblématique de l'« écrivain maudit », rongé par l'alcool et l'impuissance créatrice et considéré comme l'homme d'un seul livre, « romanculte » autobiographique dont les autres œuvres semblent n'être que des excroissances. *Au-dessous du volcan* est une somme, fondée sur des cycles et des systèmes de symboles empruntés à diverses mythologies. Mais au-delà de son contenu allégorique, elle vaut surtout comme vision hallucinatoire d'une humanité déchue, à travers la peinture d'un Mexique de cauchemar vu par les yeux d'un alcoolique suicidaire et rongé par le remords. *p. 380*

MACHADO, ANTONIO (1875-1939)   Poète de la « génération de 98 », il fut un temps traducteur et professeur de français. Engagé dans le camp républicain lors de la guerre civile, il prit le chemin de l'exil et mourut en 1939 à Collioure, où il repose. Dans son recueil *Soledades* (en référence à Góngora) de 1903, un profond pessimisme existentiel marque sa méditation sur le temps, la mémoire et la mort. *Campos de Castilla* (1907-1917) évoque, non sans échos du *Romancero*, l'âpre Castille et « l'élémentaire humain », dans un style sobre et dépouillé, miroir du paysage dont la stérilité et la monotonie expriment une vision poétique de la décadence espagnole. *p. 68*

MAÏAKOVSKI, VLADIMIR VLADIMIROVITCH (1893-1930). Né à Bagdadi, en Géorgie, il est le fils d'un garde forestier. Sa famille ayant émigré à Moscou, il y fréquente l'Académie des Beaux-Arts et fait en littérature une entrée bruyante, aux côtés de Bourliouk et de Khlebnikov, en signant les manifestes du futurisme naissant et en jouant son propre rôle dans la pièce qu'il a écrite sur lui-même, *Vladimir Maïakovski Tragédie* (1913). Avec ses premiers poèmes, publiés en 1915 et 1917, se précisent les deux grandes formes d'inspiration qui alterneront jusqu'à la fin de sa vie : le lyrisme amoureux (dont le chef-d'œuvre sera *Sur ça*, 1924) et la poésie épique. Mais Maïakovski milite aussi depuis 1908 au parti bolchevik, ce qui lui a valu près d'un an de prison et, en 1918, après avoir animé un moment, dans un esprit anarchiste, le «Café des Poètes», il rallie avec d'autres la section des Beaux-Arts (IZO) du nouveau commissariat à l'Instruction publique. Dès lors, il va consacrer une bonne part de son énergie à tenter d'unir futurisme et révolution, animant une série de revues (de 1919 à 1928) et de groupes (LEF ou Front Gauche des Arts), luttant sur plusieurs fronts pour l'art non figuratif, la prose et la poésie expérimentale et payant de sa personne dans les débats et les tournées de poète-tribun qu'il donne en Russie et à l'étranger, notamment en France, où il fascine Aragon et Breton. Malgré «dix ans de travail» (titre de sa dernière exposition), la tentative échoue, la désillusion grandit ; une semaine après la première de sa pièce *Les Bains*, montée par son ami Meyerhold, Maïakovski se donne la mort à Moscou (avril 1930). *p. 286*

MALAPARTE, KURT ERICH SUCKERT, dit **CURZIO** (1898-1957) Né de mère italienne et de père allemand, il est confié enfant à des paysans pauvres de la Toscane. Le 2 août 1914, il s'enfuit du collège, passe la frontière et s'engage dans l'armée française où il fait preuve d'une extraordinaire bravoure. Resté grand invalide, il entre après la guerre dans la diplomatie, puis regagne l'Italie en 1921 et abandonne la carrière administrative. Il adhère au parti fasciste en 1922, devient directeur d'un hebdomadaire du parti, publie des essais prônant un nietzschéisme politique. Administrateur des éditions de la Voce, puis directeur du journal *La Stampa*, il polémique bientôt contre les dirigeants et Mussolini lui-même, quitte le parti fasciste en 1931 et part pour l'étranger. Rappelé par Mussolini en 1933, il est envoyé en résidence forcée. Quoique fondateur d'une revue d'opposition en 1939, il est nommé correspondant de guerre en 1940. L'année suivante, il condamne l'agression d'une France à genoux. Rentré en Italie après la chute de Mussolini, il combat avec les Partisans. En 1956, il entreprendra un voyage en Chine, montrant une grande sympathie pour le parti communiste. *p. 265*

MALRAUX, ANDRÉ (1901-1976) Bibliophile sans fortune, il part en 1923 en Indochine piller les temples khmers. Arrêté, relâché, il passe par la Chine, rentre à Paris et tire trois romans de ses expériences : *Les Conquérants* (1928), *La Voie royale* (1930), *La Condition humaine* (1933). Le voilà lancé. Profondément antifasciste, il s'engage aux côtés des républicains espagnols (il en sortira *L'Espoir*, livre et film en 1938). Engagé dans la Résistance, il devient à la Libération, lui l'ancien communisant, ministre de De Gaulle, auquel il restera toujours fidèle. Il publie de 1947 à 1949 *La Psychologie de l'art*, puis *Les Voix du silence* (1951). Ministre des Affaires culturelles, il publie en 1967 ses *Antimémoires*. La fin de De Gaulle lui inspire *Les Chênes qu'on abat* (1974). *p. 456*

MANDELSTAM, OSSIP EMILIEVITCH (1891-1938). Né à Varsovie dans une famille de commerçants et d'intellectuels, il va au lycée et à l'université à Saint-Pétersbourg. Il fait des études de lettres classiques, séjourne à Paris et à Heidelberg et rejoint en 1911 la guilde des poètes acméistes, groupée autour de Goumiliov et d'Akhmatova. Son premier recueil paraît en 1913. La guerre civile le jette dans une série de voyages à travers la Russie, l'Ukraine et la Géorgie. En 1920, il revient à Pétrograd. Son œuvre publiée s'enrichit de deux nouveaux recueils (1922 et 1928), de plusieurs « proses », d'importantes traductions (notamment de poètes français) et d'essais sur la poésie et la littérature. Au début des années trente, il ne peut plus publier de livres, plusieurs de ses textes restent inédits. Arrêté en mai 1934 pour des raisons politiques, mais soutenu par Boukharine, il n'est qu'exilé en province. Lors de son séjour à Voronèje (1935-1937), il écrit ses plus grands poèmes. De retour à Moscou, il est arrêté de nouveau en mai 1938 ; déporté, il a dû mourir d'épuisement au camp de transit de Vladivostok, sept mois plus tard. Jusqu'à la mort de Staline, la transmission d'une partie de son œuvre, trop dangereuse pour être mise par écrit, a reposé sur la mémoire de sa femme Nadejda, qu'il avait épousée en 1922. *p. 117*

MANN, HEINRICH (1871-1950) Frère aîné de Thomas Mann, Heinrich est issu du même milieu bourgeois et connut le même destin d'exilé sous le nazisme. Son engagement politique prolonge la critique de la société wilhelminienne présente dans ses œuvres. Pacifiste et défenseur de la démocratie aux sympathies de gauche, il fut particulièrement apprécié dans la jeune RDA. *p. 52*

MANN, MANDEL (1916-1975) Peintre et romancier né en Pologne en 1916. Durant le second conflit mondial, il s'enfuit en Union soviétique. De retour en Pologne après 1945, il publia ses premiers poèmes. Il quitta la Pologne pour l'Allemagne en 1946 et immigra en Israël en 1948. Ensuite, il vécut entre Israël et Paris où il s'éteignit en 1975. Ses romans les plus connus sont sa trilogie sur la guerre : *Aux portes de Moscou*, *Sur la Vistule*, *La Chute de Berlin*, ou encore *La Tour de Genghis Khan* et *Sur les fleuves de Pologne*... *p. 569*

MANN, THOMAS (1875-1955) Né à Lübeck dans une famille de patriciens, Thomas Mann s'installa à Munich à partir de 1893. Les *Buddenbrooks* en 1901 et *La Montagne magique* en 1929 lui assurèrent la célébrité, consacrée par le prix Nobel en 1929. Devenu une figure de l'humanisme, il dut s'exiler durant le IIIe Reich. Le grand auteur classique termina sa vie à Zurich, en Suisse. *p. 46, 344*

MARTIN DU GARD, ROGER (1881-1958) Après de solides études classiques, il entre à l'École des Chartes (1899). Il publie son premier roman, *Une vie de saint*, en 1908. Puis c'est *Jean Barrois* (1910-1913) et le début de sa grande fresque, *Les Thibault*, en 1922. Il continuera ce roman-fleuve pendant dix-huit ans. Prix Nobel en 1937. *p. 438*

MATIĆ, DUŠAN (1898-1982) Dušan Matić est né à Ćuprija (Serbie) en 1898. Avant la Seconde Guerre mondiale, il appartient au cercle des surréalistes belgradois. Il est membre de l'Académie des sciences de Serbie. Pendant l'entre-deux-guerres, il se prononce énergiquement contre le fascisme. Ce poète, philosophe et romancier est lié à Breton, Eluard et Aragon. Il les fait connaître en Yougoslavie. En 1931, il fonde à Belgrade la revue surréaliste *Le surréalisme aujourd'hui et ici*. Il est la personnalité la plus marquante du surréalisme serbe. Son œuvre majeure est *Bagdala* (1954). Dušan Matić est mort à Belgrade en 1982. *p. 543*

MAURIAC, FRANÇOIS (1885-1970) Issu de la bourgeoisie bordelaise, il s'essaie à la poésie et au théâtre (*Asmodée*, 1937) avec un certain succès. Ce sont cependant ses romans, profondément jansénistes, qui lui apportent la gloire : *Le Baiser au lépreux* (1922), *Thérèse Desqueyroux* (1927), *Le Nœud de vipères* (1932), *Le Mystère Frontenac* (1933)... Éditorialiste à *L'Express*, son *Bloc-Notes* est justement redouté à droite comme à gauche. *p. 448*

MENDOZA, EDUARDO (né en 1943) Il fut révélé par *La Verdad sobre el caso Savolta* (1975) qui retrace les conflits politiques et sociaux secouant Barcelone à la fin de la Première Guerre mondiale sur le mode du roman policier. Ce genre qui recueille alors la faveur du public (voir le succès de Vázquez Montalbán) est repris, non sans distance parodique, dans *El Misterio de la cripta embrujada* (1979) et *El Laberinto de las aceitunas* (1982). Son livre le plus ambitieux, *La Ciudad de los prodigios*, paraît en 1986 : l'ascension sociale du héros, Onofre Bouvila, est associée au destin de Barcelone entre 1888 et 1929, dates des deux Expositions universelles qui s'y tinrent.

Comme dans *La Verdad…*, la capitale catalane, où est né Mendoza, est le véritable protagoniste du roman. *p. 423*

MERI, VEIJO (né en 1928) L'armée et la guerre, avec leur cortège de situations grotesques, de figurants falots ou pittoresques, forment la trame des romans et nouvelles de Veijo Meri. Mais si l'œuvre, à sa manière, témoigne sur la condition humaine, c'est pour en dégager l'absurdité : un sentiment d'étrangeté vient pervertir l'apparent réalisme du récit ; la bizarrerie des anecdotes, l'enchaînement illogique des faits, la solitude des personnages incapables de communiquer créent un malaise que l'auteur tient à distance par l'humour.

p. 428

MICHAUX, HENRI (1899-1984) Belge, successivement étudiant en médecine puis matelot au long cours, il entre en poésie en 1927 (*Qui je fus*). Suivent *Mes propriétés* (1929), *Un barbare en Asie* (1932) et *Plume* (1938). Peintre, il fixe sur le papier ou la toile les vertiges de la mescaline. *Misérable miracle* (1956) combine ainsi poèmes en prose et aquarelles hallucinées. *p. 219*

MIŁOSZ, CZESŁAW (né en 1911) À côté de poètes et écrivains de première grandeur, comme Iwaszkiewicz (1934-1980), animateur de la revue *Création*, Antoni Slonimski (1895-1974), ou Zbigniew Herbert (né en 1924), Miłosz est le poète le plus représentatif de ces générations qui doivent penser leur rapport au pouvoir. *La Pensée captive* (1953) et *Une Autre Europe* (1959) analysent le type d'acrobaties mentales auxquelles ont dû se livrer les intellectuels d'Europe de l'Est pour accepter les dogmes staliniens ou prendre leurs distances avec eux. Miłosz quitte enfin la Pologne en 1951 et enseigne ensuite aux États-Unis. *p. 507*

MONTALE, EUGENIO (1895-1981) Natif de Gênes, officier d'infanterie pendant la première guerre, il participe en 1922 à la fondation, à Turin, de la revue *Primo Tempo*. Participant au mouvement de renouveau poétique dont Ungaretti s'était fait l'artisan, il s'impose dès la parution de son premier recueil de poèmes, *Os de seiche*, en 1925, et devient le grand représentant de ce que l'on appellera une dizaine d'années plus tard l'hermétisme. Le régime fasciste, pour sa part, le tient en suspicion. Installé à Florence, où il travaille dans l'édition avant d'entrer comme bibliothécaire au Cabinet Vieusseux, il fait connaître Svevo et Saba, publie deux autres recueils en 1932 et 1936. Quittant Florence pour Milan, il se lance en 1948 dans la carrière de journaliste et devient critique littéraire au *Corriere della Sera*. Paraissent de nouveaux recueils et des œuvres en prose. En 1967, il est nommé sénateur à vie, en 1975 il reçoit le prix Nobel de littérature. Il mena en outre une intense activité de traducteur, s'attaquant à Corneille, Shakespeare, Melville et Eliot. *p. 259*

MORAVIA, ALBERTO PINCHERLE, dit ALBERTO (1907-1990). Moravia naît à Rome dans une famille juive originaire de la Vénétie. Enfant atteint d'une tuberculose osseuse, il grandit dans le climat morose imposé par un régime fasciste qui le tiendra toujours en suspicion. Il accède pourtant à la notoriété dès son premier roman, *Les Indifférents* (1929). Il poursuit, dans les années suivantes, son activité de romancier, participant à *Solaria*, frondeuse revue littéraire florentine. Conduisant à un élargissement de sa thématique, les mois passés dans la clandestinité, dans l'arrière-pays du Latium, lui inspirent *La Belle Romaine*, *Le Conformiste* et *La Ciociara* (1947-1957), fresques popularisées par le cinéma. Entre-temps, il a approfondi l'analyse psychologique dans *Agostino*, *La Désobéissance* et *L'Amour conjugal* (1945-1949). Dans les années soixante, il fait œuvre de critique cinématographique, s'intéresse aux techniques théâtrales et mène une activité journalistique tout en continuant de publier roman sur roman. *p. 268*

MROZEK, SLAWOMIR (né en 1930) Écrivain de théâtre polonais, Mrozek évolue dans l'absurde et le surréel. Fils de facteur, il commence par faire l'humoriste dans les gazettes. À vingt-six ans, il est déjà reconnu comme un maître de la nouvelle satirique. Les caprices des institutions bureaucratiques, le mélange spécifiquement polonais de société industrielle et d'arriération, constituent une véritable aubaine pour qui veut transformer ou parodier la réalité. La nouvelle *L'Éléphant* (1958), sa première pièce la même année, *Les Policiers*, qui le fait connaître à l'étranger, puis *Tango* (1965), ou ses pièces en un acte (*En pleine mer*, 1960, et *Strip-Tease*, 1961) explorent, après la guerre, la désintégration des valeurs traditionnelles et les diverses « solutions » proposées par ce siècle : retour à la tradition, fascisme ou révolution prolétarienne... *p. 510*

MÜLLER, HEINER (né en 1929) Né en Saxe, Heiner Müller est resté en RDA après la guerre et y commença une carrière de dramaturge tout d'abord placée sous l'influence de Bertolt Brecht. Son théâtre qui traite de l'individu face à la société, en particulier lors des événements violents tels que guerres ou révolutions, fut joué dans le monde entier, lui assurant une notoriété qui le mit à l'abri des persécutions promises aux non-conformistes par le régime de RDA.

p. 372

MUSIL, ROBERT (1880-1942) Né à Klagenfurt et destiné à la carrière d'officier, Robert Musil abandonna l'École militaire pour devenir ingénieur et étudier la philosophie. Après la Première Guerre mondiale, il entra au ministère des Affaires étrangères tout en menant des activités de critique de théâtre et en continuant de travailler à l'œuvre de sa vie : *L'Homme sans qualités*. Vivant à Berlin puis à

Vienne à partir de 1933, il dut émigrer après l'Anschluss, en Suisse où il mourut. *p. 41*

NABOKOV, VLADIMIR (1899-1977) La Révolution russe clôt, de façon brutale et définitive, sur un premier exil, les temps heureux que Vladimir Vladimirovitch Sirine a vécus à Saint-Pétersbourg (où il est né en 1899) dans une famille riche et de grande culture, qui lui a donné une éducation moderne et polyglotte. Il achève celle-ci à Cambridge (1919-1921), mais l'Europe où il arrive voit grandir l'ombre du fascisme ; en 1922, son père, homme politique libéral, est assassiné à Berlin par deux Russes d'extrême droite ; puis, par deux fois, la menace de Hitler le force à passer d'un exil à l'autre : en 1936, il quitte Berlin où il vivait depuis 1922 et où il a épousé Véra Slonim ; en mai 1940, c'est Paris qui devient trop dangereux pour eux et ils partent pour les États-Unis. À 42 ans, auteur de neuf romans en russe, mais aussi de nouvelles, de pièces et d'articles, Nabokov entreprend une nouvelle carrière d'écrivain, dans une langue qui n'est pas la sienne ; de 1941 à 1974, il écrit huit romans en anglais. Le troisième, *Lolita*, lui apporte soudain, en 1958, la célébrité. Nabokov retourne en Europe et, en 1960, s'installe en Suisse, où il est mort en 1977. S'il a traduit ou réécrit en anglais ses œuvres russes du début, il n'a pas cessé, par ses travaux sur Gogol et Pouchkine, par sa propre traduction de *Lolita* en russe, par ses vers et ses romans, de rendre hommage à la Russie perdue de sa première vie.
p. 529

NOICA, CONSTANTIN (1909-1987) Philosophe, essayiste, Noica a publié plusieurs ouvrages : *Mathesis ou les joies simples* (1934), un essai sur l'essence et les limites de la science, *De Caelo* (1937), *Journal philosophique* (1944), deux livres sur le discours philosophique roumain et beaucoup d'autres. Condamné à vingt-cinq ans de prison, il a été libéré en 1964. Le philosophe reste dans son pays (« tout compte fait, l'exil est mieux ici ») et écrit son œuvre. En 1957, E. M. Cioran, qui a choisi la liberté, a publié dans la *NRF* une *Lettre à un ami lointain*. La réponse de son ami (Noica) n'arrivera jamais à destination. On l'a publiée plus tard, dans un livre édité par Criterion (Paris, 1991) : E. M. Cioran, Constantin Noica : *L'Ami lointain*. *p. 519*

NORGE, GEORGES MOGIN, dit (1898-1990) Animateur avec Raymond Rouleau du théâtre du Groupe Libre. Fondateur et de *La Revue blanche* et du *Journal des poètes*. D'abord voyageur de commerce, il finira antiquaire à Saint-Paul-de-Vence. Merveilleux iconoclaste, provocateur tonique ! On sort de ces petits livres comme d'un bain de mousse acide, l'esprit peuplé de vipères et de baleines qui parlent, de crocodiles distraits, de héros saisis à contre-voix de leur légende... Tout comme Max Jacob dans la littérature française, il tient une place à part dans la littérature belge. Œuvres principales : *Poèmes incertains* (1923); *Les Râpes* (1949); *Le Gros Gibier* (1953); *La Langue verte* (1954); *Les Oignons, Les oignons sont en fleur*; *Les Cerveaux brûlés*; *La Belle Saison* (1973); *Feuilles de chou* (1989). *p. 432*

ORWELL, GEORGE ERIC BLAIR, dit (1903-1950) Produit de l'Empire britannique, né aux Indes et éduqué à Eton, Orwell se rebella contre ses valeurs en épousant les thèses socialistes et en rompant avec son milieu. Successivement policier en Birmanie, « dans la dèche à Paris et à Londres », et surtout journaliste, ses convictions politiques le conduisirent à enquêter sur la condition des mineurs anglais, et à s'engager dans les Brigades internationales aux côtés du POUM (trotskiste) durant la guerre d'Espagne, une expérience qu'il relata dans *La Catalogne libre* (1939). Mais son expérience du stalinisme et de ses purges l'amena à en dénoncer la tentation totalitaire et la langue de bois dans une fable satirique, *La Ferme des animaux* (1945), et surtout dans l'« anti-utopie » de *1984*. *p. 383*

OTERO, BLAS DE (1916-1979) Basque, comme Celaya, ce poète s'intègre au courant de poésie sociale des années cinquante après une première époque sous le signe des préoccupations religieuses (*Cántico espiritual*, en référence à saint Jean de la Croix, 1942 et *Ángel fieramente humano*, 1950). Il évolue ensuite vers l'engagement et affirme sa foi en l'homme et en la solidarité dans *Redoble de conciencia* (1951) et *Pido la paz y la palabra* (1955). En raison de la censure, c'est en France que paraît *En castellano* (traduit par *Parler clair*), 1959. Otero se caractérise, au-delà des idéaux, par une grande exigence stylistique et son écriture sobre qu'il définit comme « libre, fluide et spontanée ; du moins en apparence ». *p. 412*

PALAMAS, KOSTIS (1859-1943) Né à Patras d'une famille cultivée, mort à Athènes, Palamas, qu'on a pu comparer à Victor Hugo, laissa une œuvre très riche et très diverse. Poète avant tout, il pratiqua tous les genres et contribua à la victoire définitive de la langue démotique en littérature. Parmi les recueils principaux, citons *La Vie immuable* (1904), *Les Douze Paroles du Tzigane*, *La Flûte du roi* (1910), sans compter une œuvre critique qui mit à leur juste place l'*Erotokritos* ou les *Odes* de Kalvos. *p. 87*

PASOLINI, PIER PAOLO (1922-1975) Né à Bologne, trouvé assassiné près de Fiumicino, Pasolini fut tout à la fois romancier, poète, metteur en scène et critique. En 1945, alors que la mort violente de son jeune frère, entré dans la Résistance, lui cause un profond traumatisme, il termine ses études de lettres à l'université de Bologne et commence à enseigner, montrant un vif intérêt pour la langue et la culture frioulanes. Ce sont les années de son tournant politique : il s'engagera toujours davantage à gauche. Installé depuis 1948 à Rome, il mène une vie difficile, travaille à quelques mises en scène

cinématographiques, mais le Septième Art ne deviendra son moyen d'expression privilégié qu'à partir de 1960. Parmi ses écrits, citons les romans *Ragazzi di vita* (1955) et *Una vita violenta* (1959), les recueils de poèmes *Le Ceneri di Gramsci* (1957), *La Religione del mio tempo* (1961), *Poesia in forma di rosa* (1964), *Trasumanar e organizzar* (1971) et l'essai de critique littéraire *Passione e ideologia* (1960), suivi, dans les années soixante-dix, d'essais polémiques ayant fait scandale.
p. 480

PASTERNAK, BORIS LÉONIDOVITCH (1890-1960) Héritier d'un nom déjà célèbre, son père étant un peintre consacré, il naît en 1890 dans une famille d'artistes moscovites (sa mère est pianiste); encore enfant, il croise Tolstoï et Rilke (qui, plus tard, appréciera ses poèmes) et rencontre Scriabine. Après avoir étudié le droit et l'histoire, il passe un semestre à Marbourg pour étudier la philosophie auprès des néo-kantiens. Son premier recueil paraît en 1913 et, en 1914, il est membre d'un groupe futuriste modéré ; il sera toujours l'ami de Maïakovski qu'il rencontre alors et, après la révolution, publiera des vers dans sa revue *LEF*, avant de s'en écarter en 1927. Son troisième recueil, *Ma sœur la vie*, publié en 1922, est suivi de plusieurs autres. En 1934 (1er Congrès des Écrivains soviétiques) et 1935 (Congrès de Paris pour la Défense de la Culture), il a presque le statut de premier poète russe ; en 1936, le climat change, Pasternak multiplie les gestes d'insoumission (notamment en refusant d'attaquer André Gide); il échappe pourtant, à la fin des années trente, au sort de certains de ses amis les plus chers : Pilniak, Meyerhold et Marina Tsvétaïeva. C'est finalement son roman, *Le Docteur Jivago* (1945-1955), refusé par les éditeurs soviétiques malgré le «dégel» post-stalinien, publié d'abord en italien (1957), traduit dans le monde entier, puis couronné par le prix Nobel (1958), qui fait de lui l'hérétique auquel le régime et ses organisations littéraires vont tenter d'arracher une rétractation. En vain : Pasternak meurt seul et brisé (1960), mais il a forcé une brèche que Grossman et Soljénitsyne élargiront encore. Ce grand poète est aussi l'auteur de nouvelles, de textes autobiographiques et de nombreuses traductions, notamment de Kleist, Goethe et Shakespeare. *p. 526*

PAVESE, CESARE (1908-1950) Pavese naît dans la province de Cuneo. Ses études terminées, il mène sans grande conviction une activité d'enseignant d'anglais. Il collabore à partir de 1930 à la revue *Cultura*, écrivant des articles qui seront regroupés, en 1951, dans *La Littérature américaine et autres essais*. Arrêté, il est envoyé, en 1935-1936, en résidence forcée en Calabre. C'est alors qu'il commence son journal, qui sera publié en 1952 sous le titre *Le Métier de vivre*. Pendant cet exil, paraît son premier volume de poésies, *Travailler fatigue*. À son retour à Turin, il participe à la fondation et à la direction des éditions Einaudi. Après la guerre, il tourne ses regards vers le communisme, auquel il adhère sans véritable vocation politique. En automne 1949, il rédige son dernier ouvrage *La Lune et les feux de joie*. Le 18 août 1950, il note dans son journal : « Plus un mot. Un geste. Je n'écrirai plus. » Le 26 août du même mois, il se suicide dans une chambre d'hôtel. *p. 477*

PEAKE, MERVYN (1911-1968)   Rabelais, Swift ou Lewis Caroll sont souvent évoqués pour qualifier l'originalité, la démesure et la force poétique du cycle romanesque de *Titus* imaginé par Mervyn Peake. Romans visionnaires aux créations lexicales incessantes, *Titus Groan* (1946) qui se poursuit avec *Gormenghast* (1950) et *Titus Alone* (1959), introduisent le lecteur dans l'univers grotesque et fantastique, du château de Gormenghast. Le jeune Finelame se jette à l'assaut de ce labyrinthe inextricable pour conquérir le pouvoir et bousculer l'ordre immuable qui règne au château. Allégorie politique et fresque gothique, intrigues complexes et rebondissements, poésie des monologues intérieurs et carrefour de styles et d'écriture multiples, le roman de Peake est une célébration baroque des pouvoirs de l'imagination. Comme Tolkien, Mervyn Peake est un créateur d'univers. *p. 378*

PÉGUY, CHARLES (1873-1914)   Ancien chrétien passé au socialisme, il se brouille avec Blum lors de l'affaire Dreyfus et évolue vers le nationalisme mystique (*Notre patrie*, 1905). Il se reconvertit et écrit *Le Mystère de la charité de Jeanne d'Arc* (1910), et *La Tapisserie de sainte-Geneviève et de Jeanne d'Arc* (1912) et *La Tapisserie de Notre-Dame* (1913). Simultanément, *Les Cahiers de la Quinzaine*, qu'il a fondés en 1900, sont pour lui une tribune de choix pour fustiger les petitesses. Il est tué devant la Marne en 1914. *p. 74*

PEREC, GEORGES (1936-1982)   On peut donc être documentaliste en neurophysiologie et écrivain : Pérec publie avec succès *Les Choses* en 1965. Deux ans plus tard, son entrée au groupe Oulipo l'engage plus encore dans la voie des jeux formels (*La Disparition*, 1969, est un immense lipogramme). En 1978, *La Vie mode d'emploi* donne du roman, et de la vie, l'image d'un gigantesque jeu de construction et de décomposition. *p. 459*

PERUTZ, LEO (1882-1957)   Juif d'origine espagnole, Leo Perutz naquit à Prague et travailla dans une compagnie d'assurances comme son ami Kafka. Installé à Vienne où il écrivit des nouvelles et romans fantastiques très populaires dans les années vingt et trente, il dut quitter l'Autriche lors de l'Anschluss en 1938 et émigra en Palestine où il resta jusqu'à sa mort. *p. 149*

PESSOA, FERNANDO (1888-1935)   Né en 1888 à Lisbonne, il entra dans la vie littéraire avec le groupe d'avant-garde de la revue *Orpheu*

(1915), jalon du modernisme au Portugal, marqué par le cosmopolitisme et l'antitraditionalisme. Parmi les personnalités qui composaient le groupe, l'une d'entre elles allait marquer à jamais la littérature portugaise du sceau de sa génialité, Fernando Pessoa. Poète pluriel, Pessoa nous a légué une œuvre immense sous plusieurs hétéronymes, terme qu'il créa pour désigner les différents poètes qui cohabitent en lui et qui signent son œuvre poétique. Au sujet de ces hétéronymes, il déclare : « J'ai bâti au-dedans de moi plusieurs personnages distincts entre eux et de moi-même. [...] Il ne faut pas aller chercher dans un quelconque de ces poèmes des idées ou des sentiments à moi, puisque beaucoup expriment des idées que je n'accepte pas, des sentiments que je n'ai jamais éprouvés. » Comme chaque hétéronyme a sa biographie, son langage et son esthétique, Pessoa écrit au gré de l'inspiration, sans jamais avoir le projet de publier sa création, en une espèce d'errance parmi tous ses personnages, éclats de lui-même. *Ricardo Reis, Alvaro de Campos, Alberto Caeiro, Bernardo Soares*, autant d'hétéronymes, autant de fragments d'un être qui en écrivant se cherche car, il le disait lui-même : « Plus je grandis, moins je suis. Plus je me trouve, plus je me perds. » Il meurt en 1935, laissant derrière lui une œuvre que l'on n'a pas encore fini de découvrir. *p. 277*

PILNIAK, BORIS (1894-1938) Fils d'un Allemand de la Volga et d'une Russe de Saratov, Boris Vogau s'est choisi un nom de plume russe, Pilniak, à ses débuts d'écrivain, en 1915. Connu d'abord par des nouvelles, il devient célèbre en 1922 avec *L'Année nue*, premier « roman » — en fait, un montage très nouveau de récits antérieurs — consacré à 1919, la pire année de la guerre civile. Aussitôt traduit à l'étranger, où il voyage beaucoup et personnifie la jeune « littérature révolutionnaire » russe, il est considéré en URSS, où il est notamment l'ami de Pasternak, comme le type du « compagnon de route » (selon Trotski) que le régime doit encourager et surveiller. Gravement compromis aux yeux de celui-ci par *Le Conte de la lune non éteinte* (1926), première interprétation du stalinisme par un écrivain, il sert de cible principale en 1929, en même temps que Zamiatine, à une campagne menée par les organisations littéraires prolétariennes pour mettre au pas les écrivains indépendants. Il continue d'écrire et de voyager, mais sa position est affaiblie et ses manifestations de conformisme toujours insuffisantes. Arrêté en octobre 1937, alors qu'il travaille à un roman sur la révolution, il a été exécuté, ou est mort dans un camp, à une date inconnue. *p. 284*

PINTER, HAROLD (né en 1930) Les pièces de ce dramaturge sont toujours lourdes d'une menace contenue, qui transparaît moins dans les dialogues, délibérément triviaux ou superficiels, que dans le non-dit, les pauses et les silences, qui traduisent non seulement la cruauté du rapport social, mais encore une angoisse de vivre plus essentielle. On lui doit notamment *La Chambre* (1957), *L'Anniversaire* (1958), *Le Monte-Plats* (1960), *Le Gardien* (1960), *Le Retour* (1965). Il a été également scénariste, particulièrement de plusieurs films de Joseph Losey, tels *The Servant* (1963), *Accident* (1966), *Le Messager* (1972) ; il a en outre adapté au cinéma pour Karel Reisz *La Maîtresse du lieutenant français* de John Fowles. *p. 403*

PIRANDELLO, LUIGI (1867-1936) Né à Agrigente (Sicile) dans une famille aisée, Pirandello s'installe à Rome à partir de 1891. En 1903, la soufrière dans laquelle il a investi la dot de sa femme est anéantie. C'est la ruine pour Pirandello et son épouse Antonietta qui, peu après, sombre dans la folie. Continuant de vivre auprès d'Antonietta jusqu'à ce qu'elle soit internée en 1919, Pirandello subsiste grâce aux maigres émoluments que lui procure sa fonction de professeur dans une institution de jeunes filles et grâce à sa production littéraire. En 1924, il adhère au parti fasciste, devient en 1929 l'un des premiers membres de l'Académie, obtient en 1934 le prix Nobel de littérature. Outre un texte théorique, l'*Umorismo* (1908), son œuvre comprend trois cents nouvelles et sept romans, pour la plupart composés avant 1917, et quelque quarante-trois pièces de théâtre.

p. 251

PLATONOV, ANDRÉÏ PLATONOVITCH KLIMENTOV, dit (1899-1951). Né à Voronèje, Andréï Klimentov est le premier grand écrivain russe venu d'une famille d'ouvriers ; après avoir dû travailler très tôt et exercé plusieurs métiers manuels, il est monteur-électricien, inventeur et chargé de fonctions administratives dont il se démet pour se consacrer à la littérature. Son premier recueil de nouvelles, *Les Écluses d'Épiphane*, paraît en 1927. Mais, malgré Gorki qui l'encourage, la nouvelle vie littéraire n'a pas de place pour cet utopiste prolétarien qui manifeste une aptitude singulière à regarder « dans le blanc des yeux » une histoire dont la plupart se détournent. Constamment critiqué, et jusqu'en très haut lieu, interdit de publication pour de longues périodes, il doit garder pour le tiroir la plupart de ses œuvres majeures (*Tchevengour*, 1928 ; *La Fouille*, 1930 ; *Djann*, 1934 ; *La Mer de jouvence*, 1935). La fin de la guerre lui vaut un surcroît de critiques et d'entraves et il meurt de maladie en 1951, totalement réduit au silence. Ses œuvres ont été rééditées ou publiées pour la première fois en URSS entre le milieu des années soixante et la perestroïka. *p. 291*

POPA, VASKO (né en 1922) Vasko Popa est né à Grebenac (Voïvodine) en 1922. Il poursuit des études de philosophie à Belgrade, Bucarest et Vienne. Pendant la Seconde Guerre mondiale, c'est un Partisan actif et, durant plusieurs mois, il est prisonnier dans les camps de concentration allemands. À la Libération, il devient le secrétaire général de l'Association franco-yougoslave. Vasko Popa est un spécialiste de la littérature du Moyen Âge. Il traduit également des textes étrangers notamment français. Il dirige une collection d'œuvres contemporaines dans une grande maison d'édition à Belgrade. Vasko Popa, dans son expression poétique, a une préférence pour les aphorismes et les proverbes. Il est le poète serbe moderne le plus traduit. Ses principales œuvres sont : *Écorce* (1953), *Le Champ sans sommeil* (1956) et *Le Ciel secondaire* (1968). *p. 544*

PROUST, MARCEL (1871-1922)   Assez fortuné, et souvent trop malade pour être autre chose qu'un riche oisif, il collabore à *La Revue blanche* (1895). La même année il commence son premier essai autobiographique, *Jean Santeuil*. Il fréquente le meilleur monde, mais s'engage pour Dreyfus. Il commence À *la recherche du temps perdu* en 1909. Il obtient le Goncourt en 1919 avec *À l'ombre des jeunes filles en fleurs*. Malade reclus, il ne cesse de travailler : *Du côté de Guermantes* (1920), *Sodome et Gomorrhe* (1921). Le reste de l'œuvre sera posthume : *La Prisonnière* (1923), *Albertine disparue* (1925), *Le Temps retrouvé* (1927). *p. 213*

RADNÓTI, MIKLÓS (1909-1944)   Sa naissance coûte la vie à sa mère et, à l'âge de douze ans, il perd son père. Miklós Radnóti devient docteur ès lettres en 1934, mais à cause de son origine juive il ne réussira jamais à obtenir un poste de professeur. Vers la fin de la guerre, mobilisé dans le cadre du Service du travail obligatoire, il travaille dans les mines de cuivre de Bor (Yougoslavie). Les hitlériens en fuite forcent les déportés à regagner l'Allemagne à pied à travers la Hongrie. Radnóti, malade, ne pouvant plus avancer, est fusillé à la frontière austro-hongroise. Plus tard, quand on ouvrira la fosse commune, on trouvera dans sa poche un carnet contenant ses derniers poèmes, dont la beauté classique est emplie de nostalgie de la paix. *p. 247*

RAMUZ, CHARLES-FERDINAND (1878-1947)   Ramuz, né en Suisse, fait ses études à Paris où il séjourne jusqu'en 1914. Il revient alors s'installer dans le canton de Vaud et collabore aux *Cahiers vaudois*. Il travaille avec Stravinski dont le lyrisme s'accorde au sien. La publication de *Joie dans le ciel*, en 1925, le rend célèbre en Suisse et en France. Suivent *La Grande Peur dans la montagne* (1926), *Derborence* (1934), *Le Garçon savoyard* (1936). Il écrit maints essais et poèmes en prose et publie son *Journal* (1945), deux ans avant sa mort. *p. 203*

REMARQUE, ERICH MARIA (1898-1970)   Remarque fait partie de la génération qui vécut le traumatisme de la Première Guerre mondiale. L'œuvre née de cette expérience, *À l'ouest, rien de nouveau*, connut un succès international davantage dû au témoignage bouleversant et aux fortes convictions pacifistes qu'aux qualités proprement littéraires de l'ouvrage. À partir de 1918, Remarque travaille comme journaliste et écrit d'autres romans sur le thème de la guerre. Sous le IIIe Reich, ses livres sont brûlés, il prend le chemin de l'exil et perd sa nationalité allemande en 1938. Vivant aux États-Unis jusqu'à sa mort, il publie en 1954 un roman consacré à la Seconde Guerre mondiale, *L'Île d'espérance*, qui ne connut pas le succès foudroyant de sa première œuvre. *p. 147*

REYMONT, WŁADYSŁAW (1867-1925) Autre romancier, avec Stefan Zeromski (1864-1925), de la « Jeune Pologne », il obtient le prix Nobel en 1924 pour son gigantesque *Paysans*. L'origine de son inspiration est à rechercher pour une large mesure dans les pérégrinations de jeunesse, les souvenirs du village. *La Comédienne* (1896) et *La Terre Promise* (1899) ont attiré l'attention du public. Le monde des acteurs ambulants, pour le premier, et pour le deuxième celui du capitalisme sauvage, avec tout ce que cela suppose de spéculations, banqueroutes, et misères humides, sont traités de façon à la fois exotique et crue. *p. 100*

RILKE, RAINER MARIA (1875-1926) Né à Prague, Rainer Maria Rilke vécut une enfance sombre dans une école militaire autrichienne avant d'aller étudier à Prague, Munich et Berlin. Son existence fut faite d'errances, mêlant vie mondaine et préoccupations esthétiques et littéraires, et fut ponctuée de rencontres décisives comme celles de Lou Andreas-Salomé qui devint sa confidente ou d'Auguste Rodin dont Rilke fut le secrétaire. Il mourut en Suisse où il vivait depuis 1919, laissant une œuvre poétique parfois portée à la dimension du mythe. *p. 43*

RITSOS, YANNIS (1909-1990) Né à Monemvassia dans le Péloponnèse, Yannis Ritsos fut un adolescent de santé fragile. Poète engagé, il participa aux luttes de la gauche grecque et connut plusieurs fois la déportation ou l'assignation à résidence. Il obtint le prix Lénine en 1977. Son œuvre poétique est très abondante et traduite dans de nombreuses langues. Citons *Épitaphe* (1936), *Vieille mazurka au rythme de la pluie* (1942), *Grécité* (1945), *La Sonate au clair de lune* (1956), *Témoignages* (1963-1965), *Philoctète* (1965), *Oreste* (1966), *Perséphone* (1970). *p. 471*

ROLLAND, ROMAIN (1866-1944) « Ma vraie langue est la musique », dira-t-il. Il enseigne d'ailleurs l'histoire de la musique à la Sorbonne et fait paraître un roman consacré à la vocation d'un musicien, *Jean-Christophe*, dans *Les Cahiers de la Quinzaine* (1904-1912). De nombreuses biographies de musiciens s'égrèneront au fil des années. En 1914, installé en Suisse, il s'insurge contre le nationalisme ambiant (*Au-dessus de la mêlée*, 1914-1915), ce qui lui vaut l'hostilité des patriotes et le Nobel. Il devient entre les deux guerres la figure emblématique de l'intellectuel de gauche. Il rédige son autobiographie, *Le Voyage intérieur*, en 1942. *p. 85*

ROMAINS, LOUIS FARIGOULE, dit JULES (1885-1972) Normalien et enseignant, il publie des poèmes (*La Vie unanime*, 1909), et triomphe après guerre au théâtre avec *Knock* (1923), *Monsieur le Trouhadec saisi par la débauche* (1923), *Donogoo Tonka* (1929). *Les Hommes de bonne volonté* comportent vingt-sept volumes, qui seront publiés à partir de 1932. *p. 210*

ROTH, JOSEPH (1894-1939) Né au sein de la communauté juive de Galicie, aux confins de l'Empire austro-hongrois, Joseph Roth vécut lui-même la fin de la monarchie des Habsbourg décrite dans *La Marche de Radetzky*. Au retour de la Première Guerre mondiale où il fut fait prisonnier par les Russes, Roth se retrouva sans patrie, se lança dans le journalisme et vécut à Vienne et à Berlin. Émigré à Paris à partir de 1933, il continua à défendre les valeurs humanistes en Européen convaincu mais sombra dans l'alcoolisme et mourut dans la misère. *p. 154*

RUSHDIE, SALMAN (né en 1947) Avec son roman *Les Enfants de minuit* (1981), traduit en quinze langues et couronné par le Booker Prize, Salman Rushdie s'est imposé comme un des auteurs anglais contemporains les plus importants. Cette œuvre baroque et totale évoque au rythme d'une enfance puis d'une adolescence, de ses peurs et de ses découvertes, les convulsions d'une nation moderne en train de naître, l'Inde. Rushdie, en mêlant dans son écriture ses racines indiennes à la culture britannique, incarne la face orientale de l'imaginaire anglais. Salman Rushdie est récemment devenu un symbole tragique de la liberté d'expression à la suite de la publication de son livre *Les Versets sataniques* (1989). Condamné à mort par les fondamentalistes iraniens pour le contenu de son roman, jugé blasphématoire, Rushdie vit à l'heure actuelle en fuite et sous protection. Si cela ne doit pas faire oublier la qualité de son œuvre, il est également à ce titre un des auteurs les plus importants de ce XXe siècle finissant. *p. 571*

SAINT-JOHN PERSE, ALEXIS LÉGER, dit (1887-1975) Né à la Guadeloupe (qu'il célébrera souvent dans son œuvre, entre autres dans *Éloges* en 1911), il fait paraître *Anabase* en 1924. Attaché aux Affaires étrangères, dont il finira secrétaire général, il s'impose un devoir de réserve. Déchu de la nationalité française par Vichy, il publie *Exil* en Amérique (1944). Rentré à Paris, il écrit *Vents* (1946) et, en 1957, *Amers*. Il reçoit le prix Nobel en 1960. *p. 238*

SARAMAGO, JOSÉ (né en 1922) Né en 1922 à Azinhago, dans l'Alentejo, José Saramago a publié son premier roman, *Terra do Pecado*, en 1947, mais il n'a été véritablement connu du public portugais qu'en 1982, avec l'énorme succès du roman *Le Dieu Manchot (Memorial do*

Convento). Écrivain de talent, ses performances stylistiques et littéraires sont saluées par tous et couronnées d'un immense succès, aussi bien de la part du public que de la critique. Il est d'ailleurs un des rares écrivains portugais contemporains à avoir conquis le public brésilien. L'écrivain Saramago est avant tout un revisiteur de l'histoire portugaise. Revisiteur, car il ne s'y penche pas en cherchant à justifier la nostalgie des heures de gloire passées, mais plutôt dans le but de faire l'histoire et de montrer, par la littérature, une nouvelle histoire des Portugais. *p. 517*

SARTRE, JEAN-PAUL (1905-1980) École normale supérieure, puis agrégation de philosophie, et le bon élève devient professeur (1929). Il rencontre Beauvoir, rédige *L'Imagination* (1936) et *La Nausée* (1938). L'année suivante, il publie les nouvelles du *Mur*. Pendant la guerre, il rédige *L'Âge de raison*, premier tome des *Chemins de la liberté*, et fait jouer avec grand succès *Les Mouches* (1943) et *Huis clos* (1945). Il ne renonce pas pour autant à la philosohie (*L'Être et le Néant*, 1943). Il fonde *Les Temps modernes*, abandonne l'enseignement, devient avec Camus le maître à penser de l'existentialisme. Son succès au théâtre ne se dément pas (*La Putain respectueuse*, 1946 ; *Les Mains sales*, 1948 ; *Le Diable et le bon dieu*, 1951 : *Les Séquestrés d'Altona*, 1960). Son autobiographie, *Les Mots*, paraît en 1964. La même année, il refuse le prix Nobel. Entre 1971 et 1972 paraissent les trois tomes de son étude sur Flaubert, *L'Idiot de la famille*. Profondément engagé en politique, il fonde *Libération* en 1972. *p. 446*

SCIASCIA, LEONARDO (1921-1989) Fils d'un employé des mines de soufre, né dans la province d'Agrigente, Sciascia resta fidèle dans sa vie comme dans son œuvre à son île natale, où il fut fonctionnaire et instituteur jusqu'en 1970. Analysant la société sicilienne avec toute la passion et l'attention du moraliste, il compose une œuvre balançant entre documentaire et fiction, invente le genre du conte policier, mène des enquêtes historiques ou politiques, publie des essais critiques sur le théâtre et Pirandello. Parmi ses ouvrages, rappelons, pour ne citer que quelques titres : *Gli Zii di Sicilia* (1958), *Il Giorno della Civetta* (1961), *A Ciascuno il suo* (1966), *Todo modo* (1975).

p. 493

SÉFÉRIS, YORGOS (1900-1971) Yorgos Séféris, de son vrai nom Yorgos Séfériadis, né à Smyrne, fit des études de droit à Paris. Sa carrière diplomatique le contraignit à de nombreux séjours à l'étranger. Il reçut le prix Nobel en 1963 pour son œuvre poétique, qui comprend essentiellement : *Strophe* (1931), *Mythologie* (1935), *Journal de Bord* (1940, 1945, 1955), *La Grive* (1946). *p. 243*

SEGHERS, ANNA (1900-1983) Originaire de Mayence, Anna Seghers a rejoint le parti communiste en 1928 et a connu le destin des exilés, en France, puis au Mexique, avant de revenir en RDA où elle présida l'Union des écrivains. Écrivain engagé, représentant le réalisme socialiste le plus convaincant, elle est devenue un auteur classique de la littérature allemande du XXe siècle. *p. 347*

SEIFERT, JAROSLAV (1901-1986) Né à Prague dans une famille ouvrière, il accomplit de brèves études secondaires avant de se lancer dans le journalisme. Il se met très vite à fréquenter les milieux de l'avant-garde tchèque et slovaque, le nouvel art prolétarien tout d'abord (avec Jiří Wolker), puis il participe à la revue *Devětsil* et à l'aventure du poétisme créé dans les années vingt par Vitězslav Nezval (1900-1958) et le théoricien du mouvement Karel Teige (1900-1951). Il collabore pendant plusieurs années à la presse et à l'édition du parti communiste et voyage beaucoup (URSS, France, Allemagne); mais dès 1929, il quitte le PCT et, en 1956, prend publiquement la défense des poètes emprisonnés au congrès de l'Union des écrivains dont il deviendra le président au moment du Printemps de Prague. Il est signataire de la Charte 77. Il publie ses Mémoires en 1981, *Toutes les beautés du monde* et, en 1984, il reçoit le prix Nobel, ce qui entraîne une traduction massive de ses poèmes en français. Malgré ses débuts « prolétariens » ou « poétistes », J. Seifert appartient à une famille littéraire plus traditionnelle que réellement moderniste et ses textes évoluent vers un intimisme néo-classique et un lyrisme méditatif et chantant : « Dans ses vers, J. Seifert a délibérément choisi d'être le dernier poète lyrique "à l'ancienne", pour qui le poème se confond avec le simple chant : avec une caresse mélodieuse qui plutôt que de pénétrer le mystère du réel, se borne à le mesurer, en l'effleurant à l'étendue de notre regret et de notre nostalgie » (Jan Rubeš, Petr Král). Il reste le chantre incomparable de Prague, celui de la fugacité du temps et de l'imminence de la mort. *p. 310*

SENA, JORGE DE (1919-1978) Considéré comme un cas à part dans les lettres portugaises, Jorge de Sena, né en 1919 et mort en 1978, est surtout connu pour son œuvre poétique, où il révéla son esprit novateur et une grande audace, très proche de l'esprit surréaliste. Son œuvre romanesque mérite cependant qu'on s'y attarde, car sur ce terrain, il s'est montré également brillant et créatif. *p. 512*

SENDER, RAMÓN J. (1902-1981) Cet Aragonais (le « Manuel » de *L'Espoir* de Malraux) écrivit sous la dictature de Primo de Rivera de la littérature militante pro-anarchiste et se rapprocha du PC pendant la guerre civile. Il s'exila ensuite au Mexique, puis aux États-Unis où il enseigna la littérature. Le plus prolifique parmi les romanciers de l'exil rentra en Espagne en 1976. On lui doit *Mister Witt en el cantón* (1935), *El Verdugo afable* (1952); les récits légendaires de *Mexicayotl* (1940), historiques (*La Aventura equinoccial de Lope de Aguirre*, 1967) et autobiographiques de *Crónica del alba* (1942-1966); des biographies (de sainte Thérèse, de Cortés). Son chef-d'œuvre est le bref *Réquiem por un campesino español* (1960, la première version *Mosén Millán* datant de 1953), dont le héros est un paysan aragonais, symbole du peuple espagnol, exécuté pendant la guerre civile.   *p. 414*

SILLITOE, ALAN (né en 1928)   D'origine ouvrière, Alan Sillitoe est le meilleur représentant de ces *Angry young men* («jeunes hommes en colère»), qui dans les années cinquante se révoltent dans leurs œuvres, romans, pièces et films, contre l'*establishment* anglais et la représentation traditionnelle des rapports entre individu et société. Avec l'écriture réaliste de *Samedi soir, dimanche matin*, le roman anglais contemporain s'ouvre à une vision sans concessions de la classe ouvrière anglaise, de ses tensions et de ses aspirations. En 1959, Sillitoe publie le recueil de nouvelles *La Solitude du coureur de fond* où il poursuit son analyse du sentiment de révolte sociale chez l'individu.   *p. 392*

ŠIMEČKA, MARTIN M. (né en 1957)   Empêché, dès l'âge de quinze ans, de poursuivre ses études, Martin M. Šimečka s'instruit en autodidacte tout en effectuant toutes sortes de petits métiers pour gagner sa vie. Il commence à publier dès 1980 dans l'édition clandestine et s'occupe depuis la «révolution de velours» de la maison d'édition qu'il a créée («Archa»). *L'Année de chien — L'Année des grenouilles* est en grande partie un roman autobiographique.   *p. 549*

SIMENON, GEORGES (1903-1991)   Après avoir débuté à *La Gazette de Liège*, sa ville natale, Simenon se lance, sous divers pseudonymes (Georges Sim, Germain d'Antibes, Luc Dorsan, Gom Gut, Christian Brulls, Jean du Perry), dans la littérature à plein temps. En 1929, avec *Pietr le Letton*, il inaugure la série des «Maigret» — plus de trois cents titres. Il alterne dès lors les aventures de son commissaire amateur de pipes et les romans de mœurs, dont la plupart seront portés à l'écran (*Les Inconnus dans la maison*, 1940; *La neige était sale*, 1948; *Le Testament Donadieu*, 1946...). Peu avant sa mort, il rédige en deux forts volumes des *Mémoires* où la vérité se mêle allégrement à la fiction.   *p. 461*

SIMON, CLAUDE (né en 1913)   Viticulteur et écrivain, il s'inspire d'abord de Camus et de Faulkner (*Le Sacre du printemps*, 1957). *Le Vent* (1957) et *L'Herbe* (1958) marquent son adhésion au Nouveau Roman. *La Route des Flandres* évoque la débâcle de 1940 et l'écroulement du récit conventionnel. *Palace* (1962) opère de même, sur fond de guerre civile espagnole. *Histoire* (1967) est un enchaînement de pensées. À partir de *La Bataille de Pharsale* (1969), il joue essentiellement sur des enchaînements d'images : *Les Corps conducteurs* (1971),

Triptyque (1973), *Leçon de choses* (1976), *Les Géorgiques* (1981). Il a reçu le prix Nobel en 1985. *p. 453*

SMIRNENSKY, CHRISTO (1898-1923) Christo Smirnensky est né à Koukouche en Macédoine. Poète, prosateur, humoriste, journaliste, il est le chanteur enthousiaste, ingénu de la révolution d'Octobre et de l'avènement universel du communisme qui en pressent quand même quelques tares. Recueil de poésies le plus remarqué : *Que le jour soit* (1922). *p. 176*

SÖDERBERG, HJALMAR (1869-1941) Hjalmar Söderberg débute en 1895 avec le roman *Égarements*. Suivent *La Jeunesse de Martin Brick* (1901), *Doktor Glas* (1905), le drame *Gertrud* (1906) et *Un jeu grave* (1912). Influencé par J.P. Jacobsen et Herman Bang, et surtout par le Baudelaire des poèmes en prose, Söderberg excelle dans l'analyse des sentiments fugitifs et dans la description des paysages urbains. En 1919, Söderberg quitte la Suède et s'installe à Copenhague. Pour l'essentiel, son œuvre littéraire est alors terminée : les seules œuvres de fiction publiées après la Première Guerre mondiale sont le drame *L'Heure du destin* (1922) et les nouvelles *Le Voyage à Rome* (1929). Durant les années vingt il se lance dans une polémique contre l'Église puis, pendant les années trente, consacre toutes ses forces au combat contre le fascisme. *p. 120*

SOLJÉNITSYNE, ALEKSANDR ISSAÏÉVITCH (né en 1918) Révélé à la Russie et au monde en janvier 1962 par la publication en revue du récit *Une journée d'Ivan Denissovitch* (portant sur « un camp très ordinaire » en 1951), Soljénitsyne a représenté d'abord la reconnaissance officielle, car approuvée à la tête de l'État, du fait essentiel que le système concentrationnaire avait bien existé dans la « patrie du socialisme ». Mais ce que tant d'autres n'avaient pas eu le droit de dire, il en a fait un point de départ. C'est peu à peu que l'homme a donné sa vraie mesure : né à Rostov en 1918, mobilisé à la fin de ses études, officier d'artillerie, décoré, jeté au bagne, l'année de la victoire, pour huit ans, il a déjà entamé, pendant sa relégation au Kazakhstan, dans une trilogie dramatique (1953-1960), le projet qu'il va tenter de poursuivre, à Moscou, au moyen de la nouvelle, du roman (*Le Premier Cercle*, 1963), de « l'investigation littéraire » (*L'Archipel du Goulag*, 1958-1968, publié à Paris à partir de 1973) et de l'appel aux écrivains et aux dirigeants : rendre au lecteur russe sa mémoire et sa pensée, chasser la peur du mensonge en chaque individu, redonner au pays une opinion publique. Il est finalement banni d'URSS par un pouvoir qui l'a pourchassé et proscrit (1965-1974) après l'avoir soutenu, mais sa défaite n'est qu'apparente et provisoire ; tandis qu'en exil aux États-Unis, il poursuit à la fois son combat de polémiste et son travail de romancier sur la révolution russe (*Août Quatorze*, 1983 ; *Novembre Seize*, 1986), l'URSS est entrée dans

la double voie, mortelle, de la stagnation et de la dissidence. C'est par *L'Archipel du Goulag* que Soljénitsyne a souhaité que commence la publication de ses œuvres dans son pays : il a été entendu en 1989.
p. 534

SORESCU, MARIN (né en 1936)   Poète, dramaturge, romancier, essayiste, Sorescu est également peintre. Un vrai phénomène culturel. Traduit dans presque toutes les langues, il connaît Cioran et Ionesco, il a été l'ami de Mircea Eliade, il a traduit Borges... Ses poèmes (début en 1963 avec un volume de pastiches *Seul parmi les poètes*) sont ironiques et métaphysiques à la fois. Un grand poète, certainement... Et, aussi, un dramaturge de premier ordre, venu après les existentialistes et le théâtre de l'absurde...   p. 521

STOPPARD, TOM (né en 1937)   Britannique d'origine tchécoslovaque (il est né Thomas Straussler), élevé en Asie, il a fait connaître des dramaturges d'Europe de l'Est. Ses pièces reprennent, en les parodiant, des genres établis ou des œuvres consacrées du répertoire théâtral (l'intrigue policière à la Agatha Christie dans *The Real Inspector Hound - L'Inspecteur Limier*, *Hamlet* dans *Rosencrantz et Guildenstern sont morts*, qu'il a lui-même porté à l'écran), ou mettent en scène des figures légendaires de la culture occidentale : ainsi, dans *Travestis*, fait-il se rencontrer à Zurich, en 1916, James Joyce, Lénine et le poète dadaïste Tristan Tzara. Il a également écrit plusieurs scénarios, notamment pour Losey (*Une Anglaise romantique*), Fassbinder (*Despair*, adapté de Nabokov), Preminger (*Le Facteur humain*, d'après Graham Greene), Spielberg (*L'Empire du soleil*, d'après J.G. Ballard), Terry Gilliam (*Brazil*) et Robert Benton (*Billy Bathgate*, adapté de E.L. Doctorow).
p. 398

SUARÈS, ISAAC-FÉLIX, puis ANDRÉ (1868-1948)   Juif converti, il verse dans le mysticisme chrétien. Son *Voyage du condottiere* (1932) pose sur l'Italie le premier regard tout à fait neuf depuis Stendhal. Il s'est essayé aussi bien à la poésie (*Rêves de l'ombre*, 1937) qu'à la tragédie inspirée de l'antique (*Cressida*).   p. 229

SÜSKIND, PATRICK (né en 1949)   Né à Ambach en Bavière, Patrick Süskind a fait des études de lettres à Munich et à Aix-en-Provence. Scénariste de métier, il connut un succès foudroyant avec son premier roman, *Le Parfum*, paru en 1985.   p. 376

SVEVO, ETTORE SCHMIDT, dit ITALO (1861-1928)   Natif de Trieste, Svevo est envoyé au collège en Bavière. Il en gardera une passion profonde pour la littérature et les penseurs allemands qui constitueront, à côté des classiques italiens et des romanciers russes et français du XIXe siècle, sa grande référence. De retour dans sa ville natale, il doit entrer comme employé dans une banque (1880). Il commence à la même époque à collaborer avec des journaux locaux. Son premier roman, *Une vie*, paraît en 1892. Vient ensuite, en 1898, *Sénilité*. À partir de 1899, son nouvel emploi dans une firme fabriquant des vernis le conduit à effectuer plusieurs voyages à l'étranger, mais c'est à Trieste qu'il rencontre James Joyce. Pendant la Première Guerre mondiale, il découvre Freud et la psychanalyse. Son troisième roman, *La Conscience de Zeno*, s'en ressentira. Publié en 1923, l'ouvrage ne rencontre guère plus d'échos que les précédents et il faudra attendre 1925-1926 pour que l'œuvre de Svevo soit enfin reconnue, grâce à Montale, Benjamin Crémieux et Valery Larbaud. Svevo décédera hélas bientôt des suites d'un accident de voiture. *p. 255*

SWIFT, GRAHAM (né en 1949) Éduqué à Cambridge et ancien enseignant, il est l'auteur de nouvelles (*Learning to swim*, 1982) et de romans (*Shuttlecock*, 1981 ; *Le Pays des eaux*, 1985 ; *Hors de ce monde*, 1988 ; *Ever after*, 1992) qui le placent parmi les plus prometteurs des jeunes écrivains anglais. Dans des fictions à l'univers volontiers aquatique (il est d'ailleurs co-auteur d'une anthologie consacrée à la pêche en littérature), ce conteur paradoxal s'interroge sur la possibilité d'écrire aujourd'hui une histoire, et conjointement d'écrire (sur) l'Histoire, dans un monde voué à la répétition. *p. 405*

SYNGE, JOHN MILLINGTON (1871-1909) Né à Dublin, il alla étudier la langue gaélique aux îles d'Aran, et renouvela le théâtre irlandais (*Deirdre des douleurs*, 1910), mais comme nombre d'écrivains insulaires, il passa une grande partie de sa vie expatrié en Europe, notamment à Paris. Sa pièce la plus célèbre, *Le Baladin du monde occidental*, causa un scandale à sa création en 1907, par sa vision sans complaisance d'une Irlande rurale fruste, violente et mythomane, dont il reconstituait le parler de façon stylisée, et son refus de souscrire à l'idéalisation de l'héritage gaélique lui valut les foudres des tenants de la branche littéraire du mouvement nationaliste, mais aussi l'admiration de Yeats. *p. 57*

TATARKA, DOMINÍK (1913-1989) Écrivain slovaque, né à Bratislava où il passe une grande partie de sa vie, Dominík Tatarka poursuit ses études supérieures à Prague (1934-1938) et à Paris, à la Sorbonne (1938-1939) et déclare avoir subi à la fois l'influence du folklore, de la création populaire, du surréalisme et de l'existentialisme. *Le Démon du consentement* écrit en 1956, peu après le XXe congrès du PCUS et publié sous forme de feuilleton dans la revue *Kúlturny Život* (*La Vie culturelle*), est un événement aussi bien politique que culturel. Interdit de publication en 1969, Tatarka termine son existence dans l'isolement. *Le Démon du consentement*, « traité de la fin d'une époque » qui tient à la fois de la nouvelle autobiographique, de la fiction, de l'essai et de la parodie de texte journalistique, est « le cri de l'homme qui, après avoir essayé de croire que le roi est habillé, découvre un beau jour qu'il est nu » (V. Havel). *p. 547*

TCHEKHOV, ANTON PAVLOVITCH (1860-1904) Né à Taganrog, sur la mer d'Azov ; père épicier, d'une famille affranchie par la réforme du servage. Enfance marquée par la gêne. Études à Moscou. Médecin pendant une bonne partie de sa vie. Dès 1880, production abondante de contes et nouvelles dans la presse de distraction. 1886 : l'amitié de Souvorine, directeur du quotidien conservateur *Temps Nouveau* et l'hommage d'un vieil écrivain changent sa vie. Prix Pouchkine en 1888. Voyage au bagne de Sakhaline, île russe près du Japon (1890). Plusieurs voyages en Europe, rencontre de Tolstoï, plus tard amitié avec Gorki. Entre 1887 (*Ivanov*) et 1897 (*La Mouette*), création de plusieurs de ses pièces : succès mitigé. 1898 : rencontre de Stanislavski et Némirovitch-Dantchenko, fondateurs du Théâtre d'Art de Moscou. En quatre ans, succès de *La Mouette, Oncle Vania, Les Trois Sœurs* et *La Cerisaie*. 1899 : malade, s'établit à Yalta ; 1901 : épouse Olga Knipper, actrice du Théâtre d'Art ; meurt en 1904, lors d'un séjour en Allemagne. *p. 107*

THOMAS, DYLAN (1914-1953) Sa légende de poète maudit et d'alcoolique flamboyant, acquise lors de ses tournées de lectures en Amérique, ne doit pas occulter le caractère extrêmement élaboré et complexe de sa poésie, notamment dans la virtuosité des rimes, mêlée à la vigueur des images. Toute son œuvre, tant poétique que dramatique (la pièce radiophonique *Au bois lacté*, 1954) ou autobiographique (*Portrait de l'artiste en jeune chien*, 1940, dont le titre est un clin d'œil parodique à Joyce), exprime l'unité de l'homme et du monde, de la vie et de la mort, qui constituent un processus ininterrompu. *p. 175*

TOLKIEN, JOHN RONALD RUEL (1892-1973) C'est en créant des noms merveilleux, à partir de racines gaéliques et celtiques, que Tolkien se mit à imaginer le monde dans lequel Galadriel ou Aragorn pourraient exister. Ce professeur d'Oxford philologue mondialement reconnu et spécialiste de littérature médiévale, travailla jusqu'à la fin de sa vie à la création de *La terre du Milieu*, où il situe l'action de son ample Saga, *Le seigneur des anneaux* (1954-1955), de ses origines et de ses mythes, racontées dans *Le Silmarillion* (publié en 1977) et de ses contes et légendes (*Bilbo le Hobbit*, 1936, *Les Aventures de Tom Bombadil*, 1962). Peuplé de Hobbit, de nains, d'elfes, de Magiciens, tel Gandalf et de trolls, *Le seigneur des anneaux*, est une vaste allégorie de la lutte de la lumière contre les ténèbres. La victoire du Bien assurée, les créatures merveilleuses quitteront la Terre du Milieu, la laissant désormais au seul pouvoir des hommes. *p. 389*

TRAKL, GEORG (1887-1914) Né à Salzbourg dans une famille de riches commerçants, Georg Trakl étudia la pharmacie à Vienne. Engagé sur le front de Galicie en 1914 comme infirmier militaire, il ne supporta pas les horreurs de la guerre et se suicida à l'âge de vingt-sept ans, laissant une œuvre lyrique placée sous le signe de l'apocalypse qui l'emporta. *p. 48*

TSERNIANSKI, MILOŠ (1893-1977)   Miloš Tsernianski est né en Hongrie en 1893. Il termine ses études secondaires à Timişoara (Roumanie). À partir de 1913, il étudie l'histoire de l'art et la philosophie à Vienne. Il participe à la Première Guerre mondiale et achève ses études seulement en 1922 à la faculté de philosophie de Belgrade. De 1923 à 1928, il est professeur, puis journaliste. De 1928 à 1945, il est attaché de la Yougoslavie monarchiste aux ambassades de Berlin, Rome, Lisbonne et Londres. En 1965, il revient en Yougoslavie. Miloš Tsernianski fait partie de la génération des premiers expressionnistes d'après-guerre et connaît un grand succès avec son roman, *Migrations*. Il meurt à Belgrade en 1977. Principales œuvres : *Migrations* (1re partie : 1929 ; 2e partie : 1962) et *Le Journal de Čarnojević*, (1921). *p. 301*

TSIRKAS, STRATIS (1911-1980)   Stratis Tsirkas est né au Caire, vécut longtemps en Égypte, puis s'installa à Athènes en 1963. Il a publié des poèmes, un essai sur Kavafis, des récits qui ont pour cadre l'Égypte, *L'Homme du Nil*, 1957, et surtout une trilogie romanesque, *Cités à la dérive*, 1965, œuvre complexe et passionnante qui fut saluée comme le plus grand roman grec de l'après-guerre. Stratis Tsirkas est mort peu de temps après la publication de *Printemps perdu*, court roman qui relate l'éclaircie qui précéda le coup d'État militaire de 1967. *p. 470*

TSVÉTAÏEVA, MARINA IVANOVNA (1892-1941)   « Vingt-quatre années de vie facile, vingt-quatre années de cauchemar intégral » : ainsi le critique russe Lev Loseff caractérise-t-il sa vie. Née en 1892 à Moscou, fille d'un professeur d'université, elle manifeste très tôt un esprit rebelle à l'éducation traditionnelle, aux goûts de son entourage (elle séjourne seule à Paris à 16 ans, elle s'entiche de *L'Aiglon* de Rostand, elle aime passionnément l'Allemagne) et aux bienséances de son milieu, en épousant en1913 Serguéï Efron qui vient d'une famille juive et pro-révolutionnaire. Ses trois premiers recueils de vers paraissent entre 1910 et 1917. Avec la révolution, sa vie bascule : séparée cinq ans d'Efron qui se bat dans l'Armée blanche, ayant perdu sa fille cadette, morte de privations, en 1920, elle quitte la Russie pour l'émigration en 1922. Elle mène une vie difficile à Prague puis à Paris, où elle doit faire vivre sa famille tout en écrivant et en luttant pour se faire une place parmi les auteurs émigrés ; elle publie plusieurs recueils de vers (le dernier en 1928) et des pièces de théâtre (*Phèdre*, 1928). Ses lettres passionnées à Rainer Maria Rilke, en 1926, semblent avoir été le dernier moment heureux de sa vie, qui finit de façon terrible : ostracisée par l'émigration à cause d'Efron, qui s'est compromis au service du Guépéou stalinien, elle revient à Moscou en juin 1939 pour voir arrêter son mari et, avec lui, leur fille Ariane (il sera exécuté, et elle longtemps déportée). Restée seule avec son fils, sans soutien, elle se donne la mort, en août 1941, à Elabouga, au moment de l'attaque allemande contre l'URSS.

p. 299

TUWIM, JULIAN (1894-1953)   Né dans une famille de la bourgeoisie juive, Tuwim publia en scandale une première œuvre inspirée de toute évidence par sa lecture de Rimbaud, et qui révèle un virtuose du lyrisme et de l'humour. Possédé à l'en croire par le démon du langage, mi-blagueur, mi-tragique, Tuwim est un amateur de bizarre (*Anthologie démonologique Curiosa*, ou *Dictionnaire à l'usage des buveurs*) qui se prend à rêver sur les mots de façon intense et pénétrante. Du *Socrate dansant* (1920) au *Bal à l'opéra* (1936), ses œuvres donnent l'assaut à une réalité tangible insupportable. Enfin de Pologne en 1939, il compose à l'étranger un dernier bouquet de *Fleurs polonaises*, publiées en 1949. Au lendemain de la guerre, il retourne en Pologne. *p. 276*

TZARA, TRISTAN (1896-1963)   Tzara, né à Moineişti (Moldavie), débute, adolescent, dans la revue qu'il fonde avec son ami Ion Vinea en 1912, *Le Symbole*. Il continuera à publier jusqu'en 1915 des poèmes symbolistes. En 1916 il lance à Zurich le mouvement Dada. Les poèmes roumains de Tzara ont été réunis, en 1934, à Bucarest, par Sacha Pană. On sait, depuis, quelle fut sa carrière littéraire en France... *p. 106*

UNDSET, SIGRID (1882-1949)   Sigrid Undset est née à Kalundborg, au Danemark, d'une mère danoise et d'un père norvégien. Son père, archéologue de renom, éveille son intérêt pour l'histoire ; il meurt quand elle a onze ans, et à seize ans elle est obligée de travailler comme employée de bureau. Elle débute en 1907 avec *Madame Martha Oulie*. En 1909 paraît son premier roman historique, *Vigdis la farouche*. Suivront plusieurs romans et recueils de nouvelles à sujet contemporain, dont le célèbre *Jenny* (1911), puis, de 1920 à 1922, son chef-d'œuvre, la trilogie *Christine Lavransdatter*, dont l'action est de nouveau située pendant le Moyen Âge norvégien. En 1923, elle se convertit au catholicisme. Dans les deux volumes d'*Olav Audunssön* (1925-1927), la problématique religieuse est prédominante, parfois au détriment de la force épique de l'œuvre ; il en va de même dans ses deux romans à sujet contemporain, *Gymnadénia* (1929) et *Le Buisson ardent* (1930). Avec *Ida Elisabeth* (1932) et *La Femme fidèle* (1936), elle renoue avec les problèmes conjugaux, déjà au centre de ses premières œuvres. En 1939 paraît son dernier roman, *Madame Dorthea*, situé au début du XIXe siècle ; comme dans les deux cycles moyenâgeux, Undset excelle encore une fois à donner vie à une époque révolue. Pendant l'Occupation, elle est obligée de fuir la

Norvège. Elle passe par la Suède, l'Union soviétique et le Japon pour gagner les États-Unis, où elle milite activement contre le nazisme. Elle relate son périple dans *Retour au futur* (1945). En 1947, elle publie un livre de souvenirs, *Jours heureux* Sigrid Undset reçoit en 1928 le prix Nobel de littérature. *p. 273*

UNGARETTI, GIUSEPPE (1888-1970) Ungaretti naît à Alexandrie (Égypte) de parents toscans émigrés. Orphelin de père à l'âge de deux ans, il fréquente les écoles françaises et italiennes, puis quitte l'Égypte en 1910 pour aller étudier à Paris. Il participe comme simple soldat à la Première Guerre mondiale, puis regagne Paris et épouse une Française. En 1921, il obtient un poste dans un ministère à Rome. De 1936 à 1942, il enseigne à l'université de São Paulo et perd en 1939 son fils âgé de douze ans. De retour en Italie, il est nommé professeur à l'université de Rome. Il meurt à Milan le 3 juin 1970. Outre ses œuvres poétiques, Ungaretti est l'auteur de deux textes de prose : *Il Deserto e dopo* (*À partir du désert*), journal de voyage, et *Il Povero nella città*. *p. 257*

VACULÍK, LUDVÍK (né en 1926) Né en Moravie d'un père charpentier, il vit désormais à Prague. Tout d'abord ouvrier chez Baťa à Zlín, puis éducateur, il fait des études de journalisme et entre en 1953 à *Rudé Právo*, quotidien du PC. Il travaille ensuite pour la radio où il s'occupe des émissions pour la jeunesse avant de rejoindre en 1965 la rédaction de la revue *Literární Noviny*, organe du courant réformiste, au sein de laquelle il reste jusqu'à son interdiction en 1969. Son second roman en grande partie autobiographique, *La Hache* (1966), connaît un grand succès. Exclu du Parti en 1967, il écrit en juin 1968 le manifeste des *Deux mille mots*, publié dans *Literární Listy*, et est mis à l'index après l'invasion soviétique. Dans les années soixante-dix, il devient l'animateur d'une des plus importantes maisons d'édition samizdats en Tchécoslovaquie, Edice Petlice (« Collection Cadenas »), ce qui lui vaut d'incessantes tracasseries policières ; il continue néanmoins d'écrire, faisant paraître clandestinement ou à l'étranger des romans, des carnets intimes et plusieurs volumes de chroniques. *p. 562*

VALÉRY, PAUL (1871-1945) Né à Sète, il publie ses premiers poèmes grâce au soutien de Mallarmé, sa référence de toujours. Il renonce à la littérature en 1892. Des années suivantes seule émerge *La Soirée avec Monsieur Teste* (1896), manifeste de l'intellectualisme le plus pur. Il revient à la poésie en 1917 avec *La Jeune Parque*, qui lui vaut la célébrité. *Charmes* paraît en 1922. De son volumineux journal (publié sous le titre de *Cahiers* en 1973), il tire de nombreux essais (*Choses tues*, 1930 ; *Regards sur le monde actuel*, 1931 ; *Mauvaises pensées et autres*, 1942 ; *Tel quel*, 1943). Nommé en 1937 au Collège de France, il y enseigna durant six ans la poétique. *p. 201*

VALLE-INCLÁN, RAMÓN DEL (1866-1936) Romancier et dramaturge singulier tant par son itinéraire politique, qui le mena du traditionalisme à la dénonciation radicale de l'injustice, de la corruption et du fascisme, que par son évolution esthétique de la prose moderniste des *Sonatas* (1902-1905) vers la création de l'*esperpento*. Ce mot signifie « épouvantail » et désigne une technique de déformation systématique de la réalité par l'art, exposée dans *Luces de Bohemia* (1920). La cause carliste qu'il embrassa dans sa jeunesse lui inspira une trilogie romanesque et sa Galice ancestrale la trilogie dramatique des *Comedias bárbaras* (1907-1908, 1922). Outre *Divinas palabras* (1920), diverses farces et le cycle romanesque inachevé du *Ruedo Ibérico* (1927), il publia son chef-d'œuvre, *Tirano Banderas*, en 1926, sous la dictature de Primo de Rivera. Valle-Inclán explore comme nul autre les ressources de la langue en mêlant les registres les plus divers aux néologismes et aux américanismes révélés lors de ses voyages en Amérique latine. *p. 188*

VÁZQUEZ MONTALBÁN, MANUEL (né en 1939) Romancier, il est aussi poète (*Coplas a la muerte de mi tía Daniela*, 1973), essayiste (*Crónica sentimental de España*, 1971) et journaliste. Ses best-sellers ont pour protagoniste Pepe Carvalho, détective privé et fin gastronome comme l'auteur : *Yo maté a Kennedy* (1972), *La Soledad del manager* (1977), *Los Mares del sur* (1979), *Asesinato en el Comité Central* (1981), *La Rosa de Alejandría* (1984). Dans ces romans noirs, qu'il s'agisse ou non de politique-fiction, l'intrigue policière se dissout dans une vision lucide — souvent satirique — de l'Espagne de la transition démocratique et de la Barcelone natale de l'auteur. *p. 420*

VERMEYLEN, AUGUST (1872-1945) Cofondateur et directeur artistique de la revue Van Nu en Straks (De maintenant et de tout à l'heure) depuis 1893 avec Emmanuel de Bom, Cyriel Buysse et Prosper Van Langendonck, Vermylen entend faire coïncider l'émotion individuelle de tout écrivain, son appartenance à la communauté linguistique dont il est issu, et le « sens universel ». Réformateur libéral et anarchiste, il est à la recherche d'un équilibre entre un profond individualisme et une conscience aiguë de la solidarité sociale. Son roman, *Le Juif errant* (1906) raconte ce parcours symbolique. Son slogan, « Nous voulons être flamands pour devenir Européens » lancé à la veille de la première guerre mondiale, exerce une influence énorme sur les Lettres et la politique flamande. *p. 93*

VESAAS, TARJEI (1897-1970) Tarjei Vesaas est issu d'une famille de paysans du Telemark ; de sa vie il ne quittera guère sa région d'origine, qui est aussi la scène de la plupart de ses romans. Il débute en 1923 et s'impose notamment avec le roman *Les Chevaux noirs* (1928) et le drame *Ultimatum* (1932), proche de l'expressionnisme allemand. Après *Le Grand Jeu* (1934) et *Le Rappel des femmes* (1935), hymnes à la terre, paraît *Le Germe* (1940), roman d'une rare densité écrit sous le choc de la guerre. *La Maison dans l'obscurité* (1945) pousse encore plus loin la stylisation, dressant une sorte d'image allégorique de la Norvège occupée. Le même langage épuré se retrouve dans ses romans suivants : *La Blanchisserie* (1946), *La Tour* (1948), *Le Signal* (1950), *Nuit de printemps* (1954), *Les Oiseaux* (1957), *L'Incendie* (1961), *Palais de glace* (1963) et *Les Ponts* (1966). Tarjei Vesaas est également l'auteur de plusieurs recueils de nouvelles et de poèmes. D'une grande force suggestive, d'une symbolique simple, son œuvre est sans aucun doute la plus importante de la littérature norvégienne depuis Hamsun. *p. 506*

VITTORINI, ELIO (1908-1966) Vittorini naît à Syracuse dans une famille modeste. En 1927, il s'installe à Florence, où il entre en contact avec le groupe de Solaria, revue frondeuse et se découvre une double vocation pour la création littéraire et l'activité éditoriale. Traducteur des romanciers américains, il publie lui-même divers romans à partir de 1931 et se fait connaître avec « Conversation en Sicile », paru en volume en 1941. Vittorini est alors engagé dans la Résistance à Milan. Membre du P.C.I., il dirige, après la Libération, l'Unità, et assume avec Pavese la direction des éditions Einaudi. Il crée ensuite la revue « Politecnico » et fonde avec Calvino la collection Menabo'. Il publie encore régulièrement quelques titres jusqu'à la fin des années quarante, puis sa production littéraire se ralentit. Auteur d'une œuvre peu volumineuse, cet homme engagé joua un rôle important dans la nouvelle orientation, néo-réaliste, de la littérature italienne et eut une influence considérable sur la culture italienne. *p. 260*

WEISS, PETER (1916-1982) Né à Berlin, Peter Weiss vécut peu en Allemagne. Émigré avec sa famille en 1934 en raison de ses origines juives d'Europe centrale, il se fixa en Suède à partir de la Seconde Guerre mondiale. Il se consacra à la peinture et au cinéma et connut le succès par son théâtre où il aborde des questions politiques cruciales de notre époque telles que la révolution ou l'Holocauste.

p. 361

WOLF, CHRISTA (née en 1929) Née dans le Mecklembourg, Christa Wolf étudia les lettres à Iéna et Leipzig et devint l'une des figures de proue de la littérature est-allemande. Formée par le « réalisme socialiste », elle fit œuvre novatrice en défendant l'« authenticité subjective » et la recherche d'une écriture proprement féminine. Bien qu'ayant pris ses distances avec le régime à partir de 1976, elle fut accusée d'être restée trop longtemps complaisante. En 1980, elle fut le premier écrivain de RDA à recevoir le prix Georg Büchner, la plus haute distinction littéraire de RFA. *p. 358*

WOOLF, VIRGINIA (1882-1941) Romancière, essayiste, diariste, théoricienne du féminisme (*Une chambre à soi*), elle fut, au lendemain de la Première Guerre mondiale, la figure de proue du «cercle de Bloomsbury», qui rassemblait écrivains et esthètes en un réseau complexe de rapports artistiques et affectifs. Elle se suicida. Ses romans (*La Traversée des apparences*, 1915; *Mrs. Dalloway*, 1925; *La Promenade au phare*, 1927; *Orlando*, 1928) cherchent non seulement à restituer les «flux de conscience» par les techniques du monologue intérieur et du discours indirect libre, mais encore à rendre compte de l'impalpable et inexorable passage du temps. *p. 171*

WYSPIAŃSKI, STANISŁAW (1869-1907) Celui qui «pensait en termes de théâtre» (Brzozowski) est né à Cracovie d'un père sculpteur. Véritable musée grandeur nature, sa ville natale lui procure l'inspiration pour peindre, inventer inlassablement de nouvelles silhouettes, de nouveaux décors de théâtre. Passionné par la Grèce antique, désireux de racheter le présent triste et provincial de la Pologne par les splendeurs de l'art, il trouve dans le théâtre, créateur de mythes, le lieu favorable aux communions spirituelles. Un théâtre qui ne peut être que symboliste, grandiose et total. Comme celles de S. Wirkiewicz (1885-1939) qui le suivra dans sa production avant-gardiste, ses pièces ne sont pas à proprement parler du théâtre écrit, mais plutôt des librettos, volontairement conçus comme matériau brut à l'usage d'un metteur en scène. Après les pièces «grecques», *Méléagre, Achille, Le Retour d'Ulysse*, puis les pièces slaves, comme *Légende* ou *Boleslas le Hardi*, c'est avec le cycle des pièces traitant les problèmes nationaux — *Les Noces, Libération, Légion* et *Acropolis* — que le talent de Wyspiański se déploie dans toute son envergure. *p. 98*

YEATS, WILLIAM BUTLER (1865-1939) La poésie de Yeats plonge profondément ses racines dans la terre d'Irlande et sa culture. De ses premiers poèmes d'inspiration néo-romantiques à sa participation à la création d'un théâtre national irlandais, l'œuvre de Yeats s'inscrit dans le cadre du renouveau celtique (*Celtic Revival*) de la fin du siècle. Sans jamais accepter de limiter l'expression poétique aux seules fins politiques, Yeats, en rencontrant Maud Gonne, nationaliste active, qu'il aimera toute sa vie d'un amour malheureux, conçevra entre 1914 et 1917 une poésie plus engagée dans le combat irlandais et plus simple dans sa langue. À partir de 1917, son intérêt pour l'ésotérisme l'amène à constituer un système symbolique complexe influençant désormais toute sa poésie qu'il continuera à renouveler et à remettre en question jusque dans ses dernières années. Yeats recevra le prix Nobel de littérature en 1923. *p. 63*

YOURCENAR, MARGUERITE DE CRAYENCOUR, dite MARGUERITE (1903-1987) Née à Bruxelles, élevée en France, elle voyage beaucoup. Elle publie *Alexis ou le Traité du vain combat* (1929) et *Le Coup de grâce* (1939). Pendant la guerre, elle s'installe aux États-Unis. Les *Mémoires d'Hadrien* paraissent en 1951, *L'Œuvre au noir* en 1968. Elle rassemble ses souvenirs familiaux dans *Souvenirs pieux* (1974) et *Archives du Nord* (1977). En 1980, l'année de son élection à l'Académie française, elle publie *Mishima ou la Vision du vide*. *p. 227*

ZAMIATINE, EVGUÉNI (1884-1937) Né en 1884 dans la province de Tambov, fils d'un professeur de lycée, il devient, après de brillantes études, ingénieur en constructions navales, ce qui le conduit à faire de nombreux voyages à l'étranger ; ayant vu de près les mutineries de la flotte russe, membre du parti bolchevik, il est emprisonné en 1905 et exilé en 1911 ; il commence à publier en 1908 et il se fait connaître avec *Province* (1913) et *Les Insulaires* (1916) — ce dernier rapporté d'une mission en Angleterre — où il montre son art de la nouvelle ou du récit en chapitres très courts. Après la révolution, il quitte sa profession d'ingénieur, fait partie de groupes littéraires importants, anime diverses publications et sert de maître à de nombreux jeunes prosateurs russes (notamment les Frères de Sérapion, 1921). Son autorité, son occidentalisme, son refus d'une littérature enrôlée lui attirent des poursuites politiques et des difficultés dans son travail ; il essaie de tourner celles-ci en écrivant pour le Théâtre artistique de Moscou (*La puce*, énorme succès en 1925) et pour le cinéma. En 1929, il tient tête à une campagne diffamatoire des écrivains prolétariens qui tirent prétexte de l'édition à Prague de son roman *Nous autres* (1921), inédit en Russie, pour lui faire quitter la direction des écrivains indépendants de Leningrad. En 1931, il écrit à Staline et obtient l'autorisation d'émigrer. Il vit à Paris des années difficiles, adapte pour Jean Renoir *Les Bas-Fonds* de Gorki (1936) et meurt en 1937. *p. 294*

ZINOVIEV, ALEKSANDR (né en 1922) Né à Pakhtino dans une famille paysanne que la collectivisation stalinienne a poussée ensuite vers la ville, il a fait des études de philosophie à Moscou, mais son opposition, précoce et personnelle, à Staline lui fait frôler l'arrestation. Il semble avoir trouvé refuge dans l'armée, qu'il quittera avec de brillants états de service, après avoir fait la guerre contre l'Allemagne nazie dans l'aviation. Devenu chercheur, ses travaux de logicien le font accéder à l'Institut de philosophie de l'Académie des Sciences. Il écrit clandestinement *Les Hauteurs béantes*, roman-diatribe sur le « foutoir » du socialisme réel, qui est publié à Lausanne en 1976 et le rend soudain célèbre. Privé de sa citoyenneté soviétique et de tous ses titres (y compris militaires), il doit rester en Occident et s'installe à Munich, écrivant livre sur livre. Les meilleurs de ses ouvrages sont dans la veine du premier : personnages falots, décors de champs d'épandage, loufoquerie permanente et intarissable goût du paradoxe, qui conteste toutes les opinions reçues touchant au communisme, mais aussi à l'histoire et à la littérature russes (*L'Avenir radieux*, 1978; *L'Antichambre du paradis*, 1979; *Va au Golgotha*, 1985; *Mon Tchekhov*, 1987). *p. 537*

ZORN, FRITZ (1944-1976)   De son vrai nom Fritz Angst, ce fils d'une famille patricienne de Zurich est mort d'un cancer à trente-deux ans. Sa seule œuvre — posthume — rend compte de la maladie en en rendant responsable son milieu, sa famille, la société suisse dans son ensemble. *p. 370*

ZWEIG, STEFAN (1881-1942)   Né à Vienne dans une famille aisée de la bourgeoisie juive, Stefan Zweig fit des études en France et en Allemagne. Analysant les comportements humains, il écrivit pour l'essentiel des nouvelles. Installé à Salzbourg, il émigra en 1935 en Angleterre puis en Amérique du Sud. Il se suicida avec sa femme au Brésil. *p. 158*

Index des œuvres citées

À l'ouest, rien de nouveau, 147.
À la foire, 103.
Agostino, 268.
Albertine disparue, 213.
Alcools, 82.
Allemagne, 156.
Amant de Lady Chatterley, L', 173.
Andorra, 356.
Année de chien — L'année des grenouilles, L', 549.
Année de la mort de Ricardo Reis, L', 517.
Année nue, L', 284.
Aphorismes [Daltchev], 409.
Archipel du Goulag, L', 534.
Athéna, 237.
Au cœur des ténèbres, 54.
Au coq d'Aclépios, 561.
Au-dessous du volcan, 380.
Aux peuples assassinés, 85.
Avec l'immense majorité, 412.
Avenir radieux, L', 537.
Axion Esti, 468.
Bagdala, 543.
Baladin du monde occidental, Le, 57.
Ballade de la plage aux chiens, 514.
Barbara, 185.
Bataille de Pharsale, La, 453.
Beaux Quartiers, Les, 223.
Bloc-Notes, 448.
Bourreau, Le, 306.
Brave soldat Chvéïk, Le, 123.
Cahiers de la Quinzaine, Les, 74.
Cahiers de Malte Laurids Brigge, Les, 43.
Carnet d'or, Le, 394.
Cartes postales, 247.
Cavalerie rouge, 289.
Cavalier, Le, 410.
Cendres de Gramsci, Les, 480.
Cerisaie, La, 107.
Ceux qui sont nés à une époque morne…, 116.
Chagrin des Belges, Le, 501.
Chagrins précoces, 545.
Champs de Castille, 68.
Chant du peuple juif assassiné, 321.
Chant du Rhône, 203.
Chevalier inexistant, Le, 485.
Chez les Flamands, 461.
Christ recrucifié, Le, 466.
Christ s'est arrêté à Eboli, Le, 270.
Christine Lavransdatter, 273.
Ciel partagé, Le, 358.
Ciel secondaire, Le, 544.
Cités à la dérive, 470.
Clair de terre, 208.
Clef des songes, La, 562.
Connaissance de la douleur, La, 491.
Conscience de Zeno, La, 255.

Conseil d'Égypte, Le, 493.
Contacts et circonstances, 231.
Conte de l'escalier, 176.
Contrainte de lumière, 363.
Conversation en Sicile, 260.
Corbeau, 402.
Coup de grâce, Le, 227.
Crépuscule des pensées, Le, 281.
Criailleries, 70.
Crise de l'esprit, La, 201.
Dans la ville du massacre, 129.
Debout les morts, 83.
Démon du consentement, Le, 547.
Dernier voyage de Kirsten, Le, 65.
Derniers jours, Les, 215.
Désarrois de l'élève Törless, Les, 41.
Deuxième Sexe, Le, 430.
Devant la porte, 343.
Dibbuk, Le, 314.
Discours pour le trentième anniversaire de la libération des camps de déportation, 456.
Docteur Faustus, Le, 344.
Docteur Jivago, Le, 526.
Doktor Glas, 120.
Don, Le, 529.
Douze Paroles du Tzigane, Les, 87.
Élégie pour un enfant mort-né, 400.
Émigrés, Les, 510.
Empreinte, L', 126.
Enfant brûlé, L', 554.
Enfants de minuit, Les, 571.
Exil, 238.
Famille de Pascal Duarte, La, 198.
Famines, 432.
Femme gauchère, La, 368.
Flandre est un songe, La, 434.
Fosse commune, La, 182.
Français et Espagnols, 463.

Gerontion, 165.
Golem, Le, 316.
Grands Cimetières sous la lune, Les, 225.
Grodek, 48.
Guépard, Le, 482.
Henri IV, 251.
Hommes de bonne volonté, Les, 210.
Honneur perdu de Katharina Blum ou : comment peut naître la violence et où elle peut conduire, L', 364.
Il est un pont sur la Drina, 303.
Île des Pingouins, L', 77.
Innommable, L', 436.
Inondation, L', 294.
Instruction, L', 361.
Jardin des Finzi-Contini, Le, 489.
Jaune, bleu, blanc, 217.
Je ne foule pas la corolle de merveilles du monde, 278.
Je ne regrette rien ni n'appelle ni ne pleure…, 283.
Journal [Gide], 234.
Kaputt, 265.
Le cheval meurt les oiseaux s'envolent…, 245.
Légendes de la forêt viennoise, 151.
Lettre à Boris Pasternak, 523.
Lettre de Lord Chandos, 39.
Lettres à Olga, 564.
Lettres à un ami allemand, 240.
Lillelord, 504.
Louanges du ciel, de la mer, de la terre et des héros, 91.
Loup des steppes, Le, 145.
Lumière oubliée, 312.
Maison sur la colline, La, 477.
Maître et Marguerite, Le, 296.
Mal du pays, Le, 299.
Manifeste des Présidents du Globe Terrestre, 118.

Marche de Radetzky, La, 154.
Mariage, Le, 508.
Mars, 370.
Masse et Puissance, 354.
Mes Propriétés, 219.
Message, 277.
Meurtre de Roger Ackroyd, Le, 169.
Migrations, 301.
1984, 383.
Mission, La, 372.
Monde d'hier. Souvenirs d'un Européen, Le, 158.
Mort à Venise, La, 46.
Mort de Virgile, La, 162.
Moscou, 320.
Mouvement flamand et esprit européen, 93.
Mythologie, 243.
N'étant que des hommes, 175.
Noces, Les [Wyspiański], 98.
Noces de sang, 193.
Nom de la rose, Le, 495.
Nommé Jeudi, Le, 61.
Non, 279.
Nuit sans sommeil..., 117.
Obsédé, L', 396.
Os de seiche, 259.
Ostende-kermesse, 72.
Où roules-tu, petite pomme ?, 149.
Paix, La, 160.
Pâques, 1916, 63.
Parfum, Le, 376.
Paris, mon maquis, 89.
Parole en archipel, La, 451.
Paysans, Les, 100.
Pays des eaux, Le, 405.
Pensées [Iorga], 105.
Perroquet de Flaubert, Le, 407.
Perséphone, 471.
Pétersbourg, 113.
Phrase inachevée, La, 473.
Physicien prodigieux, Le, 512.
Pièces d'identité, 416.

Pigeon voyageur, Le, 310.
Poèmes [Kavafis], 244.
Pont aux trois arches, Le, 339.
Ponts, Les, 506.
Premier avertissement, 532.
Printemps, Le, 552.
Procès, Le, 49.
Promenade au phare, La, 171.
Prose du Transsibérien et de la Petite Jehanne de France, 80.
Réalité et le Désir (Les Nuages), La, 195.
Réalité est tout, La, 500.
Réponse d'un ami lointain, 519.
Requiem pour un paysan espagnol, 414.
Retour de Philippe Latinovicz, Le, 180.
Rêveurs, Les, 183.
Rhinocéros, 443.
Rien de plus, 507.
Risibles amours, 558.
Roi Marko, Le, 499.
Rosenkrantz et Guildenstern sont morts, 398.
Sa Majesté des Mouches, 386.
Salka Valka, 248.
Samedi soir, dimanche matin, 392.
Seigneur des anneaux, Le, 389.
Sept Messagers, Les, 262.
Sept Pendus, Les, 110.
Séquestrés d'Altona, Les, 446.
Shakespeare, 521.
Si c'est un homme, 475.
Siegfried et le Limousin, 206.
Soldats inconnus, 426.
Solitude du manager, La, 420.
Souffrances du prince Sternenhoch, Les, 308.
Splendeur et décadence du camarade Zulo, 337.
Sujet de l'Empereur, Le, 52.
Sur ça, 286.
Sur la côte, 403.

INDEX 645

Surréalisme (pré-roman), 190.
Tambour, Le, 352.
Tchevengour, 291.
Témoin oculaire, 556.
Thibault, Les, 438.
Tirano Banderas, 188.
Titus d'Enfer, 378.
Tour de Genghis Khan, La, 569.
Train rapide, 45.
Transit, 347.
Tu reviendras à Région, 418.
Ulysse, 166.
Ulysse à Télémaque, 533.
Un barrage contre le Pacifique, 440.
Un enfant, 374.
Un homme s'est pendu, 106.
Une histoire de corde, 428.
Une semaine en juin, 366.
Vie bilingue d'un réfugié espagnol en France, 196.
Vie d'un homme, 257.
Vie et destin, 540.
Vie mode d'emploi, La, 459.
Vie quotidienne, La, 276.
Vieilles gens, choses qui passent, 95.
Ville des prodiges, La, 423.
Visite de la vieille dame, La, 349.
Voyage au bout de la nuit, 221.
Vues sur l'Europe, 229.

Nous tenons ici à remercier vivement Yvon GIRARD, pour son amical enthousiasme, François LAURENT, pour sa chaleureuse patience et sa compétence indéfectible, Jean-Claude HERVÉ, pour sa relecture attentive des cartes, l'équipe des correcteurs, et en particulier Eliane RIZO, pour leur scrupuleuse précision, enfin, l'ensemble des collaborateurs que nous n'avons pas épargnés...

LES AUTEURS

TROISIÈME VOLUME
LE XXe SIÈCLE

Avant-propos, petite histoire culturelle de l'Europe   11

9. Les grands empires, l'effondrement d'un monde (1900-1918) : Mitteleuropa et Europe de l'Est, les voix des nations.   27

   Carte de l'Europe en 1918   28-29

   Adieux d'un anarchiste russe (traduit du russe)   31

ALLEMAND	décadence et désespoir	39
ANGLAIS	l'empire vacille	54
DANOIS	tristesse dans le froid	65
ESPAGNOL	résurrection de l'Espagne	68
FRANÇAIS	envolées lyriques	72
GREC	hellénisme vivace	87
HONGROIS	Hongrois en fuite	89
ITALIEN	héroïsme et sensualité	91
NÉERLANDAIS	les Flandres et l'Europe	93
POLONAIS	poètes et paysans	98
ROUMAIN	apologie de la brièveté	103
RUSSE	entre lassitude et espoir	107
SUÉDOIS	coup de foudre	120
TCHÈQUE	la faute à l'archiduc	123
YIDDISH	dans la ville du massacre	129

10. Vers l'internationalisation (1918-1945) : l'idéalisme européen et les totalitarismes. 131

Carte de l'Europe en 1945   132-133

Extraits du journal d'une collectionneuse américaine (traduit de l'anglais)   135

ALLEMAND	mères blafardes	145
ANGLAIS	renouvellement des formes	165
BULGARE	l'échelle du diable	176
CROATE	écrit avec du sang	180
DANOIS	héroïnes de chair et de plume	183
ESPAGNOL	voix d'un pays en exil	188
FRANÇAIS	insurrection de l'esprit	201
GREC	la poésie des pierres	243
HONGROIS	mots d'exilés	245
ISLANDAIS	paysages de l'indifférence	248
ITALIEN	mondes en morceaux	251
NORVÉGIEN	destinées féminines	273
POLONAIS	les objets et les mots	276
PORTUGAIS	géographie européenne	277
ROUMAIN	décomposition du paysage	278
RUSSE	sous les soviets	283
SERBE	identité et déchirements	301
SUÉDOIS	humanité des bourreaux	306
TCHÈQUE	symphonie plus ou moins lyrique	308
YIDDISH	figures ésotériques de la souffrance	314

11. L'Europe ouverte (1945-1993) : la fin des dominantes, vie et mort des blocs. 323

Carte de l'Europe en 1993   324-325

Rêve d'un administrateur de Bruxelles, par ailleurs auteur à succès féru de culture classique   327

ALBANAIS	les rhapsodes d'Enver Hoxha	337
ALLEMAND	devant et derrière le mur	343
ANGLAIS	la nouvelle Angleterre	378

BULGARE	aphorismes	409
DANOIS	exercice de résurrection	410
ESPAGNOL	révoltes logiques	412
FINNOIS	ironie dans le froid	426
FRANÇAIS	littératures engagées ?	430
GREC	les martyrs	466
HONGROIS	la littérature dans la ligne	473
ITALIEN	débâcles	475
MACÉDONIEN	chansons tristes	499
NÉERLANDAIS	souvenirs de Belgique	501
NORVÉGIEN	le bonheur et la mémoire	504
POLONAIS	impuissance de la parole	507
PORTUGAIS	expérimentation du récit	512
ROUMAIN	histoire de l'Europe et de ses littératures	519
RUSSE	contestataires et exilés	523
SERBE	chagrins précoces	543
SLOVAQUE	au nom de la norme	547
SLOVÈNE	la fin de la solitude	552
SUÉDOIS	plaine de joie entre deux dépressions	554
TCHÈQUE	personne ne va rire	556
YIDDISH	Staline bis	569
sans oublier Salman Rushdie		571

Index des auteurs   577

Index des œuvres citées   643

Table des matières   649

Rappel de la table des autres volumes

PREMIER VOLUME

Introduction

DE LA PRISE DE CONSTANTINOPLE À LA RÉVOLUTION FRANÇAISE
1453-1789

Avant-propos, petite histoire de l'Europe

1. Les testaments du Moyen Âge : les grandes références médiévales, première émergence de l'Europe culturelle.

Fragment de la chronique d'un moine, De rebus per annos 1453-1454 *(traduit du latin)*

2. La gloire de l'Italie et la flambée réformiste (1453-1558) : la prise de Constantinople et le siège de Vienne. La Renaissance, premier type d'unification européenne.

Carnet de notes d'un peintre (traduit de l'italien)

3. L'Europe déchirée, la Contre-Réforme (1558-1648) : des guerres de Religion à la guerre de Trente Ans, le Siècle d'or, la période élisabéthaine et les grands troubles européens.

Fragment des Mémoires d'un capitaine (traduit de l'espagnol)

4. Le Siècle de Louis XIV (1648-1715) : l'influence française, les baroques, le classicisme.

Lettre de Mme de *** à sa fille demeurée en province

5. Le Siècle des Lumières (1715-1789) : l'anglomanie et la République des Lettres. Les philosophes, les cours et les salons.

Journal d'un éditeur de La Haye (traduit du néerlandais)

Index des auteurs
Index des œuvres citées

DEUXIÈME VOLUME

DE LA RÉVOLUTION FRANÇAISE AU XXe SIÈCLE

1789-1900

Avant-propos, petite histoire culturelle de l'Europe

6. Les romantismes (1789-1848) : La période révolutionnaire, l'épopée impériale et les premières réactions nationales. Les artistes, rêves et réalités.

Esquisse d'une géographie littéraire de l'Europe (traduit de l'allemand)

7. Les nationalités et les réalismes (1848-1870) : l'Occident divisé, les nouvelles frontières de l'Europe.

Rapport d'un diplomate autrichien

8. Symbolismes et impressionnisme (1870-1900) : les capitales : Berlin, Vienne, Londres, Paris.

Journal intime d'un gentleman (traduit de l'anglais)

Index des auteurs
Index des œuvres citées

Composition Interligne.
Impression S.E.P.C. à Saint-Amand (Cher),
le 2 avril 1993.
Dépôt légal : avril 1993.
Numéro d'imprimeur : 573.
ISBN 2-07-038700-3 / Imprimé en France.

63713